D0962432

Ángeles y demonios

books4pocket

Dan Brown

Ángeles y demonios

Traducción de Eduardo G. Murillo

EDICIONES URANO

Argentina - Chile - Colombia - España
Estados Unidos - México - Uruguay - Venezuela

Título original: *Angels & Demons*

Aribau, 142, pral. – 08036 Barcelona
www.edicionesurano.com
www.books4pocket.com

1ª edición en books4pocket febrero 2009

Diseño de la colección: Opalworks
Imagen y diseño de portada: Opalworks

Impreso por Novoprint, S.A.
Energía 53
Sant Andreu de la Barca (Barcelona)

Fotocomposición: books4pocket

ISBN: 978-84-92516-51-3
Depósito legal: B-20.302-2009

Impreso en España – *Printed in Spain*

Para Blythe...

Agradecimientos

Mi sincero agradecimiento a Emily Bestler, Jason Kaufman, Ben Kaplan y todo el personal de Pocket Books por su fe en este proyecto.

A mi amigo y agente, Jake Elwell, por su entusiasmo y esfuerzo incesante.

Al legendario George Wieser, por convencerme de que escribiera novelas.

A mi querido amigo Irv Sittler, por facilitarme una audiencia con el Papa, introducirme en lugares del Vaticano que pocas personas ven y lograr que los días pasados en Roma fueran inolvidables.

A uno de los artistas vivos más ingeniosos y dotados, John Langdon, que estuvo a la altura de mi desafío imposible y creó los ambigramas de la novela.

A Stan Planton, bibliotecario jefe de la Ohio University-Chillicothe, por ser mi fuente principal de información sobre incontables temas.

A Sylvia Cavazzini, por su entretenida visita guiada por el *Passetto* secreto.

Y a los mejores padres que un hijo pudiera desear, Dick y Connie Brown, por todo.

Gracias también al CERN, Henry Beckett, Brett Trotter, la Academia Pontificia de Ciencia, Brookhaven Institute, Fermi-Lab Library, Olga Wieser, Don Ulsch, del National Security Institute, Caroline H. Thompson, de la Universidad de Gales, Kathryn Gerhard y Omar Al Kindi, John Pike y la Federación de Científicos Norteamericanos, Heimlich Viserholder, Corinna y Davis Hammond, Aizaz Ali, el Galileo Project de la Rice University, Julie Lynn y Charlie Ryan, de Mockingbird Pictures, Gary Goldstein, Dave (Vilas) Arnold y Andra Crawford, la Global Fraternal Network, la Phillips Exeter Academy Library, Jim Barrington, John Maier, al ojo excepcionalmente experto de Margie Wachtel, alt.masonic.members, Alan Wooley, la Library of Congress Vatican Codices Exhibit, Lisa Callamaro y la Callamaro Agency, Jon A. Stowell, Musei Vaticani, Aldo Baggia, Noah Alireza, Harriet Walker, Charles Terry, Micron Electrics, Mindy Renselaer, Nancy y Dick Curtin, Thomas D. Nadeau, NuvoMedia y Rocket E-books, Frank y Sylvia Kennedy, Simon Edwards, el Consorcio Turístico de Roma, el maestro Gregory Brown, Val Brown, Werner Brandes, Paul Krupin, de Direct Contact, Paul Stark, Tom King, de Computalk Network, Sandy y Jerry Nolan, la gurú de Internet Linda George, la Academia Nacional de Arte de Roma, el médico y cofrade de letras Steve Howe, Robert Weston, la Water Street Bookstore de Exeter (New Hampshire) y el Observatorio Vaticano.

Los hechos

Científicos del mayor laboratorio de investigación del mundo —el Conseil Européen pour la Recherche Nucléaire (CERN), cuya sede está en Ginebra— lograron en fecha reciente generar las primeras partículas de antimateria. La antimateria es idéntica a la materia, salvo por el hecho de que está compuesta de partículas cuya carga eléctrica es *opuesta* a las que se encuentran en la materia normal.

La antimateria es la fuente de energía más poderosa conocida por el hombre. Libera una energía de una eficacia del cien por cien (la fisión nuclear posee una eficacia del uno y medio por cien). La antimateria no genera contaminación ni radiación, y una gota podría proporcionar energía eléctrica a toda Nueva York durante un día.

Sin embargo, hay un problema…

La antimateria es muy inestable. Estalla cuando entra en contacto con lo que sea, incluido el aire. Un solo gramo de antimateria contiene la energía de una bomba nuclear de veinte kilotones, la potencia de la bomba arrojada sobre Hiroshima.

Hasta hace poco, sólo se habían creado cantidades ínfimas de antimateria (unos cuantos átomos cada vez), pero el CERN acaba de abrir nuevos horizontes con su Decelerador de Antiprotones, una avanzada instalación de producción de antimateria en la que se espera crear antimateria en cantidades mucho mayores.

Se suscita una pregunta: ¿salvará al mundo esta sustancia tan volátil, o se utilizará para crear el arma más mortífera de la historia?

Nota del autor

Las referencias a obras de arte, tumbas, túneles y monumentos arquitectónicos de Roma son reales (al igual que su emplazamiento exacto). Aún hoy pueden verse.

La hermandad de los Illuminati también es real.

Roma Moderna

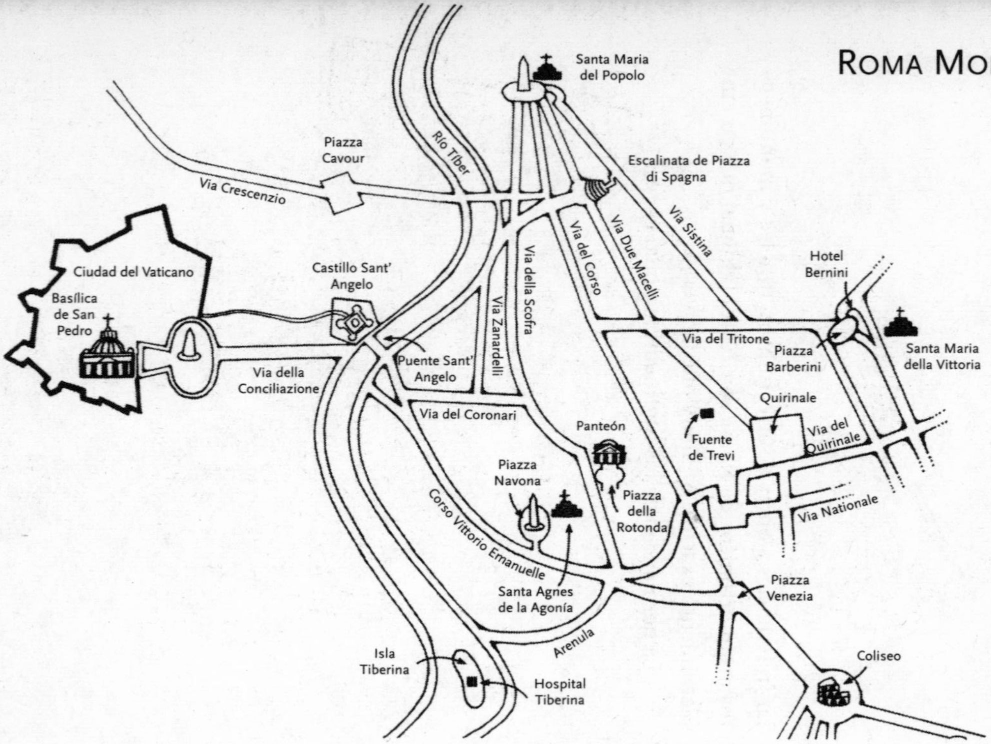

Ciudad del Vaticano

1 Basílica de San Pedro
2 Plaza de San Pedro
3 Capilla Sixtina
4 Patio Borgia
5 Despacho del Papa
6 Museos Vaticanos
7 Caserna de la Guardia Suiza
8 Helipuerto papal
9 Jardines
10 *Il Passetto*
11 Patio del Belvedere
12 Oficina de Correos
13 Sala Papal de Audiencias
14 Palacio de gobierno

Prólogo

El físico Leonardo Vetra olió a carne quemada, y comprendió que era la suya. Miró horrorizado a la figura oscura que le amenazaba.

—¿Qué quieres?

—*La chiave* —contestó la voz rasposa—. El santo y seña.

—Pero yo no…

El intruso hundió un poco más el objeto al rojo vivo en el pecho de Vetra. Se oyó el siseo de la carne al arder.

Vetra lanzó un grito de dolor.

—¡No *hay* santo y seña!

Sintió que se sumía en la inconsciencia.

La figura le fulminó con la mirada.

—*Ne avevo paura.* Me lo temía.

Vetra se esforzó por no perder el conocimiento, pero la oscuridad se estaba cerrando sobre él. Su único consuelo consistía en saber que su agresor nunca obtendría lo que había venido a buscar. Sin embargo, un momento después, la figura extrajo un cuchillo y lo acercó a la cara de Vetra. La hoja osciló. Con cautela. Como un escalpelo.

—¡Por el amor de Dios! —chilló Vetra.

Pero ya era demasiado tarde.

1

Desde los escalones superiores de una galería ascendente de la Gran Pirámide de Gizeh, una joven rió y le llamó.

—¡Date prisa, Robert! ¡Sabía que hubiera tenido que haberme casado con un hombre más joven!

Su sonrisa era mágica.

El hombre se esforzó por acelerar el paso, pero sentía las piernas como si fueran de piedra.

—Espera —suplicó—. Por favor…

A medida que subía, su visión se iba haciendo más borrosa. Sus oídos martilleaban. *¡He de alcanzarla!* Pero cuando volvió a levantar la vista, la mujer había desaparecido. En su lugar había una anciana desdentada. El hombre bajó la mirada, y en sus labios se dibujó una mueca de soledad. Después lanzó un grito de angustia que resonó en el desierto.

Robert Langdon despertó de su pesadilla sobresaltado. El teléfono de la mesita de noche sonaba. Aturdido, lo descolgó.

—¿Diga?

—Estoy buscando a Robert Langdon —dijo una voz masculina.

Langdon se incorporó en la cama y trató de pensar con claridad.

—Soy… Robert Langdon.

Consultó el reloj digital. Eran las cinco y dieciocho minutos de la mañana.

—Debo verle cuanto antes.

—¿Quién es usted?

—Me llamo Maximilian Kohler. Soy físico de partículas discontinuas.

—*¿Cómo?*—Langdon era incapaz de concentrarse—. ¿Está seguro de que soy el Langdon que busca?

—Es usted profesor de iconología religiosa en la Universidad de Harvard. Ha escrito tres libros sobre simbología y...

—¿Sabe qué hora es?

—Le ruego me disculpe. Tengo algo que ha de ver. No puedo hablar de ello por teléfono.

Un gemido escapó de los labios de Langdon. No era la primera vez que le ocurría. Uno de los peligros de escribir libros sobre simbología religiosa eran las llamadas de fanáticos religiosos, deseosos de que les confirmara la última señal de Dios. El mes pasado, una bailarina de *striptease* de Oklahoma había prometido a Langdon el mejor sexo de su vida si iba a verificar la autenticidad de una cruz que había aparecido como por arte de magia en las sábanas de su cama. *El sudario de Tulsa,* lo había llamado Langdon.

—¿Cómo ha conseguido mi número?

Langdon intentaba ser educado, pese a la hora.

—En Internet. La página web de su libro.

Langdon frunció el ceño. Sabía perfectamente que la página web no incluía el número telefónico de su casa. Era evidente que el hombre estaba mintiendo.

—He de verle —insistió el desconocido—. Le pagaré bien.

Langdon se estaba enfadando.

—Lo siento, pero le aseguro...

—Si parte ahora mismo, podría estar aquí a las...

—¡No voy a ir a ninguna parte! ¡Son las cinco de la mañana!

Langdon colgó y se derrumbó sobre la cama. Cerró los ojos e intentó dormir de nuevo. Fue inútil. El sueño estaba grabado a fuego en su mente. Se puso la bata desganadamente y descendió las escaleras.

Robert Langdon paseó descalzo por su casa victoriana de Massachusetts y tomó su remedio habitual contra el insomnio, un chocolate caliente. La luna de abril se filtraba por las ventanas y bañaba las alfombras orientales. Los colegas de Langdon a menudo comentaban en broma que la casa parecía más un museo de antropología que un hogar. Las estanterías estaban atestadas de objetos religiosos de todo el mundo: un *ekuaba* de Ghana, un crucifijo de oro de España, un ídolo de las islas del Egeo, incluso un peculiar *boccus* tejido de Borneo, el símbolo de la eterna juventud de un joven guerrero.

Cuando Langdon se sentó sobre la tapa de un baúl maharishi de latón y saboreó el chocolate caliente, se vio reflejado en el cristal de una de las ventanas. La imagen estaba distorsionada y pálida... como un fantasma. *Un fantasma envejecido*, pensó, y se recordó con crueldad que su espíritu juvenil estaba viviendo en un cuerpo mortal.

Aunque no era apuesto en un sentido clásico, a sus cuarenta y cinco años Langdon poseía lo que sus colegas femeninas denominaban un atractivo «erudito»: espeso cabello castaño veteado de gris, ojos azules penetrantes, voz profunda y cautivadora, y la sonrisa alegre y espontánea de un deportista universitario. Buceador del equipo universitario, Langdon todavía conservaba el cuerpo de un nadador, un físico envidiable de metro ochenta que mantenía en forma con cincuenta largos al día en la piscina de la universidad.

Los amigos de Langdon siempre le habían considerado un enigma, un hombre atrapado entre siglos. Los fines de semana podía vérsele en el patio de la facultad vestido con tejanos, hablando de gráficos por ordenador o de historia de las religiones con los estudiantes; en otras ocasiones, aparecía con su chaleco de cuadros Harris en tonos vistosos, fotografiado en las páginas de revistas de arte en inauguraciones de museos, donde le habían pedido que dictara una conferencia.

Pese a ser un profesor riguroso y un amante de la disciplina, Langdon era el primero en abrazar lo que él denominaba el «arte perdido de pasarlo bien». Se entregaba a la diversión con un fanatismo contagioso que le había granjeado la aceptación fraternal de sus estudiantes. Su mote en el campus («El Delfín») era una referencia tanto a su naturaleza afable, como a su legendaria habilidad para zambullirse en una piscina y burlar a todo el equipo contrario en un partido de waterpolo.

Mientras contemplaba la oscuridad con aire ausente, el silencio de su casa se vio perturbado de nuevo, esta vez por el timbre de su fax. Demasiado agotado para enojarse, Langdon forzó una carcajada cansada.

El pueblo de Dios, pensó. *Dos mil años esperando a su Mesías, y siguen tan tozudos como una mula.*

Llevó el tazón vacío a la cocina y se encaminó pausadamente a su estudio chapado en roble. El fax recién llegado esperaba en la bandeja. Suspiró, recogió el papel y lo miró.

Al instante, una oleada de náuseas le invadió.

La imagen que mostraba la página era la de un cadáver humano. El cuerpo estaba desnudo, y tenía la cabeza vuelta hacia atrás en un ángulo de ciento ochenta grados. Había una terrible quemadura en el pecho de la víctima. Le habían grabado a fuego una sola palabra. Una palabra que Langdon conocía bien. Muy bien. Contempló las letras con incredulidad.

Illuminati

—Illuminati —tartamudeó, con el corazón acelerado. *No puede ser...*

Lentamente, temeroso de lo que iba a presenciar, Langdon dio la vuelta al fax. Miró la palabra al revés.

Al instante, se quedó sin respiración. Era como si le hubiera alcanzado un rayo. Incapaz de dar crédito a sus ojos, volvió a girar el fax y leyó la palabra en ambos sentidos.

—Illuminati —susurró.

Langdon, estupefacto, se dejó caer en una silla. Poco a poco, sus ojos se desviaron hacia la luz roja parpadeante del fax. Quien había enviado el fax estaba todavía conectado, a la espera de hablar. Langdon contempló la luz roja parpadeante durante largo rato.

Después, tembloroso, descolgó el auricular.

2

—¿He captado ahora su atención? —dijo la voz masculina cuando Langdon contestó por fin.

—Sí, ya lo creo. ¿Quiere hacer el favor de explicarse?

—Intenté decírselo antes. —La voz era precisa, mecánica—. Soy físico. Dirijo un laboratorio de investigaciones. Se ha cometido un asesinato. Usted ha visto el cadáver.

—¿Cómo me ha localizado?

Langdon apenas podía concentrarse. Su mente huía de la imagen del fax.

—Ya se lo he dicho. Internet. La página web de su libro *El arte de los Illuminati.*

Langdon intentó serenarse. Su libro era prácticamente desconocido en los círculos literarios dominantes, pero tenía un buen número de seguidores internautas. No obstante, la afirmación del desconocido era absurda.

—Esa página carece de información de contacto —explicó Langdon—. Estoy seguro.

—Tengo gente en el laboratorio muy experta en extraer información de la Red.

El escepticismo de Langdon no disminuía.

—Da la impresión de que su laboratorio sabe mucho sobre la Red.

—Por fuerza —replicó el hombre—. Nosotros la *inventamos.*

Algo en la voz del hombre reveló a Langdon que no estaba bromeando.

—He de verle —insistió el desconocido—. No podemos hablar de este asunto por teléfono. Mi laboratorio está a sólo una hora en avión de Boston.

Langdon analizó el fax que sostenía en la mano a la tenue luz del estudio. La imagen era impresionante, pues tal vez representaba el hallazgo epigráfico del siglo, una década de sus investigaciones confirmada en un solo símbolo.

—Es urgente —apremió la voz.

Los ojos de Langdon estaban clavados en el sello. *Illuminati,* leyó una y otra vez. Su trabajo siempre se había basado en el equivalente simbólico de los fósiles (documentos antiguos y rumores históricos), pero esta imagen era actual. Tiempo presente. Se sintió como un paleontólogo que se encontraba cara a cara con un dinosaurio vivo.

—Me he tomado la libertad de enviarle un avión —dijo la voz—. Llegará a Boston dentro de veinte minutos.

Langdon sintió la garganta seca. *A una hora de vuelo...*

—Le ruego que perdone mi atrevimiento —dijo la voz—. Le necesito aquí.

Langdon contempló otra vez el fax, un antiguo mito confirmado en blanco y negro. Las implicaciones eran aterradoras. Miró por la ventana. La aurora empezaba a insinuarse entre los abedules del patio trasero, pero la vista parecía algo diferente esta mañana. Cuando una extraña combinación de miedo y júbilo se apoderó de él, Langdon comprendió que no tenía elección.

—Usted gana —dijo—. Dígame dónde tomaré el avión.

3

A miles de kilómetros de distancia, dos hombres estaban reunidos. La estancia era sombría. Medieval. De piedra.

—*Benvenuto* —dijo el que estaba al mando. Se había sentado al abrigo de las sombras, para no ser visto—. ¿Tuvo éxito?

—*Sí* —contestó la figura oscura—. *Todo salió a la perfección.*

Sus palabras eran tan rotundas como las paredes de piedra.

—¿Y no habrá dudas de quién es el responsable?

—Ninguna.

—Espléndido. ¿Tiene lo que le había pedido?

Los ojos del asesino destellaron, negros como aceite. Mostró un pesado aparato electrónico y lo dejó sobre la mesa.

El hombre refugiado en las sombras pareció complacido.

—Buen trabajo.

—Servir a la hermandad es un honor —dijo el asesino.

—La fase dos está a punto de empezar. Vaya a descansar. Esta noche cambiaremos el mundo.

4

El Saab 900S de Robert Langdon salió del Callahan Tunnel por el lado este de Boston Harbor, cerca de la entrada al aeropuerto Logan. Langdon echó un vistazo al plano, localizó Aviation Road y giró a la izquierda una vez dejo atrás el antiguo edificio de Eastern Airlines. A trescientos metros de distancia, un hangar estaba sumido en la oscuridad. Tenía pintado un gran número «4» en la fachada. Aparcó en el estacionamiento y bajó del coche.

Un hombre de cara redonda con traje de vuelo azul salió de detrás del edificio.

—¿Robert Langdon? —inquirió. La voz del hombre era cordial. Tenía un acento que Langdon no pudo identificar.

—Soy yo —dijo Langdon, al tiempo que cerraba el coche con llave.

—Justo a tiempo —dijo el hombre—. Acabo de aterrizar. Sígame, por favor.

Mientras daban la vuelta al edificio, Langdon se sintió tenso. No estaba acostumbrado a llamadas telefónicas crípticas y citas secretas con desconocidos. Como no sabía qué esperar, se había puesto su típico atuendo de ir a clase: pantalones informales, jersey de cuello alto y chaqueta de *tweed* de cuadros Harris. Mientras caminaban, pensó en el fax que guardaba en el bolsillo de la chaqueta, incapaz de asimilar todavía la imagen que mostraba.

El piloto pareció intuir la angustia de Langdon.

—Volar no representa ningún problema para usted, ¿verdad, señor?

—En absoluto —contestó Langdon.

Los cadáveres marcados a fuego sí representan un problema para mí. Volar no tiene color, es lo de menos.

El hombre guió a Langdon hasta el final del hangar. Doblaron la esquina y desembocaron en la pista.

Langdon se detuvo y contempló boquiabierto el aparato aparcado en la pista.

—¿Vamos a volar en eso?

El hombre sonrió.

—¿Le gusta?

Langdon miró el avión durante un largo momento.

—¿Si me gusta? ¿Qué diablos *es*?

El aparato que tenía delante de sus narices era enorme. Recordaba vagamente a un trasbordador espacial, salvo que le habían afeitado la parte superior, de manera que era liso por completo. Semejaba una cuña colosal. La primera impresión de Langdon fue que debía de estar soñando. El vehículo parecía tan apropiado para volar como un Buick. Las alas prácticamente no existían. Eran dos aletas rechonchas en la parte posterior del fuselaje. Un par de timones dorsales se alzaban de la sección de popa. El resto del avión era únicamente casco (unos sesenta metros de longitud), sin ventanas, sólo casco.

—Doscientos cincuenta mil kilos con los depósitos llenos de combustible —explicó el piloto, como un padre que presumiera de su primogénito recién nacido—. Funciona con hidrógeno líquido. El fuselaje está hecho de una matriz de titanio con fibras de carburo de silicio. El director debe de tener mucha prisa por verle. No suele enviar al monstruo.

—¿Esa cosa *vuela*? —preguntó Langdon.

El piloto sonrió.

—Oh, sí. —Guió a Langdon hasta el avión—. Tiene un aspecto algo imponente, lo sé, pero será mejor que se acostumbre a él. Dentro de cinco años, sólo verá estas ricuras, TCAV: Transportes Civiles de Alta Velocidad. Nuestro laboratorio ha sido de los primeros en adquirir uno.

Menudo laboratorio será, pensó Langdon.

—Éste es un prototipo del Boeing X-33 —continuó el piloto—, pero hay docenas de otros: el National Aero Space Plane, los rusos tienen el Scramjet, los ingleses el HOTOL. El futuro está aquí, pero tardará un poco en llegar a la aviación comercial. Ya puede ir despidiéndose de los aviones convencionales.

Langdon miró el aparato con cautela.

—Creo que preferiría un avión convencional.

El piloto indicó la pasarela con un ademán.

—Sígame, por favor, señor Langdon. Mire dónde pisa.

Minutos después estaba sentado en la cabina vacía. El piloto le ciñó el cinturón de seguridad en la primera fila y se dirigió a la parte delantera del aparato.

La cabina se parecía sorprendentemente a la de un avión comercial. La única diferencia era que carecía de ventanas, lo cual inquietó a Langdon. Toda su vida había padecido una cierta claustrofobia, vestigios de un incidente de la infancia que nunca había llegado a superar.

La aversión de Langdon a los espacios cerrados no influía en su vida cotidiana, pero siempre le frustraba. Se manifestaba de maneras sutiles. Evitaba deportes que se practicaban en recintos cerrados como el racquetball o el squash, y había pagado de buen grado una pequeña fortuna por su amplia casa victoriana de techos altos, aunque habría podido alojarse en la facultad por un precio módico. Langdon había sospechado con frecuencia que su atracción por el mundo del arte desde la infancia se debía a su amor por los espacios abiertos de los museos.

Los motores cobraron vida con un estruendo y el fuselaje vibró. Langdon tragó saliva y esperó. Sintió que el avión comenzaba a correr sobre la pista. Sonó música *country* en los altavoces.

Un teléfono de pared que tenía a su lado emitió dos pitidos. Langdon levantó el auricular.

—¿Diga?

—¿Está cómodo, señor Langdon?

—Ni hablar.

—Relájese. Llegaremos dentro de una hora.

—¿Adónde, exactamente? —preguntó Langdon, al darse cuenta de que no tenía ni idea de cuál era su lugar de destino.

—A Ginebra —contestó el piloto, acelerando los motores—. El laboratorio está en Ginebra.

—En Ginebra —repitió Langdon, y se sintió un poco mejor—. Estado de Nueva York. De hecho, tengo parientes cerca del lago Seneca. No sabía que había un laboratorio de física en Ginebra.

El piloto rió.

—En Ginebra, Nueva York, no, señor Langdon. En Ginebra, Suiza.

El cerebro de Robert Langdon tardó un momento en registrar la palabra.

—¿Suiza? —sintió que el pulso se le aceleraba—. ¿No ha dicho que el laboratorio estaba a una hora de distancia?

—En efecto, señor Langdon. —El piloto lanzó una risita—. Este avión vuela a Mach quince.

5

En una concurrida calle europea, el asesino se abría paso entre la multitud. Era un hombre poderoso. Malvado y fuerte. Engañosamente ágil. Aún sentía los músculos tensos por la emoción que le había causado la reunión.

Ha ido bien, se dijo. Aunque su patrón no había descubierto su rostro, el asesino se sentía honrado por haber estado en su presencia. *¿De veras habían transcurrido tan sólo quince días desde que su patrón se había puesto en contacto con él por primera vez?* El asesino todavía recordaba cada palabra de aquella llamada…

—Mi nombre es Jano —había dicho el desconocido—. En cierto modo, estamos emparentados. Compartimos un enemigo. Me han dicho que sus habilidades pueden alquilarse.

—Depende de a quién represente usted —contestó el asesino.

El desconocido se lo dijo.

—¿Es esto su idea de una broma?

—Veo que le suena nuestro nombre —contestó el cliente.

—Por supuesto. La hermandad es legendaria.

—Y no obstante, duda de mi autenticidad.

—Todo el mundo sabe que de la hermandad no queda nada.

—Una treta muy hábil. El enemigo más peligroso es el que nadie teme.

El asesino se mostró escéptico.

—¿La hermandad perdura?

—Más clandestina que nunca. Nuestras raíces invaden todo lo visible, incluso la fortaleza sagrada de nuestro enemigo más encarnizado.

—Imposible. Son invulnerables.

—Nuestra mano llega muy lejos.

—Nadie llega tan lejos.

—Muy pronto, me creerá. Una demostración irrefutable del poder de la hermandad ha trascendido ya. Un solo acto de traición y prueba.

—¿Qué han hecho?

El cliente se lo dijo.

El asesino no acababa de creérselo.

—Una tarea imposible.

Al día siguiente, los periódicos de todo el mundo publicaron el mismo titular. El asesino se convirtió en un creyente.

Quince días después, la fe del asesino se había fortalecido más allá de toda duda. *La hermandad perdura,* pensó. *Esta noche, saldrán a la superficie y revelarán su poder.*

Mientras caminaba por las calles, un presagio aleteaba en sus ojos negros. Una de las hermandades más secretas y temidas de la historia le había llamado para solicitar sus servicios. *Han escogido con sabiduría,* pensó. La fama de su discreción sólo era superada por la de su eficacia a la hora de matar.

Hasta el momento, les había servido con nobleza. Había cometido el asesinato y entregado el objeto a Jano, tal como le habían pedido. Ahora, le tocaba a Jano utilizar su poder para depositar el objeto en el lugar elegido.

El lugar elegido...

El asesino se preguntó cómo podría llevar a cabo Jano una tarea tan asombrosa. Era evidente que el hombre tenía contactos en el interior. El dominio de la hermandad parecía ilimitado.

Jano, pensó el asesino. *Un nombre en clave, sin duda.* ¿Era una referencia al dios romano de las dos caras... o a la luna de Saturno?, se preguntó. Daba igual. El poder de Jano era ilimitado. Lo había demostrado sin la menor duda.

Mientras el asesino andaba, imaginó que sus antepasados le sonreían. Hoy estaba continuando su lucha, estaba combatiendo contra el mismo enemigo al que habían plantado cara durante siglos, hasta remontarse al siglo XI, cuando los ejércitos enemigos habían saqueado por primera vez su tierra, violado y asesinado a su gente, declarándolos impuros, profanando sus templos y dioses.

Sus antepasados habían formado un ejército, pequeño pero mortífero, para defenderse. Sus miembros se hicieron famosos en todo el país como protectores, hábiles ejecutores que recorrían la campiña exterminando a todos los enemigos que podían encontrar. Se hicieron famosos no sólo por sus brutales matanzas, sino también por cometer sus asesinatos sumiéndose previamente en estados alterados de conciencia inducidos por drogas. La droga que habían elegido era un potente estupefaciente llamado hachís.

A medida que se extendía su celebridad, estos hombres mortíferos fueron conocidos con una sola palabra, «Hassassin», literalmente «seguidores del hachís». El nombre hassassin se convirtió en sinónimo de muerte en casi todos los idiomas de la Tierra. La palabra todavía se utilizaba hoy, incluso en el inglés moderno, pero al igual que el arte de matar, la palabra también había evolucionado.

Ahora se pronunciaba *asesino*.

6

Habían transcurrido sesenta y cuatro minutos cuando un incrédulo y algo mareado Robert Langdon bajó por la pasarela a la pista bañada por el sol. Una brisa fresca agitó las solapas de su chaqueta de *tweed*. Salir al aire libre se le antojó maravilloso. Contempló el valle de un verde frondoso que se alzaba hasta los picos nevados que los rodeaban.

Estoy soñando, se dijo. *Me despertaré de un momento a otro.*

—Bienvenido a Suiza —dijo el piloto, que tuvo que gritar para imponerse al rugido de los motores.

Langdon consultó su reloj. Señalaba las siete y siete minutos de la mañana.

—Acaba de cruzar seis husos horarios —le advirtió el piloto—. Aquí pasan unos minutos de la una de la tarde.

Langdon puso en hora el reloj.

—¿Cómo se encuentra?

Langdon se masajeó el estómago.

—Como si hubiera comido poliuretano.

El piloto asintió.

—Efecto de la altitud. Nos elevamos a dieciocho mil metros. El peso disminuye un treinta por ciento. Es una suerte que sólo cruzáramos el charco. De haber ido a Tokio, habría alcanzado la altura máxima: ciento cincuenta kilómetros. Se le revuelven a uno las tripas.

Langdon asintió y se consideró afortunado. Teniendo en cuenta todo, el vuelo había sido muy normal. Aparte de que la aceleración de despegue le había triturado los huesos, el movimiento del avión había sido bastante típico: alguna turbulencia ocasional, unos pocos cambios de presión al ascender, pero nada que indicara que hubieran surcado el espacio a una velocidad de veinte mil kilómetros por hora.

Un grupo de técnicos se acercó a toda prisa para ocuparse del X-33. El piloto acompañó a Langdon hasta un Peugeot sedán negro aparcado junto a la torre de control. Momentos después, tomaron una carretera pavimentada que atravesaba el fondo del valle. Un tenue grupo de edificios se alzaba a lo lejos. Las praderas pasaban a su lado como una exhalación.

Langdon vio con incredulidad que el piloto aumentaba la velocidad hasta alcanzar los ciento setenta kilómetros por hora. *¿Qué le pasa a este tipo y a qué vienen tantas prisas?*

—El laboratorio dista cinco kilómetros —dijo el piloto—. Estaremos allí dentro de dos minutos.

Langdon buscó en vano el cinturón de seguridad. *¿Por qué no lo dejamos en tres y llegamos sanos y salvos?*

El coche aceleró.

—¿Le gusta Reba? —preguntó el piloto, al tiempo que introducía una cinta en el radiocasete.

Se oyo la voz de una cantante. «Es el miedo a estar sola...»

Pues yo no tengo miedo, pensó Langdon con aire ausente. Sus colegas femeninas solían decirle en broma que su colección de objetos, digna de un museo, no era nada más que un intento obvio de llenar una casa vacía, una casa que, insistían, se beneficiaría en grado sumo de la presencia de una mujer. Langdon siempre reía, y les recordaba que ya tenía tres amores en su vida (la simbología, el waterpolo y la soltería), siendo esta última una libertad que le permitía viajar a lo largo y ancho del mundo, acostarse tan tarde como le apeteciera y disfrutar de noches tranquilas en casa con un coñac y un buen libro.

—Somos como una ciudad en miniatura —dijo el piloto, arrancando a Langdon de sus pensamientos—. No sólo hay laboratorios. Tenemos supermercados, un hospital, hasta un cine.

Langdon asintió sin pensar y contempló el complejo de edificios que se alzaban ante ellos.

—De hecho —añadió el piloto—, poseemos la máquina más grande de la tierra.

—¿De veras?

Langdon inspeccionó el paisaje.

—No la verá ahí, señor. —El piloto sonrió—. Está enterrada a seis pisos bajo tierra.

Langdon no tuvo tiempo de preguntar. Sin previo aviso, el piloto pisó el freno. El coche se detuvo ante una caseta de vigilancia reforzada.

Langdon leyó el letrero. SÉCURITÉ. ARRETEZ. De pronto, experimentó una oleada de pánico, al tomar conciencia por fin de dónde estaba.

—¡Dios mío! ¡No he traído el pasaporte!

—Los pasaportes no son necesarios —le tranquilizó el chófer—. Tenemos un acuerdo con el gobierno suizo.

Langdon vio, perplejo, que el chófer entregaba al guardia una identificación. El guardia la pasó por un aparato de detección electrónica. Un destello verde apareció en el aparato.

—¿Nombre del pasajero?

—Robert Langdon —contestó el chófer.

—¿Quién le ha invitado?

—El director.

El guardia enarcó las cejas. Se volvió y echó un vistazo a una hoja impresa por ordenador, que cotejó con los datos de la pantalla de su ordenador. Después, se volvió hacia la ventana.

—Que disfrute de su estancia, señor Langdon.

El coche se puso en marcha de nuevo hacia la entrada del edificio principal situado a doscientos metros. Ante ellos se desplegaba una estructura rectangular ultramoderna de vidrio y acero. Langdon se quedó asombrado por el diseño transparente del edificio. Siempre había sido muy aficionado a la arquitectura.

—La Catedral de Cristal —explicó su acompañante.

—¿Una iglesia?

—No, por favor. Una iglesia es lo único que no tenemos. La física es la religión de este lugar. Puede tomar el nombre del Señor en vano cuantas veces quiera —rió—, pero no se meta con los quarks o los mesones.

Langdon se quedó perplejo, mientras el chófer frenaba ante el edificio de cristal. *¿Quarks y mesones? ¿Sin control de fronteras? ¿Aviones que alcanzan una velocidad de Mach quince? ¿Quién demonios SON estos tipos?* La losa de granito grabada que había delante del edificio le facilitó la respuesta:

CERN

Conseil Européen pour la
Recherche Nucléaire

—¿Investigaciones nucleares? —preguntó Langdon, casi seguro de que su traducción era correcta.

El chófer no contestó. Estaba inclinado hacia adelante, mientras manipulaba el radiocasete del coche.

—Aquí es donde se baja usted. El director le recibirá en la entrada.

Langdon reparó en un hombre que salía del edificio sentado en una silla de ruedas. Aparentaba unos sesenta años. Enjuto y calvo, de mandíbula firme, llevaba una bata blanca de laboratorio y zapatos de calle plantados con determinación en el apoyapiés de la silla. Incluso desde lejos, sus ojos parecían carentes de vida, como dos piedras grises.

—¿Es él? —preguntó Langdon.

El chófer alzó la vista.

—Bien, me voy. —Se volvió y dirigió a Langdon una sonrisa ominosa—. Para que luego hablen del demonio.

Sin saber qué debía esperar, Langdon bajó del vehículo.

El hombre de la silla de ruedas aceleró hacia él y le extendió una mano fría y húmeda.

—¿Señor Langdon? Hablamos por teléfono. Me llamo Maximilian Kohler.

7

Maximilian Kohler, director general del CERN, era conocido a sus espaldas como *Der König*, el Rey. Era un título más de temor que de respeto por la figura que gobernaba sus dominios desde una silla de ruedas. Aunque pocos le conocían en persona, la horripilante historia de las circunstancias en que había quedado tullido circulaba por el CERN, y pocos le culpaban por su amargura... y por su dedicación a la ciencia pura.

A los pocos momentos de hallarse en presencia de Kohler, Langdon ya presintió que el director era un hombre que mantenía las distancias. Descubrió que casi debía correr para no rezagarse de la silla de ruedas eléctrica de Kohler, que rodaba en silencio hacia la entrada principal. Langdon nunca había visto una silla eléctrica semejante, equipada con una hilera de aparatos electrónicos que incluían un teléfono multilínea, un sistema de buscapersonas, pantalla de ordenador e incluso una cámara de vídeo desmontable. El centro de mando móvil del rey Kohler.

Langdon atravesó una puerta mecánica y entró en el enorme vestíbulo principal del CERN.

La Catedral de Cristal, pensó Robert Langdon, y alzó la vista hacia el cielo.

El techo azulino de vidrio brillaba al sol de la tarde, proyectaba rayos de dibujos geométricos en el aire y dotaba a la estancia de una sensación de grandeza. Sombras angulares caían como venas sobre las paredes de baldosas blancas y los suelos de mármol. El aire olía a limpio, como esterilizado. Un puñado de científicos se movía de un lado a otro, y el eco de sus pasos resonaba en el espacio.

—Por aquí, señor Langdon. —Era una voz casi electrónica. Su acento era rígido y preciso, al igual que sus facciones severas. Kohler tosió y se secó la boca con un pañuelo blanco, mientras clavaba sus mortecinos ojos grises en Langdon—. Apresúrese, por favor.

Daba la impresión de que su silla de ruedas saltaba sobre el suelo de baldosas.

Langdon dejó atrás lo que se le antojaron incontables pasillos que nacían del atrio principal. Todos los corredores bullían de actividad. Los científicos que veían a Kohler parecían sorprenderse, y miraban a Langdon como si se preguntaran quién debía ser para merecer tan alto honor.

—Me avergüenza admitir —dijo Langdon, con el fin de entablar conversación—, que nunca había oído hablar del CERN.

—No me sorprende —contestó Kohler con fría eficiencia—. La mayoría de norteamericanos no consideran a Europa el líder mundial de la investigación científica. Nos ven como un distrito comercial peculiar. Una percepción extraña, teniendo en cuenta la nacionalidad de hombres como Einstein, Galileo y Newton.

Langdon no supo muy bien qué contestar. Sacó el fax de su bolsillo.

—¿Este hombre de la fotografía...?

Kohler le interrumpió con un ademán.

—Aquí no, por favor. Ahora le acompaño a verle. —Extendió la mano—. Quizá debería quedarme con eso.

Langdon le tendió el fax y guardó silencio.

Kohler torció a la izquierda y entró en un amplio pasillo adornado con premios y menciones. Una placa de gran tamaño dominaba la entrada. Langdon se detuvo a leer la frase grabada en el bronce.

PREMIO ARS ELECTRONICA
A la Innovación Cultural en la Era Digital
Concedido a Tim Berners Lee y el CERN
por la invención de la
WORLDWIDE WEB

Que me aspen, pensó Langdon, mientras leía el texto. *Este tipo no estaba bromeando.* Langdon siempre había creído que Internet era un invento norteamericano. Una vez más, sus conocimientos estaban limitados a la página web de su propio libro y a las ocasionales exploraciones on-line del Prado o del Louvre en su Macintosh.

—La Red —dijo Kohler. Tosió y volvió a secarse la boca— empezó aquí como una red de ordenadores internos. Permitía a los científicos de departamentos diferentes compartir los hallazgos diarios mutuamente. Claro, todo el mundo cree que la Red es tecnología norteamericana.

Langdon le siguió por el pasillo.

—¿Por qué no enmiendan el error?

Kohler se encogió de hombros, como si el tema no le interesara.

—Un malentendido sin importancia sobre una tecnología sin importancia. El CERN es mucho más grande que una conexión global de ordenadores. Nuestros científicos producen milagros casi a diario.

Langdon dirigió a Kohler una mirada inquisitiva.

—¿Milagros?

La palabra «milagro» no formaba parte del vocabulario empleado en el Fairchild Science Building de Harvard. Los milagros se dejaban a la Facultad de Teología.

—Parece escéptico —dijo Kohler—. Pensaba que era usted un simbolista religioso. ¿No cree en milagros?

—No lo tengo muy claro —dijo Langdon. *Sobre todo en relación con los que tienen lugar en laboratorios científicos.*

—Tal vez milagro no sea la palabra adecuada. Sólo intentaba adaptarme a su lenguaje.

—¿Mi lenguaje? —De repente, Langdon se sintió incómodo—. No es que quiera decepcionarle, señor, pero yo estudio simbología religiosa. Soy un académico, no un sacerdote.

De repente, Kohler aminoró la velocidad y se volvió. Su mirada se suavizó un tanto.

—Por supuesto. Ha sido una torpeza por mi parte. No es preciso padecer cáncer para analizar sus síntomas.

Langdon nunca lo había oído expresado de esa manera.

Mientras avanzaban por el corredor, Kohler asintió en señal de aceptación.

—Sospecho que usted y yo nos entenderemos a la perfección, señor Langdon.

Langdon se permitió dudarlo.

Mientras ambos continuaban a buen paso, Langdon empezó a percibir un ruido profundo a lo lejos. Se hizo más pronunciado a cada paso que daban, y resonaba en las paredes. Producía la impresión de proceder del final del pasillo.

—¿Qué es eso? —preguntó. Para hacerse oír, tuvo que gritar. Experimentó la sensación de que se estaban acercando a un volcán en actividad.

—El Tubo de Caída Libre —contestó Kohler, y su voz hueca cortó el aire sin esfuerzo. No le dio más explicaciones.

Langdon no preguntó. Estaba agotado, y a Maximilian Kohler no parecía interesarle ganar ningún premio a la hospitalidad. Langdon se recordó por qué estaba aquí. *Illuminati.* Supuso que en esta colosal instalación había un cadáver, un cuerpo marcado a fuego con un símbolo por el que había volado cinco mil novecientos kilómetros para verlo.

Cuando se acercaron al final del pasillo, el estrépito se hizo ensordecedor, y vibraba en las suelas de los zapatos de Langdon. Doblaron la curva y apareció a la derecha una galería de observación. Cuatro portales de gruesos cristales estaban empotrados en una pared curva, como ventanas en un submarino. Langdon se detuvo y miró por uno de los agujeros.

El profesor Robert Langdon había visto algunas cosas extrañas en el curso de su vida, pero ésta las superaba a todas. Parpadeó varias veces, y se preguntó si padecía alucinaciones. Estaba contemplando una enorme cámara circular. En el interior de la cámara, flotando como si careciera de peso, había gente. Tres personas. Una saludó con la mano y dio un salto mortal en el aire.

Dios mío, pensó. *Estoy en el país de Oz.*

El suelo de la estancia era una reja, como una gigantesca plancha de alambre. Bajo la reja se veía la mancha metálica de un enorme propulsor.

—Tubo de Caída Libre —dijo Kohler, y se detuvo para esperarle—. Paracaidismo de interior. Para aliviar el estrés. Es un túnel de viento vertical.

Langdon miró asombrado. Uno de los tres paracaidistas, una mujer obesa, se acercó a la ventana. Las corrientes de aire la abofeteaban, pero sonrió y enseñó a Langdon los dos pulgares alzados. Langdon forzó una sonrisa y le devolvió el gesto, mientras se preguntaba si la mujer sabía que era el antiguo símbolo fálico de la virilidad masculina.

Langdon observó que la mujer era la única que llevaba lo que semejaba un paracaídas en miniatura. El casquete de tela flotaba sobre ella como un juguete.

—¿Para qué sirve el paracaídas pequeño? —preguntó Langdon a Kohler—. No debe de medir más de un metro de diámetro.

—Es por la fricción —dijo Kohler—. Disminuye su resistencia al aire para que el ventilador pueda alzarla. —Desvió la vista hacia el corredor—. Un metro cuadrado de tela disminuye la velocidad de caída de un cuerpo en un veinte por ciento.

Langdon asintió, perplejo.

No sospechó ni por un momento que más tarde, aquella noche, en un país situado a cientos de kilómetros, esa información le salvaría la vida.

8

Cuando Kohler y Langdon salieron del complejo principal del CERN al sol de Suiza, Langdon se sintió transportado a casa. El panorama que se extendía ante él parecía un campus universitario de cualquiera de las más prestigiosas instituciones educativas de la costa Este de Estados Unidos.

Una pendiente cubierta de hierba descendía hasta una planicie donde crecían bosquecillos de arces en cuadriláteros bordeados de edificios residenciales de ladrillo y senderos peatonales. Individuos con pinta de estudiosos entraban y salían de los edificios, cargados con libros. Como para acentuar la atmósfera universitaria, dos hippies melenudos se lanzaban un *frisbee*, mientras disfrutaban de la Cuarta sinfonía de Mahler, que surgía a todo volumen por la ventana de un dormitorio.

—Son las viviendas de los residentes —explicó Kohler, mientras aceleraba la silla de ruedas en dirección a los edificios—. Tenemos más de tres mil físicos aquí. Sólo el CERN emplea más de la mitad de los físicos de partículas del mundo. Las mentes más brillantes del planeta: alemanes, japoneses, italianos, holandeses, lo que quiera. Nuestros físicos representan a más de quinientas universidades y sesenta nacionalidades.

Langdon se quedó asombrado.

—¿Cómo se comunican?

—En inglés, por supuesto. El idioma universal de la ciencia.

Langdon siempre había oído que las matemáticas constituían el idioma universal de la ciencia, pero estaba demasiado cansado para discutir. Siguió obediente a Kohler.

A mitad de camino, un joven pasó corriendo. Su camiseta proclamaba: ¡SIN TGU NO HAY GLORIA!

Langdon le siguió con la mirada, intrigado.

—¿TGU?

—Teoría General Unificada —explicó Kohler—. La teoría de todo.

—Entiendo —dijo Langdon, que no entendía nada.

—¿Sabe algo de la física de partículas, señor Langdon?

Langdon se encogió de hombros.

—Sé algo de la física general: la caída de los cuerpos, esas cosas. —Sus años de buceador le habían inducido un profundo respeto por el asombroso poder de la aceleración gravitacional—. La física de partículas se ocupa del estudio de los átomos, ¿verdad?

Kohler negó con la cabeza.

—Los átomos son como planetas comparados con lo que nosotros estudiamos. Nuestro interés se centra en el *nucleus* del átomo, una mera diezmilésima parte del tamaño total. —Tosió de nuevo, como si estuviera enfermo—. Los hombres y mujeres del CERN están aquí para encontrar respuestas a las mismas preguntas que el hombre se ha planteado desde el principio de los tiempos. ¿De dónde venimos? ¿De qué estamos hechos?

—¿Y esas respuestas se encuentran en un laboratorio de física?

—Parece sorprendido.

—Lo estoy. La pregunta parece de tipo espiritual.

—Señor Langdon, todas las preguntas fueron de tipo espiritual en su momento. Desde el principio de los tiempos, la espiritualidad y la religión se han utilizado para llenar los huecos que la ciencia no comprendía. La salida y la puesta del Sol se atribuyeron en otro tiempo a *Helios* y un carro de fuego. Los terremotos y los maremotos eran la ira de Poseidón. La ciencia ha demostrado ahora que esos dioses eran ídolos falsos. Pronto, demostraremos que *todos* los dioses son falsos ídolos. La ciencia ha proporcionado respuestas a casi todas las preguntas que el hombre puede formular. Sólo quedan unas cuantas, y son las esotéricas. ¿De dónde venimos? ¿Qué hacemos aquí? ¿Cuál es el sentido de la vida y del universo?

Langdon estaba asombrado.

—¿Son éstas las preguntas que intenta contestar el CERN?

—Le corrijo: éstas son las preguntas que estamos contestando.

Langdon guardó silencio, mientras los dos hombres deambulaban a través de los cuadriláteros residenciales. Un *frisbee* voló sobre sus cabezas y aterrizó delante de ellos. Kohler no hizo caso y siguió adelante.

Una voz llamó desde el otro ángulo del cuadrilátero.

—*S'il vous plaît!*

Langdon miró. Un hombre canoso de edad avanzada, con una sudadera del College Paris, le estaba haciendo señas. Langdon recogió el *frisbee* y se lo devolvió con pericia. El anciano lo atrapó sobre un dedo y lo hizo rebotar varias veces antes de lanzarlo por encima del hombro hacia su compañero.

—*Merci!* —gritó a Langdon.

—Le felicito —dijo Kohler cuando Langdon le alcanzó—. Acaba de lanzarle el *frisbee* al ganador del premio Nobel Georges Charpak, inventor de la cámara proporcional multihilo.

Langdon asintió. *Hoy es mi día de suerte.*

• • •

Langdon y Kohler tardaron tres minutos más en llegar a su destino, un edificio amplio y bien cuidado, situado en un bosquecillo de álamos. Comparado con los demás, el edificio parecía lujoso. El letrero de piedra tallada anunciaba EDIFICIO C.

Muy imaginativo, pensó Langdon.

Pero pese a su nombre vulgar, el Edificio C coincidía con el gusto arquitectónico de Langdon: conservador y sólido. Tenía una fachada de ladrillo rojo, una balaustrada trabajada, y etaba cercado por setos esculpidos simétricos. Cuando los dos hombres subieron por el sendero de piedra hacia la entrada, pasaron bajo un pórtico formado por un par de columnas de mármol. Alguien había pegado una nota adhesiva en una de ellas.

ESTA COLUMNA ES IÓNICA

¿Graffitis de físicos?, se preguntó Langdon, mientras estudiaba la columna y reía para sí.

—Me tranquiliza ver que hasta los físicos brillantes cometen errores.

Kohler le miró.

—¿A qué se refiere?

—Quien escribió esa nota cometió un error, aparte de escribirlo mal. La columna no es iónica, sino jónica. Las columnas jónicas son de anchura uniforme. Ésta es ahusada. Es dórica, la contrapartida griega. Un error muy común.

Kohler no sonrió.

—El autor quería hacer una broma, señor Langdon. «Iónica» significa que contiene iones, partículas cargadas eléctricamente. La mayoría de objetos las contienen.

Langdon miró la columna y gruñó.

Langdon aún se sentía como un estúpido cuando salió del ascensor en el último piso del Edificio C. Siguió a Kohler por un corredor bien amueblado. La decoración no era la que se esperaba, de estilo francés colonial tradicional: un diván cereza, un jarrón de porcelana y muebles con volutas de madera.

—Nos gusta que nuestros científicos se sientan cómodos —explicó Kohler.

Es evidente, pensó Langdon.

—¿El hombre del fax vivía aquí? ¿Era uno de sus empleados de alto nivel?

—En efecto —dijo Kohler—. No acudió a una reunión que teníamos concertada esta mañana y su buscapersonas no contestó. Vine a buscarle y le encontré muerto en su sala de estar.

Langdon sintió un escalofrío cuando comprendió que estaba a punto de ver un cadáver. Se le revolvía el estómago con facilidad. Era una debilidad que había descubierto en sus tiempos de estudiante de historia del arte, cuando el profesor informó a la clase de que Leonardo da Vinci había profundizado sus conocimientos del cuerpo humano exhumando cadáveres y diseccionando su musculatura.

Kohler le guió hasta el final del pasillo. Había una sola puerta.

—El apartamento del ático, como dirían ustedes —anunció Kohler, al tiempo que se secaba una gota de sudor de la frente.

Langdon echó un vistazo a la solitaria puerta de roble. Una placa rezaba:

LEONARDO VETRA

—Leonardo Vetra —dijo Kohler— habría cumplido cincuenta y ocho años la semana que viene. Era uno de los científicos más brillantes de nuestro tiempo. Su muerte significa una profunda pérdida para la ciencia.

Por un instante, Langdon creyó percibir emoción en el rostro endurecido de Kohler, pero se esfumó al instante. Kohler introdujo la mano en el bolsillo y empezó a buscar en un llavero.

De pronto, a Langdon se le ocurrió una idea extraña. El edificio parecía desierto.

—¿Dónde está todo el mundo? —preguntó. La falta de actividad no era lo que esperaba encontrar, considerando que estaban a punto de entrar en el escenario de un crimen.

—Los residentes están en sus laboratorios —contestó Kohler, que al fin había encontrado la llave.

—Me refiero a la policía —aclaró Langdon—. ¿Ya se han ido?

Kohler se detuvo, con la llave a medio camino de la cerradura.

—¿La policía?

Los ojos de Langdon se encontraron con los del director.

—La policía. Usted me envió un fax acerca de un homicidio. Tiene que haber llamado a la policía.

—Por supuesto que no.

—¿Cómo?

Los ojos grises de Kohler se hicieron más penetrantes.

—La situación es complicada, señor Langdon.

Langdon sintió una oleada de aprensión.

—Pero... ¡alguien más se habrá enterado!

—Sí. La hija adoptiva de Leonardo. También trabaja como física aquí. Ella y su padre comparten el laboratorio. Son compañeros. La señorita Vetra se ausentó esta semana para llevar a cabo investigaciones de campo. Le he comunicado la muerte de su padre, y se halla de camino en este momento.

—Pero un hombre ha sido ase...

—Tendrá lugar una investigación oficial —afirmó Kohler—. Sin embargo, eso significará un registro a fondo del laboratorio de Vetra, un espacio que su hija y él consideraban absolutamente privado. Por consiguiente, esperaremos a que la señorita Vetra llegue. Creo que le debo esa pequeña muestra de discreción.

Kohler giró la llave.

Cuando la puerta se abrió, una ráfaga de aire helado siseó y alcanzó a Langdon en plena cara. Retrocedió, confuso. Estaba contemplando el interior de un mundo extraño. El piso estaba inmerso en una espesa niebla blanca. La niebla remolineaba formando vórtices humeantes alrededor de los muebles, como una mortaja que envolviera la habitación en una neblina opaca.

—¿Qué es...? —tartamudeó Langdon.

—Sistema de aire acondicionado por freón —contestó Kohler—. Refrigeré el piso para conservar el cuerpo.

Langdon se abotonó la chaqueta para protegerse del frío. *Estoy en Oz*, pensó. *Y he olvidado mis zapatillas mágicas.*

9

El aspecto del cadáver era espantoso. El difunto Leonardo Vetra yacía de espaldas, desnudo, y la piel había adquirido un color gris azulado. Las vértebras cervicales sobresalían en el punto donde las habían roto, y tenía la cabeza girada por completo hacia atrás. La cara no se veía, aplastada contra el suelo. El hombre estaba tendido sobre un charco congelado de su propia orina, y el vello que rodeaba sus genitales encogidos estaba salpicado de escarcha.

Sobreponiéndose a la náusea que la vista del cadáver le producía, Langdon se obligó a que sus ojos se posaran sobre el pecho de la víctima. Aunque había examinado la herida simétrica una docena de veces en el fax, ésta era infinitamente más impresionante en vivo. La carne, levantada y quemada, estaba perfectamente delineada y el símbolo formado sin mácula.

Langdon se preguntó si el intenso escalofrío que recorría su columna vertebral se debía al aire acondicionado o al asombro que le embargó cuando captó el significado de lo que estaba mirando.

Su corazón se aceleró cuando caminó alrededor del cadáver y leyó la palabra al revés, lo cual reafirmaba el genio de la simetría. El símbolo se le antojó aún menos concebible ahora que lo miraba.

—¿Señor Langdon?

Langdon no le oyó. Estaba en otro mundo, su mundo, su elemento, un mundo en el que la historia, el mito y la realidad colisionaban e inundaban sus sentidos. Los engranajes giraban.

—¿Señor Langdon?

Los ojos de Kohler le sondeaban, expectantes.

Langdon no levantó la vista. Su atención estaba concentrada por completo.

—¿Ha averiguado algo ya?

—Sólo lo que tuve tiempo de leer en su página web —respondió Kohler—. La palabra *Illuminati* significa «los iluminados». Es el nombre de una hermandad antigua.

Langdon asintió.

—¿Había oído el nombre antes?

—No, hasta que lo vi grabado en el cuerpo del señor Vetra.

—¿Lo buscó en Internet?

—Sí.

—Y encontró cientos de referencias, sin duda.

—Miles —dijo Kohler—. Su página web, no obstante, contenía referencias a Harvard, Oxford, un reputado editor y una lista de publicaciones relacionadas. Como científico, he llegado a aprender que la información sólo es tan válida como su origen. Sus credenciales parecían auténticas.

Los ojos de Langdon seguían clavados en el cadáver.

Kohler no dijo nada más. Esperó a que Langdon arrojara alguna luz sobre lo sucedido.

Langdon alzó la vista y paseó la mirada por el piso.

—¿Y si hablamos en un lugar más cálido?

—Esta habitación es perfecta. —Kohler parecía indiferente al frío—. Hablaremos aquí.

Langdon frunció el ceño. La historia de los *Illuminati* no era nada sencilla. *Moriré congelado intentando explicarla.* Contempló de nuevo la marca, asombrado.

Aunque las referencias sobre el emblema de los Illuminati eran legendarias en la simbología moderna, ningún erudito lo había visto. Antiguos documentos describían el símbolo como un ambigrama, lo cual quería decir que se podía leer en ambos sentidos. Y si bien los ambigramas eran habituales en la simbología (esvásticas, ying y yang, las estrellas judías, cruces sencillas), la idea de que una palabra pudiera convertirse en un ambigrama parecía imposible. Los expertos en simbología modernos habían intentado durante años imprimir a la palabra «Illuminati» un estilo perfectamente simétrico, pero habían fracasado miserablemente. Casi todos los estudiosos habían llegado a la conclusión de que la existencia del símbolo era un mito.

—¿Quiénes son los Illuminati? —preguntó Kohler.

Sí, pensó Langdon, *¿quiénes son, en realidad?* Empezó su relato.

—Desde el inicio de la historia —explicó Langdon—, ha existido una profunda brecha entre ciencia y religión. Científicos sin pelos en la lengua como Copérnico...

—Fueron asesinados —interrumpió Kohler—. Asesinados por la Iglesia por revelar verdades científicas. La religión siempre ha perseguido a la ciencia.

—Sí, pero en el siglo dieciséis, un grupo de hombres luchó en Roma contra la Iglesia. Algunos de los italianos más esclarecidos (físicos, matemáticos, astrónomos) empezaron a reunirse en secreto para compartir sus preocupaciones sobre las enseñanzas equivocadas de la Iglesia. Temían que el monopolio de la «verdad» que ejercía la Iglesia amenazara al esclarecimiento cultural del mundo entero. Fundaron el primer gabinete estratégico científico del mundo, y se autoproclamaron «los iluminados».

—Los Illuminati.

—Sí —dijo Langdon—. Las mentes más preclaras de Europa... dedicadas a la búsqueda de la verdad científica.

Kohler guardó silencio.

—Como es natural, los Illuminati fueron perseguidos ferozmente por la Iglesia católica. Los científicos sólo consiguieron salvarse gracias a ritos de extremado secretismo. Corrió la voz entre los estudiosos clandestinos, y la hermandad de los Illuminati creció hasta incluir a eruditos de toda Europa. Los científicos se reunían con regularidad en Roma, en una guarida ultrasecreta que llamaban la *Iglesia de la Iluminación.*

Kohler tosió y se removió en su silla.

—Muchos Illuminati —continuó Langdon— quisieron combatir la tiranía de la Iglesia con actos de violencia extrema, pero su miembro más reverenciado los disuadió. Era pacifista, así como uno de los científicos más famosos de la historia.

Langdon estaba seguro de que Kohler reconocería el nombre. Hasta los no científicos conocían la historia del desventurado astrónomo que había sido detenido y casi ejecutado por la Iglesia cuando proclamó que el Sol, y no la Tierra, era el centro del sistema solar. Aunque sus datos eran incontrovertibles, el astrónomo fue castigado con severidad por insinuar que Dios había colocado a la humanidad en un lugar que no era el centro de Su universo.

—Se llamaba Galileo Galilei —dijo.

Kohler alzó la vista.

—¿Galileo?

—Sí, Galileo era un Illuminatus, y también un católico devoto. Intentó suavizar la posición de la Iglesia sobre la ciencia cuando proclamó que la ciencia no socavaba la existencia de Dios, sino que, antes al contrario, la reafirmaba. En una ocasión, escribió que, cuando miraba por su telescopio los planetas, oía la voz de Dios en la música de las esferas. Sostenía que la ciencia y la religión no eran enemigas, sino *aliadas*: dos idiomas diferentes que contaban la misma historia, una historia de simetría y equilibrio... Cielo e infierno, noche y día, calor y frío, Dios y Satán. Tanto la ciencia como la religión se regocijaban en la simetría de Dios..., la pugna constante entre luz y oscuridad.

Langdon hizo una pausa, y pateó el suelo para calentar los pies.

Kohler se limitó a mirarle.

—Por desgracia —añadió Langdon—, la unificación de la ciencia y la religión era algo que la Iglesia no deseaba.

—Claro que no —interrumpió Kohler—. La unificación habría acabado con la pretensión de la Iglesia de que era el *único* vehículo mediante el cual el hombre podía comprender a Dios. En consecuencia, la Iglesia juzgó por herejía a Galileo, le declaró culpable y le puso bajo arresto domiciliario permanente. Conozco muy bien la historia de la ciencia, señor Langdon. Pero esto sucedió hace siglos. ¿Cuál es la relación de este episodio con Leonardo Vetra?

La pregunta del millón. Langdon fue al grano.

—La detención de Galileo trastornó a los Illuminati. Se cometieron equivocaciones, y la Iglesia descubrió la identidad de cuatro miembros, a los que capturaron e interrogaron.

Pero los cuatro científicos no revelaron nada... ni siquiera bajo tortura.

—¿Tortura?

Langdon asintió.

—Los marcaron a fuego. En el pecho. Con el símbolo de la cruz.

Kohler abrió los ojos desmesuradamente, y dirigió una mirada inquieta al cadáver de Vetra.

—Luego, los científicos fueron brutalmente asesinados, y sus cadáveres abandonados en las calles de Roma, como advertencia a los que pensaban unirse a los Illuminati. Debido al acoso de la Iglesia, los restantes Illuminati huyeron de Italia.

Langdon hizo una pausa. Miró los ojos muertos de Kohler.

—Los Illuminati pasaron a la clandestinidad, donde empezaron a mezclarse con otros grupos de refugiados que huían de las purgas católicas: místicos, alquimistas, ocultistas, musulmanes, judíos. Surgieron unos nuevos Illuminati. Unos Illuminati más oscuros. Unos Illuminati profundamente anticatólicos. Adquirieron un gran poder, mediante el empleo de misteriosos ritos y un secretismo mortal, y juraron que un día se alzarían de nuevo y se vengarían de la Iglesia católica. Su poder creció hasta el punto de que la Iglesia los consideró la fuerza anticristiana más poderosa de la tierra. El Vaticano tildó a la hermandad de *Shaitan*.

—¿*Shaitan*?

—Es árabe. Significa «adversario»... El adversario de Dios. La Iglesia escogió una palabra árabe porque lo consideraba un idioma sucio. —Langdon vaciló—. *Shaitan* es la raíz de la palabra... *Satanás*.

La inquietud se reflejó en el rostro de Kohler.

Langdon habló con voz sepulcral.

—Señor Kohler, no sé cómo apareció esta marca en el pecho de este hombre, ni por qué, pero está contemplando el símbolo, desaparecido hace mucho tiempo, de la secta satánica más antigua y poderosa de la tierra.

10

La callejuela era oscura y desierta. El hassassin caminaba a buen paso, y en sus ojos negros se transparentaba la impaciencia. Cuando se acercó a su destino, las palabras de despedida de Jano resonaron en su mente. *La fase dos está a punto de empezar. Vaya a descansar.*

El hassassin sonrió con presunción. Había estado despierto toda la noche, pero dormir era lo último que tenía en mente. Dormir era para los débiles. Era un guerrero, al igual que sus antepasados, y su pueblo nunca dormía una vez que empezaba la batalla. No cabía duda de que esta batalla acababa de empezar, y le habían concedido el honor de derramar la primera sangre. Le quedaban dos horas para celebrar su gloria antes de empezar a trabajar.

¿Dormir? Hay mejores maneras de relajarse…

Sus antepasados le habían transmitido el apetito por los placeres hedonistas. Sus antepasados se habían deleitado con el hachís, pero él prefería un tipo de gratificación diferente. Se enorgullecía de su cuerpo, una máquina letal bien engrasada que, pese a su herencia, se negaba a contaminarse con narcóticos. Había desarrollado una adicción más nutricia que las drogas, que le brindaba una recompensa mucho más sana y satisfactoria.

El hassassin aceleró el paso, cada vez más impaciente. Llegó a una puerta como tantas otras y tocó el timbre. Se abrió una mirilla en la puerta, y dos ojos castaños le estudiaron. Después, la puerta se abrió.

—Bienvenido —dijo la elegante mujer. Le guió hasta una sala de estar, amueblada con gusto y apenas iluminada. El aire estaba impregnado de perfume caro e intenso. Le entregó un álbum de fotografías—. Cuando se haya decidido, llame al timbre.

La mujer desapareció.

El hassassin sonrió.

Cuando se sentó en el mullido diván y colocó el álbum de fotos sobre su regazo, sintió que su apetito carnal se despertaba. Aunque su pueblo no celebraba la Navidad, imaginó que así debía de sentirse un niño cristiano, sentado ante un montón de regalos, a punto de descubrir los prodigios que contenían. Abrió el álbum y examinó las fotos. Toda una vida de fantasías sexuales le devolvió la mirada.

Marisa. Una diosa italiana. Fogosa. Una Sofia Loren en joven.

Sachiko. Una *geisha* japonesa. Flexible como un junco. Experta, sin duda.

Kanara. Una impresionante visión negra. Musculosa. Exótica.

Examinó todo el álbum dos veces y eligió. Apretó un botón de la mesa contigua. Un minuto después, la mujer que le había recibido reapareció. El hombre indicó su selección. Ella sonrió.

—Sígame.

Después de pactar las condiciones económicas, la mujer hizo una llamada telefónica en voz baja. Esperó unos minutos, y luego le guió por una escalera de mármol sinuosa hasta un lujoso vestíbulo.

—Es la puerta dorada del final —dijo—. Tiene gustos caros.

Pues claro, pensó él. *Soy un connaisseur.*

El hassassin recorrió el pasillo como una pantera que anticipara una larga comida aplazada. Cuando llegó a la puerta, sonrió para sí. Ya estaba entreabierta... Como para darle la bienvenida. Empujó la hoja, y la puerta se abrió sin ruido.

Cuando vio su elección, supo que había elegido bien. Era justo lo que había solicitado... Desnuda, tumbada sobre la espalda, los brazos atados a los postes de la cama con gruesos cordones de terciopelo.

Cruzó la habitación y recorrió con un dedo oscuro el abdomen marfileño. *Anoche cometí un asesinato,* pensó. *Tú eres mi recompensa.*

11

—¿Satánico? —Kohler se secó la boca y se removió, inquieto—. ¿Esto es el símbolo de una secta *satánica*?

Langdon paseó por la habitación para entrar en calor.

—Los Illuminati eran satanistas, pero no en el sentido moderno.

Langdon se apresuró a explicar que casi todo el mundo imaginaba a los satanistas como monstruos adoradores del diablo, pero la historia demostraba que todos eran hombres cultos que se alzaban como adversarios de la Iglesia. *Shaitan.* Los rumores acerca de prácticas de magia negra y sacrificios de animales y el ritual del pentagrama no eran más que simples mentiras propagadas por la Iglesia para denostar a sus adversarios. Con el tiempo, los enemigos de la Iglesia, deseosos de emular a los Illuminati, habían empezado a creer en las mentiras y a ponerlas en práctica. Así nació el satanismo moderno.

Kohler le interrumpió con acritud.

—Todo eso es historia antigua. Quiero saber cómo ha llegado aquí este símbolo.

Langdon respiró hondo.

—Este símbolo fue creado por un artista anónimo del siglo dieciséis como tributo al amor de Galileo por la simetría, una especie de logotipo sagrado de los Illuminati. La hermandad guardó en secreto el dibujo, se supone que con el propósito de revelarlo sólo cuando hubiera reunido el poder suficiente para resurgir y alcanzar su objetivo final.

Kohler parecía inquieto.

—¿Este símbolo significa que la hermandad de los Illuminati está resurgiendo?

Langdon frunció el ceño.

—Eso sería imposible. Hay un capítulo de la historia de los Illuminati que todavía no he explicado.

Kohler alzó la voz.

—Ilumíneme.

Langdon se frotó las palmas de las manos, y pasó revista mental a los cientos de documentos que había leído o escrito sobre los Illuminati.

—Los Illuminati eran supervivientes —explicó—. Cuando huyeron de Roma, atravesaron toda Europa en busca de un lugar seguro donde reagruparse. Fueron acogidos por otra sociedad secreta, una hermandad de ricos canteros bávaros llamados francmasones.

Kohler se quedó de una pieza.

—¿Los masones?

Langdon asintió, sin sorprenderse de que Kohler hubiera oído hablar del grupo. La hermandad de los masones contaba con más de cinco millones de miembros en todo el mundo, la mitad de ellos residentes en Estados Unidos, y más de un millón en Europa.

—Los masones no son satanistas, desde luego —afirmó Kohler en tono escéptico.

—Por supuesto que no. Los masones fueron víctimas de su propia bondad. Después de acoger a los científicos huidos en el siglo dieciocho, los masones se convirtieron sin querer en una tapadera de los Illuminati. Los Illuminati fueron ascendiendo en sus rangos, y poco a poco fueron copando puestos de poder en las logias. Restablecieron con discreción su hermandad científica en el seno de los masones, una especie de sociedad secreta dentro de una sociedad secreta. Después, los Illuminati utilizaron los contactos a escala mundial de las logias masónicas para extender su influencia.

Langdon respiró hondo antes de continuar.

—El exterminio del catolicismo era el objetivo principal de los Illuminati. La hermandad sostenía que el dogma supersticioso vomitado por la Iglesia era el mayor enemigo de la humanidad. Temían que si la religión seguía propugnando el mito piadoso como un hecho incontrovertible, el progreso científico se paralizaría, y la humanidad sería condenada a un futuro ignorante de guerras santas absurdas.

—Como vemos hoy tan a menudo.

Langdon frunció el ceño. Kohler tenía razón. Las guerras santas seguían ocupando los titulares de los periódicos. *Mi Dios es mejor que el tuyo.* Daba la impresión de que siempre existía una estrecha correlación entre los verdaderos creyentes y las cifras elevadas de cadáveres.

—Continúe —dijo Kohler.

Langdon ordenó sus ideas y siguió.

—Los Illuminati adquirieron más poder en Europa y se impusieron como objetivo Estados Unidos, un gobierno bisoño muchos de cuyos líderes eran masones, George Washington, Ben Franklin, hombres honrados y temerosos de Dios que desconocían la existencia de los Illuminati en el seno de los masones. Los Illuminati se aprovecharon de la infiltración y contribuyeron a fundar bancos, universidades e industrias para financiar su objetivo final. —Langdon hizo una pausa—. La creación de un solo Estado mundial unificado, una especie de Nuevo Orden Mundial seglar.

Kohler no se movió.

—Un Nuevo Orden Mundial —repitió Langdon—, basado en el esclarecimiento científico. Lo llamaron Doctrina Luciferina. La Iglesia insistió en que Lucifer era una referencia al demonio, pero la hermandad afirmó que había que entender Lucifer en su significado latino literal: *el que trae la luz*. O *Iluminador*.

Kohler suspiró, y su voz adoptó un tono solemne.

—Haga el favor de sentarse, señor Langdon.

Langdon se acomodó vacilante en una silla cubierta de escarcha.

Kohler acercó su silla de ruedas.

—No estoy seguro de entender todo lo que acaba de decir, pero sí entiendo esto. Leonardo Vetra era uno de los elementos más valiosos del CERN. También era un amigo. Necesito que me ayude a localizar a los Illuminati.

Langdon no supo cómo contestar.

—¿Localizar a los Illuminati? —*Está bromeando, ¿verdad?*—. Me temo, señor, que eso va a ser imposible.

Kohler arrugó el entrecejo.

—¿Qué quiere decir? No pretenderá...

—Señor Kohler. —Langdon se inclinó hacia su anfitrión, sin saber cómo hacerle entender lo que iba a decir—. No he terminado mi historia. Pese a las apariencias, es muy improbable que esta marca fuera hecha por los Illuminati. No existen pruebas de su existencia desde hace más de medio siglo, y la mayoría de eruditos coincide en que los Illuminati se extinguieron hace muchos años.

Las palabras de Langdon se estrellaron contra un silencio momentáneo. Kohler le miró entre la niebla con una expresión a medio camino entre estupefacción y furia.

—¿Cómo diantres puede decirme que este grupo está extinto, cuando su emblema está grabado en el pecho de este hombre?

Langdon llevaba formulándose la misma pregunta durante toda la mañana. La aparición del ambigrama de los Illuminati era sorprendente. Los expertos en simbología del mundo entero se quedarían perplejos. No obstante, el erudito que era Langdon comprendía que la reaparición de la marca no demostraba nada acerca de los Illuminati.

—Los símbolos no confirman la presencia de sus creadores originales —contestó.

—¿Qué quiere decir?

—Quiero decir que cuando doctrinas organizadas como la de los Illuminati dejan de existir, sus símbolos permanecen, de forma que otros grupos los pueden adoptar. Se llama transferencia. Es muy común en simbología. Los nazis tomaron la esvástica de los hindúes, los cristianos adoptaron la cruz de los egipcios, los...

—Esta mañana —le desafió Kohler—, cuando tecleé la palabra «Illuminati» en el ordenador, encontré miles de referencias actuales. Por lo visto, un montón de gente cree todavía que este grupo sigue activo.

—Devotos de las conspiraciones —contestó Langdon.

Siempre le habían irritado la multitud de teorías conspirativas que circulaban en la moderna cultura pop. Los medios de comunicación anhelaban titulares apocalípticos, y autoproclamados «especialistas en cultos» conseguían suculentos ingresos gracias a la histeria del milenio, inventando historias acerca de que los Illuminati estaban vivos y organizando su Nuevo Orden Mundial. Hacía poco, el *New York Times* había publicado un reportaje sobre los misteriosos lazos masónicos de incontables personajes famosos: sir Arthur Conan Doyle, el duque de Kent, Peter Sellers, Irving Berlin, el príncipe Felipe de Edimburgo, Louis Armstrong, así como una galería de industriales y magnates de la banca actuales bien conocidos.

Kohler señaló airado el cadáver de Vetra.

—Considerando las pruebas, yo diría que tal vez los devotos de las conspiraciones tienen razón.

—Soy consciente de adónde apuntan las apariencias —dijo Langdon con la mayor diplomacia posible—. No obstante, una explicación mucho más plausible es que otra organización se haya apropiado del emblema de los Illuminati y lo está utilizando para alcanzar sus designios.

—¿Qué designios? ¿Qué demuestra este asesinato?

Buena pregunta, pensó Langdon. A él también le costaba imaginar de dónde habrían podido sacar el emblema de los Illuminati después de cuatrocientos años.

—Sólo puedo decirle que, aunque los Illuminati siguieran en activo hoy, cosa que me parece imposible, no estarían implicados en la muerte de Leonardo Vetra.

—¿No?

—No. Puede que los Illuminati creyeran en la abolición de la cristiandad, pero adquirieron su poder mediante herramientas políticas y económicas, no con actos terorristas. Además, los Illuminati poseían un estricto código de moralidad en lo tocante a sus enemigos. Tenían en suma consideración a los hombres de ciencia. No habrían asesinado a un hermano científico como Leonardo Vetra.

Kohler le lanzó una mirada gélida.

—Tal vez he olvidado mencionar que Leonardo Vetra era un científico fuera de lo común.

Langdon exhaló un suspiro.

—Señor Kohler, estoy seguro de que Leonardo Vetra era brillante en muchos sentidos, pero es un hecho irrefutable que...

Kohler dio media vuelta a su silla de ruedas sin previo aviso y salió como una flecha de la sala de estar, dejando una estela de niebla remolineante cuando se alejó por el pasillo.

Por el amor de Dios, gruñó Langdon. Le siguió. Kohler le estaba esperando en un pequeño hueco situado al final del pasillo.

—Esto es el estudio de Leonardo —dijo Kohler, y señaló la puerta deslizante—. Quizá cuando lo vea enfocará la situación desde una perspectiva muy diferente.

Kohler abrió la puerta con un gruñido.

Langdon echó un vistazo al estudio y notó al instante que se le erizaba el vello. *Santa Madre de Dios,* se dijo.

12

En otro país, un joven guardia estaba sentado pacientemente ante una extensa hilera de monitores de vídeo. Miraba las imágenes que destellaban ante él, tomas en directo de cientos de cámaras de vídeo inalámbricas que rodeaban el complejo. Las imágenes no cesaban de desfilar.

Un pasillo ornamentado.

Un despacho privado.

Una cocina de tamaño industrial.

Mientras desfilaban las imágenes, el guardia se abstuvo de fantasear. Estaba llegando al final de su turno, pero aún seguía vigilante. El servicio era un honor. Algún día, le concederían la recompensa definitiva.

Una imagen captó toda su atención. Con un movimiento reflejo que consiguió sobresaltarle incluso a él, extendió la mano y oprimió un botón del panel de control. La imagen se congeló.

Hecho un manojo de nervios, se inclinó hacia la pantalla para ver mejor. La lectura del monitor le dijo que la imagen estaba siendo transmitida desde la cámara 86, una cámara que debía estar vigilando un pasillo.

Pero la imagen que tenía ante él *no* era la de un pasillo.

13

Langdon contempló con perplejidad el estudio.

—¿Qué es este lugar?

Pese a la agradable ráfaga de aire caliente en la cara, atravesó el umbral con nerviosismo.

Kohler no dijo nada y siguió a Langdon.

Langdon examinó la habitación, sin saber qué deducir de lo que veía. Contenía la mezcla de objetos más peculiar que había visto en su vida. En la pared del fondo, dominando el decorado, había un enorme crucifijo de madera, que Langdon atribuyó a la España del siglo XIV. Sobre el crucifijo, suspendido del techo, vio un móvil metálico de planetas en órbita. A la derecha había un óleo de la Virgen María, y al lado una lámina con la tabla periódica de los elementos. En la pared lateral, otros dos crucifijos de latón flanqueaban un cartel de Albert Einstein, con su famosa cita DIOS NO JUEGA A LOS DADOS CON EL UNIVERSO.

Langdon siguió avanzando, y miró a su alrededor con estupor. Una Biblia encuadernada en piel descansaba sobre el escritorio de Vetra, junto a un modelo de Bohr en plástico de un átomo y una réplica en miniatura del *Moisés* de Miguel Ángel.

Toma eclecticismo, pensó Langdon. El calor le sentaba bien, pero algo en el decorado le provocó nuevos escalofríos. Experimentó la sensación de estar presenciando la colisión de dos titanes de la filosofía, la coexistencia inquietante de fuerzas opuestas. Examinó los títulos de la librería:

La partícula de Dios
El tao de la física
Dios: la prueba

Había una cita grabada en un sujetalibros:

LA VERDADERA CIENCIA DESCUBRE A DIOS
ESPERANDO DETRÁS DE CADA PUERTA.
PAPA PÍO XII

—Leonardo era un sacerdote católico —dijo Kohler.

Langdon se volvió.

—¿Un sacerdote? ¿No dijo que era físico?

—Ambas cosas. La combinación de científico y religioso abunda en la historia. Leonardo era un ejemplo. Consideraba a la física «la ley natural de Dios». Afirmaba que la caligrafía de Dios era visible en el orden natural que nos rodea. Mediante la ciencia, aspiraba a demostrar la existencia de Dios a las masas dubitativas. Se consideraba un teofísico.

¿Teofísico? Langdon pensó que era un oxímoron imposible.

—En los últimos tiempos, el campo de la física de partículas ha hecho descubrimientos sorprendentes, descubrimientos de implicaciones muy espirituales. Leonardo fue responsable de muchos de ellos.

Langdon estudió al director del CERN, mientras intentaba asimilar todavía el peculiar entorno.

—¿Espiritualidad y física?

Langdon había pasado su carrera estudiando historia de las religiones, y si existía un tema recurrente, era que la ciencia y la religión habían sido como agua y aceite desde el primer día... Archienemigas, no miscibles.

—Vetra caminaba en el filo de la física de partículas —dijo Kohler—. Estaba empezando a fundir ciencia y religión, demostrando que se complementaban de formas insospechadas. Llamaba a este campo *Nueva Física.*

Kohler sacó un libro de una estantería y se lo dio a Langdon.

Langdon estudió la portada. *Dios, milagros y la Nueva Física,* por Leonardo Vetra.

—El campo es pequeño —dijo Kohler—, pero está aportando respuestas nuevas a preguntas viejas, preguntas sobre el origen del universo y las fuerzas que nos sojuzgan. Leonardo creía que su investigación poseía el potencial de convertir a millones de personas a una vida más espiritual. El año pasado, demostró de manera categórica la existencia de una energía que nos une a todos. Demostró que todos estamos conectados físicamente, que las moléculas de su cuerpo están entrelazadas con las moléculas del mío, que una sola fuerza actúa en el interior de todos nosotros...

Langdon se sintió desconcertado. *Y el poder de Dios nos unirá.*

—¿El señor Vetra descubrió una forma de demostrar que las partículas están conectadas?

—Pruebas concluyentes. Un reciente artículo del *Scientific American* saludaba a la *Nueva Física* como un camino más seguro que la religión para llegar a Dios.

El comentario surtió efecto. Langdon se encontró de repente pensando en los antirreligiosos *Illuminati.* A regañadientes, se permitió una momentánea incursión intelectual en el terreno de lo imposible. Si los Illuminati seguían en activo, ¿habrían asesinado a Leonardo para impedir que predicara su mensaje religioso a las masas? Langdon desechó la idea. *¡Absurdo! ¡Los Illuminati son historia antigua! ¡Todos los estudiosos lo saben!*

—Vetra se había granjeado muchas enemistades en el mundo científico —continuó Kohler—. Muchos científicos puristas le despreciaban. Incluso aquí, en el CERN. Creían que utilizar física analítica para apoyar principios religiosos era una traición a la ciencia.

—Pero ¿no están los científicos de hoy algo menos a la defensiva con la Iglesia?

Kohler emitió un gruñido de desagrado.

—¿Usted cree? Puede que la Iglesia ya no queme científicos en la pira, pero si cree que han aflojado su presa sobre la ciencia, pregúntese por qué la mitad de los colegios de su país no pueden enseñar la evolución. Pregúntese por qué la Coalición Cristiana norteamericana es la organización más influyente contra el progreso científico en el mundo. La batalla entre la ciencia y la religión todavía prosigue, señor Langdon. Se ha trasladado de los campos de batalla a las salas de juntas, pero aún se halla en pleno apogeo.

Langdon comprendió que Kohler tenía razón. Hacía apenas una semana que los estudiantes y profesores de la Facultad de Teología de Harvard se habían manifestado ante el edificio de la Facultad de Biología, en protesta por los experimentos de ingeniería genética que tenían lugar en el programa de licenciatura. El presidente del Departamento de Biología, el famoso ornitólogo Richard Aaronian, defendió su plan de estudios colgando una gigantesca pancarta de la ventana de su despacho. La pancarta plasmaba al «pez» cristiano modificado con cuatro piececitos, un tributo, afirmó Aaronian, a la evolución de los dipnoos africanos. Bajo el pez, en lugar de la palabra «Jesús» se leía «¡DARWIN!»

Se oyó un pitido penetrante, y Langdon alzó la vista. Kohler rebuscó en la colección de aparatos electrónicos de la silla de ruedas. Sacó un *beeper* de su funda y leyó el mensaje enviado.

—Bien. Es la hija de Leonardo. La señorita Vetra está a punto de llegar al helipuerto. La iremos a recibir. Considero más conveniente que no vea a su padre de esta manera.

Langdon se mostró de acuerdo. Se llevaría una impresión que ningún hijo merecía.

—Pediré a la señorita Vetra que explique el proyecto en el que ella y su padre estaban trabajando... Tal vez arrojará luz sobre el móvil del asesinato.

—¿Cree que el trabajo de Vetra fue la causa de que le mataran?

—Es muy posible. Leonardo me dijo que estaba trabajando en algo trascendental. Es lo único que adelantó. Se mostraba muy reservado sobre el proyecto. Tenía un laboratorio privado y exigió que respetaran su aislamiento, cosa que le concedí de buen grado debido a su brillantez. En los últimos tiempos, su trabajo estaba consumiendo ingentes cantidades de energía eléctrica, pero me abstuve de interrogarle. —Kohler giró hacia la puerta del estudio—. No obstante, tiene que saber algo más antes de salir de este apartamento.

Langdon no estaba seguro de querer oírlo.

—El asesino robó un objeto de Vetra.

—¿Un objeto?

—Sígame.

El director propulsó la silla de ruedas hacia la sala de estar. Langdon le siguió, sin saber qué esperar. Kohler se detuvo a escasos centímetros del cadáver de Vetra. Indicó con un gesto a Langdon que se acercara. Langdon obedeció de mala gana, y sintió que la bilis se le subía a la garganta cuando percibió el olor de la orina congelada de la víctima.

—Mire su cara —dijo Kohler.

¿Que mire su cara? Langdon frunció el ceño. *¿No me has dicho que habían robado algo?*

Langdon se arrodilló, vacilante. Intentó ver la cara de Vetra, pero la cabeza estaba girada en un ángulo de ciento ochenta grados hacia atrás, con el rostro apretado contra la alfombra.

Kohler, pese a las dificultades de movilidad, logró inclinarse y giró con cuidado la cabeza congelada de Vetra. Con un crujido audible, la cara del cadáver, deformada en una mueca de dolor, quedó visible. Kohler la inmovilizó así un momento.

—¡Santo Dios! —exclamó Langdon, que retrocedió dando tumbos. El rostro de Vetra estaba cubierto de sangre. Un solo ojo color avellana le miraba. La otra cavidad estaba acuchillada y vacía.

»¿Le arrancaron el ojo?

14

Langdon salió del Edificio C y respiró aire puro dando gracias por haber abandonado el piso de Vetra. El sol ayudó a disipar la imagen de la cuenca ocular vacía, grabada a fuego en su mente.

—Sígame, por favor —dijo Kohler, subiendo por un sendero empinado. Daba la impresión de que la silla de ruedas se desplazaba sin el menor esfuerzo—. La señorita Vetra llegará de un momento a otro.

Langdon corrió para alcanzarle.

—Bien —dijo Kohler—, ¿todavía duda de que los Illuminati están implicados?

Langdon ya no sabía qué pensar. Las teorías religiosas de Vetra eran muy inquietantes, pero se resistía a desprenderse de todas las pruebas científicas que había investigado en su vida. Además, estaba el ojo...

—Todavía sostengo —dijo Langdon, con más energía de la que pretendía— que los Illuminati no son responsables de este asesinato. El ojo desaparecido es la prueba.

—¿Cómo?

—Los Illuminati no practican la mutilación aleatoria —explicó Langdon—. Los especialistas en cultos achacan la mutilación aleatoria a sectas marginales carentes de experiencia, fanáticos que cometen actos fortuitos de terrorismo, pero los Illuminati han sido siempre más metódicos.

—¿Metódicos? ¿Extraer el ojo de alguien no es metódico?

—No envía un mensaje claro. No sirve a un propósito más elevado.

La silla de ruedas de Kohler se detuvo de repente en lo alto de la colina. Se volvió.

—Créame, señor Langdon, ese ojo desaparecido sirve a un propósito más elevado..., mucho más elevado.

Mientras los dos hombres cruzaban la colina, el zumbido del helicóptero se oyó hacia el oeste, y vieron que viraba en su dirección. Se inclinó con brusquedad, aminoró la velocidad y se posó sobre una helipista pintada en la hierba.

Langdon miraba como sin ver, y su cabeza daba vueltas como las aspas del aparato, mientras se preguntaba si una noche de sueño reparador contribuiría a paliar su desorientación. De todos modos, lo dudaba.

Cuando los patines tocaron el suelo, un piloto saltó a tierra y empezó a descargar. Había de todo, bolsos marineros, bolsas impermeables de vinilo, botellas de submarinismo y cajas de lo que parecía ser un equipo de buceo de alta tecnología.

Langdon estaba confuso.

—¿Es ése el instrumental de la señorita Vetra? —gritó a Kohler por encima del ruido de los motores.

Kohler asintió.

—Estaba llevando a cabo investigaciones biológicas en las islas Baleares —gritó a su vez Kohler.

—¿No había dicho que era física?

—Y lo es. Estudia la interacción de los sistemas vivos. Su trabajo se halla íntimamente ligado al de su padre en física de partículas. Hace poco refutó una de las teorías fundamentales de Einstein, utilizando cámaras sincronizadas atómicamente para observar un banco de atunes.

Langdon escrutó la cara de su anfitrión en busca de algún rastro de humor. *¿Einstein y atunes?* Empezaba a preguntarse si el avión espacial X-33 le había depositado por error en otro planeta.

Un momento después, Vittoria Vetra descendió del helicóptero. Robert Langdon comprendió que el día iba a depararle incontables sorpresas. Vittoria Vetra, en pantalones cortos caqui y top blanco sin mangas, no se parecía en nada a la científica estudiosa que había imaginado. Flexible y graciosa, era alta, de piel color castaño y pelo negro largo, que revolvía la ventolera causada por las palas de las hélices. Tenía un rostro típicamente italiano, no de una belleza avasalladora, pero sí de facciones terrenales que, incluso desde doce metros de distancia, parecían proyectar una sensualidad a flor de piel. Cuando las corrientes de aire azotaron su cuerpo, las ropas se pegaron a sus formas, revelando el esbelto torso y unos pechos pequeños.

—La señorita Vetra es una mujer de una energía personal tremenda —dijo Kohler, como si intuyera la fascinación de Langdon—. Pasa meses seguidos trabajando en sistemas ecológicos peligrosos. Es una estricta vegetariana y la gurú residente en el CERN de hatha yoga.

¿Hatha yoga?, pensó Langdon. El antiguo arte budista de la meditación parecía una disciplina poco apropiada para la hija científica de un sacerdote católico.

Langdon contempló a Vittoria mientras se acercaba. Era evidente que había estado llorando, y sus ojos de un negro profundo estaban invadidos de unos sentimientos que Langdon fue incapaz de identificar. De todos modos, avanzaba hacia él con decisión y energía. Sus extremidades eran fuertes y tonificadas, e irradiaban la saludable luminiscencia de la carne mediterránea que había disfrutado de largas horas al sol.

—Vittoria —dijo Kohler cuando estuvo cerca—. Mi más sentido pésame. Es una terrible pérdida para la ciencia... y para todos los que trabajamos en el CERN.

Vittoria asintió, agradecida. Cuando habló, lo hizo en voz baja y ronca, con fuerte acento.

—¿Ya saben quién ha sido el responsable?

—Estamos trabajando en ello.

Se volvió hacia Langdon y extendió una mano esbelta.

—Me llamo Vittoria Vetra. Supongo que es usted de la Interpol, ¿no?

Langdon estrechó su mano, fascinado por la profundidad de su mirada lacrimosa.

—Robert Langdon.

No sabía muy bien qué más decir.

—El señor Langdon no es policía —explicó Kohler—. Es un especialista de Estados Unidos. Ha venido para ayudarnos a descubrir al responsable de esta situación.

Vittoria compuso una expresión de perplejidad.

—¿Y la policía?

Kohler exhaló un suspiro, pero no dijo nada.

—¿Dónde está el cuerpo? —preguntó la joven.

—Se están ocupando de él.

La descarada mentira sorprendió a Langdon.

—Quiero verle —dijo Vittoria.

—Vittoria —la apremió Kohler—, tu padre fue brutalmente asesinado. Sería mejor que le recordaras tal como era.

Vittoria empezó a hablar, pero la interrumpieron.

—¡Eh, Vittoria! —llamaron varias voces desde lejos—. ¡Bienvenida a casa!

Se volvió. Un grupo de científicos que pasaba cerca del helipuerto la saludó con alegría.

—¿Has refutado alguna teoría más de Einstein? —gritó uno.

—¡Tu padre estará orgulloso de ti! —añadió otro.

Vittoria miró a los hombres, confusa. Después, se volvió hacia Kohler.

—¿Nadie lo sabe aún?

—Decidí que la discreción era fundamental.

—¿No ha dicho al personal que mi padre había sido asesinado?

Su tono de sorpresa se tiñó de ira.

—Tal vez olvidas, Vittoria —replicó Kohler con dureza—, que en cuanto informe del asesinato de tu padre se abrirá una investigación en el CERN. Incluyendo un registro minucioso de su laboratorio. Siempre he intentado respetar la privacidad de tu padre. Sólo me contó dos cosas sobre vuestro proyecto actual. Una, que existe la posibilidad de que aporte al CERN millones de francos en contratos durante la siguiente década. Y dos, que aún no es el momento para darlo a conocer al público debido a su tecnología, todavía peligrosa. Considerando estos dos hechos, prefiero que ningún extraño fisgonee en su laboratorio, para o bien robar su trabajo, o morir en el ínterin y poner en peligro al CERN. ¿Me he expresado con claridad?

Vittoria le miró sin decir nada. Langdon intuyó que respetaba y aceptaba a regañadientes la lógica de Kohler.

—Antes de informar a las autoridades —dijo Kohler—, he de saber en qué estabais trabajando vosotros dos. Has de llevarnos a vuestro laboratorio.

—El laboratorio carece de importancia —dijo Vittoria—. Nadie sabía lo que estábamos haciendo mi padre y yo. El experimento no puede estar relacionado con el asesinato de mi padre.

Kohler exhaló un suspiro.

—Las pruebas sugieren lo contrario.

—¿Las pruebas? ¿Qué pruebas?

Langdon se estaba preguntando lo mismo.

Kohler se secó la boca de nuevo.

—Tendrás que confiar en mí.

Estaba claro, a juzgar por la mirada encendida de Vittoria, que no iba a hacerlo.

15

Langdon caminó en silencio detrás de Vittoria y Kohler en dirección al atrio principal, donde había empezado su peculiar visita. Las piernas de Vittoria avanzaban con ágil eficacia, como un buceador de alto nivel, con una potencia, supuso Langdon, nacida de la flexibilidad y el control del yoga. Oyó que respiraba lenta y deliberadamente, como si intentara filtrar su dolor.

Langdon deseaba decirle algo, ofrecerle su compasión. Él también había experimentado en una ocasión el brusco vacío de perder a un padre de manera inesperada. Recordaba el funeral, lluvioso y gris. Dos días después de cumplir doce años, la casa se llenó de hombres con trajes grises de la oficina, hombres que estrecharon su mano con excesiva fuerza. Todos murmuraron palabras como *cardíaco* y *estrés*. Su madre bromeó entre lágrimas que siempre había podido seguir la marcha de la Bolsa sujetando la mano de su padre. El pulso era su cinta de teleimpresor particular.

Una vez, cuando su progenitor vivía, Langdon había oído a su madre suplicar a su padre que «se parara a oler las rosas». Aquel año, Langdon regaló a su padre por Navidad una diminuta rosa de cristal soplado. Era el objeto más bello que Langdon había visto nunca. Cuando el sol daba en ella, arrojaba un arco iris de colores sobre la pared. «Es muy bonita», había dicho su padre cuando abrió el paquete, y le dio un beso en la frente. «Vamos a buscarle un sitio donde no pueda romperse.» Entonces, su padre la depositó con sumo cuidado en una estantería elevada del rincón más oscuro de la sala de estar. Unos días después, Langdon se hizo con un taburete, recuperó la rosa y la devolvió a la tienda. Su padre nunca reparó en su desaparición.

El timbre de un ascensor devolvió a Langdon a la realidad. Vittoria y Kohler, que le precedían, estaban a punto de entrar en él. Langdon vaciló ante las puertas abiertas.

—¿Pasa algo? —preguntó Kohler, más impaciente que preocupado.

—En absoluto —dijo Langdon, y se obligó a entrar en la estrecha cabina. Sólo utilizaba ascensores cuando era absolutamente necesario. Prefería los espacios abiertos de las escaleras.

—El laboratorio de la doctora Vetra es subterráneo —explicó Kohler.

Maravilloso, pensó Langdon cuando entró, y sintió una corriente de aire frío procedente del hueco del ascensor. Las puertas se cerraron, y la cabina empezó a descender.

—Seis pisos —anunció Kohler como en un alarde de precisión.

Langdon imaginó la oscuridad del hueco desierto. Intentó alejar la imagen contemplando los números que iban cambiando a medida que bajaban pisos. El ascensor sólo mostraba dos paradas. PLANTA BAJA y LHC.

—¿Qué quiere decir LHC? —preguntó, procurando disimular su nerviosismo.

—Large Hadron Collider —dijo Kohler—. Un acelerador de partículas.

¿Un acelerador de partículas? El término le resultaba vagamente familiar. Lo había oído por primera vez en una cena

con unos colegas en Dunster House, en Cambridge. Un amigo físico, Bob Brownell, había llegado a cenar una noche hecho una furia.

—¡Esos bastardos lo han cancelado! —maldijo.

—¿Cancelado qué? —preguntaron todos.

—¡El SSC!

—¿Cómo?

—¡El Superconducting Super Collider!

Alguien se encogió de hombros.

—No sabía que Harvard estaba construyendo uno.

—¡No es Harvard! —exclamó—. ¡Estados Unidos! ¡Iba a ser el acelerador de partículas más potente del mundo! ¡Uno de los proyectos científicos más importantes del siglo! ¡Dos mil millones de dólares invertidos, y el Senado rechaza el proyecto! ¡Malditos sean los *lobbies* de los grupos fundamentalistas cristianos!

Cuando Brownell se calmó por fin, explicó que un acelerador de partículas era un tubo ancho y circular en el que se aceleraban partículas subatómicas. Imanes situados en el tubo se conectaban y desconectaban en rápida sucesión para «empujar» partículas de un lado a otro, hasta que alcanzaban velocidades tremendas. Las partículas aceleradas al máximo daban vueltas al tubo a una velocidad superior a los doscientos ochenta mil kilómetros por *segundo*.

—Pero eso es casi la velocidad de la luz —exclamó uno de los profesores.

—Muy cierto —dijo Brownell. Explicó que al acelerar dos partículas en direcciones opuestas en el tubo, para luego hacerlas colisionar, los científicos podían romper las partículas en sus partes constituyentes y echar un vistazo a los componentes fundamentales de la naturaleza—. Los aceleradores de partículas —declaró Brownell— son cruciales para el futuro de la ciencia. Conseguir que las partículas colisionen es la clave para comprender los patrones de construcción del universo.

El *Poeta Residente* de Harvard, un hombre silencioso llamado Charles Pratt, no pareció impresionado.

—A mí me parece un abordaje de la ciencia propio de los neandertales —dijo—, algo así como destrozar relojes para saber cómo es su mecanismo interno.

Brownell dejó caer su tenedor y salió de la sala como una exhalación.

¿Así que el CERN tiene un acelerador de partículas?, pensó Langdon, mientras el ascensor bajaba. *Un tubo circular para romper partículas.* Se preguntó por qué lo habían sepultado bajo tierra.

Cuando el ascensor paró, se sintió aliviado de tener tierra firme bajo los pies, pero cuando las puertas se abrieron, su alivio se evaporó. Robert Langdon se encontró de nuevo ante un mundo totalmente desconocido.

El pasadizo se alejaba hasta perderse de vista en ambas direcciones, a izquierda y derecha. Era un túnel de cemento liso, lo bastante ancho para permitir el paso de un camión de dieciocho ruedas. El pasillo, muy bien iluminado en el punto donde se encontraban, estaba muy oscuro más adelante. Un viento húmedo surgía de la oscuridad, un recordatorio inquietante de que se hallaban en las entrañas de la tierra. Langdon casi podía sentir el peso de la tierra y la piedra sobre su cabeza. Por un momento, volvió a tener nueve años… y la oscuridad le obligaba a retroceder… a las cinco horas de aplastante negrura que todavía le atormentaban. Cerró los puños y luchó por sobreponerse.

Vittoria continuó en silencio cuando salieron del ascensor y se adentró en la oscuridad sin la menor vacilación. Los fluorescentes del techo se iban encendiendo a su paso. El efecto era inquietante, pensó Langdon, como si el túnel estuviera vivo... y se anticipara a sus movimientos. Langdon y Kohler la siguieron a una prudente distancia. Las luces se iban apagando de forma automática a sus espaldas.

—Este acelerador de partículas —dijo Langdon en voz baja—, ¿está en este túnel?

—Está allí.

Kohler indicó a la izquierda, donde un tubo de cromo pulido corría a lo largo de la pared interna del túnel.

Langdon miró el tubo, confuso.

—¿Eso es el acelerador? —El aparato no se parecía a nada que hubiera imaginado. Era perfectamente recto, de unos noventa centímetros de diámetro, y se extendía a todo lo largo del túnel hasta desaparecer en la oscuridad. *Recuerda más a una alcantarilla de alta tecnología,* pensó Langdon—. Creía que los aceleradores de partículas eran circulares.

—Este acelerador es un círculo —dijo Kohler—. Parece recto, pero es una ilusión óptica. La circunferencia del túnel es tan grande que la curva es imperceptible... como la de la Tierra.

Langdon se quedó estupefacto. *¿Esto es un círculo?*

—Pero... ¡debe de ser enorme!

—El LHC es la máquina más grande de la tierra.

Langdon recordó que el chófer del CERN había hablado de una máquina enorme sepultada bajo tierra. *Pero...*

—Tiene más de ocho kilómetros de diámetro... y veintisiete kilómetros de largo.

Langdon volvió la cabeza al instante.

—¿Veintisiete kilómetros? —Miró al director, y luego escudriñó de nuevo el túnel oscuro que se extendía ante él—.

¿Este túnel mide veintisiete kilómetros de largo? Eso es más de... ¡dieciséis millas!

Kohler asintió.

—Forma un círculo perfecto. Se adentra en Francia y luego vuelve hacia aquí. Las partículas aceleradas al máximo dan la vuelta al tubo más de diez mil veces en un solo segundo antes de colisionar.

Langdon sintió que las piernas le fallaban.

—¿Me está diciendo que el CERN excavó millones de toneladas de tierra sólo para fraccionar partículas diminutas?

Kohler se encogió de hombros.

—A veces, para encontrar la verdad, hay que mover montañas.

16

A cientos de kilómetros del CERN, una voz surgió de un *walkie-talkie*.

—Ya estoy en el pasillo.

El técnico que vigilaba las pantallas de vídeo oprimió el botón de su transmisor.

—Estás buscando la cámara ochenta y seis. Se supone que está al fondo de todo.

Se hizo un largo silencio en la radio. El técnico empezó a sudar. Por fin, la radio cobró vida de nuevo.

—La cámara no está aquí —dijo la voz—. Pero veo dónde estaba montada. Alguien se la ha llevado.

El técnico exhaló aire ruidosamente.

—Gracias. Espera un segundo, por favor.

Suspiró y dedicó de nuevo su atención a la hilera de pantallas de vídeo que tenía delante. Enormes partes del complejo estaban abiertas al público, y ya habían desaparecido cámaras inalámbricas en ocasiones anteriores, robadas por visitantes bromistas que querían llevarse un recuerdo. Pero en cuanto la cámara abandonaba la instalación y estaba fuera de alcance, la señal se perdía, y la pantalla se quedaba en blanco. Perplejo, el técnico miró el monitor. Una imagen clara seguía llegando de la cámara 86.

Si han robado la cámara, se preguntó, *¿por qué seguimos recibiendo señal?* Sabía que sólo existía una explicación, por supuesto. La cámara seguía dentro del complejo, y alguien la había movido de sitio. *Pero ¿quién? ¿Y por qué?*

Estudió el monitor durante un largo momento. Por fin, levantó su *walkie-talkie*.

—¿Hay armarios en esa escalera? ¿Aparadores o gabinetes?

La voz que contestó parecía confusa.

—No. ¿Por qué?

El técnico frunció el ceño.

—Da igual. Gracias por tu ayuda.

Cerró el *walkie-talkie* y se humedeció los labios.

Teniendo en cuenta el pequeño tamaño de la cámara de vídeo y el hecho de que era inalámbrica, el técnico sabía que la cámara 86 podía transmitir desde *cualquier* lugar dentro del recinto, fuertemente vigilado, un conjunto de treinta y dos edificios diferentes que abarcaban un radio de un kilómetro. La única pista consistía en que, al parecer, habían emplazado la cámara en un lugar a oscuras. Eso tampoco servía de mucho, por supuesto. El complejo albergaba incontables lugares oscuros: cuartos de mantenimiento, conductos de calefacción, cobertizos de jardinería, guardarropas, incluso un laberinto de túneles subterráneos. Podían tardar semanas en localizar la cámara 86.

Pero ése es el menor de mis problemas, pensó.

Pese al dilema planteado por la desaparición de la cámara, había otro problema aún más inquietante. El técnico miró la imagen que estaba transmitiendo la cámara perdida. Era un objeto inmóvil. Un aparato de aspecto moderno, que no se parecía a nada que el técnico hubiera visto nunca. Estudió la pantalla electrónica parpadeante que tenía en la base. Si bien el guardia había sido sometido a un riguroso entrenamiento que le preparaba para situaciones similares, notó que su pulso se aceleraba. Se dijo que debía dominar su pánico. Tenía que existir una explicación. El objeto parecía demasiado pequeño para representar un peligro importante. No obstante, su presencia en el interior del complejo era preocupante. *Muy* preocupante, en realidad.

Precisamente hoy, pensó.

La seguridad siempre era prioritaria para su patrón, pero *hoy*, más que cualquier otro día de los últimos doce años, la seguridad era de suprema importancia. El técnico contempló el objeto durante largo rato, y percibió el rugido de una tormenta lejana.

Después, sudoroso, marcó el número de su superior.

17

Muy pocos niños podían decir que recordaban el día que conocieron a su padre, pero Vittoria Vetra era uno de ellos. Tenía ocho años de edad, vivía donde siempre, el *Orfanotrofio di Siena*, un orfanato católico cerca de Florencia, abandonada por padres que no llegó a conocer. Aquel día estaba lloviendo. Las monjas la habían llamado dos veces para que fuera a cenar, pero como siempre, fingió no oírlas. Estaba tumbada en el patio, mirando las gotas de lluvia. Las sentía estrellarse sobre su cuerpo... Intentaba adivinar dónde caería la siguiente. Las monjas la llamaron de nuevo, con la amenaza de que la neumonía conseguiría que una niña de una tozudez insufrible sintiera mucha menos curiosidad por la naturaleza.

No puedo oíros, pensó Vittoria.

Estaba empapada hasta los huesos cuando el joven sacerdote salió a buscarla. No le conocía. Era nuevo. Vittoria suponía que la agarraría y la metería dentro. Pero no fue así. En cambio, ante su asombro, se tumbó a su lado, y empapó su hábito en un charco.

—Dicen que haces muchas preguntas —dijo el joven.

Vittoria frunció el ceño.

—¿Es malo preguntar?

El joven rió.

—Supongo que no.

—¿Qué haces aquí?

—Lo mismo que tú, preguntándome por qué cae la lluvia.

—¡No me estoy preguntando por qué cae! ¡Ya lo sé!

El sacerdote la miró estupefacto.

—¿Sí?

—La hermana Francisca dice que las gotas de lluvia son como lágrimas de ángel que bajan a limpiar nuestros pecados.

—¡Caramba! —exclamó el joven, como asombrado—. *Eso* lo explica todo.

—¡Pues no! —replicó la niña—. ¡Las gotas de lluvia caen porque *todo* cae! ¡Todo cae! ¡No sólo la lluvia!

El sacerdote se rascó la cabeza, con expresión perpleja.

—Tienes razón, jovencita. Todo cae. Debe de ser la gravedad.

—¿La *qué*?

El joven la miró, estupefacto.

—¿No has oído hablar de la *gravedad*?

—No.

El sacerdote se encogió de hombros con tristeza.

—Lástima. La gravedad contesta a un *montón* de preguntas.

Vittoria se incorporó.

—¿Qué es la gravedad? —preguntó—. ¡Dímelo!

El sacerdote le guiñó un ojo.

—Te lo contaré durante la cena.

El joven sacerdote era Leonardo Vetra. Aunque había sido un estudiante de física laureado en la universidad, había oído otra llamada e ingresado en el seminario. Leonardo y Vittoria se hicieron excelentes amigos en el mundo solitario de las monjas y sus normas. Vittoria hacía reír a Leonardo, y él la tomó bajo su protección, le enseñó que cosas tan hermosas como los arco iris y los ríos tenían muchas explicaciones. Le habló de la luz, los planetas, las estrellas y la naturaleza, a través de los ojos de Dios y de la ciencia al mismo tiempo. La inteligencia y curiosidad innatas de Vittoria la convirtieron en una estudiante cautivadora. Leonardo la protegió como a una hija.

Vittoria también era feliz. Nunca había conocido la dicha de tener un padre. Si todos los demás adultos contestaban a sus preguntas con una palmada en la muñeca, Leonardo dedicaba horas a enseñarle libros. Hasta le preguntaba cuáles eran sus ideas. Vittoria rezaba para que Leonardo estuviera siempre con ella. Después, un día, su peor pesadilla se convirtió en realidad. El padre Leonardo le dijo que se iba del orfanato.

—Me traslado a Suiza —dijo Leonardo—. He conseguido una beca para estudiar física en la Universidad de Ginebra.

—¿Física? —exclamó Vittoria—. ¡Pensaba que amabas a *Dios*!

—Le amo, y mucho. Por eso quiero estudiar Sus divinas reglas. Las leyes de la física son el lienzo que Dios dispuso para pintar en él su obra maestra.

Vittoria se quedó desolada, pero el padre Leonardo era portador de otras noticias. Dijo a Vittoria que había hablado con sus superiores, y le habían dado permiso para adoptarla.

—¿Te gustaría que te adoptara? —preguntó Leonardo.

—¿Qué significa *adoptar*? —preguntó Vittoria.

El padre Leonardo se lo dijo.

Vittoria le abrazó durante varios minutos, llorando de alegría.

—¡Oh, sí! ¡Sí!

Leonardo le dijo que debía estar ausente una temporada para instalarse en su nueva casa en Suiza, pero prometió que iría a buscarla al cabo de seis meses. Fue la espera más larga de la vida de Vittoria, pero Leonardo cumplió su palabra. Cinco días antes de su noveno cumpleaños, Vittoria se mudó a la ciudad del lago Leman. Durante el día asistía a la Escuela Internacional de Ginebra, y por la noche le daba clase su padre.

Tres años después, Leonardo Vetra fue contratado por el CERN. Él y Vittoria se trasladaron a un lugar de ensueño, como la joven no había imaginado jamás.

Vittoria Vetra sentía el cuerpo entumecido mientras avanzaba por el túnel del LHC. Vio su reflejo apagado en el tubo, y notó la ausencia de su padre. Por lo general, vivía en un estado de profunda calma, en armonía con el mundo que la rodeaba. Pero ahora, de repente, todo parecía absurdo. Las últimas tres horas se le antojaban una mancha borrosa.

Eran las diez de la mañana en las Baleares cuando recibió la llamada de Kohler. *Tu padre ha sido asesinado. Vuelve de inmediato.* Pese al calor que hacía en la cubierta del barco, las palabras la habían estremecido hasta lo más hondo. El tono desprovisto de sentimientos de Kohler la había herido tanto como la noticia.

Había vuelto a casa. *Pero ¿qué clase de casa?* El CERN, su hogar desde los doce años, le pareció extraño de repente. Su padre, el hombre que lo había transformado en algo mágico, había muerto.

Respira hondo, se dijo, pero no podía calmar su mente. Las preguntas no cesaban de multiplicarse. ¿Quién había matado a su padre? ¿Por qué? ¿Quién era ese «especialista» norteamericano? ¿Por qué insistía Kohler en ver el laboratorio?

Kohler había dicho que existían pruebas de que el asesinato de su padre estaba relacionado con el proyecto actual. *¿Qué pruebas? ¡Nadie sabía en qué estábamos trabajando! Y aunque alguien lo hubiera averiguado, ¿por qué tenían que matarle?*

Mientras avanzaba por el túnel del LHC en dirección al laboratorio de su padre, Vittoria cayó en la cuenta de que iba a desvelar el gran logro de su padre sin que él estuviera presente. Había imaginado este momento de una manera muy diferente. Había imaginado que su padre convocaría en su laboratorio a los científicos más importantes del CERN para enseñarles su descubrimiento, y verían sus caras estupefactas. Después, sonreiría con orgullo paternal cuando les explicara que había sido una de las ideas de *Vittoria* la que le había ayudado a transformar el proyecto en realidad, que su *hija* había sido la pieza clave de su éxito. Vittoria sintió un nudo en la garganta. *Mi padre y yo debíamos compartir este momento.* Pero estaba sola. Sin colegas. Sin caras felices. Tan sólo un norteamericano desconocido y Maximilian Kohler.

Maximilian Kohler. Der König.

A Vittoria no le había gustado ese hombre ni cuando era niña. Si bien llegó a respetar su poderoso intelecto, su comportamiento frío siempre le pareció inhumano, la antítesis exacta del calor humano de su padre. Kohler era un adepto de la ciencia por su lógica inmaculada, y su padre por su prodigiosa espiritualidad. No obstante, tenía la impresión de que siempre había existido un respeto no verbalizado entre los dos hombres. *Los genios,* le había explicado alguien una vez, *aceptan el genio sin condiciones.*

Los genios, pensó. *Mi padre... Papá. Muerto.*

Se accedía al laboratorio de Leonardo Vetra por un largo pasillo esterilizado, pavimentado por completo con baldosas blancas. Langdon experimentó la sensación de estar entrando en una especie de manicomio subterráneo. Docenas de imágenes en blanco y negro enmarcadas flanqueaban el corredor. Aunque se había ganado su prestigio a base de estudiar imágenes, éstas eran totalmente desconocidas para él. Parecían los negativos caóticos de rayas y espirales fortuitas. *¿Arte moderno?*, meditó. *¿Jackson Pollock atiborrado de anfetaminas?*

—Diagramas de dispersiones —dijo Vittoria, como si hubiera intuido el interés de Langdon—. Representaciones informáticas de colisiones de partículas. Ésa es la partícula Z —dijo, señalando una tenue estela, casi invisible en la confusión—. Mi padre la descubrió hace cinco años. Energía pura, carente de masa. Puede que sea la construcción más pequeña de la naturaleza. La materia no es más que energía atrapada.

¿La materia es energía? Langdon ladeó la cabeza. *Suena muy zen.* Miró la diminuta estela de la fotografía y se preguntó qué dirían sus colegas del Departamento de Física de Harvard cuando les contara que había pasado un fin de semana en el túnel de un Large Hadron Collider, admirando partículas Z.

—Vittoria —dijo Kohler, cuando se acercaron a la imponente puerta de acero del laboratorio—, debería decirte que esta mañana bajé aquí en busca de tu padre.

Vittoria se ruborizó un poco.

—¿Sí?

—Sí. Imagina mi sorpresa cuando descubrí que había sustituido el teclado de seguridad habitual del CERN por otra cosa.

Kohler indicó un complicado aparato electrónico montado junto a la puerta.

—Lo siento —dijo la joven—. Ya sabe cuánto apreciaba su privacidad. No quería que nadie, salvo nosotros dos, tuviera acceso.

—Bien —dijo Kohler—. Abre la puerta.

Vittoria esperó un largo momento. Después, respiró hondo y se acercó al mecanismo de la pared.

Langdon no estaba preparado para lo que sucedió a continuación.

Vittoria se plantó ante el aparato y miró con su ojo derecho por una lente que sobresalía como un telescopio. Después, apretó un botón. Algo chasqueó en el interior del mecanismo. Un rayo de luz osciló de un lado a otro, y exploró el ojo como una fotocopiadora.

—Es un lector retiniano —explicó la joven—. Seguridad infalible. Sólo puede validar dos patrones retinianos. El mío y el de mi padre.

Robert Langdon se quedó horrorizado. Revivió la imagen de Leonardo Vetra en todos sus siniestros detalles: el rostro ensangrentado, el solitario ojo de color avellana que le había mirado sin ver, la cuenca vacía. Intentó rechazar la verdad evidente, pero entonces lo vio... debajo del lector, en el suelo de baldosas blancas, tenues gotas de color púrpura. Sangre seca.

Vittoria, por suerte, no se fijó.

La puerta de acero se abrió y ella entró.

Kohler dirigió a Langdon una mirada inflexible. Su mensaje estaba claro: *Ya se lo dije... El ojo desaparecido sirve a un propósito más elevado.*

18

Las manos de la mujer estaban atadas, con las muñecas hinchadas y teñidas de púrpura debido al roce. El hassassin de piel color caoba estaba acostado a su lado, agotado, admirando a su presa desnuda. Se preguntó si el sueño en que parecía sumida era un engaño, un patético intento de evitar prestarle más servicios.

Daba igual. Ya había obtenido suficiente recompensa. Saciado, se incorporó en la cama.

En su país, las mujeres eran posesiones. Débiles. Herramientas de placer. Esclavas que se vendían como ganado. Y sabían cuál era su lugar. Pero aquí, en Europa, las mujeres fingían una energía y una independencia que le divertía y excitaba a la vez. Forzarlas a la sumisión física era una gratificación que siempre disfrutaba.

Aunque satisfecho, el hassassin notó que otro apetito crecía en su interior. Había matado anoche, matado y mutilado, y para él matar era como la heroína. Cada encuentro le satisfacía tan sólo de manera temporal, y luego su deseo de más aumentaba. El júbilo se había disipado. El ansia había regresado.

Estudió a la mujer dormida a su lado. Recorrió su cuello con la palma de la mano, y tuvo una erección producida por la certeza de que podía acabar con su vida en un solo instante. ¿Qué importaría? Era una subhumana, un vehículo de placer y servidumbre. Sus fuertes dedos rodearon su garganta, saborearon su delicado pulso. Después, reprimió el deseo y apartó la mano. Tenía trabajo que hacer. Servir a una causa más elevada que su deseo.

Cuando se apartó de la cama, se regocijó con el honor del trabajo que le aguardaba. Aún no podía vislumbrar la influencia del hombre llamado Jano, ni de la antigua hermandad a cuyo frente estaba. La hermandad le había elegido a él, aunque pareciera un milagro. De alguna manera, se habían enterado de su odio... y de su talento. Cómo, nunca lo sabría. *Sus raíces son profundas.*

Ahora, le habían concedido el honor definitivo. Sería sus manos y su voz. Su asesino y su mensajero. Aquel a quien su pueblo conocía como *Malaq al-haq*: el Ángel de la Verdad.

19

El laboratorio de Vetra tenía un aspecto increíblemente futurista.

De un blanco reluciente, repleto de ordenadores y equipo electrónico sofisticado, parecía una especie de sala de operaciones. Langdon se preguntó qué secretos podía ocultar este lugar, capaces de justificar la mutilación de un ojo para poder acceder a él.

Kohler parecía inquieto cuando entraron, y dio la impresión de que sus ojos buscaban señales de un intruso, pero el laboratorio estaba desierto. Vittoria también se movía con lentitud, como si no reconociera el laboratorio sin la presencia de su padre.

La mirada de Langdon se posó de inmediato en el centro de la sala, donde una serie de columnas cortas se alzaban del suelo. Como un Stonehenge en miniatura, una docena de columnas de acero pulido se erguían en círculo en mitad de la sala. Las columnas medían unos noventa centímetros de altura, y recordaron a Langdon vitrinas de museo donde se exhibían piedras preciosas. No obstante, estaba claro que las columnas cumplían otra función. Cada una sostenía un contenedor transparente grueso, del tamaño de un bote de pelotas de tenis. Parecían vacíos.

Kohler contempló los contenedores con expresión perpleja. Por lo visto, decidió hacer caso omiso de ellos por el momento. Se volvió hacia Vittoria.

—¿Han robado algo?

—¿Robado? *¿Cómo?* El lector retiniano sólo nos permite la entrada a nosotros.

—Echa un vistazo.

Vittoria suspiró e inspeccionó la sala unos momentos. Se encogió de hombros.

—Todo parece seguir como mi padre lo deja siempre. Caos ordenado.

Langdon intuyó que Kohler estaba sopesando sus opciones, como si se preguntara hasta qué punto podía presionar a Vittoria… o cuánto podía revelarle. Al parecer, decidió esperar. Dirigió la silla de ruedas hacia el centro de la sala y estudió el misterioso grupo de contenedores, en apariencia vacíos.

—Los secretos son un lujo que ya no nos podemos permitir —dijo por fin.

Vittoria asintió, con expresión conmovida de repente, como si el hecho de estar en este lugar la abrumara con un torrente de recuerdos.

Concédele un minuto, pensó Langdon.

Como si se preparara para lo que estaba a punto de revelar, Vittoria cerró los ojos e inhaló aire. Después, volvió a respirar. Y una vez más. Y otra…

Langdon la miró, preocupado de repente. *¿Se encuentra bien?* Miró a Kohler, que parecía impertérrito, como si hubiera contemplado el ritual en otras ocasiones. Transcurrieron diez segundos antes de que Vittoria abriera los ojos.

Langdon no dio crédito a la metamorfosis. Vittoria Vetra se había transformado. Sus labios sensuales estaban relajados, los hombros caídos, los ojos mansos y obedientes. Era como si hubiera realineado todos los músculos de su cuerpo para aceptar la situación. El resentimiento y la angustia habían sido aplacados bajo una frialdad más profunda.

—¿Por dónde empiezo? —preguntó.

—Por el principio —dijo Kohler—. Háblanos del experimento de tu padre.

—El sueño de la vida de mi padre fue rectificar los postulados de la ciencia mediante la religión —dijo Vittoria—. Aspiraba a demostrar que la ciencia y la religión son dos campos totalmente compatibles, dos formas diferentes de encontrar la misma verdad. —Hizo una pausa, como incapaz de creer lo que estaba a punto de decir—. Y hace poco... concibió una forma de hacerlo.

Kohler permaneció mudo.

—Ideó un experimento, el cual creía capaz de solucionar uno de los conflictos más amargos en la historia de la ciencia y la religión.

Langdon se preguntó a qué conflicto se refería, entre tantos que había.

—El creacionismo —anunció Vittoria—. La eterna batalla sobre la creación del universo.

Oh, pensó Langdon. *El debate con mayúsculas.*

—La Biblia, por supuesto, afirma que Dios creó el universo —explicó la joven—. Dios dijo: «Hágase la luz», y todo lo que vemos surgió de la nada. Por desgracia, una de las leyes fundamentales de la física dice que la materia no puede crearse de la nada.

Langdon había leído acerca de la polémica. La idea de que Dios había creado «algo de la nada» era totalmente contraria a las leyes aceptadas de la física moderna y, por tanto, los científicos afirmaban que el Génesis era absurdo desde un punto de vista científico.

—Señor Langdon —dijo Vittoria, volviéndose hacia él—, supongo que estará familiarizado con la teoría del Big Bang, ¿verdad?

Langdon se encogió de hombros.

—Más o menos.

Sabía que el Big Bang era el modelo aceptado por la ciencia de la creación del universo. En realidad, no lo entendía pero, según la teoría, un solo punto de energía muy concentrada estalló en una explosión cataclísmica, expandiéndose hacia fuera para formar el universo. O algo por el estilo.

Vittoria continuó.

—Cuando la Iglesia católica propuso la teoría del Big Bang en 1927, el…

—¿Perdón? —interrumpió Langdon, sin poder reprimirse—. ¿Dice que el Big Bang fue una idea *católica*?

La pregunta pareció sorprender a Vittoria.

—Por supuesto. Propuesta por un monje católico, Georges Lemaître, en 1927.

—Pero yo pensaba… —Langdon se interrumpió—. ¿El Big Bang no fue propuesto por el astrónomo de Harvard Edwin Hubble?

Kohler se encrespó.

—Una vez más, la arrogancia científica norteamericana. Hubble publicó su teoría en 1929, dos años después de Lemaître.

Langdon frunció el ceño. *Se llama el Telescopio de Hubble, señor. ¡Nunca he oído hablar del Telescopio de Lemaître!*

—El señor Kohler tiene razón —dijo Vittoria—. La idea pertenecía a Lemaître. Hubble se limitó a confirmarla, reuniendo las pruebas que demostraban que el Big Bang era científicamente probable.

—Oh —dijo Langdon, mientras se preguntaba si los fanáticos de Hubble del Departamento de Astronomía de Harvard habían mencionado alguna vez a Lemaître en sus conferencias.

—Cuando Lemaître propuso por primera vez la teoría del Big Bang —continuó Vittoria—, los científicos afirmaron que era ridícula. La materia, dijeron, no se creaba de la nada. Por lo tanto, cuando Hubble asombró al mundo demostrando por medios científicos que el Big Bang era correcto, la Iglesia cantó victoria, y anunció que constituía la prueba de que la Biblia era correcta desde un punto de vista científico. La verdad divina.

Langdon asintió, concentrado en las explicaciones.

—Por supuesto, a los científicos no les gustó que la Iglesia utilizara sus descubrimientos para promocionar la religión, de modo que tradujeron en matemáticas de inmediato la teoría del Big Bang, eliminaron todos los matices religiosos y se la apropiaron. Por desgracia para la ciencia, sin embargo, sus ecuaciones, incluso hoy, adolecen de una grave deficiencia que a la Iglesia le gusta subrayar.

Kohler gruñó.

—La *singularidad*.

Pronunció la palabra como si fuera la maldición de su existencia.

—Sí, la singularidad —dijo Vittoria—. El momento exacto de la creación, Tiempo Cero. Incluso hoy, la ciencia es incapaz de fijar el momento inicial de la creación. Nuestras ecuaciones explican el universo *primitivo* con gran eficacia, pero a medida que retrocedemos en el tiempo y nos aproximamos al momento cero, nuestras matemáticas se desintegran de repente, y todo pierde significado.

—Correcto —dijo Kohler en tono nervioso—, y la Iglesia se aferra a esta laguna como prueba de la intervención milagrosa de Dios. Vayamos al meollo de la cuestión.

Vittoria adoptó una expresión distante.

—La cuestión es que mi padre siempre creyó en la intervención divina en el Big Bang. Aunque la ciencia era incapaz de comprender el divino momento de la creación, él creía que algún día lo *haría*. —Señaló con tristeza una hoja impresa clavada con chinchetas cerca de la zona de trabajo de su padre—. Mi padre me restregaba eso por la cara cada vez que tenía dudas.

Langdon leyó el mensaje:

CIENCIA Y RELIGIÓN NO SON ADVERSARIAS.
LA CIENCIA ES DEMASIADO JOVEN PARA COMPRENDERLO.

—Mi padre quería elevar la ciencia a un nivel superior —dijo Vittoria—, en que la ciencia sustentara el concepto de Dios. —Se pasó la mano por su largo pelo con expresión melancólica—. Estaba dispuesto a acometer algo que a ningún científico se le había ocurrido jamás. Algo para lo que nadie había dispuesto de la *tecnología* adecuada. —Hizo una pausa, como insegura de lo que iba a decir a continuación—. Ideó un experimento capaz de demostrar que el Génesis fue posible.

¿Demostrar el Génesis?, se preguntó Langdon. *¿Hágase la luz? ¿Materia creada de la nada?*

Kohler paseó su mirada mortecina por la sala.

—¿Perdón?

—Mi padre creó un universo... de la nada.

Kohler meneó la cabeza.

—¿Cómo?

—Mejor dicho, recreó el Big Bang.

Dio la impresión de que Kohler estaba a punto de ponerse en pie.

Langdon no entendía nada. *¿Crear un universo? ¿Recrear el Big Bang?*

—Lo hizo a una escala mucho menor, por supuesto —dijo Vittoria—. El proceso fue de una simplicidad sorprendente.

Aceleró dos haces de partículas ultrafinas en direcciones opuestas dentro del tubo del acelerador. Los dos haces colisionaron a velocidades enormes, y toda la energía de ambos se concentró en un solo punto. Consiguió densidades de energía extremas.

Enumeró a toda prisa una ristra de unidades, y los ojos del director se abrieron desmesuradamente.

Langdon intentaba no perder el hilo. *O sea, Leonardo Vetra estaba recreando el punto de energía comprimida del cual surgió el universo.*

—El resultado —dijo Vittoria— fue espectacular. Cuando se publique, sacudirá los cimientos de la física moderna. —Ahora hablaba despacio, como si saboreara la trascendencia de la noticia—. Sin previo aviso, dentro del tubo del acelerador, en ese momento de energía muy concentrada, empezaron a aparecer de la nada partículas de materia.

Kohler no reaccionó. Se limitó a seguir mirándola.

—Materia —repitió Vittoria—. Surgida de la nada. Un increíble espectáculo de fuegos artificiales subatómicos. Un universo en miniatura que nacía a la vida. Demostraba no sólo que la materia puede crearse de la nada, sino que el Big Bang y el Génesis pueden explicarse aceptando la presencia de una enorme fuente de energía.

—¿Te refieres a Dios? —preguntó Kohler.

—Dios, Buda, la Fuerza, Yavé, la singularidad, el punto de unicidad, llámelo como quiera, el resultado es el mismo. Ciencia y religión defienden la misma verdad: la *energía* pura es el padre de la creación.

Cuando Kohler habló por fin, lo hizo con voz sombría.

—Vittoria, me tienes desconcertado. Da la impresión de que me estás diciendo que tu padre *creó* materia… ¿de la nada?

—Sí. —Vittoria indicó los contenedores—. Y ahí está la prueba. En esos contenedores hay especímenes de la materia que creó.

Kohler tosió y avanzó hacia los contenedores, como un animal cauteloso que diera vueltas alrededor de algo que intuyera peligroso.

—Me he perdido algo, sin duda —dijo—. ¿Cómo esperas que alguien crea que estos cilindros contienen partículas de la materia que tu padre *creó*? Podrían ser partículas procedentes de cualquier otro lugar.

—De hecho, eso no es posible —dijo Vittoria, muy segura de sí misma—. Estas partículas son únicas. Se trata de una clase de materia que no existe en la tierra. Por consiguiente *tuvieron* que ser creadas.

La expresión de Kohler se ensombreció.

—Vittoria, ¿qué quieres decir en realidad? Sólo existe *un* tipo de materia, y es…

Kohler se interrumpió.

Vittoria le miró con expresión triunfal.

—Usted mismo ha pronunciado conferencias sobre ella, director. El universo contiene dos clases de materia. Hecho científico. —Vittoria se volvió hacia Langdon—. Señor Langdon, ¿qué dice la Biblia acerca de la Creación? ¿Qué creó Dios?

Langdon se sintió perdido, sin saber qué hacer ni qué decir.

—Er, Dios creó… la luz y la oscuridad, el cielo y el infierno…

—Exacto —dijo Vittoria—. Todo cuanto creó tenía su contrario. Simetría. Equilibrio perfecto. —Se volvió hacia Kohler—. Director, la ciencia afirma lo mismo que la religión, que el Big Bang creó todo junto con su contrario.

—Incluyendo la propia *materia* —susurró Kohler, como si hablara consigo mismo.

Vittoria asintió.

—Y cuando mi padre llevó a cabo su experimento, aparecieron dos clases de materia, claro está.

Langdon se preguntó qué significaba esto. *¿Leonardo Vetra creó lo contrario de la materia?*

Kohler se enfureció.

—La sustancia a la que te refieres sólo existe en otra parte del universo. En la Tierra no, desde luego. ¡Tal vez ni siquiera en nuestra galaxia!

—Exacto —contestó Vittoria—, lo cual demuestra que las partículas de esos contenedores tuvieron que ser *creadas*.

La tensión era patente en el rostro de Kohler.

—Vittoria, no me estarás diciendo que esos cilindros contienen especímenes reales, ¿verdad?

—Pues sí. —La joven contempló con orgullo los contenedores—. Director, está viendo los primeros especímenes de *antimateria* del mundo.

20

Fase dos, pensó el hassassin, mientras se internaba en el lóbrego túnel.

La antorcha que blandía en la mano era superflua. Lo sabía. Pero era para impresionar. Atemorizar al enemigo era fundamental. Había aprendido que el miedo era su aliado. *El miedo mutila con más rapidez que cualquier otra arma de guerra.*

No había espejos en el pasadizo donde admirar su disfraz, pero intuía, a juzgar por la sombra de su holgado hábito, que era perfecto. Fundirse con el entorno formaba parte del plan, de la maldad de la conspiración. Ni en sus sueños más desaforados había imaginado interpretar este papel.

Dos semanas atrás, habría considerado una misión imposible la tarea que le aguardaba al final del túnel. Una misión suicida. Adentrarse desnudo en la guarida de un león. Pero Jano había cambiado la definición de imposible.

Los secretos que Jano había compartido con el hassassin durante las últimas dos semanas eran numerosos. Este túnel era uno de ellos. Antiguo, pero perfectamente transitable.

Mientras se acercaba a su enemigo, el hassassin se preguntó si lo que le esperaba dentro sería tan fácil como Jano había prometido. Jano le había asegurado que alguien, desde el interior, tomaría las medidas pertinentes. *Alguien de dentro.*

Increíble. Cuanto más lo pensaba, más se daba cuenta de que era un juego de niños.

Wahad… tintain.. thalatha… arbaa, se dijo en árabe cuando estuvo cerca del final. *Uno… dos… tres… cuatro…*

21

—Imagino que habrá oído hablar de la antimateria, ¿verdad, señor Langdon?

Vittoria le estaba estudiando, y su piel morena contrastaba con la blancura del laboratorio.

Langdon alzó la vista. De pronto, se sintió aturdido.

—Sí. Bien… Más o menos.

Una tenue sonrisa se insinuó en los labios de la joven.

—¿Sigue *Star Trek*?

Langdon se ruborizó.

—Bien, a mis estudiantes les gusta… —Frunció el ceño—. ¿El combustible del *U.S.S. Enterprise* es la antimateria?

Ella asintió.

—La buena ficción científica hunde sus raíces en la buena ciencia.

—¿La antimateria existe?

—Es un hecho de la naturaleza. Todo tiene su contrario. Los protones tienen electrones. Los quarks *up* tienen quarks *down*. Existe una simetría cósmica en el nivel subatómico. La antimateria es al *yin* lo que el *yang* a la materia. Equilibra la ecuación física.

Langdon recordó que Galileo creía en la dualidad.

—Los científicos saben desde 1918 —continuó Vittoria— que en el Big Bang se crearon dos tipos de materia. Una materia es la que vemos en la tierra, la que compone rocas, árboles, personas. La otra es su contraria, idéntica a la materia en todos los aspectos, excepto en que las cargas de sus partículas son inversas.

Kohler habló como si emergiera de la niebla, inseguro.

—Pero existen enormes obstáculos tecnológicos que impiden almacenar la antimateria. ¿Qué me dices de la neutralización?

—Mi padre construyó un vacío de polaridad invertida para absorber los positrones de antimateria del acelerador antes de que se destruyeran.

Kohler frunció el ceño.

—Pero un vacío también absorbería la materia. No habría manera de separar las partículas.

—Aplicó un campo magnético. La materia formando un campo voltaico a la derecha, y la antimateria a la izquierda. Tienen polos opuestos.

En aquel instante, la muralla de dudas de Kohler pareció resquebrajarse. Miró a Vittoria con manifiesto estupor, y después, sin previo aviso, sufrió un acceso de tos.

—Incre... íble —dijo, mientras se secaba la boca—. Y no obstante... —Dio la impresión de que su lógica aún oponía resistencia—. Y no obstante, aunque el vacío *funcionara*, esos contenedores están hechos de materia. No es posible almacenar antimateria en contenedores hechos de *materia*. La antimateria reaccionaría al instante con...

—Los especímenes no están en contacto con el contenedor —dijo Vittoria, como si esperara la pregunta—. La antimateria está flotando. Los contenedores se llaman «trampas de antimateria», porque atrapan literalmente a la antimateria en el centro del contenedor, y la mantienen flotando a una distancia prudencial de los lados y el fondo.

—¿Flotando? Pero... *¿cómo?*

—Entre campos magnéticos que se cruzan. Venga a echar un vistazo.

Vittoria atravesó la sala y recogió un aparato electrónico de buen tamaño. El artefacto recordó a Langdon los fusiles de rayos desintegradores de los dibujos animados: un cañón ancho con una mira telescópica encima y una maraña de elementos electrónicos colgando por debajo. Vittoria apuntó el aparato a uno de los contenedores, miró por el ocular y manipuló algunos botones. Después, se apartó e invitó a Kohler a mirar.

Kohler puso cara de perplejidad.

—¿Habéis extraído cantidades *visibles*?

—Cinco mil nanogramos —dijo Vittoria—. Un plasma líquido que contiene millones de positrones.

—¿Millones? Pero si sólo se han detectado *algunas* partículas, a lo sumo, hasta el momento.

—Xenón —dijo Vittoria—. Mi padre aceleró el haz de partículas mediante un chorro de xenón, extrayendo los electrones. Insistió en mantener en secreto el procedimiento exacto, pero implicaba inyectar electrones puros en el acelerador al mismo tiempo.

Langdon se sentía perdido, y se preguntó si todavía continuaban hablando en una lengua incomprensible para él.

Kohler hizo una pausa y frunció el entrecejo. De pronto, respiró hondo. Se derrumbó como si le hubiera alcanzado una bala.

—Técnicamente, eso liberaría...

Vittoria asintió.

—Sí. *Montones*.

Kohler volvió a posar la mirada en el contenedor. Con expresión perpleja, se izó en la silla y aplicó el ojo al visor. Miró durante largo rato sin decir nada. Cuando se sentó por fin, su frente estaba perlada de sudor. Las arrugas de su rostro habían desaparecido. Habló en un susurro.

—Dios mío... Es verdad que lo conseguisteis.

Vittoria asintió.

—Mi *padre* lo consiguió.

—No... no sé qué decir.

Vittoria se volvió hacia Langdon.

—¿Quiere mirar?

Indicó el aparato.

Sin saber muy bien qué esperar, Langdon avanzó. Desde medio metro de distancia, el contenedor parecía vacío. El tamaño de lo que hubiera dentro era infinitesimal. Langdon aplicó el ojo al visor. La imagen tardó un momento en definirse.

Y entonces, lo vio.

El objeto no se encontraba en el fondo del contenedor, tal como él esperaba, sino que flotaba en el centro, un globo brillante de líquido similar al mercurio. Flotando como por arte de magia, el líquido giraba en el aire. Diminutas olas metálicas recorrían la superficie de la gota. El líquido flotante recordó a Langdon un vídeo que había visto en una ocasión de una gota de agua en gravedad cero. Aunque sabía que el glóbulo era microscópico, podía ver cada surco y ondulación, mientras la bola de plasma giraba poco a poco en suspensión.

—Está... flotando —dijo.

—Menos mal —contestó Vittoria—. La antimateria es muy inestable. Hablando en términos de energía, la antimateria es la imagen especular de la materia, de manera que se anulan al instante si entran en contacto. Mantener aislada la antimateria de la materia constituye todo un reto, porque todo en la tierra está hecho de materia. Las muestras han de ser almacenadas sin que toquen nada... ni siquiera el aire.

Langdon se quedó asombrado. *Para que luego hablen de trabajar en el vacío.*

—Estas trampas de antimateria —interrumpió Kohler con expresión de estupor, mientras recorría con un dedo pálido la base de una—, ¿las diseñó tu padre?

—De hecho —contestó la joven—, las diseñé yo.

Kohler levantó la vista.

Vittoria habló con modestia.

—Mi padre produjo las primeras partículas de antimateria, pero no sabía cómo almacenarlas. Yo sugerí esto. Cápsulas de nanocompuestos herméticas con electroimanes opuestos en cada extremo.

—Das a entender que el ingenio de tu padre se había agotado.

—La verdad es que no. Tomé prestada la idea de la naturaleza. Las medusas atrapan peces entre sus tentáculos utilizando descargas nematocísticas. Este principio rige aquí. Cada contenedor tiene dos electroimanes, uno en cada extremo. Sus campos magnéticos opuestos se cruzan en el centro del contenedor y retienen la antimateria en ese punto, suspendida en el vacío.

Langdon miró otra vez el contenedor. La antimateria flotaba en el vacío, sin tocar nada. Kohler tenía razón. Era una idea genial.

—¿Dónde está la fuente de energía de los imanes? —preguntó Kohler.

Vittoria señaló.

—En la columna, debajo de la trampa. Los contenedores están atornillados a una plataforma que los recarga continuamente, para que los imanes no fallen nunca.

—¿Y si el campo falla?

—Ocurre lo evidente. La antimateria deja de flotar, toca el fondo de la trampa y presenciamos la aniquilación.

Langdon era todo oídos.

—¿Aniquilación?

No le gustó la palabra.

Vittoria no parecía muy preocupada.

—Sí. Si la antimateria y la materia entran en contacto, ambas se destruyen al instante. Los físicos llaman al proceso «aniquilación».

Langdon asintió.

—Ah.

—Es la reacción más simple de la naturaleza. Una partícula de materia y una partícula de antimateria se combinan para liberar dos partículas *nuevas*, llamadas fotones. Un fotón es una diminuta mota de luz.

Langdon había leído acerca de los fotones, partículas de luz, la forma más pura de energía. Decidió reprimirse y no preguntar sobre la tecnología que permitía al capitán Kirk utilizar torpedos de fotones contra los klingons.

—De manera que, si la antimateria cae, ¿veremos una diminuta mota de luz?

Vittoria se encogió de hombros.

—Depende de lo que considere usted diminuto. Se lo voy a demostrar.

Empezó a desenroscar el contenedor de su plataforma.

Kohler lanzó un grito de terror y se lanzó hacia adelante, apartando las manos de la joven.

—¡Estás loca, Vittoria!

22

Kohler, por imposible que pareciera, se había puesto en pie, apoyado sobre dos piernas maltrechas. Su rostro estaba blanco de miedo.

—¡Vittoria! ¡No puedes sacar esa trampa!

Langdon contemplaba la escena, perplejo por el repentino pánico del director.

—¡Quinientos nanogramos! —dijo Kohler—. Si rompes el campo magnético...

—Director —le tranquilizó Vittoria—, no hay peligro. Cada trampa cuenta con un mecanismo de seguridad, una batería de apoyo por si la sacan de su recargador. Los especímenes permanecen suspendidos aunque libere el contenedor.

Kohler no parecía muy convencido. Después, vacilante, se acomodó en su silla.

—Las baterías se activan automáticamente —dijo Vittoria—, cuando la trampa se separa del recargador. Tienen veinticuatro horas de vida. Como un depósito de reserva de gasolina. —Se volvió hacia Langdon, como si intuyera su inquietud—. La antimateria posee algunas características sorprendentes, señor Langdon, lo cual la convierte en algo muy peligroso. Sostenemos la hipótesis de que una muestra de diez miligramos, el volumen de un grano de arena, alberga tanta energía como doscientas toneladas métricas de combustible convencional de cohete.

La cabeza de Langdon se puso a dar vueltas de nuevo.

—Es la fuente energética del mañana. Mil veces más poderosa que la energía nuclear. Cien por cien eficaz. Sin secuelas. Sin radiación. Sin contaminación. Unos pocos gramos podrían proporcionar energía eléctrica a una ciudad grande durante una semana.

¿Gramos? Langdon se alejó de la plataforma.

—No se preocupe —dijo Vittoria—. Estas muestras son fracciones minúsculas de gramo, *millonésimas* partes. Relativamente inofensivas.

Extendió la mano hacia el contenedor y lo desenroscó de la plataforma.

Kohler se agitó, pero no intervino. Al liberarse la trampa, se oyó un pitido agudo, y una pequeña pantalla se activó cerca de la base de la trampa. Las cifras rojas parpadearon, empezando a desgranar la cuenta atrás de veinticuatro horas.

24.00.00…

23.59.59…

23.59.58…

Langdon examinó la cuenta regresiva y decidió que el contenedor se parecía de una manera muy inquietante a una bomba de tiempo.

—La batería funcionará durante veinticuatro horas seguidas antes de gastarse —explicó Vittoria—. Se recarga colocando de nuevo la trampa en su plataforma. Está pensada como medida de seguridad, pero también es útil para el transporte.

—¿El transporte? —preguntó Kohler, desconcertado—. ¿Vas a sacar esto del laboratorio?

—Claro que no —dijo Vittoria—, pero la movilidad nos permite estudiarlo.

Vittoria guió a Kohler y Langdon hasta el fondo de la sala. Apartó una cortina que dejó al descubierto una ventana, tras la cual se veía una amplia habitación. Las paredes, los suelos y el techo estaban chapados de acero. La habitación recordó a Langdon la bodega de carga de un viejo petrolero en el que había viajado a Nueva Guinea para estudiar tatuajes *Hanta.*

—Es un tanque de aniquilación —anunció Vittoria.

Kohler levantó la vista.

—¿Has *observado* aniquilaciones?

—Mi padre estaba fascinado por la física del Big Bang: grandes cantidades de energía generadas por minúsculos núcleos de materia.

Vittoria abrió un cajón de acero que había bajo la ventana. Colocó la trampa dentro del cajón y lo cerró. Después, tiró de una palanca que había al lado del cajón. Un momento después, la trampa apareció al otro lado del cristal, describió un amplio arco sobre el suelo de metal y se detuvo cerca del centro de la habitación.

Vittoria sonrió.

—Están a punto de presenciar su primera aniquilación materia-antimateria. Unas pocas millonésimas de gramo. Un especimen relativamente minúsculo.

Langdon contempló la trampa de antimateria que descansaba en el suelo del enorme tanque. Kohler también se volvió hacia la ventana, con expresión dubitativa.

—En circunstancias normales —explicó Vittoria—, tendríamos que esperar veinticuatro horas, hasta que las baterías se agotaran, pero esta cámara contiene imanes bajo el suelo capaces de neutralizar la trampa y anular la suspensión de la antimateria. Cuando la materia y la antimateria entran en contacto...

—Aniquilación —susurró Kohler.

—Una cosa más —continuó Vittoria—. La antimateria libera energía pura. Una transformación de masa a fotones del cien por cien. Eso quiere decir que no deben mirar directamente la muestra. Protéjanse los ojos.

Langdon estaba preocupado, pero se dio cuenta de que Vittoria había adoptado un tono melodramático. *¿No miren directamente al contenedor?* El aparato se hallaba a casi treinta metros de distancia, tras un muro ultragrueso de plexiglás tintado. Además, la partícula del contenedor era invisible, microscópica. *¿Proteger mis ojos?*, pensó Langdon. *¿Cuánta energía podría esa partícula...?*

Vittoria oprimió el botón.

Langdon quedó cegado al instante. Un punto de luz brilló en el contenedor, y luego estalló hacia fuera en una oleada de luz que irradió en todas direcciones, lanzándose contra la ventana con fuerza colosal. Retrocedió dando tumbos cuando la detonación sacudió la cámara. La luz cegadora brilló un momento, y luego, al cabo de un instante, se replegó en sí misma, hasta transformarse en un diminuto punto que se desvaneció sin más. Langdon parpadeó, dolorido, mientras iba recobrando poco a poco la visión. Miró la cámara. El contenedor del suelo había desaparecido por completo. Desintegrado. Ni rastro.

—Dios.

Vittoria asintió con tristeza.

—Eso es justo lo que mi padre decía.

23

Kohler estaba mirando la cámara de aniquilación con una expresión de estupor total, debido al espectáculo que acababa de presenciar. Robert Langdon estaba a su lado, aún más estupefacto.

—Quiero ver a mi padre —exigió Vittoria—. Les he enseñado el laboratorio. Ahora, quiero ver a mi padre.

Kohler se volvió poco a poco, como si no la hubiera oído.

—¿Por qué esperasteis tanto, Vittoria? Tu padre y tú tendríais que haberme hablado de este descubrimiento enseguida.

Vittoria le miró. *¿Cuántos motivos quieres?*

—Ya discutiremos de esto más tarde, director. Ahora quiero ver a mi padre.

—¿Sabes lo que implica esta tecnología?

—Claro —replicó Vittoria—. Ingresos para el CERN. Montones. Ahora quiero...

—¿Por eso lo guardasteis en secreto? —preguntó Kohler en tono de reproche—. ¿Porque temíais que la junta y yo votáramos a favor de otorgar la patente?

—*Debería* otorgarse la patente —replicó Vittoria, arrastrada a la discusión—. La antimateria es tecnología importante, pero también peligrosa. Mi padre y yo queríamos tiempo para mejorar los procedimientos y aumentar la seguridad.

—En otras palabras, no confiabais en que la junta directiva antepusiera la prudencia de la ciencia a la codicia económica.

El tono indiferente de Kohler sorprendió a Vittoria.

—Había otras cuestiones también —dijo—. Mi padre quería tiempo para presentar la antimateria a la luz apropiada.

—¿Qué quieres decir?

¿A ti qué te parece?

—¿Materia a partir de la energía? ¿Crear algo de la nada? Es la prueba definitiva de que el Génesis es una posibilidad científica.

—O sea, no quería que las implicaciones religiosas de su descubrimiento se perdieran en aras del mercantilismo.

—Por decirlo de alguna manera.

—¿Y tú?

Por una ironía, las preocupaciones de Vittoria eran más bien las contrarias. El mercantilismo era fundamental para el éxito de la nueva fuente de energía. Si bien la tecnología de la antimateria poseía un sorprendente potencial como fuente de energía no contaminante y eficaz, si se descubría su existencia prematuramente, la antimateria corría el riesgo de ser vilipendiada por los fracasos políticos y de relaciones públicas que habían matado las energías solar y nuclear. La nuclear había proliferado antes de ser segura, y se habían producido algunos accidentes. La solar había proliferado antes de ser eficaz, y hubo gente que perdió dinero. Ambas tecnologías tenían mala fama y languidecían sin remisión.

—Mis intereses eran algo menos elevados que la unificación de ciencia y religión —dijo Vittoria.

—El medio ambiente —aventuró Kohler.

—Energía sin límites. Sin minas. Sin contaminación. Sin radiación. La tecnología de la antimateria podría salvar el planeta.

—O destruirlo —repuso Kohler—. En función de quién la utilice y para qué. —Vittoria notó que el director del CERN fue presa de un escalofrío—. ¿Quién más está enterado de esto?

—Nadie —dijo la joven—. Ya se lo he dicho.

—Entonces, ¿por qué crees que asesinaron a tu padre?

Los músculos de Vittoria se tensaron.

—No tengo ni idea. Tenía enemigos en el CERN, y usted ya lo sabe, pero el crimen no puede estar relacionado con la antimateria. Juramos que mantendríamos en secreto el hallazgo durante unos meses más, hasta que estuviéramos preparados.

—¿Y estás segura de que tu padre fue fiel al juramento?

Vittoria se estaba enfureciendo.

—¡Mi padre ha sido fiel a juramentos más difíciles que ése!

—¿Se lo contaste a alguien?

—¡Claro que no!

Kohler exhaló un suspiro. Hizo una pausa, como si quisiera elegir sus siguientes palabras con cautela.

—Supón que alguien lo averiguó. Supón que alguien consiguió acceder al laboratorio. ¿Qué crees que buscaría? ¿Tu padre guardaba notas aquí? ¿Alguna documentación de su trabajo?

—He sido paciente, director. Necesito algunas respuestas ya. Habla de un hipotético intruso, pero ya ha visto el lector retiniano. Mi padre no ha descuidado en ningún momento el secretismo y la seguridad.

—No te vayas por las ramas —dijo con brusquedad Kohler, lo cual sobresaltó a la joven—. ¿Qué podría faltar?

—No tengo ni idea. —Vittoria examinó el laboratorio, irritada. Todos los especímenes de antimateria estaban controlados. La zona de trabajo de su padre parecía en orden—. Nadie ha entrado en el laboratorio —afirmó—. Todo aquí arriba parece estar en su sitio.

—¿Aquí arriba? —preguntó Kohler sorprendido.

Vittoria lo había dicho sin pensar.

—Sí, aquí, en el laboratorio de arriba.

—¿También estáis utilizando el laboratorio de abajo?

—Como almacén.

Kohler rodó hacia ella y volvió a toser.

—¿Estáis utilizando la cámara de materiales peligrosos como almacén? ¿Almacén de qué?

¡De materiales peligrosos, claro está! Vittoria estaba perdiendo la paciencia.

—De antimateria.

Kohler se izó sobre los brazos de la silla.

—¿Hay *más* especímenes? ¿Por qué demonios no me lo has dicho?

—Acabo de hacerlo —replicó Vittoria—. ¡Y usted apenas me ha concedido la oportunidad!

—Hemos de ir a ver esos especímenes —dijo Kohler—. Ahora.

—Especimen —corrigió Vittoria—. En singular. Y está seguro. Nadie podría...

—¿Sólo uno? —interrumpió Kohler—. ¿Por qué no está aquí arriba?

—Mi padre quería conservarlo bajo el lecho de roca como precaución. Es más grande que los demás.

La mirada de alarma que intercambiaron Kohler y Langdon no pasó inadvertida a Vittoria. El director rodó hacia ella de nuevo.

—¿Habéis creado un especimen mayor de quinientos nanogramos?

—Por fuerza —se defendió Vittoria—. Teníamos que demostrar que el umbral de la ecuación inversión/rendimiento podía cruzarse sin peligro.

Ella sabía que el problema de las nuevas fuentes energéticas siempre residía en la delicada relación entre inversión y rendimiento: cuánto dinero había que gastar para recolectar el combustible. Construir una plataforma petrolífera para obtener un solo barril era tirar el dinero. Sin embargo, si esa misma plataforma, con un mínimo de gastos añadidos, podía producir millones de barriles, había negocio. Con la antimateria sucedía lo mismo. Poner a funcionar veintisiete kilómetros de electroimanes para crear un diminuto especimen de antimateria gastaba más energía que la contenida en la antimateria resultante. Con el fin de demostrar que la antimateria era eficaz y viable, había que crear especímenes de mayor magnitud.

Aunque el padre de Vittoria se había mostrado reticente a crear un especimen grande, ella había insistido sin descanso. Decía que, si querían que la antimateria fuera tomada en serio, ella y su padre tenían que demostrar dos cosas. Primero, que se podían producir cantidades que compensaran los gastos. Y segundo, que los especímenes podían almacenarse sin riesgo. Al final, había ganado ella, y su padre había accedido contra su voluntad. Pero no sin firmes instrucciones acerca del secretismo y la accesibilidad. La antimateria, había insistido su padre, se almacenaría en la sección de materiales peligrosos, una pequeña cavidad de granito, ubicada a veinticinco metros más abajo. El especimen sería su secreto. Y sólo los dos tendrían acceso.

—Vittoria —insistió Kohler—, ¿es muy grande el especimen que tu padre y tú creasteis?

Vittoria sentía un irónico placer en su fuero interno. Sabía que la cantidad asombraría hasta al gran Maximilian Kohler. Recreó en su mente la antimateria almacenada. Una visión increíble. Suspendida dentro de la trampa, perfectamente visible a simple vista, bailaba una diminuta esfera de antimateria. No era una partícula microscópica. Era una gota del tamaño de un balín para escopeta de aire comprimido.

Vittoria respiró hondo.

—Un cuarto de gramo.

Kohler palideció.

—¡Cómo! —Se puso a toser—. ¿Un cuarto de gramo? ¡Eso equivale a... casi cinco kilotones!

Kilotones. Vittoria detestaba la palabra. Su padre y ella nunca la empleaban. Un kilotón equivalía a mil toneladas métricas de TNT. Los kilotones se utilizaban en armamento. Carga explosiva. Poder destructivo. Su padre y ella hablaban de voltios y julios: potencia de energía constructiva.

—¡Esa cantidad de antimateria podría destruir todo lo contenido en un radio de un kilómetro! —exclamó alarmado Kohler.

—Sí, si se aniquilara toda a la vez —replicó Vittoria—, ¡cosa que nadie haría jamás!

—Excepto alguien con pocos conocimientos. ¡O si tu fuente de energía fallara!

Kohler ya se estaba encaminando hacia el montacargas.

—Por eso mi padre la guardó en Materiales Peligrosos con todo tipo de precauciones.

Kohler se volvió con expresión esperanzada.

—¿Hay sistemas de seguridad complementarios en Materiales Peligrosos?

—Sí. Un segundo lector de retina.

Kohler sólo dijo dos palabras.

—Abajo. Ya.

El montacargas descendió como una piedra.

Veinticinco metros más abajo.

Vittoria estaba segura de que presentía miedo en ambos hombres mientras el montacargas bajaba. El rostro de Kohler, por lo general carente de emociones, estaba tirante. *Sé que la muestra es enorme,* pensó Vittoria, *pero las precauciones que hemos tomado son...*

El montacargas se detuvo y luego se abrió, y Vittoria los precedió por el corredor apenas iluminado. Más adelante, el pasillo terminaba en una enorme puerta de acero. MAT-PEL. El lector retiniano que había junto a la puerta era idéntico al de arriba. La joven se acercó. Aplicó su ojo a la lente.

Retrocedió. Algo pasaba. La lente, siempre impoluta, estaba manchada, manchada de algo parecido a... *¿sangre?* Confusa, se volvió hacia los dos hombres, pero sólo vio dos rostros empalidecidos, con los ojos clavados en el suelo, muy cerca de sus pies.

Vittoria siguió su mirada.

—¡No! —gritó Langdon, y extendió la mano en su dirección. Pero ya era demasiado tarde.

La vista de Vittoria se clavó en el objeto del suelo. Le resultó desconocido y muy familiar al mismo tiempo.

Sólo necesitó un instante.

Después, horrorizada, cayó en la cuenta. Mirándola desde el suelo, como restos de basura desechados, había un ojo. Habría reconocido aquel tono avellana en cualquier parte.

24

El técnico de seguridad contuvo el aliento cuando su comandante se inclinó por detrás de él, estudiando la hilera de monitores. Transcurrió un minuto.

El silencio del comandante era de esperar, se dijo el técnico. El comandante era un hombre adicto al protocolo más inflexible. No había obtenido el mando de una de las fuerzas de seguridad de élite mundiales hablando primero y pensando después.

Pero ¿qué está pensando?

El objeto que estaban observando en el monitor era una especie de contenedor, de paredes transparentes. Eso era sencillo. Lo difícil era el resto. Dentro del contenedor, como por obra de algún efecto especial, una pequeña gota de metal líquido parecía flotar en el aire. La gota aparecía y desaparecía en el rítmico parpadeo rojo de una pantalla de cristal líquido, la cual desgranaba una cuenta atrás incesante que provocaba escalofríos al técnico.

—¿Puede aclarar el contraste? —preguntó el comandante, lo cual sobresaltó al técnico.

El técnico obedeció eficientemente, y la imagen ganó más brillo. El comandante se inclinó ligeramente hacia adelante y escudriñó algo que se había hecho visible en la base del contenedor. El técnico siguió la mirada de su comandante. Junto a la pantalla había un acrónimo, apenas visible.

Cuatro letras mayúsculas brillaban en los destellos de luz intermitentes.

—Quédese aquí —dijo el comandante—. No diga nada. Yo me ocuparé de esto.

25

Materiales Peligrosos. A cincuenta metros bajo tierra.

Vittoria Vetra avanzó tambaleante, y casi cayó contra el lector retiniano. Notó que el norteamericano corría a ayudarla, la sostenía, aguantaba su peso. Desde el suelo, el ojo de su padre la miraba. Sintió que se asfixiaba. *¡Le han arrancado el ojo!* Su mundo se desmoronó. Kohler estaba detrás de ella, hablando. Langdon la guiaba. Como en un sueño, se encontró con un ojo pegado al lector retiniano. El mecanismo emitió un pitido.

La puerta se abrió.

Incluso con el terror del ojo de su padre grabado en el alma, Vittoria presintió que otro horror la esperaba dentro. Cuando clavó su vista borrosa en la habitación, confirmó el siguiente capítulo de la pesadilla. Ante ella, la solitaria plataforma de recarga estaba vacía.

El contenedor había desaparecido. Habían arrancado el ojo a su padre para robarlo. Las implicaciones se sucedieron con demasiada rapidez para asimilarlas en su totalidad. Todo había salido mal. Habían robado el especimen que debía demostrar que la antimateria era una fuente de energía segura y viable. *¡Pero nadie conocía siquiera la existencia del especimen!* Sin embargo, la verdad era innegable. Alguien lo había descubierto. Vittoria no podía imaginar quién. Ni tan sólo Kohler, de quien se decía que sabía todo lo que se cocía en el CERN, tenía idea del proyecto.

Su padre estaba muerto. Asesinado a causa de su genio.

Mientras el dolor estrujaba su corazón, un nuevo sentimiento se abrió paso en la conciencia de Vittoria. Era mucho peor. Abrumador. Mortificante. Era la culpa. Culpa incontrolable, implacable. Vittoria sabía que era ella quien había convencido a su padre de que creara la muestra. Contra su voluntad. Y le habían asesinado por ello.

Un cuarto de gramo...

Como cualquier tecnología (el fuego, la pólvora, el motor de combustión), la antimateria podía ser mortífera si llegaba a caer en malas manos. Muy mortífera. La antimateria era un arma letal. Potente e imparable. Una vez extraído de su plataforma de recarga del CERN, la cuenta atrás del contenedor proseguiría inexorable. Un tren sin frenos.

Y cuando se terminara el tiempo...

Una luz cegadora. El rugido de un trueno. Incineración espontánea. Sólo el destello... y un cráter vacío. Un cráter vacío muy grande.

La idea del genio pacífico de su padre utilizado como una herramienta de destrucción era como veneno en su sangre. La antimateria era el arma terrorista suprema. Carecía de partes metálicas susceptibles de disparar un detector de metales, de rastros químicos que pudieran olfatear los perros, de espoleta que pudiera desactivarse si las fuerzas del orden localizaban el contenedor. La cuenta atrás había empezado...

Langdon no sabía qué hacer. Sacó su pañuelo y cubrió con él el ojo de Leonardo Vetra. Vittoria esperaba en la puerta de la cámara vacía, con el rostro deformado en una expresión de dolor y pánico. Langdon se acercó a ella de nuevo, pero Kohler intervino.

—Señor Langdon. —El rostro de Kohler era inexpresivo. Indicó a Langdon con un ademán que se alejara, para que ella no pudiera oírle. Langdon obedeció de mala gana.

—Usted es el especialista —dijo Kohler en un susurro—. Quiero saber qué pretenden hacer esos bastardos Illuminati con la antimateria.

Langdon intentó concentrarse. Pese a la locura que le rodeaba, su primera reacción fue la lógica: de rechazo. Kohler seguía barajando presunciones. Presunciones imposibles.

—Los Illuminati ya no existen, señor Kohler. No me cabe la menor duda. El culpable de este crimen podría ser cualquiera, tal vez otro empleado del CERN que descubrió el proyecto del señor Vetra y pensó que era demasiado peligroso para permitir que continuara adelante.

Kohler le miró estupefacto.

—¿Cree que se trata de un crimen de conciencia, señor Langdon? Absurdo. El asesino de Leonardo sólo quería una cosa: la muestra de antimateria. No me cabe la menor duda de que ha planeado hacer algo con ella.

—Está hablando de terrorismo.

—Desde luego.

—Pero los Illuminati no eran terroristas.

—Dígaselo a Leonardo Vetra.

Langdon pensó que no dejaba de ser cierto. Habían marcado a Leonardo Vetra con el signo de los Illuminati. ¿De dónde había salido? La marca sagrada se le antojaba una treta demasiado complicada para que alguien la utilizara con el fin de desviar las sospechas hacia otros. Tenía que haber otra explicación.

Una vez más, Langdon se obligó a considerar lo improbable. *Si los Illuminati siguieran en activo, y si robaron la antimateria, ¿cuáles serían sus intenciones? ¿Cuál sería su ob-*

jetivo? La respuesta que le proporcionó su cerebro fue instantánea. Langdon la desechó con igual rapidez. Cierto, los Illuminati tenían un enemigo evidente, pero un ataque terrorista a gran escala contra el enemigo era inconcebible. Impropio de la secta. Sí, los Illuminati habían matado a gente, pero se trataba de *individuos* muy concretos, elegidos con mucho cuidado. La destrucción masiva era algo burdo. Langdon hizo una pausa. Una vez más, pensó, habría una elocuencia majestuosa en todo ello: la antimateria, el descubrimiento científico supremo, se utilizaría para desintegrar...

Rechazó aquella idea ridícula.

—Existe otra explicación lógica que no es el terrorismo —dijo de repente.

Kohler le miró, expectante.

Langdon intentó ordenar sus pensamientos. Los Illuminati siempre habían detentado un tremendo poder gracias a la economía. Controlaban bancos. Poseían lingotes de oro. Hasta se rumoreaba que eran los dueños de la joya más valiosa de la tierra: el Diamante de los Illuminati, un diamante sin mácula de enormes proporciones.

—Dinero —dijo Langdon—. Tal vez hayan robado la antimateria con fines económicos.

Kohler puso cara de incredulidad.

—¿Fines económicos? ¿Dónde se puede vender una gota de antimateria?

—La muestra no —replicó Langdon—. La tecnología. La tecnología de la antimateria debe de valer una barbaridad. Quizás alguien robó la muestra para analizarla.

—¿Espionaje industrial? Pero a ese contenedor le quedan veinticuatro horas, hasta que las baterías se agoten por completo. Los investigadores saltarán por los aires antes de averiguar algo.

—Podrían recargarlas antes de la explosión. Podrían construir una plataforma recargable compatible como las del CERN.

—¿En veinticuatro horas? —rezongó Kohler—. Aunque robaran los planos, tardarían meses en construir un recargador como ése, no horas.

—Tiene razón —dijo Vittoria con un hilo de voz.

Los dos hombres se volvieron. Vittoria avanzó hacia ellos, con paso tan tembloroso como sus palabras.

—Tiene razón. Nadie podría construir un recargador a tiempo. Sólo la interfaz exigiría semanas. Filtros de flujo, servobobinas de inducción, aleaciones de condicionamiento de energía, todo calibrado con el grado específico de energía del lugar.

Langdon frunció el ceño. Había captado la idea. Una trampa de antimateria no era algo que pudiera conectarse sencillamente a un enchufe de pared. En cuanto salió del CERN, al contenedor le quedaban veinticuatro horas de vida.

Lo cual conducía a una única conclusión, y muy inquietante.

—Hemos de llamar a la Interpol —dijo Vittoria. Su voz sonó distante, incluso a sus propios oídos—. Es preciso llamar a las autoridades más indicadas. De inmediato.

Kohler negó con la cabeza.

—De ninguna manera.

Las palabras asombraron a la joven.

—¿No? ¿Qué quiere decir?

—Tú y tu padre me habéis puesto en una situación muy delicada.

—Necesitamos ayuda, director. Necesitamos encontrar esa trampa y recuperarla antes de que alguien salga perjudicado. ¡Tenemos una responsabilidad!

—Tenemos la responsabilidad de *pensar* —dijo Kohler en tono más enérgico—. Esta situación podría tener repercusiones muy graves para el CERN.

—¿Está preocupado por la *reputación* del CERN? ¿Sabe el efecto que podría causar ese contenedor en una zona urbana? ¡Posee un radio de alcance de un kilómetro! ¡Nueve manzanas!

—Tal vez tu padre y tú tendríais que haber pensado en eso antes de crear la muestra.

Fue como una bofetada para Vittoria.

—Pero... tomamos toda clase de precauciones.

—Por lo visto, no fueron suficientes.

—Pero nadie sabía nada de la antimateria.

Se dio cuenta de que era una argumentación absurda. Era evidente que alguien lo sabía. Alguien lo había descubierto.

Vittoria no se lo había dicho a nadie. Eso sólo dejaba dos explicaciones. O bien su padre se había confiado a alguien sin decirle nada a ella, lo cual era ilógico porque era su padre quien la había obligado a jurar que guardaría el secreto, o alguien los había espiado. ¿Pinchando el teléfono móvil, tal vez? Sabía que habían hablado varias veces mientras ella estaba de viaje. ¿Se habían ido de la lengua? Cabía en lo posible. También estaban los correos electrónicos. Pero habían sido discretos, ¿verdad? ¿El sistema de seguridad del CERN? ¿Los habían espiado sin que se dieran cuenta? Sabía que nada de eso importaba ya. *Mi padre ha muerto.*

El pensamiento la espoleó a entrar en acción. Sacó el móvil del bolsillo de los *shorts*.

Kohler aceleró hacia ella, tosiendo con violencia, mientras sus ojos despedían chispas.

—¿A quién... llamas?

—A la centralita del CERN. Podrán conectarnos con la Interpol.

—¡Piensa! —tosió Kohler, al tiempo que frenaba ante ella—. ¿Cómo puedes ser tan ingenua? En estos momentos, ese contenedor podría estar en cualquier lugar del mundo. Ninguna agencia de inteligencia de la tierra podría movilizarse para encontrarlo a tiempo.

—¿Es que no vamos a hacer *nada*?

A Vittoria le provocaba remordimiento plantar cara a un hombre de salud tan frágil, pero el director se comportaba de una forma tan rara que ya ni le reconocía.

—Vamos a emplear la *inteligencia* —dijo Kohler—. No pondremos en peligro la reputación del CERN implicando a autoridades que no pueden sernos de ayuda. Aún no. Hemos de pensar.

Vittoria sabía que los razonamientos de Kohler no carecían de lógica, pero también sabía que la lógica, por definición, estaba privada de responsabilidad moral. Su padre había *vivido* de acuerdo con la responsabilidad moral: ciencia cauta, compromiso, fe en la bondad innata del hombre. Vittoria también creía en esas cosas, pero las consideraba en términos de *karma*. Se volvió y abrió el teléfono.

—No puedes hacer eso —dijo Kohler.

—Intente detenerme.

Kohler no se movió.

Un instante después, Vittoria comprendió por qué. A la distancia que se hallaban de la superficie, el teléfono no tenía cobertura.

Furiosa, se dirigió hacia el montacargas.

26

El hassassin se hallaba al final del túnel de piedra. Su antorcha aún estaba encendida, y el humo se mezclaba con el olor a moho y aire enrarecido. El silencio le rodeaba. La puerta de hierro que le cerraba el paso parecía tan antigua como el propio túnel, oxidada pero todavía resistente. Esperó en la oscuridad, confiado.

Casi había llegado el momento.

Jano había prometido que alguien de dentro le abriría la puerta. La traición no dejaba de maravillar al hassassin. Habría esperado toda la noche ante aquella puerta para cumplir su tarea, pero presentía que no sería necesario. Estaba trabajando para hombres decididos.

Minutos después, a la hora exacta, se oyó el ruido metálico de llaves pesadas al otro lado de la puerta. El metal arañó el metal cuando múltiples cerraduras se fueron abriendo. Uno a uno, tres pesados pestillos se descorrieron. Con un fuerte chirrido, como si hiciera siglos que no los utilizaran, los tres cedieron.

Después, se hizo el silencio.

El hassassin esperó con paciencia, cinco minutos, tal como le habían instruido. Después, empujó con ímpetu. La gran puerta se abrió.

27

—¡No lo permitiré, Vittoria!

Kohler respiraba con dificultad, y su estado iba empeorando conforme el ascensor subía.

Vittoria le impidió salir. Anhelaba encontrar un refugio, algo familiar en este lugar que ya no consideraba su hogar. Sabía que no podría. En este momento, tenía que tragarse el dolor y actuar. *Conseguir un teléfono.*

Robert Langdon estaba a su lado, silencioso. Vittoria había dejado de preguntarse a qué se dedicaba aquel hombre. *¿Un especialista?* ¿Habría podido ser Kohler menos concreto? *El señor Langdon puede ayudarnos a encontrar al asesino de tu padre.* Langdon no estaba sirviendo de mucha ayuda. Su simpatía y amabilidad parecían sinceras, pero estaba ocultando algo. Los dos.

Kohler la apostrofó de nuevo.

—Como director del CERN, soy responsable del futuro de la ciencia. Si conviertes esto en un incidente internacional y el CERN padece...

—¿El futuro de la ciencia? —Vittoria se volvió hacia él—. ¿De veras piensa rehuir su responsabilidad, negándose a admitir que esa antimateria salió del CERN? ¿Piensa hacer caso omiso de las vidas de las personas que hemos puesto en peligro?

—No digas «hemos» —puntualizó Kohler—. Habéis sido tú y tu padre.

Vittoria desvió la vista.

—Y en cuanto a vidas en peligro —siguió Kohler—, este problema gira en torno a la vida, precisamente. Sabes que la tecnología de la antimateria posee enormes implicaciones para la vida de este planeta. Si el CERN va a la bancarrota, destruido por el escándalo, todo el mundo pierde. El futuro del hombre depende de lugares como el CERN, de científicos como tú y tu padre, que trabajan para solucionar los problemas del mañana.

Vittoria había oído ese discurso típico de Kohler en otras ocasiones, pero nunca se lo había creído. La ciencia causaba la mitad de los problemas que intentaba resolver. El «Progreso» era la maldad suprema de la Madre Naturaleza.

—Los avances científicos conllevan riesgos —arguyó Kohler—. Siempre ha sido así. Programas espaciales, investigación genética, medicina... Todo el mundo comete errores. La ciencia necesita sobrevivir a sus propias torpezas, a cualquier precio. Por el bien de *todos*.

La habilidad de Kohler para analizar problemas morales con imparcialidad científica asombraba a Vittoria. Su intelecto parecía ser el producto de un riguroso divorcio de su espíritu.

—¿Piensa que el CERN es tan importante para el futuro de la tierra que deberíamos ser inmunes a la responsabilidad moral?

—No discutas de *moral* conmigo. Cruzaste una línea cuando creaste la muestra, y has puesto en peligro todo el laboratorio. Estoy intentando proteger, no sólo los empleos de tres mil científicos que trabajan aquí, sino también la reputación de tu padre. Piensa en él. Un hombre como tu padre no merece que le recuerden como el creador de un arma de destrucción masiva.

Vittoria pensó que el hombre estaba en lo cierto. *Fui yo quien convenció a mi padre de que creara esta muestra. ¡Es culpa mía!*

Cuando la puerta se abrió, Kohler aún seguía hablando. Vittoria salió del ascensor, sacó el teléfono y probó de nuevo.

Seguía sin haber cobertura. *¡Maldita sea!* Se encaminó hacia la puerta.

—Para, Vittoria. —Dio la impresión de que el director sufría un ataque de asma cuando se precipitó tras ella—. No corras tanto. Hemos de hablar.

—*Basta di parlare!*

—Piensa en tu padre —la apremió Kohler—. ¿Qué haría él?

La joven continuó andando.

—Vittoria, no he sido sincero del todo contigo.

Ella aminoró el paso.

—No sé en qué estaba pensando —dijo Kohler—. Sólo intentaba protegerte. Dime lo que quieres. Hemos de trabajar juntos.

Vittoria se detuvo a mitad del laboratorio, pero no se volvió.

—Quiero encontrar la antimateria. Y quiero saber quién mató a mi padre.

Esperó.

Kohler suspiró.

—Vittoria, ya sabemos quién mató a tu padre. Lo siento.

Vittoria se volvió.

—¿Cómo?

—No sabía cómo decírtelo. Es tan difícil...

—¿Usted sabe quién mató a mi padre?

—Tenemos una buena idea, sí. El asesino dejó una especie de tarjeta de presentación. Por eso llamé al señor Langdon. Es un experto en el grupo que se declara responsable.

—¿El grupo? ¿Un grupo terrorista?

—Vittoria, robaron un cuarto de *gramo* de antimateria.

La joven miró a Robert Langdon, parado al otro lado de la sala. Todo empezaba a encajar. *Eso explica en parte el secretismo.* Estaba asombrada de que no se le hubiera ocurrido antes. Al fin y al cabo, Kohler había llamado a los servicios de inteligencia. Ahora, parecía evidente. Robert Langdon era norteamericano, de aspecto sano, conservador, muy perspicaz. ¿Quién podía ser, si no? Vittoria tendría que haberlo adivinado desde el primer momento. Sintió renovadas esperanzas y se volvió hacia él.

—Señor Langdon, quiero saber quién asesinó a mi padre, y quiero saber si su agencia puede encontrar la antimateria.

Langdon puso cara de perplejidad.

—¿Mi agencia?

—Usted trabaja para los servicios de inteligencia norteamericanos, supongo.

—Pues la verdad es que no.

Kohler intervino.

—El señor Langdon es profesor de historia del arte en la Universidad de Harvard.

Vittoria experimentó la sensación de que le habían arrojado un jarro de agua fría a la cara.

—¿Un profesor de historia del arte?

—Es especialista en simbología religiosa. —Kohler suspiró—. Vittoria, creemos que tu padre fue asesinado por una secta satánica.

Vittoria registró las palabras en su mente, pero fue incapaz de procesarlas. *Una secta satánica.*

—El grupo que asume la responsabilidad se autodenomina los Illuminati.

Vittoria miró a Kohler, y después a Langdon, como si se preguntara si la estaban haciendo víctima de una broma perversa.

—¿Los Illuminati? —preguntó—. ¿Se refiere a los Illuminati *bávaros*?

Kohler se quedó de una pieza.

—¿Has *oído* hablar de ellos?

Vittoria sintió que lágrimas de frustración pugnaban por salir a flote.

—*Los Illuminati bávaros: el Nuevo Orden Mundial.* Juego de ordenador de Steve Jackson. La mitad de los técnicos de aquí juegan en Internet. —Su voz se quebró—. Pero no entiendo...

Kohler dirigió a Langdon una mirada de confusión.

Langdon asintió.

—Un juego popular. Antigua hermandad se adueña del mundo. Pseudohistórico. No sabía que también había llegado a Europa.

Vittoria estaba perpleja.

—¿De qué está hablando? ¿Los Illuminati? ¡Es un juego de ordenador!

—Vittoria —dijo Kohler—, los Illuminati son un grupo que asume la responsabilidad de la muerte de tu padre.

Vittoria reunió toda la valentía posible para reprimir las lágrimas. Se obligó a concentrarse y analizar la situación desde un punto de vista lógico. Pero cuanto más se concentraba, menos entendía. Su padre había sido asesinado. El sistema de seguridad del CERN había sufrido un fallo garrafal. Había desaparecido una bomba de la que ella era responsable, y cuyo temporizador estaba en plena cuenta atrás. Y el director había elegido a un profesor de arte para que les ayudara a encontrar a una hermandad de satanistas mítica.

De pronto, Vittoria se sintió muy sola. Dio media vuelta para marcharse, pero Kohler se lo impidió. Buscó algo en su bolsillo. Extrajo una arrugada hoja de papel de fax y se la tendió.

Vittoria se tambaleó horrorizada cuando sus ojos vieron la imagen.

—Le marcaron —dijo Kohler—. Le marcaron en el pecho.

28

La secretaria Sylvie Baudeloque era presa del pánico. Paseaba ante el despacho vacío del director. *¿Dónde demonios está? ¿Qué debo hacer?*

Había sido un día muy peculiar. Por supuesto, cualquier día al servicio de Maximilian Kohler podía ser peculiar, pero Kohler se había comportado hoy de una forma muy rara.

—¡Localízame a Leonardo Vetra! —había pedido cuando Sylvie llegó por la mañana.

Ella, obediente, telefoneó, llamó al busca y envió un correo electrónico a Leonardo Vetra.

Nada.

Y Kohler se había ido a toda prisa, en apariencia para localizar a Vetra. Cuando regresó unas horas después, tenía muy mal aspecto... No es que tuviera *buen* aspecto alguna vez, pero parecía peor que de costumbre. Se encerró en su despacho, y le oyó utilizar el ordenador, el teléfono y el fax. Después Kohler volvió a salir. No había vuelto desde entonces.

Sylvie había decidido hacer caso omiso de las bufonadas de otro melodrama kohleriano, pero empezó a preocuparse cuando Kohler no volvió a la hora de su inyección diaria. El estado de salud del director exigía tratamiento regular, y cuando decidía tentar su suerte, los resultados siempre eran nefastos: shock respiratorio, accesos de tos y carrerillas del personal médico. A veces, Sylvie pensaba que Maximilian Kohler deseaba morir.

Sopesó la posibilidad de llamarle al busca para refrescar su memoria, pero había aprendido que la caridad era algo que el orgullo de Kohler despreciaba. La semana pasada se había enfurecido tanto con un científico visitante que se puso en pie y arrojó un sujetapapeles a la cabeza del hombre.

En aquel momento, sin embargo, un dilema mucho más acuciante estaba socavando la preocupación de Sylvie por la salud de su jefe. La centralita del CERN había telefoneado cinco minutos antes para comunicar que había una llamada urgente para el director.

—No sé dónde está —había dicho Sylvie.

Entonces, la operadora de la centralita del CERN le dijo quién llamaba.

Sylvie rió a carcajada limpia.

—Estás de broma, ¿eh? —Escuchó, y su rostro se tiñó de incredulidad—. Y la identificación del que llama confirma... —Sylvie frunció el ceño—. Entiendo. De acuerdo. ¿Puedes preguntar cuál es el...? —Suspiró—. No. Está bien. Dile que espere. Localizaré al director ahora mismo. Sí, lo comprendo. Me daré prisa.

Pero Sylvie no lo había podido encontrar. Había llamado tres veces a su móvil, y cada vez había recibido el mismo mensaje: «El número marcado no se encuentra disponible en este momento». Por lo tanto, Sylvie había llamado al *beeper* de Kohler. Dos veces. No hubo respuesta. No era propio de él. Era como si el hombre se hubiera esfumado de la faz de la tierra.

¿Qué voy a hacer?, se preguntó ahora.

Como no fuera registrando todo el complejo del CERN, Sylvie sabía que sólo había otra manera de conseguir la atención del director. No le haría ninguna gracia, pero el hombre que esperaba al teléfono no era alguien a quien se debiera hacer esperar. Tampoco daba la impresión de que el individuo en cuestión estuviera de humor para oír que el director no estaba disponible.

Sorprendida por su audacia, Sylvie tomó la decisión. Entró en el despacho de Kohler y se encaminó a la caja metálica que había en la pared, detrás del escritorio. Abrió la tapa, miró los controles y localizó el botón correcto.

Después respiró hondo y agarró el micrófono.

29

Vittoria no recordaba cómo habían llegado al ascensor principal, pero allí estaban. Subían. Kohler iba detrás de ella, y su respiración era trabajosa. La mirada preocupada de Langdon la atravesó como si ella fuera un fantasma. Le había arrebatado el fax de la mano para guardarlo en el bolsillo de la chaqueta, lejos de su vista, pero la imagen aún estaba grabada en su memoria.

Mientras el ascensor iba subiendo, el mundo de Vittoria daba vueltas en la oscuridad. *Papà!* Le buscó en su mente. Por un momento, en el oasis de su memoria, Vittoria se reunió con él. Tenía nueve años de edad, rodaba por las colinas cubiertas de edelweiss, y el cielo suizo giraba sobre su cabeza.

Papà! Papà!

Leonardo Vetra estaba riendo a su lado.

—¿Qué pasa, ángel?

—¡Papá! —rió ella, y se acurrucó contra él—. Pregúntame qué es la materia.

—Pero pareces muy feliz, corazón. ¿Para qué voy a preguntarte qué es la materia?

—Pregúntamelo.

El físico se encogió de hombros.

—¿Qué es la materia?

Ella se puso a reír al instante.

—¿Qué es la materia? ¡*Todo* es materia! ¡Las rocas! ¡Los árboles! ¡Los átomos! ¡Hasta los osos hormigueros! ¡Todo es materia!

Leonardo Vetra rió.

—¿Te lo has inventado?

—Lista, ¿eh?

—Mi pequeña Einstein.

Ella frunció el ceño.

—Tiene un pelo horrible. Vi su foto.

—Pero tiene una cabeza inteligente. Ya te dije lo que demostró, ¿verdad?

Los ojos de la niña le miraron atemorizados.

—¡No, papá! ¡Lo prometiste!

—¡$E = mc^2$! —Le hizo cosquillas—. ¡$E = mc^2$! La energía es igual a la masa por la velocidad de la luz al cuadrado.

—¡*Mates* no! ¡Te lo dije! ¡Las odio!

—Me alegro de que las odies. Porque las chicas no *deben* estudiar matemáticas.

Vittoria paró en seco.

—¿No?

—Pues claro que no. Todo el mundo lo sabe. Las niñas juegan con muñecas. Los chicos estudian matemáticas. Las matemáticas no son para las chicas. Ni siquiera me está permitido hablar de matemáticas con niñas pequeñas.

—¡Pero eso no es justo!

—Las normas son las normas. Nada de matemáticas para las niñas pequeñas.

Vittoria estaba horrorizada.

—¡Pero las muñecas son aburridas!

—Lo siento —dijo su padre—. Podría hablarte de las matemáticas, pero si me pillan...

Paseó una mirada nerviosa a su alrededor.

Vittoria siguió su mirada.

—De acuerdo —susurró—. Háblame en voz baja.

El movimiento del ascensor la sobresaltó. Vittoria abrió los ojos. Su padre ya no estaba.

La realidad hizo acto de presencia y la envolvió con su garra helada. Miró a Langdon. La preocupación de su mirada era como la ternura de un ángel guardián, en especial comparada con la frialdad de Kohler.

Un único pensamiento empezó a acosar a Vittoria con fuerza inexorable.

¿Dónde está la antimateria?

En un instante obtendría la horripilante respuesta.

30

Maximilian Kohler, haga el favor de llamar a su oficina de inmediato.

Rayos de sol cegadores taladraron los ojos de Langdon cuando las puertas del ascensor se abrieron al atrio principal. Antes de que el eco de la voz estentórea se desvaneciera, todos los aparatos electrónicos de la silla de Kohler empezaron a emitir pitidos y zumbidos al mismo tiempo. Su busca. Su teléfono. El programa de correo electrónico de su ordenador se activó. Kohler contempló las luces parpadeantes con aparente perplejidad. El director había regresado a la superficie de la tierra, y volvía a estar localizable.

Director Kohler, haga el favor de llamar a su oficina.

El sonido de su nombre por la megafonía pareció sobresaltar a Kohler.

Alzó la vista con expresión irritada, que dio paso a otra de preocupación. Los ojos de Langdon se encontraron con los de él, y también con los de Vittoria. Los tres permanecieron inmóviles un momento, como si la tensión surgida entre ellos se desvaneciera y hubiera sido sustituida por una aprensión compartida.

Kohler sacó el móvil del apoyabrazos de la silla. Marcó una extensión y reprimió otro acceso de tos. Vittoria y Langdon esperaron.

—Soy el... director Kohler —dijo respirando con dificultad—. ¿Sí? Estaba en el subterráneo, sin cobertura. —Escuchó, y sus ojos grises parecieron salírsele de las órbitas—. ¿Quién? Sí, pásemelo. —Siguió una pausa—. ¿Hola? Soy Maximilian Kohler, director del CERN. ¿Con quién estoy hablando?

Vittoria y Langdon miraron en silencio mientras Kohler escuchaba.

—Sería una imprudencia hablar de esto por teléfono —dijo Kohler por fin—. Estaré allí de inmediato. —Tosió otra vez—. Vaya a buscarme... al aeropuerto Leonardo da Vinci. Cuarenta minutos. —Dio la impresión de que la respiración de Kohler era cada vez más dificultosa. Sufrió un acceso de tos, y apenas consiguió pronunciar las palabras—. Localicen el contenedor cuanto antes... Ya voy.

Después cerró el teléfono.

Vittoria corrió al lado de Kohler, pero éste ya no podía hablar. Langdon vio que la joven sacaba su móvil y llamaba al hospital del CERN. Langdon se sentía como un barco que había escapado de una tormenta, zarandeado pero incólume.

Vaya a buscarme al aeropuerto Leonardo da Vinci. Las palabras de Kohler resonaron en su mente.

En un solo instante, las sombras inciertas que habían nublado la mente de Langdon toda la mañana tomaron cuerpo en una vívida imagen. Parado allí, en el remolino de la confusión, sintió que una puerta se abría dentro de él... como si se hubiera derrumbado un umbral mítico. *El ambigrama. El científico/sacerdote asesinado. La antimateria. Y ahora... el objetivo.* El aeropuerto Leonardo da Vinci sólo podía significar una cosa. En un momento de asombrosa lucidez, Langdon supo que acababa de cruzar una línea. Se había convertido en creyente.

Cinco kilotones. Hágase la luz.

Dos paramédicos se materializaron junto a ellos. Se arrodillaron al lado de Kohler y le aplicaron una mascarilla de oxígeno. Los científicos del vestíbulo pararon y retrocedieron.

Kohler aspiró dos largas bocanadas, apartó la mascarilla y, todavía jadeante, miró a Vittoria y Langdon.

—Roma.

—¿Roma? —preguntó Vittoria—. ¿La antimateria está en Roma? ¿Quién ha llamado?

La cara de Kohler estaba torcida, y tenía húmedos sus ojos grises.

—La Guardia…

Se estranguló con las palabras, y los paramédicos le aplicaron de nuevo la mascarilla. Mientras hacían los preparativos para llevárselo, Kohler agarró el brazo de Langdon.

Langdon asintió. Lo sabía.

—Vaya… —susurró Kohler bajo la mascarilla—. Vaya… Llámeme…

Entonces, los paramédicos se lo llevaron.

Vittoria le siguió con la mirada, con los pies clavados en el suelo. Después, se volvió hacia Langdon.

—¿Roma? Pero… ¿a qué se refería con eso de la guardia?

Langdon apoyó una mano en su hombro, y susurró apenas las palabras.

—La Guardia Suiza —dijo—. Los centinelas de la Ciudad del Vaticano.

31

El avión espacial X-33 tomó altura y enfiló hacia el sur, en dirección a Roma. A bordo, Langdon permanecía en silencio. Los últimos quince minutos habían transcurrido como una exhalación. Ahora que había terminado de informar a Vittoria sobre los Illuminati y su conspiración contra el Vaticano, empezaba a asimilar el alcance de la situación.

¿Qué estoy haciendo?, se preguntó Langdon. *¡Tendría que haberme ido a casa en cuanto tuve la primera oportunidad!* En el fondo, no obstante, sabía que no había gozado de dicha oportunidad.

La sensatez de Langdon le había exigido a gritos que volviera a Boston. Sin embargo, su asombro como especialista en la materia había podido más que la prudencia. Todo cuanto había creído siempre sobre la desaparición de los Illuminati se le antojaba de repente un engaño monumental. Por una parte, necesitaba con urgencia pruebas. Confirmación. También se trataba de una cuestión de conciencia. Con Kohler enfermo y Vittoria abandonada a su suerte, Langdon sabía que, si sus conocimientos sobre los Illuminati podían ser de ayuda, tenía la obligación moral de actuar.

Pero había más. Si bien le avergonzaba admitirlo, el horror que experimentó al saber dónde se hallaba la antimateria no fue sólo por el peligro que corrían las vidas humanas del Vaticano, sino por otra cosa.

El arte.

La colección de arte más grande del mundo estaba sentada sobre una bomba de tiempo. Los Museos Vaticanos albergaban más de sesenta mil piezas de incalculable valor, distribuidas en mil cuatrocientas siete salas: Miguel Ángel, Da Vinci, Bernini, Botticelli. Langdon se preguntó si todas esas obras de arte podrían evacuarse en caso necesario. Sabía que era imposible. Muchas piezas eran esculturas que pesaban toneladas. Por no hablar de los grandes tesoros arquitectónicos: la Capilla Sixtina, la basílica de San Pedro, la famosa escalera de caracol de Miguel Ángel que conducía a los Museos... Incontables testimonios del genio creativo del hombre. Langdon se preguntó cuánto tiempo faltaría para que el contenedor explotara.

—Gracias por acompañarme —dijo Vittoria en voz baja.

Langdon despertó de su ensueño y alzó la vista. Vittoria estaba sentada al otro lado del pasillo. Ni la chillona luz fluorescente de la cabina podía impedir a Langdon ver que de Vittoria se desprendía una aureola de compostura, un resplandor de entereza casi magnético. Su respiración parecía más profunda, como si el instinto de conservación hubiera alumbrado en su interior... una sed de justicia y desquite, alimentada por el amor filial.

Vittoria no había tenido tiempo de cambiarse los *shorts* y el *top*, y tenía la carne de gallina, tal como delataba la piel de sus piernas bronceadas. Langdon se quitó la chaqueta y se la ofreció.

—¿Caballerosidad norteamericana?

Aceptó la chaqueta, y dirigió una mirada de agradecimiento a Langdon.

El avión atravesó algunas turbulencias, y Langdon se sintió en peligro. La cabina sin ventanillas se le antojó excesivamente estrecha, y trató de imaginarse en un prado, al aire libre. La idea era irónica, pensó. Había estado en un prado cuando ocurrió. *Oscuridad agobiante.* Alejó el recuerdo de su mente. *Historia pasada.*

Vittoria le estaba observando.

—¿Cree en Dios, señor Langdon?

La pregunta le sorprendió. El tono serio de Vittoria era aún más desarmante que la propia pregunta. *¿Creo en Dios?* Había confiado en una conversación más trivial durante el viaje.

Un enigma espiritual, pensó Langdon. *Así me llaman mis amigos.* Aunque había estudiado religión durante años, Langdon no era un hombre religioso. Respetaba el poder de la fe, la benevolencia de las iglesias, la fuerza que la religión proporcionaba a tanta gente, y sin embargo, para él, la suspensión de la incredulidad intelectual, obligatoria para los que deseaban «creer», siempre había constituido un obstáculo demasiado grande para su mente académica.

—Quiero creer —se oyó decir.

La contestación de Vittoria no llevaba implícito ningún juicio o reto.

—¿Y por qué no lo hace?

Langdon lanzó una risita.

—Bien, no es tan fácil. *Tener* fe exige *saltos* de fe, aceptación cerebral de los milagros, como inmaculadas concepciones e intervenciones divinas, por ejemplo. Además, existen los códigos de conducta. La Biblia, el Corán, las escrituras budistas... Todos comportan exigencias similares y castigos similares. Afirman que, si no riges tu vida por un código específico, irás al infierno. No imagino a un dios capaz de gobernar de esa manera.

—Espero que no permita a sus estudiantes esquivar preguntas con su misma desfachatez.

El comentario le pilló desprevenido.

—¿Cómo?

—Señor Langdon, no le he preguntado si cree lo que el *hombre* dice de Dios. Le he preguntado si creía en Dios. Existe una gran diferencia. Las Sagradas Escrituras son cuentos... Leyendas e historias de la lucha del hombre por comprender su necesidad de encontrar un significado. No le estoy pidiendo una crítica literaria. Le pregunto si cree en *Dios*. Cuando se tumba bajo las estrellas, ¿siente la presencia de la divinidad? ¿Siente en lo más profundo de su ser que está contemplando la obra de la mano de Dios?

Langdon pensó durante un largo momento.

—Me estoy entrometiendo en su intimidad —se disculpó Vittoria.

—No, es que...

—En sus clases, hablará de temas relacionados con la fe.

—Sin parar.

—Y supongo que hará el papel de abogado del diablo. Siempre alimentando el debate.

Langdon sonrió.

—Usted debe de ser profesora también.

—No, pero aprendí de un profesor. Mi padre era capaz de defender que una cinta de Moebius tiene dos caras.

Langdon rió, mientras recreaba en su mente una cinta de Moebius: una tira de papel en forma de anillo retorcido, que desde un punto de vista técnico sólo posee *una* cara. Langdon había visto por primera vez la forma de una sola cara en las obras gráficas de M. C. Escher.

—¿Puedo hacerle una pregunta, señorita Vetra?

—Llámame Vittoria. Señorita Vetra me hace sentir demasiado vieja.

Langdon suspiró, consciente de pronto de su edad.

—Me llamo Robert, Vittoria.

—Ibas a preguntarme algo.

—Sí. Como científica e hija de un sacerdote católico, ¿qué opinas de la religión?

Vittoria hizo una pausa, y se apartó un mechón de pelo de los ojos.

—La religión es como un idioma o un vestido. Tendemos a regresar hacia las prácticas en que nos educamos. No obstante, al final, todos proclamamos lo mismo. La vida tiene sentido. Damos gracias al poder que nos creó.

Langdon se quedó intrigado.

—¿Estás diciendo que ser cristiano o musulmán depende sólo del lugar en que naces?

—¿No es evidente? Piensa en la distribución geográfica de las religiones en el mundo.

—¿Así que la fe es algo fortuito?

—No. La fe es universal. Nuestros métodos de comprensión son arbitrarios. Algunos rezamos a Jesús, otros van a La Meca, algunos estudiamos partículas subatómicas. Al final, todos estamos buscando la verdad, algo que nos sobrepasa.

Langdon deseó que sus estudiantes pudieran expresarse con tanta claridad. Vamos, ojalá él pudiera expresarse con tanta claridad.

—¿Y Dios? —preguntó—. ¿Tú crees en Dios?

Vittoria guardó silencio un largo rato.

—La ciencia me dice que Dios ha de existir. Mi mente me dice que nunca comprenderé a Dios. Y mi corazón me dice que es algo que me sobrepasa.

Menuda concisión, pensó Langdon.

—O sea, crees que Dios existe, pero que nunca le comprenderás.

—*La* comprenderé —rectificó ella con una sonrisa—. Los pobladores originarios de América del Norte tenían razón.

Langdon rió.

—La Madre Tierra.

—*Gaea.* El planeta es un organismo. Todos nosotros somos células con propósitos diferentes. No obstante, estamos interrelacionados. Nos servimos mutuamente. Servimos a la totalidad.

Al mirarla, Langdon sintió que algo se removía en su interior, algo que no experimentaba desde hacía mucho tiempo. Había una limpidez hechizante en sus ojos, una pureza melodiosa en su voz. Se sintió atraído.

—Señor Langdon, permítame hacerle otra pregunta.

—Robert —dijo.

Señor Langdon me hace sentir viejo. ¡Soy viejo!

—Si no te importa que lo pregunte, Robert, ¿cómo se despertó tu interés por los Illuminati?

Langdon reflexionó.

—Fue el dinero.

Vittoria pareció decepcionada.

—¿Dinero? ¿Te pidieron asesoramiento?

Langdon rió, cuando se dio cuenta de lo mal que habría sonado.

—No. Me refiero a la moneda de curso legal. —Hundió la mano en el bolsillo de los pantalones en busca de dinero. Encontró un billete de un dólar—. Me fascinó el culto cuando descubrí que los billetes norteamericanos están cubiertos de símbolos de los Illuminati.

Vittoria entornó los ojos, sin saber si debía tomarle en serio.

Langdon le tendió el billete.

—Mira el dorso. ¿Ves el sello de la izquierda?

Vittoria dio la vuelta al billete de dólar.

—¿Te refieres a la pirámide?

—La pirámide. ¿Conoces la relación de las pirámides con la historia de Estados Unidos?

Vittoria se encogió de hombros.

—Exacto —dijo Langdon—. Absolutamente *ninguna*.

Vittoria frunció el ceño.

—¿Por qué es el símbolo *central* de vuestro sello?

—Un fragmento de historia misterioso —dijo Langdon—. La pirámide es un símbolo ocultista que representa una convergencia hacia lo alto, hacia la fuente de Iluminación suprema. ¿Ves lo que hay encima?

Vittoria estudió el billete.

—Un ojo dentro de un triángulo.

—Se llama *trinacria*. ¿Has visto un ojo dentro de un triángulo en algún otro sitio?

Vittoria guardó silencio un momento.

—Pues sí, pero ahora no estoy segura…

—Aparece en los blasones de las logias masónicas de todo el mundo.

—¿El símbolo es masónico?

—No. Es de los Illuminati. Lo llamaban su «delta resplandeciente». Una llamada al cambio ilustrado. El ojo significa la capacidad de los Illuminati de verlo todo. El triángulo resplandeciente representa el esclarecimiento y también representa la letra griega delta, que es el símbolo matemático de…

—El cambio. La transición.

Langdon sonrió.

—Olvidé que estaba hablando con una científica.

—¿Estás diciendo que el sello de Estados Unidos es una llamada al cambio ilustrado?

—Algunos lo llamarían el Nuevo Orden Mundial.

Vittoria pareció sobresaltarse. Contempló el billete de nuevo.

—La inscripción que hay debajo de la pirámide dice *Novus... Ordo...*

—*Novus Ordo Seclorum* —dijo Langdon—. Significa Nuevo Orden Seglar.

—¿Seglar significa no eclesiástico?

—No eclesiástico. No sólo deja claro el objetivo de los Illuminati, sino que contradice de forma flagrante la frase de al lado. «En Dios Confiamos».

La preocupación se reflejó en el rostro de Vittoria.

—Pero ¿cómo pudo acabar esta simbología en los billetes más poderosos del mundo?

—Casi todos los estudiosos creen que fue por la mediación del vicepresidente Henry Wallace. Era un masón de rango superior, y mantenía relaciones con los Illuminati. Tanto si era miembro como si había caído bajo su influencia sin ser consciente, fue Wallace quien propuso el diseño del sello al presidente.

—¿Cómo? ¿Por qué accedió el presidente a...?

—El presidente era Franklin D. Roosevelt. Wallace se limitó a decirle que *Novus Ordo Seclorum* era otra forma de llamar a su programa social y económico, conocido también como *Nuevo Trato.*

Vittoria no parecía muy convencida.

—¿Roosevelt no pidió a nadie que echara un vistazo al símbolo antes de que la Tesorería lo imprimiera?

—No hizo falta. Wallace y él eran como hermanos.

—¿Hermanos?

—Consulta tus libros de historia —dijo Langdon con una sonrisa—. Franklin D. Roosevelt era masón, y no lo ocultaba.

32

Langdon contuvo el aliento cuando el X-33 empezó la maniobra de acercamiento al aeropuerto internacional Leonardo da Vinci de Roma. Vittoria estaba sentada frente a él, con los ojos cerrados, como si intentara controlar la situación mediante su fuerza de voluntad. El aparato tocó tierra y rodó por la pista hacia un hangar privado.

—Siento que el vuelo haya tardado más de la cuenta —se disculpó el piloto cuando salió de la cabina—. Tuve que reducir la velocidad. Legislación sobre ruidos al sobrevolar zonas urbanas.

Langdon consultó su reloj. Habían estado volando durante treinta y siete minutos.

El piloto abrió la puerta.

—¿Alguien puede decirme qué está pasando?

Ni Vittoria ni Langdon contestaron.

—Estupendo —dijo el piloto, y se estiró—. Estaré en la cabina con el aire acondicionado y mi música. Garth y yo mano a mano.

El sol del atardecer brillaba fuera del hangar. Langdon llevaba colgada sobre el hombro su chaqueta de *tweed*. Vittoria alzó la cara hacia el cielo e inhaló una profunda bocanada de aire, como si los rayos del sol le transmitieran cierta energía mística reparadora.

Mediterráneos, pensó Langdon, que ya estaba sudando.

—Un poco mayor para los dibujos animados, ¿no? —preguntó Vittoria, sin abrir los ojos.

—¿Perdón?

—Tu reloj. Lo vi en el avión.

Langdon se ruborizó un poco. Estaba acostumbrado a tener que defender su reloj. La edición de coleccionista de Mickey Mouse había sido un regalo de sus padres cuando era niño. Pese a la necedad de los brazos estirados de Mickey marcando la hora, era el único reloj que Langdon había utilizado en su vida. Impermeable y fluorescente, era perfecto para nadar o caminar de noche por senderos sin iluminar de la universidad. Cuando los estudiantes de Langdon cuestionaban su sentido de la moda, les decía que llevaba a Mickey para que le recordara cada día que debía permanecer joven de corazón.

—Son las seis —dijo.

Vittoria asintió, con los ojos todavía cerrados.

—Creo que ya vienen a buscarnos.

Langdon oyó un zumbido distante, alzó la vista y el corazón le dio un vuelco. Un helicóptero se acercaba desde el norte. Langdon había subido una vez en helicóptero, en el valle andino de Palpa, para ver los dibujos en la arena de Nazca, y no le había gustado. *Una caja de zapatos voladora*. Tras una mañana de vuelos en avión espacial, Langdon esperaba que el Vaticano enviaría un coche.

Por lo visto, no.

El helicóptero aminoró la velocidad, se mantuvo inmóvil unos instantes y descendió. El fuselaje estaba pintado de blanco y en los costados lucía el escudo del Vaticano: dos llaves entrecruzadas y colocadas bajo la tiara papal. Conocía bien el sagrado símbolo de la «Santa Sede» de gobierno, el antiguo trono de san Pedro.

El Santo Helicóptero, gruñó Langdon, mientras el aparato aterrizaba. Había olvidado que el Vaticano también era propietario de uno de esos juguetes, utilizado para transportar al Papa al aeropuerto cuando iba a recibir a alguien, o a su lugar de veraneo en Castel Gandolfo. Langdon hubiera preferido un coche.

El piloto saltó de la cabina y se acercó a ellos.

Ahora le tocó a Vittoria sentirse inquieta.

—¿*Ése* es nuestro piloto?

Langdon compartió su preocupación.

—Volar o no volar. Ésa es la cuestión.

Daba la impresión de que el piloto iba ataviado para un melodrama shakespeariano. Su guerrera abultada era a rayas verticales azules y doradas. Llevaba pantalones y polainas a juego. Calzaba una especie de zapatillas negras. Se tocaba con una boina negra de fieltro.

—El uniforme tradicional de la Guardia Suiza —explicó Langdon—. Diseñado por el mismísimo Miguel Ángel. —Cuando el hombre se acercó más, Langdon pestañeó—. Admito que no fue uno de los mejores logros de Miguel Ángel.

Pese al atuendo extravagante del hombre, Langdon se dio cuenta de que el piloto era un profesional. Se movía con la rigidez y la dignidad de un *marine* norteamericano. Langdon había leído mucho acerca de las rigurosas condiciones exigidas para convertirse en miembro de la Guardia Suiza. Reclutados en los cuatro cantones católicos de Suiza, los aspirantes tenían que ser varones de dicha nacionalidad. Los restantes requisitos eran: tener entre diecinueve y treinta años de edad, medir como mínimo metro sesenta y cinco, haber cumplido su servicio militar en el ejército suizo, y ser solteros. Este cuerpo imperial era envidiado por muchos gobiernos, pues se consideraba la fuerza de seguridad más leal y mortífera del mundo.

—¿Vienen del CERN? —les preguntó el guardia con voz seca.

—Sí, señor —contestó Langdon.

—Han cubierto el trayecto en un tiempo notable —comentó, mientras dirigía una mirada fascinada al X-33. Se volvió hacia Vittoria—. ¿No trae otra ropa, señora?

—¿Perdón?

El hombre señaló sus piernas.

—Los pantalones cortos no están permitidos dentro de la Ciudad del Vaticano.

Langdon miró las piernas de Vittoria y frunció el ceño. Se había olvidado. El Vaticano prohibía mostrar las piernas por encima de la rodilla, tanto masculinas como femeninas. La norma era una manera de mostrar respeto por la santidad de la ciudad de Dios.

—Es todo cuanto tengo —dijo Vittoria—. Vinimos a toda prisa.

El guardia asintió, disgustado. Se volvió hacia Langdon.

—¿Porta armas?

¿Armas?, se preguntó Langdon. *¡Ni siquiera traigo una muda de ropa interior!* Negó con la cabeza.

El guardia se acuclilló a los pies de Langdon y empezó a palparle, empezando por los calcetines. *Un tipo confiado,* pensó Langdon. Las fuertes manos del hombre subieron por sus piernas, y se acercaron de forma desagradable a sus ingles. Por fin, ascendieron hasta su pecho y hombros. Satisfecho al parecer, el guardia se volvió hacia Vittoria. Recorrió con los ojos sus piernas y torso.

Ella le traspasó con la mirada.

—Ni se le ocurra.

El guardia dirigió una mirada a Vittoria que pretendía ser intimidatoria. La joven no se inmutó.

—¿Qué es eso? —preguntó el guardia, y señaló un bulto cuadrado que se marcaba en el bolsillo delantero de sus pantalones.

Vittoria extrajo un móvil ultrafino. El guardia lo tomó, lo conectó, esperó a que diera señal de marcar, y después, al parecer satisfecho de que no fuera nada más que un teléfono, se lo devolvió. Vittoria lo guardó en el bolsillo.

—Dése la vuelta, por favor —pidió el guardia.

Vittoria obedeció, extendió los brazos y dio un giro de trescientos sesenta grados.

El guardia la examinó con detenimiento. Langdon ya había decidido que los *shorts* y la blusa de Vittoria sólo abultaban donde debían. Por lo visto, el guardia llegó a la misma conclusión.

—Gracias. Síganme, por favor.

Vittoria fue la primera en subir, como una profesional avezada, y apenas se agachó cuando pasó debajo de las aspas del helicóptero. Langdon se rezagó un momento.

—¿No sería posible ir en coche? —gritó medio en broma al guardia, que estaba subiendo al asiento del piloto.

El hombre no contestó.

Langdon sabía que, teniendo en cuenta lo mal que se conducía en Roma, tal vez sería más seguro volar. Respiró hondo y subió, pero él sí se agachó con mucha cautela al pasar debajo de las aspas.

—¿Han localizado el contenedor? —gritó Vittoria cuando el guardia encendió los motores.

El guardia se volvió, confuso.

—¿El qué?

—El contenedor. ¿No han llamado al CERN por un contenedor?

El hombre se encogió de hombros.

—No tengo ni idea de qué está hablando. Hoy hemos estado muy ocupados. Mi comandante me dijo que los recogiera. Eso es lo único que sé.

Vittoria dirigió a Langdon una mirada inquieta.

—Abróchense los cinturones, por favor —dijo el piloto, mientras los motores aceleraban.

Langdon obedeció. Tuvo la impresión de que el diminuto fuselaje se empequeñecía aún más a su alrededor. Después, con un estruendo, el aparato se elevó y se dirigió hacia Roma.

Roma... la *caput mundi,* donde César había gobernado en otra época, donde san Pedro había sido crucificado. La cuna de la civilización moderna. Y en su corazón... una bomba de tiempo.

33

Desde el aire, Roma, la Ciudad Eterna, es un laberinto indescifrable de antiguas calzadas que serpentean alrededor de edificios, fuentes y ruinas.

El helicóptero del Vaticano volaba bajo en dirección noroeste, atravesando la capa permanente de niebla vomitada por el tráfico urbano. Langdon vio ciclomotores, autobuses turísticos y ejércitos de coches en miniatura que se movían en todas direcciones. *Koyaanisqatsi*, pensó, al recordar la palabra que utilizaban los indios hopis para designar la «vida desequilibrada».

Vittoria iba sentada en silencio a su lado.

El helicóptero se inclinó de manera pronunciada.

Con el estómago revuelto, Langdon clavó la vista en la lejanía. Sus ojos descubrieron las ruinas del Coliseo. Langdon siempre había pensado que se trataba de una de las mayores ironías de la historia. Ahora era un símbolo dignificado del nacimiento de la cultura y la civilización humanas, pero había sido construido para albergar siglos de acontecimientos bárbaros: leones hambrientos despedazando prisioneros, ejércitos de esclavos luchando hasta la muerte, violaciones en masa de mujeres exóticas capturadas en tierras lejanas, así como decapitaciones y castraciones públicas. Era irónico, pensó Langdon, o tal vez adecuado, que el Coliseo hubiera servido como modelo arquitectónico para el Soldier Field, el estadio de futbol americano de Harvard donde cada otoño se reproducían antiguas tradiciones salvajes, cuando fanáticos enloquecidos pedían a gritos que se derramara sangre, con ocasión del partido de Harvard contra Yale.

Mientras el helicóptero continuaba hacia el norte, Langdon examinó el Foro Romano, el corazón de la Roma precristiana. Las columnas deterioradas parecían losas caídas en un cementerio que, de alguna manera, había evitado ser engullido por la metrópolis que lo rodeaba.

Hacia el oeste, la amplia cuenca del río Tíber dibujaba enormes arcos a través de la ciudad. Incluso desde el aire, Langdon vio que las aguas eran profundas. Las corrientes bravías eran de color marrón, henchidas de cieno y espuma como consecuencia de las lluvias torrenciales.

—Ahí delante —dijo el piloto, al tiempo que el aparato cobraba altitud.

Langdon y Vittoria miraron y la vieron. Como una montaña que hendiera la niebla matutina, la cúpula colosal surgía de la bruma ante ellos: la basílica de San Pedro.

—Eso sí que Miguel Ángel lo hizo bien —comentó Langdon a Vittoria.

Langdon nunca había visto San Pedro desde el aire. La fachada de mármol brillaba como fuego bajo el sol de la tarde. El gigantesco edificio, adornado con ciento cuarenta estatuas de santos, mártires y ángeles, ocupaba la superficie de dos campos de futbol de ancho y seis de largo. El cavernoso interior de la basílica podía acoger a sesenta mil fieles, unas cien veces la población del Vaticano, el país más pequeño del mundo.

Por increíble que pareciera, ni siquiera una ciudadela de tamaña magnitud podía empequeñecer la plaza que se abría ante ella. La plaza de San Pedro, una inmensa extensión de granito, constituía un extraordinario espacio abierto en la congestión de Roma, como un Central Park de estilo clásico. Delante de la basílica, bordeando el enorme terreno ovalado, doscientas ochenta y cuatro columnas se proyectaban hacia fuera en cuatro arcos concéntricos que iban disminuyendo de tamaño, un *trompe-l'œil* arquitectónico utilizado para intensificar la sensación de grandeza de la plaza.

Mientras contemplaba el magnífico templo, Langdon se preguntó qué pensaría san Pedro si volviera ahora. El santo había padecido una muerte espantosa, crucificado cabeza abajo en este mismo lugar. Ahora descansaba en la más sagrada de las tumbas, enterrado a cinco pisos de profundidad, justo bajo la cúpula central de la basílica.

—Ciudad del Vaticano —anunció el piloto, en un tono que no auguraba la menor bienvenida.

Langdon miró los altos bastiones pétreos que se alzaban delante, fortificaciones impenetrables que rodeaban el complejo, una extraña defensa terrenal para un mundo espiritual de secretos, poder y misterio.

—¡Mira! —dijo de repente Vittoria, al tiempo que asía el brazo de Langdon. Indicó frenéticamente la plaza de San Pedro. Él acercó la cara a la ventanilla y miró.

—Allí —dijo ella, y señaló.

Langdon miró. La parte posterior de la plaza parecía un aparcamiento, ocupado por una docena de camiones con remolque. Enormes antenas parabólicas apuntaban al cielo desde el techo de cada camión. Las antenas llevaban grabados nombres familiares:

TELEVISIÓN EUROPEA

VIDEO ITALIA

BBC

UNITED PRESS INTERNATIONAL

Langdon se sintió confuso de repente, y se preguntó si la noticia de la antimateria ya se había filtrado.

Vittoria se puso tensa de repente.

—¿Para qué ha venido la prensa? ¿Qué pasa?

El piloto se volvió y la miró de una forma extraña.

—¿Qué pasa? ¿Es que no lo sabe?

—No —replicó ella, con voz enérgica y ronca.

—*Il Conclave* —dijo el hombre—. Se van a encerrar dentro de una hora. El mundo entero está pendiente.

Il Conclave.

La palabra resonó un largo momento en los oídos de Langdon, antes de que se le hiciera un nudo en la boca del estómago. *Il Conclave. El Cónclave del Vaticano.* ¿Cómo podía haberlo olvidado? Había sido noticia en fecha reciente.

Quince días antes, el Papa, después de un reinado tremendamente popular de doce años, había fallecido. Todos los periódicos del mundo habían publicado la noticia del ataque fatal sufrido por el Papa mientras dormía, una muerte repentina e inesperada, que muchos tildaban de sospechosa entre susurros. Pero ahora, siguiendo la sagrada tradición, quince días después de la muerte de un Papa, el Vaticano celebraba *il Conclave,* la ceremonia sagrada en la que ciento sesenta y cinco cardenales de todo el mundo (los hombres más poderosos de la Cristiandad) se reunían en el Vaticano para elegir al nuevo Papa.

Todos los cardenales de la tierra se hallan reunidos hoy aquí, pensó Langdon, mientras el helicóptero pasaba sobre la basílica de San Pedro. El extenso mundo interior de la Ciudad del Vaticano se desplegó bajo él. *Toda la estructura de poder de la Iglesia Católica Romana está sentada sobre una bomba de tiempo.*

34

El cardenal Mortati alzó la vista hacia el magnífico techo de la Capilla Sixtina y trató de encontrar un momento para reflexionar con tranquilidad. Las voces de los cardenales llegados de todas partes del globo resonaban en las paredes pintadas con frescos. Los hombres se amontonaban en el tabernáculo iluminado, susurraban y se consultaban mutuamente en numerosos idiomas, aunque las lenguas universales eran inglés, italiano y español.

Por lo general, la luz de la capilla era sublime, largos rayos de sol filtrado que cortaban la oscuridad como rayos celestiales... pero hoy no. Como la ocasión lo requería, cortinas de terciopelo negro colgaban de todas las ventanas de la capilla. Esto aseguraba que nadie podía enviar señales ni comunicarse con el mundo exterior. El resultado era una profunda oscuridad, paliada tan sólo por velas, un resplandor trémulo que parecía purificar a todos a quienes tocaba, dotándoles de un aspecto fantasmal.

Qué privilegio, pensó Mortati, *ser yo quien dirija este santo acontecimiento.* Los cardenales que superaban los ochenta años de edad eran demasiado viejos para ser elegibles y no asistían al cónclave, pero Mortati, con setenta y nueve años, era el cardenal de mayor edad, y había sido nombrado para dirigir la elección papal.

Según la tradición, los cardenales se reunían aquí dos horas antes del cónclave para departir con sus amigos e intercambiar opiniones de última hora. A las siete de la tarde llegaría el camarlengo del finado Papa, pronunciaría la oración de apertura y se marcharía. Entonces, la Guardia Suiza sellaría las puertas. Sería en ese momento cuando daría inicio el ritual político más antiguo y secreto del mundo. Los cardenales no obtendrían la libertad hasta decidir quién de entre ellos sería el nuevo Papa.

Cónclave. Hasta el nombre era misterioso. «*Con clave*» significaba literalmente «encerrado con llave». No se permitía a los cardenales ponerse en contacto con nadie del mundo exterior. Ni llamadas telefónicas. Ni mensajes. Ni susurros a través de puertas. El cónclave era un vacío, en el que nada procedente del mundo exterior podía influir. Esto aseguraba que los cardenales tenían *Solum Deum prae oculis*, sólo a Dios delante de los ojos.

En la plaza, los periodistas observaban y esperaban, especulaban con cuál de los cardenales se convertiría en el gobernante de mil millones de católicos repartidos por todo el mundo. Los cónclaves creaban una atmósfera intensa, cargada de significado político, y la muerte se había cebado en ellos a lo largo de los siglos: envenenamientos, peleas a puñetazos, incluso asesinatos se habían producido entre las paredes sagradas. *Historia antigua*, pensó Mortati. *El cónclave de esta noche será unitario, dichoso y, sobre todo, breve.*

O eso pensaba él, al menos.

Ahora, sin embargo, había surgido una situación inesperada. Cuatro cardenales se hallaban ausentes de la capilla. Mortati sabía que todas las salidas del Vaticano estaban vigiladas, y los cardenales desaparecidos no podrían ir demasiado lejos, pero aun así, a menos de una hora de la oración de apertura, se sentía desconcertado. Al fin y al cabo, los cuatro hombres desaparecidos no eran cardenales corrientes. Eran *los* cardenales.

Los cuatro candidatos.

Como supervisor del cónclave, Mortati ya había avisado a la Guardia Suiza, siguiendo los canales reglamentarios, de la ausencia de los cardenales. Aún no había recibido noticias. Otros cardenales habían reparado también en aquella ausencia desconcertante. Los susurros angustiados ya habían empezado. ¡De entre todos los cardenales, éstos tenían que ser los más puntuales! El cardenal Mortati empezaba a temer que, pese a todo, la noche iba a prolongarse.

No tenía ni idea de cuánto.

35

Por razones de seguridad y de control de ruidos, el helipuerto del Vaticano se halla emplazado en la punta noroeste de Ciudad del Vaticano, lo más lejos de la basílica de San Pedro.

—Tierra firme —anunció el piloto cuando aterrizaron. Abrió la puerta para que Langdon y Vittoria descendieran.

Langdon bajó y se volvió para ayudar a Vittoria, pero ella ya había saltado al suelo sin el menor esfuerzo. Todos los músculos de su cuerpo parecían concertados para lograr un único objetivo: encontrar la antimateria antes de que dejara un legado horrible.

Tras cubrir el parabrisas del morro del helicóptero con una lona reflectante, el piloto los guió hasta un carrito de golf eléctrico de tamaño mayor del habitual, que los aguardaba a pocos pasos de donde habían aterrizado. El carrito los condujo silenciosamente a lo largo de un baluarte de cemento de quince metros de altura, lo bastante grueso para rechazar incluso ataques de carros blindados, y que constituía la frontera occidental del diminuto Estado. Al otro lado del muro, apostados a intervalos de cincuenta metros, los Guardias Suizos estaban en posición de firmes, vigilando el terreno. El carrito giró a la derecha por la Via dell' Osservatorio. Había letreros que señalaban en todas direcciones:

PALAZZO DEL GOVERNATORATO

COLLEGIO ETIOPICO

BASILICA DI SAN PIETRO

CAPPELLA SISTINA

Aceleraron por la calzada y dejaron atrás un edificio cuadrado con el letrero RADIO VATICANA. Langdon comprendió con asombro que era el centro de emisión de los programas de radio más escuchados del mundo, que propagaban la palabra de Dios a millones de oyentes en todo el globo.

—*Attenzione* —dijo el piloto cuando giró por una glorieta.

Mientras el carrito daba la vuelta, Langdon apenas pudo creer lo que veían sus ojos. *Giardini Vaticani,* pensó. El corazón de la Ciudad del Vaticano. Delante se alzaba la parte posterior de la basílica de San Pedro, algo que casi nadie veía nunca. A la derecha se cernía el Palacio del Tribunal, la lujosa residencia papal a la que tan sólo hacía competencia Versalles en su ornamentación barroca. Habían dejado a sus espaldas el edificio del Governatorato, de aspecto severo, el cual alojaba la administración del Vaticano. Y enfrente, a la izquierda, el enorme edificio rectangular de los Museos Vaticanos. Langdon sabía que no habría tiempo para visitar museos en este viaje.

—¿Dónde está todo el mundo? —preguntó Vittoria, mientras inspeccionaba los jardines y senderos desiertos.

El guardia consultó su cronógrafo negro, de estilo militar, un extraño anacronismo bajo su manga ancha.

—Las cardenales están reunidos en la Capilla Sixtina. El cónclave empieza dentro de menos de una hora.

Langdon asintió, y recordó vagamente que antes del cónclave los cardenales pasaban dos horas en la Capilla Sixtina, para reflexionar y saludar a sus colegas de todo el globo. Era un lapso de tiempo destinado a renovar viejas amistades entre los cardenales y facilitar un proceso de elección menos acalorado.

—¿Y el resto de residentes y personal?

—Tienen prohibida la entrada en la ciudad, en aras del secretismo y la seguridad hasta la conclusión del cónclave.

—¿Y cuándo concluirá?

El guardia se encogió de hombros.

—Sólo Dios lo sabe.

Las palabras parecieron extrañamente literales.

Después de aparcar el carrito en el amplio jardín que había detrás de la basílica de San Pedro, el guardia acompañó a Langdon y Vittoria hasta una plaza de mármol situada a un lado de la basílica. Cruzaron la plaza y se acercaron a la pared posterior de la basílica, luego atravesaron un patio triangular, la Via Belvedere, y entraron en una serie de edificios muy pegados entre sí. La historia del arte le había enseñado lo suficiente a Langdon para reconocer los letreros de la Imprenta del Vaticano, el Laboratorio de Restauración de Tapices, la oficina de correos y la iglesia de Santa Ana. Cruzaron otra plaza pequeña y llegaron a su destino.

Las dependencias de la Guardia Suiza se encuentran situadas junto al Corpo di Vigilanza, al noreste de la basílica de San Pedro. La oficina es un edificio cuadrado de piedra. A cada lado de la entrada, como dos estatuas de piedra, se erguían un par de guardias.

Langdon tuvo que admitir que estos guardias no parecían tan cómicos. Si bien exhibían también el uniforme dorado y azul, cada uno portaba la tradicional alabarda vaticana (una lanza de dos metros y medio con una guadaña afilada como una navaja), con la cual se rumoreaba que habían decapitado a incontables musulmanes cuando defendían a los cruzados cristianos en el siglo XV.

Cuando Langdon y Vittoria se acercaron, los dos guardias avanzaron, cruzaron las alabardas y les impidieron la entrada. Uno de ellos miró al piloto, confuso.

—*I pantaloni* —dijo, y señaló los *shorts* de Vittoria.

El piloto desechó su protesta con un ademán.

—*Il comandante vuole vederli subito.*

Los guardias fruncieron el ceño. Se apartaron a regañadientes.

Dentro hacía frío. No se parecía en nada a las oficinas administrativas que Langdon había imaginado. Los pasillos, adornados y amueblados con gusto impecable, contenían cuadros que, en opinión de Langdon, cualquier museo del mundo habría acogido con alegría en su galería principal.

El piloto señaló una escalera empinada.

—Bajen, por favor.

Langdon y Vittoria siguieron los escalones de mármol, mientras descendían entre esculturas de hombres desnudos. Las partes nobles de las estatuas estaban cubiertas con una hoja de higuera de un color más claro que el resto del cuerpo.

La Gran Castración, pensó Langdon.

Era una de las tragedias más horripilantes del arte renacentista. En 1857, Pío IX decidió que la representación de los atributos varoniles podía incitar a la lujuria en el interior del Vaticano. En consecuencia, agarró un escoplo y un mazo, y cortó los genitales de todas las estatuas masculinas del Vaticano. Mutiló obras de Miguel Ángel, Bramante y Bernini. Se utilizaron hojas de higuera de yeso para ocultar los daños. Cientos de esculturas fueron castradas. Langdon se preguntaba a menudo si habría una inmensa caja de penes de piedra en algún sitio.

—Aquí —anunció el guardia.

Llegaron al pie de la escalera y vieron una pesada puerta de acero. El guardia tecleó un código de entrada y la puerta se deslizó a un lado. Langdon y Vittoria entraron.

Al otro lado del umbral se encontraron con una confusión absoluta.

36

La sala de operaciones de la caserna de la Guardia Suiza.

Langdon se quedó petrificado, mientras examinaba la colisión de siglos que tenía ante sí. La sala de mando era una biblioteca renacentista ricamente adornada, con estanterías taraceadas, alfombras orientales y tapices impresionantes por su belleza; pero, no obstante, abundaban los aparatos de alta tecnología: hileras de ordenadores, faxes, mapas electrónicos del complejo vaticano y televisores sintonizados con la CNN. Hombres con uniformes coloridos tecleaban furiosamente en sus ordenadores y escuchaban concentrados con auriculares futuristas.

—Esperen aquí —ordenó el guardia.

Langdon y Vittoria aguardaron, mientras el guardia cruzaba la sala en dirección a un hombre muy alto y nervudo, con uniforme militar azul oscuro. Estaba hablando por un móvil, tan tieso que casi se doblaba hacia atrás. El guardia le dijo algo, y el hombre lanzó una mirada a Langdon y Vittoria. Asintió, les dio la espalda y continuó hablando.

El guardia regresó.

—El comandante Olivetti se reunirá con ustedes enseguida.

—Gracias.

El guardia salió y subió por la escalera.

Langdon estudió al comandante Olivetti desde el otro lado de la sala, y cayó en la cuenta de que era el comandante en jefe de las fuerzas armadas de todo un país. Vittoria y Langdon esperaron y observaron. Los guardias iban gritando órdenes en italiano.

—*Continua a cercare!* —chilló uno en un teléfono.

—*Hai guardato nel museo?* —preguntó otro.

Langdon no necesitaba hablar italiano con fluidez para darse cuenta de que el centro de seguridad estaba enfrascado en una intensa investigación. Esto era una buena noticia. La mala era que, evidentemente, aún no habían encontrado la antimateria.

—¿Estás bien? —preguntó Langdon a Vittoria.

La muchacha se encogió de hombros, y le ofreció una sonrisa cansada.

Cuando el comandante terminó de hablar por teléfono y se acercó a ellos, dio la impresión de que crecía a cada paso. Langdon era alto, y no estaba acostumbrado a levantar la vista para hablar con alguien, pero el comandante Olivetti lo exigía. Langdon intuyó de inmediato que el comandante era un hombre que había capeado temporales, de rostro saludable y acerado. Llevaba el pelo negro cortado al estilo militar, y en sus ojos ardía una determinación inflexible que sólo se conseguía con años de intenso entrenamiento. Se movía con rígida exactitud, y el auricular que llevaba escondido detrás de la oreja le prestaba el aspecto de un miembro del Servicio Secreto norteamericano, antes que el de un Guardia Suizo.

El comandante se dirigió a ellos en inglés con fuerte acento. Habló con una voz sorprendentemente baja para un hombre tan alto, apenas un susurro, pero que comunicaba una eficiencia militar absoluta.

—Buenas tardes —dijo—. Soy el comandante Olivetti, *Comandante Principale* de la Guardia Suiza. Soy quien llamó a su director.

Vittoria alzó la vista.

—Gracias por recibirnos, señor.

El comandante no contestó. Les indicó con un ademán que le siguieran y los guió entre la maraña de aparatos electrónicos hasta una puerta situada en un costado de la sala.

—Entren —dijo, al tiempo que abría la puerta.

Langdon y Vittoria obedecieron y se encontraron en una sala de control a oscuras. Una batería de monitores de vídeo adosados a una pared estaba transmitiendo una serie de imágenes en blanco y negro del complejo. Un joven guardia estaba sentado, y contemplaba las imágenes con gran atención.

—*Fuori* —dijo Olivetti.

El guardia se levantó y salió.

Olivetti se acercó a una pantalla y la señaló. Después se volvió hacia sus invitados.

—Esta imagen es de una cámara remota, oculta en algún rincón del Vaticano. Quiero una explicación.

Langdon y Vittoria miraron la pantalla y contuvieron el aliento al mismo tiempo. La imagen no dejaba lugar a engaño. No cabía la menor duda. Era el contenedor de antimateria del CERN. Dentro, una gota trémula de líquido metálico estaba suspendida ominosamente en el centro del contenedor, iluminada por el parpadeo rítmico del reloj digital. La zona que rodeaba el contenedor estaba casi por completo a oscuras, como si la antimateria estuviera en un armario o una habitación a oscuras. En lo alto del monitor destellaba un texto superpuesto: TRANSMISIÓN EN DIRECTO. CÁMARA 86.

Vittoria consultó el tiempo restante en el indicador destellante del contenedor.

—Menos de seis horas —susurró a Langdon con el rostro tenso.

Él echó un vistazo a su reloj.

—Tenemos hasta…

Calló, con un nudo en el estómago.

—Medianoche —dijo Vittoria con una mirada de agotamiento.

Medianoche, pensó Langdon. *Propensión al dramatismo.* Por lo visto, la persona que había robado el contenedor anoche había calculado el tiempo a la perfección. Experimentó una oleada de aprensión cuando se dio cuenta de que se encontraba en la zona cero.

El susurro de Olivetti sonó más como un siseo.

—¿Pertenece este objeto a sus instalaciones?

Vittoria asintió.

—Sí, señor. Nos lo robaron. Contiene una sustancia extremadamente combustible llamada antimateria.

Olivetti no pareció impresionado.

—Estoy muy familiarizado con las sustancias incendiarias, señorita Vetra. No he oído hablar de la antimateria.

—Es una tecnología nueva. Hemos de localizarla de inmediato o evacuar la Ciudad del Vaticano.

Olivetti cerró los ojos poco a poco y volvió a abrirlos, como si enfocarlos de nuevo en Vittoria pudiera cambiar lo que acababa de escuchar.

—¿Evacuar? ¿Es consciente de lo que está pasando aquí esta noche?

—Sí, señor. Y las vidas de sus cardenales están en peligro. Nos quedan unas seis horas. ¿Han hecho algún avance en la localización del contenedor?

Olivetti meneó la cabeza.

—Aún no hemos empezado a buscarlo.

Vittoria casi se atragantó.

—¿Cómo? Pero hemos oído que sus guardias hablaban de la búsqueda de…

—Buscar, sí —dijo Olivetti—, pero no se trata de su contenedor. Mis hombres están buscando algo que no les concierne a ustedes.

La voz de Vittoria se quebró.

—¿Ni siquiera han empezado a buscar el contenedor?

Dio la impresión de que las pupilas de Olivetti se hundían en las órbitas de sus ojos. Tenía la mirada desapasionada de un insecto.

—Señorita Vetra, ¿verdad? Deje que le explique algo. El director de su instalación se negó a revelarme detalles por teléfono sobre este objeto, excepto para decirme que era preciso encontrarlo de inmediato. Estamos muy ocupados, y no puedo concederme el lujo de dedicar hombres a esta búsqueda hasta que no cuente con más datos.

—En este momento, sólo hay un dato relevante, señor —dijo Vittoria—, que dentro de seis horas ese aparato va a desintegrar todo este complejo.

Olivetti permaneció inmóvil.

—Señorita Vetra, ha de saber algo. —Su tono era casi paternalista—. Pese a la arcaica apariencia de la Ciudad del Vaticano, todas las entradas, tanto públicas como privadas, están equipadas con los aparatos de detección más avanzados que el hombre conoce. Si alguien intentara entrar con algún tipo de ingenio incendiario, sería detectado de inmediato. Tenemos escáneres isotópicos radiactivos, filtros olfatorios diseñados por la DEA norteamericana para detectar las rúbricas químicas más tenues de combustibles y toxinas. También utilizamos los detectores de metales y los escáneres de rayos X más avanzados.

—Muy impresionante —dijo Vittoria en el mismo tono frío de Olivetti—. Por desgracia, la antimateria no es radiactiva, su rúbrica química corresponde al hidrógeno puro y el contenedor es de plástico. Ninguno de esos aparatos lo detectaría.

—Pero el aparato posee una fuente de energía —objetó Olivetti, señalando la pantalla parpadeante—. Hasta el rastro más tenue de níquel o cadmio sería registrado como...

—Las baterías también son de plástico.

La paciencia de Olivetti empezaba a agotarse.

—¿Baterías de plástico?

—Un electrólito de gel de polímero con Teflón.

Olivetti se inclinó hacia ella, como para acentuar la ventaja de su estatura.

—*Signorina,* el Vaticano es el objetivo de docenas de amenazas de bomba al mes. Yo en persona entreno a todos los Guardias Suizos en la tecnología de los explosivos modernos. Soy muy consciente de que no existe sustancia en la tierra lo bastante poderosa para provocar el efecto que usted está describiendo, a menos que esté hablando de una cabeza nuclear con un núcleo de combustible del tamaño de una pelota de tenis.

Vittoria le dirigió una mirada intensa.

—Aún quedan por desvelar muchos misterios de la naturaleza.

Olivetti se acercó aún más.

—¿Quiere explicarme con exactitud *quién* es usted? ¿Cuál es su cargo en el CERN?

—Soy miembro de alto rango del personal de investigación, y enlace con el Vaticano en esta crisis.

—Perdone mi grosería, pero si esto es una crisis, ¿por qué estoy hablando con usted y no con su director? Además, es una falta de respeto entrar en la Ciudad del Vaticano con pantalones cortos.

Langdon gruñó. No podía creer que, teniendo en cuenta las circunstancias, el hombre insistiera en las normas referentes a la indumentaria. Comprendió que si penes de piedra podían despertar pensamientos lujuriosos en los residentes del Vaticano, Vittoria Vetra en *shorts* era sin lugar a dudas una amenaza para la seguridad nacional.

—Comandante Olivetti —intervino Langdon, intentando desactivar lo que consideraba una segunda bomba—, me llamo Robert Langdon. Soy profesor de simbología religiosa en Estados Unidos y no tengo nada que ver con el CERN. He visto una demostración de los efectos de la antimateria y refrendo la afirmación de la señorita Vetra de que es una sustancia muy peligrosa. Tenemos razones para creer que fue colocada en el interior del Vaticano por una secta antirreligiosa, con la esperanza de interrumpir el cónclave.

Olivetti se volvió y miró a Langdon.

—Tengo una mujer en *shorts* diciéndome que una gota de líquido va a volar el Vaticano, y tengo a un profesor norteamericano diciéndome que somos el objetivo de una secta antirreligiosa. ¿Qué esperan que haga?

—Encontrar el contenedor —dijo Vittoria—. Ahora mismo.

—Imposible. Ese artefacto podría estar en cualquier sitio. La Ciudad del Vaticano es enorme.

—¿Sus cámaras no llevan localizadores GPS?

—No suelen robarlas. Esta cámara desaparecida tardará días en ser localizada.

—No nos quedan días —insistió Vittoria—. Nos quedan seis horas.

—¿Seis horas hasta qué, señorita Vetra? —Olivetti alzó la voz de repente. Señaló la imagen de la pantalla—. ¿Hasta que termine esa cuenta atrás? ¿Hasta que la Ciudad del Vaticano desaparezca? Créame, no me hace gracia la gente que toquetea mi sistema de seguridad. Ni me gustan los artefactos mecánicos que aparecen como por arte de magia dentro del Vaticano. *Estoy* preocupado. Mi *trabajo* es estar preocupado. Pero lo que me han dicho es inaceptable.

Langdon habló antes de poder reprimirse.

—¿Ha oído hablar de los Illuminati?

El exterior gélido del comandante se cuarteó. Puso los ojos en blanco, como un escualo a punto de atacar.

—Le advierto que no tengo tiempo para esto.

—Así que ha oído hablar de los Illuminati, ¿no?

Los ojos de Olivetti eran como bayonetas.

—He jurado defender la Iglesia católica. *Claro* que he oído hablar de los Illuminati. Hace décadas que desaparecieron.

Langdon hundió la mano en el bolsillo y sacó el fax con la imagen del cuerpo marcado a fuego de Leonardo Vetra. Lo entregó a Olivetti.

—Soy un especialista en los Illuminati —dijo Langdon, mientras Olivetti estudiaba la foto—. Me cuesta aceptar que sigan en activo, pero la aparición de esta marca, combinada con el hecho de que los Illuminati sellaron un pacto bien conocido contra el Vaticano, me ha hecho cambiar de opinión.

—Una falsificación generada por ordenador.

Olivetti devolvió el fax a Langdon.

Langdon le miró con incredulidad.

—¿Una falsificación? ¡Fíjese en la simetría! Usted más que nadie debería darse cuenta de la autenticidad de...

—Autenticidad es precisamente lo que le falta a usted. Tal vez la señorita Vetra no le haya informado, pero los científicos del CERN han estado criticando la política del Vaticano durante décadas. Nos piden con regularidad que nos retractemos de la teoría creacionista, que pidamos disculpas oficiales por Galileo y Copérnico, que renunciemos a nuestras críticas contra las investigaciones peligrosas o inmorales. ¿Qué teoría le parece más probable? ¿Que una secta satánica de hace cuatrocientos años ha reaparecido con un arma avanzada de destrucción masiva, o que algún bromista del CERN está intentando interrumpir un acontecimiento sagrado del Vaticano con un fraude bien ejecutado?

—Esa foto es de mi padre —dijo Vittoria, con una voz como lava hirviente—. *Asesinado*. ¿Cree que estoy para *bromear*?

—No lo sé, señorita Vetra, pero lo que sí sé es que, hasta que consiga algunas respuestas *sensatas*, no decretaré ningún tipo de alarma. La vigilancia y la discreción son mi deber... con el fin de que los asuntos espirituales puedan tratarse con la mente clara. Hoy más que nunca.

—Al menos, aplace el acontecimiento —dijo Langdon.

—¿Aplazarlo? —Olivetti se quedó boquiabierto—. ¡Qué arrogancia! Un cónclave no es un partido de fútbol que pueda suspenderse debido a la lluvia. Es un acontecimiento sagrado, con un código y un procedimiento estrictos. Da igual que mil millones de católicos de todo el mundo estén esperando un líder. Da igual que los medios de comunicación del mundo entero estén fuera. El protocolo de este acontecimiento es sagrado, y no está sujeto a modificaciones. Desde 1179, los cónclaves han sobrevivido a terremotos, hambrunas, incluso a la peste. Créame, no será cancelado a causa de un científico asesinado y una gota de Dios sabe qué.

—Condúzcame ante la persona responsable —exigió Vittoria.

Olivetti despidió chispas por los ojos.

—La tiene delante.

—No —dijo Vittoria—. Alguien del clero.

Las venas de las sienes de Olivetti empezaron a abultar.

—El clero se ha ido. Con la excepción de la Guardia Suiza, los únicos presentes en la Ciudad del Vaticano en este momento son los cardenales. Y están en la Capilla Sixtina.

—¿Y el camarlengo? —preguntó Langdon.

—¿Quién?

—El camarlengo del difunto Papa. —Langdon repitió la palabra con determinación, y rezó para que su memoria no le engañara. Recordó haber leído en cierta ocasión acerca de la curiosa disposición jerárquica del Vaticano tras la muerte de un pontífice. Si Langdon estaba en lo cierto, durante el período de elección del nuevo Papa, el poder autónomo total se desplazaba de manera temporal al ayudante personal del Papa fallecido, su camarlengo, un secretario que supervisaba el cónclave hasta que los cardenales elegían al nuevo Santo Padre—. Creo que el camarlengo es la persona al mando en este momento.

—*Il camerlengo?* —Olivetti frunció el ceño—. El camarlengo no es más que un simple sacerdote. Es el antiguo criado personal del difunto Papa.

—Pero está aquí. Y usted responde ante él.

Olivetti se cruzó de brazos.

—Señor Langdon, es cierto que las normas del Vaticano determinan que el camarlengo asume la autoridad durante el cónclave, pero se debe a que, al no poder ser elegido para el papado, esa circunstancia asegura una elección imparcial. Es como si su presidente muriera, y uno de sus ayudantes se hiciera cargo provisionalmente del Despacho Oval. El camarlengo es joven, y su idea de la seguridad, o de cualquier otra cosa, es muy limitada. A todos los efectos, yo estoy al mando.

—Llévenos a verle —dijo Vittoria.

—Imposible. El cónclave empieza dentro de cuarenta minutos. El camarlengo está en el despacho del Papa, preparándose. No tengo la menor intención de molestarle con problemas de seguridad.

Vittoria abrió la boca para contestar, pero una llamada a la puerta la interrumpió. Olivetti abrió.

Un guardia apareció en la puerta. Indicó su reloj.

—*È l'ora, comandante.*

Olivetti consultó su reloj y asintió. Se volvió hacia Langdon y Vittoria, como un juez que decidiera su suerte.

—Síganme. —Los guió hasta un pequeño cubículo situado en la pared posterior—. Mi despacho. —Olivetti los invitó a entrar. La habitación no tenía nada de especial: un escritorio lleno de cosas, archivadores, sillas plegables, una fuente de agua—. Volveré dentro de diez minutos. Sugiero que aprovechen ese tiempo para decidir cómo les gustaría proceder.

Vittoria giró en redondo.

—¡No puede irse! Ese contenedor está...

—No tengo tiempo para esto —replicó Olivetti, enfurecido—. Tal vez debería detenerlos hasta después del cónclave, cuando *tenga* tiempo.

—Signore —le urgió el guardia, señalando de nuevo su reloj—. *Spazziamo la cappella.*

Olivetti asintió y dio media vuelta.

—*Spazzare di cappella?* —preguntó Vittoria.—. ¿Se va para registrar la capilla?

Olivetti se volvió y la traspasó con la mirada.

—La registramos en busca de micrófonos ocultos, señorita Vetra. Una cuestión de discreción. —Señaló sus piernas—. Pero no creo que sea capaz de comprenderlo.

Cerró la puerta con estrépito. Con un ágil movimiento extrajo una llave, la introdujo en la cerradura y la giró. Un pesado cerrojo encajó en su lugar.

—*Idiota!* —chilló Vittoria—. ¡No puede encerrarnos aquí!

Langdon vio a través del cristal que Olivetti decía algo al guardia. El centinela asintió. Cuando Olivetti salió de la sala, el guardia giró y los miró desde el otro lado del cristal, con los brazos cruzados. Una imponente pistola colgaba de su cinto.

Perfecto, pensó Langdon. *Fabuloso.*

37

Vittoria miró con furia al Guardia Suizo que custodiaba la puerta cerrada con llave del despacho de Olivetti. El centinela le devolvió la mirada. Su colorido atavío desmentía su aire ominoso.

Che fiasco, pensó Vittoria. *Retenida como rehén por un hombre armado en pijama.*

Langdon cavilaba, y Vittoria confió en que estuviera utilizando su cerebro de profesor de Harvard para pensar en una forma de escapar. No obstante, a juzgar por su expresión, intuyó que más que estar pensando estaba estupefacto. Lamentó haberle metido en aquel lío.

Vittoria sacó el teléfono móvil para llamar a Kohler, pero inmediatamente se dio cuenta de que era una estupidez. En primer lugar, el guardia entraría y le arrebataría el teléfono. En segundo, si el episodio de Kohler seguía su curso habitual, debía de estar incapacitado. Tampoco importaba... Daba la impresión de que, en aquel momento, Olivetti no estaba dispuesto a creer en la palabra de nadie.

¡Recuerda!, se dijo. *¡Recuerda la solución de esta prueba!*

Recordar era un truco filosófico budista. En lugar de pedir a su mente que buscara una solución para un reto imposible, Vittoria pedía a su mente que la recordara. La suposición de que en algún momento anterior había *sabido* la respuesta creaba la condición mental de que la respuesta debía *existir*, eliminando de esta manera el concepto errado de la desesperación. Vittoria utilizaba el procedimiento con frecuencia para solucionar dilemas científicos... que la mayoría de gente consideraba insolubles.

En aquel momento, sin embargo, su esfuerzo por recordar no conducía a ninguna parte. Repasó sus opciones, sus necesidades. Tenía que avisar a alguien. Era preciso que alguien del Vaticano la tomara en serio. Pero ¿quién? ¿Cómo? Estaba en una caja de cristal con una sola salida.

Herramientas, se dijo. *Siempre hay herramientas. Vuelve a examinar tu entorno.*

Se relajó, entrecerró los ojos, respiró hondo tres veces. Notó que el ritmo de su corazón era más lento y que sus músculos ya no estaban tensos. El pánico caótico de su mente se desvaneció. *Muy bien*, pensó, *libera tu mente. ¿Cuál es el aspecto positivo de esta situación? ¿Cuáles son mis posibilidades?*

La mente analítica de Vittoria Vetra, una vez calmada, era una fuerza poderosa. Al cabo de unos segundos comprendió que su encarcelamiento era la clave de la huida.

—Voy a hacer una llamada telefónica —dijo de pronto.

Langdon alzó la vista.

—Iba a sugerir que llamaras a Kohler, pero...

—Kohler no. Otra persona.

—¿Quién?

—El camarlengo.

Langdon no la entendió.

—¿Vas a llamar al camarlengo? ¿Cómo?

—Olivetti dijo que el camarlengo estaba en el despacho del Papa.

—Muy bien. ¿Sabes el número particular del Papa?

—No, pero no voy a llamar por mi teléfono. —Indicó con la cabeza una centralita telefónica de alta tecnología que descansaba sobre el escritorio de Olivetti. Estaba llena de botones—. El jefe de seguridad ha de tener línea directa con el despacho del Papa.

—También tiene un levantador de pesas con una pistola plantado a dos metros de distancia.

—Y nosotros estamos encerrados.

—Ya me había dado cuenta.

—Quiero decir que el guardia no puede entrar. Nosotros estamos en el despacho privado de Olivetti. Dudo que alguien más tenga la llave.

Langdon miró al guardia.

—El cristal es muy delgado, y la pistola muy grande.

—¿Qué va a hacer, dispararme por utilizar el teléfono?

—¡Quién sabe! Este lugar es muy extraño, y tal como van las cosas...

—O eso —dijo Vittoria—, o pasaremos las siguientes cinco horas y cuarenta y ocho minutos en la prisión del Vaticano. Al menos, tendremos un asiento de primera fila cuando la antimateria estalle.

Langdon palideció.

—Pero el guardia irá a buscar al comandante Olivetti en cuanto descuelgues ese teléfono. Además, hay como veinte botones, y no veo la menor identificación. ¿Vas a probarlos todos, con la esperanza de tener suerte?

—No —dijo la joven, al tiempo que se acercaba al teléfono—. Sólo uno. —Vittoria descolgó el teléfono y apretó el primer botón—. Número *uno*. Apuesto uno de esos dólares de los Illuminati que llevas en el bolsillo a que es el despacho del Papa. ¿Cuál, si no, sería el más importante para el comandante de la Guardia Suiza?

Langdon no tuvo tiempo de contestar. El guardia empezó a golpear el cristal con la culata de la pistola. Indicó por señas a Vittoria que colgara el teléfono.

Ella le guiñó un ojo. Dio la impresión de que la rabia del guardia iba en aumento.

Langdon se alejó de la puerta y miró a Vittoria.

—¡Será mejor que tengas razón, porque este tipo no parece de muy buen humor!

—¡Maldita sea! —dijo Vittoria mientras escuchaba—. Una grabación.

—¿Una grabación? —preguntó Langdon—. ¿El Papa tiene un contestador automático?

—No era el despacho del Papa —dijo Vittoria, y colgó—. Era el maldito menú semanal del comedor de la Guardia Suiza.

Langdon ofreció una débil sonrisa al guardia, que los estaba mirando airado a través del cristal mientras se comunicaba con Olivetti por su *walkie-talkie*.

38

La centralita del Vaticano se encuentra en el Ufficio di Communicazione, detrás de la oficina de correos. Es una habitación relativamente pequeña, que alberga un tablero de control Corelco 141 de ocho líneas. La oficina recibe unas dos mil llamadas al día, y la mayoría se derivan de manera automática hacia el sistema de información grabada.

Esta noche, el único operador estaba sentado tranquilamente, bebiendo una taza de té. Se sentía orgulloso de ser uno de los escasos empleados autorizados a pernoctar en el Vaticano en una noche tan importante. El honor, no obstante, se veía un poco empañado por la presencia de Guardias Suizos que montaban guardia ante su puerta. *Una escolta para ir al lavabo*, pensó el operador. *Ay, las indignidades que soportamos en nombre del Santo Cónclave.*

Por suerte, las llamadas no habían sido muy numerosas hasta aquel momento. O quizá no cabía hablar de suerte. El interés mundial por los acontecimientos del Vaticano había disminuido durante los últimos años. El número de llamadas de la prensa había descendido, y hasta los chiflados telefoneaban menos. La Oficina de Prensa confiaba en que el acontecimiento de esta noche tendría un aire más festivo. Por desgracia, pese a que la plaza de San Pedro estaba llena de camiones de las televisiones, la mayoría parecía pertenecer a las cadenas italianas y europeas. Sólo había acudido un puñado de cadenas de cobertura mundial, y sin duda habían enviado a sus *giornalisti secondarii.*

El operador asió su taza y se preguntó cuánto duraría lo de esta noche. *Hasta medianoche o así,* pensó. En la actualidad, muchos ciudadanos ya sabían quién tenía más números para ser Papa antes de que el cónclave empezara, de manera que el procedimiento era más un ritual de tres o cuatro horas que una elección auténtica. Por supuesto, las disensiones de última hora podían prolongar la ceremonia hasta el alba... o más. El cónclave de 1831 había durado cincuenta y cuatro días. *Esta noche no,* se dijo. Corrían rumores de que la fumata blanca de *este* cónclave no se haría esperar.

Los pensamientos del operador se interrumpieron con el zumbido de una línea interior en el tablero. Miró la parpadeante luz roja y se rascó la cabeza. *Qué raro,* pensó. *La línea cero. ¿Quién del interior llamaría a Información esta noche? ¿Quién queda en el interior?*

—*Città del Vaticano, prego* —dijo al tiempo que descolgaba el teléfono.

La voz habló con rapidez en italiano. El operador reconoció vagamente el acento como el habitual de los Guardias Suizos, italiano fluido con acento de la Suiza francesa. Pero quien llamaba no era miembro de la Guardia Suiza.

Al oír la voz de la mujer, el operador se puso en pie al instante, y a punto estuvo de derramar el té. Echó un vistazo a la línea. La llamada procedía del interior. *¡Tiene que haber algún error!,* pensó. *¡Una mujer en la Ciudad del Vaticano! ¿Esta noche?*

La mujer estaba hablando a toda prisa, y furiosa. El operador había pasado suficientes años colgado de un teléfono para saber cuándo estaba tratando con un *pazzo*. Esta mujer no parecía loca. Hablaba en tono perentorio pero racional. Serena y eficaz. El hombre escuchó su petición, perplejo.

—*Il camerlengo?* —dijo el operador, mientras seguía intentando adivinar de dónde demonios procedía la llamada—. Me es imposible pasarle la llamada... Sí, sé que está en el despacho del Papa, pero ¿quién es usted? ¿Quiere avisarle de...? —Escuchó, cada vez más nervioso. *¿Todo el mundo está en peligro? ¿Cómo? ¿Desde dónde llama?*—. Quizá debería pasarla con la Guardia... —El operador se quedó de una pieza—. ¿Desde dónde ha dicho?

Escuchó asombrado, y después tomó una decisión.

—Espere un momento, por favor —dijo, y dejó a la mujer colgada antes de que pudiera reaccionar. Después, llamó a la línea directa del comandante Olivetti. *Esta mujer no puede estar en...*

Alguien descolgó al instante.

—*Per l'amore di Dio!* —le gritó una voz familiar—. ¡Haga el favor de pasar la llamada!

La puerta del centro de seguridad de la Guardia Suiza se abrió con un siseo. Los guardias se apartaron cuando el comandante Olivetti entró en la sala como un cohete. Cuando llegó a su despacho, el guardia confirmó lo que le había dicho por el *walkie-talkie*. Vittoria Vetra estaba hablando por el teléfono privado del comandante.

Che coglioni che ha questa!, pensó. ¡Vaya pelotas que tiene la niña!

Se encaminó a la puerta, lívido, e introdujo la llave en la cerradura. Abrió la puerta y gritó:

—¿Qué está haciendo?

Vittoria no le hizo caso.

—Sí —estaba diciendo por teléfono—. Y debo advertirle...

Olivetti le arrancó el teléfono de la mano y se lo llevó al oído.

—¿Quién demonios es usted?

Durante una fracción de segundo, Olivetti perdió el aplomo.

—Sí, camarlengo... —dijo—. Correcto, signore, pero asuntos de seguridad exigen... Claro que no... La retengo aquí por... Desde luego, pero... —Escuchó—. Sí, señor —dijo por fin—. Los acompañaré de inmediato.

39

El Palacio Apostólico es un conglomerado de edificios cercano a la Capilla Sixtina, en la esquina noreste de la Ciudad del Vaticano. Con una imponente vista de la plaza de San Pedro, el palacio alberga los aposentos papales y el despacho del pontífice.

Vittoria y Langdon siguieron en silencio al comandante Olivetti, que los guió por un largo pasillo rococó. El cuello parecía que iba a estallarle a causa de la rabia. Después de subir por tres tramos de escaleras, entraron en un amplio corredor apenas iluminado.

Langdon miraba con incredulidad las obras de arte que adornaban las paredes (bustos en perfecto estado, tapices, frisos), obras que valdrían cientos de miles de dólares. Cuando llevaban recorridas dos terceras partes del pasillo, pasaron ante una fuente de alabastro. Olivetti giró a la izquierda por una abertura y se encaminó hacia una de las puertas más grandes que Langdon había visto en su vida.

—*Ufficio del Papa* —anunció el comandante, al tiempo que dirigía a Vittoria una mirada feroz. Ella ni se inmutó. Llamó con firmeza a la puerta.

El despacho del Papa, pensó Langdon, a quien se le hacía difícil asimilar que estaba ante una de las puertas más sagradas de todas las religiones del mundo.

—*Avanti!* —contestó alguien desde dentro.

Cuando la puerta se abrió, Langdon tuvo que protegerse los ojos. La luz del sol era cegadora. Poco a poco, enfocó la imagen que tenía ante él.

El despacho del Papa parecía más una sala de baile que una oficina. El suelo era de mármol rojo y las paredes estaban adornadas con frescos de vívidos colores. Una araña colosal colgaba del techo, y al otro lado una hilera de ventanas arqueadas ofrecía un asombroso panorama de la plaza de San Pedro bañada por el sol.

Dios mío, pensó Langdon. *Esto sí que es una habitación con vistas.*

Al final del recibidor, un hombre sentado a un escritorio tallado escribía furiosamente.

—*Avanti* —repitió el hombre. Dejó su pluma y les indicó con un ademán que entraran.

Olivetti los guió con paso marcial.

—*Signore* —dijo en tono de disculpa—, *non ho potuto…*

El hombre le interrumpió. Se puso en pie y estudió a sus dos visitantes.

El camarlengo no se parecía en nada a las imágenes de hombres frágiles y devotos que Langdon había imaginado paseando por el Vaticano. No llevaba rosario ni medallones. Ni hábitos pesados. Iba vestido con una sencilla sotana negra que parecía subrayar la solidez de su cuerpo robusto. Aparentaba treinta y pico años, un niño para la edad media del Vaticano. Tenía un rostro sorprendentemente atractivo, un remolino de recio cabello castaño y unos ojos verdes casi radiantes, que brillaban como alimentados por los misterios del universo. Sin embargo, cuando el hombre se acercó, Langdon captó en sus ojos un profundo agotamiento, como un alma que estuviera padeciendo los quince días más duros de toda su vida.

—Soy Carlo Ventresca —dijo en un inglés perfecto—. El camarlengo del Papa fallecido.

Su voz era amable y sin el más mínimo dejo de pretensión, y apenas se notaba un levísimo acento italiano.

—Vittoria Vetra —dijo la joven. Avanzó y le ofreció la mano—. Gracias por recibirnos.

Olivetti se retorció cuando el camarlengo estrechó la mano de Vittoria.

—Le presento a Robert Langdon —dijo Vittoria—. Profesor de simbología religiosa en la Universidad de Harvard.

—*Padre* —dijo Langdon con su mejor acento italiano. Inclinó la cabeza cuando extendió la mano.

—No, no —insistió el camarlengo—. El despacho de Su Santidad no me convierte en santo. Soy un simple sacerdote, un secretario que presta sus servicios en tiempos de necesidad.

Langdon se irguió.

—Por favor —dijo el camarlengo—, siéntense todos.

Movió unas sillas alrededor de su escritorio. Langdon y Vittoria se sentaron. Olivetti prefirió seguir en pie.

—Signore —dijo Olivetti—. La indumentaria de la mujer es fallo mío. Yo...

—Su indumentaria no me preocupa —contestó el camarlengo, como demasiado cansado para perder el tiempo en nimiedades—. Pero si el operador de la centralita del Vaticano me llama media hora antes de que inaugure el cónclave, y me dice que una mujer está llamando desde *su* despacho para advertirme de una grave amenaza para la seguridad de la que no he sido informado, eso sí que me preocupa.

Olivetti estaba muy rígido, con la espalda arqueada como un soldado sometido a un severo escrutinio.

Langdon se sentía hipnotizado por la presencia del camarlengo. Por joven y cansado que pareciera, el sacerdote parecía envuelto por un aire de héroe mítico, irradiaba carisma y autoridad.

—Signore —dijo Olivetti, en tono de disculpa pero aún sin ceder—, usted no debería preocuparse por temas de seguridad. Tiene otras responsabilidades.

—Soy muy consciente de mis otras responsabilidades. También soy consciente de que, como *direttore intermediario*, tengo la responsabilidad de la seguridad y bienestar de todas las personas reunidas para el cónclave. ¿Qué está pasando aquí?

—Tengo la situación controlada.

—Por lo visto no.

—Padre —interrumpió Langdon, mientras sacaba el fax arrugado y lo entregaba al camarlengo—, por favor.

El comandante Olivetti avanzó con el afán de intervenir.

—Padre, por favor, no se preocupe por...

El camarlengo tomó el fax, sin hacer caso de Olivetti durante un largo momento. Contempló la imagen del asesinado Leonardo Vetra y lanzó una exclamación.

—¿Qué es esto?

—Era mi padre —dijo Vittoria con voz débil—. Era sacerdote y hombre de ciencia. Le asesinaron anoche.

El rostro del camarlengo se suavizó al instante. La miró.

—Mi querida hija. Lo siento mucho. —Se persignó y volvió a mirar el fax, con ojos llenos de aborrecimiento—. ¿Quién querría...? Y esta quemadura en el...

El camarlengo calló y acercó más la imagen.

—Dice *Illuminati* —explicó Langdon—. No me cabe duda de que le suena el nombre.

Una extraña expresión cruzó el rostro del camarlengo.

—He oído el nombre, sí, pero...

—Los *Illuminati* asesinaron a Leonardo Vetra para poder robar una nueva tecnología que estaba...

—Signore —interrumpió Olivetti—, esto es absurdo. ¿Illuminati? Se trata de una patraña muy trabajada.

Dio la impresión de que el camarlengo meditaba sobre las palabras de Olivetti. Después, se volvió y contempló a Langdon con tal intensidad que éste sintió que le faltaba el aire.

—Señor Langdon, he pasado mi vida en la Iglesia católica. Conozco la tradición de los Illuminati... y la leyenda de los estigmas. No obstante, debo advertirle de que soy un hombre del presente. La cristiandad ya tiene suficientes enemigos sin necesidad de resucitar fantasmas.

—El símbolo es auténtico —dijo Langdon, quizá demasiado a la defensiva, pensó. Dio la vuelta al fax para que el camarlengo lo viera.

El camarlengo guardó silencio cuando vio la simetría.

—Ni siquiera con los ordenadores modernos —añadió Langdon— se ha podido generar un ambigrama simétrico de esta palabra.

El camarlengo enlazó las manos y no dijo nada durante mucho rato.

—Los Illuminati están muertos —dijo por fin—. Hace mucho tiempo. Es un hecho histórico.

Langdon asintió.

—Ayer le habría dado la razón.

—¿Ayer?

—Antes de la cadena de acontecimientos de hoy. Creo que los Illuminati han resucitado para cumplir un antiguo pacto.

—Perdone. Tengo la historia un poco oxidada. ¿De qué antiguo pacto habla?

Langdon respiró hondo.

—La destrucción del Vaticano.

—¿La destrucción del Vaticano? —El camarlengo parecía menos aterrado que confuso—. Pero eso es imposible.

Vittoria negó con la cabeza.

—Temo que somos portadores de más malas noticias.

40

—¿Es eso *cierto*? —preguntó el camarlengo con expresión de asombro, mientras paseaba la mirada entre Vittoria y Olivetti.

—Signore —le tranquilizó Olivetti—, admito que hemos detectado una especie de artefacto. Aparece en uno de nuestros monitores de seguridad, pero en cuanto a lo que afirma la señorita Vetra sobre el poder de la sustancia, no puedo...

—Espere un momento —le interrumpió el camarlengo—. ¿Esa cosa se puede ver?

—Sí, signore. En la cámara inalámbrica número ochenta y seis.

—Entonces, ¿por qué no han ido a buscarla?

El tono del camarlengo era de irritación.

—Es muy difícil, signore.

Olivetti se mantuvo firme mientras explicaba la situación.

El camarlengo escuchó, y Vittoria intuyó su creciente preocupación.

—Tal vez alguien sustrajo la cámara y está transmitiendo desde el exterior.

—Imposible —dijo Olivetti—. Nuestros muros externos forman un escudo electrónico que protege nuestras comunicaciones internas. La señal sólo puede proceder del interior, de lo contrario no la recibiríamos.

—Imagino que están buscando esa cámara con todos los recursos disponibles, ¿no es cierto?

Olivetti meneó la cabeza.

—No, signore. Localizar esa cámara exigiría cientos de horas y hombres. En este momento tenemos otros problemas de seguridad y, con el debido respeto a la señorita Vetra, esa gota de la que habla es muy pequeña. No podría provocar una explosión como la que ella describe.

La paciencia de Vittoria se agotó.

—¡Esa gota es suficiente para arrasar la Ciudad del Vaticano! ¿Es que no ha prestado atención a lo que le dije?

—Señorita —dijo Olivetti con voz acerada—, tengo mucha experiencia con explosivos.

—Su experiencia está obsoleta —replicó la joven sin ceder terreno—. Pese a mi atuendo, que usted considera perturbador, de lo que me he dado cuenta, soy una física de alto nivel y trabajo en la instalación de investigaciones subatómicas más avanzada del mundo. Yo personalmente diseñé la trampa de antimateria que impide a la muestra aniquilarse. Y le advierto de que, a menos que encuentre ese contenedor antes de seis horas, sus guardias sólo tendrán que proteger un gran agujero en el suelo durante los próximos cien años.

Olivetti se volvió hacia el camarlengo. Sus ojos de insecto lanzaban chispas.

—Signore, no puedo permitir que esto siga adelante. Unos bromistas le están haciendo perder el tiempo. ¿Los Illuminati? ¿Una gota que nos destruirá a todos?

—*Basta* —exclamó el camarlengo. Dijo la palabra en voz baja, pero dio la impresión de que resonaba en toda la habitación. Se hizo el silencio. El hombre continuó hablando en un susurro—. Peligrosa o no, Illuminati o no, sea lo que sea esa cosa, no debería estar dentro de la ciudad… y mucho menos en vísperas del cónclave. Quiero que la encuentren y la saquen de aquí. Organice la búsqueda de inmediato.

Olivetti insistió.

—Signore, aunque utilizáramos todos los guardias para registrar el complejo, tardaríamos días en encontrar la cámara. Además, después de hablar con la señorita Vetra, ordené a uno de mis guardias que consultara nuestra guía de balística más avanzada, por si hablaba de esta sustancia llamada antimateria. No encontró la menor mención. En ninguna parte.

Imbécil presumido, pensó Vittoria. *¿Una guía de balística? ¿Probaste una enciclopedia? ¡En la A!*

Olivetti continuaba hablando.

—Signore, si está insinuando que llevemos a cabo un registro ocular de todo el Vaticano, he de oponerme.

—Comandante. —La voz del camarlengo destilaba irritación—. He de recordarle que, cuando se dirige a mí, se dirige a este despacho. Me doy cuenta de que no se toma muy en serio mi cargo. No obstante, según la ley, estoy al mando. Si no me equivoco, los cardenales se hallan ahora a salvo en la Capilla Sixtina, y sus preocupaciones por la seguridad serán mínimas hasta que finalice el cónclave. No sé por qué duda tanto en iniciar la búsqueda. Otro pensaría que intenta poner en peligro adrede este cónclave.

Olivetti le dedicó una mirada desdeñosa.

—¡Cómo se atreve! ¡He servido a su Papa durante doce años! ¡Y al Papa anterior durante catorce! Desde 1438, la Guardia Suiza ha...

El *walkie-talkie* de Olivetti le interrumpió con un pitido estridente.

—*Comandante?*

Olivetti apretó el transmisor.

—*Sono occupato! Cosa vuoi?*

—*Scusi* —dijo el guardia por la radio—. Llamo desde el centro de comunicaciones. Pensé que querría saber que hemos recibido una amenaza de bomba.

Olivetti no pudo expresar mayor desinterés.

—¡Pues ocúpese de ella! Siga el procedimiento habitual y tome nota.

—Ya lo hemos hecho, señor, pero la persona que llamó... —El guardia hizo una pausa—. No me gustaría preocuparle, comandante, pero mencionó la sustancia que me pidió que investigara. *Antimateria.*

Los cuatro intercambiaron miradas de asombro.

—¿Mencionó *qué*? —tartamudeó Olivetti.

—Antimateria, señor. Mientras intentábamos localizar la procedencia de la llamada, seguí investigando sobre la sustancia. La información que obtuve es, la verdad, muy inquietante...

—¿No dijo que la guía de balística no hablaba de ella?

—Encontré información en Internet.

Aleluya, pensó Vittoria.

—Por lo visto, esa sustancia es muy explosiva —dijo el guardia—. Cuesta imaginar que esa información sea correcta, pero aquí dice que, gramo más gramo menos, la antimateria posee una carga explosiva cien veces superior a la de una cabeza nuclear.

Olivetti se vino abajo. Fue como ver desmoronarse una montaña. La expresión horrorizada del camarlengo borró la sensación de triunfo que experimentó Vittoria.

—¿Localizó la llamada? —tartamudeó Olivetti.

—No hubo suerte. Un móvil con una encriptación muy potente. Las líneas SAT se confunden unas con otras, de modo que la triangulación no sirve de nada. La señal IF sugiere que está en Roma, pero no hay manera de localizarlo.

—¿Exigió algo? —preguntó Olivetti en voz baja.

—No, señor. Sólo nos advirtió de que hay antimateria oculta en el complejo. Pareció sorprendido de que no lo supiera. Me preguntó si aún no la había *visto*. Usted me preguntó sobre la antimateria, de modo que decidí avisarle.

—Ha hecho bien —dijo Olivetti—. Bajo enseguida. Avíseme de inmediato si vuelve a llamar.

El *walkie-talkie* quedó en silencio un momento.

—La persona que llama sigue en la línea, señor.

Pareció que Olivetti hubiera sido alcanzado por un rayo.

—¿La línea está abierta?

—Sí, señor. Hemos intentado localizarle durante diez minutos, sin resultado. Debe de saber que no podemos dar con él, porque se niega a colgar hasta que hable con el camarlengo.

—Pásemelo —ordenó el camarlengo—. ¡Ahora mismo!

Olivetti giró en redondo.

—No, padre. Un negociador experto de la Guardia Suiza es el más capacitado para hacerse cargo de la situación.

—¡Ahora mismo!

Olivetti dio la orden.

Un momento después, el teléfono del camarlengo Ventresca empezó a sonar. El hombre oprimió el botón del altavoz.

—¿Quién se cree que es, en nombre de Dios?

41

La voz que surgió del altavoz del teléfono era metálica y fría, no exenta de arrogancia. Todos los presentes escucharon.

Langdon intentó identificar el acento. *¿Oriente Próximo, quizá?*

—Soy el mensajero de una antigua hermandad —anunció la voz con cadencia extraña—. Una hermandad a la que ustedes han injuriado durante siglos. Soy un mensajero de los Illuminati.

Langdon sintió que sus músculos se tensaban, y los últimos vestigios de duda se desvanecieron. Por un instante, experimentó la conocida pugna entre emoción, privilegio y miedo mortal que le embargó cuando había visto por primera vez el ambigrama aquella misma mañana.

—¿Qué quiere? —preguntó el camarlengo.

—Represento a hombres de ciencia. Hombres que, como ustedes, están buscando respuestas. Respuestas relativas al destino del hombre, su propósito, su creador.

—Sea quien sea —dijo el camarlengo—, yo...

—*Silenzio.* Será mejor que escuche. Durante dos milenios, su Iglesia ha controlado la búsqueda de la verdad. Han aplastado a sus contrincantes con mentiras y profecías agoreras. Han manipulado la verdad en pro de sus necesidades, asesinado a aquellos cuyos descubrimientos perjudicaban a su política. ¿Le sorprende que sean el objetivo de los hombres esclarecidos de todo el globo?

—Los hombres esclarecidos no recurren al chantaje para defender su causa.

—¿Chantaje? —El desconocido rió—. Esto no es un chantaje. No queremos nada. La abolición del Vaticano no es negociable. Hemos esperado cuatrocientos años a que llegara este día. A medianoche, su ciudad será destruida. No pueden hacer nada.

Olivetti se precipitó hacia el altavoz.

—¡Es imposible superar las barreras que controlan el acceso a esta ciudad! ¡Es imposible que hayan instalado explosivos aquí!

—Habla con la ignorante devoción de un Guardia Suizo. ¿Tal vez un oficial? Sabrá sin duda que, durante siglos, los Illuminati se han infiltrado en las organizaciones de élite de todo el mundo. ¿De veras cree que el Vaticano es inexpugnable?

Jesús, pensó Langdon, *cuentan con alguien dentro.* No era ningún secreto que la infiltración era el símbolo del poder de los Illuminati. Se habían infiltrado en la masonería, en las organizaciones bancarias más importantes, en gobiernos. De hecho, Churchill había dicho en una ocasión a los periodistas que, si los espías ingleses se hubieran infiltrado en las filas nazis hasta el grado en que los Illuminati se habían infiltrado en el Parlamento inglés, la guerra habría acabado en un mes.

—Un farol clarísimo —replicó Olivetti—. Su influencia no puede ser tan extensa.

—¿Por qué? ¿Porque sus Guardias Suizos no bajan la guardia? ¿Porque vigilan cada rincón de su mundo recluido? ¿Qué me dice de los propios guardias? ¿Acaso no son hombres? ¿De veras creen que se juegan la vida por una fábula sobre un hombre que camina sobre las aguas? Pregúntese cómo habría podido entrar el contenedor en su ciudad, si no. O cómo cuatro de sus elementos más preciados habrían podido desaparecer esta tarde.

—¿Nuestros elementos? —Olivetti frunció el ceño—. ¿A qué se refiere?

—Uno, dos, tres, cuatro. ¿Aún no los han echado de menos?

—¿De qué diablos está habl...?

Olivetti calló de pronto, con la mirada vidriosa, como si le hubieran asestado un puñetazo en el estómago.

—La luz se hace —dijo el desconocido—. ¿Quiere que le lea los nombres?

—¿Qué está pasando? —preguntó el camarlengo, perplejo.

El desconocido rió.

—¿Su oficial aún no le ha informado? Menudo pillastre. No me sorprende. El orgullo. Imagino la desgracia de contarle la verdad... Que cuatro cardenales a los que había jurado proteger han desaparecido...

Olivetti estalló.

—¿De dónde ha sacado esa información?

—Camarlengo —se regocijó el desconocido—, pregunte a su comandante si todos los cardenales están presentes en la Capilla Sixtina.

El camarlengo se volvió hacia Olivetti. Sus ojos verdes exigían una explicación.

—Signore —susurró Olivetti en el oído del camarlengo—, es verdad que cuatro cardenales no se han presentado todavía en la Capilla Sixtina, pero no es preciso alarmarse. Todos notificaron su llegada esta mañana, por lo cual sabemos que se hallan sanos y salvos dentro del Vaticano. Usted mismo tomó el té con ellos hace unas horas. Se han retrasado en llegar al encuentro con sus compañeros previo al cónclave, eso es todo. Estamos buscando, pero estoy seguro de que han perdido la noción del tiempo y siguen paseando por los jardines.

—¿Paseando por los jardines? —La calma abandonó la voz del camarlengo—. ¡Tenían que estar en la capilla hace más de una hora!

Langdon dirigió a Vittoria una mirada de asombro. *¿Cardenales desaparecidos? ¿Eso era lo que andaban buscando abajo?*

—Encontrará muy convincente nuestra lista —dijo el desconocido—. Veamos: el cardenal Lamassé de París, el cardenal Guidera de Barcelona, el cardenal Ebner de Frankfurt...

Dio la impresión de que Olivetti se iba encogiendo a cada nombre que sonaba.

El desconocido hizo una pausa, como si el último nombre le proporcionara un placer especial.

—Y de Italia, el cardenal Baggia.

El camarlengo se derrumbó en su silla.

—*I preferiti* —susurró—. Los cuatro favoritos, incluido Baggia, el que tenía más posibilidades de suceder al Sumo Pontífice... ¿Cómo es posible?

Langdon había leído lo bastante sobre elecciones papales modernas para comprender la expresión desesperada del camarlengo. Si bien en teoría *cualquier* cardenal menor de ochenta años podía llegar a ser Papa, sólo muy pocos gozaban del respeto necesario para lograr la mayoría de dos tercios que exigía el feroz procedimiento. Se les conocía como los *preferiti*. Y todos habían desaparecido.

La frente del camarlengo se perló de sudor.

—¿Qué va hacer con esos hombres?

—¿Usted qué cree? Soy descendiente de los hassassins.

Langdon sintió un escalofrío. Conocía bien el nombre. La Iglesia se había granjeado enemistades mortales a lo largo de los siglos: los hassassins, los templarios, ejércitos que habían sido perseguidos o traicionados por el Vaticano.

—Deje en libertad a los cardenales —dijo el camarlengo—. ¿No le basta con la amenaza de destruir el Vaticano?

—Olvídese de sus cardenales. No puede hacer nada por ellos. Tenga la seguridad, no obstante, de que sus muertes serán recordadas... por millones de personas. El sueño de todo mártir. Los convertiré en luminarias de los medios de comunicación. Uno a uno. A medianoche, los Illuminati monopolizarán la atención de todo el mundo. ¿Para qué cambiar el mundo si el mundo no presta atención? Los asesinatos públicos poseen un horror embriagador, ¿verdad? Ustedes lo demostraron hace mucho tiempo... La Inquisición, la tortura de los Caballeros Templarios, las Cruzadas. —Hizo una pausa—. Y *la purga*, por supuesto.

El camarlengo guardó silencio.

—¿No recuerda *la purga*? —preguntó el desconocido—. Claro que no, usted es un niño. Los curas son historiadores mediocres, de todos modos. ¿Tal vez porque su historia les da vergüenza?

—*La purga* —se oyó decir Langdon—. Fue en 1678. La Iglesia marcó a cuatro científicos Illuminati con el símbolo de la cruz. Como castigo por sus pecados.

—¿Quién está hablando? —preguntó la voz, más intrigada que preocupada—. ¿Quién más hay ahí?

Langdon se puso a temblar.

—Mi nombre carece de importancia —dijo, intentando que su voz sonara firme. Hablar con un Illuminatus vivo le desorientaba... Era como hablar con George Washington—. Soy un erudito que ha estudiado la historia de su hermandad.

—Soberbio —contestó la voz—. Me complace que aún existan seres vivos que recuerden los crímenes cometidos contra nosotros.

—La mayoría pensábamos que habían muerto.

—Un error que la hermandad ha procurado alimentar. ¿Qué más sabe de *la purga*?

Langdon vaciló. *¿Qué más sé? ¡Que toda esta situación es una locura, eso es lo que sé!*

—Después de marcarlos, los científicos fueron asesinados, y sus cuerpos arrojados a lugares públicos de Roma como advertencia a otros científicos de que no se unieran a los Illuminati.

—Sí. Nosotros haremos lo mismo. *Quid pro quo.* Considérenlo una retribución simbólica por nuestros hermanos asesinados. Sus cuatro cardenales morirán, uno cada hora empezando a partir de las ocho. A medianoche, todo el mundo estará cautivado.

Langdon se acercó al teléfono.

—¿Tiene la intención de marcar a fuego y asesinar a esos cuatro hombres?

—La historia se repite, ¿no es cierto? Claro que nosotros seremos más elegantes y audaces que la Iglesia. Ellos mataban en privado, y abandonaban los cuerpos cuando nadie los veía. Me parece una cobardía.

—¿Qué está diciendo? —preguntó Langdon—. ¿Que va a marcar y asesinar a esos hombres en *público*?

—Muy bien. Aunque depende de lo que considere público. Soy consciente de que la gente ha dejado de ir a la iglesia.

Langdon disparó al azar.

—¿Van a asesinarlos en *iglesias*?

—Un gesto bondadoso. Permitirá a Dios enviar sus almas al cielo sin dilación. Parece justo. Imagino que la prensa también se lo pasará en grande.

—Se está echando un farol —dijo Olivetti con voz fría—. No puede asesinar a un hombre en una iglesia y suponer que se saldrá con la suya.

—¿Un farol? Nos movemos entre sus Guardias Suizos como fantasmas, sacamos a cuatro cardenales de su ciudadela, colocamos un explosivo mortífero en el corazón de su templo más sagrado, ¿y cree que es un farol? A medida que se sucedan los asesinatos y las víctimas sean encontradas, los medios de comunicación acudirán como un enjambre. A medianoche, el mundo conocerá la causa de los Illuminati.

—¿Y si apostamos guardias en todas las iglesias? —preguntó Olivetti.

El desconocido calló.

—Temo que la naturaleza prolífica de su religión les dificultará la tarea. ¿No ha hecho las cuentas en los últimos tiempos? Hay más de cuatrocientas iglesias católicas en Roma. Catedrales, capillas, santuarios, abadías, monasterios, conventos, escuelas parroquiales...

Olivetti se mantuvo imperturbable.

—Todo empezará dentro de noventa minutos —dijo el desconocido, en un tono que no admitía dudas—. Uno por hora. Una progresión mortal matemática. Ahora he de abandonarles.

—¡Espere! —pidió Langdon—. Hábleme de las marcas que van a hacerles.

Su petición pareció divertir al asesino.

—Sospecho que usted ya sabe cuáles serán las marcas. ¿O tal vez es un escéptico? Pronto las verá. La demostración de que las leyendas antiguas son ciertas.

Langdon se sentía aturdido. Sabía con exactitud a qué se refería el hombre. Imaginó la marca en el pecho de Leonardo Vetra. La tradición de los Illuminati hablaba de cinco marcas en total. *Quedan cuatro*, pensó Langdon, *y han desaparecido cuatro cardenales.*

—He jurado que un nuevo Papa será electo esta noche —dijo el camarlengo—. Lo he jurado por Dios.

—Camarlengo —dijo el desconocido—, el mundo no necesita un nuevo Papa. Después de medianoche, no tendrá nada que gobernar, salvo un montón de escombros. La Iglesia católica está acabada. Su reinado en la tierra ha terminado.

Se hizo el silencio.

La expresión del camarlengo era de profunda tristeza.

—Se engaña. Una Iglesia es algo más que mortero y piedra. No puede borrar de un plumazo dos mil años de fe, de *cualquier* fe. No puede aplastar la fe destruyendo sus manifestaciones terrenales. La Iglesia católica continuará con o sin el Vaticano.

—Una noble mentira, pero mentira a fin de cuentas. Los dos sabemos la verdad. Dígame, ¿por qué es el Vaticano una fortaleza amurallada?

—Los hombres de Dios viven en un mundo peligroso —dijo el camarlengo.

—¿Qué edad tiene usted? El Vaticano es una fortaleza porque la Iglesia católica guarda la mitad de sus riquezas entre sus paredes: cuadros únicos, esculturas, joyas valiosísimas, libros de valor incalculable... Además de los lingotes de oro y las escrituras de bienes raíces en las cámaras acorazadas de la Banca Vaticana. Cálculos internos cifran el valor de la Ciudad del Vaticano en cuarenta y ocho mil quinientos millones de dólares. Están sentados sobre una buena hucha. Mañana será cenizas. Valores liquidados, si lo prefiere. Estarán en bancarrota. Ni siquiera los curas pueden trabajar por nada.

La precisión del cálculo dio la impresión de reflejarse en los rostros estupefactos de Olivetti y el camarlengo. Langdon no estaba seguro de qué era más asombroso, que la Iglesia católica poseyera tanto dinero o que los Illuminati lo supieran.

El camarlengo exhaló un profundo suspiro.

—La piedra angular de la Iglesia no es el dinero, definitivamente es la fe.

—Más mentiras —dijo el asesino—. El año pasado gastaron ciento ochenta y tres millones de dólares en un intento de sostener sus tambaleantes diócesis de todo el mundo. La asistencia a la iglesia está en su nivel más bajo: ha caído un cuarenta y seis por ciento en la última década. Las donaciones se han reducido a la mitad en siete años. Cada vez hay menos estudiantes en los seminarios. Aunque no quieran admitirlo, su Iglesia está agonizando. Considere esto la oportunidad de acabar a lo grande.

Olivetti avanzó. Ahora parecía menos combativo, como si intuyera la realidad a la que hacía frente. Parecía un hombre que buscara una salida. Cualquier salida.

—¿Y si algunos de esos lingotes de oro se destinaran a financiar *su* causa?

—No nos insulte a los dos.

—Tenemos dinero.

—Nosotros también. Más de lo que imagina.

Langdon pensó en la supuesta fortuna de los Illuminati, la antigua riqueza de los canteros bávaros, los Rothschild, los Bilderberger, el legendario Diamante de los Illuminati.

—*I preferiti* —dijo el camarlengo, cambiando de tema. Su voz era suplicante—. Perdónenlos. Son viejos. Son…

—Son vírgenes sacrificables —rió el desconocido—. Dígame, ¿de *verdad* cree que son vírgenes? ¿Chillarán los corderitos cuando mueran? *Sacrifici vergini nell'altare della scienza.*

El camarlengo guardó silencio durante largo rato.

—Son hombres de fe —dijo por fin—. No temen a la muerte.

El asesino rió.

—Leonardo Vetra era un hombre de fe, pero anoche vi miedo en sus ojos. Un miedo que yo aplaqué.

Vittoria, que había guardado silencio, saltó de repente, con el cuerpo tenso de odio.

—*Assassino!* ¡Era mi padre!

Una risita sonó en el altavoz.

—¿Su padre? Pero ¿qué pasa aquí? ¿Vetra tenía una hija? Debería saber que su padre lloriqueó como un niño al final. Penoso. Un hombre patético.

Vittoria se tambaleó, como abofeteada por las palabras. Langdon extendió la mano, pero la joven recuperó el equilibrio y clavó sus ojos oscuros en el teléfono.

—Juro por mi vida que, antes de que termine la noche, le encontraré. —Su voz era afilada como un láser—. Y cuando lo haga…

El desconocido soltó una risita ronca.

—Una mujer valiente. Estoy excitado. Quizás, antes de que termine la noche, yo la encontraré a *usted*. Y cuando lo haga…

Las palabras flotaron en el aire como una espada. Después el hombre colgó.

42

El cardenal Mortati, enfundado en su hábito negro, estaba sudando. No sólo la Capilla Sixtina estaba empezando a parecer una sauna, sino que el cónclave debía iniciarse dentro de veinte minutos y aún no se sabía nada de los cuatro cardenales desaparecidos. En su ausencia, los susurros de confusión iniciales que habían intercambiado los cardenales se habían transformado en abierta angustia.

Mortati no podía imaginar dónde estaban los cuatro hombres. *¿Con el camarlengo quizá?* Sabía que el camarlengo había ofrecido el tradicional té privado a los cuatro *preferiti* a primera hora de la tarde, pero ya habían pasado horas. *¿Estarían enfermos? ¿Algo que han comido?* Mortati lo dudaba. Incluso a las puertas de la muerte, los *preferiti* estarían aquí. Sólo ocurría una vez en la vida, y con frecuencia *nunca*, que un cardenal tuviera la oportunidad de ser elegido Sumo Pontífice, y por la ley vaticana, el cardenal debía estar dentro de la Capilla Sixtina cuando tuviera lugar la votación. De lo contrario, era inelegible.

Aunque había cuatro *preferiti*, pocos cardenales dudaban de quién sería el siguiente Papa. En los últimos quince días se había producido una cascada constante de faxes y llamadas telefónicas que comentaban las cualidades de los principales candidatos. Como de costumbre, se habían elegido cuatro nombres como *preferiti*, cada uno de los cuales cumplía los requisitos tácitos para convertirse en Papa:

Dominio del italiano, español e inglés.
Sin secretos vergonzosos.
Entre sesenta y cinco y ochenta años de edad.

Como de costumbre, uno de los *preferiti* se había impuesto sobre los demás. Esta noche, ese hombre era el cardenal Aldo Baggia, de Milán. La hoja de servicios de Baggia, impoluta, combinada con un dominio de los idiomas sin parangón y la capacidad de comunicar la esencia de la espiritualidad, le habían convertido a ojos de todos en el claro favorito.

¿Dónde demonios está?, se preguntó Mortati.

Mortati estaba especialmente nervioso por la desaparición de los cardenales, porque la tarea de supervisar el cónclave había recaído sobre sus espaldas. Una semana antes, el Colegio Cardenalicio había elegido por unanimidad a Mortati para el cargo conocido como *Gran Elector*: el maestro interno de ceremonias del cónclave. Si bien el camarlengo era el miembro de mayor relevancia de la Iglesia, sólo era un sacerdote y estaba poco familiarizado con el complejo proceso de elección, de forma que se elegía a un cardenal para supervisar la ceremonia desde el interior de la Capilla Sixtina.

Los cardenales solían comentar en broma que el cargo de Gran Elector constituía el honor más cruel de la cristiandad. El nombramiento inhabilitaba para ser elegido Papa, y también exigía dedicar muchos días previos al cónclave a repasar las páginas del *Universi Dominici Gregis*, con el objetivo de recordar las sutilidades de los rituales arcanos del cónclave y asegurar de esta forma que el proceso se llevara a cabo de la manera correcta.

Sin embargo, Mortati no estaba resentido. Sabía que había sido el candidato lógico. No sólo era el cardenal de mayor edad, sino que también había sido confidente del difunto Papa, un hecho que elevaba su estima. Aunque Mortati aún estaba dentro de la edad legal para ser elegido, era un poco viejo para ser un candidato serio. A los setenta y nueve años, había cruzado el umbral tácito en que el colegio ya no confiaba en la salud del elegido, con la vista puesta en el riguroso calendario del pontificado. Un Papa solía trabajar unas catorce horas al día, siete días a la semana, y, según la media estadística, moría de agotamiento al cabo de seis años y tres meses. En el Vaticano se decía en broma que aceptar el papado era la «ruta más rápida para ir al cielo».

Muchos creían que Mortati habría podido ser Papa cuando era más joven, de no ser tan liberal. Para acceder al papado, había que guiarse por una particular Santísima Trinidad: conservador, conservador, conservador.

Mortati siempre había considerado irónico que el difunto Papa, Dios lo tuviera en su seno, se hubiera revelado sorprendentemente liberal en cuanto ocupó el trono. Tal vez al presentir que el mundo moderno se alejaba cada vez más de la Iglesia, el Papa había propiciado ciertas aperturas, suavizando la posición de la Iglesia sobre las ciencias, e incluso había donado dinero para causas científicas selectas. Por desgracia, había sido un suicidio político. Los católicos conservadores acusaron al Papa de «senil», al tiempo que los científicos puristas le acusaban de intentar extender la influencia de la Iglesia donde no correspondía.

—¿Dónde están?

Mortati se volvió.

Uno de los cardenales le estaba dando golpecitos en el hombro, nervioso.

—Tú sabes dónde están, ¿verdad?

Mortati procuró disimular su preocupación.

—Puede que sigan con el camarlengo.

—¿A esta hora? ¡Eso sería de lo más heterodoxo! —El cardenal frunció el ceño, desconfiado—. ¿Es posible que el camarlengo haya perdido el sentido del tiempo?

Mortati lo dudaba, pero no dijo nada. Era muy consciente de que la mayoría de cardenales apreciaban poco al camarlengo, pues creían que era demasiado joven para servir al Papa. Mortati sospechaba que esa antipatía se debía a los celos, y admiraba al joven y aplaudía en secreto la elección del fallecido Papa. Mortati sólo veía convicción cuando miraba a los ojos del camarlengo, y al contrario que muchos cardenales, el camarlengo anteponía la Iglesia y la fe a la política. Era en verdad un hombre de Dios.

Durante todo el ejercicio de sus funciones, la devoción del camarlengo se había hecho legendaria. Muchos lo atribuían al acontecimiento milagroso de su niñez, un acontecimiento que habría impreso una huella indeleble en el corazón de cualquier hombre. *El milagro y el prodigio*, pensó Mortati, quien a menudo deseaba que en su niñez se hubiera presentado un acontecimiento que le hubiera inyectado esa fe invencible.

Mortati sabía que, por desgracia para la Iglesia, el camarlengo nunca llegaría a Papa cuando fuera mayor. Acceder al papado exigía cierta ambición política, algo de lo que el joven camarlengo carecía en apariencia. Había rechazado en muchas ocasiones las ofertas de ascenso del Papa, pues decía que prefería servir a la Iglesia como un simple sacerdote.

—¿Qué vamos a hacer?

El cardenal dio unos golpecitos en la espalda de Mortati, a la espera.

Mortati alzó la vista.

—¿Perdón?

—¡Se retrasan! ¿Qué vamos a hacer?

—¿Qué podemos hacer? —contestó Mortati—. Esperar. Y tener fe.

El cardenal, sin ocultar el disgusto que le producía la respuesta de Mortati, desapareció en la penumbra.

Mortati se masajeó las sienes y trató de aclarar sus ideas. *Pues sí, ¿qué vamos a hacer?* Desvió la vista hacia el fresco restaurado de Miguel Ángel que colgaba sobre el altar, *El Juicio Final*. La pintura no contribuyó a mitigar su angustia. Era una representación horripilante, de quince metros de altura, de Jesucristo separando a la humanidad en justos y pecadores, y arrojando a los pecadores al infierno. Había carne despellejada, cuerpos ardiendo, e incluso un rival de Miguel Ángel sentado en el infierno, con orejas de asno. Guy de Maupassant había escrito en una ocasión que el cuadro semejaba algo pintado por un carbonero ignorante para una barraca de lucha libre de una feria.

El cardenal Mortati no pudo por menos que darle la razón.

43

Langdon permanecía inmóvil ante la ventana a prueba de balas del despacho papal, y contemplaba el despliegue de las cadenas de televisión en la plaza de San Pedro. La siniestra conversación telefónica le había dejado conmocionado. No era el de siempre.

Los Illuminati, como una serpiente surgida de las profundidades olvidadas de la historia, habían reanudado una antigua enemistad. Sin negociación. Sin exigencias. Simple desquite. Diabólicamente sencillo. Una venganza aplazada durante cuatrocientos años. Daba la impresión de que, tras siglos de persecución, la ciencia se había desquitado.

El camarlengo estaba de pie ante el escritorio y contemplaba el teléfono sin verlo. Olivetti fue el primero que rompió el silencio.

—Carlo —dijo, llamando por su nombre al camarlengo, más como un amigo preocupado que como un agente de la autoridad—. Durante veintiséis años he jurado por mi vida proteger este despacho. Parece que esta noche he caído en la deshonra.

El camarlengo meneó la cabeza.

—Usted y yo servimos a Dios de maneras diferentes, pero el servicio siempre nos procura honor.

—Estos acontecimientos… No puedo imaginar cómo… Esta situación…

Olivetti parecía desbordado.

—Será consciente de que sólo podemos proceder de una forma. Soy responsable de la seguridad del Colegio Cardenalicio.

—Temo que la responsabilidad es mía, signore.

—Entonces, sus hombres supervisarán la evacuación inmediata.

—Signore?

—Más tarde examinaremos otras posibilidades: peinar el Vaticano hasta localizar el artefacto, un registro exhaustivo en busca de los cardenales desaparecidos y sus secuestradores. Pero antes hay que poner a salvo a los cardenales. Lo más importante es ahorrar vidas humanas. Esos hombres son los cimientos de nuestra Iglesia.

—¿Sugiere que interrumpamos el cónclave ahora?

—¿Me queda otra alternativa?

—¿Y la misión de elegir a un nuevo Papa?

El joven camarlengo suspiró cansinamente y se volvió hacia la ventana. Sus ojos pasearon sobre la enorme extensión de Roma.

—Su Santidad me dijo una vez que un Papa es un hombre dividido entre dos mundos, el mundo real y el divino. Me advirtió de que cualquier Iglesia que hiciera caso omiso del real no sobreviviría para disfrutar del divino. El orgullo y los precedentes no pueden imponerse a la razón.

Olivetti asintió, impresionado.

—Le he subestimado, signore.

Dio la impresión de que el camarlengo no le escuchaba. Su mirada vagó hacia la ventana.

—Hablaré con franqueza, signore. El mundo real es *mi* mundo. Me sumerjo en su fealdad cada día, al igual que otros se sienten libres para buscar algo más puro. Déjeme darle un consejo sobre la situación actual. Para eso me entrenaron. Su instinto, aunque muy respetable, podría ser completamente desastroso.

El camarlengo se volvió.

Olivetti suspiró.

—La evacuación del Colegio Cardenalicio de la Capilla Sixtina es lo peor que se podría hacer en este momento.

El camarlengo no pareció indignado, sólo confuso.

—¿Qué sugiere?

—No diga nada a los cardenales. Aisle el cónclave. Nos concederá tiempo para sopesar otras opciones.

El camarlengo se mostró preocupado.

—¿Está sugiriendo que encierre a todo el Colegio Cardenalicio sobre una bomba de tiempo?

—Sí, signore. De momento. Más tarde, en caso necesario, procederemos a la evacuación.

El camarlengo meneó la cabeza.

—Aplazar la ceremonia antes de que dé inicio es suficiente para abrir una investigación, pero después de que se cierren las puertas, nada puede interferir. El procedimiento del cónclave obliga a...

—El mundo *real*, signore. Esta noche, le toca vivir en él. Escuche con atención. —Olivetti hablaba ahora con la eficiencia de un oficial de campo—. Evacuar a ciento sesenta y cinco cardenales a Roma, sin preparación y sin protección, sería una insensatez. Provocaría pánico y confusión en unos hombres muy viejos, y la verdad, con un ataque fatal este mes ya tenemos bastante.

Un ataque fatal. Las palabras del comandante recordaron a Langdon los titulares que había leído mientras comía con unos estudiantes en Harvard: EL PAPA SUFRE UN ATAQUE. MUERE MIENTRAS DORMÍA.

—Además —añadió Olivetti—, la Capilla Sixtina es una fortaleza. Aunque no le damos publicidad al hecho, el edificio está reforzado y puede repeler cualquier ataque, salvo el de misiles. Como preparativo, peinamos cada centímetro de la capilla esta tarde, en busca de micrófonos ocultos y otros aparatos de espionaje. La capilla está limpia, es un refugio seguro, y estoy convencido de que la antimateria no está dentro. Esos hombres no podrían encontrarse en un lugar más seguro. Siempre podemos hablar de la evacuación de emergencia más tarde, si es preciso.

Langdon estaba impresionado. La lógica fría e inteligente de Olivetti le recordaba a Kohler.

—Comandante —dijo Vittoria con voz tensa—, existen otras preocupaciones. Nadie había creado tanta antimateria. Sólo puedo calcular de manera aproximada el radio de la explosión. La zona de Roma que nos rodea podría estar en peligro. Si el contenedor se encuentra en uno de sus edificios centrales o bajo tierra, el efecto sobre el exterior podría ser mínimo, pero si el contenedor está cerca del perímetro, en *este* edificio, por ejemplo...

Miró por la ventana la multitud que se agolpaba en la plaza de San Pedro.

—Soy muy consciente de mis responsabilidades con el mundo exterior —contestó Olivetti—, lo cual no agrava más la situación. La protección de este santuario ha sido mi única responsabilidad durante más de dos décadas. No tengo la menor intención de permitir que esa arma estalle.

El camarlengo Ventresca levantó la vista.

—¿Cree que puede encontrarla?

—Deje que discuta nuestras opciones con algunos de mis especialistas. Existe la posibilidad, si cortamos la energía eléctrica del Vaticano, de que podamos eliminar las frecuencias de radio de fondo y crear un entorno lo bastante limpio para obtener una lectura del campo magnético de ese contenedor.

Vittoria manifestó su sorpresa, y luego pareció realmente impresionada.

—¿Quiere dejar a oscuras la Ciudad del Vaticano?

—Es una posibilidad. Aún no sé si es posible, pero quiero estudiar esa opción.

—Los cardenales se preguntarían qué pasa —recordó Vittoria.

Olivetti negó con la cabeza.

—Los cónclaves se celebran a la luz de las velas. Los cardenales no se enterarían. Una vez se aisle el cónclave, podría utilizar a casi todos los guardias del perímetro para iniciar un registro. Cien hombres podrían cubrir mucho terreno en cinco horas.

—*Cuatro* horas —corrigió Vittoria—. He de devolver el contenedor al CERN en avión. La explosión es inevitable si no recargamos las baterías.

—¿No hay forma de recagarlas aquí?

Vittoria sacudió la cabeza.

—La interfaz es complicada. De haber podido, la habría traído.

—*Cuatro* horas, pues —dijo Olivetti con el ceño fruncido—. Tiempo suficiente. El pánico no sirve de nada. Signore, tiene diez minutos. Vaya a la capilla y aísle el cónclave. Concédales un poco de tiempo a mis hombres para hacer su trabajo. Cuando nos acerquemos a la hora crítica, tomaremos las decisiones críticas.

Langdon se preguntó si Olivetti permitiría que la situación se prolongara en exceso.

El camarlengo parecía preocupado.

—Pero el Colegio preguntará por los *preferiti*, sobre todo por Baggia… Preguntarán dónde están.

—Tendrá que inventar algo, signore. Dígales que les sirvió algo en el té que les sentó mal.

El camarlengo se enfureció.

—¿Quiere que mienta al Colegio Cardenalicio?

—Por su propio bien. *Una bugia veniale.* Una mentira piadosa. Su trabajo consistirá en mantener la tranquilidad. —Olivetti se encaminó a la puerta—. Si me perdonan, debo ponerme en marcha.

—Comandante —le urgió el camarlengo—, no podemos olvidarnos de los cardenales desaparecidos.

Olivetti se detuvo al llegar a la puerta.

—Baggia y los demás se hallan ahora fuera de nuestra esfera de influencia. Hemos de dejarlos… por el bien de la mayoría. Los militares lo llaman *triage*.

—¿Quiere decir que vamos a *abandonarlos*?

La voz del comandante se endureció.

—Si hubiera otra solución, signore, alguna forma de localizar a esos cuatro cardenales, daría mi vida por ello. No obstante… —Señaló hacia la ventana, donde el sol del atardecer brillaba sobre un mar infinito de tejados romanos—. Registrar una ciudad de cinco millones de habitantes no está en mis manos. No malgastaré un tiempo precioso en apaciguar mi conciencia con un ejercicio inútil. Lo siento mucho, signore.

Vittoria habló de repente.

—Pero si *detenemos* al asesino, ¿podría hacerle hablar?

Olivetti frunció el ceño.

—Los soldados no pueden permitirse ser santos, señorita Vetra. Créame, simpatizo con su deseo de atrapar a ese hombre.

—No se trata de algo solamente personal —dijo la joven—. El asesino sabe dónde está la antimateria... y los cardenales desaparecidos. Si pudiéramos encontrarle...

—¿Seguirle el juego? —dijo Olivetti—. Créame, retirar toda la protección del Vaticano con el fin de registrar cientos de iglesias es lo que los Illuminati esperan que hagamos. Desperdiciar un tiempo y unos efectivos humanos preciosos cuando deberíamos estar buscando... O peor aún, dejar la Banca Vaticana sin protección. Por no hablar de los restantes cardenales.

Sus palabras hicieron mella.

—¿Y la policía de Roma? —preguntó el camarlengo—. Podríamos alertarla de la crisis. Pedir su ayuda para encontrar al secuestrador de los cardenales.

—Otra equivocación más —dijo Olivetti—. Ya sabe lo que los *Carabinieri* de Roma opinan de nosotros. Obtendríamos unos cuantos hombres poco entusiastas a cambio de que vendieran nuestra crisis a los medios de comunicación. Justo lo que nuestros enemigos desean. Tal como están las cosas, no tardaremos mucho en tener que lidiar con los medios.

Convertiré a sus cardenales en luminarias de los medios de comunicación, pensó Langdon, recordando las palabras del asesino. *El cadáver del primer cardenal aparece a las ocho de la noche. Después, uno cada hora. A la prensa le encantará.*

El camarlengo estaba hablando de nuevo, con voz teñida de ira.

—¡Comandante, no podemos dejar desamparados a los cardenales desaparecidos!

Olivetti miró a los ojos del camarlengo.

—La oración de san Francisco, señor. ¿La recuerda?

El joven sacerdote dijo el verso con dolor en su voz.

—Dios, concédeme la fuerza de aceptar las cosas que no puedo cambiar…

—Confíe en mí —dijo Olivetti—. *Ésta* es una de tales cosas.

Y tras decir esto se marchó.

44

La oficina central de la BBC se halla en Londres, justo al oeste de Piccadilly Circus. Sonó el teléfono de la centralita, y una redactora de sumarios novata descolgó el teléfono.

—BBC —dijo mientras apagaba su cigarrillo Dunhill.

La voz que sonó era rasposa, con acento de Oriente Próximo.

—Tengo una noticia bomba que podría interesar a su cadena.

La redactora sacó un bolígrafo y una hoja de papel.

—¿Referente a?

—La elección papal.

Frunció el ceño, cansada. La BBC había emitido ayer una historia preliminar, y la respuesta había sido mediocre. Por lo visto, el público estaba muy poco interesado en el Vaticano.

—¿Cuál es el enfoque?

—¿Tienen un reportero en Roma que cubra la elección?

—Creo que sí.

—He de hablar con él sin intermediarios.

—Lo siento, pero no puedo darle el número sin tener idea de...

—El cónclave ha recibido una amenaza. Es lo único que puedo decirle.

La redactora tomaba notas.

—¿Su nombre?

—Mi nombre es irrelevante.

La redactora no se sorprendió.

—¿Tiene pruebas de lo que afirma?

—Sí.

—Me encantaría aceptar su información, pero nuestra política no admite dar el número de nuestros reporteros, a menos que...

—Comprendo. Llamaré a otra cadena. Gracias por concederme su tiempo. Adiós...

—Un momento —dijo la redactora—. ¿Puede esperar?

La redactora estiró el cuello. El arte de filtrar llamadas de posibles chiflados no era una ciencia exacta, pero quien llamaba acababa de superar las dos pruebas de autenticidad que exigía la BBC. Se había negado a dar su nombre, y estaba ansioso por colgar. Los ganapanes y buscadores de gloria solían lloriquear y suplicar.

Por suerte para ella, los reporteros vivían en el miedo eterno de perderse un gran reportaje, de modo que pocas veces la reprendían por ponerlos en contacto con algún psicótico. Hacer perder cinco minutos a un reportero podía perdonarse. Perder un titular no.

Bostezó, miró su ordenador y tecleó las palabras «Ciudad del Vaticano». Cuando vio el nombre del reportero que cubría la elección del Papa, rió para sí. Era un tipo que acababa de aterrizar en la BBC, procedente de un tabloide, al que habían encargado algunos de los reportajes más mundanos de la BBC. Era evidente que le habían destinado al escalón más inferior.

Probablemente se estaba aburriendo de lo lindo, toda la noche esperando a grabar su vídeo de diez segundos en vivo. Seguro que estaría agradecido de que algo rompiera la monotonía.

La redactora de sumarios de la BBC copió el número del reportero en la Ciudad del Vaticano. Después, encendió otro cigarrillo más y le pasó el teléfono a su interlocutor anónimo.

45

—No saldrá bien —dijo Vittoria, mientras paseaba por el despacho del Papa—. Aunque un equipo de la Guardia Suiza pueda filtrar las interferencias electrónicas, tendrán que estar *encima* del contenedor para captar alguna señal. Y eso si pueden acceder al contenedor, porque quizá lo han aislado de alguna manera. ¿Y si está enterrado dentro de una caja metálica, o en un conducto de ventilación? No habrá forma de localizarlo. Además, si hay infiltrados en la Guardia Suiza, ¿quién garantiza que la búsqueda será exhaustiva?

El camarlengo parecía exhausto.

—¿Qué nos propone, señorita Vetra?

Vittoria se sentía confusa. *¡Algo evidente!*

—Propongo, señor, que tomen otras precauciones *de inmediato*. Podemos confiar contra toda esperanza en que la búsqueda del comandante se vea coronada por el éxito. Al mismo tiempo, mire por la ventana. ¿Ve toda esa gente? ¿Esos edificios al otro lado de la plaza? ¿Esos camiones de las televisiones? ¿Los turistas? Están dentro del radio de alcance de la explosión. Hay que actuar ahora.

El camarlengo asintió, con la mirada perdida.

Vittoria se sentía frustrada. Olivetti había convencido a todo el mundo de que quedaba mucho tiempo, pero Vittoria sabía que, si la noticia se filtraba, toda la zona se llenaría de fisgones en cuestión de minutos. Lo había visto en una ocasión, ante el edificio del Parlamento suizo en Zúrich. Durante una toma de rehenes con bomba incluida, miles de personas se habían congregado en las afueras del edificio para presenciar el desenlace. Pese a la advertencia de la policía de que estaban en peligro, la multitud se fue acercando cada vez más. Nada captaba más el interés humano que la tragedia humana.

—Signore —urgió Vittoria—, el hombre que mató a mi padre anda suelto por ahí. Todas las células de mi cuerpo me impelen a salir en su captura, pero estoy en su despacho, porque me siento responsable de usted. De usted y de los demás. Hay vidas en peligro, signore. ¿Lo entiende?

El camarlengo no contestó.

Vittoria notó que su corazón se aceleraba. *¿Por qué no pudo la Guardia Suiza localizar al que llamó? ¡El asesino de los Illuminati es la clave! Sabe dónde está la antimateria... ¡Sabe dónde están los cardenales! Si atrapamos al asesino, todo se solucionará.*

Vittoria se dio cuenta de que estaba empezando a perder el control, algo que recordaba lejanamente de la infancia, los años de orfandad, la frustración sin herramientas para manejarla. *Tienes herramientas,* se dijo, *siempre tienes herramientas.* Pero era inútil. Sus pensamientos se entrometían, la estrangulaban. Era una investigadora, una mujer que se dedicaba a resolver problemas. Pero se enfrentaba a un problema sin solución. *¿Qué datos necesitas? ¿Qué quieres?* Se ordenó respirar hondo, pero por primera vez en su vida, no pudo. Se estaba asfixiando.

A Langdon le dolía la cabeza, y experimentaba la sensación de que estaba bordeando los límites de la racionalidad. Miraba a Vittoria y al camarlengo, pero imágenes espantosas nublaban su visión: explosiones, ejércitos de periodistas, cámaras en acción, cuatro cadáveres marcados.

Shaitan... Lucifer... Portador de luz... Satanás...

Expulsó las imágenes horripilantes de su mente. *Terrorismo calculado*, se recordó, y trató de aferrarse a la realidad. *Caos planificado.* Pensó en un seminario de Radcliffe al que había asistido en una ocasión, mientras investigaba el simbolismo pretoriano. Desde entonces, su opinión sobre los terroristas había cambiado.

«El terrorismo —había dicho el profesor— tiene un único objetivo. ¿Cuál es?»

«¿Matar a gente inocente?» —aventuró un estudiante.

«Incorrecto. La muerte es tan sólo una consecuencia del terrorismo.»

«¿Una demostración de fuerza?»

«No. No existe una persuasión más débil.»

«¿Provocar terror?»

«Conciso y preciso. Es muy sencillo: el objetivo del terrorismo es crear terror y temor. El miedo mina la fe en el orden establecido. Debilita al enemigo desde dentro, provoca inquietud en las masas. Apunten esto. El terrorismo no es una expresión de rabia. El terrorismo es un arma política. Si destruyen la fachada de infalibilidad de un gobierno, destruyen la fe de su pueblo.»

Pérdida de fe...

¿Es éste el motivo? Langdon se preguntó cómo reaccionarían los católicos del mundo cuando encontraran los cadáveres de los cardenales, despedazados como perros mutilados. Si la fe de un sacerdote no le protegía de la maldad de Satanás, ¿qué esperanza quedaba a los demás? La mente de Langdon se estaba desbocando... Diminutas voces pronunciaban discursos contradictorios.

La fe no te protege. La medicina y los airbags... Ésas son cosas que te protegen. Dios no te protege. La inteligencia te protege. Esclarecimiento. Pon tu fe en algo que dé resultados tangibles. ¿Cuánto tiempo ha pasado desde que alguien caminó sobre las aguas? De los milagros modernos se encarga la ciencia... Ordenadores, vacunas, estaciones espaciales..., incluso el milagro divino de la creación. Materia creada a partir de la nada, en un laboratorio. ¿Quién necesita a Dios? ¡No! La ciencia es Dios.

La voz del asesino resonó en la mente de Langdon. *A medianoche... Progresión matemática de muerte... sacrifici vergini nell'altare della scienza.*

De pronto, como una multitud dispersada por un solo disparo, las voces enmudecieron.

Robert Langdon se puso en pie como impulsado por un resorte. Su silla cayó hacia atrás y se estrelló sobre el suelo de mármol.

Vittoria y el camarlengo dieron un respingo.

—No lo veía —susurró Langdon como hipnotizado—. Lo tenía delante de mis ojos...

—¿No veías qué? —preguntó Vittoria.

Langdon se volvió hacia el sacerdote.

—Padre, durante tres años he estado pidiendo permiso para acceder a los Archivos del Vaticano. Me lo han negado siete veces.

—Lo siento, señor Langdon, pero no me parece el momento más adecuado para quejarse.

—He de acceder ahora mismo. Los cuatro cardenales desaparecidos. Tal vez consiga descubrir dónde serán asesinados.

Vittoria le miró, convencida de que no le había entendido bien.

El camarlengo parecía preocupado, como si fuera objeto de una burla cruel.

—¿Espera que crea que esta información consta en nuestros *Archivos*?

—No puedo prometerle que la localizaré a tiempo, pero si me deja entrar...

—Señor Langdon, debo personarme en la Capilla Sixtina dentro de cuatro minutos. Los Archivos están al otro lado de la Ciudad del Vaticano.

—Hablas en serio, ¿verdad? —interrumpió Vittoria, con los ojos clavados en los de Langdon.

—No es hora de andar bromeando —contestó Langdon.

—Padre —dijo Vittoria—, si existe alguna posibilidad de descubrir dónde se cometerán esos asesinatos, podríamos precintar los lugares y...

—Pero ¿qué es lo que tienen que ver los Archivos? —insistió el camarlengo—. ¿Cómo es posible que contengan alguna pista?

—Tardaré más tiempo en explicarlo del que le queda —dijo Langdon—. Pero si tengo razón, podremos utilizar la información para detener al hassassin.

La expresión del camarlengo delataba que quería creer, pero no podía.

—Los códices más sagrados de la cristiandad se hallan en esos Archivos. Tesoros que ni siquiera yo tengo el privilegio de ver.

—Lo sé.

—Sólo se permite el acceso con un permiso por escrito del conservador y la Junta de Bibliotecarios del Vaticano.

—O por orden del Papa —dijo Langdon—. Lo dice en todas las cartas de rechazo que me ha enviado su conservador.

El camarlengo asintió.

—No quiero ser grosero —le urgió Langdon—, pero si no me equivoco, una orden papal sale de *este* despacho. Por lo que yo sé, esta noche usted le sustituye. Teniendo en cuenta las circunstancias…

El camarlengo extrajo un reloj de bolsillo de su sotana y lo consultó.

—Señor Langdon, esta noche estoy dispuesto a ofrecer mi vida, en un sentido literal, por salvar a esta Iglesia.

Langdon percibió la más absoluta sinceridad en los ojos del hombre.

—¿Cree de veras que este documento se encuentra aquí? —preguntó el camarlengo—. ¿Podrá ayudarnos a localizar estas cuatro iglesias?

—De no estar convencido, no habría enviado incontables solicitudes. Italia está un poco lejos para venir de parranda con un sueldo de profesor. El documento que ustedes guardan es un antiguo…

—Por favor —interrumpió el camarlengo—, perdóneme. Mi mente es incapaz de asimilar más detalles en este momento. ¿Sabe usted dónde están los Archivos Secretos?

Langdon experimentó una oleada de emoción.

—Justo detrás de la puerta de Santa Ana.

—Impresionante. La mayoría de estudiosos creen que se accede a ellos por la puerta secreta que se halla detrás del trono de san Pedro.

—No. Eso es el Archivio della Reverenda Fabbrica di San Pietro. Una equivocación muy común.

—Un bibliotecario adjunto acompaña siempre a la persona que entra. Esta noche, los adjuntos se han ido. Usted pide *carte blanche*. Ni siquiera los cardenales entran solos.

—Trataré sus tesoros con el mayor respeto y cuidado. Sus bibliotecarios no encontrarán ni rastro de mi paso.

Las campanas de San Pedro empezaron a doblar. El camarlengo consultó su reloj de bolsillo.

—Debo irme. —Hizo una pausa y miró a Langdon—. Ordenaré que un Guardia Suizo le espere en los Archivos. Le entrego mi confianza, señor Langdon. Váyase.

Langdon se quedó sin habla.

Daba la impresión de que el joven sacerdote hacía gala ahora de un aplomo sin igual. Apretó el hombro de Langdon con sorprendente fuerza.

—Encuentre lo que está buscando. Y hágalo deprisa.

46

Los Archivos Secretos del Vaticano se hallan en un extremo del patio Borgia, y se accede a ellos por la puerta de Santa Anna. Contienen más de veinte mil volúmenes, y se rumorea que albergan tesoros tales como los diarios perdidos de Leonardo da Vinci y libros inéditos de las Sagradas Escrituras.

Langdon caminaba a toda prisa por la desierta Via della Fondamenta en dirección a los Archivos, y su mente se negaba a aceptar que le hubieran permitido el acceso. Vittoria le acompañaba, sin rezagarse ni un centímetro. La brisa agitaba su pelo con aroma a almendra, que Langdon aspiraba. Notó que sus pensamientos se extraviaban.

—¿Vas a decirme qué buscas? —preguntó Vittoria.

—Un librito escrito por un tipo llamado Galileo.

—No fastidies —dijo la joven, sorprendida—. ¿Qué hay en él?

—Se supone que contiene algo llamado *il segno.*

—¿La señal?

—Señal, pista, signo... Depende de la traducción.

—¿Señal de *qué*?

Langdon aceleró el paso.

—Un lugar secreto. Los Illuminati de Galileo necesitaban protegerse del Vaticano, de manera que buscaron un punto de reunión ultrasecreto en Roma. Lo llamaban la Iglesia de la Iluminación.

—Hace falta valor para llamar *iglesia* a una guarida satanista.

Langdon meneó la cabeza.

—Los Illuminati de Galileo no eran satanistas. Eran científicos que reverenciaban el esclarecimiento. Su lugar de reunión no era más que un escondite donde podían reunirse a salvo y hablar de temas prohibidos por el Vaticano. Aunque sabemos que dicho escondite existía, hasta hoy nadie lo ha localizado.

—Da la impresión de que los Illuminati saben guardar bien un secreto.

—Ya lo creo. De hecho, jamás revelaron el emplazamiento de su escondite a nadie ajeno a su hermandad. Este secretismo los protegía, pero también planteaba un problema en lo tocante a reclutar nuevos miembros.

—No podían crecer si no podían darse publicidad —dijo Vittoria. Sus piernas y su mente se movían a la misma velocidad.

—Exacto. Los rumores sobre la hermandad de Galileo empezaron a propagarse en la década de 1630, y científicos de todo el mundo peregrinaron en secreto a Roma con la esperanza de unirse a los Illuminati, anhelando la oportunidad de mirar por el telescopio de Galileo y escuchar las ideas del maestro. Por desgracia, debido al secretismo de los Illuminati, los científicos que llegaban a Roma no sabían dónde se celebraban las reuniones ni con quién podían hablar sin exponerse al peligro. Los Illuminati querían sangre nueva, pero no podían arriesgarse a revelar el emplazamiento de su escondite.

Vittoria frunció el ceño.

—Parece una *situazione senza soluzione*.

—Exacto. Un callejón sin salida, por así decirlo.

—¿Y qué hicieron?

—Eran científicos. Examinaron el problema y encontraron una solución. Brillante, a decir verdad. Los Illuminati crearon una especie de *plano* ingenioso que dirigía a los científicos a su refugio.

Vittoria aminoró el paso, con expresión escéptica.

—¿Un plano? Qué imprudencia. Si una copia caía en malas manos...

—Imposible —contestó Langdon—. No existían copias. No era un plano de papel. Era enorme. Una especie de senda luminosa que atravesaba la ciudad.

Ahora Vittoria caminaba más despacio aún.

—¿Flechas pintadas en las aceras?

—Sí, en cierta manera, pero mucho más sutil. El plano consistía en una serie de indicadores simbólicos, meticulosamente ocultos, colocados en lugares públicos de toda la ciudad. Un indicador conducía al siguiente... y al siguiente... Una senda... que terminaba en la guarida de los Illuminati.

Vittoria le miró de soslayo.

—Parece el plano de un tesoro.

Langdon rió.

—Y lo era, en cierto sentido. Los Illuminati llamaban a su senda de indicadores El Sendero de la Iluminación, y cualquiera que deseara unirse a la hermandad tenía que seguirlo hasta el final. Una especie de prueba.

—Pero si el Vaticano quería encontrar a los Illuminati —arguyó Vittoria—, ¿por qué no siguieron los indicadores?

—No podía. La senda estaba escondida. Un rompecabezas, construido de tal manera que sólo ciertas personas pudieran seguir los indicadores y descubrir dónde estaba escondida la iglesia de los Illuminati. Para ellos era como una iniciación, y no sólo funcionaba como medida de seguridad, sino también como procedimiento de criba para asegurarse de que solamente los científicos más brillantes llegaban a su puerta.

—No me lo trago. En el siglo diecisiete, el clero contaba con algunos de los hombres más cultos del mundo. Si estos indicadores se hallaban en lugares públicos, tenían que existir miembros del Vaticano capaces de descubrirlos.

—Claro —dijo Langdon—, si hubieran conocido la existencia de los indicadores. Pero no la conocían. Nunca se fijaron en ellos, porque los Illuminati los diseñaron de tal forma que los sacerdotes nunca sospecharon dónde estaban. Utilizaron un método conocido en simbología como *disimulación*.

—Camuflaje.

Langdon se quedó impresionado.

—Conoces el término.

—*Dissimulazione*. La mejor defensa de la naturaleza. Intenta localizar a un centrisco flotando entre algas.

—De acuerdo —dijo Langdon—. Los Illuminati usaban el mismo concepto. Crearon indicadores que se confundían con el telón de fondo de la antigua Roma. No podían emplear ambigramas ni simbología científica, porque se notaría demasiado, de manera que encargaron a un artista de su cuerda, el mismo prodigio anónimo que había creado su símbolo ambigramático, que tallara cuatro esculturas.

—¿*Esculturas* de los Illuminati?

—Sí, esculturas que debían atenerse a dos pautas precisas. Primero, las esculturas tenían que parecerse a las demás que había en Roma, para que el Vaticano nunca sospechara que pertenecían a los Illuminati.

—Arte *religioso*.

Langdon asintió. Dejándose llevar por un entusiasmo repentino, prosiguió.

—Y la *segunda* pauta era que las cuatro esculturas tenían que tocar temas muy concretos. Era preciso que cada obra constituyera un sutil tributo a uno de los cuatro elementos de la ciencia.

—¿*Cuatro* elementos? Hay más de cien.

—En el siglo diecisiete no —le recordó Langdon—. Los primeros alquimistas creían que todo el universo estaba compuesto tan sólo por cuatro sustancias. Tierra, Aire, Fuego y Agua.

Langdon sabía que la cruz antigua era el símbolo más común de los cuatro elementos: cuatro brazos que representaban la Tierra, el Aire, el Fuego y el Agua. Además, existían docenas de representaciones simbólicas de la Tierra, el Aire, el Fuego y el Agua a lo largo de la historia: los ciclos pitagóricos de la vida, el *Hong-Fan* chino, los rudimentos masculino y femenino junguianos, los cuadrantes del Zodíaco, hasta los musulmanes reverenciaban los cuatro elementos, aunque en el islam eran conocidos como «cuadrados, nubes, rayos y olas». Para Langdon, no obstante, había un uso más moderno que siempre le producía escalofríos, los cuatro grados místicos de la masonería de la Iniciación Absoluta: Tierra, Aire, Fuego y Agua.

Vittoria parecía fascinada.

—De modo que este artista de los Illuminati creó cuatro obras de arte que *parecían* religiosas, pero en realidad eran tributos a la Tierra, el Aire, el Fuego y el Agua, ¿verdad?

—Exacto —contestó Langdon, al tiempo que se desviaba por Via Sentinel en dirección a los Archivos—. Las piezas pasaban inadvertidas en el mar de obras religiosas de Roma. Mediante la donación anónima de dichas obras de arte a iglesias concretas, y utilizando después su influencia política, la hermandad facilitó el emplazamiento de estas cuatro piezas en iglesias de Roma escogidas con sumo cuidado. Cada pieza era un indicador, por supuesto, que señalaba de manera sutil a la siguiente iglesia, donde aguardaba el siguiente indicador. Funcionaba como una senda de pistas disfrazada de arte religioso. Si un candidato era capaz de localizar la primera iglesia y el indicador de la Tierra, podía seguirlo hasta el Aire, y después hasta el Fuego, y luego hasta el Agua, y por fin... a la Iglesia de la Iluminación.

Vittoria estaba confusa.

—¿Y esto nos ayudará a capturar al asesino de los Illuminati?

Langdon sonrió cuando enseñó el as que escondía en la manga.

—Ah, sí. Los Illuminati llamaban a estas cuatro iglesias de una forma muy especial. *Los Altares de la Ciencia.*

Vittoria frunció el ceño.

—Lo siento, eso no significa nada... —Se interrumpió—. *L'altare di scienza?* —exclamó—. El asesino Illuminati. ¡Advirtió de que los cardenales serían sacrificados como vírgenes en los altares de la ciencia!

Langdon le dedicó una sonrisa.

—Cuatro cardenales. Cuatro iglesias. Los cuatro altares de la ciencia.

Vittoria se quedó petrificada.

—¿Estás diciendo que las cuatro iglesias donde los cardenales serán sacrificados son las mismas cuatro iglesias que indican el antiguo Sendero de la Iluminación?

—Creo que sí.

—¿Por qué nos dio esa pista el asesino?

—¿Y por qué no? —replicó Langdon—. Muy pocos historiadores conocen la existencia de esas esculturas. Aún menos creen que existen. Su emplazamiento ha sido un secreto durante cuatrocientos años. No me cabe duda de que los Illuminati confiaron en que el secreto se prolongaría otras cinco horas. Además, los Illuminati ya no necesitan su Sendero de la Iluminación. Supongo que su guarida secreta hace mucho tiempo que no existe. Viven en el mundo moderno. Se encuentran en juntas directivas bancarias, clubs gastronómicos, campos de golf privados. Esta noche, *quieren* hacer públicos sus secretos. Ha llegado su momento. Su gran revelación.

Langdon temía que la revelación de los Illuminati presentaría una simetría especial con algo que todavía no había mencionado. *Las cuatro marcas.* El asesino había jurado que cada cardenal sería marcado con un símbolo diferente. *Prueba de que las leyendas antiguas son ciertas,* había dicho el asesino. La leyenda de las cuatro marcas ambigramáticas era tan vieja como los propios Illuminati: Tierra, Aire, Fuego, Agua, cuatro palabras labradas en perfecta simetría. Como la palabra Illuminati. Cada cardenal iba a ser marcado con uno de los antiguos elementos de la ciencia. El rumor de que las cuatro marcas estaban en *inglés* y no en italiano seguía siendo motivo de debate entre los historiadores. El inglés parecía ser una desviación fortuita de su lengua original... y los Illuminati no hacían nada al azar.

Langdon estaba delante de la senda de ladrillo que conducía a los Archivos. Imágenes siniestras se sucedían en su mente. El complot global de los Illuminati empezaba a revelar su paciente grandeza. La hermandad había jurado guardar silencio el tiempo necesario, amasando suficiente influencia y poder para poder resurgir sin miedo y luchar por su causa a plena luz del día. Los Illuminati ya no necesitaban esconderse. Querían exhibir su poder, confirmar que los mitos conspiratorios eran una realidad. Esta noche iban a conseguir publicidad en todo el mundo.

—Ahí viene nuestra escolta —dijo Vittoria.

Langdon alzó la vista y vio que un Guardia Suizo atravesaba corriendo un jardín adyacente en dirección a la puerta principal.

Cuando el guardia los vio, se detuvo en seco. Los miró, como si creyera sufrir alucinaciones. Dio media vuelta sin decir palabra y sacó el *walkie-talkie*. Habló con su interlocutor, como si no diera crédito a su misión. Langdon no entendió la airada respuesta, pero el mensaje era claro. El guardia tragó saliva, guardó su *walkie-talkie* y se volvió hacia ellos con expresión de desagrado.

El guardia no les dirigió la palabra cuando los guió hasta el interior del edificio. Atravesaron cuatro puertas de acero, dos entradas de llave maestra, bajaron por una larga escalera y llegaron a un vestíbulo con dos teclados de combinación. Atravesaron una serie de puertas electrónicas de tecnología punta y llegaron al final de un pasillo largo, donde los esperaba un conjunto de puertas dobles de roble. El guardia se detuvo, los miró una vez más, y mascullando por lo bajo se acercó a una caja metálica clavada a la pared. La abrió con llave, introdujo la mano y tecleó un código. Las puertas emitieron un zumbido y el cerrojo se abrió.

El guardia se volvió y les habló por primera vez.

—Los Archivos están al otro lado de esa puerta. Me han ordenado que les acompañe hasta aquí y regrese para recibir instrucciones sobre otro asunto.

—¿Se marcha? —preguntó Vittoria.

—La Guardia Suiza tiene prohibido el acceso a los Archivos Secretos. Ustedes están aquí sólo porque mi comandante recibió una orden directa del camarlengo.

—Pero *¿cómo* saldremos?

—Seguridad monodireccional. No tendrán la menor dificultad.

Una vez concluida la breve conversación, el guardia giró sobre sus talones y se alejó por el pasillo.

Vittoria hizo un comentario, pero Langdon no lo oyó. Su mente estaba concentrada en las dobles puertas que se alzaban ante él, mientras se preguntaba qué misterios encerraban.

47

Aunque sabía que quedaba poco tiempo, el camarlengo Carlo Ventresca caminaba despacio. Necesitaba un poco de tiempo en soledad para serenarse antes de la oración de apertura del cónclave. Estaban sucediendo muchas cosas. Mientras se dirigía al ala norte, el reto de los últimos quince días pesaba con fuerza sobre sus huesos.

Había cumplido sus deberes santos al pie de la letra.

Según la tradición vaticana, después de la muerte del Papa el camarlengo había confirmado en persona el fallecimiento apoyando dos dedos sobre la arteria carótida del pontífice y luego pronunció en voz alta el nombre del finado sucesor de Pedro tres veces. Por ley, no se practicaba autopsia. Después, había sellado el dormitorio del Papa, destruido el anillo papal del pescador, despedazado el cuño utilizado para hacer sellos de plomo y efectuado los preparativos del funeral. Una vez finalizadas estas tareas, se dedicó a preparar el cónclave.

Cónclave, pensó. *El obstáculo final.* Era una de las tradiciones más antiguas de la cristiandad. En los tiempos actuales, como era normal conocer el resultado del cónclave antes de que empezara, el procedimiento se consideraba obsoleto, más una pantomima que una elección. Sin embargo, el camarlengo sabía que era simple falta de conocimiento. El cónclave no era una elección. Era un traspaso de poderes místico, anclado en el tiempo. La tradición se remontaba a épocas inmemoriales: el secretismo, las hojas de papel dobladas, la quema de los votos, la mezcla de productos químicos, las señales de humo.

Cuando el camarlengo atravesó las Loggias de Gregorio XIII, se preguntó si al cardenal Mortati ya le habría entrado el pánico. Sin duda, Mortati habría reparado en la desaparición de los *preferiti*. Sin ellos, la votación se prolongaría toda la noche. El nombramiento de Mortati como Gran Elector, se tranquilizó el camarlengo, había sido acertada. El hombre era un librepensador, capaz de expresar sus opiniones sin ambages. Esta noche, el cónclave necesitaría un líder más que nunca.

Cuando el camarlengo llegó a lo alto de la Escalera Real, experimentó la sensación de que su vida se iba a despeñar por un precipicio. Incluso desde aquí arriba podía oír el ruido de la actividad que tenía lugar en la Capilla Sixtina, la charla inquieta de ciento sesenta y cinco cardenales.

Ciento sesenta y un cardenales, se corrigió.

Por un instante, el camarlengo pensó que se precipitaba al infierno, rodeado de gente que chillaba, llamas, piedras y sangre que llovían del cielo.

Y luego, el silencio.

Cuando el niño despertó, estaba en el cielo. Todo a su alrededor era blanco. La luz era cegadora y pura. Aunque algunos dirían que a los diez años era imposible comprender el cielo, el pequeño Carlo Ventresca lo comprendía muy bien. Ahora estaba en el cielo. ¿Dónde, si no? Incluso en esta breve década sobre la tierra, Carlo había sentido la majestad de Dios: los órganos atronadores, las cúpulas altísimas, las voces de los coros, los vitrales de colores, el bronce y el oro centelleantes. La madre de Carlo, Maria, le llevaba a misa cada día. La iglesia era el hogar de Carlo.

—¿Por qué vamos a misa cada día? —preguntaba Carlo, aunque no le importaba.

—Porque se lo prometí a Dios —contestaba su madre—. Una promesa hecha a Dios es más importante que cualquier otra. Nunca rompas una promesa hecha a Dios.

Carlo se lo prometió. Quería a su madre más que a nada en el mundo. Era su ángel de la guarda. A veces, la llamaba *Maria benedetta,* aunque a ella no le gustaba. Se arrodillaba con ella mientras rezaba, percibía el aroma dulce de su carne y escuchaba el murmullo de su voz mientras pasaba las cuentas del rosario. *Santa María, Madre de Dios... ruega por nosotros pecadores... ahora y en la hora de nuestra muerte.*

—¿Dónde está mi padre? —preguntaba Carlo, a sabiendas de que su padre había muerto antes de que él naciera.

—Ahora, Dios es tu padre —contestaba ella siempre—. Tú eres hijo de la Iglesia.

A Carlo le gustaba mucho la frase.

—Siempre que te sientas asustado —decía su madre—, recuerda que Dios es tu padre. Él te vigilará y protegerá siempre. Dios tiene *grandes* planes para ti, Carlo.

El niño sabía que ella tenía razón. Sentía a Dios en la sangre.

Sangre...

¡Sangre que llovía del cielo!

Silencio. Después, el cielo.

Su cielo, averiguó Carlo cuando se apagaron las luces cegadoras, era la Unidad de Cuidados Intensivos del Hospital de Santa Clara, en las afueras de Palermo. Carlo había sido el único superviviente de un atentado terrorista que había derrumbado la capilla donde su madre y él habían asistido a misa durante sus vacaciones. Treinta y siete personas habían muerto, incluida la madre de Carlo. El hecho de que Carlo hubiera sobrevivido fue bautizado por los periódicos como *El milagro de san Francisco*. Por algún motivo ignoto, pocos momentos antes de la explosión, Carlo se había alejado de su madre para ir a examinar un tapiz que describía la historia de san Francisco, situado en una pequeña capilla lateral.

Dios me llamó, decidió. *Quería salvarme.*

Carlo deliraba de dolor. Aún podía ver a su madre, arrodillada en el banco, que le enviaba un beso con la mano, y después el estruendo ensordecedor, cuando su carne fragante estalló en pedazos. Aún podía saborear la *maldad* del hombre. Llovió sangre del cielo. ¡La sangre de su madre! ¡La bendita Maria!

Dios mirará por ti y te protegerá siempre, le había dicho su madre.

Pero ¿dónde estaba Dios ahora?

Después, como una manifestación terrenal de que su madre decía la verdad, un sacerdote había venido al hospital. No era un simple sacerdote. Era un obispo. Rezó por Carlo. El milagro de san Francisco. Cuando Carlo se recuperó, el obispo se encargó de que viviera en un pequeño monasterio, contiguo a la catedral, que estaba a cargo del obispo. Carlo vivió con los monjes, que fueron sus profesores. Incluso se convirtió en monaguillo de su nuevo protector. El obispo sugirió que Carlo entrara en la escuela pública, pero el niño se negó. No habría podido ser más feliz en su nuevo hogar. Ahora sí que vivía en la casa de Dios.

Cada noche, Carlo rezaba por su madre.

Dios me salvó por algún motivo, pensaba. *¿Cuál es ese motivo?*

Cuando Carlo cumplió dieciocho años, le correspondió hacer el servicio militar por imperativo de la ley italiana. El obispo dijo a Carlo que si entraba en el seminario se vería exento de ese deber. Él contestó al obispo que albergaba la intención de ingresar en el seminario, pero antes deseaba comprender la *maldad* humana.

El obispo no lo entendió.

Carlo le dijo que si iba a pasar la vida en la Iglesia luchando contra la maldad, primero tenía que comprenderla. No se le ocurría lugar mejor para comprender la maldad que el Ejército. El Ejército utilizaba cañones y bombas. *¡Una bomba mató a mi madre bendita!*

El obispo intentó disuadirle, pero Carlo ya había tomado la decisión.

—Sé prudente, hijo mío —dijo el obispo—. Y recuerda que la Iglesia espera tu regreso.

Los dos años de servicio militar de Carlo fueron espantosos. Había entregado su adolescencia al silencio y la reflexión, pero en el Ejército no había tranquilidad para reflexionar. Ruido interminable. Enormes máquinas por doquier. Ni un momento de paz. Aunque los soldados fueran a misa una vez a la semana en los barracones, Carlo no sentía la presencia de Dios en sus compañeros. Sus mentes eran demasiado caóticas para ver a Dios.

Carlo detestaba su nueva vida y quería volver a casa, pero estaba decidido a llegar hasta el final. Tenía que comprender la maldad. Se negó a disparar un fusil, así que le enseñaron a pilotar helicópteros de servicios médicos. Carlo odiaba el ruido y el olor, pero al menos le dejaban perderse en el cielo, para estar más cerca de su madre. Cuando le informaron de que su entrenamiento de piloto incluía aprender a tirarse en paracaídas, Carlo se quedó aterrorizado, pero no le dejaron otra alternativa.

Dios me protegerá, se dijo.

El primer salto en paracaídas de Carlo fue la experiencia física más jubilosa de su vida. Era como volar con Dios. No tuvo bastante... El silencio... El flotar... Ver el rostro de su madre en las nubes blancas, mientras se precipitaba hacia la tierra. *Dios tiene planes para ti, Carlo.* Cuando regresó del servicio militar, ingresó en el seminario.

Habían transcurrido veintitrés años.

Mientras Carlo Ventresca bajaba por la Escalera Real, intentó asimilar la cadena de acontecimientos que le habían conducido a esta encrucijada extraordinaria.

Abandona todo temor, se dijo, *y entrega esta noche al Señor.*

Vio la gran puerta de bronce de la Capilla Sixtina, custodiada por cuatro Guardias Suizos. Los guardias abrieron la puerta y empujaron las hojas. Todo el mundo se volvió. El camarlengo contempló las sotanas negras y los fajines rojos que había ante él. Comprendió cuáles eran los planes de Dios. El destino de la Iglesia estaba en sus manos.

El camarlengo se persignó y cruzó el umbral.

48

El periodista de la BBC Gunther Glick estaba sudando en la camioneta de la cadena, aparcada en el costado este de la plaza de San Pedro, y maldijo a su director. Si bien el primer informe mensual de Glick había estado trufado de superlativos (inventivo, agudo, serio), le habían enviado a la Ciudad del Vaticano para cubrir la elección del nuevo Papa. Recordó que ser corresponsal de la BBC conllevaba mucha más credibilidad que inventar chorradas para el *British Tattler*, pero de todos modos ésta no era la idea que se había forjado de su tarea.

El trabajo de Glick era sencillo. Insultantemente sencillo. Tenía que quedarse sentado en la camioneta, a la espera de que una caterva de viejos pedorros escogieran al nuevo pedorro supremo, después tenía que salir y grabar un *spot* «en directo» de quince segundos con el Vaticano como telón de fondo.

Brillante.

Glick no podía creer que la BBC enviara todavía reporteros a cubrir esta basura. *Esta noche no verás reporteros norteamericanos por aquí. ¡Pues claro que no!* Y todo porque esos tipos se lo montaban bien. Veían la CNN, hacían una sinopsis, y después filmaban su reportaje «en directo» frente a una pantalla azul, y proyectaban en ella imágenes de archivo para que pareciera real. La MSNBC incluso utilizaba máquinas que producían viento y lluvia para dotar de mayor autenticidad a las tomas. Los espectadores ya no querían la verdad; querían diversión.

Glick miró por el parabrisas, más deprimido a cada minuto que pasaba. La imperial Ciudad del Vaticano se alzaba ante él como un tétrico recordatorio de lo que los hombres podían lograr cuando se lo proponía.

—¿Qué he logrado yo en mi vida? —se preguntó en voz alta—. Nada.

—Pues ríndete —dijo una voz femenina detrás de él.

Glick pegó un bote. Casi había olvidado que no estaba solo. Se volvió hacia el asiento trasero, donde su cámara, Chinita Macri, se limpiaba en silencio las gafas. Siempre se estaba limpiando las gafas. Chinita era negra, aunque prefería que la llamaran afroamericana, algo corpulenta y lista como un demonio. Nunca permitía que lo olvidaras. Era una persona extravagante, pero a Glick le gustaba, y le apetecía mucho tener compañía.

—¿Cuál es el problema, Gunth? —preguntó Chinita.

—¿Qué estamos haciendo aquí?

La mujer siguió limpiando sus gafas.

—Presenciar un acontecimiento emocionante.

—¿Es emocionante un grupo de viejos encerrados a oscuras?

—Sabes que irás al infierno, ¿verdad?

—Ya estoy en él.

—Habla conmigo.

Igualita a su madre.

—Tengo ganas de dejar mi impronta.

—Escribiste para el *British Tattler*.

—Sí, pero sin ninguna resonancia.

—Venga ya, oí que escribiste un artículo sensacional sobre la vida sexual secreta de la reina con los alienígenas.

—Gracias.

—Las cosas van mejorando. Esta noche harás tus primeros quince segundos de historia televisiva.

Glick gruñó. Ya imaginaba la frase del presentador de las noticias. «Gracias, Gunther, excelente trabajo.» Luego el presentador pondría los ojos en blanco y hablaría del tiempo.

—Tendría que haber hecho una prueba para presentador.

Macri rió.

—¿Sin experiencia? ¿Y con esa barba? Olvídalo.

Glick se pasó las manos por el pelo rojizo de la barbilla.

—Creo que me hace parecer más listo.

Sonó el móvil de la camioneta, lo cual interrumpió por suerte otra descripción de los fracasos de Glick.

—Puede que sea la redacción —dijo, esperanzado de repente—. ¿Crees que quieren las últimas noticias en directo?

—¿Sobre esta historia? —Macri rió—. Sigues soñando.

Glick contestó al teléfono con su mejor voz de presentador.

—Gunther Glick, BBC, en directo desde Ciudad del Vaticano.

El hombre que habló tenía acento árabe.

—Escuche con atención —dijo—. Estoy a punto de cambiar su vida.

49

Langdon y Vittoria se hallaban solos ante las puertas dobles que conducían al sanctasanctórum de los Archivos Secretos. La ornamentación de la columnata consistía en una mezcla incongruente de alfombras de pared a pared sobre suelos de mármol y camaras de seguridad inalámbricas, situadas junto a los querubines tallados en el techo. Langdon lo bautizó *Renacimiento Estéril*. Al lado de la puerta en forma de arco había una pequeña placa de bronce.

ARCHIVIO VATICANO
Curatore, Padre Jaqui Tomaso

Padre Jaqui Tomaso. Langdon reconoció el nombre del conservador por las cartas de rechazo que habían aterrizado sobre su escritorio. *Apreciado señor Langdon, lamento comunicarle que escribo para denegar...*

Lamento. *Tonterías.* Desde que había empezado el reinado de Jaqui Tomaso, Langdon no había conocido ni un solo estudioso norteamericano no católico que hubiera obtenido permiso para acceder a los Archivos Secretos del Vaticano. *Il guardiano,* le llamaban los historiadores. Jaqui Tomaso era el bibliotecario más irreductible del mundo.

Cuando Langdon empujó las puertas y entró en el santuario, casi esperaba ver al padre Jaqui con uniforme militar y casco montando guardia con un lanzagranadas. No obstante, la estancia estaba desierta.

Silencio. Iluminación suave.

Archivio Vaticano. Uno de los sueños de su vida.

Mientras Langdon paseaba su mirada por la cámara, su primera reacción fue de vergüenza. Se dio cuenta de lo romántico que era. Las imágenes que durante años había atesorado de esta sala no podían ser más equivocadas. Había fantaseado con estanterías polvorientas llenas de volúmenes manoseados, sacerdotes catalogando a la luz de velas y vidrieras, monjes inclinados sobre pergaminos...

Ni por asomo.

A primera vista, la sala parecía un hangar en penumbras en el que alguien había construido una docena de pistas de tenis. Langdon sabía lo que eran los recintos acristalados. No le sorprendió verlos. La humedad y el calor deterioraban los volúmenes y pergaminos antiguos, y era necesario conservarlos en cámaras herméticas como éstas, cubículos que aislaban de la humedad y los ácidos naturales del aire. Langdon había estado en cámaras herméticas muchas veces, pero siempre era una experiencia inquietante, algo parecido a entrar en un contenedor hermético donde un bibliotecario regulaba a su antojo el oxígeno.

Las cámaras eran tenebrosas, incluso tétricas, apenas perfiladas por luces diminutas colocadas al final de cada estantería. En la negrura de cada celda, Langdon intuyó la presencia de gigantes fantasmales, hilera tras hilera de estanterías altísimas, cargadas de historia. Era una colección impresionante.

Vittoria también parecía aturdida. Contemplaba en silencio los gigantescos cubos transparentes.

El tiempo apremiaba, y Langdon no lo perdió en explorar la estancia apenas iluminada en busca de un catálogo, una enciclopedia que documentara la colección de libros. El resplandor de un puñado de terminales de ordenador distribuidas por la sala llamó su atención.

—Parece que tienen un Biblion. El índice está informatizado.

Una expresión esperanzada apareció en el rostro de Vittoria.

—Eso debería facilitar nuestra búsqueda.

Langdon deseó poder compartir su entusiasmo, pero intuyó que en realidad se trataba de una mala noticia. Se acercó a una terminal y empezó a teclear. Sus temores se confirmaron al instante.

—El método antiguo habría sido mejor.

—¿Por qué?

Langdon se alejó del monitor.

—Porque los libros *auténticos* no están protegidos por contraseñas. Supongo que las físicas no son piratas informáticas natas, ¿verdad?

Vittoria negó con la cabeza.

—Puedo abrir ostras, y gracias.

Langdon respiró hondo y luego se volvió para contemplar la tétrica colección de cámaras transparentes. Caminó hasta la más próxima y escudriñó el interior. Entre las paredes de cristal había formas amorfas que Langdon reconoció como estantes normales, cilindros para guardar pergaminos, y mesas de examen. Leyó las etiquetas indicadoras que brillaban al final de cada estantería. Como en cualquier biblioteca, las etiquetas indicaban el contenido de esa hilera. Leyó los encabezados mientras se desplazaba a lo largo de la barrera transparente.

PIETRO L'EREMITA... LE CROCIATE... URBANO II... LEVANT...

—Están etiquetadas —dijo sin dejar de andar—, pero no por orden alfabético de autor.

No le sorprendió. Los antiguos archivos casi nunca se catalogaban por orden alfabético, porque se desconocía la identidad de muchos autores. Los títulos tampoco servían, porque muchos documentos históricos eran cartas sin título o fragmentos de pergamino. Gran parte de la catalogación se hacía por orden cronológico. Sin embargo, lo desconcertante de este orden era que no parecía cronológico.

Langdon era consciente de que el tiempo se le escapaba de las manos.

—Parece que el Vaticano utiliza un sistema propio.

—Menuda sorpresa.

Volvió a examinar las etiquetas. Estos documentos abarcaban siglos, pero las palabras que describían el contenido de los documentos estaban interrelacionadas.

—Creo que se trata de una clasificación temática.

—¿Temática? —preguntó Vittoria en tono de desaprobación científica—. Suena muy ineficaz.

Pues la verdad, pensó Langdon, ahondando en la cuestión, *puede que sea el catálogo más astuto que haya visto en toda mi vida.* Siempre había animado a sus estudiantes a comprender las tendencias y motivos globales de un período artístico, antes que perderse en interminable maraña de datos y obras específicas. Por lo visto, los Archivos del Vaticano se catalogaban con una filosofía similar. *Pinceladas esenciales...*

—Todo lo que hay en esta cámara —dijo Langdon, cada vez más confiado—, siglos de material, está relacionado con las Cruzadas. Es el tema de esta cámara.

Todo estaba aquí, pensó. *Informes históricos, cartas, obras de arte, datos sociopolíticos, análisis modernos. Todo en un solo sitio, con el fin de alentar una comprensión más profunda del tema. Brillante.*

Vittoria frunció el ceño.

—Pero los datos pueden estar relacionados con *múltiples* temas al mismo tiempo.

—De ahí las referencias cruzadas con rótulos. —Langdon señaló las etiquetas de plástico de colores insertadas entre los documentos—. Indican los documentos secundarios situados en otro sitio con sus temas principales.

—Claro —dijo la joven, como aceptando su palabra. Puso los brazos en jarras e inspeccionó el enorme espacio. Después, miró a Langdon—. Bien, profesor, ¿cómo se llama esa cosa de Galileo que andamos buscando?

Langdon no pudo reprimir una sonrisa. Aún no acababa de creer que se hallaba en esta sala. *Está aquí,* pensó. *Está esperando en la oscuridad.*

—Sígueme —dijo Langdon. Avanzó por el primer pasillo, al tiempo que examinaba las etiquetas de cada cámara—. ¿Recuerdas lo que te conté sobre el Sendero de la Iluminación, que los Illuminati reclutaban nuevos miembros gracias una prueba complicada?

—La búsqueda del tesoro —dijo Vittoria, pisándole los talones.

—El reto de los Illuminati consistía en que, después de colocar los indicadores, necesitaban comunicar de alguna manera a los científicos que el camino existía.

—Lógico —dijo Vittoria—. De lo contrario, nadie lo buscaría.

—Sí, y aunque *supieran* que el sendero existía, los científicos no tendrían forma de saber dónde empezaba. Roma es enorme.

—De acuerdo.

Langdon avanzó por el siguiente pasillo, examinando las etiquetas mientras andaba.

—Hará unos quince años, un grupo de historiadores de la Sorbona y yo descubrimos una serie de cartas de los Illuminati llenas de referencias al *segno*.

—La señal. El anuncio del sendero y dónde empezaba.

—Sí, y desde entonces, muchos estudiosos de los Illuminati, incluido yo mismo, han descubierto otras referencias al *segno*. Actualmente, se acepta la teoría de que la pista existe, y de que Galileo la hizo circular ampliamente entre la comunidad científica sin conocimiento del Vaticano.

—¿Cómo?

—No estamos seguros, pero lo más probable es que sean publicaciones impresas. Publicó muchos libros y boletines informativos a lo largo de los años.

—Que el Vaticano vio, sin la menor duda. Parece peligroso.

—Es verdad. No obstante, el *segno* se esparció.

—Pero nadie lo ha encontrado aún, ¿verdad?

—No. Aunque parezca extraño, siempre que aparecen alusiones al *segno* (diarios masónicos, revistas científicas antiguas, cartas de los Illuminati), la referencia se concreta en un número.

—¿Seiscientos sesenta y seis?

Langdon sonrió.

—El quinientos tres, de hecho.

—¿Qué significa?

—No lo hemos podido descifrar. El quinientos tres me fascinó, y lo probé todo con tal de descubrir el significado del número: numerología, referencias a mapas, latitudes. —Langdon llegó al final del pasillo, dobló la esquina y se apresuró a examinar la siguiente hilera de etiquetas—. Durante muchos años, la única pista parecía ser que el quinientos tres empezaba con el número cinco, una de las cifras sagradas de los Illuminati.

Hizo una pausa.

—Algo me dice que lo has descubierto hace poco, y por eso estamos aquí.

—Correcto —dijo Langdon, y se permitió uno de sus raros momentos de orgullo por su trabajo—. ¿Te suena el libro que Galileo tituló *Dialogo*?

—Por supuesto. Famoso entre los científicos como la máxima traición científica.

«Traición» no era la palabra que Langdon habría utilizado, pero sabía a qué se refería Vittoria. A principios de la década de 1630, Galileo había querido publicar un libro que apoyara el modelo heliocéntrico copernicano del sistema solar, pero el Vaticano prohibió la publicación del libro hasta que Galileo incluyera una prueba igualmente persuasiva del modelo geocéntrico de la Iglesia, un modelo que Galileo sabía equivocado. Galileo no tuvo otra alternativa que plegarse a las exigencias de la Iglesia y publicar un libro que concedía idéntica extensión al modelo correcto y al equivocado.

—Como supongo que sabrás —dijo Langdon—, pese al compromiso de Galileo, *Dialogo* fue considerado herético, y el Vaticano le puso bajo arresto domiciliario.

—Ninguna buena obra deja de ser castigada.

Langdon sonrió.

—Muy cierto. No obstante, Galileo era tozudo. Mientras estaba bajo arresto domiciliario, escribió en secreto un manuscrito menos conocido, que los estudiosos suelen confundir con el *Dialogo*. El libro se titula *Discorsi.*

Vittoria asintió.

—He oído hablar de él. *Discursos sobre las mareas.*

Langdon se quedó asombrado de que Vittoria conociera la oscura publicación sobre el movimiento de los planetas y su efecto sobre las mareas.

—Estás hablando con una física marina italiana cuyo padre reverenciaba a Galileo.

Langdon rió. Sin embargo, no estaban buscando los *Discorsi*. Langdon explicó que *Discorsi* no había sido la única obra publicada por Galileo bajo arresto domiciliario. Los historiadores creían que también había escrito un misterioso folleto titulado *Diagramma*.

—*Diagramma della Verità* —dijo Langdon.

—No he oído hablar de él.

—No me sorprende. *Diagramma* fue la obra más secreta de Galileo, una especie de tratado sobre hechos científicos que consideraba auténticos, pero que no podía pregonar. Como algunos manuscritos anteriores de Galileo, *Diagramma* salió bajo mano de Roma gracias a un amigo, y fue publicado con discreción en Holanda. El folleto se hizo muy popular en los medios científicos europeos clandestinos. Después, el Vaticano se enteró y se dedicó a quemar los ejemplares que caían en sus manos.

Vittoria parecía intrigada.

—¿Crees que el *Diagramma* contenía la clave? El *segno*. La información sobre el Sendero de la Iluminación.

—Creo que Galileo corrió la voz mediante el *Diagramma*. —Langdon entró en la tercera hilera de cámaras y continuó examinando las etiquetas—. Hace años que los archivistas andan buscando un ejemplar del *Diagramma*, pero entre la quema de ejemplares del Vaticano y la tasa de permanencia del folleto, éste ha desaparecido de la faz de la tierra.

—¿Tasa de permanencia?

—Durabilidad. Los archivistas califican los documentos de uno a diez según su integridad estructural. El *Diagramma* fue impreso en papiro. Es como papel de seda. No dura más de un siglo.

—¿Por qué no en algo más resistente?

—Órdenes de Galileo. Para proteger a sus seguidores. Así, cualquier científico que consiguiera un ejemplar podía disolverlo en agua. Era fantástico para destruir pruebas, pero terrible para los archivistas. Se cree que sólo un ejemplar del *Diagramma* sobrevivió más allá del siglo dieciocho.

—¿Uno? —Vittoria paseó la vista por la sala, con expresión de estupor—. ¿Y está aquí?

—Confiscado en Holanda por el Vaticano, poco después de la muerte de Galileo. Hace años que solicito que me permitan verlo. Desde que caí en la cuenta de lo que contenía.

Como si leyera la mente de Langdon, Vittoria avanzó por el pasillo y empezó a examinar la hilera de cámaras adyacente.

—Gracias —dijo Langdon—. Busca etiquetas de referencia que tengan algo que ver con Galileo, ciencia, científicos. Lo sabrás cuando la encuentres.

—De acuerdo, pero aún no me has dicho cómo descubriste que el *Diagramma* contenía la clave. ¿Está relacionado con el número recurrente que veías en las cartas de los Illuminati, el quinientos tres?

Langdon sonrió.

—Sí. Tardé bastante, pero al final descubrí que quinientos tres es un código sencillo. Apunta sin duda al *Diagramma*.

Por un instante, Langdon revivió el momento de la inesperada revelación: 16 de agosto. Dos años atrás. Estaba a la orilla de un lago, durante la boda del hijo de un colega. Del lago llegó música de gaitas cuando la comitiva nupcial efectuó su original entrada: cruzando el lago en una barcaza. La embarcación estaba adornada con flores y guirnaldas. Había unos números romanos pintados con orgullo en el casco: DCII.

Langdon, intrigado por la inscripción, preguntó al padre de la novia.

—¿Qué tiene que ver el seiscientos dos?

—¿El seiscientos dos?

Langdon señaló la barcaza.

—DCII es seiscientos dos en números romanos.

El hombre rió.

—No son números romanos. Es el nombre de la barcaza.

—¿DCII?

El hombre asintió.

—*Dick y Connie II.*

Langdon se sintió ridículo. Dick y Connie eran la pareja que contraía matrimonio. Era evidente que habían bautizado la barcaza en su honor.

—¿Qué fue de la *DCI*?

El hombre gruñó.

—Se hundió ayer durante el ensayo del banquete.

Langdon rió.

—Lo siento mucho.

Miró de nuevo la barcaza. *DCII*, pensó. *Como un QEII en miniatura*. Un segundo después, cayó en la cuenta.

Langdon se volvió hacia Vittoria.

—Quinientos tres es un código, tal como ya te he dicho. Es un truco de los Illuminati para esconder lo que era un número romano. El número quinientos tres en cifras romanas es...

—DIII.

Langdon alzó la vista.

—Muy rápida. No me digas que eres una illuminata, por favor.

Ella rió.

—Utilizo números romanos para codificar estratos pelágicos.

Por supuesto, pensó Langdon. *Todos lo hacemos.*

Vittoria le miró.

—¿Qué significa DIII?

—DI, DII y DIII son abreviaciones muy antiguas. Las utilizaban los científicos para distinguir entre los tres documentos de Galileo que solían confundirse más.

Vittoria respiró hondo.

—*Dialogo... Discorsi... Diagramma.*

—D uno, D dos, D tres. Muy científico. Muy polémico. Quinientos tres es DIII. *Diagramma.* El tercer libro.

Un aire de preocupación cruzó la cara de Vittoria.

—Hay algo que no acabo de entender. Si este *segno,* esta pista, este anuncio sobre el Sendero de la Iluminación estaba en el *Diagramma* de Galileo, ¿por qué no lo advirtió el Vaticano cuando se incautó de los ejemplares?

—Puede que lo vieran y no se dieran cuenta. ¿Recuerdas los indicadores de los Illuminati? Escondían las cosas a plena vista. La disimulación. Por lo visto, el *segno* estaba escondido de alguna manera, a la vista de todos. Invisible para aquellos que no lo buscaban. Y también invisible para los que no lo *comprendían.*

—¿Qué quieres decir?

—Que Galileo lo escondió bien. Según documentos históricos, el *segno* fue revelado de un modo que los Illuminati llamaban *lingua pura.*

—¿El idioma puro?

—Sí.

—¿Las matemáticas?

—Eso creo yo. Parece evidente. Al fin y al cabo, Galileo era un científico, y escribía *para* científicos. Las matemáticas serían el idioma lógico para transmitir una pista. El folleto se llama *Diagramma,* de manera que los diagramas matemáticos pueden formar también parte del código.

Vittoria habló en un tono algo más esperanzado.

—Supongo que Galileo pudo crear una especie de código matemático que pasó inadvertido al clero.

—No pareces muy convencida —dijo Langdon mientras avanzaba.

—No lo estoy. Sobre todo porque *tú* tampoco lo pareces. Si estás tan seguro acerca del DIII, ¿por qué no lo publicaste? En ese caso, alguien con acceso a los Archivos del Vaticano habría podido venir y consultar el *Diagramma*.

—No *quería* publicarlo —dijo Langdon—. Había trabajado mucho para encontrar la información y...

Calló, avergonzado.

—Querías la gloria.

Langdon se ruborizó.

—Por decirlo de alguna manera. Es que...

—No te avergüences tanto. Estás hablando con una científica. Publica o perece. En el CERN lo llamamos «Demuestra o ahógate».

—No era sólo que quisiera ser el primero. También me preocupaba que, si la información del *Diagramma* caía en malas manos, podría desaparecer.

—¿Las malas manos eran las del Vaticano?

—No es que sean malas per se, pero la Iglesia siempre ha subestimado la amenaza de los Illuminati. A principios del siglo veinte, el Vaticano llegó al extremo de afirmar que los Illuminati eran un producto de la imaginación. El clero opinaba, y tal vez estaba en lo cierto, que lo último que necesitaban saber los cristianos era que existía un movimiento anticristiano muy fuerte infiltrado en sus bancos, partidos políticos y universidades.

Tiempo presente, Robert, se recordó. *EXISTE una poderosa fuerza anticristiana infiltrada en sus bancos, partidos políticos y universidades.*

—¿Crees que el Vaticano habría enterrado cualquier prueba que confirmara la amenaza de los Illuminati?

—Es muy posible. Cualquier amenaza, real o imaginaria, debilita la fe en el poder de la Iglesia.

—Una pregunta más. —Vittoria le miró como si fuera un alienígena—. ¿Hablas en *serio*?

Langdon se detuvo.

—¿Qué quieres decir?

—¿Es éste tu plan para salvar la situación?

Langdon no estaba seguro de si veía compasión o puro terror en sus ojos.

—¿Te refieres a encontrar el *Diagramma*?

—No, me refiero a encontrar el *Diagramma*, localizar un *segno* de hace cuatrocientos años, descifrar un código matemático y seguir un antiguo sendero artístico que sólo los científicos más brillantes de la historia han sido capaces de seguir… y todo antes de cuatro horas.

Langdon se encogió de hombros.

—Estoy abierto a todo tipo de sugerencias.

50

Robert Langdon se paró ante la Cámara 9 y leyó las etiquetas de las estanterías.

BRAHE... CLAVIUS... COPERNICUS... KEPLER... NEWTON...

Mientras releía los nombres, experimentó una súbita inquietud. *Aquí están los científicos, pero ¿dónde está Galileo?*

Se volvió hacia Vittoria, que estaba examinando el contenido de una cámara cercana.

—He encontrado el tema correcto, pero Galileo falta.

—No —contestó la joven, mientras indicaba la siguiente cámara—. Está aquí, pero espero que hayas traído tus gafas de leer, porque *toda* la cámara es para él.

Langdon corrió ansioso a su lado. Vittoria tenía razón. Todas las etiquetas de la Cámara 10 exhibían la misma palabra clave.

IL PROCESSO GALILEANO

Langdon lanzó un silbido, cuando comprendió por qué Galileo tenía su propia cámara.

—El caso Galileo —se maravilló, mientras miraba a través del cristal los contornos oscuros de las estanterías—. El proceso legal más largo y más caro de la historia vaticana. Catorce años y seiscientos millones de liras. Todo está aquí.

—Hay algunos documentos legales.

—Supongo que los abogados no han evolucionado mucho con los siglos.

—Ni tampoco los tiburones.

Langdon se acercó a un botón amarillo de buen tamaño que había en un lado de la cámara. Lo oprimió, y una hilera de luces zumbó en el interior. Las luces eran de un rojo intenso, de forma que convirtieron el cubículo en una celda púrpura, un laberinto de estantes que se perdían en la oscuridad.

—Dios mío —dijo Vittoria, asustada—. ¿Vamos a broncearnos o a trabajar?

—El pergamino y la vitela se descoloran, de modo que la cámara siempre se ilumina con luces oscuras.

—Podrías volverte loco ahí dentro.

O peor, pensó Langdon, mientras caminaba hacia la única entrada de la cámara.

—Una veloz advertencia. El oxígeno es un oxidante, de manera que las cámaras herméticas contienen muy poco. Dentro se crea un vacío parcial. Te costará respirar.

—Bien, si cardenales viejos son capaces de sobrevivir…

Es verdad, pensó Langdon. *Quizá gocemos de la misma suerte.*

La entrada de la cámara era una sola puerta giratoria electrónica. Langdon observó la disposición habitual de cuatro botones de acceso en el eje interior de la puerta, cada uno accesible desde un compartimento. Cuando se apretaba un botón, la puerta motorizada se ponía en movimiento y realizaba la media rotación convencional hasta detenerse, un procedimiento normal para preservar la integridad de la atmósfera interior.

—Después de que yo entre —dijo Langdon—, aprieta el botón y sígueme. Dentro sólo hay un ocho por ciento de humedad, de modo que prepárate para notar la garganta seca.

Langdon entró en el compartimento rotatorio y oprimió el botón. La puerta zumbó ruidosamente y empezó a girar. Mientras seguía su movimiento, preparó su cuerpo para el choque físico que siempre acompañaba a los primeros segundos en una cámara hermética. Entrar en un archivo aislado era como elevarse seis mil metros desde el nivel del mar en un instante. Náuseas y mareos no eran raros. *Doble visión, dóblate en dos*, se recordó, citando el mantra de los archivistas. Langdon sintió un chasquido en los oídos. Después una especie de silbido del aire, y la puerta se detuvo.

Estaba dentro.

Lo primero que observó fue que el aire del interior era más enrarecido de lo que esperaba. Por lo visto, el Vaticano se tomaba sus Archivos más en serio que nadie. Langdon reprimió las ganas de vomitar y relajó el pecho, mientras sus capilares pulmonares se dilataban. La tirantez desapareció enseguida. *Entra en escena el Delfín*, pensó, agradecido de que sus cincuenta largos al día sirvieran de algo. Ahora que respiraba con más normalidad, paseó la mirada por toda la cámara. Pese a las paredes transparentes exteriores, experimentó una angustia muy conocida. *Estoy en una caja*, pensó. *Una maldita caja roja.*

La puerta zumbó a sus espaldas. Langdon se volvió y vio que Vittoria entraba. Sus ojos empezaron a llorar de inmediato, y respiró con dificultad.

—Será un momento —dijo Langdon—. Si te mareas, dóblate por la cintura.

—Me siento... —dijo Vittoria con voz estrangulada— como si estuviera... buceando... con un aparato... equivocado.

Langdon esperó a que se adaptara. Sabía que se repondría. Era evidente que Vittoria Vetra estaba en una forma espléndida, nada que ver con los decrépitos ex alumnos de Radcliffe que Langdon había acompañado una vez a la cámara hermética de la Widener Library. La visita había terminado con Langdon aplicando el boca a boca a una anciana que casi se había tragado su dentadura postiza.

—¿Te sientes mejor? —preguntó.

Vittoria asintió.

—Subí a tu maldito avión espacial, así que pensé que te debía una.

El comentario provocó una sonrisa de la joven.

—*Touché*.

Langdon introdujo la mano en la caja que había junto a la puerta y extrajo unos guantes de algodón blancos.

—¿Obligatorio? —preguntó Vittoria.

—El ácido de los dedos. No podemos tocar documentos sin ellos. Necesitarás un par.

Vittoria se puso unos guantes.

—¿Cuánto tiempo tenemos?

Langdon consultó su reloj de Mickey Mouse.

—Pasan de las siete.

—Hemos de encontrar esa cosa antes de una hora.

—De hecho —dijo Langdon—, no tenemos tanto tiempo. —Indicó un conducto de filtración en el techo—. En circunstancias normales, el conservador activaría un sistema de reoxigenación cuando alguien entrara en la cámara. Hoy no. Dentro de veinte minutos, nos quedaremos sin aire.

Vittoria palideció visiblemente bajo la luz rojiza.

Langdon sonrió y alisó sus guantes.

—Demuestre o ahóguese, señorita Vetra. Mickey está contando los segundos.

51

El reportero de la BBC Gunther Glick contempló el móvil que sujetaba durante diez segundos antes de colgar.

Chinita Macri le estudió desde la parte posterior de la camioneta donde se encontraba.

—¿Qué ha pasado? ¿Quién era?

Glick se volvió. Se sentía como un niño que acabara de recibir un regalo de Navidad y temiera que no fuera para él.

—Me acaban de dar un soplo. Algo está pasando en el Vaticano.

—Se llama cónclave —dijo Chinita—. Menudo soplo.

—No, otra cosa. —*Algo gordo.* Se preguntó si la historia que acababa de contarle el desconocido podía ser verdad. Glick se sintió avergonzado al caer en la cuenta de que estaba rezando para que lo fuera—. ¿Y si te dijera que cuatro cardenales han sido secuestrados y van a ser asesinados en diferentes iglesias esta noche?

—Te diría que alguien de la redacción, con un sentido del humor enfermizo, te está tomando el pelo.

—¿Y si te dijera que nos van a soplar dónde se perpetrará el primer asesinato?

—Me gustaría saber con quién has hablado.

—No lo dijo.

—¿Quizá porque es un mentiroso compulsivo?

Glick había esperado que Macri hiciera una buena exhibición de cinismo, pero estaba olvidando que él mismo se había ocupado de mentirosos y lunáticos durante casi una década en el *British Tattler*. El que había llamado no era ninguna de ambas cosas. Ese hombre había demostrado cordura y frialdad. Una lógica implacable. *Le llamaré un poco antes de las ocho*, había dicho, *y le diré dónde tendrá lugar el primer asesinato. Las imágenes que usted filmará se harán famosas.* Cuando Glick preguntó por qué le daba aquella información, la respuesta fue tan fría como el acento de Oriente Próximo del hombre. *Los medios de comunicación son el brazo derecho de la anarquía.*

—También me dijo otra cosa —añadió Glick.

—¿Qué? ¿Que Elvis Presley acababa de ser elegido Papa?

—Llama a la base de datos de la BBC, por favor. —Glick estaba bajo los efectos de una descarga de adrenalina—. Quiero saber si tenemos más artículos sobre estos tipos.

—¿Qué tipos?

—Dame el gusto.

Macri suspiró y conectó con la base de datos de la BBC.

—Tardaré un minuto.

La mente de Glick funcionaba a tope.

—El que llamó insistió en saber si me acompañaba un cámara.

—De vídeo.

—Y en si podíamos transmitir en directo.

—Uno punto cinco tres siete megahertz. ¿De qué va el rollo? —La base de datos emitió un pitido—. Muy bien, estamos conectados. ¿A quién estás buscando?

Glick le dijo la palabra clave.

Macri se volvió y le miró fijamente.

—Espero que estés bromeando.

52

La organización interna de la Cámara 10 de los Archivos no era tan intuitiva como Langdon había esperado, y el manuscrito del *Diagramma* no parecía estar archivado con otras publicaciones similares de Galileo. Sin acceso al Biblion informatizado y al localizador de referencias, Langdon y Vittoria estaban en un callejón sin salida.

—¿Estás seguro de que el *Diagramma* se encuentra aquí? —preguntó Vittoria.

—Segurísimo. Está confirmado tanto en las listas del *Ufficio della Propaganda della Fede...*

—De acuerdo. Mientras estés seguro...

Vittoria se fue por la izquierda, mientras Langdon se desviaba a la derecha.

Langdon inició su búsqueda manual. Necesitó de toda su capacidad de autocontrol para no detenerse a leer cada tesoro frente al que pasaba. La colección era impresionante. *El ensayista... El mensajero de las estrellas... Las cartas de la mancha solar... Carta a la Gran Duquesa Christina... Apologia pro Galileo...* Y así sucesivamente.

Fue Vittoria quien por fin encontró lo que buscaban cerca de la parte posterior de la cámara.

—*Diagramma della Verità!* —gritó su voz ronca.

Langdon corrió a su lado.

—¿Dónde?

Vittoria señaló, y Langdon comprendió de inmediato por qué no lo habían encontrado antes. El manuscrito estaba en una caja destinada a guardar folios, no en los estantes. Las páginas sin encuadernar solían guardarse en cajas. La etiqueta del contenedor no dejaba duda acerca de su contenido.

DIAGRAMMA DELLA VERITÀ
Galileo Galilei, 1639

Langdon se puso de rodillas, con el corazón acelerado.

—*Diagramma.* —Sonrió—. Buen trabajo. Ayúdame a sacar la caja.

Vittoria se arrodilló a su lado, y ambos tiraron. La bandeja metálica sobre la cual descansaba la caja rodó hacia ellos sobre ruedecillas y reveló la parte superior del contenedor.

—¿No hay cerradura? —dijo Vittoria, sorprendida al ver el sencillo pestillo.

—Nunca. A veces, es necesario evacuar documentos a toda prisa. Inundaciones e incendios.

—Pues ábrelo.

Langdon no necesitaba ánimos. Con el sueño de toda su vida académica delante de él, y el aire cada vez más escaso de la cámara, no estaba de humor para entretenerse. Descorrió el pestillo y levantó la tapa. En el fondo de la caja había una bolsa negra de paño. Era fundamental que la tela transpirara para que su contenido se conservara en buenas condiciones. Langdon la tomó con ambas manos y la sacó de la caja, manteniéndola siempre horizontal.

—Esperaba el cofre del tesoro —dijo Vittoria—. Parece más una funda de almohada.

—Sígueme —dijo Langdon.

Con la bolsa extendida delante de él como si fuera una ofrenda sagrada, Langdon caminó hasta el centro de la cámara, donde encontró la típica mesa de examen con sobre de cristal. Si bien su emplazamiento en el centro pretendía reducir al máximo el desplazamiento de documentos, los investigadores agradecían la privacidad que proporcionaban las estanterías circundantes. Los descubrimientos que forjaban una carrera tenían lugar en las cámaras más importantes del mundo, y la mayoría de estudiosos no quería que sus rivales los espiaran a través del cristal mientras trabajaban.

Langdon dejó la bolsa sobre la mesa y desabotonó la abertura. Vittoria se puso a su lado. Langdon rebuscó en una bandeja de herramientas de archivero y encontró las pinzas con almohadillas de fieltro que los archiveros llaman *címbalos de dedo*, pinzas de gran tamaño con discos aplanados en cada brazo. A medida que aumentaba su emoción, Langdon temía que en cualquier momento despertaría en Cambridge, con una montaña de exámenes por corregir. Aspiró una profunda bocanada de aire y abrió la bolsa. Los dedos le temblaron dentro de los guantes.

—Relájate —dijo Vittoria—. Es papel, no plutonio.

Langdon introdujo las tenazas dentro de la bolsa y sujetó la pila de documentos, con cuidado de aplicar la mínima presión. Después, en lugar de extraer los documentos, los mantuvo en su sitio mientras sacaba la bolsa, un procedimiento de los archiveros para manipular lo menos posible el objeto. Langdon no recuperó la respiración hasta que la bolsa hubo salido del todo y encendió la luz de la mesa.

Vittoria parecía un espectro, iluminada por la lámpara situada bajo el cristal.

—Hojas pequeñas —dijo con voz reverente.

Langdon asintió. La pila de folios que tenían delante parecían páginas sueltas de una novela de bolsillo. Langdon vio que la hoja de encima era una portada con el título, la fecha y el nombre de Galileo escrito de su puño y letra.

En aquel instante, Langdon olvidó la estrechez de la cámara, olvidó su agotamiento, olvidó la horripilante situación que le había llevado allí. Se limitó a contemplar maravillado su tesoro. Los encuentros con la historia siempre dejaban a Langdon aturdido y reverente... Para él era como distinguir las pinceladas en la *Mona Lisa*.

Langdon no abrigaba la menor duda acerca de la edad y autenticidad del papiro amarillento, pero dejando aparte el descolorido inevitable, el documento estaba en soberbio estado. *Ligero blanqueo del pigmento. Leve agrietamiento y cohesión del papiro. Pero en conjunto... está estupendo.* Estudió el grabado hecho a mano de la portada, con la visión borrosa a causa de la falta de humedad. Vittoria guardaba silencio.

—Pásame una espátula, por favor.

Langdon indicó una bandeja de acero inoxidable llena de herramientas. Vittoria se la tendió. Él tomó la espátula. Era excelente. Pasó el dedo por la superficie para eliminar la carga estática, y después, con el mismo cuidado, deslizó la espátula bajo la portada. Levantó la herramienta y pasó la cubierta.

La primera página estaba escrita a mano con una caligrafía diminuta, casi imposible de leer. Langdon reparó de inmediato en que no había diagramas ni números en la página. Era un ensayo.

—Heliocentrismo —dijo Vittoria, traduciendo el encabezado de la primera página. Examinó el texto—. Parece que Galileo renuncia al modelo geocéntrico de una vez por todas. Italiano antiguo, así que no te prometo nada sobre la traducción.

—Olvídalo —dijo Langdon—. Estamos buscando matemáticas. El lenguaje puro.

Utilizó la espátula para pasar la siguiente página. Otro ensayo. Ni matemáticas ni diagramas. Las manos de Langdon empezaron a sudar dentro de los guantes.

—Movimiento de los planetas —tradujo el título Vittoria.

Langdon frunció el ceño. Cualquier otro día le habría fascinado leerlo. Por increíble que pareciera, el actual modelo de la NASA de órbitas planetarias, observadas mediante telescopios de alta potencia, era casi idéntico al que había predicho Galileo.

—Nada de matemáticas —dijo Vittoria—. Está hablando de movimientos retrógrados y órbitas elípticas, o algo por el estilo.

Órbitas elípticas. Langdon recordó que gran parte de los problemas legales de Galileo habían empezado cuando describió como elíptico el movimiento de los planetas. El Vaticano exaltaba la perfección del *círculo* e insistía en que el movimiento del cielo debía ser únicamente circular. Los Illuminati de Galileo, sin embargo, también veían la perfección en la elipse, y reverenciaban la dualidad matemática de sus focos gemelos. La elipse de los Illuminati aparecía todavía hoy en la simbología moderna de los masones.

—La siguiente —dijo Vittoria.

Langdon pasó la página.

—Fases lunares y movimiento de las mareas —dijo la joven—. No hay cifras. No hay diagramas.

Langdon pasó otra página. Nada. Pasó una docena de páginas más. Nada. Nada. Nada.

—Pensaba que este sujeto era matemático —dijo Vittoria—. Aquí sólo hay texto.

Langdon sintió que el aire empezaba a escasear en sus pulmones. Sus esperanzas también empezaban a escasear. La pila se estaba acabando.

—Aquí no hay nada —dijo Vittoria—. Nada de matemáticas. Algunas fechas, unos cuantos guarismos convencionales, pero nada que parezca una pista.

Langdon pasó el último folio y suspiró. También era un ensayo.

—Un libro breve —dijo Vittoria con el ceño fruncido.

Langdon asintió.

—*Merda,* como decimos en Roma.

En efecto, pensó Langdon. Su reflejo en el cristal parecía burlarse de él, como la imagen que le miraba esta mañana desde la ventana. *Un fantasma envejecido.*

—Tiene que haber algo —dijo, y la desesperación que captó en su voz le sorprendió—. El *segno* está aquí. ¡Lo sé!

—Quizá te equivocaste con lo de DIII.

Langdon se volvió y la miró.

—De acuerdo —admitió ella—. DIII es muy lógico. Pero puede que la pista no sea matemática.

—*Lingua pura.* ¿Qué podría ser si no?

—¿Arte?

—Pero no hay diagramas ni dibujos en el libro.

—Sólo sé que la *lingua pura* se refiere a algo que no es el italiano. Las matemáticas se me antoja lo más lógico.

—Estoy de acuerdo.

Langdon se negaba a aceptar la derrota con tanta celeridad.

—Los números han de estar escritos a mano. Las matemáticas estarían expresadas en palabras, en lugar de ecuaciones.

—Tardaremos bastante en leer todas las páginas.

—El tiempo es algo que no nos sobra. Tendremos que dividirnos la tarea. —Langdon volvió las páginas hasta el principio—. Sé suficiente italiano para distinguir los números.

—Utilizó la espátula para cortar la pila como una baraja de cartas y dejó la primera media docena de páginas delante de Vittoria—. Está aquí. Estoy seguro.

Vittoria pasó su primera página con la mano.

—¡La espátula! —dijo Langdon, y le tendió otra herramienta de la bandeja—. Utiliza la espátula.

—Llevo guantes —gruñó la joven—. ¿Qué daño puedo hacer?

—Úsala.

Vittoria tomó la espátula.

—¿Sientes lo que yo?

—¿Tensión?

—No. Me falta el aliento.

Langdon también empezaba a sufrir dicha sensación. El aire se estaba agotando con más rapidez de lo que había sospechado. Sabía que debían darse prisa. Los acertijos que deparaban los Archivos no eran nada nuevo para él, pero por lo general contaba con algo más que unos pocos minutos para solucionarlos. Sin decir una palabra más, Langdon se inclinó y empezó a traducir la primera página de su pila.

¡Aparece, maldita sea! ¡Aparece!

53

En algún lugar de Roma, una figura oscura descendía por una rampa de piedra que conducía a un túnel subterráneo. El antiguo pasadizo estaba iluminado sólo por antorchas, de modo que la atmósfera era opresiva y calurosa. De algún lugar en el interior del túnel llegaban los ecos de las voces aterradas de hombres de edad avanzada que gritaban en vano.

Los vio cuando dobló la esquina, tal como los había dejado: cuatro ancianos aterrorizados, encerrados tras barrotes de hierro oxidados en un cubículo de piedra.

—*Qui êtes-vous?* —preguntó uno de los hombres en francés—. ¿Qué quiere de nosotros?

—*Hilfe!* —dijo otro en alemán—. ¡Déjenos salir!

—¿Sabe quiénes somos? —preguntó uno en inglés, con acento español.

—Silencio —ordenó la voz rasposa. El tono era terminante.

El cuarto prisionero, un italiano silencioso y meditabundo, miró el abismo negro de los ojos de su captor y juró que veía el infierno. *Que Dios nos asista*, pensó.

El asesino consultó su reloj y luego volvió a examinar a sus prisioneros.

—Bien —dijo—. ¿Quién será el primero?

54

En la Cámara 10 de los Archivos, Robert Langdon recitaba números en italiano, mientras examinaba la caligrafía del manuscrito que tenía ante él. *Mille... cento... uno, due, tre... cinquanta. ¡Necesito una referencia numérica! ¡Algo, maldita sea!*

Al llegar al final del folio que estaba examinando, levantó la espátula para pasar la página. Cuando alineó la herramienta con la página siguiente, lo hizo con movimientos torpes, pues le costaba sujetarla con firmeza. Unos minutos después, bajó la vista y se dio cuenta de que había abandonado la espátula y estaba pasando las páginas a mano. *Uf*, pensó, y se sintió algo culpable. La falta de oxígeno estaba afectando a sus inhibiciones. *Por lo visto, arderé en el fuego de los archiveros.*

—Ya era hora —dijo Vittoria con voz estrangulada, cuando vio que Langdon pasaba las páginas con la mano. Dejó caer la espátula y le imitó.

—¿Ha habido suerte?

Vittoria negó con la cabeza.

—Nada que parezca puramente matemático. Lo estoy mirando por encima, pero no he encontrado la menor pista.

Langdon continuó traduciendo sus folios con creciente dificultad. Su conocimiento del italiano era precario, en el mejor de los casos, y la letra diminuta y el lenguaje arcaico dificultaban su labor. Vittoria llegó al final de su montón antes que Langdon, y pasó las páginas hacia atrás con expresión desesperanzada. Se inclinó sobre la mesa dispuesta a una inspección más minuciosa.

Cuando Langdon terminó su página final, maldijo por lo bajo y miró a Vittoria. La joven tenía el ceño fruncido, con la vista clavada en su folio.

—¿Qué pasa? —preguntó él.

Vittoria no levantó la vista.

—¿Había notas a pie de página en tus folios?

—No me he fijado. ¿Por qué?

—Esta página tiene una. Está oculta en una arruga.

Langdon intentó ver lo que estaba mirando, pero sólo pudo distinguir el número de la página en la esquina superior derecha de la hoja. Folio 5. Tardó un momento en asimilar la coincidencia, y cuando lo hizo, la relación se le antojó vaga. *Folio Cinco. Cinco, Pitágoras, pentagramas, Illuminati.* Langdon se preguntó si los Illuminati habrían escogido la página cinco para ocultar su pista. Langdon vislumbró un diminuto rayo de esperanza.

—¿La nota es una fórmula matemática?

Vittoria meneó la cabeza.

—Texto. Una línea. Letra muy pequeña. Casi ilegible.

Las esperanzas de Langdon se desvanecieron.

—Se supone que ha de ser una anotación matemática. *Lingua pura.*

—Sí, lo sé. —La joven vaciló—. No obstante, creo que te gustará oír esto.

Langdon percibió emoción en su voz.

—Adelante.

Vittoria leyó la línea.

—«La senda de luz, secreta prueba.»

Las palabras no se parecían a lo que Langdon había imaginado.

—¿Perdón?

Vittoria releyó la línea.

— «La senda de luz, secreta prueba.»

—¿Senda de luz?

Langdon se irguió.

—Eso es lo que dice. La senda de luz.

Cuando asimiló las palabras, Langdon sintió que un instante de clarividencia se abría paso entre su delirio. *La senda de luz, secreta prueba.* No tenía ni idea de cómo iba a ayudarlos, pero la línea era una referencia directa al Sendero de la Iluminación. *Senda de luz. Secreta prueba.* Experimentó la sensación de que su cabeza era un motor alimentado por combustible de mala calidad.

—¿Estás segura de la traducción?

Vittoria vaciló.

—La verdad... —Le dirigió una mirada muy extraña—. En realidad, no es una traducción. La línea está escrita en inglés.

Por un instante, Langdon pensó que la acústica de la cámara había afectado a su sentido del oído.

—¿En inglés?

Vittoria empujó el documento hacia él, y Langdon leyó la diminuta inscripción que había al pie de la página.

—«*La senda de luz, secreta prueba.*» ¿En inglés? ¿Qué hace una frase en *inglés* en un libro italiano?

Vittoria se encogió de hombros. Ella también estaba un poco mareada.

—¿Tal vez por *lingua pura* se referían al inglés? Se considera la lengua internacional de la ciencia. Es la que todos hablamos en el CERN.

—Pero esto fue en el siglo diecisiete —protestó Langdon—. Nadie hablaba inglés en Italia, ni siquiera... —Calló, al darse cuenta de lo que estaba a punto de decir—. Ni siquiera... el *clero*. —Habló con más rapidez—. El *inglés* era un idioma que el Vaticano aún no había aceptado. Hablaban en italiano, latín, alemán, incluso en español y francés, pero el inglés no existía en el seno del Vaticano. Lo consideraban un idioma contaminado, de librepensadores, propio de hombres profanos como Chaucer y Shakespeare.

Langdon pensó de repente en las marcas de los Illuminati que representaban la Tierra, el Aire, el Fuego y el Agua. La leyenda de que las marcas estaban escritas en *inglés* adquirió un siniestro sentido en aquel momento.

—¿Estás diciendo que quizá Galileo consideraba el inglés la *lingua pura*, porque era el único idioma que el Vaticano no controlaba?

—Sí, o tal vez al indicar la pista en inglés, Galileo estaba impidiendo de una manera sutil que el Vaticano lo leyera.

—Pero eso ni siquiera es una pista —protestó Vittoria—. *La senda de luz, secreta prueba.* ¿Qué significa eso?

Tiene razón, pensó Langdon. La línea no les servía de ayuda. Pero cuando repitió la frase de nuevo en su mente, un dato extraño llamó su atención. *Esto sí que es raro,* pensó. *¿Qué probabilidades existen?*

—Hemos de salir de aquí —dijo Vittoria con voz ronca.

Langdon no estaba escuchando. *La senda de luz, secreta prueba.*

—Es un maldito verso de un pentámetro yámbico —dijo de repente, y volvió a contar las sílabas—. Cinco pareados de sílabas alternas tónicas y átonas.

Vittoria no le entendió.

—¿Perdón?

Por un instante, Langdon se encontró sentado un sábado por la mañana en clase de inglés, en la Phillips Exeter Academy. *El infierno en la tierra.* La estrella de béisbol del colegio, Peter Greer, no conseguía recordar el número de pareados necesarios para formar un pentámetro yámbico de Shakespeare. Su profesor, un dicharachero maestro llamado Bissell, saltó sobre la mesa y aulló:

—¡Pentámetro, Greer! ¡Piensa en la base del bateador! ¡Un pentá-gono! ¡Cinco lados! ¡Penta! ¡Penta! ¡Penta!

Cinco pareados, pensó Langdon. Cada pareado, por definición, tenía dos sílabas, pero lo que realidad contaba era que el verso tuviera diez sílabas. No podía creer que en toda su carrera no hubiera sido capaz de establecer la relación. El pentámetro yámbico era un metro simétrico basado en los números sagrados de los Illuminati, cinco y dos.

¡Estás llegando!, se dijo Langdon, mientras intentaba desechar la idea. *¡Una coincidencia absurda!* Pero la idea se resistía a desaparecer. *Cinco, por Pitágoras y el pentagrama. Dos, por la dualidad de todas las cosas.*

Un momento después, se dio cuenta de otra cosa, que paralizó sus piernas. Al pentámetro yámbico, debido a su sencillez, le solían llamar «verso puro» o «metro puro». *¿La lingua pura?* ¿Podía ser el lenguaje puro al que se referían los Illuminati? *La senda de luz, secreta prueba…*

—Oh, oh —dijo Vittoria.

Langdon giró en redondo y vio cómo la joven invertía el folio. Sintió un nudo en el estómago.

—¡No es posible que esa línea sea un ambigrama!

—No, no es un ambigrama, pero es…

Seguía imprimiendo giros de noventa grados a la hoja.

—¿Qué es?

Vittoria alzó la vista.

—No es la única línea.

—¿Hay otra?

—Hay seis líneas diferentes que forman una especie de espiral. Creo que es un poema.

—¿Seis líneas?

Langdon bullía de entusiasmo. *¿Galileo era poeta?*

—¡Déjame ver!

Vittoria no le entregó la página. Siguió dándole vueltas.

—No vi las líneas antes porque están en los bordes. —Torció la cabeza sobre la última línea—. Ajá. ¿Sabes una cosa? Galileo ni siquiera escribió esto.

—¿Cómo?

—El poema está firmado por John Milton.

—¿John Milton?

El influyente poeta inglés, autor de *El paraíso perdido*, fue contemporáneo de Galileo y su afición a las conspiraciones le puso en primer lugar de la lista de sospechosos de pertenecer a los Illuminati. La supuesta pertenencia de Milton a los Illuminati de Galileo era una leyenda que Langdon sospechaba cierta. No sólo había efectuado Milton un peregrinaje bien documentado a Roma en 1638, para «comunicarse con los hombres esclarecidos», sino que había asistido a reuniones con Galileo durante el arresto domiciliario del científico, reuniones plasmadas en muchos cuadros del Renacimiento, incluido el famoso *Galileo y Milton* de Annibale Gatti, que ahora colgaba en el Instituto y Museo de Historia de la Ciencia de Florencia.

—Milton conocía a Galileo, ¿verdad? —dijo Vittoria, al tiempo que entregaba por fin el folio a Langdon—. ¿Es posible que escribiera el poema como un favor?

Langdon apretó los dientes cuando se apoderó del documento. Lo alisó sobre la mesa y leyó la línea superior. Después, giró noventa grados la página y leyó la línea del margen derecho. Otro giro, y leyó la inferior. Otro giro, a la izquierda. Dos giros finales completaron la espiral. Había seis líneas en total. La primera que Vittoria había descubierto era, en realidad, la quinta del poema. Boquiabierto, leyó las seis líneas de nuevo en el sentido de las agujas del reloj: arriba, derecha, abajo, izquierda, arriba, derecha. Cuando terminó, estaba jubiloso. Su mente no albergaba la menor duda.

—Lo ha encontrado, señorita Vetra.

Ella le dedicó una sonrisa tensa.

—Bien. Ahora, ¿podemos salir sin pérdida de tiempo de aquí?

—He de copiar estas líneas. Necesito encontrar lápiz y papel.

Vittoria mostró su desaprobación con un movimiento de cabeza.

—Olvídalo, profesor. No hay tiempo para jugar a escribas. Mickey está contando los segundos.

Le arrebató la página de las manos y se dirigió hacia la puerta.

Langdon se levantó.

—¡No puedes sacarla fuera! Es una...

Pero Vittoria ya se había ido.

55

Langdon y Vittoria salieron al patio de los Archivos Secretos. El aire fresco fue como una droga cuando penetró en los pulmones de Langdon. Los puntos púrpura que dificultaban su visión se borraron enseguida. No así la culpa. Había sido cómplice del robo de una reliquia de incalculable valor, perpetrado en los archivos más privados del mundo. El camarlengo había dicho: *Le entrego mi confianza.*

—Deprisa —dijo Vittoria, con el folio en la mano, mientras atravesaba Via Borgia en dirección al despacho de Olivetti.

—Si el papiro se moja...

—Cálmate. Cuando descifremos este documento, devolveremos a su lugar el Folio Cinco.

Langdon aceleró el paso para alcanzarla. Además de sentirse como un delincuente, aún estaba aturdido por las increíbles implicaciones del documento. *John Milton era un Illuminatus. Compuso el poema para que Galileo lo publicara en el Folio 5... lejos de los ojos del Vaticano.*

Cuando salieron del patio, Vittoria entregó el folio a Langdon.

—¿Crees que puedes descifrar esto? ¿O nos hemos cargado todas esas células cerebrales para nada?

Langdon tomó el documento con cautela. Lo guardó sin vacilar en un bolsillo de la chaqueta, para protegerlo de la luz ambiental y los peligros de la humedad.

—Ya lo he descifrado.

Vittoria paró en seco.

—¿Que *qué*?

Langdon siguió caminando.

Vittoria se apresuró a darle alcance.

—¡Lo has leído *una vez*! ¡Pensaba que sería difícil!

Langdon sabía que ella tenía razón, pero había descifrado el *segno* en cuanto lo había leído por primera vez. Una estancia perfecta de pentámetro yámbico, y el primer altar de la ciencia se había revelado con prístina transparencia. Cierto, la facilidad con que había liquidado la tarea no dejaba de inquietarle. Era un hijo de la ética puritana del trabajo. Aún se acordaba de su padre cuando recitaba el viejo aforismo de Nueva Inglaterra: *Si no te resultó penosamente difícil, lo hiciste mal.* Langdon confiaba en que el dicho fuera falso.

—Lo descifré —dijo caminando a un paso más vivo—. Sé dónde ocurrirá el primer asesinato. Hemos de advertir a Olivetti.

Vittoria se acercó a él.

—¿Cómo pudiste hacerlo? Déjame ver otra vez esa cosa.

Le introdujo la mano en el bolsillo con la pericia de un carterista y sacó el folio.

—¡Cuidado! —dijo Langdon—. No puedes…

Vittoria no le hizo caso. Flotó a su lado con el folio en la mano, sosteniendo en alto el documento a la luz del atardecer, y examinó los márgenes. Cuando empezó a leer en voz alta, Langdon intentó recuperar el folio, pero se quedó hechizado cuando oyó la voz de Vittoria recitando en voz alta las sílabas, al ritmo de su paso.

Por un momento, Langdon se sintió transportado en el tiempo, como si fuera contemporáneo de Galileo, escuchando el poema por primera vez, a sabiendas de que era una prueba, un plano, una pista que desvelaba los cuatro altares de la ciencia, los cuatro indicadores que trazaban un sendero secreto a través de Roma... El verso surgía de los labios de Vittoria como una canción.

Desde la tumba terrenal de San,
en el agujero del demonio.
Cruzando Roma esos místicos
cuatro elementos se revelan.
La senda de luz, secreta prueba.
Que ángeles guíen tu búsqueda.

Vittoria lo leyó dos veces y guardó silencio, como si dejara que las antiguas palabras resonaran por voluntad propia.

Desde la tumba terrenal de San, repitió Langdon en su mente. El poema era claro como el agua a ese respecto. El Sendero de la Iluminación empezaba en la tumba de San. Desde allí, cruzando Roma, los indicadores iluminaban el sendero.

Desde la tumba terrenal de San,
en el agujero del demonio.
Cruzando Roma esos místicos
cuatro elementos se revelan.

Místicos cuatro elementos. Muy claro también. *Tierra, Aire, Fuego, Agua.* Elementos de la ciencia, los cuatro indicadores de los Illuminati disfrazados de esculturas religiosas.

—El primer indicador parece encontrarse en la tumba de San —dijo Vittoria.

Langdon sonrió.

—Ya te dije que no era tan difícil.

—¿Y quién es San? —preguntó la joven, como entusiasmada de repente—. ¿Dónde está su tumba?

Langdon rió para sí. Le asombraba que tan poca gente supiera que San era el apócope del apellido de uno de los artistas del Renacimiento más famosos. El mundo le conocía por su nombre... El niño prodigio que a la edad de veinticinco años ya estaba haciendo encargos para el papa Julio II, y cuando murió a la temprana edad de treinta y ocho años, dejó la mayor colección de frescos que el mundo había visto jamás. Era un gigante del arte mundial, y ser conocido por el nombre significaba un nivel de popularidad sólo alcanzado por unos pocos elegidos, gente como Napoleón, Galileo y Jesús, y por supuesto, los semidioses que ahora oía sonar a toda pastilla en los edificios comunitarios de Harvard: Sting, Madonna, Jewel y el artista antes conocido como Prince, que se había cambiado su nombre por el símbolo ♀, provocando que Langdon le bautizara como «Cruz en Tau en intersección con Ankh hermafrodita».

—San es el apócope de Santi, el apellido del gran maestro del Renacimiento, Rafael.

Vittoria se sorprendió.

—¿Ese Rafael?

—El único.

Langdon se encaminó a la oficina de la Guardia Suiza.

—¿El sendero arranca de la tumba de Rafael?

—Es muy lógico —dijo Langdon mientras caminaban a buen paso—. Los Illuminati solían considerar a los grandes artistas y escultores hermanos honorarios en el esclarecimiento. Tal vez los Illuminati escogieron la tumba de Rafael a modo de homenaje.

Langdon también sabía que Rafael, como muchos otros artistas dedicados al arte religioso, era sospechoso de ateísmo.

Vittoria deslizó el folio con cuidado en el bolsillo de Langdon.

—¿Dónde está enterrado?

Langdon respiró hondo.

—Lo creas o no, Rafael está enterrado en el Panteón.

Vittoria le dirigió una mirada escéptica.

—¿En el Panteón?

—*Ese* Rafael en *ese* Panteón.

Langdon tuvo que admitir que no esperaba ese lugar como emplazamiento del primer indicador. Imaginaba que el primer altar de la ciencia estaría situado en una tranquila iglesia apartada, algo más sutil. Incluso en el siglo XVII, el Panteón, con su tremenda cúpula hueca, era uno de los lugares más conocidos de Roma.

—¿El Panteón es una *iglesia*? —preguntó Vittoria.

—La iglesia católica más antigua de Roma.

Vittoria meneó la cabeza.

—¿De veras crees que van a matar al primer cardenal en el Panteón? Es uno de los puntos turísticos más concurridos de la ciudad.

Langdon se encogió de hombros.

—Los Illuminati dijeron que querían que todo el mundo lo viera. Matar a un cardenal en el Panteón abrirá algunos ojos.

—Pero ¿cómo espera ese individuo asesinar a alguien en el Panteón y escapar sin más? Eso sería imposible.

—¿Tan imposible como secuestrar a cuatro cardenales y sacarlos del Vaticano? El poema es preciso.

—¿Estás seguro de que Rafael está enterrado en el Panteón?

—He visto su tumba muchas veces.

Vittoria asintió, con expresión preocupada.

—¿Qué hora es?

Langdon consultó su reloj.

—Las siete y media.

—¿El Panteón está lejos?

—Un kilómetro y medio, tal vez. Tenemos tiempo.

—El poema habla de la tumba terrenal de Santi. ¿Te sugiere eso algo?

Langdon cruzó en diagonal el Patio de los Centinelas.

—¿Terrenal? No debe de haber un lugar más terrenal en toda Roma que el Panteón. Recibió su nombre de la primera religión que se practicaba allí: el panteísmo. La adoración a todos los dioses, en especial los dioses paganos de la Madre Tierra.

Cuando estudiaba arquitectura, Langdon había descubierto con asombro que las dimensiones de la cámara principal del Panteón constituían un tributo a Gea, la diosa de la Tierra. Las proporciones eran tan exactas que un gigantesco globo esférico podía caber a la perfección dentro del edificio, con menos de un milímetro de espacio libre.

—De acuerdo —dijo Vittoria, al parecer más convencida—. ¿Y el agujero del demonio? *¿Desde la tumba terrenal de San en el agujero del demonio*?

Langdon no estaba tan seguro al respecto.

—El agujero del demonio debe referirse al *oculus* —dijo apelando a la lógica—. La famosa abertura circular en el techo del Panteón.

—Pero es una iglesia —insistió Vittoria, manteniendo el paso—. ¿Por qué llamarían a la abertura el agujero del demonio?

Langdon también se lo estaba preguntando. Nunca había oído la expresión «agujero del demonio», pero recordaba una famosa crítica lanzada contra el Panteón en el siglo XVI, cuyas palabras se le antojaron extrañamente apropiadas en este momento. Beda *el Venerable* había escrito en una ocasión que el agujero del techo del Panteón había sido practicado por demonios, que intentaban escapar del edificio cuando fue consagrado por Bonifacio IV.

—¿Por qué utilizaron los Illuminati el apellido Santi, cuando todo el mundo le conocía como *Rafael*? —preguntó Vittoria cuando entraron en un patio más pequeño.

—Haces muchas preguntas.

—Mi padre también lo decía.

—Tal vez el propósito de utilizar «Santi» fue conseguir que la pista fuera más oscura, de forma que sólo hombres esclarecidos reconocerían la referencia a Rafael.

Vittoria no se quedó muy convencida.

—Estoy segura de que el apellido de Rafael era muy conocido cuando vivía.

—Pues no, aunque parezca sorprendente. Que a alguien se le reconociera por el nombre era un símbolo de su rango. Rafael ocultó su apellido como muchas estrellas del pop actuales. Piensa en Madonna, por ejemplo. Nunca utiliza su apellido, Ciccone.

Vittoria le miró, divertida.

—¿Sabes el apellido de Madonna?

Langdon se arrepintió del ejemplo. Era asombrosa la cantidad de basura que una mente almacenaba cuando vivía con diez mil estudiantes.

Cuando Vittoria y él dejaron atrás la última puerta que conducía a la oficina de la Guardia Suiza, alguien los detuvo sin previo aviso.

—*Fermati!* —atronó una voz a su espalda.

Langdon y Vittoria giraron en redondo, y se encontraron ante el cañón de un rifle.

—*Attento!* —exclamó Vittoria, al tiempo que daba un salto hacia atrás—. Ten cuidado...

—*Non sportarti!* —replicó el guardia, y amartilló el arma.

—*Soldato!* —ordenó una voz desde el patio. Olivetti estaba saliendo del centro de seguridad—. ¡Déjalos pasar!

El guardia le miró perplejo.

—*Ma, signore, è una donna...*

—¡Adentro! —chilló al guardia.

—*Signore, non posso...*

—¡Inmediatamente! Tienes órdenes nuevas. El capitán Rocher informará al cuerpo dentro de dos minutos. Vamos a organizar un registro.

El guardia, desconcertado, entró corriendo en el centro de seguridad. Olivetti avanzó hacia Langdon, tenso y echando chispas.

—¿Nuestros Archivos más secretos? Exijo una explicación.

—Traemos buenas noticias —dijo Langdon.

Olivetti entornó los ojos.

—Será mejor que esté en lo cierto.

56

Los cuatro Alfa Romeo 155 T-Spark camuflados corrían por la Via dei Coronari como cohetes. Los vehículos transportaban doce Guardias Suizos de paisano, armados con Cherchi-Pardini semiautomáticos, botes de gas paralizante y fusiles aturdidores de largo alcance. Los tres tiradores de élite portaban rifles con mira telescópica.

Olivetti, sentado en el asiento del pasajero del primer coche, se volvió hacia Langdon y Vittoria. Sus ojos estaban henchidos de rabia.

—¿Me aseguró una explicación lógica, y *esto* es lo que obtengo?

Langdon se sentía incómodo en el pequeño coche.

—Comprendo sus…

—¡No, no los comprende! —Olivetti nunca alzaba la voz, pero su intensidad se triplicaba—. Acabo de sacar a una docena de mis mejores hombres del Vaticano en vísperas del cónclave. Lo he hecho para vigilar el Panteón, basándome en el testimonio de un norteamericano al que no conocía hasta ahora, quien acaba de interpretar un poema de hace cuatrocientos años. También he dejado la búsqueda de la antimateria en manos de oficiales de segundo rango.

Langdon reprimió la tentación de sacar el Folio 5 del bolsillo y restregarlo por la cara a Olivetti.

—Sólo sé que la información que buscamos se refiere a la tumba de Rafael, y la tumba de Rafael está dentro del Panteón.

El agente que conducía asintió.

—Tiene razón, comandante. Mi mujer y yo…

—Conduzca —interrumpió Olivetti. Se volvió hacia Langdon—. ¿Cómo podría un asesino matar a alguien en un lugar tan visitado y escapar sin que le vieran?

—No lo sé —dijo Langdon—, pero es evidente que los Illuminati tienen muchos recursos. Se han infiltrado en el CERN y en el Vaticano. Sólo debemos a la suerte saber cuál es el escenario del primer asesinato. El Panteón es nuestra única esperanza de detener a ese individuo.

—Más contradicciones —dijo Olivetti—. ¿Única esperanza? ¿No ha dicho que existía una especie de sendero? Una serie de indicadores. Si el Panteón es el lugar correcto, podemos seguir el sendero hasta los demás indicadores. Tendremos cuatro oportunidades de cazar a ese tipo.

—Eso había esperado —dijo Langdon—. Y lo habríamos conseguido… hace un siglo.

El momento en que Langdon cayó en la cuenta de que el Panteón era el primer altar de la ciencia había sido agridulce. La historia era experta en gastar crueles jugarretas a quienes la estudiaban. Ya era dudoso que el Sendero de la Iluminación estuviera intacto después de tantos años, con todas las estatuas en su sitio, pero Langdon había fantaseado, en parte, con seguir el sendero hasta el final y encontrarse cara a cara con la guarida sagrada de los Illuminati. Pero eso no iba a suceder.

—El Vaticano ordenó retirar y destruir todas las estatuas del Panteón a finales del siglo diecinueve.

—¿Por qué? —preguntó Vittoria, confusa.

—Las estatuas eran dioses olímpicos paganos. Por desgracia, eso significa que el primer indicador ha desaparecido, y con él...

—¿Toda esperanza —concluyó Vittoria— de encontrar el Sendero de la Iluminación y los demás indicadores?

Langdon meneó la cabeza.

—Nos queda *una* oportunidad. El Panteón. Después, el sendero se desvanece.

Olivetti los miró un largo momento, y luego se volvió hacia adelante.

—Frena —ladró al chófer.

El conductor se desvió hacia el bordillo y se detuvo. Los otros tres Alfa Romeo pararon detrás.

—¿Qué hace? —preguntó Vittoria.

—Mi trabajo —contestó Olivetti. Se volvió en su asiento, con expresión impenetrable—. Señor Langdon, cuando dijo que me explicaría la situación por el camino, imaginé que nos dirigíamos al Panteón con una idea clara de por qué estaban mis hombres aquí. No es el caso. Puesto que estoy abandonando responsabilidades importantísimas al hacerle caso, y como su teoría sobre sacrificios de vírgenes y poesía antigua me parece muy poco lógica, en buena conciencia no puedo continuar. Voy a cancelar la misión ahora mismo.

Sacó el *walkie-talkie* y lo conectó.

Vittoria agarró su brazo.

—¡No puede hacer eso!

Olivetti bajó el *walkie-talkie* y la miró fijamente.

—¿Ha estado en el Panteón, señorita Vetra?

—No, pero...

—Permítame que le cuente algo sobre él. El Panteón es un recinto sin más. Una celda circular hecha de piedra y cemento. Tiene *una* entrada. No hay ventanas. Una entrada *es-*

trecha. Esa entrada está flanqueada siempre por nada menos que cuatro policías armados que protegen ese altar de gamberros, terroristas anticristianos y desvalijadores de turistas.

—¿Adónde quiere ir a parar? —preguntó la joven con frialdad.

—¿Adónde quiero ir a parar? —Olivetti agarró el asiento con fuerza—. ¡Lo que me dicen que va suceder es totalmente imposible! ¿Pueden explicarme de una manera plausible cómo se puede asesinar a un cardenal *dentro* del Panteón? ¿Cómo se entra con un rehén en el Panteón, burlando a los guardias? Además de asesinarle y largarse, claro está. —Olivetti se inclinó sobre el asiento, y Langdon notó que el aliento le olía a café—. ¿Cómo, señor Langdon? *Una* teoría plausible.

Langdon experimentó la sensación de que el diminuto coche se encogía a su alrededor. *¡No tengo ni idea! ¡Yo no soy un asesino! ¡No sé cómo lo hará! Sólo sé...*

—¿*Una* teoría? —intervino Vittoria, impávida—. ¿Qué le parece ésta? El asesino llega en helicóptero y arroja a un cardenal marcado y aterrorizado por el agujero del techo. El cardenal se estrella contra el suelo de mármol y muere.

Todos se volvieron hacia Vittoria. Langdon no sabía qué pensar. *Tienes una imaginación delirante, pero eres rápida.*

Olivetti frunció el ceño.

—Es posible, lo admito, pero poco...

—O el asesino droga al cardenal —dijo Vittoria—, le lleva al Panteón en silla de ruedas como un turista anciano. Entra, le degüella y vuelve a salir.

Esto pareció despertar un poco a Olivetti.

¡No está mal pensado!, reflexionó Langdon.

—O bien —continuó la joven—, el asesino podría...

—Basta —dijo Olivetti. Respiró hondo y expulsó el aire. Alguien llamó con los nudillos a la ventanilla, y todos pegaron un bote. Era un soldado de otro coche. Olivetti bajó la ventanilla.

—¿Todo bien, comandante? —El soldado iba vestido de paisano. Se subió la manga de su camisa de algodón y reveló un reloj militar negro—. Las siete cuarenta, comandante. Necesitamos tiempo para tomar posiciones.

Olivetti asintió vagamente, pero no dijo nada durante unos segundos. Pasó un dedo por el tablero de instrumentos, dibujando una raya en el polvo. Estudió a Langdon por el retrovisor, y éste experimentó la sensación de que le estaban midiendo y sopesando. Por fin, Olivetti se volvió hacia el guardia. Habló con reticencia.

—Quiero diversificar la estrategia. Coches a Piazza della Rotonda, Via degli Orfani, Piazza Sant'Ignazio y Sant'Eustachio. A dos manzanas de distancia, como máximo. Una vez aparcados, esperen mis órdenes. Tres minutos.

—Muy bien, señor.

El soldado volvió a su coche.

Langdon asintió con la cabeza, impresionado. Vittoria sonrió, y por un instante Langdon sintió una inesperada conexión, un hilo de magnetismo entre ellos.

El comandante se volvió y clavó los ojos en Langdon.

—Señor Langdon, será mejor que la situación no nos estalle en la cara.

Langdon sonrió, inquieto. *¿Cómo podría?*

57

El director del CERN, Maximilian Kohler, abrió los ojos cuando sintió el chorro de *cromolyn* y *leukotriene* en su cuerpo, que dilataba los conductos bronquiales y los capilares pulmonares. Volvía a respirar con normalidad. Se encontró acostado en una habitación del hospital del CERN, con la silla de ruedas al lado de la cama.

Examinó la bata de papel que le habían puesto. Sus ropas estaban dobladas sobre la silla. Oyó que una enfermera hacía su ronda en el pasillo. Estuvo un minuto escuchando. Después, con el mayor sigilo posible, se acercó al borde de la cama y recuperó sus prendas. Se vistió, pese al impedimento de sus piernas muertas. Después, acomodó su cuerpo en la silla de ruedas.

Ahogó una tos y se impulsó hasta la puerta. No conectó el motor. Cuando llegó a la puerta, asomó la cabeza. El pasillo estaba vacío.

En silencio, Maximilan Kohler huyó del hospital.

58

—Siete cuarenta y seis y treinta… *Listos.*

Incluso cuando hablaba por el *walkie-talkie*, la voz de Olivetti nunca parecía elevarse por encima de un susurro.

Langdon estaba sudando enfundado en su chaqueta de *tweed* en el asiento trasero del Alfa Romeo, que estaba avanzando por la Piazza de la Concorde, a tres manzanas del Panteón. Vittoria iba sentada a su lado, como fascinada por Olivetti, que estaba transmitiendo sus órdenes finales.

—El despliegue se llevará a cabo a las ocho en punto —dijo el comandante—. Todo el perímetro, con especial atención a la entrada. El objetivo puede que os conozca de vista, de manera que no os dejaréis ver. Fuerza no mortal únicamente. Necesitaremos que alguien se ocupe del tejado. El blanco es fundamental. Acompañante secundario.

Jesús, pensó Langdon, sintiendo escalofríos por la eficacia con la que el comandante había comunicado a sus hombres que el cardenal era prescindible. *Acompañante secundario.*

—Repito. Captura no mortal. Necesitamos vivo al objetivo. Adelante.

Olivetti desconectó su *walkie-talkie*.

Vittoria parecía estupefacta, casi irritada.

—¿No va a *entrar* nadie, comandante?

Olivetti se volvió.

—¿Entrar?

—¡En el Panteón! ¿Dónde cree que va a suceder?

—*Attento* —dijo Olivetti, con ojos inflexibles—. Si se ha producido algún tipo de infiltración en mis filas, es posible que conozcan a mis hombres de vista. Su colega acaba de advertirme de que ésta será nuestra única oportunidad de atrapar al objetivo. No tengo la intención de asustar a nadie entrando con mis hombres.

—¿Y si el asesino *ya* está dentro?

Olivetti consultó su reloj.

—El objetivo fue concreto. A las ocho en punto. Faltan quince minutos.

—Dijo que *mataría* al cardenal a las ocho, pero es posible que ya haya entrado con la víctima. ¿Y si sus hombres ven al objetivo salir, pero no saben quién es? Alguien ha de comprobar que no se halla en el interior.

—Demasiado arriesgado en este momento.

—Si la persona que entra no puede ser reconocida, el riesgo es inexistente.

—Operativos camuflados significarían una pérdida de tiempo irreparable y...

—Me refería a *mí*.

Langdon se volvió y la miró.

Olivetti meneó la cabeza.

—De ninguna manera.

—Asesinó a mi padre.

—Exacto, lo cual quiere decir que podría reconocerla.

—Ya le oyó por teléfono. No tenía ni idea de que Leonardo Vetra *tuviera* una hija. Estoy convencida de que no sabe cuál es mi aspecto. Podría entrar como una turista más. Si veo algo sospechoso, salgo a la plaza y hago una señal a sus hombres para que entren.

—Lo siento, pero no puedo permitirlo.

—*¿Comandante?* —El receptor de Olivetti crepitó—. La situación nos es desfavorable desde el punto norte. La fuente nos bloquea la vista. No podemos ver la entrada a menos que nos situemos en la plaza. ¿Qué ordena? ¿ Prefiere que permanezcamos ocultos o vulnerables?

Por lo visto, Vittoria ya había aguantado bastante.

—Estoy harta. Me voy.

Abrió la puerta y bajó.

Olivetti dejó caer el *walkie-talkie* y saltó del coche. Cortó el paso a Vittoria.

Langdon también bajó. *¿Qué diablos está haciendo esa chica?*

—Señorita Vetra, su intención es buena, pero no puedo permitir que un civil se entrometa.

—¿Se entrometa? Usted vuela a ciegas. Deje que le ayude.

—Me gustaría contar con alguien en el interior, pero...

—Pero ¿qué? —preguntó Vittoria—. ¿Pero soy una *mujer*?

Olivetti no dijo nada.

—Espero que no fuera a decir eso, comandante, porque sabe muy bien que he tenido una idea buena, y si deja que patochadas machistas arcaicas...

—Déjenos hacer nuestro trabajo.

—Déjeme ayudar.

—Demasiado peligroso. No tendríamos líneas de comunicación con usted. No puedo permitir que cargue con un *walkie-talkie*, la delataría.

Vittoria buscó en el bolsillo de la camisa y sacó el móvil.

—Muchos turistas llevan teléfono.

Olivetti frunció el ceño.

Vittoria abrió el teléfono y simuló llamar.

—Hola, cariño, estoy en el Panteón. ¡Deberías verlo! —Cerró el teléfono y miró a Olivetti—. ¿Quién rayos se va a enterar? La situación no me pone en peligro. ¡Deje que sea sus ojos! —Señaló el móvil que Olivetti llevaba sujeto al cinto—. ¿Cuál es su número?

Olivetti no contestó.

El conductor había estado mirando, como abismado en sus pensamientos. Bajó del coche y se llevó al comandante a un lado. Hablaron entre susurros durante diez segundos. Por fin, Olivetti asintió y volvió.

—Programe este número.

Empezó a dictar los dígitos.

Vittoria programó el teléfono.

—Ahora, llame al número.

Vittoria obedeció. El teléfono de Olivetti empezó a sonar. Lo levantó y habló.

—Entre en el edificio, señorita Vetra, eche un vistazo, salga del edificio, luego llámeme y dígame qué ha visto.

Vittoria cerró el teléfono.

—Gracias, señor.

Langdon experimentó una súbita e inesperada oleada de instinto protector.

—Espere un momento —dijo a Olivetti—. No pensará enviarla *sola*.

Vittoria le miró con el ceño fruncido.

—No me pasará nada.

El Guardia Suizo se puso a hablar otra vez con Olivetti.

—Es peligroso —dijo Langdon a Vittoria.

—Tiene razón —dijo Olivetti—. Ni siquiera mis mejores hombres trabajan solos. Mi lugarteniente acaba de comentar que la mascarada será más convincente si van los dos juntos.

¿Los dos? Langdon vaciló. *En realidad, lo que quería decir...*

—Si entran juntos —dijo Olivetti—, parecerán una pareja de turistas. Además, podrán apoyarse mutuamente. Me sentiré más tranquilo así.

Vittoria se encogió de hombros.

—Estupendo, pero hemos de proceder con rapidez.

Langdon gruñó. *Bien por ti, vaquero.*

—La primera calle que encontrarán será la Via degli Orfani —señaló Olivetti—. Tuerzan a la izquierda. Los llevará directamente al Panteón. Dos minutos a pie, como máximo. Yo estaré aquí, al mando de mis hombres y esperando su llamada. Me gustaría que fueran protegidos. —Sacó su pistola—. ¿Alguno de ustedes dos sabe utilizar un arma?

El corazón de Langdon se paró un momento. *¡No necesitamos una pistola!*

Vittoria extendió la mano.

—Puedo darle a una marsopa desde cuarenta metros de distancia, disparando desde la proa de un barco en movimiento.

—Bien. —Olivetti le entregó la pistola—. Tendrá que esconderla.

Vittoria echó un vistazo a sus *shorts*. Después, miró a Langdon.

¡Oh no, eso no!, pensó él, pero Vittoria actuó con rapidez. Le abrió la chaqueta e introdujo el arma en uno de los bolsillos del pecho. Fue como si le hubieran metido una piedra en la chaqueta, y su único consuelo era que el *Diagramma* descansaba en el otro bolsillo.

—Nuestro aspecto es de lo más inofensivo —dijo Vittoria—. Nos vamos.

Tomó a Langdon del brazo y empezó a caminar.

—Cogidos del brazo queda mejor —gritó el conductor—. Recuerden que son turistas. Recién casados, incluso. ¿Y si se cogen de la mano?

Cuando dobló la esquina, Langdon habría podido jurar que vio en el rostro de Vittoria la sombra de una sonrisa.

59

La «sala de organización» de la Guardia Suiza se halla junto a los barracones del Corpo di Vigilanza, y se usa sobre todo para planear la seguridad de las apariciones papales y los acontecimientos públicos del Vaticano. Hoy, no obstante, la utilizaban para otra cosa.

El hombre que dirigía la palabra a la fuerza era el segundo al mando de la Guardia Suiza, el capitán Elias Rocher. Rocher era un individuo corpulento de facciones delicadas, como de masilla. Vestía el uniforme tradicional azul de capitán con un toque personal, una boina roja inclinada sobre la cabeza. Su voz era sorprendentemente cristalina para un hombre de su corpulencia, y cuando hablaba, su tono poseía la claridad de un instrumento musical. Pese a la precisión de su entonación, los ojos de Rocher estaban nublados como los de un mamífero nocturno. Sus subordinados le llamaban «orso», oso. A veces, comentaban en broma que Rocher era «el oso que caminaba a la sombra de la víbora». El comandante Olivetti era la víbora. Rocher era tan mortífero como la víbora, pero al menos era predecible.

Los hombres de Rocher estaban en posición de firmes. Ninguno movía un músculo, aunque la información que acababan de recibir les había acelerado el pulso.

El teniente Chartrand, un novato, se hallaba al fondo de la sala, arrepentido de no haber formado parte del noventa y nueve por ciento de aspirantes rechazados. A los veinte años, Chartrand era el guardia más joven de la fuerza. Llevaba tan sólo tres meses en el Vaticano. Como todos los hombre presentes, Chartrand era un Guardia Suizo entrenado, y había soportado dos años de preparación adicional en Berna, antes de presentarse a la dura *prova* celebrada en barracones secretos situados en las afueras de Roma. Sin embargo, su entrenamiento no le había preparado para una crisis como ésta.

Al principio, Chartrand pensó que la reunión informativa era una especie de ejercicio de entrenamiento extravagante. *¿Armas futuristas? ¿Sectas antiquísimas? ¿Cardenales secuestrados?* Después, Rocher les había enseñado el vídeo grabado en directo del arma en cuestión. Por lo visto, no se trataba de un ejercicio.

—Cortaremos la electricidad en zonas seleccionadas —estaba diciendo Rocher—, con el fin de eliminar interferencias magnéticas externas. Trabajaremos en grupos de cuatro. Utilizaremos gafas de visión infrarroja. El registro se efectuará con los rastreadores de micrófonos ocultos tradicionales. ¿Alguna pregunta?

Ninguna.

La mente de Chartrand estaba sobrecargada.

—¿Y si no la encontramos a tiempo? —preguntó, cosa de la que se arrepintió de inmediato.

El oso le miró. Después, despidió al grupo de hombres con un sombrío saludo.

—Que Dios os asista, muchachos.

60

A dos manzanas del Panteón, Langdon y Vittoria se acercaron a pie a una fila de taxis, cuyos conductores dormitaban en el asiento delantero. La hora de la siesta era eterna en la Ciudad Eterna. Dormir en público era una costumbre perfeccionada de las siestas importadas de la antigua España.

Langdon se esforzaba por concentrarse, pero la situación era demasiado anómala para asimilarla de una forma racional. Seis horas antes estaba durmiendo en Cambridge. Ahora se encontraba en Europa, atrapado en una batalla surrealista de antiguos titanes, con una semiautomática en el bolsillo de la chaqueta, cogido de la mano de una mujer a la que acababa de conocer.

Observó a Vittoria. Miraba fijamente hacia delante. Le asía la mano con la fuerza de una mujer independiente y decidida. Sus dedos envolvían los de él con la espontaneidad de una aceptación innata. Sin vacilar. Langdon experimentaba una creciente atracción. *Sé realista,* se dijo.

Por lo visto, Vittoria intuyó su inquietud.

—Relájate —dijo sin volver la cabeza—. Se supone que somos una pareja de recién casados.

—Estoy relajado.

—Me estás triturando la mano.

Langdon enrojeció y aflojó su presa.

—Respira por los ojos —dijo ella.

—¿Perdón?

—Relaja los músculos. Se llama *pranayama.*

—¿Prana qué?

—*Pranayama.* Da igual.

Cuando doblaron la esquina y entraron en la Piazza della Rotunda, el Panteón se alzó ante ellos. Langdon lo miró con asombro y reverencia, como siempre. *El Panteón. Templo de todos los dioses. Dioses paganos. Dioses de la Naturaleza y de la Tierra.* No recordaba que se pareciera tanto a una caja. Las columnas verticales y los *pronaus* triangulares ocultaban la cúpula circular que había detrás. Aun así, la audaz y poco modesta inscripción que destacaba sobre la entrada le confirmó que se encontraban en el punto exacto. M AGRIPPA L F COS TERTIUM FECIT. Langdon lo tradujo, como siempre, con estupor. *Marco Agripa, cónsul por tercera vez, lo construyó.*

Humilde el muchacho, pensó, y paseó los ojos a su alrededor. Varios turistas deambulaban por la zona con sus cámaras de vídeo. Otros se habían sentado, para disfrutar del mejor café helado de Roma en *La Tazza di Oro.* Ante la entrada del Panteón, cuatro policías armados estaban firmes, tal como Olivetti había pronosticado.

—Parece que hay mucha tranquilidad —dijo Vittoria.

Langdon asintió, pero se sentía preocupado. Ahora que se encontraba aquí en persona, todo lo que estaba sucediendo se le antojaba surrealista. Pese a la aparente fe de Vittoria en que él tenía razón, Langdon comprendió que había depositado toda su fe en la primera línea. No podía apartar de su mente el poema de los Illuminati. *Desde la tumba terrenal de San, / en el agujero del demonio. SÍ,* se dijo. Éste era el lugar. La tumba de Santi. Había estado aquí muchas veces, bajo el *oculus* del Panteón, y visitado la tumba del gran Rafael.

—¿Qué hora es? —preguntó Vittoria.

Langdon consultó su reloj.

—Las siete y cincuenta minutos. Faltan diez para el inicio del espectáculo.

—Espero que esos tipos sean buenos —dijo Vittoria, mientras observaba a los turistas que entraban en el Panteón—. Si algo sucede dentro de la cúpula, estaremos expuestos al fuego cruzado.

Langdon exhaló un profundo suspiro y avanzó hacia la entrada. La pistola le pesaba en el bolsillo. Se preguntó qué pasaría si los policías le registraban y encontraban el arma, pero los agentes no le dirigieron ni una mirada. Por lo visto, el disfraz era convincente.

—¿Has disparado otra cosa que no fuera un dardo anestesiante? —susurró a Vittoria.

—¿No confías en mí?

—¿Confiar en ti? Si apenas te conozco.

Vittoria frunció el ceño.

—Y yo que pensaba que éramos recién casados.

61

Dentro del Panteón reinaba una atmósfera fría y húmeda, cargada de historia. El techo flotaba como ingrávido. La cúpula tenía cuarenta y tres metros de diámetro y era más grande incluso que la de San Pedro. Como siempre, Langdon sintió un escalofrío cuando entró en la estancia cavernosa. Era una notable fusión de ingeniería y arte. Sobre ellos, un estrecho rayo de sol vespertino penetraba por el famoso agujero circular del techo. *El oculus,* pensó Langdon. *El agujero del demonio.*

Habían llegado.

Los ojos de Langdon siguieron el arco del techo hasta las columnas que formaban las paredes, y por fin hasta el suelo de mármol pulido. El tenue eco de pasos y los murmullos de los turistas resonaban en toda la cúpula. Langdon examinó la docena de turistas que vagaban en las sombras. *¿Estás aquí?*

—Parece muy tranquilo —dijo Vittoria, sin soltar su mano.

Langdon asintió.

—¿Dónde está la tumba de Rafael?

Langdon pensó un momento, mientras intentaba orientarse. Inspeccionó la estancia. Tumbas. Altares. Columnas. Nichos. Señaló un monumento funerario especialmente ornamentado, enfrente y a la izquierda.

—Creo que Rafael está allí.

Vittoria examinó el resto de la sala.

—No veo a nadie que parezca un asesino a punto de matar a un cardenal. ¿Echamos un vistazo?

Langdon asintió.

—Sólo existe un lugar en el que alguien podría esconderse. Será mejor que vayamos a los *rientranze.*

—¿Los nichos?

—Sí —señaló Langdon—. Los nichos.

Alrededor del perímetro, intercalados con las tumbas, había una serie de nichos semicirculares practicados en el muro. Los nichos, aunque no eran enormes, sí eran lo bastante grandes para que alguien se escondiera en las sombras. Por desgracia, Langdon sabía que en otro tiempo albergaban estatuas de los dioses del Olimpo, pero las esculturas paganas habían sido destruidas cuando el Vaticano convirtió el Panteón en una iglesia cristiana. Sintió una punzada de frustración al saber que se hallaba en el primer altar de la ciencia, y que el indicador había desaparecido. Se preguntó qué estatua habría sido ese indicador, y adónde habría señalado. Langdon no podía imaginar mayor emoción que encontrar un indicador de los Illuminati, una estatua que, de manera disimulada, señalara el Sendero de la Iluminación. Una vez más, se preguntó quién habría sido el anónimo escultor Illuminatus.

—Yo me ocuparé del arco izquierdo —dijo Vittoria, indicando la mitad izquierda de la circunferencia—. Tú ve por la derecha. Nos veremos dentro de ciento ochenta grados.

Langdon sonrió desganado.

Mientras Vittoria se alejaba, él sintió que el horror de la situación se insinuaba tenaz en su mente. Cuando se volvió y caminó hacia la derecha, la voz del asesino pareció su-

surrar en el espacio muerto que le rodeaba. *A las ocho en punto. Vírgenes sacrificadas en el altar de la ciencia. Una progresión matemática de muerte. Ocho, nueve, diez, once... y a medianoche.* Langdon consultó su reloj: 19: 52. Ocho minutos.

Cuando avanzó hacia los primeros nichos, pasó ante la tumba de un rey católico de Italia. El sarcófago, como muchos en Roma, estaba torcido con respecto a la pared, colocado de una manera errónea. Un grupo de visitantes parecía confuso por este hecho. Langdon no se detuvo a dar explicaciones. Las tumbas cristianas oficiales solían estar mal alineadas con la arquitectura que las albergaba con el fin de mirar al *este*. Era una antigua superstición que Langdon había comentado en la clase de simbología el mes pasado.

—¡Eso es totalmente incongruente! —había exclamado una estudiante de la primera fila, cuando Langdon explicó el motivo de que las tumbas estuvieran orientadas hacia el este—. ¿Por qué quieren los cristianos que sus tumbas estén orientadas al *sol* naciente? Estamos hablando de la cristiandad, no de adoradores del *sol*.

Langdon sonrió, paseó ante la pizarra y masticó una manzana.

—¡Señor Hitzrot! —gritó.

Un joven que dormitaba en la parte de atrás se incorporó sobresaltado.

—¿Qué? ¿Yo?

Langdon señaló un cartel de arte del Renacimiento clavado en la pared.

—¿Quién es el hombre arrodillado ante Dios?

—Er... ¿Un santo?

—Brillante. ¿Cómo sabe que es un santo?

—¿No tiene un halo?

—Excelente. ¿Ese halo dorado le recuerda algo?

Hitzrot sonrió.

—¡Sí! Estudiamos esas cosas egipcias el trimestre pasado. Esos... mmm... *¡discos solares!*

—Gracias, Hitzrot. Vuelve a dormir. —Langdon se volvió hacia la clase—. Los halos, como mucha simbología cristiana, se tomaron prestados de la antigua religión egipcia, que adoraba al *sol.* La cristiandad está plagada de ejemplos de adoración al sol.

—¿Perdón? —dijo la chica—. ¡Voy mucho a la iglesia, y no veo a nadie adorando al sol!

—¿De veras? ¿Qué se celebra el veinticinco de diciembre?

—Navidad. El nacimiento de Jesucristo.

—Pero según la Biblia, Cristo nació en marzo. ¿Qué hacemos celebrándolo a finales de diciembre?

Silencio.

Langdon sonrió.

—El veinticinco de diciembre, amigos míos, es la antigua fiesta pagana del *sol invictus,* el Sol Invencible, que coincide con el solsticio de invierno. Es esa época maravillosa del año en que el sol regresa y los días empiezan a alargarse.

Langdon dio otro mordisco a la manzana.

—Con el fin de conquistar religiones —continuó—, a menudo se adaptan festividades existentes para que la conversión sea menos traumática. Se llama *transmutación.* Ayuda a la gente a acostumbrarse a la nueva fe. Los creyentes conservan las mismas fechas sagradas, rezan en los mismos lugares sagrados, utilizan una simbología similar... y se limitan a sustituir a un dios por otro.

La chica se enfureció.

—¡Está insinuando que el cristianismo es una especie de... *culto al sol* reciclado!

—En absoluto. La cristiandad no tomó prestado tan *sólo* el culto al sol. El ritual de la canonización cristiana proviene del antiguo rito de Euhemerus, el de convertir en dioses a seres humanos. La práctica de «devorar a los dioses», o sea, la Sagrada Comunión, proviene de los aztecas. Ni siquiera el concepto de Cristo muriendo por nuestros pecados es exclusivamente cristiano. El sacrificio de un joven para redimir los pecados de su pueblo aparece en la tradición de Quetzalcoatl.

La muchacha le miró indignada.

—¿De modo que el cristianismo no tiene *nada* de original?

—Muy pocas cosas son realmente originales en *cualquier* fe organizada. Las religiones no nacen de la nada. Surgen de otra. La religión moderna es un *collage*, un acta histórica adaptada de la lucha del hombre por comprender lo divino.

—Mmm... Un momento —dijo Hitzrot, que parecía haberse despertado—. Sé que el cristianismo tiene algo de original. Nuestra imagen de Dios. El arte cristiano nunca plasmó a Dios como el dios sol en forma de halcón, o como una representación azteca, o cosas raras. Siempre muestra a Dios como un anciano de barba blanca. Así que nuestra imagen de Dios es original, ¿verdad?

Langdon sonrió.

—Cuando los primeros cristianos conversos abandonaron sus deidades anteriores (dioses paganos, dioses romanos, griegos, el sol, Mitra, lo que sea), preguntaron a la Iglesia cuál era el aspecto de su nuevo dios cristiano. Muy sabiamente, la Iglesia eligió el rostro más temido, poderoso... y conocido de toda la historia documentada.

Hitzrot le miró con escepticismo.

—¿Un anciano de luenga barba?

Langdon señaló una jerarquía de dioses antiguos que colgaba en la pared. En lo alto había un anciano de barba larga y suelta.

—¿Conocen a Zeus?

La clase terminó al instante.

—Buenas noches —dijo una voz masculina.

Langdon pegó un bote. Estaba de vuelta en el Panteón. Se volvió y vio a un anciano vestido con una capa azul que exhibía una cruz roja bordada en el pecho. El hombre sonreía.

—Es usted inglés, ¿verdad?

El acento del hombre era toscano.

Langdon parpadeó, confuso.

—Pues la verdad es que no. Soy norteamericano.

—Oh, cielos, discúlpeme —dijo el hombre, avergonzado—. Como va tan bien vestido, pensé... Le pido perdón.

—¿Puedo ayudarle? —preguntó Langdon, cuyo corazón se había acelerado.

—Pensé que quizá podría ayudarle yo. Soy el *cicerone*. —El hombre señaló con orgullo su placa—. Mi trabajo consiste en hacer que su visita a Roma sea más interesante.

¿Más interesante? Langdon estaba seguro de que esta visita a Roma era de lo más interesante.

—Parece un hombre distinguido —le lisonjeó el *cicerone*—, más interesado en la cultura que la mayoría. Quizá podría contarle la historia de este edificio fascinante.

Langdon sonrió cortesmente.

—Muy amable, pero de hecho soy historiador de arte, y...

—¡Soberbio! —Los ojos del hombre se iluminaron como si le hubiera tocado la lotería—. ¡No cabe duda de que considerará el edificio espléndido!

—Creo que preferiría...

—El Panteón fue construido por Marco Agripa en el año 27 antes de Cristo —anunció el hombre, buceando en su memoria.

—Sí —replicó Langdon—, y fue reconstruido por Adriano en el 119 después de Cristo.

—¡Fue la cúpula más grande del mundo hasta 1960, cuando fue eclipsada por la Supercúpula de Nueva Orleans!

Langdon gruñó. No había forma alguna de parar al hombre.

—¡Y un teólogo del siglo quinto llamó al Panteón en una ocasión *La Casa del Demonio*, y advirtió que el agujero del techo era la entrada de los demonios!

Langdon siguió caminando. Sus ojos ascendieron hacia el *oculus*, y el recuerdo de la teoría sugerida por Vittoria proyectó una imagen aterradora en su mente: un cardenal marcado cayendo a través del agujero y estrellándose en el suelo de mármol. *Eso sí que sería un acontecimiento mediático.* Langdon se descubrió buscando reporteros en el Panteón. Ninguno. Respiró hondo. Era una idea absurda.

Cuando avanzó para proseguir su inspección, el guía le siguió como un perrito faldero. *Eso me recuerda que no hay nada peor que un historiador de arte entusiasta*, pensó Langdon.

Al otro lado de la sala, Vittoria estaba enfrascada en su propia búsqueda. Sola por primera vez desde que se había enterado de la muerte de su padre, sentía que la cruda realidad de las últimas ocho horas se estaba cerrando a su alrededor. Su padre había sido asesinado, cruel y repentinamente. Era casi tan doloroso como que la creación de su padre hubiera sido corrompida, convertida en una herramienta de terroristas. Vittoria estaba abrumada por la culpa de que era su invención la que había permitido transportar la antimateria... Su contenedor, colocado en el interior del Vaticano. En un esfuerzo por colaborar en la búsqueda de la verdad que su padre había emprendido... se había transformado en cómplice del caos.

Aunque pareciera bastante raro, lo único que la consolaba en este momento era la presencia de un desconocido. Robert Langdon. Encontraba un inexplicable refugio en sus ojos, como la armonía del mar que había abandonado aquella misma mañana. Se alegraba de que estuviera con ella. No sólo era una fuente de energía y esperanza, sino que su mente había imaginado una forma de capturar al asesino de su padre.

Vittoria respiró hondo, mientras seguía inspeccionando el sector que le correspondía. Estaba abrumada por las fantasías inesperadas de venganza personal que habían dominado sus pensamientos todo el día. Quería ver muerto al asesino. Por más buen *karma* que poseyera, hoy no estaba dispuesta a presentar la otra mejilla. Perturbada y excitada, sentía correr por su sangre italiana algo que nunca antes había experimentado, los susurros de antepasados italianos que defendían el honor de la familia con justicia brutal. *Vendetta,* pensó Vittoria, y por primera vez en su vida, empezó a comprender.

El ansia de venganza la impulsaba a seguir adelante. Se acercó a la tumba de Rafael Santi. Incluso desde lejos, supo que aquel individuo era especial. Su ataúd, al contrario que los demás, estaba protegido por un revestimiento de plexiglás y embutido en la pared. A través de la verja vio la parte delantera del sarcófago.

Vittoria estudió la tumba y leyó la descripción, consistente en una sola frase, en la placa que había al lado de la tumba de Rafael.

Luego volvió a leerla.

Después... la leyó de nuevo.

Un momento después, corrió horrorizada hacia donde estaba Langdon.

—¡Robert! ¡Robert!

62

El guía que le pisaba los talones dificultaba la inspección de Langdon. El hombre continuaba su incesante y aburrida perorata, y Langdon se preparó para examinar el último nicho.

—¡Da la impresión de que le gustan mucho esos nichos! —dijo el guía, muy complacido—. ¿Sabía que la forma ahusada de las paredes es el motivo de que la cúpula parezca ingrávida?

Langdon asintió, sin oír ni una palabra. De repente, alguien le agarró por detrás. Era Vittoria. Estaba sin aliento. Por la expresión aterrorizada de su cara, Langdon sólo pudo imaginar una cosa. *Ha encontrado un cadáver.* Se sintió invadido por el miedo.

—¡Ah, su mujer! —exclamó el guía, entusiasmado por la perspectiva de contar con otro oyente. Indicó sus *shorts* y las botas de montaña.

—¡Usted sí que es norteamericana!

Vittoria entornó los ojos.

—Soy italiana.

La sonrisa del guía se desvaneció.

—Oh, Dios mío.

—Robert —susurró Vittoria, dando la espalda al guía—. He de ver el *Diagramma* de Galileo.

—¿El *Diagramma*? —dijo el guía—. ¡Caramba! ¡Ustedes sí que saben historia! Por desgracia, ese documento no se puede ver. Se halla en la sección secreta de los Archivos del Vat...

—¿Nos disculpa un momento? —dijo Langdon. El pánico de Vittoria le confundía. La llevó a un lado, buscó en su bolsillo y extrajo con mucho cuidado el folio del *Diagramma*—. ¿Qué pasa?

—¿Cuál es la fecha de ese documento? —preguntó Vittoria, mientras examinaba la hoja.

El guía los asaltó de nuevo, y contempló el folio boquiabierto.

—Ése no es... el verdadero...

—Una reproducción para turistas —intervino Langdon—. Gracias por su ayuda, señor. Mi mujer y yo queremos estar un momento a solas.

El guía retrocedió, pero ni por un momento apartó la mirada del papel.

—La fecha —repitió Vittoria a Langdon—. ¿Cuándo publicó Galileo...?

Langdon señaló unos números romanos en la línea inferior.

—Ésta es la fecha de publicación. ¿Qué pasa?

Vittoria descifró el número.

—¿Mil seiscientos treinta y nueve?

—Sí. ¿Qué ocurre?

Un presagio se insinuó en los ojos de Vittoria.

—Tenemos problemas, Robert. Muy graves. Las fechas no coinciden.

—¿Qué fechas no coinciden?

—La tumba de Rafael. No le enterraron aquí hasta 1759. Un siglo después de que el *Diagramma* fuera publicado.

Langdon la miró sin comprender.

—No —contestó—. Rafael murió en 1520, mucho antes del *Diagramma*.

—Sí, pero no fue enterrado *aquí* hasta mucho más tarde.

Langdon se sentía perdido.

—¿De qué estás hablando?

—Acabo de leerlo. El cadáver de Rafael fue trasladado al Panteón en 1758. Fue con motivo de una especie de tributo histórico a italianos eminentes.

Cuando asimiló las palabras, Langdon experimentó la sensación de que le habían quitado una alfombra de debajo de los pies de un tirón.

—Cuando el poema fue escrito —siguió Vittoria—, la tumba de Rafael estaba en otro sitio. En aquel entonces, el Panteón no tenía nada que ver con Rafael.

Langdon no podía respirar.

—Pero eso... significa...

—¡Sí, significa que nos hemos equivocado de lugar!

Langdon se tambaleó. *Imposible... Yo estaba del todo seguro...*

Vittoria corrió hacia el guía.

—Perdone, signore. ¿Dónde estaba el cadáver de Rafael en el siglo diecisiete?

—Urb... Urbino —tartamudeó el hombre, perplejo—. Su ciudad natal.

—¡Imposible! —Langdon se maldijo—. Los altares de la ciencia de los Illuminati estaban aquí, en Roma. ¡Estoy seguro!

—¿Illuminati? —El guía lanzó una exclamación ahogada y miró otra vez el documento que Langdon sostenía—. ¿Quiénes son ustedes?

Vittoria se hizo cargo de la situación.

—Buscamos algo llamado la tumba terrenal de Santi. ¿Puede decirnos cuál podría ser?

El guía parecía inquieto.

—Ésta es la única tumba de Rafael en Roma.

Langdon intentó pensar, pero su mente se resistía. Si la tumba de Rafael no estaba en Roma en 1655, ¿a qué se refería el poema? *La tumba terrenal de Santi en el agujero del demonio. ¿Qué demonios es? ¡Piensa!*

—¿Hubo otro artista apellidado Santi? —preguntó Vittoria.

El guía se encogió de hombros.

—No que yo sepa.

—¿Y alguien que no fuera famoso? ¿Un científico, un poeta o un astrónomo de apellido Santi?

Daba la impresión de que el guía tenía ganas de marcharse.

—No, señora. El único Santi del que he oído hablar es Rafael, el arquitecto.

—¿Arquitecto? —dijo Vittoria—. ¡Pensaba que era pintor!

—Era ambas cosas, por supuesto. Todos lo eran. Miguel Ángel, Da Vinci, Rafael.

Langdon no supo si fueron las palabras del guía o las tumbas labradas que los rodeaban lo que le iluminó, pero daba igual. La idea germinó en su mente. *Santi era arquitecto.* A partir de eso, la progresión de pensamientos fue como fichas de dominó que fueran cayendo una tras otra. Los arquitectos del Renacimiento sólo vivían por dos motivos: alabar a Dios con grandes iglesias, y alabar a dignatarios con tumbas lujosas. *La tumba de Santi. ¿Podría ser?* Las imágenes se sucedieron con mayor rapidez.

La *Mona Lisa* de Da Vinci.

Los *Lirios acuáticos* de Monet.

El *David* de Miguel Ángel.

La tumba terrenal de Santi...

—Santi diseñó la tumba —dijo Langdon.

Vittoria se volvió.

—¿Qué?

—No es una referencia al lugar donde está enterrado Rafael, sino que se refiere a una tumba que él *diseñó.*

—¿De qué estás hablando?

—Malinterpreté la pista. Lo que estamos buscando no es la tumba de Rafael, sino una tumba que Rafael diseñó para alguien. No puedo creer que me equivocara. La mitad de las esculturas hechas en la Roma del Renacimiento y el Barroco eran de tipo funerario. —Langdon sonrió—. ¡Rafael debió de diseñar cientos de tumbas!

La noticia no alegró a Vittoria.

—¿Cientos?

La sonrisa de Langdon se desvaneció.

—Oh.

—¿Alguna de ellas *terrenal,* profesor?

De pronto, Langdon se sintió torpe. Sabía muy poco sobre la obra de Rafael. Con Miguel Ángel habría sido bastante más preciso, pero la obra de Rafael nunca le había cautivado. Langdon sólo recordaba un par de las tumbas más famosas de Rafael, pero no estaba seguro de cuál era su apariencia.

Como si intuyera el bloqueo de Langdon, Vittoria se volvió hacia el guía, que se iba alejando poco a poco. Le agarró del brazo al instante.

—Necesito una tumba. Diseñada por Rafael. Una tumba que pudiera considerarse *terrenal.*

El guía parecía disgustado.

—¿Una tumba de Rafael? No sé. Diseñó muchas. Además, debe de referirse a una capilla de Rafael, no a una tumba. Los arquitectos siempre diseñaban las capillas conjuntamente con la tumba.

Langdon cayó en la cuenta de que el hombre tenía razón.

—¿Existen tumbas o capillas de Rafael que se consideren *terrenales*?

El hombre se encogió de hombros.

—Lo siento. No sé qué quiere decir. *Terrenal* no describe nada que yo conozca. Tengo que marcharme.

Vittoria le retuvo y leyó el folio.

—«Desde la tumba terrenal de San, / en el agujero del demonio». ¿Significa algo para usted?

—Nada.

Langdon alzó la vista de repente. Había olvidado por un momento la segunda parte del verso. *¿El agujero del demonio?*

—¡Sí! —dijo al guía—. ¡Ya está! ¿Hay alguna capilla de Rafael que tenga un *oculus*?

El guía meneó la cabeza.

—Que yo sepa, el Panteón es único. —Hizo una pausa—. Pero…

—¿Pero qué? —dijeron al unísono Langdon y Vittoria.

El guía ladeó la cabeza.

—¿Un agujero del demonio? —Murmuró para sí y se dio golpecitos en los dientes—. Agujero del demonio… Eso es… *buco diavolo*?

Vittoria asintió.

—Literalmente, sí.

El guía sonrió apenas.

—Hace mucho tiempo que no oía esa expresión. Si no me equivoco, un *buco diavolo* se refiere a una cripta subterránea.

—¿Una cripta subterránea? —preguntó Langdon.

—Sí, pero un tipo de cripta muy concreto. Creo que el agujero del demonio es un antiguo término utilizado para referirse a una cavidad sepulcral de buen tamaño situada en una capilla... debajo de otra tumba.

—¿Un osario? —preguntó Langdon, que había reconocido al instante lo que el hombre estaba describiendo.

El guía se quedó impresionado.

—¡Sí! Ésa es la palabra que estaba buscando.

Langdon reflexionó unos momentos. Los osarios eran un apaño barato eclesiástico para solucionar dilemas engorrosos. Cuando las iglesias honraban a sus miembros más distinguidos con tumbas ornamentadas en el interior del santuario, los miembros supervivientes de la familia solían pedir que los enterraran juntos... para de esta forma asegurarse de que contarían con un codiciado lugar de sepultura dentro de la iglesia. Sin embargo, si la iglesia carecía de espacio o fondos para habilitar tumbas dedicadas a toda una familia, a veces excavaban un osario al lado, un agujero en el suelo, cerca de la tumba, donde sepultaban a los miembros de la familia menos favorecidos por la fortuna. El agujero se cubría a continuación con el equivalente del Renacimiento a una tapa de alcantarilla. Aunque conveniente, el osario pasó de moda pronto, debido sobre todo al hedor que invadía a menudo la catedral. *El agujero del demonio*, pensó Langdon. Nunca había oído la expresión. Le parecía siniestramente acertada.

El corazón de Langdon latía desbocado. *Desde la tumba terrenal de San, / en el agujero del demonio*. Sólo quedaba por hacer una pregunta.

—¿Diseñó Rafael alguna tumba que contara con un agujero del demonio?

El guía se rascó la cabeza.

—Lo siento, pero… sólo se me ocurre una.

¡Sólo una! Langdon no podría haber soñado con una respuesta mejor.

—¿Dónde? —gritó casi Vittoria.

El guía los miró de una manera extraña.

—Se llama la Capilla Chigi. La tumba de Agostino Chigi y su hermano, acaudalados mecenas de las artes y las ciencias.

—*¿Ciencias?* —dijo Langdon, e intercambió una mirada con Vittoria.

—¿Dónde? —repitió Vittoria.

El guía hizo caso omiso de la pregunta, entusiasmado de nuevo por poder ayudar.

—En cuanto a si la tumba es *terrenal* o no, lo ignoro, pero la verdad es que es… *differente*, podríamos decir.

—¿Diferente? —preguntó Langdon—. ¿En qué?

—Incongruente con la arquitectura. Rafael sólo fue el arquitecto. Otro escultor se hizo cargo de los adornos interiores. No me acuerdo quién fue.

Langdon era todo oídos. *El anónimo maestro de los Illuminati tal vez.*

—El autor de los monumentos interiores carecía de gusto —insistió el guía—. *Dio mio! Atrocità!* ¿Quién querría estar enterrado debajo de *pirámides*?

Langdon apenas daba crédito a sus oídos.

—¿Pirámides? ¿La capilla contiene pirámides?

—Lo sé —bufó el guía—. Terrible, ¿verdad?

Vittoria agarró el brazo del guía.

—Signore, *¿dónde* está esa Capilla Chigi?

—En la iglesia de Santa Maria del Popolo, al norte de la ciudad.

Vittoria exhaló un suspiro.

—Gracias. Vamos a…

—Eh —dijo el guía—. Se me acaba de ocurrir algo. Qué tonto soy.

Vittoria paró en seco.

—No me diga que se ha equivocado, por favor.

El hombre negó con la cabeza.

—No, pero tendría que haberlo pensado antes. La Capilla Chigi no siempre fue conocida por ese nombre. La llamaban la Capella della Terra.

Vittoria dio media vuelta y se encaminó directamente hacia la puerta.

Vittoria Vetra abrió su móvil mientras atravesaba a toda prisa la Piazza della Rotunda.

—Comandante Olivetti —dijo—. ¡Nos hemos equivocado de sitio!

—¿Qué quiere decir? —preguntó Olivetti, perplejo.

—¡El primer altar de la ciencia está en la Capilla Chigi!

—¿Dónde? —Olivetti parecía irritado—. Pero el señor Langdon dijo…

—¡Santa Maria del Popolo! ¡Ordene a sus hombres que se dirijan allí! ¡Nos quedan cuatro minutos!

—¡Pero mis hombres están apostados aquí! No puedo…no...

—¡Muévase!

Vittoria cerró el teléfono.

Langdon salió del Panteón, desconcertado.

Vittoria agarró su mano y tiró de él hacia la cola de taxis, al parecer sin conductor, que esperaban junto al bordillo. Golpeó el capó del primer coche de la fila. El conductor adormilado se irguió sobresaltado. Vittoria abrió una de las puertas traseras y empujó a Langdon al interior. Después saltó detrás de él.

—Santa Maria del Popolo —ordenó—. *Presto!*

El conductor, con aspecto delirante y medio aterrorizado, pisó el acelerador y salió disparado.

63

Gunther Glick tecleaba en el ordenador de Chinita Macri, que ahora estaba encorvada en la parte posterior de la estrecha camioneta de la BBC, mirando confusa por encima del hombro del reportero.

—Ya te lo he dicho —dijo Glick mientras pulsaba algunas teclas—. El *British Tattler* no es el único periódico que publica artículos sobre estos tipos.

Macri se acercó más a la pantalla. Glick tenía razón. La base de datos de la BBC mostraba que su distinguida cadena había seleccionado y emitido seis reportajes en los últimos diez años sobre la hermandad llamada los Illuminati. *Bien, que me aspen,* pensó la mujer.

—¿Quiénes son los periodistas que hicieron los reportajes? ¿Buscadores de basura?

—La BBC no contrata a buscadores de basura.

—Te contrataron a ti.

Glick frunció el ceño.

—No sé por qué eres tan escéptica. Los Illuminati están bien documentados a lo largo de la historia.

—También las brujas, los ovnis y el monstruo del lago Ness.

Glick leyó la lista de reportajes.

—¿Has oído hablar de un tipo llamado Winston Churchill?

—Me suena.

—Hace un tiempo, la BBC hizo un reportaje de tipo histórico sobre la vida de Churchill. Un católico recalcitrante, por cierto. ¿Sabías que en 1920 Churchill publicó una declaración condenando a los Illuminati, y advirtiendo a los ingleses de una conspiración contra la moral a escala mundial?

Macri se mostró dudosa.

—¿Dónde se publicó? ¿En el *British Tattler*?

Glick sonrió.

—En el *London Herald*, el ocho de febrero de 1920.

—Ni hablar.

—Regálate los ojos.

Macri miró el recorte. *London Herald, 8 de febrero de 1920. No tenía ni idea.*

—Bien, Churchill era un paranoico.

—No era el único —dijo Glick, que siguió leyendo—. Por lo visto, Woodrow Wilson intervino en tres emisiones radiofónicas en 1921, para alertar sobre el creciente control de los Illuminati sobre el sistema bancario estadounidense. ¿Quieres una cita directa de la transcripción?

—No, gracias.

Glick no hizo caso.

—Dijo: «Existe un poder tan organizado, tan sutil, tan completo, tan dominante, que pronunciar palabras en su contra equivale a ensalzarlos».

—Nunca había oído nada de esto.

—Tal vez porque en 1921 eras una cría.

—Eres un encanto.

Macri se tomó la pulla con calma. Sabía que se le empezaba a notar la edad. Con cuarenta y tres años, sus rizos negros estaban veteados de gris. Era demasiado orgullosa para teñirse. Su madre, una baptista del sur, había inculcado aceptación y sentido de la dignidad en Chinita. *Cuando se es negra,* decía su madre, *no puedes ocultar lo que eres. El día que lo intentas, es el día de tu muerte. Anda erguida, sonríe y haz que se pregunten cuál es el secreto que te hace reír.*

—¿Has oído hablar de Cecil Rhodes? —preguntó Glick.

Macri levantó la vista.

—¿El financiero inglés?

—Sí. Fundó las becas Rhodes.

—No me digas…

—Illuminatus.

—Tonterías.

—BBC, de hecho. dieciséis de noviembre de 1984.

—¿Publicamos que Cecil Rhodes era un Illuminatus?

—Pues claro. Según nuestra cadena, las becas Rhodes eran fondos aportados hace siglos para reclutar las mentes jóvenes más brillantes del mundo y engrosar las filas de los Illuminati.

—¡Eso es ridículo! ¡Mi tío obtuvo una beca Rhodes!

Glick le guiñó un ojo.

—Y también Bill Clinton.

Macri se estaba enfadando. Nunca había tolerado bien los reportajes alarmistas y chapuceros. De todos modos, conocía lo bastante bien a la BBC para saber que todos los reportajes eran sometidos a una investigación y confirmación minuciosas.

—De éste te acordarás —dijo Glick—. BBC, cinco de marzo de 1998. El presidente del Parlamento, Chris Mullin, pidió a todos los parlamentarios británicos masones que reconocieran su afiliación.

Macri se acordaba. El decreto se había ampliado después a policías y jueces.

—¿Cuál fue el motivo?

Glick leyó.

—«... preocupación por la posibilidad de que las facciones secretas infiltradas en la masonería ejercieran un control considerable sobre los sistemas político y económico.»

—Exacto.

—Levantó una gran polvareda. Los masones del Parlamento se enfurecieron. Tenían buenos motivos. La inmensa mayoría eran hombres inocentes, que se habían unido a los masones para hacer obras de caridad. No tenían ni idea de las antiguas afiliaciones de la hermandad.

—Presuntas afiliaciones.

—Como quieras. —Glick examinó los artículos—. Mira esto. Existen indicios de que los Illuminati se remontan a Galileo, los *Guerenets* de Francia, los *Alumbrados* de España. Incluso Karl Marx y la Revolución Rusa.

—La historia sabe reescribirse.

—Bien, ¿quieres algo actual? Echa un vistazo. Hay una referencia a los Illuminati en un *Wall Street Journal* que es reciente.

Esto captó la atención de Macri.

—¿El *Journal*?

—Adivina cuál es en este momento el juego de ordenador más popular en Estados Unidos.

—Seguir la pista de Pamela Anderson.

—Caliente. Se llama *Illuminati: el Nuevo Orden Mundial.*

Macri leyó la propaganda en la pantalla del ordenador.

—«*Steve Jackson Games han conseguido un gran éxito... Una aventura semihistórica en la que una antigua hermandad satanista se dispone a conquistar el mundo. Los puedes encontrar en Internet...*» —Macri alzó la vista, turbada—. ¿Qué tienen contra la cristiandad estos Illuminati?

—No sólo contra la cristiandad —dijo Glick—. Contra la religión en general. —Glick ladeó la cabeza y sonrió—. Aunque a juzgar por la llamada telefónica que acabamos de recibir, hay un lugar especial reservado en sus corazones para el Vaticano.

—Venga ya. No creerás que ese tío es quien afirma ser, ¿verdad?

—¿Un mensajero de los Illuminati? ¿Dispuesto a asesinar a cuatro cardenales? —Glick sonrió—. En eso confío.

64

El taxi de Langdon y Vittoria completó el trayecto de más de un kilómetro, Via della Scrofa arriba, en apenas un minuto. Frenaron en el lado sur de la Piazza del Popolo poco antes de las ocho. Como no llevaba liras, Langdon pagó al conductor en dólares. Vittoria y él bajaron. La plaza estaba en silencio, salvo por las risas de un puñado de clientes sentados en la terraza del popular Rosati Café, un lugar donde solían reunirse literatos italianos. La brisa olía a *espresso* y pastas.

Langdon aún estaba conmocionado por su equivocación. No obstante, una mirada superficial a la plaza bastó para que su sexto sentido se pusiera en estado de alerta. La plaza parecía imbuida del espíritu de los Illuminati. No sólo poseía una forma perfectamente elíptica, sino que en el centro se alzaba un obelisco egipcio, una columna cuadrada de piedra con un claro extremo piramidal. Restos del pillaje al que se entregaba la Roma imperial, había obeliscos esparcidos por toda la ciudad, y los simbologistas se referían a ellos como «Pirámides Elevadas», extensiones apuntadas al cielo de la sagrada forma piramidal.

Sin embargo, cuando los ojos de Langdon ascendieron por el monolito, otra cosa llamó su atención. Algo todavía más notable.

—Estamos en el lugar correcto —dijo en voz baja—. Mira eso. —Langdon señaló la imponente Porta del Popolo, la alta arcada de piedra que dominaba el otro lado de la plaza. En el centro del punto más elevado de la arcada había una talla simbólica—. ¿Te suena?

Vittoria alzó la vista.

—¿Una estrella rutilante sobre una pila de piedras triangular?

Langdon negó con la cabeza.

—Una fuente de Iluminación sobre una pirámide.

Vittoria se volvió, con los ojos muy abiertos.

—Como... ¿el Gran Sello de Estados Unidos?

—Exacto. El símbolo masónico del billete de un dólar.

Vittoria respiró hondo y examinó la plaza.

—¿Dónde está la maldita iglesia?

La iglesia de Santa Maria del Popolo se erguía como un buque de guerra fuera de lugar, torcida sobre una colina situada en la esquina sudeste de la plaza. La torre de andamios que cubrían la fachada la dotaban de un aspecto todavía más desatinado.

La actividad mental de Langdon era frenética cuando corrieron hacia el edificio. Contempló la iglesia maravillado. ¿Era posible que estuviera a punto de cometerse un asesinato en su interior? Ojalá Olivetti se diera prisa. No le gustaba sentir el peso de la pistola en el bolsillo.

La escalinata de la iglesia estaba tallada en forma de *ventaglio*, un abanico curvo, irónico en este caso porque estaba oculta por andamios, maquinaria de construcción y un letrero de advertencia: COSTRUZIONE. NON ENTRARE.

Langdon comprendió que una iglesia cerrada por obras significaba privacidad total para un asesino. Todo lo contrario del Panteón. Sobraban los trucos. Sólo había que descubrir una forma de entrar.

Vittoria avanzó sin vacilar entre los caballetes y empezó a subir por la escalera.

—Vittoria —le previno Langdon—, si el hombre sigue ahí dentro...

Ella continuó como si no le hubiera oído. Se dirigió a la única puerta de madera de la iglesia. Langdon corrió tras ella. Antes de que pudiera decir una palabra, la joven asió el pomo y tiró de él. Langdon contuvo el aliento. La puerta no se movió.

—Tiene que haber otra entrada —dijo Vittoria.

—Es probable —contestó Langdon, y expulsó el aire—, pero Olivetti llegará dentro de un minuto. Entrar es demasiado peligroso. Deberíamos vigilar la iglesia desde aquí hasta que...

Vittoria se volvió y le fulminó con la mirada.

—Si hay otra forma de entrar, hay otra forma de salir. Si este tipo desaparece, estamos *fungiti.*

Langdon sabía suficiente italiano para saber que la joven tenía razón.

La callejuela que discurría junto al costado derecho de la iglesia era oscura y estrecha, con paredes altas a ambos lados. Olía a orina, un aroma común en una ciudad donde los bares superaban a los lavabos públicos en una proporción de veinte a uno.

Langdon y Vittoria se internaron en la penumbra fétida. Habían recorrido unos quince metros, cuando Vittoria tiró del brazo de Langdon y señaló.

Él también la vio. Más adelante había una discreta puerta de madera de pesados goznes. Langdon comprendió que era la habitual *porta sacra,* una entrada privada para el clero. La mayoría de dichas entradas habían caído en desuso años antes, cuando la proliferación de edificios y la escasez de suelo público relegaron las entradas laterales a callejones engorrosos.

Vittoria corrió hacia la puerta. Llegó y contempló el pomo, al parecer perpleja. Langdon se paró tras ella y miró el peculiar aro en forma de donut que colgaba del punto donde habría tenido que estar el pomo.

—Un *annulus* —susurró.

Langdon levantó el aro con la mano sin hacer ruido. Tiró hacia él. El aro crujió. Vittoria se removió, con expresión inquieta. Langdon torció el aro en el sentido de las agujas del reloj. Giró trescientos sesenta grados, sin engranarse. Langdon frunció el ceño y giró en la otra dirección, con el mismo resultado.

Vittoria miró hacia el final del callejón.

—¿Crees que habrá otra entrada?

Langdon lo dudaba. La mayoría de catedrales del Renacimiento estaban diseñadas como fortalezas improvisadas, en el caso de que la ciudad fuera invadida. Tenían las menos entradas posibles.

—Si hay otra forma de acceder —dijo—, estará oculta en el bastión posterior, más una vía de escape que una entrada.

Vittoria ya se había puesto en movimiento.

Langdon la siguió. Las paredes se alzaban hacia el cielo a ambos lados. En algún lugar, una campana empezó a dar las ocho...

Robert Langdon no oyó a Vittoria la primera vez que le llamó. Se había detenido ante una vidriera cubierta de barrotes y estaba intentando escudriñar el interior de la iglesia.

—¡Robert!

Su voz fue un susurro airado.

Langdon alzó la vista. Vittoria se encontraba al final del callejón. Señalaba hacia la parte posterior de la iglesia y le estaba haciendo señas. Langdon corrió hacia ella de mala gana. En la base de la pared posterior, un baluarte de piedra sobresalía, ocultando una gruta estrecha, una especie de pasadizo angosto que penetraba en los cimientos de la iglesia.

—¿Una entrada? —preguntó Vittoria.

Langdon asintió. *Una salida, en realidad, pero vamos a dejarnos de minucias técnicas.*

Vittoria se arrodilló y escrutó el túnel.

—Vamos a ver si la puerta está abierta.

Langdon abrió la boca para protestar, pero Vittoria tomó su mano y le arrastró hasta la abertura.

—Espera —dijo Langdon.

Ella se volvió hacia él, impaciente.

Langdon suspiró.

—Yo pasaré primero.

Vittoria pareció sorprenderse.

—¿Más muestras de caballerosidad?

—La edad antes que la belleza.

—¿Eso ha sido un cumplido?

Langdon sonrió y se internó en la oscuridad.

—Cuidado con los escalones.

Avanzó poco a poco en las tinieblas, con una mano apoyada sobre el muro. Notó la piedra afilada. Por un instante, recordó el antiguo mito de Dédalo, cuando el muchacho recorría el laberinto del Minotauro con una mano apoyada en la pared, sabiendo que le habían garantizado encontrar el final si no rompía el contacto con la piedra. Langdon avanzó, no muy seguro de querer encontrar el final.

El túnel se estrechaba un poco, y Langdon caminó más despacio. Notaba la presencia de Vittoria a su espalda. Cuando la pared se curvó a la izquierda, el túnel se abrió a un nicho semicircular. Había una tenue luz en este punto. Langdon distinguió el contorno de una pesada puerta de madera.

—Oh oh —dijo.

—¿Cerrada con llave?

—Lo estaba.

—¿Lo estaba?

Vittoria apareció a su lado.

Langdon señaló. Iluminada por un rayo de luz procedente del interior, la puerta estaba entreabierta... con los goznes rotos por una barra de hierro todavía alojada en la madera.

Permanecieron un momento en silencio. Después, en la oscuridad, Langdon sintió las manos de Vittoria sobre el pecho, palpando, y luego se deslizaron debajo de su chaqueta.

—Relájese, profesor —dijo—. Estoy buscando la pistola.

En aquel momento, en el interior de los Museos Vaticanos, un destacamento de la Guardia Suiza se desplegó en todas direcciones. Reinaba la oscuridad, y los guardias utilizaban visores infrarrojos. Las imágenes que percibían los hombres tenían un siniestro tono verdoso. Todos los guardias llevaban auriculares conectados con un detector en forma de antena que oscilaba rítmicamente delante de cada uno, los mismos aparatos que utilizaban dos veces a la semana para buscar micrófonos ocultos en el Vaticano. Se movían de manera metódica, miraban detrás de estatuas, dentro de nichos, armarios, debajo de muebles. Las antenas sonarían si detectaban el campo magnético más ínfimo.

Esta noche, sin embargo, no detectaban nada.

65

El interior de Santa Maria del Popolo era una caverna tenebrosa sumida en la penumbra. Recordaba más una estación de metro a medio construir que una catedral. La nave principal era una carrera de obstáculos consistente en suelos destripados, pilas de ladrillos, montañas de tierra, carretillas, incluso una excavadora oxidada. Gigantescas columnas sostenían un techo en forma de cúpula. Langdon se detuvo con Vittoria bajo un enorme fresco de Pinturicchio y examinó el altar mayor.

Nada se movía. Silencio de muerte.

Vittoria sujetaba la pistola con ambas manos delante de ella. Langdon consultó su reloj. Las ocho y cuatro minutos. *Estar aquí es una locura,* pensó. *Es demasiado peligroso.* Sabía que, si el asesino se hallaba en la iglesia, podría irse por la puerta que le diera la gana, frustrando cualquier dispositivo de vigilancia exterior. Atraparle dentro era la única forma... si es que aún seguía allí. Langdon se sentía culpable por la equivocación que había arrastrado a todo el mundo al Panteón. No estaba en situación de insistir sobre precauciones en este momento. Era él quien los había acorralado en este rincón.

Vittoria escudriñó la iglesia con expresión angustiada.

—Bien —susurró—. ¿Dónde está la Capilla Chigi?

Langdon paseó la vista por la catedral y estudió las paredes. Contrariamente a lo que pensaba mucha gente, las catedrales renacentistas siempre albergaban *múltiples* capillas, y catedrales enormes como Notre Dame tenían docenas. Las capillas eran menos estancias que huecos, nichos semicirculares que alojaban tumbas.

Malas noticias, pensó Langdon, cuando vio los cuatro nichos en cada pared lateral. Había ocho capillas en total. Aunque ocho no era un número demasiado elevado, las ocho aberturas estaban cubiertas de enormes hojas de poliuretano transparente, con la intención de evitar que el polvo de las obras se posara sobre las tumbas que contenían los nichos.

—Podría estar en cualquiera de esos nichos —dijo Langdon—. No hay forma de saber cuál es la Chigi sin mirar en cada una. Podría ser un buen motivo para esperar a Oli…

—¿Cuál es el ábside izquierdo secundario? —preguntó Vittoria.

Langdon la estudió, sorprendido por su dominio de la terminología arquitectónica.

—¿El ábside izquierdo secundario?

Vittoria indicó la pared que había detrás de ellos. Había una losa decorativa empotrada en la piedra. Estaba grabada con el mismo símbolo que habían visto fuera, una pirámide bajo una estrella rutilante. La placa, cubierta, de mugre, rezaba:

ESCUDO DE ARMAS DE AGOSTINO CHIGI
CUYA TUMBA SE HALLA EMPLAZADA EN
EL ÁBSIDE SECUNDARIO IZQUIERDO DE ESTA CATEDRAL

Langdon asintió. *¿El escudo de armas de Chigi era una pirámide y una estrella?* De repente, se descubrió preguntándose si el rico mecenas Chigi había sido un Illuminatus. Dirigió una mirada de aprobación a Vittoria.

—Buen trabajo, Nancy Drew.[1]

—¿Cómo?

—Da igual. Yo...

Algo metálico se estrelló contra el suelo, a sólo unos metros de distancia. El ruido resonó en toda la iglesia. Langdon arrastró a Vittoria detrás de una columna, al tiempo que la joven apuntaba la pistola en aquella dirección. Silencio. Esperaron. De nuevo un sonido, esta vez un crujido. Langdon contuvo el aliento. *¡No tendría que haberlo permitido!* El sonido se acercó, como el de alguien que cojeara. De repente, una presencia inesperada apareció al otro lado de la base de la columna.

—*Figlio di puttana!* —maldijo por lo bajo Vittoria, y saltó hacia atrás. Langdon la imitó.

Al lado de la columna había una enorme rata, que arrastraba un bocadillo a medio comer envuelto en papel. El animal se detuvo cuando los vio, y contempló durante un largo momento el cañón de la pistola. Luego, al parecer indiferente, continuó arrastrando su captura hacia uno de los nichos de la iglesia.

—Hija de... —exclamó Langdon, con el corazón acelerado.

Vittoria bajó el arma y recuperó al instante la compostura. Langdon se asomó y vio una fiambrera de obrero, tal vez empujada desde un caballete por el ingenioso roedor.

Langdon paseó la mirada por la basílica, pero no detectó el menor movimiento.

—Si este tipo está aquí —susurró—, habrá oído el ruido. ¿Seguro que no quieres esperar a Olivetti?

—Ábside secundario izquierdo —repitió Vittoria—. ¿Dónde está?

Langdon se volvió de mala gana y trató de orientarse. La terminología de las catedrales podía compararse con las directrices para orientarse en un escenario: engañaban a la intuición. Se puso de cara al altar mayor. *Centro del escenario.* Después, señaló con el pulgar hacia atrás.

Ambos dieron media vuelta y miraron en aquella dirección.

Por lo visto, la Capilla Chigi se hallaba en el tercer o cuarto nicho de la derecha. La buena noticia era que Langdon y Vittoria se encontraban en el *lado* correcto de la iglesia. La mala era que estaban en el *extremo* equivocado. Tendrían que atravesar la catedral en toda su longitud, pasando ante tres capillas más, todas cubiertas de sudarios de plástico transparente, como la Capilla Chigi.

—Espera —dijo Langdon—. Yo iré primero.

—Olvídalo.

—Fui yo quien se equivocó en el Panteón.

La joven se volvió.

—Pero yo soy quien lleva la pistola.

Langdon leyó en sus ojos lo que pensaba en realidad: *Fui yo quien perdió a mi padre. Fui yo quien ayudó a construir un arma de destrucción masiva. Las rótulas de este tipo son mías…*

Langdon intuyó la inutilidad de sus esfuerzos y lo dejó correr. Avanzó junto a ella con cautela por el lado este de la basílica. Cuando pasaron ante el primer nicho cubierto, Langdon se sintió tenso, como si participara en algún concurso surrealista. *Elegiré la cortina número tres,* pensó.

La iglesia estaba en silencio. Los espesos muros de piedra bloqueaban toda señal del mundo exterior. A medida que iban pasando delante de las capillas, pálidas formas humanoides oscilaban como fantasmas detrás del plástico. *Mármol tallado,* se dijo Langdon, con la esperanza de no equivocarse. Eran las ocho y seis minutos. ¿Habría sido puntual el asesino, y escapado antes de que Langdon y Vittoria entraran? ¿O seguía aquí? Langdon no estaba seguro de cuál era su posibilidad favorita.

Dejarón atrás el segundo ábside, ominoso en la catedral cada vez más oscura. Daba la impresión de que la noche estaba cayendo por momentos, acentuada por las vidrieras cubiertas de polvo. De pronto, la cortina de plástico que tenían al lado osciló, como agitada por una corriente de aire. Langdon se preguntó si alguien había abierto una puerta.

Vittoria disminuyó el paso cuando distinguieron el tercer nicho. Empuñando la pistola dirigió la mirada en dirección a la estela que había junto al ábside. Había dos palabras talladas en el bloque de granito:

CAPPELLA CHIGI

Langdon asintió. Avanzaron hasta una esquina del nicho sin decir palabra, y se apostaron detrás de una ancha columna. Vittoria apuntó al plástico. Después indicó a Langdon con un ademán que tirara del envoltorio.

Un buen momento para empezar a rezar, pensó Langdon. Extendió la mano a regañadientes por encima del hombro de Vittoria. Empezó a apartar el plástico con el mayor cuidado posible. Se movió un centímetro y crujió ruidosamente. Ambos se quedaron petrificados. Silencio. Al cabo de un momento, como a cámara lenta, Vittoria se inclinó hacia adelante y miró por la estrecha rendija. Langdon echó un vistazo por encima de su hombro.

Por un momento ninguno de los dos respiró.

—Vacía —dijo al fin Vittoria, y bajó el arma—. Hemos llegado demasiado tarde.

Langdon no la oyó. Estaba asombrado, transportado por un instante a otro mundo. Nunca en su vida había imaginado una capilla semejante. Construida por completo en mármol de color castaño, la Capilla Chigi era impresionante. El ojo experto de Langdon la devoró a sorbos. Era la capilla más *terrenal* que habría podido imaginar, casi como si hubiera sido diseñada por el propio Galileo y los Illuminati.

La cúpula brillaba con un campo de estrellas luminosas y los nueve planetas astronómicos. Debajo, los doce símbolos del Zodíaco, símbolos paganos, terrenales, arraigados en la astronomía. El Zodíaco también estaba relacionado directamente con la Tierra, el Aire, el Fuego, el Agua, los cuadrantes que representaban el poder, el intelecto, el ardor, la emoción. *La Tierra representa el poder,* recordó Langdon.

En la pared, más abajo, vio tributos a las cuatro estaciones de la Tierra: *primavera, estate, autunno, inverno.* Pero mucho más increíble que todo esto eran las dos estructuras enormes que dominaban la estancia. Langdon las miró con silenciosa reverencia. *No puede ser,* pensó. *¡Es imposible!* Pero no lo era. A cada lado de la capilla, en perfecta simetría, había dos pirámides de mármol de tres metros de altura.

—No veo a ningún cardenal —susurró Vittoria—. Ni tampoco a un asesino.

Apartó el plástico y entró.

Los ojos de Langdon estaban clavados en las pirámides. *¿Qué hacen estas pirámides en el interior de una capilla cristiana?* Por increíble que fuera, aún había más. En el centro de cada pirámide, incrustados en sus fachadas anteriores, había medallones de oro... Medallones como Langdon había visto pocas veces, elipses perfectas. Los discos bruñidos brillaban bajo el sol poniente que se filtraba por la cúpula. *¿Elipses de Galileo? ¿Pirámides? ¿Una cúpula de estrellas?* La cúpula poseía más significación iluminista que cualquier otra estancia que Langdon hubiera podido imaginar.

—Robert —soltó Vittoria con voz quebrada—. ¡Mira!

Langdon giró en redondo, y volvió a la realidad cuando miró hacia donde ella indicaba.

—¡Caramba! —gritó al tiempo que saltaba hacia atrás.

Desde el suelo los miraba con expresión desdeñosa la imagen de un esqueleto, un trabajado mosaico de mármol que plasmaba «la muerte en vuelo». El esqueleto cargaba con una tabla que retrataba la misma pirámide y estrellas que habían visto fuera. Sin embargo, no fue la imagen lo que heló la sangre en las venas de Langdon. Era el hecho de que el mosaico estaba montado sobre una piedra circular, un *cupermento*, que había sido levantado del suelo como una tapa de una alcantarilla, y ahora se hallaba a un lado de una abertura negra practicada en el suelo.

—¡El agujero del demonio! —exclamó Langdon con voz ahogada.

Había estado tan entusiasmado con el techo, que ni siquiera se había fijado. Avanzó hacia el pozo, vacilante. El hedor que surgía de él era abrumador.

Vittoria se tapó la boca con la mano.

—*Che puzza.*

—Emanaciones —dijo Langdon—. Vapores procedentes de huesos putrefactos. —Respiró a través de la manga cuando se inclinó sobre el agujero y escudriñó su interior. Negrura—. No veo nada.

—¿Crees que hay alguien ahí abajo?

—No hay forma de saberlo.

Vittoria indicó el otro lado del agujero, desde donde una escalera de madera podrida descendía a las oscuras profundidades.

Langdon negó con la cabeza.

—Como bajar al infierno.

—Tal vez haya una linterna entre las herramientas de los obreros. —Parecía ansiosa por encontrar una excusa que le permitiera huir del hedor—. Iré a mirar.

—¡Con cuidado! —advirtió Langdon—. No sabemos con seguridad si el hassassin…

Pero Vittoria ya se había ido.

Una mujer tozuda, pensó Langdon.

Cuando se volvió hacia el pozo, se sintió mareado por los efluvios. Contuvo el aliento, hundió la cabeza más abajo del borde y escudriñó las tinieblas. Sus ojos se adaptaron poco a poco a la oscuridad, y empezó a ver tenues formas abajo. Daba la impresión de que el pozo desembocaba en una cámara pequeña. *El agujero del demonio.* Se preguntó cuántas generaciones de Chigi habían sido arrojadas al pozo sin más ceremonias. Langdon cerró los ojos y esperó, obligó a sus pupilas a dilatarse para ver mejor en la oscuridad. Cuando volvió a abrir los ojos, distinguió una figura pálida en la oscuridad. Langdon se estremeció, pero reprimió el instinto de retroceder. *¿Estoy viendo visiones? ¿Es eso un cadáver?* La figura se desvaneció. Langdon cerró los ojos de nuevo y esperó, esta vez más rato, para que sus ojos pudieran captar la luz más tenue.

Empezó a sentirse mareado, y se puso a divagar en la negrura. *Unos segundos más.* Ignoraba si era debido a las emanaciones o a mantener la cabeza inclinada, pero no se encontraba bien. Cuando abrió por fin los ojos, la imagen que vio ante él le resultó inexplicable.

Estaba mirando una cripta bañada en una luz azulina siniestra. Un tenue siseo resonaba en sus oídos. Una luz se reflejaba en las paredes empinadas del pozo. De repente, una larga sombra se materializó sobre él. Langdon, sobresaltado, se puso en pie de un brinco.

—¡Cuidado! —exclamó alguien detrás de él.

Antes de que Langdon pudiera volverse, notó un intenso dolor en la nuca. Giró en redondo, y vio a Vittoria apartando un soplete. El aparato era el causante de la luz azul que iluminaba la capilla.

Langdon se llevó la mano al cuello.

—¿Qué pretendes?

—Sólo darte un poco de luz —dijo la joven—. Te has tirado contra mí.

Langdon miró el soplete.

—Es lo mejor que he podido encontrar —explicó Vittoria—. No he visto ninguna linterna.

Langdon se frotó la nuca.

—No te oí entrar.

Vittoria le tendió el soplete, y se encogió de nuevo cuando percibió el hedor.

—¿Crees que esas emanaciones son combustibles?

—Esperemos que no.

Tomó el soplete y se acercó con lentitud al agujero. Avanzó hasta el borde e introdujo la llama en la abertura, para que iluminara la pared lateral. Cuando dirigió la luz, sus ojos siguieron el contorno de la pared hacia abajo. La cripta era circular, de unos seis metros de diámetro. La luz iluminó el fondo a unos nueve metros de profundidad. La tierra era oscura, moteada de diversos colores. Terrenal. Entonces, Langdon vio el cuerpo.

Su instinto le aconsejó retroceder.

—Está ahí —dijo haciendo un gran esfuerzo para no huir. La figura se destacaba contra el suelo de tierra—. Creo que está desnudo.

Langdon recordó el cuerpo desnudo de Leonardo Vetra.

—¿Es uno de los cardenales?

Langdon no tenía ni idea, pero no podía imaginar quién más podía ser. Contempló la masa pálida. Inmóvil. Sin vida. *Y no obstante...* Langdon vaciló. La posición de la figura era muy extraña. Como si...

—¿Hola? —llamó Langdon.

—¿Crees que está vivo?

No hubo respuesta desde abajo.

—No se mueve —dijo Langdon—. Pero parece...

No, imposible.

—¿Parece *qué*?

Vittoria también estaba mirando desde el borde.

Langdon escudriñó la negrura.

—Parece que está de pie.

Vittoria contuvo el aliento y bajó la cara para ver mejor. Al cabo de un momento, la levantó.

—Tienes razón. ¡Está de pie! ¡Quizás esté vivo y necesite ayuda! ¿Hola? —gritó a su vez—. *Mi può sentire?*

No resonó el eco en el mohoso interior del pozo. Sólo silencio.

Vittoria se encaminó a la escalera.

—Voy a bajar.

Langdon la agarró del brazo.

—No. Es peligroso. Yo iré.

Esta vez Vittoria no protestó.

66

Chinita Macri estaba furiosa. Iba sentada en el asiento del pasajero de la camioneta de la BBC, que acababa de desviarse por Via Tomacelli. Gunther Glick estaba consultando el plano de Roma, al parecer desorientado. Tal como ella temía, el desconocido había vuelto a llamar, esta vez con información.

—Piazza del Popolo —insistió Glick—. Es lo que estamos buscando. Hay una iglesia en la plaza. Y dentro está la prueba.

—La prueba. —Chinita dejó de limpiar las gafas y se volvió hacia él—. ¿La prueba de que el cardenal ha sido asesinado?

—Eso dijo.

—¿Te crees todo lo que te dicen?

Como tantas veces, Chinita deseó estar al mando. Sin embargo, los cámaras de vídeo estaban sujetos a los caprichos de los reporteros dementes para los cuales rodaban. Si Gunther Glick deseaba seguir una débil pista telefónica, Macri era como un perro sujeto a una correa.

Le miró, sentado en el asiento del conductor, la mandíbula apretada. Los padres del hombre, decidió, debían de ser comediantes frustrados, para ponerle de nombre Gunther Glick. No era de extrañar que el pobre tipo necesitara demostrar algo. No obstante, pese a su desgraciado nombre y a la irritante ansiedad por dejar huella, Glick era dulce, como una especie de Hugh Grant atiborrado de litio.

—¿No deberíamos volver a San Pedro? —dijo Macri con la mayor paciencia posible—. Ya vendremos a investigar esta misteriosa iglesia más tarde. Hace una hora que empezó el cónclave. ¿Y si los cardenales llegan a una decisión en nuestra ausencia?

Glick no pareció oírla.

—Creo que estamos haciendo lo correcto. —Inclinó el plano y volvió a estudiarlo—. Eso es, si giro a la derecha... y luego, enseguida a la izquierda...

Se desvió hacia la calle estrecha que tenían delante.

—¡Cuidado! —chilló Macri.

Era una cámara experta, y tenía muy buena vista. Por suerte, Glick también fue rápido. Pisó los frenos y consiguió no entrar en el cruce justo cuando una hilera de cuatro Alfa Romeo aparecían de la nada y pasaban como una exhalación. Enseguida, los coches aminoraron la velocidad y giraron a la izquierda una manzana más adelante, siguiendo la ruta exacta que Glick quería tomar.

—¡Maníacos! —gritó Macri.

Glick parecía impresionado.

—¿Has visto eso?

—¡Sí, lo he visto! ¡Un poco más y nos matan!

—No, me refiero a los coches —dijo Glick con voz nerviosa de repente—. Todos eran iguales.

—Eso quiere decir que eran maníacos carentes de imaginación.

—Los coches iban llenos.

—¿Y qué?

—¿Cuatro coches idénticos, *todos* con cuatro pasajeros?

—¿Has oído hablar de compartir coche?

—¿En Italia? —Glick inspeccionó el cruce—. Ni siquiera han oído hablar de la gasolina sin plomo.

Pisó el acelerador y salió tras los coches.

Macri se hundió contra el respaldo de su asiento.

—¿Qué estás haciendo?

Glick aceleró y giró a la izquierda, en persecución de los Alfa Romeo.

—Algo me dice que tú y yo no somos los únicos que van a esa iglesia.

67

La bajada fue lenta.

Langdon descendió peldaño a peldaño por la escalerilla que conducía al subterráneo de la Capilla Chigi. *Me meto en el agujero del demonio*, pensó. Estaba encarado a la pared lateral, de espaldas a la cripta, y se preguntó cuántos espacios angostos más podría encontrar en un solo día. La escalerilla crujía a cada paso que daba, y el intenso olor a carne descompuesta y humedad eran casi asfixiantes. Langdon se preguntó dónde demonios estaba Olivetti.

La silueta de Vittoria aún era visible arriba, empuñando el soplete que iluminaba a Langdon. A medida que descendía, el resplandor se iba atenuando. Lo único que iba en aumento era el hedor.

Doce peldaños más abajo, sucedió. El pie de Langdon se posó en un punto resbaladizo a causa de la putrefacción y se tambaleó. Saltó hacia adelante y aferró la escalerilla con los antebrazos para no caer al fondo. Maldijo las contusiones que florecían en sus brazos, impulsó su cuerpo hacia la escalerilla de nuevo y continuó su descenso.

Tres peldaños después, estuvo a punto de caer, pero en esta ocasión no fue un peldaño lo que causó el accidente. Fue un ataque de miedo. Había pasado ante un nicho de la pared, y de pronto se encontró cara a cara con una colección de calaveras. Cuando contuvo la respiración y miró a su alrededor, cayó en la cuenta de que este nivel de la pared era un laberinto de nichos sepulcrales, llenos de esqueletos. A la luz fosforescente, se materializó un conglomerado de cuencas oculares vacías y cajas torácicas putrefactas.

Esqueletos a la luz de las velas, pensó con ironía, al darse cuenta de que había padecido una velada similar el mes pasado. *Una noche de huesos y llamas*. La cena de beneficiencia del Museo de Arqueología de Nueva York, celebrada a la luz de las velas: salmón flameado a la sombra de un esqueleto de brontosauro. Había acudido a la invitación de Rebecca Strauss, en otro tiempo modelo, ahora crítica de arte del *Times*, un torbellino de terciopelo negro, cigarrillos y pechos remodelados de una manera poco sutil. Desde entonces, le había llamado dos veces. Langdon no le había devuelto las llamadas. *Muy poco caballeroso*, pensó, mientras se preguntaba cuánto tiempo duraría Rebecca Strauss en un pozo hediondo como éste.

Langdon experimentó un gran alivio cuando sintió que el último peldaño daba paso a la tierra esponjosa del fondo. Notó húmedo el suelo que pisaba. Una vez seguro de que las paredes no iban a cerrarse sobre él, se volvió hacia la cripta. Era circular, de unos seis metros de diámetro. Langdon, que volvía a respirar tapándose la nariz con la manga de la chaqueta, desvió la vista hacia el cadáver. La imagen se veía borrosa en la oscuridad. Un contorno blanco, carnoso. Con la cara mirando en dirección contraria. Inmóvil. Silencioso.

Avanzó y trató de entender lo que estaba contemplando. El hombre le daba la espalda, de forma que Langdon no podía ver su cara, pero parecía estar de pie.

—¿Hola? —dijo Langdon con voz estrangulada. Nada. Cuando se acercó más, reparó en que el hombre era muy bajo. *Demasiado bajo...*

—¿Qué está pasando? —preguntó Vittoria desde arriba al tiempo que movía el soplete.

Langdon no contestó. Estaba lo bastante cerca para verlo todo. Comprendió, y lo que vio le repugnó. Tuvo la impresión de que la cámara se estrechaba a su alrededor. Del suelo del pozo emergía un anciano... o, mejor dicho, la mitad de él. Estaba enterrado hasta la cintura en la tierra. Desnudo. Las manos atadas a la espalda con el fajín rojo de cardenal. Erguido, con la espalda arqueada hacia atrás como un saco de arena. El hombre tenía los ojos alzados hacia el cielo, como si implorara ayuda a Dios.

—¿Está muerto? —preguntó Vittoria.

Langdon avanzó hacia el cuerpo. *Por su bien, espero que sí.* Cuando estuvo a menos de un metro, miró los ojos levantados hacia las alturas. Se le salían de las órbitas, azules e inyectados en sangre. Langdon se inclinó para comprobar si aún respiraba, pero retrocedió al instante.

—¡Por los clavos de Cristo!

—¿Qué?

Langdon estuvo a punto de vomitar.

—Está muerto. Acabo de descubrir la causa de la muerte. —La visión era espeluznante—. Le han llenado la boca de tierra. Murió asfixiado.

—¿De tierra?

Langdon respiró hondo. *Tierra.* Casi lo había olvidado. *Las marcas. Tierra, Aire, Fuego, Agua.* El asesino había amenazado con marcar a cada víctima con uno de los antiguos elementos de la ciencia. El primer elemento era la Tierra. *Desde la tumba terrenal de San.* Mareado por las emanaciones, Langdon rodeó el cadáver. Al moverse, el estudioso de los símbolos que era repitió en voz alta el desafío artístico de crear el ambigrama mítico. *¿Tierra? ¿Cómo?* Y no obstante, un instante después, lo tuvo frente a él. Siglos de leyendas sobre los Illuminati remolinearon en su mente. La marca impresa en el pecho del cardenal estaba chamuscada y sanguinolenta. La carne se había ennegrecido. *La lingua pura...*

Langdon contempló la marca, mientras la cripta empezaba a dar vueltas a su alrededor.

—Tierra —susurró, y giró la cabeza para ver el símbolo al revés—. Tierra.

Después, horrorizado, cayó en la cuenta. *Hay tres más.*

68

Pese a la tenue luz de las velas que reinaba en la Capilla Sixtina, el cardenal Mortati estaba muy nervioso. El cónclave había empezado de manera oficial. Y había empezado de una forma muy poco auspiciosa.

Treinta minutos antes, a la hora señalada, el camarlengo Carlo Ventresca había entrado en la capilla. Caminó hasta el altar y recitó la oración de apertura. Después, desenlazó las manos y les habló en el tono más directo que Mortati había oído jamás.

—Sabéis muy bien que nuestros cuatro *preferiti* no se hallan presentes en el cónclave en este momento —dijo el camarlengo—. Pido, en nombre de Su difunta Santidad, que cumpláis vuestro deber... con fe y determinación. No tengáis presente más que a Dios.

Después dio media vuelta para marcharse.

—Pero ¿dónde están? —soltó un cardenal.

El camarlengo se detuvo.

—No sabría decirlo.

—¿Cuándo volverán?

—No sabría decirlo.

—¿Se encuentran bien?

—No sabría decirlo.

—¿Cuándo volverán?

Siguió una larga pausa.

—Tened fe —dijo el camarlengo. Después abandonó la sala.

* * *

Habían sellado las puertas de la Capilla Sixtina, tal como mandaba la tradición, con dos pesadas cadenas. Cuatro Guardias Suizos vigilaban en el pasillo. Mortati sabía que las puertas sólo se abrirían, antes de elegir al Papa, si alguien de los encerrados caía mortalmente enfermo, o si los *preferiti* llegaban. Mortati rezó para que fuera lo último, aunque a juzgar por el nudo de su estómago no estaba demasiado seguro.

Cumplamos nuestro deber, decidió Mortati, guiándose por la fuerza que proyectaba la voz del camarlengo. En consecuencia, había convocado una votación. ¿Qué otra cosa podía hacer?

Habían tardado media hora en terminar los rituales que precedían a la primera votación. Mortati había esperado con paciencia en el altar principal, mientras cada cardenal, por orden descendente de edad, se había acercado y procedido a votar según el ritual.

Ahora, por fin, el último cardenal había llegado al altar, y estaba arrodillado ante él.

—Pongo por testigo a Dios nuestro Señor —declaró el cardenal, tal como habían hecho los demás—, quien será mi juez, que otorgo mi voto al que considero ante Dios que debería ser elegido.

El cardenal se incorporó. Alzó el voto por encima de su cabeza para que todo el mundo lo viera. Después, bajó el voto hasta el altar, donde una bandeja descansaba sobre un amplio cáliz. Depositó el voto sobre la bandeja. A continuación, alzó la bandeja y la utilizó para dejar caer el voto en el cáliz. Se utilizaba la bandeja para impedir que alguien depositara varios votos en secreto.

Después de votar, volvió a colocar la bandeja sobre el cáliz, se inclinó ante la cruz y regresó a su asiento.

Habían depositado el último voto.

Ahora Mortati tenía que empezar a trabajar.

Con la bandeja encima del cáliz, agitó los votos para mezclarlos. Después, apartó la bandeja y extrajo un voto al azar. Lo desdobló. La papeleta medía cinco centímetros de ancho exactos. Leyó en voz alta para que todo el mundo le oyera.

—*Eligo in summum pontificem...* —anunció, leyendo el texto impreso en la parte superior de cada papeleta. *Elijo como Sumo Pontífice...*

Después, dijo el nombre del elegido. A continuación, alzó una aguja enhebrada y perforó la papeleta por la palabra *Eligo*, y deslizó con cuidado la papeleta en el hilo. Después, tomó nota del voto en un cuaderno.

A continuación, repitió el mismo procedimiento. Eligió un voto del cáliz, lo leyó en voz alta, lo enhebró en el hilo y anotó el nombre en el libro. Casi de inmediato, Mortati presintió que la primera votación se saldaría con el fracaso. No habría consenso. Al cabo de tan sólo siete votos, ya habían sido nominados siete cardenales. Como de costumbre, la caligrafía de cada voto se disimulaba con mayúsculas o letra ornamentada. El disimulo no dejaba de ser irónico en este caso, porque era evidente que los cardenales estaban votando por sí mismos. Mortati sabía que este aparente engreimiento no tenía nada que ver con las ambiciones personales. Era una maniobra defensiva. Una táctica dilatoria para asegurar que ningún cardenal recibiría suficientes votos para ganar... y se forzaría otra votación.

Los cardenales estaban esperando a sus *favoriti...*

Una vez tomada nota del último voto, Mortati declaró la votación «fallida».

Tomó el hilo del que colgaban todas las papeletas y ató los extremos para crear un aro. Después, dejó el aro de votos sobre una bandeja de plata. Añadió los productos químicos necesarios y llevó la bandeja a una pequeña chimenea que había detrás de él. Prendió fuego a los votos. Cuando ardieron, los productos químicos crearon un humo negro. El humo ascendió por una tubería hasta un agujero del tejado, que se elevaba por encima de la capilla para que todo el mundo fuera testigo. El cardenal Mortati acababa de enviar su primer comunicado al mundo exterior.

Una votación. No había Papa.

69

Casi asfixiado por las emanaciones, Langdon subió por la escalerilla hacia la luz que se veía en lo alto del pozo. Oía voces arriba, pero todo era absurdo. Imágenes del cardenal marcado daban vueltas en su mente.

Tierra... Tierra...

Mientras ascendía se le nublaba la vista, y temió desmayarse. A dos escalones del final, perdió el equilibrio. Se izó con la intención de encontrar el borde, pero estaba demasiado lejos. Estuvo a punto de precipitarse al vacío. Sintió un fuerte dolor debajo de los brazos, y de repente se encontró flotando sobre el abismo.

Las fuertes manos de dos Guardias Suizos le sujetaban por debajo de las axilas y le levantaban. Un momento después, la cabeza de Langdon emergió del agujero del demonio, medio asfixiado y falto de aire. Los guardias le tendieron sobre el frío suelo de mármol.

Por un momento, Langdon no supo dónde estaba. Arriba veía estrellas, planetas en órbita. Figuras borrosas correteaban. Había gente que gritaba. Intentó incorporarse. Estaba tendido al pie de una pirámide de piedra. Una voz conocida resonó en la capilla con tono encolerizado, y Langdon volvió a la realidad.

Olivetti estaba chillando a Vittoria.

—¿Por qué demonios se equivocaron de lugar?

La joven intentaba explicar la situación.

Olivetti la interrumpió a mitad de una frase y se volvió para impartir órdenes a sus hombres.

—¡Saquen ese cadáver de ahí! ¡Registren el resto del edificio!

Langdon trató de levantarse. La Capilla Chigi estaba llena de Guardias Suizos. La cortina de plástico que cubría la entrada de la capilla había sido arrancada, y el aire fresco llenó los pulmones de Langdon. Mientras recuperaba poco a poco los sentidos, vio que Vittoria se acercaba a él. Se arrodilló con su cara de ángel.

—¿Te encuentras bien?

La joven le tomó el pulso. Notó la ternura de sus manos sobre la piel.

—Gracias. —Langdon se incorporó por fin—. Olivetti está cabreado.

Vittoria asintió.

—Tiene todo el derecho. Nos hemos equivocado.

—Quieres decir que yo me equivoqué.

—Pues redímete. Atrápale la próxima vez.

¿La próxima vez? Langdon pensó que era un comentario cruel. *¡No hay próxima vez! ¡Hemos perdido nuestra oportunidad!*

Vittoria consultó el reloj de Langdon.

—Mickey dice que nos quedan cuarenta minutos. Concéntrate y ayúdame a encontrar el siguiente indicador.

—Ya te he dicho, Vittoria, que las esculturas han desaparecido. El Sendero de la Iluminación está...

Vittoria sonrió.

De pronto, Langdon se puso de pie con un gran esfuerzo, mareado, y contempló las obras de arte que le rodeaban. *Pirámides, estrellas, planetas, elipses.* De repente, se acordó de todo. *¡Éste es el primer altar de la ciencia! ¡El Panteón no!* Comprendió lo perfecta que resultaba la capilla para los Illuminati, mucho más sutil y selectiva que el Panteón, famoso en todo el mundo. La Capilla Chigi estaba en un nicho apartado, un tributo a un gran mecenas de la ciencia, decorada con simbología terrenal. *Perfecta.*

Langdon se apoyó contra la pared y contempló las enormes esculturas en forma de pirámide. Vittoria estaba en lo cierto. Si esta capilla era el primer altar de la ciencia, cabía la posibilidad de que todavía albergara la escultura de los Illuminati que hiciera las veces de primer indicador. Langdon sintió una reparadora oleada de esperanza cuando comprendió que aún tenían otra oportunidad. Si el indicador se encontraba en la capilla, y podían seguirlo hasta el siguiente altar de la ciencia, quizá podrían detener al asesino.

Vittoria se acercó más.

—He descubierto quién fue el escultor de los Illuminati.

Langdon volvió la cabeza al instante.

—¿Que has *qué*?

—Ahora, sólo necesitamos averiguar cuál de las esculturas que hay aquí es el…

—¡Espera un momento! ¿*Sabes* quién fue el escultor de los Illuminati?

Había dedicado años a la búsqueda de esa información.

Vittoria sonrió.

—Fue Bernini. —Hizo una pausa—. *Ese* Bernini.

Langdon supo de inmediato que se había equivocado. Bernini era imposible. Gianlorenzo Bernini era el segundo escultor más famoso de todos los tiempos, y su fama sólo la eclipsaba el mismísimo Miguel Ángel. En el siglo XVII, Bernini creó más esculturas que cualquier otro artista. Por desgracia, el hombre al que estaban buscando era un desconocido, un don nadie.

Vittoria frunció el ceño.

—No pareces muy contento.

—Bernini es imposible.

—¿Por qué? Bernini fue contemporáneo de Galileo. Era un escultor brillante.

—Era un hombre muy famoso y católico.

—Sí —dijo Vittoria—. Igual que Galileo.

—No —protestó Langdon—. Nada que ver con Galileo. Galileo era una espina clavada en el costado del Vaticano. Bernini era el chico favorito del Vaticano. La Iglesia quería a Bernini. Fue nombrado autoridad artística suprema del Vaticano. ¡Vivió prácticamente en el Vaticano durante toda su vida!

—Una coartada perfecta. Un Illuminatus infiltrado.

Langdon se sentía confundido.

—Vittoria, los Illuminati se referían a su artista secreto como *il maestro ignoto*. El maestro desconocido.

—Sí, desconocido para *ellos*. Piensa en el secretismo de los masones. Sólo los miembros del escalón superior conocían toda la verdad. Galileo pudo haber ocultado la verdadera identidad de Bernini a casi todos los miembros... por el bien del artista. De esa forma, el Vaticano nunca lo descubrió.

Langdon no estaba convencido, pero debía admitir que la lógica de Vittoria tenía un sentido extraño. Los Illuminati eran famosos por guardar información secreta compartimentada, de forma que la verdad sólo se revelaba a los miembros del nivel superior. Era la piedra angular de su habilidad para existir en secreto... Muy pocos conocían toda la historia.

—La pertenencia de Bernini a la secta de los Illuminati explica por qué diseñó esas dos pirámides —añadió Vittoria con una sonrisa.

Langdon se volvió hacia las enormes esculturas y meneó la cabeza.

—Bernini era un escultor religioso. Es imposible que esculpiera esas pirámides.

Vittoria se encogió de hombros.

—Díselo a la placa que tienes detrás.

Langdon se dio media vuelta.

ARTE DE LA CAPILLA CHIGI

Si bien el diseño arquitectónico es de Rafael,
todos los ornamentos interiores son obra
de Gianlorenzo Bernini.

Langdon leyó la placa dos veces, sin convencerse todavía. Gianlorenzo Bernini era celebrado por sus recargadas esculturas religiosas de la Virgen María, ángeles, profetas y papas. ¿Qué hacía esculpiendo pirámides?

Alzó la vista hacia los imponentes monumentos, desorientado por completo. Dos pirámides, cada una con un brillante medallón elíptico. Era lo más cercano a una escultura no cristiana. Las pirámides, las estrellas en lo alto, los signos del Zodíaco. *Todos los ornamentos interiores son obra de Gianlorenzo Bernini.* Si eso era cierto, significaba que Vittoria *tenía* razón. Por eliminación, Bernini era el maestro desconocido de los Illuminati. Nadie más había colaborado en la decoración de la capilla. Las implicaciones se sucedieron en tropel, demasiado deprisa para que Langdon las asimilara.

Bernini era un Illuminatus.

Bernini diseñó los ambigramas de los Illuminati.

Bernini trazó el Sendero de la Iluminación.

Langdon apenas podía hablar. ¿Era posible que aquí, en esta diminuta Capilla Chigi, el famoso Bernini hubiera colocado una escultura que señalara el camino hacia el siguiente altar de la ciencia?

—Bernini —dijo—. Nunca me lo habría imaginado.

—¿Quién sino un famoso artista del Vaticano habría gozado de la influencia suficiente para distribuir sus obras de arte por capillas católicas de toda Roma, para crear así el Sendero de la Iluminación? Un desconocido no, desde luego.

Langdon meditó sobre las palabras de Vittoria.

Miró las pirámides, se preguntó si alguna de las dos podía ser el indicador. *¿Quizá las dos?*

—Las pirámides están encaradas en direcciones opuestas —dijo sin saber muy bien qué deducir de ello—. También son idénticas, de modo que no sé cuál...

—No creo que las pirámides sean lo que estamos buscando.

—Pero son las únicas esculturas que hay aquí.

Vittoria le interrumpió para señalar a Olivetti y algunos guardias, congregados cerca del agujero del demonio.

Langdon siguió la dirección de la mano de Vittoria hasta la pared del fondo. Al principio, no vio nada. Después alguien se movió y distinguió algo. Mármol blanco. Un brazo. Un torso. Y después, un rostro esculpido. Oculto en parte en su nicho. Dos figuras humanas de tamaño natural entrelazadas. El pulso de Langdon se aceleró. Se había obsesionado hasta tal punto con las pirámides y el agujero del demonio que ni siquiera había visto esa escultura. Atravesó la estancia, abriéndose paso entre los guardias. Cuando se acercó, reconoció que la obra era de Bernini: la intensidad de la composición artística, las caras trabajadas y las ropas sueltas, todo tallado en el mármol blanco más puro que podía comprar el dinero del Vaticano. No fue hasta que estuvo casi delante que Langdon reconoció la escultura. Miró las dos caras y lanzó una exclamación ahogada.

—¿Quiénes son? —preguntó Vittoria, que le había pisado los talones.

Langdon estaba estupefacto.

—*Habakkuk y el Ángel* —dijo con voz casi inaudible. La pieza era una obra de Bernini muy conocida, incluida en algunos textos de historia del arte. Langdon había olvidado que adornaba la capilla.

—¿Habakkuk?

—Sí. El profeta que predijo la aniquilación de la Tierra.

Vittoria no ocultó su inquietud.

—¿Crees que es el indicador?

Langdon asintió, asombrado. Nunca en su vida había estado tan seguro de algo. Éste era el primer indicador de los Illuminati. Sin la menor duda. Aunque había esperado que la escultura «señalara» al siguiente altar de la ciencia, no esperaba que fuera literal. Tanto el ángel como Habakkuk tenían los brazos extendidos y señalaban hacia la lejanía.

De repente, Langdon se descubrió sonriendo.

—No es demasiado sutil, ¿verdad?

Vittoria parecía entusiasmada, pero confusa.

—Los veo señalar, pero se contradicen mutuamente. El ángel está señalando en una dirección, y el profeta señala en otra.

Langdon lanzó una risita. Era cierto. Si bien ambas figuras señalaban hacia la lejanía, lo hacían en direcciones contrarias. No obstante, Langdon ya había solucionado el problema. Se encaminó hacia la puerta, pletórico de energía.

—¿Adónde vas? —preguntó Vittoria.

—¡Afuera! —Langdon sintió las piernas ligeras de nuevo cuando corrió hacia la puerta—. ¡He de ver en qué dirección apunta esa escultura!

—¡Espera! ¿Cómo sabes *qué* dedo has de seguir?

—El poema —gritó Langdon sin volverse—. ¡La última línea!

—¿«Que ángeles guíen tu búsqueda»? —Vittoria miró hacia el dedo extendido del ángel. Sus ojos se nublaron de manera inesperada—. ¡Que me aspen!

70

Gunther Glick y Chinita Macri estaban sentados en la camioneta de la BBC, aparcada en las sombras en una calle que desembocaba en la Piazza del Popolo. Habían llegado poco después de los cuatro Alfa Romeo, justo a tiempo de presenciar una inconcebible cadena de acontecimientos. Chinita aún no tenía ni idea de qué significaba todo aquello, pero no por ello dejó de seguir filmando.

En cuanto llegaron, ella y Glick habían visto un pequeño ejército de hombres jóvenes salir de los Alfa Romeo y rodear la iglesia. Algunos empuñaban armas. Uno de ellos, un hombre de más edad muy envarado, subió por las escaleras de la iglesia al mando de un grupo. Los soldados desenfundaron sus pistolas y volaron los cerrojos de las puertas principales. Macri no oyó nada, y supuso que iban provistas de silenciadores. Después los soldados entraron.

Chinita había recomendado que filmaran desde las sombras, sin moverse del coche. Al fin y al cabo, las pistolas eran pistolas, y gozaban de una excelente visibilidad desde la camioneta. Glick no había discutido. Ahora, al otro lado de la plaza, de la iglesia no paraban de salir y entrar hombres. Se gritaban mutuamente. Chinita ajustó la cámara para seguir a un grupo que registraba la zona circundante. Todos, vestidos de paisano, se movían con precisión militar.

—¿Quiénes crees que son? —preguntó.

—Ni idea. —Glick parecía fascinado—. ¿Lo estás filmando todo?

—Cada fotograma.

—¿Aún crees que deberíamos volver al cónclave? —preguntó en tono engreído.

Chinita no supo qué decir. Algo estaba pasando aquí, pero su experiencia profesional le decía que, con frecuencia, existía una explicación muy sosa para acontecimientos interesantes.

—Tal vez no sea nada —dijo—. Puede que esos tipos hayan recibido el mismo soplo que tú y lo estén comprobando. Podría ser una falsa alarma.

Glick le sujetó el brazo.

—¡Allí! Enfoca.

Señaló la iglesia.

Chinita giró la cámara hacia lo alto de la escalera.

—Caramba —dijo mientras seguía a un hombre que salía de la iglesia.

—¿Quién es el finolis?

Chinita rodó un primer plano.

—No le he visto nunca. —Enfocó la cara del hombre y sonrió—. Pero no me importaría volver a verle.

Robert Langdon bajó por las escaleras de la iglesia y se encaminó al centro de la plaza. Ya estaba oscureciendo, pero el sol primaveral se demoraba en la parte sur de Roma. El sol había desaparecido detrás de los edificios circundantes, y las sombras se alargaban sobre la plaza.

—De acuerdo, Bernini —se dijo en voz alta—. ¿Adónde rayos señala tu ángel?

Se volvió y examinó la orientación de la iglesia desde el punto del que había venido. Se imaginó el interior de la Capilla Chigi, y la escultura del ángel. Se volvió sin vacilar hacia el oeste, hacia el resplandor del sol agonizante. El tiempo se estaba agotando.

—Suroeste —dijo, y miró con el ceño fruncido las tiendas y apartamentos que no le dejaban ver—. El siguiente indicador está allí.

Langdon se devanó los sesos, y reprodujo en su mente página tras página de historia del arte italiano. Aunque estaba familiarizado con la obra de Bernini, era consciente de que como el escultor había sido muy prolífico sólo un especialista podía conocer a fondo su producción. De todos modos, teniendo en cuenta la fama relativa del primer indicador, *Habakkuk y el Ángel,* Langdon confiaba en que el segundo fuera una obra que conociera de memoria.

Tierra, Aire, Fuego, Agua, pensó. Habían encontrado la *Tierra,* dentro de la Capilla de la Tierra. Habakkuk era el profeta que predijo la aniquilación de la Tierra.

Aire es el siguiente. Langdon se obligó a pensar. *¡Una escultura de Bernini que esté relacionada con el aire!* Estaba en blanco, pero se sentía pletórico de energías. *¡He descubierto el Sendero de la Iluminación! ¡Sigue intacto!*

Langdon miró al suroeste y se esforzó por ver la aguja o la torre de una catedral que se alzara sobre los obstáculos. No vio nada. Necesitaba un plano. Si conseguían averiguar qué iglesias había al suroeste de la plaza, tal vez una de ellas despertaría la memoria de Langdon. Aire, insistió. *Aire. Bernini. Escultura. Aire. ¡Piensa!*

Dio media vuelta y volvió a las escaleras de la catedral. Vittoria y Olivetti le salieron al encuentro bajo los andamios.

—Suroeste —señaló Langdon—. La siguiente iglesia está al suroeste de aquí.

—¿Está seguro esta vez? —preguntó Olivetti con frialdad.

Langdon no mordió el anzuelo.

—Necesitamos un plano. Uno que muestre todas las iglesias de Roma.

El comandante le estudió un momento, con expresión imperturbable.

Langdon consultó su reloj.

—Sólo nos queda media hora.

Olivetti bajó la escalera en dirección a su coche, aparcado delante de la iglesia. Langdon supuso que iba a buscar un plano.

Vittoria parecía emocionada.

—¿El ángel apunta al suroeste? ¿No sabes qué iglesias hay en esa dirección?

—Esos malditos edificios no me dejan ver. —Langdon se volvió hacia la plaza de nuevo—. No conozco lo bastante bien las iglesias de Roma para…

Enmudeció.

—¿Qué pasa? —preguntó Vittoria, sorprendida.

Langdon volvió a mirar la plaza. Como había subido las escaleras, estaba más alto, y gozaba de mejor vista. Aún no veía nada, pero comprendió que estaba avanzando en la dirección correcta. Sus ojos ascendieron hasta lo alto del andamio. Tenía una altura de seis pisos, y casi llegaba al rosetón de la iglesia, una altura mucho mayor que la de los demás edificios de la plaza. Supo al instante qué iba a hacer.

Al otro lado de la plaza, Chinita Macri y Gunther Glick estaban pegados al parabrisas de la camioneta.

—¿Estás filmando esto? —preguntó Gunther.

Macri tenía la cámara fija en el hombre que estaba trepando al andamio.

—Si quieres saber mi opinión, va demasiado bien vestido para jugar a Spiderman.

—¿Y quién es la señorita Spidey?

Chinita miró a la atractiva mujer parada bajo el andamio.

—Apuesto a que te gustaría averiguarlo.

—¿Crees que debería llamar a redacción?

—Aún no. Sigamos observando. Es mejor tener algo seguro entre manos antes de informar de que hemos abandonado el cónclave.

—¿De veras crees que alguien mató a alguno de los viejos pedorros?

Chinita lanzó una risita.

—Ahora sí que no me cabe la menor duda de que vas a ir al infierno.

—Pero me llevaré el Pulitzer conmigo.

71

Cuanto más ascendía Langdon, más inestable le parecía el andamio. No obstante, la vista panorámica de Roma mejoraba a cada paso. Continuó subiendo.

Respiraba con más dificultad de la esperada cuando llegó al último peldaño. Se izó sobre la plataforma superior, sacudió el yeso de su ropa y se puso en pie. La altura no le afectaba. De hecho, era tonificante.

La vista resultaba impresionante. Como un océano en llamas, los tejados rojos de Roma se extendían ante él, resplandecientes bajo el ocaso escarlata. Desde aquel lugar, por primera vez en su vida, Langdon vio las antiguas raíces de Roma, más allá del tráfico y la polución: *la Città di Dio.*

Examinó los tejados, en busca de la aguja de una iglesia o un campanario. Pero pese a que podía ver hasta el lejano horizonte, no encontró nada. *Hay cientos de iglesias en Roma,* pensó. *¡Tiene que haber una al suroeste de aquí! Si la iglesia es todavía visible,* se recordó. *¡Si la iglesia sigue en pie!*

Repitió su inspección, esta vez con mayor lentitud. Sabía que no todas las iglesias tendrían agujas visibles, en especial los santuarios más pequeños y apartados. Además, Roma había experimentado un cambio radical desde el siglo XVII, cuando las iglesias eran por ley los edificios más altos permitidos. Ahora, sólo veía edificios de apartamentos, rascacielos, torres de televisión.

Por segunda vez, Langdon peinó el horizonte con la mirada sin ver nada. Ni una sola aguja. A lo lejos, en los límites de Roma, la enorme cúpula de Miguel Ángel ocultaba el sol. La basílica de San Pedro. Ciudad del Vaticano. Langdon se preguntó qué estarían haciendo los cardenales, y si el registro de la Guardia Suiza habría permitido localizar la antimateria. Algo le decía que no... y que no lo conseguirían.

El poema estaba resonando de nuevo en su cabeza. Lo repitió, línea a línea. *Desde la tumba terrenal de San, / en el agujero del demonio.* Habían encontrado la tumba de Santi. *Cruzando Roma esos místicos / cuatro elementos se revelan.* Los elementos místicos eran Tierra, Aire, Fuego, Agua. *La senda de luz, prueba secreta.* El Sendero de la Iluminación formado por las esculturas de Bernini. *Que ángeles guíen tu elevada búsqueda.*

El ángel señalaba al suroeste...

—¡Escalera central! —exclamó Glick, señalando a través del parabrisas—. ¡Algo está pasando!

Macri desvió la cámara hacia la entrada principal. Algo estaba pasando, sin la menor duda. Al pie de la escalera, el hombre de aspecto militar había acercado un Alfa Romeo al pie de los peldaños y abierto el maletero. Estaba examinando la plaza como si buscara curiosos. Por un momento, Macri pensó que el hombre los había localizado, pero sus ojos continuaron su exploración. Al parecer satisfecho, sacó un *walkie-talkie* y habló por él.

Casi al instante, dio la impresión de que un ejército salía de la iglesia. Como un equipo de fútbol norteamericano en desbandada, los soldados formaron una línea recta en lo alto de la escalera. Empezaron a descender como una muralla humana.

Detrás de ellos, casi escondidos por la pared, cuatro soldados parecían cargar con algo. Algo pesado. Incómodo de transportar.

Glick se inclinó hacia adelante.

—¿Han robado algo de la iglesia?

Chinita utilizó el teleobjetivo para examinar la muralla de hombres, en busca de una abertura. *Una fracción de segundo,* rezó. *Un solo fotograma. Es lo único que necesito.* Pero los soldados se movían como un solo hombre. *¡Venga!* Macri insistió, y obtuvo la recompensa. Cuando los soldados intentaron depositar el objeto en el maletero, Macri encontró su abertura. Por una ironía, fue el hombre mayor quien cometió el error. Sólo un instante, pero suficiente. Macri consiguió su fotograma. De hecho, fueron diez.

—Llama a redacción —dijo Chinita—. Tenemos un cadáver.

Muy lejos, en el CERN, Maximilian Kohler entró en el estudio de Leonardo Vetra sentado en su silla de ruedas. Empezó a registrar los archivos de Vetra con eficiencia mecánica. Al no encontrar lo que buscaba, se trasladó al dormitorio del científico. El cajón superior de la mesita de noche estaba cerrado con llave. Kohler lo forzó con un cuchillo de cocina.

Dentro encontró justo lo que estaba buscando.

72

Langdon descendió del andamio. Se sacudió el yeso de la ropa. Vittoria le estaba esperando.

—¿No ha habido suerte? —preguntó la joven.

Langdon meneó la cabeza.

—Han metido al cardenal en el maletero.

Langdon miró hacia el coche aparcado, donde Olivetti y un grupo de soldados habían desplegado un plano sobre el capó.

—¿Están buscando en el suroeste?

Ella asintió.

—No hay iglesias. Desde aquí, la primera que se ve es San Pedro.

Langdon gruñó. Al menos, estaban de acuerdo. Avanzó hacia Olivetti. Los soldados se apartaron para dejarle pasar.

Olivetti alzó la vista.

—Nada, pero en este plano no salen todas las iglesias. Sólo las grandes. Hay unas cincuenta.

—¿Dónde estamos? —preguntó Langdon.

Olivetti señaló la Piazza del Popolo y trazó con el dedo una línea recta hacia el suroeste. La línea dejaba a un lado, por un margen sustancial, el grupo de cuadrados negros que indicaban las iglesias principales de Roma. Por desgracia, las iglesias principales de Roma eran también las más antiguas, las que ya existían en el siglo XVII.

—He de tomar algunas decisiones —dijo Olivetti—. ¿Está seguro de que ésa es la dirección?

Langdon recreó en su mente el dedo extendido del ángel, y notó que la impaciencia se apoderaba de él.

—Sí, señor. Segurísimo.

Olivetti se encogió de hombros y volvió a seguir la línea con el dedo. El camino se cruzaba con el puente Margherita, la Via Cola di Riezo, y atravesaba la Piazza del Risorgimento, sin encontrarse con ninguna iglesia hasta morir en el centro de la plaza de San Pedro.

—¿Qué pasa con San Pedro? —preguntó un soldado. Tenía una profunda cicatriz bajo el ojo izquierdo—. Es una iglesia.

Langdon meneó la cabeza.

—Ha de ser un lugar público. No parece muy pública en este momento.

—Pero la línea cruza la plaza de San Pedro —añadió Vittoria, que miraba por encima del hombro de Langdon—. La plaza es pública.

Langdon ya lo había pensado.

—Pero no hay estatuas.

—¿No hay un monolito en el centro?

La joven tenía razón. Había un monolito egipcio en la plaza de San Pedro. Langdon miró el monolito de la plaza en que se encontraban. *La pirámide elevada.* Una coincidencia extraña, pensó. Desechó la idea.

—El monolito del Vaticano no es de Bernini. Fue traído por Calígula. No tiene nada que ver con *Aire.* —Había otro problema—. Además, el poema dice que los elementos están esparcidos por Roma. La plaza de San Pedro no está en Roma, sino en el Vaticano.

—Depende de a quién se lo pregunte —intervino otro soldado.

Langdon alzó la vista.

—¿Cómo?

—Siempre ha existido un contencioso. La mayoría de planos muestran la plaza de San Pedro como parte del Vaticano, pero como está *fuera* de la ciudad amurallada, muchas autoridades romanas han afirmado durante siglos que pertenece a Roma.

—No lo dirá en serio —contestó Langdon. Lo ignoraba por completo.

—Sólo lo digo —continuó el guardia— porque el comandante Olivetti y la señorita Vetra han estado haciendo preguntas sobre una escultura relacionada con el Aire.

Los ojos de Langdon casi estuvieron a punto de salírsele de las órbitas.

—¿Y conoce una en la plaza de San Pedro?

—No exactamente. En realidad, no es una escultura. No creo que tenga importancia.

—Oigámoslo —ordenó Olivetti.

El guardia se encogió de hombros.

—Sólo lo sé porque suelo estar de guardia en la plaza. Conozco todos los rincones de la plaza de San Pedro.

—La escultura —le apremió Langdon—. ¿Cómo es?

Langdon empezaba a preguntarse si los Illuminati habían tenido los redaños de colocar su segundo indicador justo delante de la basílica de San Pedro.

—Paso por delante cada día cuando hago la patrulla —dijo el guardia—. Está en el centro, justo donde señala la línea. Por eso me ha venido a la cabeza. Como ya he dicho, no es una escultura. Es más un... bloque.

Olivetti parecía a punto de sufrir un ataque.

—¿Un bloque?

—Sí, señor. Un bloque de mármol incrustado en la plaza. Justo en la base del monolito. Pero el bloque no es un rectángulo. Es una elipse. Y en el bloque está esculpida la imagen de una ráfaga de viento. —Hizo una pausa—. De *aire*, supongo, si quiere ponerse científico.

Langdon contemplaba asombrado al joven soldado.

—¡Un relieve! —exclamó de repente.

Todo el mundo le miró.

—¡Un *relieve* es la otra mitad del arte de esculpir!

La escultura es el arte de moldear figuras en volumen y también en relieve. Había escrito la definición en pizarras durante años. En esencia, los relieves eran esculturas en dos dimensiones, como el perfil de Abraham Lincoln en las monedas de un centavo. Los medallones de Bernini de la Capilla Chigi constituían otro ejemplo perfecto.

—*Bassorilievo?* —preguntó el guardia, utilizando el término artístico italiano.

—¡Sí! ¡Bajorrelieve! —Langdon golpeó el capó con los nudillos—. ¡No estaba pensando en esos términos! Esa losa de la que está hablando es el *West Ponente*, representa el Viento de Poniente. También se conoce como *Respiro di Dio*.

—¿El aliento de Dios?

—¡Sí! *¡Aire!* ¡Y fue tallada y colocada allí por el propio arquitecto!

Vittoria parecía confusa.

—Yo pensaba que Miguel Ángel había diseñado San Pedro.

—¡Sí, la *basílica*! —exclamó Langdon en tono triunfal—. ¡Pero la *plaza* de San Pedro fue diseñada por Bernini!

Cuando la caravana de Alfa Romeo salió de la Piazza del Popolo, era tal la prisa que llevaban que nadie se fijó en la camioneta de la BBC que los seguía.

73

Gunther Glick pisó el acelerador y se abrió paso entre el tráfico, sin perder de vista a los cuatro Alfa Romeo que cruzaban el Tíber por el puente Margherita. En circunstancias normales, Glick habría hecho el esfuerzo de mantener una prudente distancia, pero hoy apenas podía seguirlos. Aquellos tipos volaban.

Macri estaba sentada en su zona de trabajo (el asiento de atrás), a punto de concluir una llamada telefónica a Londres. Colgó y gritó a Glick, para hacerse oír por encima del ruido del tráfico:

—¿Qué prefieres antes, la buena noticia o la mala?

Glick frunció el ceño. Cuando se trataba de la casa madre, nada era sencillo.

—La mala.

—Redacción está muy cabreada con nosotros por haber abandonado el puesto.

—Sorpresa.

—También piensan que tu soplo es un fraude.

—Por supuesto.

—Y el jefe me acaba de advertir de que estás en la cuerda floja.

Glick arrugó el entrecejo.

—Fantástico. ¿Cuál es la buena noticia?

—Han accedido a echar un vistazo a lo que acabamos de filmar.

Glick sonrió. *Ahora van a darse cuenta de quién está en la cuerda floja.*

—Pues envíalo.

—No puedo transmitir si no paramos.

Glick se desvió por la Via Cola di Rienzo.

—Ahora no puedo parar.

Siguió a los Alfa Romeo cuando doblaron a la izquierda para rodear la Piazza del Risorgimento.

Macri sujetó su ordenador cuando todo se deslizó a un lado en la parte de atrás.

—Rompe mi transmisor —advirtió—, y tendremos que llevar esta cinta a Londres a pie.

—Agárrate, amor mío. Algo me dice que casi hemos llegado.

Macri levantó la vista.

—¿Adónde?

Glick contempló la cúpula que se alzaba ante ellos. Suspiró.

—Justo al sitio donde empezamos.

Los cuatro Alfa Romeo se internaron con destreza entre el tráfico que de la plaza de San Pedro. Se separaron y distribuyeron a lo largo del perímetro, y los soldados descendieron en puntos seleccionados previamente. Los guardias se hicieron invisibles al instante entre los turistas y las camionetas de las televisiones. Algunos entraron en el bosque de columnas que rodeaba la plaza. También se fundieron con la muchedumbre. Cuando Langdon miró a través del parabrisas, presintió que un nudo se estaba cerrando alrededor de San Pedro.

Además de los hombres que Olivetti acababa de enviar, el comandante había llamado por radio al Vaticano, a fin de destacar guardias de paisano en el centro de la plaza, donde se hallaba el *West Ponente,* el bajorrelieve de Bernini. Mientras Langdon escrutaba los espacios abiertos de la plaza, una pregunta familiar le atormentó. *¿Cómo piensa el asesino de los Illuminati salirse con la suya? ¿Cómo meterá a un cardenal entre toda esta gente y le asesinará delante de todo el mundo?* Consultó su reloj. Eran las nueve menos seis minutos.

Olivetti se volvió hacia Langdon y Vittoria.

—Quiero que se dirijan de inmediato al bloque de Bernini, o lo que sea. La misma treta. Son turistas. Utilicen el móvil si ven algo.

Antes de que Langdon pudiera contestar, Vittoria agarró su mano y le sacó del coche.

El sol primaveral se estaba ocultando detrás de la basílica de San Pedro, y una gigantesca sombra se extendía sobre la plaza. Langdon sintió un escalofrío cuando Vittoria y él se internaron en la penumbra fría. Langdon se abrió paso entre la multitud, examinando cada rostro con el que se cruzaba, mientras se preguntaba si el asesino estaba cerca. Notaba la calidez de la mano de Vittoria.

Mientras atravesaban la plaza de San Pedro, experimentó el mismo efecto que se le había encargado provocar al artista que la creó, la de «dar una lección de humildad» a quienes entraban en ella. Langdon se sentía humilde en aquel momento. *Humilde y hambriento,* pensó, sorprendido de que un pensamiento tan mundano invadiera su cabeza en un momento como aquél.

—¿Al obelisco? —preguntó Vittoria.

Langdon asintió.

—¿Hora? —preguntó Vittoria sin aminorar el paso.

—Quedan cinco minutos.

La joven no dijo nada, pero Langdon notó que asía su mano con más fuerza. Aún portaba la pistola. Esperó que Vittoria no decidiera necesitarla. No la imaginaba esgrimiendo un arma en la plaza de San Pedro, destrozando las rótulas de un asesino delante de todas las televisiones del mundo. Claro que un incidente semejante no sería nada comparado con el hallazgo de un cardenal marcado a fuego y asesinado.

Aire, pensó Langdon. *El segundo elemento de la ciencia.* Intentó imaginar la marca. El método del asesinato. Volvió a recorrer con la mirada la inmensa plaza, rodeada de Guardias Suizos. Si el hassassin osaba llevar a cabo su propósito, no podía imaginar cómo escaparía.

En el centro de la plaza se alzaba el obelisco egipcio de trescientas cincuenta toneladas de peso traído por Calígula. Medía veintisiete metros de altura hasta su punta, rematada por una cruz de hierro hueca. Lo bastante alta para captar los últimos rayos del sol poniente, la cruz brillaba como por arte de magia... En teoría, contenía los restos de la cruz en que Cristo fue crucificado.

Dos fuentes flanqueaban el obelisco, en una distribución perfectamente simétrica. Los historiadores de arte sabían que las fuentes indicaban los puntos focales geométricos exactos de la plaza elíptica de Bernini, pero se trataba de una curiosidad arquitectónica en la que Langdon no se había parado a pensar hasta hoy. De pronto, daba la impresión de que Roma estaba llena de elipses, pirámides y elementos geométricos desconcertantes.

Cuando se acercaron al obelisco, Vittoria caminó más despacio. Exhaló un profundo suspiro, como animando a Langdon a relajarse al mismo tiempo que ella. Él hizo el esfuerzo, dejó caer los hombros y aflojó su mandíbula tensa.

En algún punto, alrededor del obelisco, situado con audacia ante la iglesia más grande del mundo, se hallaba el segundo altar de la ciencia, el *West Ponente* de Bernini, un bajorrelieve elíptico en la plaza de San Pedro.

Gunther Glick observaba desde las sombras de las columnas que rodeaban la plaza. Cualquier otro día, el hombre de la chaqueta de *tweed* y la mujer en pantalones cortos caqui no le habrían interesado en lo más mínimo. Parecían turistas admirando la plaza. Pero hoy no era un día como los demás. Hoy era un día de soplos telefónicos, cadáveres, coches camuflados que atravesaban Roma a toda velocidad, y un hombre con chaqueta de *tweed* que escalaba andamios en busca de Dios sabía qué. Glick no los perdería de vista.

Miró al otro lado de la plaza y vio a Macri. Se encontraba justo donde le había pedido, al acecho, cerca de la pareja. Macri portaba la cámara de vídeo como si tal cosa, pero pese a su pantomima de aburrido miembro de la prensa, destacaba más de lo que Glick deseaba. No había otros reporteros en esta parte de la plaza, y el acrónimo BBC impreso en su cámara atraía la mirada de algunos turistas.

La cinta que Macri había grabado del cuerpo desnudo arrojado en el maletero se estaba reproduciendo en este momento en el transmisor de vídeo de la camioneta. Glick sabía que las imágenes iban rumbo a Londres. Se preguntó qué diría redacción.

Ojalá Macri y él hubieran encontrado el cadáver antes de que llegara el pequeño ejército de soldados de paisano. Sabía que el mismo ejército estaba desplegado ahora por toda la plaza. Algo gordo estaba a punto de suceder.

Los medios de comunicación son el brazo derecho de la anarquía, había dicho el asesino. Glick se preguntó si había perdido la oportunidad de conseguir una gran exclusiva. Miró las otras camionetas de las cadenas de televisión, y vio que Macri seguía a la misteriosa pareja. Algo le dijo a Glick que no todo estaba perdido…

74

Langdon vio lo que andaba buscando desde una distancia de diez metros. La elipse de mármol blanco de Bernini con la inscripción *West Ponente* estaba incrustada en el suelo de granito gris de la plaza. Al parecer, Vittoria también la vio. Le apretó la mano.

—Relájate —susurró Langdon—. Recuerda lo que me dijiste de respirar por los ojos.

La joven sujetó la mano de Langdon con menos fuerza.

Al acercarse, todo se les antojó de lo más normal. Los turistas paseaban, las monjas charlaban junto a los mojones de piedra que delimitaban el centro de la plaza, una chica daba de comer a las palomas en la base del obelisco. Langdon reprimió el deseo de consultar la hora. Sabía que el tiempo casi se había cumplido.

Llegaron al punto exacto donde estaba la elipse, y Langdon y Vittoria se detuvieron sin denotar impaciencia, como un par de turistas que se detenían ante un punto de relativo interés.

—*West Ponente* —dijo Vittoria mientras leía la inscripción en la losa de mármol.

Langdon contempló la elipse y se sintió ingenuo de repente. Ni en sus libros de arte, ni en sus numerosos viajes a Roma, había comprendido el significado del *West Ponente*.

Hasta ahora.

El bajorrelieve, de casi un metro de largo, esculpido con una cara rudimentaria, plasmaba el Viento de Poniente como un rostro angelical. Bernini había representado un potente aliento que surgía de la boca del ángel, y se alejaba del Vaticano... *El aliento de Dios.* Era el tributo de Bernini al segundo elemento... Aire... Un poniente etéreo que expulsaban los labios de un ángel. Mientras Langdon miraba, se dio cuenta de que el significado del bajorrelieve era más profundo de lo que pensaba. Bernini había tallado *cinco* ráfagas diferentes de aire... ¡Cinco! Aún más, había *dos* estrellas radiantes que flanqueaban el medallón. Langdon pensó en Galileo. *Dos estrellas, cinco ráfagas, elipses, simetría...* Se sintió agotado. Le dolía la cabeza.

Vittoria interrumpió sus pensamientos.

—Creo que alguien nos está siguiendo —dijo.

Langdon levantó la vista.

—¿Dónde?

Vittoria, con Langdon de la mano, avanzó unos treinta metros antes de hablar. Señaló el Vaticano, como si enseñara a su acompañante un detalle de la cúpula.

—La misma persona nos ha estado siguiendo por toda la plaza. —Vittoria miró hacia atrás—. Aún nos sigue. Continúa andando.

—¿Crees que es el hassassin?

Vittoria negó con la cabeza.

—No, a menos que los Illuminati contraten a mujeres con cámaras de la BBC.

Cuando las campanas de San Pedro empezaron a repicar ensordecedoramente, tanto Langdon como Vittoria pegaron un bote. Era la hora. Se habían alejado del *Ponente* con la intención de despistar a la reportera, pero ahora regresaban al punto donde estaba el relieve.

Pese a las campanadas, la zona parecía gozar de una calma perfecta. Los turistas paseaban. Un indigente ebrio dormitaba en la base del obelisco. Una niña daba de comer a las palomas. Langdon se preguntó si la reportera habría asustado al asesino. *Lo dudo*, decidió, cuando recordó la promesa del asesino. *Convertiré a vuestros cardenales en luminarias de los medios de comunicación.*

Cuando el eco de la novena campanada se desvaneció, un plácido silencio se adueñó de la plaza.

Entonces… la niña se puso a chillar.

75

Langdon fue el primero en acercarse a la niña.

Horrorizada, señalaba hacia la base del obelisco, donde un borracho viejo y decrépito se encontraba recostado sobre las escaleras. El estado del hombre era lamentable. Al parecer era uno de tantos indigentes de Roma. El pelo gris le caía en mechones grasientos sobre la cara, y tenía el cuerpo envuelto en una especie de tela sucia. La niña seguía chillando cuando se perdió entre la muchedumbre.

Langdon sintió una oleada de miedo cuando corrió hacia la piltrafa humana. Una mancha comenzaba a teñir profusamente los harapos del hombre. Sangre oscura y fresca.

Después fue como si todo sucediera a la vez.

El anciano pareció doblarse por la cintura y se inclinó hacia adelante. Langdon corrió, pero era demasiado tarde. El hombre se derrumbó por las escaleras y estrelló el rostro contra el pavimento. Permaneció inmóvil.

Langdon se puso de rodillas. Vittoria llegó a su lado. Una muchedumbre empezaba a congregarse a su alrededor.

Vittoria apoyó los dedos sobre la garganta del hombre.

—Aún tiene pulso —dijo—. Dale la vuelta.

Langdon ya se había puesto en acción. Sujetó al anciano por los hombros y le dio la vuelta. En ese momento, parte de los harapos parecieron desprenderse como carne muerta. El hombre se desplomó de espaldas. En el centro de su pecho desnudo había una extensa zona de carne chamuscada.

Vittoria lanzó una exclamación ahogada y retrocedió.

Langdon se sentía paralizado entre la náusea y el estupor. El símbolo poseía una terrorífica sencillez.

—Aire —dijo Vittoria con voz estrangulada—. Es... él.

Guardias Suizos aparecieron como por arte de magia, gritaron órdenes y corrieron en pos de un enemigo invisible.

Cerca, un turista explicaba que, tan sólo minutos antes, un hombre de tez oscura había tenido la amabilidad de ayudar a este pobre indigente a cruzar la plaza, incluso se había sentado un momento en la escalera con él, antes de desaparecer entre la multitud.

Vittoria rasgó los harapos que cubrían el abdomen de la víctima. Tenía dos heridas profundas, como pinchazos, una a cada lado de la marca, justo debajo de su caja torácica. Echó hacia atrás la cabeza del hombre y empezó a aplicarle el boca a boca. Langdon no estaba preparado para lo que sucedió a continuación. Cuando Vittoria sopló, las heridas sisearon y la sangre brotó expulsada, como los chorros de una ballena. El líquido salado alcanzó a Langdon en plena cara.

Vittoria paró en seco, horrorizada, y luego miró las dos perforaciones.

Langdon se secó los ojos. Los agujeros borboteaban. Los pulmones del cardenal estaban destrozados. Había muerto.

Vittoria cubrió el cadáver cuando la Guardia Suiza se acercó.

Langdon se sentía desorientado. Entonces, la vio. La mujer que les había seguido estaba acuclillada cerca. Cargaba al hombro su cámara de vídeo de la BBC, y estaba filmando. Langdon y ella cruzaron una mirada, y comprendió que lo había rodado todo. Entonces, como una gata, la mujer se puso de pie.

76

Chinita Macri puso pies en polvorosa. Tenía el reportaje de su vida.

La cámara le pesaba como un ancla mientras cruzaba la plaza de San Pedro entre la muchedumbre. Daba la impresión de que todo el mundo se movía en dirección contraria a ella, hacia el tumulto. Macri intentaba alejarse lo máximo posible. El hombre de la chaqueta de *tweed* la había visto, y ahora intuía que otros la perseguían, hombres que no podía ver, que la acorralaban desde todos lados.

Macri aún estaba impresionada por las imágenes que acababa de grabar. Se preguntó si el hombre muerto era quien temía. De repente, el misterioso contacto telefónico de Glick se le antojó un poco menos loco.

Mientras corría en dirección a la camioneta de la BBC, un joven de aire militar emergió de la multitud delante de ella. Sus ojos se encontraron, y ambos se detuvieron. Como un rayo, el hombre levantó un *walkie-talkie* y habló por él. Luego, avanzó hacia ella. Macri dio media vuelta y se mezcló entre el gentío, con el corazón acelerado.

Mientras corría dando tumbos a través de la masa de brazos y piernas, extrajo la cinta de la cámara. *Oro en celuloide*, pensó Chinita, escondió la cinta debajo de los pantalones, pegada a los riñones, y dejó caer los faldones de la chaqueta para ocultarla mejor. Por una vez en su vida, se alegraba de pesar algo más de la cuenta. *¡Dónde demonios estás, Glick!*

Otro guardia apareció a su izquierda. Macri sabía que tenía poco tiempo. Se internó en la multitud. Sacó un cartucho virgen del maletín y lo introdujo en la cámara. Después rezó.

Estaba a treinta metros de la camioneta de la BBC, cuando dos hombres se materializaron frente a ella, con los brazos cruzados. Su huida había terminado.

—Película —dijo uno con brusquedad—. Ya.

Macri retrocedió y abrazó la cámara en un gesto protector.

—Ni hablar.

Uno de los hombres se abrió la chaqueta y reveló una pistola.

—Dispáreme —dijo Macri, asombrada por la audacia de su voz.

—Película —repitió el primero.

¿Dónde demonios está Glick? Macri dio una patada en el suelo y gritó a pleno pulmón.

—¡Soy cámara oficial de la BBC! ¡En virtud del artículo doce de la Ley de Libertad de Prensa, esta película es propiedad de la British Broadcasting Corporation!

Los hombres no se inmutaron. El de la pistola avanzó un paso hacia ella.

—Soy teniente de la Guardia Suiza, y en virtud de la Doctrina Sagrada que gobierna la propiedad en la que usted se encuentra, será sometida a registro e incautación de su material.

Una multitud había empezado a congregarse a su alrededor.

—No pienso entregarles la película de esta cámara bajo ninguna circunstancia —chilló Macri—, sin antes hablar con mi director en Londres. Les sugiero...

La paciencia de los guardias se agotó. Uno le arrebató la cámara de las manos. El otro la agarró del brazo y la empujó en dirección al Vaticano.

—*Grazie* —dijo mientras la guiaba entre el gentío.

Macri rezó para que no la registraran y encontraran la cinta. Si podía proteger la película el tiempo suficiente para...

De pronto, sucedió lo impensable. Entre el gentío, alguien empezó a palparla por debajo de la chaqueta. Macri sintió que le arrebatan el vídeo. Giró en redondo, pero se tragó las palabras. Detrás de ella, un Gunther Glick sin aliento le guiñó un ojo y desapareció entre la muchedumbre.

77

Robert Langdon entró tambaleante en el lavabo privado contiguo al despacho del Papa. Se secó la sangre de la cara y los labios. No era su sangre. Era la del cardenal Lamassé, que acababa de morir de una forma horrible en la abarrotada plaza de San Pedro. *Vírgenes sacrificadas en los altares de la ciencia.* Hasta el momento, el hassassin había cumplido su amenaza.

Langdon se sintió impotente cuando se miró en el espejo. Tenía los ojos hundidos, y una incipiente barba despuntaba en sus mejillas. El lavabo era inmaculado y lujoso: mármol negro con complementos de oro, toallas de algodón y jabón de manos perfumado.

Intentó quitarse de la cabeza la marca sanguinolenta que acababa de ver. Aire. La imagen persistió. Había visto tres ambigramas desde que había despertado aquella mañana... y sabía que quedaban dos más.

Al otro lado de la puerta, daba la impresión de que Olivetti, el camarlengo y el capitán Rocher estaban discutiendo qué hacer a continuación. Por lo visto, la búsqueda de la antimateria no había fructificado hasta el momento. O los guardias no habían visto el contenedor, o el asesino se había adentrado en el Vaticano más de lo que el comandante Olivetti deseaba reconocer.

Langdon se secó la cara y las manos. Después se volvió y buscó un urinario. Sólo había una taza. Levantó la tapa.

Una oleada de cansancio le invadió. Las emociones que atenazaban su pecho eran numerosas e incongruentes. Fatigado, hambriento y falto de sueño, estaba recorriendo el Sendero de la Iluminación, traumatizado por dos brutales asesinatos. El posible resultado del drama aterrorizaba a Langdon.

Piensa, se dijo. Tenía la mente en blanco.

Cuando tiró de la cadena, se dio cuenta de algo. *Estoy en el lavabo del Papa,* pensó. *Acabo de mear en el lavabo del Papa.* Se rió. *El Trono Sagrado.*

78

En Londres, una técnico de la BBC sacó una cinta de vídeo de un dispositivo de recepción vía satélite y atravesó a toda prisa la sala de control. Entró como una tromba en el despacho del jefe de redacción, introdujo la cinta en el aparato de vídeo y pulsó el botón de reproducción.

Mientras visionaban la cinta, le contó la conversación que acababa de sostener con Gunther Glick, corresponsal en la Ciudad del Vaticano. Además, los archivos fotográficos de la BBC habían confirmado la identidad de la víctima encontrada en la plaza de San Pedro.

Cuando el jefe de redacción salió de su despacho, agitó una campanilla. Todo el mundo dejó lo que estaba haciendo.

—¡Directo en cinco minutos! —tronó el hombre—. ¡Que se preparen los corresponsales! ¡Coordinadores de los medios, llamad a vuestros contactos! ¡Vamos a vender un reportaje! ¡Y tenemos las imágenes!

Los coordinadores de ventas agarraron sus rolodexes.

—¿Duración de la filmación? —gritó uno.

—¡Treinta segundos! —contestó el jefe.

—¿Contenido?

—Homicidio en directo.

Los coordinadores se sintieron espoleados.

—¿Tarifa de uso y explotación?

—Un millón de dólares per cápita.

Todas las cabezas se alzaron.

—¿Qué?

—¡Ya me habéis oído! Quiero las mejores. ¡CNN, MSNBC y las tres grandes! Ofreced un pase previo.

—¿Qué ha pasado? —preguntó alguien—. ¿Han despellejado vivo al primer ministro?

El jefe negó con la cabeza.

—Algo mejor.

En aquel preciso momento, en algún lugar de Roma, el hassassin disfrutaba de un fugaz momento de descanso en una cómoda butaca. Admiró la legendaria estancia en la que se encontraba. *Estoy en la Iglesia de la Iluminación,* pensó. *La guarida de los Illuminati.* No podía creer que todavía se conservara después de tantos siglos.

Llamó al reportero de la BBC con el que había hablado antes. Había llegado el momento. El mundo aún no había escuchado la noticia más estremecedora de todas.

79

Vittoria Vetra bebió un vaso de agua y se sirvió con aire ausente una pasta de una bandeja que había traído un Guardia Suizo. Sabía que debía comer, pero no tenía apetito. El despacho del Papa estaba lleno a rebosar, y tensas conversaciones resonaban en las paredes. El capitán Rocher, el comandante Olivetti y media docena de guardias analizaban los acontecimientos y debatían el siguiente paso.

Robert Langdon estaba mirando la plaza de San Pedro. Parecía acabado. Vittoria se acercó.

—¿Ideas?

Langdon sacudió la cabeza.

—¿Una pasta?

Langdon pareció animarse cuando vio comida.

—Pues, sí. Gracias.

Comió con voracidad.

La conversación que tenía lugar a sus espaldas enmudeció de repente cuando dos Guardias Suizos entraron con el camarlengo Ventresca. Si el hombre parecía agotado antes, pensó Vittoria, ahora parecía consumido.

—¿Qué ha pasado? —preguntó el camarlengo a Olivetti. A juzgar por la expresión del sacerdote, ya debía de saber lo peor.

El informe oficial de Olivetti fue como un parte de bajas en combate. Recitó los hechos con eficiencia.

—El cardenal Ebner fue encontrado muerto en la iglesia de Santa Maria del Popolo, justo después de las ocho de la noche. Fue estrangulado y marcado con el ambigrama de «Tierra». El cardenal Lamassé fue asesinado en la plaza de San Pedro hace diez minutos. Murió a consecuencia de perforaciones en el pecho. Le marcaron con la palabra «Aire», también un ambigrama. El asesino escapó en ambos casos.

El camarlengo cruzó la estancia y se sentó pesadamente ante el escritorio del Papa. Agachó la cabeza.

—No obstante, los cardenales Guidera y Baggia siguen con vida.

El camarlengo alzó la cabeza con expresión contrita.

—¿Es este nuestro consuelo? Dos cardenales han sido asesinados, comandante. Y los otros dos no vivirán mucho más, a menos que los encuentre.

—Los encontraremos —aseguró Olivetti—. No desespero.

—¿No desespera? Sólo hemos cosechado fracasos.

—Eso no es verdad. Hemos perdido dos batallas, signore, pero estamos ganando la guerra. Los Illuminati se proponían convertir esta noche en un circo mediático. Hasta el momento, hemos frustrado su plan. Los cadáveres de ambos cardenales han sido recuperados sin incidentes. Además —continuó Olivetti—, el capitán Rocher me dice que está haciendo grandes progresos en la búsqueda de la antimateria.

El capitán Rocher avanzó con su boina roja. Vittoria pensó que parecía más humano que los demás guardias, severo, pero no tan rígido. Rocher habló con voz conmovida y cristalina como un violín.

—Confío en que localizaré el contenedor antes de una hora, signore.

—Capitán —dijo el camarlengo—, perdone si parezco menos esperanzado, pero tenía la impresión de que un registro del Vaticano nos llevaría mucho más tiempo del que nos queda.

—Un registro minucioso, sí. Sin embargo, tras analizar la situación, confío en que el contenedor de antimateria se halle localizado en una de nuestras zonas blancas, esos sectores del Vaticano accesibles a las visitas públicas, como los museos y la basílica de San Pedro, por ejemplo. Ya hemos cortado la electricidad en esas zonas, y estamos llevando a cabo el registro.

—¿Pretende registrar tan sólo un pequeño porcentaje del Vaticano?

—Sí, signore. Es muy improbable que un intruso hubiera accedido a las zonas interiores del Vaticano. El hecho de que la cámara de seguridad desaparecida fuera robada de una zona de acceso público, la escalera de un museo, implica que el intruso tenía acceso limitado. Por lo tanto, sólo pudo colocar la cámara y la antimateria en otra zona de acceso público. Es en esas zonas donde estamos concentrando nuestra búsqueda.

—Pero el intruso secuestró a cuatro cardenales. Eso implica una infiltración mayor de la que pensábamos.

—No necesariamente. Hemos de recordar que los cardenales pasaron gran parte del día de hoy en los Museos Vaticanos y en la basílica de San Pedro, disfrutando de esos espacios sin multitudes. Es probable que los cardenales fueran raptados en esas zonas.

—Pero ¿cómo los sacaron de la ciudad?

—Aún estamos analizando eso.

—Entiendo. —El camarlengo suspiró y se levantó. Caminó hacia Olivetti—. Comandante, me gustaría escuchar sus planes de evacuación.

—Aún estamos en ello, signore. En el ínterin, confío en que el capitán Rocher encontrará el contenedor.

El capitán dio un taconazo, como si agradeciera el voto de confianza.

—Mis hombres ya han registrado dos tercios de las zonas blancas. Nuestra confianza es elevada.

Dio la impresión de que el camarlengo no compartía aquella confianza.

En aquel momento, el guardia de la cicatriz debajo del ojo entró con una tablilla y un plano. Se encaminó hacia Langdon.

—Señor Langdon, traigo la información que solicitó sobre el *West Ponente.*

Langdon engulló la pasta.

—Estupendo. Vamos a echar un vistazo.

Los demás siguieron hablando, mientras Vittoria se acercaba a Langdon y al guardia, que habían desplegado el plano sobre la mesa del Papa.

El soldado señaló la plaza de San Pedro.

—Nosotros estamos aquí. La línea central del aliento del *West Ponente* apunta al este, alejándose del Vaticano. —El guardia siguió la línea con el dedo, desde la plaza de San Pedro, cruzando el río Tíber, hasta el corazón de la Roma antigua—. Como verá, la línea atraviesa casi toda Roma. Hay unas veinte iglesias católicas cercanas a la línea.

Langdon se derrumbó.

—*¿Veinte?*

—Tal vez más.

—¿La línea pasa por alguna?

—Algunas parecen más cercanas que otras —dijo el guardia—, pero trasladar la orientación exacta del *Poniente* a un plano deja un margen de error.

Langdon miró un momento la plaza de San Pedro. Después frunció el ceño y se acarició la barbilla.

—¿Alguna de esas iglesias conserva obras de Bernini relacionadas con el Fuego?

Silencio.

—¿Hay alguna iglesia que esté cerca de un obelisco? —insistió.

El guardia empezó a examinar el plano.

Vittoria vio un destello de esperanza en los ojos de Langdon, y cayó en la cuenta de lo que estaba pensando. *¡Tiene razón!* Los primeros dos indicadores habían estado localizados en plazas que tenían obeliscos, o cerca. ¿Constituían una constante los obeliscos? ¿El Sendero de los Illuminati estaba indicado por pirámides? Cuanto más lo pensaba Vittoria, más perfecto le parecía... Cuatro faros que se alzaban sobre Roma indicaban los altares de la ciencia.

—Es una posibilidad muy remota —dijo Langdon—, pero sé que muchos obeliscos de Roma fueron erigidos o trasladados de lugar durante la época de Bernini. No cabe duda de que estuvo implicado en su emplazamiento.

—Tal vez situó sus indicadores cerca de obeliscos ya existentes —dijo Vittoria.

Langdon asintió.

—Cierto.

—Malas noticias —dijo el guardia—. No hay obeliscos en la línea. —Pasó el dedo sobre el mapa—. Ni cerca. Nada.

Langdon suspiró.

Las esperanzas de Vittoria se derrumbaron. Había pensado que era una idea prometedora. Por lo visto, no iba a ser tan fácil como habían esperado. Intentó ser positiva.

—Piensa, Robert. Tienes que conocer una estatua de Bernini relacionada con el *Fuego*.

—He estado pensándolo, créeme. Bernini fue increíblemente prolífico. Cientos de obras. Confiaba en que el *West Po-*

nente señalaría a una sola iglesia. Algo que me resultara familiar.

—*Fuoco* —insistió la joven—. Fuego. ¿Ninguna obra de Bernini te viene a la cabeza?

Langdon se encogió de hombros.

—Existen sus famosos bocetos de *Fuegos artificiales*, pero no hay escultura, y están en Leipzig, Alemania.

Vittoria frunció el ceño.

—¿Estás seguro de que el aliento es lo que indica la dirección?

—Ya has visto el bajorrelieve, Vittoria. El diseño era totalmente simétrico. La única indicación de la orientación era el aliento.

Vittoria sabía que tenía razón.

—Además —añadió Langdon—, puesto que el *West Ponente* representa el «Aire», seguir el aliento parece muy apropiado desde un punto de vista simbólico.

Vittoria asintió. *Así que seguimos el aliento. Pero ¿adónde?*

Olivetti se acercó.

—¿Han descubierto algo?

—Demasiadas iglesias —dijo el soldado—. Dos docenas, más o menos. Supongo que podríamos destinar cuatro hombres a cada iglesia…

—Olvídelo —dijo Olivetti—. Este tipo nos ha burlado en dos ocasiones, y eso que sabíamos dónde iba a estar. Una operación de vigilancia masiva significa dejar el Vaticano desprotegido y suspender el registro.

—Necesitamos un catálogo —dijo Vittoria—. Un índice de obras de Bernini. Si podemos echar un vistazo a los títulos, tal vez algo nos ilumine.

—No lo sé —dijo Langdon—. Si se trata de una obra que Bernini creó especialmente para los Illuminati, puede ser que sea muy poco conocida. Quizá no esté consignada en un catálogo.

Vittoria no dio su brazo a torcer.

—Las otras dos esculturas eran muy conocidas. Habías oído hablar de ambas.

Langdon se encogió de hombros.

—Sí.

—Si examinamos los títulos, buscando una referencia a la palabra «fuego», tal vez encontremos una estatua que nos guíe.

Langdon pareció convencerse de que valía la pena probar. Se volvió hacia Olivetti.

—Necesito una lista de las obras de Bernini. No tendrán un libro ilustrado de Bernini por aquí, ¿verdad?

—¿Libro ilustrado?

Olivetti no parecía familiarizado con el término.

—Da igual. Cualquier listado. ¿Y en los Museos Vaticanos? Habrá referencias a Bernini.

El guardia de la cicatriz frunció el ceño.

—No hay luz en los Museos, y el archivo es enorme. Sin personal cualificado que nos ayude…

—La obra de Bernini en cuestión —interrumpió Olivetti—, ¿pudo ser creada cuando Bernini estaba trabajando en el Vaticano?

—Casi con toda certeza —contestó Langdon—. Pasó aquí casi toda su carrera. Y el período de tiempo en que tuvo lugar el conflicto con Galileo.

Olivetti asintió.

—Entonces hay otra referencia.

Una chispa de optimismo prendió en Vittoria.

—¿Dónde?

El comandante no contestó. Se llevó al guardia a un lado y habló en voz baja con él. El guardia no parecía muy convencido, pero asintió obediente. Cuando Olivetti terminó de hablar, el guardia se volvió hacia Langdon.

—Sígame, señor Langdon. Son las nueve y cuarto. Tendremos que darnos prisa.

Langdon y el guardia se dirigieron hacia la puerta.

Vittoria los siguió.

—Los ayudaré.

Olivetti la agarró del brazo.

—No, señorita Vetra. He de hablar con usted.

Su tono no admitía réplica.

Langdon y el guardia se fueron. Olivetti se llevó a Vittoria aparte con expresión impenetrable. Sin embargo, no le concedieron la oportunidad de hablar con ella. Su *walkie-talkie* chasqueó.

—*Comandante?*

Todos se volvieron.

Quien hablaba lo hizo con voz sombría.

—Será mejor que encienda el televisor.

80

Cuando Langdon había salido de los Archivos Secretos del Vaticano, tan sólo dos horas antes, no había imaginado que volvería a verlos. Ahora, sin aliento por haber corrido durante todo el trayecto con su escolta de la Guardia Suiza, se encontró de nuevo en los Archivos.

Su escolta, el guardia de la cicatriz, le guió a través de las filas de cubículos transparentes. El silencio reinante parecía más amenazador, y Langdon agradeció que el guardia lo rompiera.

—Creo que está por allí —dijo, y le condujo hasta donde había una serie de cámaras pequeñas alineadas contra la pared. El guardia leyó los títulos de las cámaras e indicó una de ellas.

—Sí, es aquí. Justo donde dijo el comandante.

Langdon leyó el título. ATTIVI VATICANI. ¿Bienes del Vaticano? Examinó la lista de contenidos. Bienes raíces... Papel moneda... Banca Vaticana... Antigüedades... La lista continuaba.

—Documentación de todos los bienes del Vaticano —dijo el guardia.

Langdon miró el cubículo. Adivinó que estaba atestado.

—Mi comandante dijo que todas las obras de Bernini realizadas por encargo del Vaticano deberían estar consignadas aquí.

Langdon asintió, y se dio cuenta de que la intuición del comandante Olivetti bien podía ser cierta. En los tiempos de Bernini, todo lo que un artista creaba bajo el mecenazgo del Papa se convertía, por ley, en propiedad del Vaticano. Era más feudalismo que mecenazgo, pero los artistas importantes vivían bien y se quejaban muy pocas veces.

—¿Incluidas obras alojadas en iglesias que se encuentran fuera del Vaticano?

El soldado le dirigió una mirada extraña.

—Por supuesto. Todas las iglesias católicas de Roma son propiedad del Vaticano.

Langdon miró la lista que sostenía en la mano. Contenía los nombres de la veintena de iglesias que estaban alineadas con el aliento del *Poniente*. El tercer altar de la ciencia era una de ellas, y Langdon esperaba tener tiempo de averiguar cuál. En otras circunstancias, habría explorado en persona cada iglesia de buen grado. Hoy, sin embargo, le quedaban unos veinte minutos para encontrar lo que buscaba: la iglesia que contenía un tributo de Bernini al *Fuego*.

Langdon se encaminó a la puerta giratoria electrónica de la cámara. El guardia no le siguió. Langdon intuyó su vacilación. Sonrió.

—El aire está enrarecido, pero se puede respirar.

—Mis órdenes son escoltarle hasta aquí y regresar de inmediato al centro de seguridad.

—¿Se marcha?

—Sí. La Guardia Suiza tiene la entrada prohibida a los Archivos. Estoy quebrantando el protocolo al acompañarle tan lejos.

—¿Quebrantando el protocolo? —*¿Tiene idea de lo que está pasando esta noche?*—. ¿De qué lado está su maldito comandante?

Toda cordialidad desapareció del rostro del guardia. La cicatriz de debajo del ojo se agitó. De pronto, el guardia adquirió una sorprendente semejanza con Olivetti.

—Lo siento —dijo Langdon, que lamentaba el comentario—. Es que... No me iría mal un poco de ayuda.

El guardia no se inmutó.

—Estoy entrenado para obedecer órdenes. No para discutirlas. Cuando encuentre lo que busca, póngase en contacto con el comandante de inmediato.

Langdon se sintió confuso.

—Pero ¿dónde estará?

El guardia dejó su *walkie-talkie* sobre una mesa cercana.

—Canal uno.

Después desapareció en la oscuridad.

81

El televisor del despacho del Papa era un Hitachi de tamaño descomunal, oculto en una vitrina empotrada en la pared, delante del escritorio. Las puertas de la vitrina estaban abiertas, y todo el mundo se encontraba congregado a su alrededor. Vittoria se acercó. Cuando la pantalla se iluminó, una joven reportera apareció. Era una morena de ojos de gacela.

«Soy Kelly Horan-Jones, en directo desde la Ciudad del Vaticano para la MSNBC», anunció. Detrás de ella se veía una toma nocturna de la basílica de San Pedro, con todas las luces encendidas.

—No estás *en directo* —rugió Rocher—. ¡Es material de archivo! Las luces de la basílica están *apagadas*.

Olivetti le silenció con un siseo.

La reportera continuó en tono tenso:

«Acontecimientos escalofriantes acontecidos en el cónclave de esta noche. Hemos sido informados de que dos miembros del Colegio Cardenalicio han sido brutalmente asesinados en Roma.»

Olivetti juró por lo bajo.

Mientras la periodista continuaba, un guardia apareció en la puerta, sin aliento.

—Comandante, la centralita informa de que todas las líneas están colapsadas. Solicitan saber nuestra postura oficial sobre...

—Desconéctela —dijo Olivetti sin apartar ni un momento los ojos del televisor.

El guardia dudó.

—Pero, comandante...

—¡Váyase!

El guardia desapareció.

Vittoria intuyó que el camarlengo quería decir algo, pero se contuvo. Dirigió una larga y dura mirada a Olivetti, y luego se volvió hacia la televisión.

La MSNBC estaba pasando una grabación. Un grupo de Guardias Suizos bajaban el cadáver del cardenal Ebner por la escalera de Santa Maria del Popolo y se dirigían a un Alfa Romeo. En la siguiente imagen, en un zoom, se veía el cuerpo desnudo del cardenal, justo antes de que le depositaran en el maletero.

—¿Quién filmó estas imágenes? —preguntó Olivetti.

La reportera de la MSNBC seguía hablando.

«Se cree que era el cadáver del cardenal Ebner, de Frankfurt. Al parecer, los hombres que sacaron el cadáver de la iglesia eran Guardias Suizos del Vaticano. —Dio la impresión de que la reportera se esforzaba por parecer conmovida. Tomaron un primer plano de su cara, que adoptó una expresión aún más sombría—. En este momento, la MSNBC desea dirigir a nuestros espectadores una advertencia. Las imágenes que estamos a punto de proyectar son excepcionalmente duras, no aptas para todos los públicos.»

Vittoria rezongó al oír la hipócrita frase, pues no era más que una forma de impedir que los espectadores cambiaran de canal.

La reportera insistió.

«Repito, estas imágenes pueden herir la sensibilidad de algunos espectadores.»

—¿Qué imágenes? —preguntó Olivetti—. Acabas de sacar...

La imagen que llenó la pantalla era de una pareja que paseaba por la plaza de San Pedro. Vittoria reconoció al instante a las dos personas: Robert y ella. En la esquina de la pantalla se superpuso un texto: CORTESÍA DE LA BBC. Recordó algo.

—Oh, no —dijo Vittoria en voz alta—. Oh... no.

El camarlengo parecía confuso. Se volvió hacia Olivetti.

—¿No me dijo que habían confiscado esa cinta?

De repente, una niña chilló en el televisor. La pequeña señalaba con el dedo lo que parecía ser un mendigo cubierto de sangre. Robert Langdon aparecía al instante siguiente en pantalla, intentando consolar a la niña. La cámara se mantuvo fija.

Todos contemplaron horrorizados el drama que se desarrollaba ante ellos. El cuerpo del cardenal caía de bruces sobre el pavimento. Vittoria aparecía y gritaba órdenes. Había sangre. Una marca. Un intento fallido de aplicar la respiración artificial.

«Estas asombrosas imágenes —estaba diciendo la reportera— fueron tomadas hace tan sólo unos minutos ante el Vaticano. Nuestras fuentes nos informan de que era el cadáver del cardenal Lamassé, de Francia. Cómo acabó vestido de esta guisa y por qué no se encontraba en el cónclave sigue siendo un misterio. Hasta el momento, el Vaticano se ha negado a emitir el menor comentario.»

La cinta empezó a pasar de nuevo.

—¿Nos hemos negado a emitir comentarios? —dijo Rocher—. ¡Concedednos un maldito minuto!

La reportera continuaba hablando con el ceño fruncido.

«Si bien la MSNBC aún no ha confirmado el motivo del

atentado, nuestras fuentes nos informan de que la responsabilidad de los asesinatos ha sido reivindicada por un grupo que se hace llamar los Illuminati.»

Olivetti estalló.

—*¿Cómo?*

«... averiguar más sobre los Illuminati visiten nuestra página web en...»

—*Non è possibile!* —exclamó Olivetti. Cambió de canal.

En el nuevo canal apareció entonces un reportero español.

«... una secta satánica conocida como los Illuminati, a la que algunos historiadores creen...»

Olivetti empezó a apretar las teclas del mando a distancia como enloquecido. Todos los canales estaban emitiendo en directo. La mayoría en inglés.

«... Guardias Suizos sacaron un cadáver de una iglesia a primera hora de la noche. Se cree que el cuerpo era el del cardenal...»

«... las luces de la basílica y los Museos están apagadas, lo cual da pie a especular...»

«... hablarán con el experto en conspiraciones Tyler Tingley sobre el sorprendente resurgimiento...»

«... rumores de otros dos asesinatos planeados para esta misma noche...»

«... se preguntan ahora si el posible futuro Papa, el cardenal Baggia, se halla entre los desaparecidos...»

Vittoria apartó la vista. Los acontecimientos se estaban precipitando preocupantemente. Al otro lado de la ventana, en la oscuridad, el magnetismo de la tragedia humana parecía estar atrayendo a la gente hacia el Vaticano. La muchedumbre congregada en la plaza aumentaba a cada instante. Cientos de peatones avanzaban hacia ellos, mientras una nueva oleada de camionetas de televisiones se apoderaban de la plaza de San Pedro.

El comandante Olivetti dejó el mando a distancia y se volvió hacia el camarlengo.

—Signore, no puedo imaginar cómo ha ocurrido esto. ¡Nos apoderamos de la cinta que había en el interior de esa cámara!

El camarlengo parecía demasiado estupefacto para hablar.

Nadie decía una palabra. Los Guardias Suizos estaban en posición de firmes.

—Por lo visto —dijo el camarlengo al fin, demasiado destrozado para estar enfurecido—, no hemos controlado esta crisis tan bien como me indujeron a creer. —Miró por la ventana la muchedumbre congregada—. He de hacer una declaración.

Olivetti negó con la cabeza.

—No, signore. Eso es precisamente lo que los Illuminati quieren que haga: confirmar su existencia, conferirles poder. Hemos de guardar silencio.

—¿Y esas personas? —El camarlengo señaló hacia la ventana—. Pronto habrá reunidas decenas de miles. Después, cientos de miles. Continuar esta charada sólo consigue ponerlas en peligro. He de advertirles. Después, tendremos que evacuar a nuestro Colegio Cardenalicio.

—Aún hay tiempo. Deje que el capitán Rocher encuentre la antimateria.

El camarlengo se volvió.

—¿Intenta darme órdenes?

—No, le doy un consejo. Si le preocupa la gente de fuera, podemos anunciar una fuga de gas para despejar la zona, pero admitir que somos rehenes es peligroso.

—Sólo se lo diré una vez, comandante. No utilizaré este despacho como púlpito para mentir al mundo. Si anuncio algo, será la verdad.

—¿La verdad? ¿Que terroristas satánicos amenazan con destruir el Vaticano? Eso sólo debilitaría nuestra posición.

El camarlengo le miró furioso.

—¿Es que nuestra posición puede ser aún más débil?

Rocher gritó de repente, se apoderó del mando a distancia y subió el volumen de la televisión. Todos se volvieron.

La mujer de la MSNBC parecía desconcertada. A su lado había una foto superpuesta del difunto Papa.

«... información de última hora. Nos acaba de llegar de la BBC... —Miró a un lado de la cámara, como para confirmar que podía continuar. Tras haber recibido permiso, se volvió hacia los espectadores—. Los Illuminati acaban de asumir la responsabilidad de... —Vaciló—. Asumen la responsabilidad de la muerte del Papa, sucedida hace quince días.»

El camarlengo se quedó boquiabierto.

Rocher dejó caer el mando a distancia.

Vittoria apenas fue capaz de asimilar la información.

«Según la ley vaticana —continuó la mujer—, jamás se practica la autopsia a un Papa, de modo que es imposible confirmar la afirmación de los Illuminati. No obstante, éstos sostienen que la causa de la muerte del Papa no fue una *apoplejía,* tal como dijo el Vaticano, sino *envenenamiento*.»

Se hizo un silencio absoluto en la habitación.

—¡Qué locura! —estalló Olivetti—. ¡Menuda mentira!

Rocher empezó a cambiar de canales otra vez. Daba la impresión de que la noticia se propagaba como una plaga de emisora en emisora. Todo el mundo hablaba de lo mismo. Los titulares competían en sensacionalismo.

ASESINATO EN EL VATICANO

PAPA ENVENENADO

SATANÁS SE INTRODUCE EN LA CASA DE DIOS

El camarlengo desvió la vista.

—Que Dios nos asista.

Mientras Rocher estaba zapeando sintonizó un canal de la BBC.

«... me pasó la información sobre el asesinato de Santa Maria del Popolo...»

—¿Cómo ha dicho? —exclamó el camarlengo—. Vuelva ahí.

Rocher obedeció. Un hombre de aspecto acicalado presentaba un informativo de la BBC. Sobre su hombro, se veía superpuesta una instantánea de un hombre extraño de barba roja. Debajo de la foto ponía: GUNTHER GLICK. EN DIRECTO DESDE LA CIUDAD DEL VATICANO. Al parecer, el reportero Glick estaba informando por teléfono, y la conexión era bastante deficiente.

«... mi cámara captó el instante en que sacaban al cardenal de la Capilla Chigi.»

«Permíteme que lo repita para nuestros telespectadores —dijo el presentador de Londres—. El reportero de la BBC Gunther Glick es la persona que ha revelado esta historia. Se ha puesto en contacto telefónico dos veces con el presunto asesino de los Illuminati. Gunther, ¿dices que el asesino telefoneó hace tan sólo unos momentos, para transmitir un mensaje de los Illuminati?»

«En efecto.»

«¿Y el mensaje comunicaba que los Illuminati eran *responsables* de la muerte del Papa?»

El presentador parecía incrédulo.

«Correcto. La persona que llamaba me dijo que el Papa no murió a causa de una apoplejía, como pensaba el Vaticano, sino que fue envenenado por los Illuminati.»

Todo el mundo en el despacho papal se quedó petrificado.

«¿Envenenado? —preguntó el presentador—. Pero... *¿cómo?*»

«No me dieron detalles —contestó Glick—, salvo que le habían asesinado con una droga conocida como... —Se oyó un crujido de papeles en la línea—. Algo así como heparina.»

El camarlengo, Olivetti y Rocher intercambiaron una mirada de confusión.

—¿Heparina? —preguntó Rocher, desorientado—. ¿Pero eso no es...?

El camarlengo palideció.

—El medicamento del Papa.

Vittoria se quedó de una pieza.

—¿El Papa tomaba heparina?

—Padecía tromboflebitis —explicó el camarlengo—. Le ponían una inyección cada día.

Rocher estaba atónito.

—Pero la heparina no es un veneno. ¿Por qué dicen los Illuminati...?

—La heparina es mortal en dosis elevadas —intervino Vittoria—. Es un poderoso anticoagulante. Una sobredosis produciría hemorragias internas generales, así como hemorragias cerebrales.

Olivetti la miró con suspicacia.

—¿Cómo lo sabe?

—Los biólogos marinos lo utilizan en mamíferos en cautividad para impedir coagulamientos de sangre debido a la falta de actividad. Hay animales que han muerto por dosificación incorrecta del fármaco. —Hizo una pausa—. Una sobredosis de heparina en un ser humano provocaría síntomas que podrían confundirse fácilmente con una apoplejía, sobre todo si no hay autopsia.

La expresión del camarlengo era de intensa preocupación.

—Signore —dijo Olivetti—, no cabe duda de que se trata de una treta de los Illuminati para conseguir publicidad. Administrar una sobredosis al Papa sería imposible. Nadie tiene acceso. Aunque mordiéramos el anzuelo y tratáramos de refutar su afirmación, ¿cómo íbamos a hacerlo? Las leyes papales prohíben la autopsia. Incluso *con* autopsia, no descubriríamos nada. Encontraríamos rastros de heparina en su cuerpo debido a las inyecciones diarias.

—Es verdad —dijo el camarlengo con sequedad—. No obstante, hay otra cosa que me preocupa. Nadie del exterior sabía que Su Santidad estaba tomando este medicamento.

Se hizo el silencio.

—Si sufrió una sobredosis de heparina —dijo Vittoria—, quedarían pruebas en su cuerpo.

Olivetti se giró en redondo hacia ella.

—Señorita Vetra, por si no me ha oído, las autopsias papales están prohibidas por la ley vaticana. ¡No vamos a profanar el cuerpo de Su Santidad abriéndole en canal, sólo porque un enemigo hace declaraciones insultantes!

Vittoria se sintió avergonzada.

—No estaba insinuando... —No había querido ser irrespetuosa—. No estaba sugiriendo que exhumaran al Papa... —No obstante, vaciló. Algo que Robert le había dicho en la Capilla Chigi pasó como un fantasma por su mente. Había comentado que los sarcófagos de los papas no se enterraban y nunca se sellaban con cemento, una regresión a los días de los faraones, cuando se pensaba que el alma del fallecido quedaba atrapada dentro del ataúd si lo sellaban y enterraban. La *gravedad* se había convertido en el mortero elegido, con tapas de ataúd que solían pesar cientos de kilos. *Técnicamente,* comprendió, sería posible...

—¿Qué *clase* de pruebas? —preguntó de repente el camarlengo.

Vittoria sintió que se le aceleraba el pulso.

—Las sobredosis de heparina pueden causar hemorragias de la mucosa bucal.

—¿Cómo?

—Las encías de la víctima sangrarían. En el post mórtem, la sangre se coagula y tiñe de negro el interior de la boca.

Vittoria había visto en una ocasión una foto tomada en un acuario de Londres, donde un par de orcas habían recibido por equivocación una sobredosis de heparina de su cuidador. Las ballenas flotaban sin vida en el tanque, con la boca abierta y la lengua negra como el hollín.

El camarlengo no contestó. Se volvió y miró por la ventana.

La voz de Rocher ya no revelaba optimismo.

—Signore, si la afirmación sobre el envenenamiento es cierta...

—No es cierta —interrumpió Olivetti—. Es imposible que alguien del exterior haya tenido acceso al Papa.

—Si esa afirmación es cierta—repitió Rocher—, y nuestro Santo Padre *fue* envenenado, la búsqueda de la antimateria se vería gravemente afectada. La existencia de ese presunto asesino da a entender una infiltración mucho más profunda en el Vaticano de lo que habíamos imaginado. Si nuestra seguridad ha sido burlada hasta tal punto, puede que no encontremos el contenedor a tiempo.

Olivetti acalló a su capitán con una mirada glacial.

—Capitán, yo le diré lo que va a pasar.

—No —dijo el camarlengo, al tiempo que se volvía con brusquedad—. Yo le diré lo que va a pasar. —Miraba directamente a Olivetti—. Esto ya ha ido demasiado lejos. Dentro de veinte minutos, habré tomado una decisión acerca de la suspensión del cónclave y la evacuación del Vaticano. Mi decisión será definitiva. ¿Me he expresado con claridad?

Olivetti no parpadeó. Tampoco contestó.

El camarlengo hablaba con energía, como si contara con reservas de poder ocultas.

—Capitán Rocher, terminará el registro de las zonas blancas y me informará a mí cuando haya concluido.

Rocher asintió, al tiempo que dirigía a Olivetti una mirada de inquietud.

El camarlengo, a continuación, dio órdenes a dos guardias.

—Quiero al reportero de la BBC, el señor Glick, en este despacho de inmediato. Si los Illuminati han estado en contacto con él, quizá pueda ayudarnos. Váyanse.

Los dos soldados desaparecieron.

El camarlengo habló a los guardias restantes.

—Caballeros, esta noche no pienso permitir más pérdidas de vidas. A las diez de la noche habrán localizado a los dos cardenales restantes y capturado al monstruo responsable de estos asesinatos. ¿Lo han entendido?

—Pero, signore —arguyó el comandante Olivetti—, no tenemos ni idea de dónde…

—El señor Langdon está trabajando en eso. Parece un hombre capacitado. Tengo fe.

El camarlengo se encaminó hacia la puerta con paso decidido. Antes de salir, señaló a tres guardias.

—Vengan conmigo.

Los guardias le siguieron.

El camarlengo se detuvo en la puerta. Se volvió hacia Vittoria.

—Y usted, señorita Vetra. Le ruego que me acompañe.

Vittoria vaciló.

—¿Adónde vamos?

El camarlengo salió.

—A ver a un viejo amigo.

82

En el CERN, la secretaria Sylvie Baudeloque tenía hambre y ganas de irse a casa. Muy a su pesar, Kohler había sobrevivido a su viaje al hospital. Había telefoneado y exigido (pedido no, exigido) que Sylvie se quedara hasta bien avanzada la noche. Sin la menor explicación.

Con los años, Sylvie se había programado para hacer caso omiso de los cambios de humor de Kohler: sus silencios, su desconcertante propensión a filmar reuniones en secreto con la minicámara camuflada en su silla de ruedas. Ardía en deseos de que un día se disparara a sí mismo cuando iba a tirar al blanco en las instalaciones recreativas del CERN, pero por lo visto era muy buen tirador.

Sentada sola a su mesa, Sylvie escuchaba los rugidos de su estómago. Kohler aún no había regresado, ni le había dado más trabajo para la noche. *Estoy harta de estar sentada aquí, aburrida y muerta de hambre*, decidió. Dejó una nota a Kohler y se encaminó al comedor del personal para tomar algo rápido.

Pero no llegó.

Cuando pasó ante las *suites de loisir* del CERN (un largo pasillo flanqueado de salones con televisores), observó que las salas estaban llenas a rebosar de empleados que, al parecer, habían abandonado la cena para ver las noticias. Algo gordo estaba pasando. Sylvie entró en el primer salón. Estaba atestado de informáticos jóvenes y chiflados. Cuando vio los titulares de la televisión, lanzó una exclamación ahogada.

TERROR EN EL VATICANO

Sylvie escuchó el informe, sin dar crédito a sus oídos. ¿Una antigua hermandad estaba asesinando cardenales? ¿Qué demostraba eso? ¿Su odio? ¿Su supremacía? ¿Su ignorancia?

Y aunque pareciera mentira, el ambiente que reinaba en la sala era cualquier cosa menos sombrío.

Dos jóvenes técnicos pasaron corriendo, con camisetas con la foto de Bill Gates impresa y el mensaje: «¡Y LOS CEREBRITOS HEREDARÁN LA TIERRA!»

—¡Los Illuminati! —gritó uno—. ¡Ya te dije que eran reales!

—¡Increíble! Yo pensaba que sólo era un juego.

—¡Han matado al Papa, tío! ¡Al *Papa*!

—¡Joder! ¿Cuántos puntos consigues con *eso*?

Se alejaron riendo.

Sylvie estaba estupefacta. Al ser una católica que trabajaba entre científicos, soportaba de vez en cuando exabruptos antirreligiosos, pero daba la impresión de que estos chicos se lo estaban pasando en grande con la desgracia de la Iglesia. ¿Cómo podían ser tan insensibles? ¿Por qué tanto odio?

Para Sylvie, la Iglesia siempre había sido una entidad inofensiva, un lugar de compañerismo e introspección... En ocasiones, un lugar donde cantar a pleno pulmón sin que nadie la mirara. La Iglesia documentaba las fases de su vida (funerales, bodas, bautismos, festividades) y no pedía nada a cambio. Sus hijos salían cada semana de la catequesis elevados, llenos de ideas de ayudar al prójimo y ser más amables. ¿Qué tenía de malo eso?

Nunca dejaba de asombrarle el hecho de que tantas «mentes brillantes» del CERN no llegaran a comprender la importancia de la Iglesia. ¿Creían en serio que quarks y mesones inspiraban al ser humano corriente, o que las *ecuaciones* podían sustituir la necesidad de las personas de creer en lo divino?

Sylvie, aturdida, siguió caminando por el pasillo. Todas las salas con televisión estaban ocupadas. Empezó a preguntarse por la llamada que Kohler había recibido antes del Vaticano. ¿Coincidencia? Tal vez. El Vaticano llamaba al CERN de vez en cuando como «gesto de cortesía», antes de publicar declaraciones en las que condenaba las investigaciones del CERN; en fecha muy reciente los avances del CERN en nanotecnología, un campo que la Iglesia denunciaba debido a su relación con la ingeniería genética. El CERN nunca se preocupaba. De manera invariable, pocos minutos después de las invectivas del Vaticano, el teléfono de Maximilian Kohler no paraba de sonar. Numerosas empresas que invertían en tecnología querían la licencia del nuevo descubrimiento. «No hay nada mejor que la mala prensa», decía siempre Kohler.

Sylvie se preguntó si debería llamar al busca del director, estuviera donde estuviera, y decirle que sintonizara las noticias. ¿Le interesaban? ¿Se habría enterado? Pues claro que se había enterado. Debía de estar grabando en vídeo todo el reportaje con su minicámara, sonriendo por primera vez en un año.

Cuando siguió andando, encontró por fin un salón en que los ánimos estaban más calmados... Casi podía hablarse de melancolía. Los científicos que estaban viendo el reportaje eran de los más viejos y respetados del CERN. Ni siquiera levantaron la vista cuando Sylvie entró y tomó asiento.

• • •

En el helado apartamento de Leonardo Vetra, Maximilian Kohler había terminado de leer el diario encuadernado en piel que había cogido de la mesita de noche del físico. Ahora estaba viendo los reportajes de la televisión. Al cabo de unos minutos, devolvió a su sitio el diario de Vetra, apagó la televisión y salió del apartamento.

Muy lejos, en el Vaticano, el cardenal Mortati depositó otra bandeja de votos en la chimenea de la Capilla Sixtina. Los quemó.

Segunda votación. El humo negro indicó que aún no había Papa.

83

Las linternas no podían competir con la densa negrura de la basílica de San Pedro. El vacío de la inmensa bóveda era profundo como una noche sin estrellas, y Vittoria experimentó la sensación de que un mar desolado la rodeaba. Procuraba no alejarse mucho del camarlengo y los Guardias Suizos. En lo alto, una paloma zureó y se alejó volando.

Como si intuyera su inquietud, el camarlengo se rezagó y apoyó una mano sobre su hombro. El tacto le transmitió una energía tangible, como si el hombre le estuviera infundiendo por arte de magia la calma que ella necesitaba para cumplir su cometido.

¿Qué vamos a hacer?, pensó ella. *¡Esto es una locura!*

No obstante, Vittoria sabía, pese a la impiedad y el horror inevitables, que la tarea era ineludible. Las graves decisiones que afrontaba el camarlengo exigían información... información enterrada en un sarcófago de la Sagrada Gruta Vaticana. Se preguntó qué encontrarían. *¿Habían asesinado los Illuminati al Papa? ¿Llegaba tan lejos su poder? ¿Voy a ser testigo de la primera autopsia a un Papa?*

Vittoria consideraba irónico que sintiera más aprensión en esta iglesia a oscuras que nadando de noche entre barracudas. La naturaleza era su refugio. Comprendía la naturaleza, pero las cuestiones del hombre y el espíritu la desconcertaban. Las imágenes de peces asesinos que se juntaban en la oscuridad conjuraron imágenes de la prensa congregada en el exterior. Las tomas de cadáveres marcados le habían recordado el cadáver de su padre... y la risa áspera del asesino. El asesino estaba cerca. Vittoria sintió que la ira ahogaba su miedo.

Cuando dejaron atrás una columna, de mayor circunferencia que cualquier secuoya que pudiera imaginar, Vittoria vio una luz anaranjada delante. La luz parecía surgir de debajo del suelo, en el centro de la basílica. Cuando se acercaron más, comprendió lo que estaba viendo. Era el famoso santuario hundido bajo el altar principal, la suntuosa cámara subterránea que albergaba las reliquias más sagradas del Vaticano. Al llegar a la altura de la verja que rodeaba el hueco, Vittoria vio el cofre dorado rodeado de lámparas de aceite encendidas.

—¿Los huesos de san Pedro? —preguntó, aunque sabía muy bien la respuesta.

—No —dijo el camarlengo—. Un error muy común. Esto no es un relicario. El cofre contiene *palliums*, fajines tejidos que el Papa regala a los cardenales recién elegidos.

—Pero yo pensaba...

—Como todo el mundo. Las guías turísticas afirman que esto es la tumba de san Pedro, pero su verdadera tumba se encuentra dos pisos bajo nuestros pies. El Vaticano la excavó en los años cuarenta. No se permite bajar a nadie.

Vittoria se quedó sorprendida. Cuando se adentraron de nuevo en la oscuridad, pensó en las historias que había oído acerca de peregrinos que viajaban miles de kilómetros para ver el cofre dorado, pensando que estaban en presencia de san Pedro.

—¿No debería decirlo el Vaticano a la gente?

—Todos nos beneficiamos de una sensación de contacto con la divinidad... aunque sea sólo imaginaria.

Vittoria, como científica, no podía contradecir la lógica. Había leído incontables historias sobre el efecto placebo, como aspirinas que curaban el cáncer en personas convencidas de que estaban utilizando un fármaco milagroso. Al fin y al cabo, ¿qué era la fe?

—Los cambios son algo que no llevamos bien aquí, en el Vaticano —dijo el camarlengo—. Admitir nuestras culpas pasadas, la modernización, son cosas que esquivamos. Su Santidad estaba intentando cambiar eso. —Hizo una pausa—. Abrirse al mundo moderno. Buscar nuevos caminos que llevaran a Dios.

Vittoria asintió en la oscuridad.

—¿Como la ciencia?

—Para ser sincero, la ciencia parece irrelevante.

—¿Irrelevante?

Vittoria podía pensar en montones de palabras que describieran a la ciencia, pero en el mundo moderno «irrelevante» no le parecía la más adecuada.

—La ciencia puede curar o matar. Depende del alma del hombre que utilice la ciencia. Es el alma lo que me interesa.

—¿Cuándo sintió la vocación?

—Antes de nacer.

Vittoria le miró.

—Lo siento. Siempre me parece una pregunta difícil. Quería decir que siempre supe que serviría a Dios. Desde que tuve uso de razón. Sin embargo, fue durante el servicio militar cuando comprendí plenamente mi objetivo.

Vittoria se sorprendió.

—¿Estuvo en el ejército?

—Dos años. Me negué a disparar un arma, de modo que me obligaron a volar. Helicópteros de evacuación médica. De hecho, todavía vuelo de vez en cuando.

Vittoria intentó imaginarse al joven sacerdote pilotando un helicóptero. Aunque pareciera raro, lo vio sin problemas ante los controles. El camarlengo Ventresca poseía un tesón que parecía acentuar su convicción antes que ocultarla.

—¿Transportó alguna vez al Papa?

—Cielos, no. Dejábamos ese precioso cargamento a los profesionales. En algunas ocasiones, Su Santidad me permitía tomar el mando del helicóptero cuando íbamos a la residencia papal de Castel Gandolfo. —Hizo una pausa y la miró—. Señorita Vetra, gracias por ayudarnos. Siento muchísimo lo de su padre. De veras.

—Gracias.

—Yo nunca conocí a mi padre. Murió antes de que naciera. Perdí a mi madre cuando tenía diez años.

Vittoria alzó la vista.

—¿Se quedó huérfano?

Experimentó una súbita solidaridad.

—Sobreviví a un accidente en el que mi madre perdió la vida.

—¿Quién se ocupó de usted?

—Dios —dijo el camarlengo—. Me envió otro padre, literalmente. Un obispo de Palermo apareció junto a la cama del hospital y me tomó bajo su protección. En aquel tiempo, no me sorprendió. Había sentido que la mano vigilante de Dios me guiaba desde que era pequeño. La aparición del obispo no hizo más que confirmar lo que ya sospechaba, que Dios me había elegido para servirle.

—¿Creyó que Dios le había elegido?

—Sí. Y aún lo creo. —No había rastro de engreimiento en la voz del camarlengo, sólo gratitud—. Trabajé bajo la tutela del obispo durante muchos años. Luego le nombraron cardenal. Pero nunca me olvidó. Es el padre que recuerdo.

El destello de una linterna iluminó el rostro del camarlengo, y Vittoria vio soledad reflejada en sus ojos.

El grupo se detuvo bajo una alta columna, y los rayos de luz de las linternas convergieron sobre una abertura del suelo. Vittoria miró la escalera que se perdía en el vacío, y de repente tuvo ganas de dar media vuelta. Los guardias ya estaban ayudando al camarlengo a bajar. Después fue su turno.

—¿Qué fue de él? —preguntó mientras bajaba, con voz que pretendía ser firme—. Me refiero al cardenal que le protegió.

—Dejó el Colegio Cardenalicio para ocupar otro cargo.

Vittoria se sorprendió.

—Y luego, lamento decirlo, falleció.

—*Le mie condoglianze* —dijo Vittoria—. ¿Hace mucho?

El camarlengo se volvió, y las sombras acentuaron el dolor de su rostro.

—Hace quince días exactos. Ahora vamos a verle.

84

Luces tenues iluminaban el interior de la cámara de los Archivos. Era mucho más pequeña que la anterior en que Langdon había estado. *Menos aire. Menos tiempo.* Ojalá hubiera pedido a Olivetti que conectara el sistema de regeneración del aire.

Langdon localizó enseguida la sección de bienes que albergaba los libros mayores de *Belle Arti.* Era imposible pasar por alto la sección. Ocupaba casi ocho estanterías completas. La Iglesia católica era la propietaria de millones de obras en todo el mundo.

Langdon estudió los estantes en busca de Gianlorenzo Bernini. Empezó la búsqueda por el centro de la primera estantería, en el punto donde había pensado que empezaría la B. Al cabo de un momento de pánico, temeroso de que el libro mayor faltara, se dio cuenta con abatimiento de que los libros no estaban ordenados alfabéticamente. *¿Por qué no me sorprende?*

No fue hasta que volvió al principio de la colección y subió por una escalerilla hasta el último estante, cuando comprendió la organización de la cámara. Guardando precario equilibrio encontró el libro más grueso de todos, el que pertenecía a los maestros del Renacimiento: Miguel Ángel, Rafael, Da Vinci, Botticelli. Langdon reparó en que, muy apropiadamente para una cámara llamada «Bienes del Vaticano», los libros estaban ordenados por el *valor* monetario global de la colección de cada artista. Emparedado entre Rafael y Miguel Ángel, encontró el libro de Bernini. Medía más de doce centímetros de grosor.

Casi sin aliento, estorbado por el grueso volumen, Langdon bajó la escalerilla. Después, como un niño con un cómic, se sentó en el suelo y abrió el volumen.

El libro estaba encuadernado en tela y pesaba mucho. Estaba escrito a mano en italiano. Cada página catalogaba una sola obra, incluyendo una breve descripción, fecha, localidad, costo de los materiales, y a veces un tosco esbozo de la pieza. Langdon pasó las páginas, más de ochocientas en total. Bernini había sido un hombre fecundo.

Cuando era estudiante de arte, Langdon se había preguntado cómo era posible que determinados artistas hubieran creado *tantas* obras durante su vida. Más tarde averiguó, para su decepción, que los artistas famosos eran autores de muy pocas obras propias. Tenían estudios donde jóvenes discípulos ejecutaban sus diseños. Escultores como Bernini creaban miniaturas en arcilla y contrataban a otros para que esculpieran las obras en mármol. Langdon sabía que si hubieran exigido a Bernini completar todos sus encargos en *persona* hoy aún estaría trabajando.

—Índice —dijo en voz alta, mientras intentaba poner orden en sus pensamientos. Volvió al principio del libro, con la intención de buscar en la letra «F» los títulos que contuvieran la palabra *fuòco*, pero las efes no estaban juntas. Maldijo por lo bajo. *¿Qué tiene esta gente en contra del orden alfabético?*

Por lo visto, habían consignado las obras en orden cronológico, a medida que Bernini iba creando nuevas. Todo estaba anotado por la fecha. No le resultó de ninguna ayuda.

Mientras Langdon estudiaba la lista, se le ocurrió otro pensamiento descorazonador. Cabía la posibilidad de que el título de la escultura que buscaba ni siquiera contuviera la palabra *fuego*. Las dos obras anteriores (*Habakkuk y el Ángel* y *West Ponente*) no habían contenido referencias específicas a *Tierra* o *Aire*.

Dedicó uno o dos minutos a mirar páginas al azar, con la esperanza de encontrar alguna ilustración reveladora, pero no hubo suerte. Vio docenas de obras misteriosas de las que no había oído hablar, pero también vio muchas que reconoció... *Daniel y el león, Apolo y Dafne,* así como media docena de fuentes. Cuando vio las fuentes, sus pensamientos dieron un salto hacia adelante. Agua. Se preguntó si el cuarto altar de la ciencia era una fuente. Parecía un tributo perfecto al agua. Langdon confió en poder capturar al asesino antes de que tuviera que pensar en *Agua*. Bernini había esculpido docenas de fuentes en Roma, la mayoría delante de iglesias.

Langdon reanudó la tarea. *Fuego.* Mientras miraba el libro, las palabras de Vittoria le alentaron. *Conocías las dos primeras esculturas... Es probable que también conozcas ésta.* Volvió al índice y buscó títulos que conociera. Algunos le sonaban, pero ninguno le inspiró. Langdon comprendió que no terminaría la búsqueda antes de perder el conocimiento, de modo que decidió sacar el libro de la cámara. *No es más que un libro mayor,* se dijo. *No es como sacar el folio original de Galileo.* Langdon recordó el folio guardado en su bolsillo, y que debía devolverlo a su sitio antes de marcharse.

Se dispuso a levantar el volumen, pero algo le obligó a detenerse. Si bien había numerosas anotaciones en todo el índice, la que había llamado su atención parecía extraña.

La nota indicaba que la famosa escultura de Bernini *El éxtasis de santa Teresa* había sido trasladada de su primer emplazamiento en el Vaticano, poco después de ser descubierta. La nota en sí no fue lo que atrajo la curiosidad de Langdon. Estaba familiarizado con la historia de la escultura. Aunque algunos la consideraban una obra maestra, el papa Urbano VIII había rechazado *El éxtasis de santa Teresa* porque era demasiado explícita sexualmente para el Vaticano. La había exiliado a alguna oscura capilla del otro lado de la ciudad. Lo que había visto Langdon era que la obra, en teoría, había sido desplazada a una de las cinco iglesias de la lista. Más aún, la nota indicaba que había sido trasladada a dicho lugar *per suggerimento del artista.*

¿Por sugerencia del artista? Langdon estaba confuso. Era absurdo que Bernini hubiera sugerido que ocultaran su obra maestra en algún oscuro lugar. Todos los artistas deseaban que su obra fuera exhibida en lugares conocidos...

Langdon vaciló. *A menos que...*

Le daba miedo hasta acariciar la idea. ¿Era posible? ¿Había creado a propósito Bernini una obra tan explícita, para que el Vaticano se viera obligado a esconderla de la vista pública? ¿En un lugar que el propio Bernini habría sugerido? ¿Tal vez una iglesia alejada, en línea recta con el aliento del *Poniente*?

A medida que aumentaba el nerviosismo de Langdon, su vago conocimiento de la obra le recordó con insistencia que la escultura no tenía nada que ver con el fuego. La escultura, como cualquiera que la hubiera visto podía atestiguar, no tenía nada de científica. Tal vez pornográfica, pero científica no. Un crítico inglés había condenado en una ocasión *El éxtasis de santa Teresa* como «el ornamento menos indicado para adornar una iglesia católica». Langdon comprendía la controversia. Aunque se trataba de una obra maestra, la estatua plasmaba a santa Teresa tumbada de espaldas, a punto de gozar de un orgasmo brutal. Muy poco adecuado para el Vaticano.

Langdon buscó a toda prisa la descripción de la obra. Cuando vio el esbozo, experimentó un instantáneo e inesperado hormigueo de esperanza. En el boceto, daba la impresión de que santa Teresa se lo estaba pasando en grande, pero había otra figura en la estatua que Langdon había olvidado.

Un ángel.

De pronto, recordó la sórdida leyenda...

Santa Teresa fue una monja santificada después de afirmar que un ángel la había visitado en sueños. Más tarde, los críticos decidieron que su encuentro debía de haber sido más sexual que espiritual. Garabateado a pie de página, Langdon vio una cita conocida. Las propias palabras de santa Teresa dejaban poco a la imaginación:

> ... su gran lanza dorada... henchida de fuego... me penetró varias veces... hasta mis entrañas... una dulzura tan extrema que nadie habría podido desear que se detuviera.

Langdon sonrió. *Si eso no es una metáfora de un buen coito, no sé qué es.* También sonrió debido a la descripción de la obra que aparecía en el libro mayor. Aunque el párrafo estaba en italiano, la palabra *fuoco* aparecía media docena de veces:

... la lanza del ángel acabada en una punta de *fuego*...

... la cabeza del ángel emanaba rayos de *fuego*...

... mujer inflamada por el *fuego* de la pasión...

Langdon no se convenció del todo hasta que volvió a mirar el boceto. La lanza de fuego del ángel estaba levantada como un faro, señalando el camino. *Que ángeles guíen tu búsqueda.* Hasta el tipo de ángel elegido por Bernini parecía significativo. *Es un serafín,* observó Langdon. *Serafín significa literalmente «el ardiente».*

Robert Langdon no era un hombre que hubiera buscado nunca confirmación en las alturas, pero cuando leyó el nombre de la iglesia donde se hallaba ahora la estatua, decidió que tal vez acabaría siendo creyente.

Santa Maria della Vittoria.

Vittoria, pensó, y sonrió. *Perfecto.*

Se puso en pie, y sintió un leve mareo. Echó un vistazo a la escalerilla, y se preguntó si debía devolver el libro a su sitio. *Y un cuerno,* pensó. *Que lo haga el padre Jaqui.* Cerró el libro y lo dejó al fondo del estante.

Cuando se encaminó hacia el botón brillante de la salida electrónica de la cámara, le costaba respirar. Sin embargo, se sentía rejuvenecido por su buena suerte.

Su buena suerte, no obstante, se esfumó antes de que llegara a la salida.

De pronto, la cámara exhaló un suspiro apenado. Las luces se apagaron, así como el botón de la salida. Después, como una gigantesca bestia al expirar, el complejo de los Archivos quedó sumido en una negrura total. Alguien acababa de cortar la luz.

85

La Sagrada Gruta Vaticana se halla en el subsuelo de la basílica de San Pedro. Es el lugar donde son enterrados los papas.

Vittoria llegó al final de la escalera de caracol y entró en la gruta. El sombrío recinto le recordó el Large Hadron Collider del CERN, negro y frío. Iluminado tan sólo por las linternas de los Guardias Suizos, transmitía una sensación siniestra. A ambos lados, los nichos se alineaban contra los muros. En el interior de los nichos, cuando las luces de las linternas alcanzaban a iluminarlos, se silueteaban las sombras voluminosas de sarcófagos.

Un escalofrío recorrió su piel. *Es el frío*, se dijo, a sabiendas de que sólo era verdad en parte. Tenía la sensación de que los estaban vigilando, pero no alguien de carne y hueso, sino espectros en la oscuridad. Sobre cada tumba yacían reproducciones de tamaño natural del Papa enterrado, con toda la vestimenta ceremonial, los brazos cruzados sobre el pecho. Daba la impresión de que los cuerpos yacentes surgieran de los sarcófagos, ejerciendo presión sobre las tapas de mármol como si intentaran escapar de sus ataduras mortales. La procesión continuó a la luz de las linternas, y en la cripta las siluetas papales se alzaban contra las paredes, se estiraban y desaparecían en una danza macabra.

El grupo caminaba silenciosamente, pero Vittoria ignoraba si era por respeto o por aprensión. Supuso que por ambas cosas. El camarlengo Ventresca andaba con los ojos cerrados, como si conociera cada paso de memoria. Vittoria sospechaba que había recorrido muchas veces la cripta desde la muerte del Papa, tal vez para rogar ante su tumba que le guiara.

Trabajé bajo la tutela del cardenal muchos años, había dicho el camarlengo. *Era como un padre para mí.* Vittoria recordó que había pronunciado aquellas palabras en referencia al cardenal que le había «salvado» del ejército. Ahora, sin embargo, ella comprendía el resto de la historia. Aquel mismo cardenal que brindó su protección al futuro camarlengo, había sido elevado más tarde al papado, y entonces llamó a su joven protegido para que le sirviera como camarlengo.

Eso explica muchas cosas, pensó Vittoria. Siempre había sido capaz de percibir las emociones íntimas de los demás, y algo acerca del camarlengo la había estado atormentando durante todo el día. Desde que le había conocido, había intuido una angustia más espiritual e íntima que la provocada por la espantosa crisis a la que se enfrentaba. Bajo su piadosa calma, veía a un hombre atormentado por demonios personales. Ahora sabía que había estado en lo cierto. No sólo se encontraba afrontando la amenaza más devastadora de la historia del Vaticano, sino que lo estaba haciendo sin su mentor y amigo... Volaba en solitario.

Los guardias aminoraron el paso, como si no supieran dónde yacía el cadáver del Papa más reciente. El camarlengo continuó con paso seguro y se detuvo ante un sarcófago de mármol que parecía más reluciente que los demás. Sobre él había una figura yacente de su benefactor. Cuando Vittoria reconoció la cara del difunto Papa por haberle visto en la televisión, sintió una punzada de miedo. *¿Qué vamos a hacer?*

—Sé que no tenemos mucho tiempo —dijo el camarlengo—, pero les pido que recemos un momento.

Los Guardias Suizos inclinaron la cabeza. Vittoria los imitó, mientras su corazón atronaba en el silencio. El camarlengo se arrodilló ante el sarcófago y rezó en italiano. Cuando Vittoria escuchó las palabras, un dolor inesperado la asaltó, convertido en lágrimas, lágrimas por su propio mentor, su santo padre particular. Las palabras del camarlengo parecían tan apropiadas para el padre de Vittoria como para el Papa.

—Padre supremo, consejero, amigo. —La voz del camarlengo resonó en el pasillo—. Me dijiste cuando era joven que la voz de mi corazón era la de Dios. Me dijiste que debía seguirla, sin importarme a qué lugares dolorosos me guiara. Oigo esa voz ahora, y me pide tareas imposibles. Dame fuerzas. Concédeme la capacidad de perdonar. Lo que hago... lo hago en nombre de todo aquello en que tú crees. Amén.

—Amén —susurraron los guardias.

Amén, padre. Vittoria se secó los ojos.

El camarlengo Ventresca se levantó poco a poco y se alejó del sarcófago.

—Aparten la tapa.

Los Guardias Suizos vacilaron.

—Signore —dijo uno—, la ley nos pone a sus órdenes. —Hizo una pausa—. Haremos lo que diga...

El camarlengo debió de leer en la mente del joven.

—Algún día, les pediré perdón por ponerles en esta situación. Hoy les pido su obediencia. Las leyes del Vaticano se establecieron para proteger esta Iglesia. Les pido que las quebranten ahora en nombre de ese mismo espíritu.

Se hizo un momento de silencio, y luego el guardia que estaba al mando dio la orden. Los tres hombres dejaron las linternas en el suelo, y sus sombras se proyectaron en las paredes. Iluminados desde abajo, los guardias avanzaron hacia la tumba. Sujetaron la losa de mármol que cubría el sarcófago, plantaron los pies con firmeza en el suelo y se prepararon para empujar. A una señal, todos se pusieron en acción. La pesada losa no se movió, y Vittoria casi deseó que los hombres no lograran apartarla. De pronto, tuvo miedo de lo que podían encontrar dentro.

Los hombres redoblaron sus esfuerzos, pero la losa no se movió.

—*Ancora* —dijo el camarlengo, al tiempo que se arremangaba para ayudar a los guardias—. *Ora!*

Todo el mundo empujó.

Vittoria estaba a punto de ofrecer su ayuda, pero en aquel momento, la losa empezó a moverse. Los hombres volvieron a empujar, y con un chirrido casi primigenio de piedra sobre piedra, lograron girar la tapa, con la cabeza tallada del Papa hacia el interior del nicho y los pies proyectados hacia el pasillo.

Todo el mundo retrocedió.

Un guardia, vacilante, se agachó y recuperó la linterna. Después, la dirigió hacia el sarcófago. Dio la impresión de que el rayo de luz temblaba un momento, y después el guardia sujetó con firmeza la linterna. Los demás guardias se fueron acercando de uno en uno. Incluso en la oscuridad, Vittoria intuyó que retrocedían. Todos se persignaron.

El camarlengo se estremeció cuando miró el interior del sarcófago, y sus hombros se hundieron como bajo un peso tremendo. Permaneció inmóvil un largo momento, antes de dar media vuelta.

Vittoria temía que el rígor mortis se hubiera apoderado de la boca del cadáver, y que se viera obligada a sugerir que le rompieran la mandíbula para ver la lengua. Ahora, comprobó que no era necesario. Las mejillas se habían hundido, y el Papa tenía la boca entreabierta.

Su lengua era negra como la muerte.

86

Oscuridad absoluta. Silencio total.

Los Archivos Secretos habían quedado sumidos en una negrura insondable.

El miedo, comprendió Langdon, era un excelente acicate. Falto de aliento, avanzó en la oscuridad hacia la puerta giratoria. Localizó el botón de la pared y lo aplastó con la palma. No pasó nada. Probó de nuevo. La puerta no se movía.

Gritó, pero su voz salió estrangulada. Tomó conciencia del peligro de la situación. Sus pulmones pugnaban por absorber oxígeno, mientras la adrenalina aceleraba su corazón. Tenía la impresión de que le acababan de asestar un puñetazo en el estómago.

Cuando arrojó su peso contra la puerta, pensó por un instante que ésta empezaba a girar. Empujó de nuevo, y vio estrellas. Se dio cuenta de que toda la cámara estaba girando, pero la puerta no. Langdon se tambaleó, tropezó con la base de una escalerilla rodante y cayó al suelo. Se golpeó la rodilla con el canto de una estantería. Maldijo, se levantó y buscó a tientas la escalerilla.

La encontró. Había confiado en que sería de madera pesada o hierro, pero era de aluminio. Agarró la escalerilla y la sujetó como un ariete. Después corrió hacia la pared de cristal. Estaba más cerca de lo que pensaba. La escalerilla rebotó. A juzgar por el tenue sonido de la colisión, Langdon comprendió que iba a necesitar algo mucho más duro que el aluminio para romper el cristal.

Cuando buscó la semiautomática, sus esperanzas resurgieron, para desvanecerse al instante. Ya no estaba en posesión del arma. Olivetti la había recuperado en el despacho del Papa, aduciendo que no quería armas cargadas en presencia del camarlengo. En aquel momento, le había parecido lógico.

Langdon volvió a gritar, pero esta vez con menos fuerza.

A continuación, recordó el *walkie-talkie* que el guardia había dejado en la mesa situada ante la cámara. *¿Por qué demonios no lo he traído?* Cuando empezó a ver estrellas de color púrpura, se obligó a pensar. *Ya has estado atrapado antes,* se dijo. *Te has salvado de cosas peores. Eras un crío y utilizaste la imaginación.* La oscuridad era aplastante. *¡Piensa!*

Langdon se tendió de espaldas en el suelo y apoyó las manos en los costados. El primer paso era recuperar el control.

Relájate. Ahorra energías.

Como ya no luchaba contra la gravedad para bombear sangre, el corazón empezó a aminorar su ritmo. Era un truco que los nadadores utilizaban a menudo para reoxigenar su sangre entre eliminatorias muy seguidas.

Aquí hay mucho aire, se dijo. *Muchísimo. Piensa.* Aguardó, casi con la esperanza de que las luces se encenderían en cualquier momento. No fue así. Tendido en el suelo, respirando mejor, se apoderó de él una siniestra resignación. Se sentía en paz. Luchó contra esa sensación.

¡Muévete, maldita sea! Pero hacia dónde...

En la carátula del reloj de Langdon, Mickey Mouse brillaba, como si la oscuridad le alegrara. Las nueve y treinta y tres minutos de la noche. Quedaba media hora para *Fuego.* Langdon pensó que parecía mucho más tarde. Su mente, en lugar de elaborar un plan de escape, exigía de repente una explicación. *¿Quién había cortado la electricidad? ¿Estaba Rocher ampliando su registro? ¿No ha advertido Olivetti a Rocher de que yo estaba aquí?* Langdon sabía que, en este momento, todo eso daba igual.

Abrió la boca y echó hacia atrás la cabeza. Inhaló la bocanada de aire más profunda que pudo. Cada aspiración dolía menos que la anterior. Su cabeza se despejó. Obligó a su mente a ponerse las pilas.

Paredes de cristal, se dijo. *Pero de un cristal extremadamente grueso.*

Se preguntó si guardaban algún libro en archivadores de acero a prueba de incendios. Langdon había observado esa precaución en alguna biblioteca, pero en ésta no. Además, localizar uno a oscuras podía consumir un tiempo excesivo. Tampoco podría levantarlo, teniendo en cuenta su estado actual.

¿Y la mesa de examen? Langdon sabía que esta cámara, como la otra, tenía una mesa de examen en el centro de las estanterías. *¿Y qué?* Sabía que no podría levantarla. Y aunque fuera capaz de arrastrarla, no llegaría muy lejos. Las estanterías estaban muy juntas, y los pasillos que las separaban eran demasiado estrechos.

Los pasillos eran demasiado estrechos...

De pronto, Langdon tuvo la solución.

Con renovada confianza, se puso en pie, aunque con excesiva rapidez. Buscó un apoyo en la oscuridad. Su mano encontró una estantería. Esperó un momento y se obligó a ahorrar energías. Necesitaría todas sus fuerzas para poner el plan en práctica.

Se apoyó contra la estantería, plantó los pies en el suelo y empujó. *Si pudiera inclinar el estante*. Pero apenas se movió. Empujó de nuevo. Sus pies resbalaron hacia atrás en el suelo. La estantería crujió, pero no se movió.

Necesitaba hacer palanca.

Encontró la pared de cristal y posó una mano sobre ella, para guiarse mientras corría hacia el otro extremo de la cámara. La pared de atrás se materializó de repente, se estrelló contra ella con el hombro por delante. Maldijo, dio la vuelta al estante y aferró la estantería a la altura de los ojos. Después, apoyando una pierna en el cristal que tenía detrás y otra en los estantes inferiores, empezó a trepar. Los libros cayeron a su alrededor, aleteando en la oscuridad. No le importó. Hacía tiempo que el instinto de supervivencia había arrinconado al decoro archivero. Notó que la oscuridad absoluta perjudicaba su sentido del equilibrio, y cerró los ojos, para obligar al cerebro a pasar por alto los estímulos visuales. Se movió con más celeridad. El aire parecía más enrarecido a medida que trepaba. Después, como un escalador que conquistara una pared rocosa, Langdon aferró el último estante. Estiró las piernas hacia atrás y subió los pies por la pared de cristal, hasta quedar casi horizontal.

Ahora o nunca, Robert, le urgió una voz.

Con un esfuerzo agotador, plantó los pies en la pared de atrás, ejerció fuerza con brazos y pecho sobre la estantería y empujó. No sucedió nada.

Volvió a intentarlo, estirando las piernas. La estantería se movió apenas. Empujó una vez más, y la estantería osciló hacia adelante unos centímetros, y luego hacia atrás. Langdon aprovechó el movimiento, inhaló lo que se le antojó aire carente de oxígeno y empujó otra vez. El estante se meció más.

Como un columpio, se dijo. *Mantén el ritmo. Un poco más.*

Langdon hizo oscilar el estante, y sus piernas se extendieron más a cada empujón. Los cuádriceps le ardían, pero soportó el dolor. El péndulo se movía. *Tres empujones más,* se animó.

Sólo necesitó dos.

Hubo un instante de incertidumbre. Después, con un estruendo de libros que resbalaban de los estantes, Langdon y la estantería se inclinaron hacia adelante.

A mitad de camino del suelo, la estantería golpeó la estantería contigua. Langdon aguantó, echó su peso hacia adelante y provocó que la segunda estantería oscilara. Tras un momento de pánico, y con un crujido debido al peso, la segunda estantería empezó a inclinarse. Langdon cayó de nuevo.

Como fichas de dominó enormes, las estanterías empezaron a derrumbarse una tras otra. Metal sobre metal, libros lloviendo por todas partes. Langdon se sujetó cuando su estantería osciló hacia atrás. Se preguntó cuántas estanterías habría en total. ¿Cuánto pesarían? El cristal del fondo era grueso...

La estantería de Langdon casi se encontraba en posición horizontal cuando oyó lo que estaba esperando: un tipo diferente de colisión. Al final de la cámara. El impacto penetrante del metal contra el cristal. La cámara se estremeció, y Langdon comprendió que la última estantería, empujada por las demás, había golpeado el cristal con violencia. El sonido que siguió fue el más ominoso que Langdon había oído en su vida.

Silencio.

No se oyó ningún estallido de cristal, sólo el golpe sordo de la pared que aguantaba el peso de las estanterías apoyadas contra ella. Langdon estaba tumbado, con los ojos abiertos, sobre los montones de libros. Se oyó un crujido. Habría contenido el aliento para escuchar, pero ya no le quedaba aire en los pulmones.

Un segundo. Dos...

Luego, casi a punto de perder la conciencia, oyó que algo cedía... Era el sonido producido por múltiples grietas que se abrían en el cristal. De pronto, como un cañón, el cristal estalló. La estantería sobre la que estaba echado Langdon cayó al suelo.

Como lluvia en el desierto, fragmentos de cristal llovieron en la oscuridad. El aire penetró con un gigantesco siseo.

Medio minuto después, en la Sagrada Gruta Vaticana, Vittoria se hallaba delante de un cadáver cuando el crepitar de un *walkie-talkie* rompió el silencio. La voz que sonó estaba falta de aliento.

—¡Soy Robert Langdon! ¿Alguien me oye?

Vittoria alzó la vista. *¡Robert!* No podía creer cuánto deseaba su presencia.

Los guardias intercambiaron una mirada de perplejidad. Uno se desenganchó la radio del cinturón.

—¿Señor Langdon? Está hablando por el canal tres. El comandante esperaba recibirle por el canal uno.

—¡Sé que tiene el canal uno, maldita sea! No quiero hablar con él. Quiero hablar con el camarlengo Ventresca. ¡Ya! Que alguien vaya a buscarle.

En la oscuridad de los Archivos Secretos, Langdon se erguía entre cristales astillados, casi sin aliento. Notó que un líquido tibio le corría por la mano izquierda, y supo que estaba sangrando. Escuchó la voz del camarlengo al instante, lo cual sorprendió a Langdon.

—Soy el camarlengo Ventresca. ¿Qué sucede?

Langdon oprimió el botón, con el corazón todavía acelerado.

—¡Creo que alguien ha intentado asesinarme!

Se hizo el silencio al otro lado de la línea.

Langdon procuró serenarse.

—También sé dónde se producirá el siguiente asesinato.

La voz que contestó no fue la del camarlengo. Fue la del comandante Olivetti.

—No diga ni una palabra más, señor Langdon.

87

El reloj de Langdon, ahora teñido de sangre, marcaba las nueve y cuarenta y un minutos cuando atravesó corriendo el patio del Belvedere y se acercó a la fuente situada frente al centro de seguridad de la Guardia Suiza. Su mano había dejado de sangrar, y ahora le dolía más de lo que su aspecto delataba. Cuando llegó, tuvo la impresión de que todo el mundo se había congregado al mismo tiempo: Olivetti, Rocher, el camarlengo, Vittoria y un puñado de guardias.

Vittoria se precipitó hacia él al instante.

—¡Robert, estás herido!

Antes de que Langdon pudiera contestar, el comandante Olivetti se plantó ante él.

—Señor Langdon, me alegro de que se encuentre bien. Siento lo del apagón en los Archivos.

—¿El apagón? —preguntó Langdon—. Usted sabía muy bien...

—Fue culpa mía —intervino Rocher, en tono contrito—. No tenía ni idea de que se encontraba en los Archivos. Secciones de nuestras zonas blancas se cruzan con ese edificio. Estábamos ampliando nuestro registro. Fui yo quien cortó la electricidad. De haber sabido...

—Robert —dijo Vittoria al tiempo que tomaba su mano herida entre las de ella y la examinaba—, el Papa fue envenenado. Los Illuminati le mataron.

Langdon oyó las palabras, pero apenas las asimiló. Estaba harto. Sólo podía sentir el calor de las manos de Vittoria.

El camarlengo extrajo un pañuelo de seda de su sotana y lo ofreció a Langdon para que pudiera limpiarse. El hombre no dijo nada. Sus ojos verdes parecían iluminados por un fuego nuevo.

—Robert —insistió Vittoria—, ¿dices que descubriste dónde va a ser asesinado el siguiente cardenal?

Langdon no tenía ganas de seguir perdiendo el tiempo.

—Sí, en...

—No —le interrumpió Olivetti—. Señor Langdon, cuando le pedí que no dijera ni una palabra más por el *walkie-talkie*, tenía mis motivos. —Se volvió hacia un grupo de Guardias Suizos—. Hagan el favor de disculparnos, caballeros.

Los guardias desaparecieron en el centro de seguridad. Sin ofenderse. Obedientes, nada más.

Olivetti se volvió hacia los demás congregados.

—Por más que me duela decirlo, el asesinato del Papa es un acto que sólo pudo llevarse a cabo con la ayuda de un cómplice del interior. Por el bien de todos, no podemos confiar en nadie. Incluidos nuestros guardias.

Daba la impresión de que pronunciar esas palabras le hacía sufrir enormemente.

Rocher estaba angustiado.

—Un cómplice en el interior significa...

—Sí —dijo Olivetti—. La eficacia de su registro se halla en peligro. No obstante, hemos de aceptar el reto. Hay que seguir buscando.

Rocher estuvo a punto de decir algo, pero se contuvo.

El camarlengo respiró hondo. Aún no había hablado, y Langdon intuyó una severidad inédita en el hombre, como si hubiera dado un paso decisivo.

—Comandante, voy a suspender el cónclave —dijo en tono decidido.

Olivetti se humedeció los labios.

—No me parece apropiado. Aún nos quedan dos horas y veinte minutos.

—Eso y nada es lo mismo.

—¿Qué piensa hacer? —preguntó Olivetti, desafiante—. ¿Evacuar a los cardenales sin ayuda?

—Pienso salvar a la Iglesia con el poder que Dios me ha conferido. El método no es de su incumbencia.

Olivetti se cuadró.

—Lo que pretende llevar a cabo... —Hizo una pausa—. Carezco de autoridad para impedírselo. Sobre todo, a tenor de mi aparente fracaso como jefe de la seguridad. Sólo le pido que espere. Veinte minutos... hasta pasadas las diez. Si la información del señor Langdon es correcta, puede que aún pueda capturar a ese asesino. Todavía nos queda una posibilidad de salvar el protocolo y el decoro.

—¿El decoro? —El camarlengo lanzó una carcajada estrangulada—. Hace rato que hemos abandonado las buenas maneras, comandante. Por si no se ha dado cuenta, estamos en guerra.

Un guardia salió del centro de seguridad y llamó al camarlengo.

—Signore, me acaban de informar de que hemos detenido al reportero de la BBC, el señor Glick.

El camarlengo asintió.

—Que su cámara y él me esperen custodiados ante la puerta de la Capilla Sixtina.

Olivetti no daba crédito a lo que estaba oyendo.

—¿Qué va a hacer?

—Veinte minutos, comandante. Lo máximo que le concedo.

Sin más, se marchó.

Cuando el Alfa Romeo de Olivetti salió del Vaticano, esta vez no le siguió una fila de coches camuflados. En el asiento de atrás, Vittoria vendaba la mano de Langdon con un botiquín de primeros auxilios que había encontrado en la guantera.

Olivetti miraba fijamente hacia adelante.

—Muy bien, señor Langdon. ¿Adónde vamos?

88

Incluso con la sirena fijada en el techo y sonando a todo volumen, daba la impresión de que el Alfa Romeo de Olivetti cruzaba desapercibido el puente que conducía a la Roma antigua. Todo el tráfico se movía en dirección contraria, hacia el Vaticano, como si la Santa Sede se hubiera convertido en la atracción que no había que perderse en Roma.

Langdon iba sentado en el asiento de atrás, con la mente asediada por interrogantes. Se preguntaba si esta vez capturarían al asesino, si les confesaría lo que necesitaban saber, si ya era demasiado tarde. ¿Cuánto tiempo tardaría el camarlengo en advertir a la muchedumbre congregada en la plaza de San Pedro de que estaban en grave peligro? El incidente de la cámara de los Archivos todavía le atormentaba. *Una equivocación.*

Olivetti no pisó ni un momento el freno mientras conducía el Alfa Romeo en dirección a la iglesia de Santa Maria della Vittoria. Langdon sabía que, en cualquier otro momento, los nudillos se le habrían puesto blancos. En este momento, sin embargo, se sentía anestesiado. Sólo los pinchazos de la mano le recordaban dónde estaba.

La sirena aullaba. *No hay nada como avisarle de que ya llegamos,* pensó Langdon. No obstante, estaban ganando tiempo a marchas forzadas. No le cabía duda de que Olivetti desconectaría la sirena cuando se acercaran.

Ahora que gozaba de un momento para reflexionar, Langdon experimentó una punzada de asombro cuando su mente asimiló por fin la noticia del asesinato del Papa. La idea era inconcebible, pero parecía lógica. La infiltración siempre había constituido la base del poder de los Illuminati, reordenamientos del poder desde dentro. Tampoco se trataba de que nunca hubieran asesinado a un Papa. Corrían incontables rumores de traición, aunque sin autopsia, no se podían confirmar. Hasta fecha reciente. No hacía mucho que los estudiosos habían recibido permiso para analizar con rayos X la tumba del papa Celestino V, que al parecer había muerto a manos de su ansioso sucesor, Bonifacio VIII. Los investigadores confiaban en que los rayos X sacarían a la luz algún indicio revelador, como un hueso roto. Por increíble que pareciera, los rayos X habían descubierto un clavo de veinticinco centímetros hundido en el cráneo del Papa.

Langdon recordó ahora una serie de recortes de prensa que admiradores de los Illuminati le habían enviado años antes. Al principio, había pensado que eran ficticios, de modo que fue a consultar la colección de microfichas de Harvard para confirmar que los artículos eran auténticos. Y descubrió con estupor que lo eran. Los guardaba en su tablón de anuncios como ejemplo de cómo hasta los grupos periodísticos más respetables se dejaban arrastrar en ocasiones por la paranoia de los Illuminati. De repente, las sospechas de los medios de comunicación se le antojaron menos paranoicas. Langdon repasó mentalmente los artículos...

THE BRITISH BROADCASTING CORPORATION
14 de junio de 1998

El papa Juan Pablo I, que murió en 1978, fue víctima de una conspiración de la logia masónica P2...

La sociedad secreta P2 decidió asesinar a Juan Pablo I cuando supo que estaba decidido a destituir al arzobispo norteamericano Paul Marcinkus como presidente de la Banca Vaticana. El banco se había visto implicado en dudosos tratos financieros con la logia masónica...

THE NEW YORK TIMES
24 de agosto de 1998

¿Por qué el fallecido Juan Pablo I llevaba su camisa de día en la cama? ¿Por qué estaba desgarrada? Las preguntas no se paran ahí. No se llevó a cabo un reconocimiento médico. El cardenal Villot prohibió la autopsia basándose en que ningún Papa había sido sometido a tamaña afrenta. Además, las medicinas de Juan Pablo I desaparecieron misteriosamente de su mesita de noche, al igual que sus gafas, zapatillas, últimas voluntades y testamento.

LONDON DAILY MAIL
27 de agosto de 1998

... un complot en el que estaba implicada una logia masónica poderosa, implacable e ilegal, cuyos tentáculos llegaban hasta el Vaticano.

Sonó el móvil de Vittoria, lo cual borró misericordiosamente los recuerdos de Langdon.

Vittoria contestó, sin saber quién podía ser. Incluso desde lejos, Langdon reconoció la voz que sonaba en el teléfono, afilada como un láser.

—¿Vittoria? Soy Maximilian Kohler. ¿Ya has encontrado la antimateria?

—¿Se encuentra bien, Max?

—He visto las noticias. No hablaron del CERN ni de la antimateria. Me alegro. ¿Qué está pasando?

—Todavía no hemos localizado el contenedor. La situación es complicada. Robert Langdon nos está siendo de mucha ayuda. Tenemos una pista para detener al hombre que está asesinando a los cardenales. En este momento, nos dirigimos…

—Señorita Vetra —interrumpió Olivetti—, ya ha hablado bastante.

La joven tapó el auricular, muy irritada.

—Comandante, es el director del CERN. Tiene derecho a…

—Tiene derecho a estar aquí, tomando el control de la situación —replicó Olivetti—. Usted está hablando por una línea abierta. Ya ha hablado bastante.

Vittoria respiró hondo.

—¿Max?

—Tengo cierta información para ti —dijo Max—. Sobre tu padre… Tal vez sepa a quién habló de la antimateria.

El rostro de Vittoria se nubló.

—Mi padre me dijo que a nadie, Max.

—Temo, Vittoria, que tu padre *sí* se lo dijo a alguien. He de consultar algunos informes de seguridad. Volveré a llamarte pronto.

La línea enmudeció.

Vittoria devolvió el teléfono a su bolsillo, pálida como la cera.

—¿Te encuentras bien? —preguntó Langdon.

La joven asintió, pero sus dedos temblorosos no pudieron ocultar la mentira.

• • •

—La iglesia está en la Piazza Barberini —dijo Olivetti al tiempo que desconectaba la sirena y consultaba su reloj—. Tenemos nueve minutos.

Cuando Langdon había averiguado la localización del tercer indicador, el emplazamiento de la iglesia había despertado ecos en su mente. *Piazza Barberini.* El nombre le resultaba familiar, pero no podía identificarlo. Ahora, se dio cuenta de qué era. La plaza albergaba una parada de metro controvertida. Veinte años antes, la construcción de la terminal de metro había provocado la inquietud de los historiadores de arte, temerosos de que excavar bajo la Piazza Barberini podría provocar el derrumbe del obelisco que se alzaba en el centro, y que pesaba varias toneladas. Los planificadores municipales habían trasladado el obelisco, al que habían sustituido por una pequeña fuente llamada del *Triton.*

¡En tiempos de Bernini, recordó Langdon, *la Piazza Barberini había albergado un obelisco!* Las dudas de Langdon sobre el emplazamiento del tercer indicador se habían disipado por completo.

A una manzana de la plaza, Olivetti se desvió por un callejón y frenó al llegar a la mitad. Se quitó la chaqueta del traje, se arremangó y cargó su pistola.

—No podemos correr el riesgo de que nos reconozcan —dijo—. Ustedes dos salieron en la televisión. Quiero que crucen la plaza, con discreción y vigilen la entrada principal. Yo iré por detrás. —Extrajo una pistola conocida y la entregó a Langdon—. Por si acaso.

Langdon frunció el ceño. Era la segunda vez en el mismo día que le daban la pistola. La deslizó en el bolsillo del pecho. Entonces, se dio cuenta de que aún llevaba encima el folio del

Diagramma. No podía creer que se hubiera olvidado de dejarlo en la bóveda. Imaginó al conservador del Vaticano presa de espasmos de indignación, sólo de pensar que aquel precioso papel había viajado por Roma como el plano de un turista. Después, Langdon pensó en el caos de cristales rotos y documentos diseminados que había dejado en los Archivos. El conservador tenía otros problemas. *Si es que los Archivos sobreviven a esta noche...*

Olivetti bajó del coche e indicó el callejón.

—La plaza está por ahí. Mantengan los ojos abiertos y no se dejen ver. —Dio unas palmaditas sobre el teléfono que llevaba al cinto—. Señorita Vetra, comprobemos que tenemos los respectivos números en memoria.

Vittoria sacó el móvil y tecleó el número que Olivetti y ella habían programado en el Panteón. El teléfono del comandante vibró en su cinturón.

Olivetti asintió.

—Bien. Si ven algo, quiero saberlo. —Amartilló el arma—. Les esperaré dentro. Ese monstruo es mío.

En aquel momento, muy cerca, otro móvil sonó.

El hassassin contestó.

—Hable.

—Soy yo, Jano —dijo la voz.

El hassassin sonrió.

—Hola, maestro.

—Es posible que hayan averiguado dónde está. Alguien se dirige a detenerle.

—Llegan tarde. Ya he tomado mis medidas.

—Bien. Procure escapar con vida. Aún queda trabajo por hacer.

—Los que se interpongan en mi camino morirán.

—Los que se interponen en su camino son inteligentes.

—¿Habla del estudioso norteamericano?

—¿Le conoce?

El hassassin lanzó una risita.

—Frío pero ingenuo. Antes habló conmigo por teléfono. Va con una mujer que parece justo lo contrario.

El asesino tuvo una erección cuando recordó el ardiente temperamento de la hija de Leonardo Vetra.

Se hizo un breve silencio en la línea, la primera vacilación que el hassassin intuía en el maestro de los Illuminati. Por fin, Jano habló:

—Elíminelos, en caso necesario.

El asesino sonrió.

—Délo por hecho.

Sintió que una cálida impaciencia se extendía por su cuerpo. *Aunque tal vez me quede a la mujer como premio.*

89

La guerra había estallado en la plaza de San Pedro.

Un frenesí agresivo se había apoderado de la plaza. Las camionetas de las televisiones tomaban posiciones como vehículos de asalto dispuestos a conquistar cabezas de playa. Los reporteros desplegaban equipos electrónicos de alta tecnología como soldados armados para la batalla. En todo el perímetro de la plaza, las cadenas se apresuraban a erigir el arma más reciente en la guerra de los medios de comunicación: visualizadores de pantalla plana.

Los visualizadores de pantalla plana eran enormes pantallas de vídeo que podían montarse sobre camionetas o andamios portátiles. Las pantallas eran como anuncios publicitarios de la cadena, que transmitía la cobertura con el logotipo sobreimpreso como en un cine al aire libre. Si la pantalla estaba bien situada (delante de la acción, por ejemplo), una cadena de la competencia no podía rodar el reportaje sin incluir un anuncio de su competidor.

La plaza se estaba transformando a toda prisa no sólo en un espectáculo multimedia, sino en una vigilia pública frenética. Los curiosos llegaban desde todas direcciones. El espacio libre, en una plaza por lo general amplísima, se estaba convirtiendo por momentos en un privilegio. La gente se apretujaba alrededor de los visualizadores, y escuchaba los reportajes en directo en un estado de nerviosismo estupefacto.

• • •

A tan sólo cien metros de distancia, dentro de los gruesos muros de la basílica de San Pedro, reinaba la serenidad. El teniente Chartrand y tres guardias más avanzaban en la oscuridad. Provistos de sus gafas infrarrojas, se desplegaron en abanico por la nave, moviendo los detectores ante ellos. Hasta el momento, el peinado de las zonas de acceso público del Vaticano no había dado frutos.

—Será mejor quitarse las gafas aquí —dijo el guardia de mayor rango.

Chartrand ya lo estaba haciendo. Se estaban acercando al Nicho de los Palios, situado justo encima de la tumba de san Pedro en el centro de la basílica. Noventa y nueve lámparas de aceite iluminaban el nicho, y los infrarrojos amplificados habrían lastimado sus ojos.

A Chartrand le gustó deshacerse de las pesadas gafas, y estiró el cuello cuando descendieron para registrar la zona. La estancia era muy hermosa, dorada y resplandeciente. Nunca antes había estado en ella.

Desde que Chartrand había llegado al Vaticano, tenía la sensación de que cada día se enteraba de un misterio nuevo. Aquellas lámparas de aceite eran uno de ellos. Había noventa y nueve lámparas ardiendo siempre. Los sacristanes se encargaban de rellenar puntualmente las lámparas con óleos sagrados para que ninguna se apagara. Se decía que arderían hasta el fin de los tiempos.

O al menos hasta medianoche, pensó Chartrand, y sintió la boca seca de nuevo.

Chartrand dirigió su detector hacia las lámparas. No ocultaban nada. Tampoco le sorprendió. Según el vídeo, el contenedor estaba escondido en una zona a oscuras.

Cuando cruzó el nicho, llegó a una rejilla que cubría un agujero del suelo. El hueco conducía a una escalera angosta y empinada que descendía. Corrían rumores sobre lo que había en el fondo. Gracias a Dios, no tenían que bajar. Las órdenes de Rocher eran claras. *Registren sólo las zonas de acceso público.*

—¿Qué es ese olor? —preguntó al tiempo que se volvía. Un aroma dulzón impregnaba el nicho.

—Son emanaciones de las lámparas —contestó un soldado.

Chartrand se quedó sorprendido.

—Huele más a colonia que a queroseno.

—No es queroseno. Como las lámparas están cerca del altar papal, el aceite con que arden es una mezcla especial: etanol, azúcar, butano y perfume.

—*¿Butano?*

Chartrand miró las lámparas con inquietud.

El guardia asintió.

—No derrame ninguna. Huelen de maravilla, pero el aceite quema como el infierno.

Los guardias habían terminado el registro del Nicho de los Palios y ya estaban en la planta principal de la basílica, cuando los *walkie-talkies* crepitaron.

Era una noticia de última hora. Los guardias escucharon sobrecogidos.

Al parecer, se habían producido novedades inquietantes que no podían comunicarse por sus transmisores, pero el camarlengo había decidido romper la tradición y entrar en el cónclave para dirigir la palabra a los cardenales. Nunca había sucedido algo semejante. Nunca, tampoco, razonó Chartrand, el Vaticano había estado sentado sobre lo que parecía ser una cabeza nuclear de última generación.

Chartrand se sintió más seguro cuando supo que el camarlengo se había hecho cargo de la situación. Ventresca era la persona del Vaticano por la que Chartrand sentía más respeto. Algunos guardias pensaban que el camarlengo era un *beato*, un fanático religioso cuyo amor por Dios bordeaba la obsesión, pero se mostraban de acuerdo en que, cuando tocara hacer frente a los enemigos de Dios, el camarlengo Ventresca sería la única persona que plantaría cara sin la menor vacilación.

Los Guardias Suizos habían visto con mucha frecuencia al camarlengo durante esta semana previa al cónclave, y todos habían comentado que el hombre parecía un poco fuera de sí, con la mirada un poco más intensa de lo habitual. No era sorprendente. No sólo era el responsable de planificar el cónclave, sino que se veía obligado a hacerlo al poco de perder a su mentor, el Papa.

Chartrand sólo llevaba unos meses en el Vaticano cuando le contaron la historia de la bomba que mató a la madre del camarlengo ante los propios ojos del niño. *Una bomba en una iglesia... y ahora vuelve a pasar.* Por desgracia, las autoridades no habían detenido a los bastardos que habían colocado la bomba.

Un par de meses antes, en el curso de una plácida tarde, Chartrand se había topado con el camarlengo. Éste se dio cuenta de que era novato, y le invitó a dar un paseo con él. No habían hablado de nada en particular, pero el camarlengo consiguió que Chartrand se sintiera enseguida como en casa.

—Padre —dijo Chartrand—, ¿me permite una pregunta rara?

El camarlengo sonrió.

—Sólo si puedo darle una respuesta rara.

Chartrand rió.

—He preguntado a todos los sacerdotes que conozco, y aún no lo entiendo.

—¿Qué le inquieta?

El camarlengo caminaba a grandes zancadas, y la sotana se agitaba ante él a cada paso. Sus zapatos de suela de caucho parecían muy apropiados, pensó Chartrand, como un símbolo de la esencia del hombre... moderno pero humilde, con señales de estar desgastados.

Chartrand respiró hondo.

—No entiendo lo de *benévolo* y *omnipotente*.

El camarlengo sonrió.

—Ha estado leyendo las Escrituras.

—Lo intento.

—Está confuso porque la Biblia describe a Dios como una deidad benévola y omnipotente.

—Exacto.

—Benévolo y omnipotente significa simplemente que Dios es todopoderoso y bienintencionado.

—Entiendo el concepto. Es que... parece que hay una contradicción.

—Sí. La contradicción es el dolor. Guerras, enfermedades, hambre...

—¡Exacto! —Chartrand sabía que el camarlengo le comprendería—. Ocurren cosas terribles en este mundo. La tragedia humana parece la prueba de que Dios no puede ser todopoderoso y bienintencionado al mismo tiempo. Si nos *ama* y cuenta con el *poder* de cambiar nuestra situación, podría ahorrarnos el dolor, ¿verdad?

El camarlengo frunció el ceño.

—¿Qué quiere decir?

Chartrand se sintió inquieto. ¿Había sobrepasado sus límites? ¿Era uno de esos temas religiosos que no se debían sacar a colación?

—Bien... Si Dios nos ama, y puede protegernos, *debería* hacerlo. O es omnipotente e indiferente, o benévolo e incapaz de ayudarnos.

—¿Tiene hijos, teniente?

Chartrand se ruborizó.

—No, signore.

—Imagine que tuviera un hijo de ocho años... ¿Le querría?

—Por supuesto.

—¿Haría todo cuanto estuviera en su poder por evitarle el dolor durante toda su vida?

—Por supuesto.

—¿Le dejaría utilizar un monopatín?

Chartrand reaccionó un poco tarde. El camarlengo siempre parecía estar «al día», algo poco usual en un sacerdote.

—Supongo que sí —dijo Chartrand—. Claro, le dejaría utilizar el monopatín, pero le diría que fuera con cuidado.

—Como padre de ese niño, ¿le daría un buen consejo básico, para luego dejarle marchar y cometer sus propios errores?

—No correría tras él y le mimaría, si se refiere a eso.

—Pero ¿y si se cayera y se pelara la rodilla?

—Aprendería a ser más prudente.

El camarlengo sonrió.

—Por lo tanto, aunque poseyera el poder de intervenir e impedir el dolor de su hijo, preferiría demostrarle su amor dejando que aprendiera por sí mismo, ¿verdad?

—Por supuesto. El dolor es algo inherente a la madurez. Así aprendemos.

El camarlengo asintió.

—Exacto.

90

Langdon y Vittoria observaban la Piazza Barberini desde las sombras de una pequeña callejuela situada en la esquina oeste. La iglesia estaba enfrente, una cúpula neblinosa que destacaba entre un borroso grupo de edificios. La noche había traído consigo un fresco agradable, y a Langdon le sorprendió encontrar la plaza desierta. A través de las ventanas abiertas de los pisos de la vecindad, los televisores a todo volumen recordaban a Langdon el lugar al que había acudido todo el mundo.

«... sin comentarios todavía del Vaticano... Los Illuminati asesinan a dos cardenales... Presencia satanista en Roma... Especulaciones sobre más infiltraciones...»

Las noticias se habían propagado como el incendio de Nerón. Los ojos del mundo estaban fijos en Roma. Mientras observaba la plaza y esperaba, Langdon se dio cuenta de que, pese a la invasión de edificios modernos, la plaza aún conservaba su trazado elíptico. En lo alto, como una especie de altar moderno erigido en honor de un héroe del pasado, un enorme letrero de neón parpadeaba en el tejado de un hotel de lujo. Vittoria ya se lo había indicado a Langdon. El letrero parecía siniestramente adecuado.

HOTEL BERNINI

—Las diez menos cinco —dijo Vittoria, mientras su mirada gatuna recorría la plaza. Apenas había acabado de pronunciar las palabras cuando agarró el brazo de Langdon y le empujó hacia las sombras. Indicó el centro de la plaza.

Él siguió su mirada. Cuando lo vio, se puso tenso.

Frente a ellos, dos figuras oscuras aparecieron bajo una farola de la calle. Las dos iban tocadas con mantillas negras, como las que solían llevar las beatas. Langdon habría jurado que eran mujeres, pero no estaba seguro en la oscuridad. Una parecía mayor y caminaba como dolorida, encorvada. La otra, más grande y fuerte, la ayudaba.

—Dame la pistola —dijo Vittoria.

—No puedes...

Ágil como una gata, la joven le extrajo el arma del bolsillo una vez más. El arma centelleó en su mano. Después, en absoluto silencio, como si sus pies no tocaran los adoquines, describió un círculo hacia la izquierda en las sombras, con el fin de acercarse a la pareja por detrás. Langdon la miró fascinado. Después masculló un juramento y corrió tras ella.

La pareja se movía despacio, y Langdon y Vittoria no tardaron ni medio minuto en situarse detrás. Vittoria ocultó el arma bajo los brazos cruzados sobre su pecho, escondida pero a mano tan pronto como la necesitara. Parecía flotar cada vez más deprisa a medida que acortaban distancias, y Langdon se esforzaba por seguirla. Cuando sus pies golpearon una piedra que salió rebotada sobre los adoquines, Vittoria le miró de soslayo, pero la pareja no pareció oírlos. Las dos figuras siguieron caminando.

A nueve metros de distancia, Langdon empezó a oír las voces. Palabras no, sólo murmullos. A su lado, Vittoria redobló la velocidad. El arma empezó a asomar. Seis metros. Las voces eran más claras, una mucho más fuerte que la otra. Airada. Campanuda. Langdon pensó que era la voz de una anciana. Áspera. Andrógina. Se esforzó por escuchar lo que decían, pero otra voz cortó la noche.

—*Mi scusi!*

El tono cordial de Vittoria iluminó la plaza como una antorcha.

Langdon se puso tenso cuando la pareja se detuvo y se volvió. Vittoria siguió andando directamente hacia las figuras, con peligro de una colisión inminente. No tendrían tiempo de reaccionar. Langdon se dio cuenta de que sus pies habían dejado de moverse. Vio que los brazos de Vittoria empezaban a separarse, como dispuesta a empuñar el arma. Después, por encima del hombro de la joven, vio una cara, iluminada por la farola. El pánico espoleó sus piernas, y se lanzó hacia adelante.

—¡No, Vittoria!

Sin embargo, dio la impresión de que Vittoria iba una fracción de segundo por delante de él. Con un movimiento tan veloz como espontáneo, la joven volvió a levantar los brazos, y el arma desapareció cuando se rodeó el cuerpo como una mujer que tuviera frío. Langdon llegó a su lado, y casi tropezó con la pareja.

—*Buona sera* —soltó Vittoria.

Langdon exhaló un suspiro de alivio. Tenían ante ellos a dos mujeres de edad avanzada, que los miraban con el ceño fruncido. Una era tan vieja que apenas podía sostenerse en pie. La otra la ayudaba. Ambas aferraban rosarios. Parecían confusas por la repentina intrusión.

Vittoria sonrió, aunque parecía estremecida.

—*Dov'è la chiesa Santa Maria della Vittoria?*

Las dos mujeres señalaron al unísono la voluminosa silueta de un edificio situado en una calle inclinada, en la dirección de la que habían venido.

—*É là.*

—*Grazie* —dijo Langdon. Apoyó las manos sobre los hombros de Vittoria y la tiró hacia atrás. No podía creer que habían estado a punto de atacar a dos ancianas.

—*Non si può entrare* —advirtió una—. *È chiusa temprano.*

—¿La han cerrado temprano? —preguntó Vittoria, sorprendida—. *Perché?*

Las dos mujeres se explicaron a la vez. Parecían enfadadas. Langdon sólo entendió algunos fragmentos de su italiano. Por lo visto, las mujeres habían estado quince minutos antes dentro de la iglesia, rezando por el Vaticano en este tiempo de necesidad, cuando un hombre había aparecido y les había dicho que la iglesia iba a cerrar temprano.

—*Hanno conosciuto l'uomo?* —preguntó Vittoria, nerviosa.

Las mujeres negaron con la cabeza. El hombre era un *straniero crudo*, explicaron, y había obligado a salir a todo el mundo, incluso al joven sacerdote y al portero, que le amenazaron con llamar a la policía, pero el intruso rió, y les dijo que aconsejaran a la policía traer cámaras.

¿Cámaras?, se preguntó Langdon.

Las mujeres chasquearon la lengua, irritadas, y llamaron al hombre *bar-àrabo*. Después, continuaron su camino, rezongando.

—¿Bar-àrabo? —preguntó Langdon a Vittoria—. ¿Bárbaro?

Vittoria estaba muy tensa.

—No. *Bar-àrabo* es una expresión despectiva. Significa *àrabo*... Árabe.

Langdon sintió un escalofrío y se volvió hacia la iglesia. En ese momento, sus ojos vislumbraron algo en las vidrieras de la iglesia. La imagen le aterró.

Vittoria, sin darse cuenta, sacó el móvil y apretó el botón.

—Voy a avisar a Olivetti.

Langdon, sin habla, le tocó el brazo. Señaló la iglesia con mano temblorosa.

Vittoria lanzó una exclamación ahogada.

En el interior del edificio, brillando como ojos malvados a través de las vidrieras... destellaba el fulgor de las llamas.

91

Langdon y Vittoria corrieron hacia la entrada principal de la iglesia de Santa Maria della Vittoria, y encontraron cerrada con llave la puerta de madera. La joven disparó tres veces con la semiautomática de Olivetti y destrozó la vieja cerradura.

La escena que presenciaron cuando entraron fue tan inesperada, tan extraña, que Langdon tuvo que cerrar los ojos y volverlos a abrir antes de que su mente pudiera asimilarlo todo.

La iglesia era de un barroco recargado, con paredes y altares dorados. En el centro del sagrario, bajo la cúpula principal, habían amontonado bancos de madera, que ahora ardían como una especie de pira funeraria de dimensiones épicas. La hoguera se alzaba hasta la cúpula. Cuando los ojos de Langdon ascendieron, el verdadero horror de la escena descendió como un ave de presa.

En lo alto, desde el lado derecho e izquierdo del techo, colgaban dos cables utilizados para balancear recipientes de incienso sobre la congregación. Sin embargo, los cables no sujetaban incensarios en este momento. Ni se balanceaban. Los habían utilizado para otra cosa...

Un ser humano colgaba de los cables. Un hombre desnudo. Cada muñeca estaba sujeta a un cable, y lo habían alzado casi hasta el punto de descuartizarlo. Tenía los brazos extendidos como clavado a un crucifijo invisible que flotara en la casa de Dios.

Langdon se sintió paralizado cuando miró. Un momento después, presenció la abominación final. El anciano estaba vivo, y levantó la cabeza. Un par de ojos aterrorizados suplicaron ayuda en silencio. Había un emblema grabado en el pecho del hombre. Le habían marcado a fuego. Langdon no lo veía con claridad, pero albergaba pocas dudas sobre lo que ponía. Cuando las llamas lamieron los pies del hombre, la víctima lanzó un grito de dolor y su cuerpo tembló.

Como espoleado por una fuerza invisible, Langdon corrió por el pasillo principal hacia la hoguera. Sus pulmones se llenaron de humo al acercarse. A tres metros del infierno, se estrelló contra una muralla de calor. Se le chamuscó la piel de la cara y retrocedió, protegiéndose los ojos, hasta caer sobre el suelo de mármol. Se puso en pie con movimientos torpes y volvió a intentar avanzar, con las manos levantadas para protegerse.

Se dio cuenta al instante. El fuego desprendía demasiado calor.

Retrocedió y examinó las paredes de la iglesia. *Un tapiz pesado*, pensó. *Si pudiera apagar el...* Pero sabía que no encontraría ningún tapiz. *¡Estás en una capilla barroca, Robert, no en un castillo alemán! ¡Piensa!* Se obligó a mirar de nuevo al hombre colgado.

El humo y las llamas remolineaban en lo alto de la cúpula. Los cables que sujetaban las muñecas del hombre pasaban por poleas fijadas en el techo y descendían de nuevo hasta abrazaderas metálicas empotradas a cada lado de la iglesia. Langdon examinó una de las abrazaderas. Estaba bastante alto, pero sabía que si podía alcanzarla y aflojar uno de los cables, la tensión disminuiría y el hombre se alejaría del fuego.

Una repentina llamarada se alzó más que las demás, y Langdon oyó un chillido penetrante. La piel de las plantas de los pies del hombre estaba empezando a cubrirse de ampollas. El cardenal se estaba asando vivo. Langdon clavó la vista en la abrazadera y corrió.

En la parte posterior de la iglesia, Vittoria aferraba el respaldo de un banco y procuraba serenarse. La imagen suspendida del techo era horripilante. Se obligó a desviar la vista. *¡Haz algo!* Se preguntó dónde estaría Olivetti. ¿Habría visto al hassassin? ¿Le habría capturado? ¿Dónde estaban ahora? Vittoria avanzó dispuesta a ayudar a Langdon, pero en aquel momento un sonido la detuvo.

El crepitar de las llamas aumentaba de intensidad a cada instante, pero un segundo sonido cortó el aire. Una vibración metálica. Cercana. El latido repetido parecía surgir del final de los bancos, a su izquierda. Recordaba al timbre de un teléfono, pero duro y pétreo. Aferró la pistola con firmeza y avanzó por la fila de bancos. El sonido se oyó más alto. Se apagaba y encendía. Una vibración repetida.

Cuando se acercó al final del pasillo, notó que el sonido procedía del suelo, justo al doblar la esquina del final de los bancos. Al avanzar, con la pistola extendida en la mano derecha, se dio cuenta de que también sujetaba otra cosa en la izquierda, el móvil. Con el pánico, había olvidado que lo había usado fuera para llamar al comandante... de manera que había conectado el vibrador como advertencia. Vittoria se llevó el aparato al oído. Continuaba sonando. El comandante no había contestado. De repente, con creciente temor, creyó saber cuál era el origen del sonido. Avanzó espectante, temblorosa.

Toda la iglesia pareció hundirse bajo sus pies cuando vio el cadáver en el suelo. No había rastros de sangre. Tampoco señales de violencia que tatuaran la piel. Sólo la espantosa simetría de la cabeza del comandante... torcida hacia atrás, en un giro de ciento ochenta grados. Vittoria intentó no pensar en las imágenes del cadáver de su padre.

El teléfono del comandante estaba apoyado contra el suelo, vibrando una y otra vez sobre el mármol. Vittoria canceló su llamada, y el ruido cesó. En el silencio, oyó un nuevo sonido. Una respiración en la oscuridad, justo detrás de ella.

Empezó a darse la vuelta, empuñando la pistola, pero sabía que era demasiado tarde. Una ráfaga de calor la taladró de la cabeza a los pies cuando el codo del asesino golpeó su nuca.

—Ahora eres mía —dijo una voz.

Después una negrura impenetrable descendió sobre ella.

En la zona del sagrario, en el lateral izquierdo de la iglesia, Langdon se mantenía en equilibrio sobre un banco y trataba de alcanzar la abrazadera. El cable se encontraba a unos dos metros sobre su cabeza. Abrazaderas como ésta eran comunes en las iglesias, y se colocaban en alto para impedir que las manipularan. Langdon sabía que los curas utilizaban escalerillas llamadas *piuòli* para alcanzarlas. Era evidente que el asesino había usado la escalerilla de la iglesia para colgar a su víctima. *¿Dónde ha dejado la escalera?* Langdon escudriñó el suelo. Creía haber visto una escalerilla en algún sitio. *Pero ¿dónde?* Un momento después, su corazón dio un vuelco. Recordó dónde la había visto. Se volvió hacia el fuego. La escalera se elevaba sobre la hoguera, envuelta en llamas.

Desesperado, inspeccionó la iglesia en busca de algo que pudiera ayudarle a alcanzar la abrazadera. Mientras sus ojos rastreaban el templo, se dio cuenta de algo.

¿Dónde demonios está Vittoria? Había desaparecido. *¿Ha ido a buscar ayuda?* Langdon gritó su nombre, pero no hubo respuesta. *¿Dónde está Olivetti?*

Se oyó un aullido de dolor en lo alto, y Langdon intuyó que ya era demasiado tarde. Cuando sus ojos se alzaron de nuevo y vio a la víctima, que se iba achicharrando lentamente, sólo pensó en una cosa. *Agua. En cantidades. Apagar el fuego. Al menos, para acortar la altura de las llamas.*

—¡Necesito agua, maldita sea! —chilló.

—Ése es el siguiente —gruñó una voz desde el fondo.

Langdon giró en redondo, y estuvo a punto de caer del banco.

Hacia él avanzaba sin vacilar un monstruo oscuro. Pese al resplandor del fuego, sus ojos ardían como carbones. Langdon reconoció la pistola que esgrimía, la misma que él había guardado en la chaqueta, la que Vittoria llevaba cuando entraron.

La oleada de pánico inicial dio paso a un frenesí de temores diferentes. Primero, por Vittoria. ¿Qué le había hecho este animal? ¿Estaba herida? ¿O algo peor? En el mismo instante, Langdon reparó en que el hombre colgado gritaba con más fuerza. El cardenal iba a morir. Ayudarle era imposible. Después, cuando el asesino apuntó la pistola al pecho de Langdon, éste reaccionó. Se lanzó de un salto sobre el mar de bancos.

Aterrizó con más violencia de la que había imaginado, y rodó por el suelo. El mármol amortiguó su caída con la delicadeza del acero. Oyó pasos que se acercaban por su derecha. Langdon se volvió hacia la entrada de la iglesia y empezó a gatear bajo los bancos.

• • •

En lo alto, el cardenal Guidera vivía sus últimos momentos de conciencia. Cuando miró su cuerpo desnudo, vio que la piel de sus piernas empezaba a chamuscarse y desprenderse. *Estoy en el infierno*, decidió. *Dios mío, ¿por qué me has abandonado?* Sabía que debía de ser el infierno, porque estaba mirando la marca de su pecho al revés, y no obstante, como magia del demonio, la palabra se veía con toda claridad.

92

Tercera votación. No había Papa.

En la Capilla Sixtina, el cardenal Mortati había empezado ya a rezar para pedir un milagro. *¡Envíanos los candidatos!* El retraso era ya exagerado. Mortati habría podido comprender la ausencia de un candidato, pero la de los cuatro no. No dejaba opciones. En las condiciones actuales, conseguir una mayoría de dos tercios exigiría la intervención divina.

Cuando los cerrojos de la puerta exterior empezaron a abrirse, Mortati y todo el Colegio Cardenalicio giraron al unísono en dirección a la entrada. Mortati sabía que esto solamente podía significar una cosa. Por ley, la puerta de la capilla sólo podía abrirse por dos motivos: retirar a alguien que se encontrara muy enfermo o permitir el acceso a cardenales retrasados.

¡Los preferiti ya llegan!

El corazón de Mortati se regocijó. El cónclave estaba salvado.

Pero cuando la puerta se abrió, la exclamación ahogada que resonó en la capilla no fue de alegría. Mortati miró con incredulidad al hombre que entraba. Por primera vez en la historia del Vaticano, un camarlengo acababa de cruzar el sagrado umbral del cónclave después de sellar las puertas.

¿Qué se ha creído?

El camarlengo avanzó hacia el altar y se volvió para hablar a la estupefacta audiencia.

—Signori —dijo—, he esperado lo máximo posible. Hay algo que deben saber de inmediato.

93

Langdon no tenía ni idea de adónde iba. Los reflejos le alejaban del peligro. Le quemaban las rodillas y los codos de gatear bajo los bancos. Una voz le decía que se desviara a la izquierda. *Si consigues llegar al pasillo principal, podrás correr hacia la salida.* Sabía que era imposible. *¡Un muro de llamas bloqueaba el pasillo principal!* Su mente buscaba alternativas. Langdon siguió avanzando. Oía los pasos más cercanos, a su derecha.

Cuando sucedió, Langdon no estaba preparado. Había calculado que le quedaban otros tres metros de bancos hasta llegar a la entrada de la iglesia. Sus cálculos eran erróneos. De pronto, los bancos ya no le ofrecían ninguna protección. Se quedó petrificado un instante. En una capilla que había a su izquierda, gigantesca desde su perspectiva, se hallaba lo que le había traído hasta aquí. Se había olvidado por completo: *El éxtasis de Santa Teresa.* La santa de espaldas, arqueada a causa del placer, la boca abierta en un gemido, y sobre ella, un ángel que apuntaba su lanza de fuego.

Una bala se estrelló en el banco, sobre la cabeza de Langdon. Se irguió como un velocista a punto de salir disparado. Espoleado tan sólo por la adrenalina, apenas consciente de sus actos, se puso a correr acuclillado, con la cabeza gacha, cruzando la iglesia hacia la parte derecha. Mientras las balas estallaban a su alrededor, Langdon resbaló en el suelo de mármol y fue a parar contra la verja de un nicho situado en la pared de la derecha.

Fue entonces cuando la vio. Un guiñapo cerca de la parte posterior de la iglesia. ¡Vittoria! Tenía las piernas desnudas torcidas bajo ella, pero Langdon intuyó que aún respiraba. No tenía tiempo de ayudarla.

En aquel momento, el asesino rodeó los bancos del fondo y cargó sobre él. Langdon comprendió que todo había terminado. El asesino alzó el arma, y él hizo lo único que pudo. Saltó por encima de la verja del nicho. Cuando cayó al suelo, una lluvia de balas se estrelló en las columnas de mármol de la balaustrada.

Langdon se sintió como un animal acorralado cuando se acurrucó en el nicho semicircular. Ante él se alzaba el único contenido del nicho, irónicamente adecuado: un sarcófago. *El mío, tal vez,* pensó Langdon. Hasta el ataúd parecía de lo más conveniente. Era una *scatola,* una caja de mármol pequeña y sin adornos. Barata. El ataúd descansaba sobre dos bloques de mármol, y Langdon echó un vistazo al hueco que dejaba, mientras se preguntaba si podría esconderse debajo.

Resonaron pasos detrás de él.

Sin más opciones a la vista, Langdon reptó hacia donde estaba el ataúd, pegado al suelo, y se deslizó debajo de la tumba. Sonó un disparo.

Junto con el estruendo del disparo, Langdon experimentó una sensación inédita en su vida. Una bala le había rozado la piel. Hubo un siseo de viento, como un latigazo, cuando la bala falló por poco y se estrelló en el mármol, entre una nube de polvo. Langdon salió al otro lado por debajo del ataúd.

Callejón sin salida.

Se encontró cara a cara con la pared posterior del nicho. No albergaba la menor duda de que este diminuto espacio, situado detrás del ataúd, sería su tumba. *Y pronto*, comprendió, cuando vio aparecer el cañón de la pistola en la abertura que había debajo del sarcófago. El hassassin sostenía la pistola paralela al suelo, y apuntaba al estómago de Langdon.

Un disparo imposible de fallar.

Langdon sintió que restos del instinto de conservación se apoderaban de él. Retorció su cuerpo sobre el estómago, en paralelo al ataúd. Plantó las manos en el suelo, pero se le abrió un corte producido con los cristales del Archivo. Ignorando el dolor, empujó hacia arriba. Langdon arqueó la espalda justo cuando la pistola disparaba. Notó la onda de choque de las balas que pasaban bajo él y pulverizaban la roca porosa. Langdon cerró los ojos y rezó para que la lluvia parara.

Y lo hizo.

El chasquido de un cargador vacío sustituyó al fragor de los disparos.

Langdon abrió los ojos poco a poco, casi temeroso de que los párpados emitieran algún ruido. Siguió arqueado como un gato, pese al dolor de la postura. Ni siquiera se atrevía a respirar. Ensordecido por los disparos, intentó captar alguna señal de que el asesino se hubiera marchado. Silencio. Pensó en Vittoria, y lamentó no poder ayudarla.

El sonido que siguió fue ensordecedor. El bramido gutural de alguien que estaba llevando a cabo un esfuerzo sobrehumano.

Dio la impresión de que el sarcófago suspendido sobre la cabeza de Langdon se alzaba por un lado. Langdon se derrumbó sobre el suelo cuando centenares de kilos se inclinaron hacia él. La gravedad venció a la fricción, y la tapa fue la primera en resbalar y estrellarse a su lado. A continuación, le llegó el turno al ataúd, que resbaló sobre sus soportes y estaba a punto de volcar sobre Langdon.

En ese momento, comprendió que quedaría sepultado bajo él o aplastado por uno de sus bordes. Encogió la cabeza y las piernas y pegó las manos a sus costados. Después cerró los ojos y esperó el impacto.

Cuando se produjo, todo el suelo se estremeció bajó él. El borde superior aterrizó a escasos milímetros de su cabeza. Su brazo derecho quedó intacto por milagro, a pesar de que esperaba lo peor. Abrió los ojos y vio un rayo de luz. El borde derecho del ataúd aún no había caído al suelo, y seguía apoyado en parte sobre sus soportes. No obstante, Langdon se encontró mirando el rostro de la muerte.

El ocupante de la tumba estaba suspendido sobre él, pues se había pegado, como solía ocurrir con los cadáveres putrefactos, al fondo del ataúd. El esqueleto quedó suspendido un momento, como un amante vacilante, para luego sucumbir a la gravedad. El cadáver se precipitó en un abrazo definitivo, y una lluvia de huesos podridos y polvo inundó los ojos y la boca de Langdon.

Antes de que pudiera reaccionar, un brazo se deslizó a través de la abertura que había bajo el ataúd, como una pitón hambrienta. Tanteó hasta encontrar el cuello de Langdon y cerró su presa. Langdon intentó desprenderse del puño de hierro que aplastaba su laringe, pero su manga izquierda se había enganchado bajo el borde del ataúd. Sólo tenía un brazo libre, y estaba perdiendo la batalla.

Las piernas de Langdon se doblaron en el único espacio que quedaba, mientras sus pies buscaban el suelo del ataúd. Lo encontraron. Apoyó los pies contra él. Después, cuando la mano que rodeaba su cuello aumentó su presión, Langdon cerró los ojos y extendió las piernas como un ariete. El ataúd se removió apenas, pero bastó para sus propósitos.

El sarcófago resbaló de sus soportes con un crujido y aterrizó en el suelo. El borde del ataúd aplastó el brazo del asesino, y se oyó un chillido de dolor ahogado. La mano liberó el cuello de Langdon. Cuando el asesino consiguió extraer su brazo, el ataúd se estrelló en el suelo de mármol con un ruido sordo definitivo.

Oscuridad total. De nuevo.

Y silencio.

No se oyeron golpes frustrados en la superficie del sarcófago volcado. Nadie intentó levantarlo. Nada. Langdon, tendido en la oscuridad entre una pila de huesos, combatió la negrura que le rodeaba y pensó en ella.

Vittoria. ¿Estás viva?

Si Langdon hubiera sabido la verdad, el horror al que Vittoria no tardaría en despertar, habría deseado que estuviera muerta, por su bien.

94

El cardenal Mortati, sentado entre sus sorprendidos colegas en la Capilla Sixtina, intentaba comprender las palabras que estaba escuchando. Ante él, iluminado tan sólo por la luz de las velas, el camarlengo había terminado de contar una historia de tal odio y traición que Mortati estaba temblando. El camarlengo habló de cardenales secuestrados, cardenales marcados, cardenales *asesinados*. Habló de la antigua hermandad de los Illuminati (un nombre que despertaba temores olvidados), y de su resurgimiento y juramento de vengarse de la Iglesia. Con dolor en su voz, el camarlengo habló del difunto Papa, envenenado por los Illuminati. Por fin, casi en un susurro, habló de una nueva tecnología mortífera, la antimateria, que amenazaba con destruir todo el Vaticano antes de dos horas.

Cuando terminó, fue como si el mismísimo Satanás hubiera absorbido todo el aire de la sala. Nadie se movió. Las palabras del camarlengo pendían en la oscuridad.

El único sonido que oía Mortati era el zumbido anómalo de una cámara de televisión situada al fondo, una presencia electrónica que ningún cónclave de la historia había albergado jamás, pero una presencia exigida por el camarlengo. Ante el estupor de los cardenales, el camarlengo había entrado en la Capilla Sixtina con dos reporteros de la BBC (un hombre y una mujer), y anunciado que transmitirían su solemne declaración *en directo* al mundo.

El camarlengo avanzó y habló a la cámara.

—Para los Illuminati —dijo con voz profunda—, y para los científicos, déjenme decir esto. —Hizo una pausa—. Han ganado la guerra.

El silencio invadió hasta los rincones más alejados de la capilla. Mortati escuchó los latidos desesperados de su corazón.

—Los engranajes han estado en movimiento durante mucho tiempo —dijo el camarlengo—. Su victoria ha sido inevitable. Nunca había sido tan evidente como en este momento. La ciencia es el nuevo Dios.

¿Qué está diciendo?, pensó Mortati. *¿Se ha vuelto loco? ¡Todo el mundo le está escuchando!*

—La medicina, las comunicaciones electrónicas, los viajes espaciales, la manipulación genética… Son los milagros de los que ahora hablamos a nuestros hijos. Son los milagros que anunciamos como prueba de que la ciencia nos proporcionará respuestas. Las viejas historias de inmaculadas concepciones, zarzas ardientes y mares que se separan carecen ya de toda importancia. Dios se ha convertido en algo obsoleto. La ciencia ha ganado la batalla. Nos rendimos.

Se oyeron murmullos de confusión y perplejidad entre los congregados.

—Pero la victoria de la ciencia —añadió el camarlengo, con voz más enérgica— ha tenido un precio para todos nosotros. Un precio muy alto.

Silencio.

—Es posible que la ciencia haya aliviado las desdichas de la enfermedad y el trabajo extenuante, y creado toda una serie de aparatos destinados a divertirnos y aumentar nuestra comodidad, pero nos ha dejado en un mundo sin prodigios. Nuestras puestas de sol se han reducido a longitudes de onda y frecuencias. Las complejidades del universo han sido destripadas en ecuaciones matemáticas. Hasta nuestra valoración como seres humanos ha sido destruida. La ciencia afirma que el planeta Tierra y sus habitantes son puntos sin importancia en el gran esquema de las cosas. Un accidente cósmico. —Hizo una pausa—. Hasta la tecnología que promete unirnos nos divide. Cada uno de nosotros puede estar conectado electrónicamente con el resto del globo, pero nos sentimos totalmente solos. Nos bombardean la violencia, la división, la fractura y la traición. El escepticismo se ha convertido en una virtud. El cinismo y la exigencia de pruebas han devenido pensamiento esclarecido. ¿Acaso sorprende que los humanos se sientan ahora más deprimidos y derrotados que en cualquier momento de la historia de la humanidad? ¿Defiende la ciencia *algo* sagrado? La ciencia busca respuestas en fetos nonatos. Hasta presume de manipular nuestro ADN. Desmonta el mundo de Dios en piezas cada vez más pequeñas, en busca de un significado… y sólo encuentra más preguntas.

Mortati le miraba, arrebatado. El camarlengo hacía gala de una energía en sus movimientos y en su voz que él no había visto jamás en ningún altar del Vaticano. La voz del hombre estaba teñida de tristeza y convicción.

—La vieja guerra entre ciencia y religión ha terminado —dijo el camarlengo—. Han ganado. Pero no han ganado justamente. No han ganado proporcionando respuestas. Han ganado convenciendo a nuestra sociedad de que verdades antes consideradas como inmutables ahora parecen inaplicables. La religión no puede mantenerse a la altura. El crecimiento de la ciencia es geométrico. Se alimenta de sí mismo como un virus. Cada nuevo descubrimiento abre las puertas de un nuevo descubrimiento. La humanidad necesitó miles de año para progresar desde la rueda al coche. No obstante, sólo transcurrieron décadas desde el coche hasta la nave espacial. Ahora, medimos el progreso científico en semanas. Estamos girando sin control. El abismo entre nosotros se ensancha cada día más, y la religión queda abandonada, la gente está sumida en un vacío espiritual. Pedimos a gritos respuestas. Lo digo en un sentido literal, créanme. Vemos ovnis, nos dedicamos a zapear, nos ponemos en contacto con espíritus, experiencias extrasensoriales, búsquedas mentales... Todas esas ideas excéntricas poseen un barniz científico, pero son desvergonzadamente irracionales. Constituyen el grito desesperado del alma moderna, solitaria y atormentada, tullida por su esclarecimiento y su incapacidad de aceptar significado en nada que no esté relacionado con la tecnología.

Mortati se descubrió inclinado hacia adelante en su asiento. Él y los demás cardenales, procedentes de todas partes del mundo, estaban pendientes de cada palabra del sacerdote. El camarlengo hablaba sin retórica ni vitriolo. Nada de referencias a Jesucristo o a las Sagradas Escrituras. Hablaba con términos modernos, puros y sin adornos. Hablaba el idioma moderno, como si fluyera de Dios... y comunicaba el mensaje de siempre. En aquel momento, Mortati comprendió uno de los motivos que habían llevado al Papa a querer tanto a ese joven. En un mundo de apatía, cinismo y deificación tecnológica, hombres como el camarlengo, seres realistas capaces de hablar con sinceridad, eran la única esperanza de la Iglesia.

El camarlengo redobló su vehemencia.

—La ciencia nos salvará, dicen ustedes. Yo digo que la ciencia nos ha destruido. Desde los tiempos de Galileo, la Iglesia ha intentado aminorar la velocidad de la marcha inexorable de la ciencia, a veces con medios descarriados, pero siempre con buenas intenciones. Aun así, las tentaciones son demasiado grandes para que los hombres opongan resistencia.

Miren a su alrededor. No se han cumplido las promesas de la ciencia. Las promesas de eficacia y sencillez no han traído más que contaminación y caos. Somos una especie fracturada y frenética... que avanza por el sendero de la destrucción.

El camarlengo hizo una larga pausa, y después clavó los ojos en la cámara.

—¿Quién es este Dios de la ciencia? ¿Quién es el Dios que ofrece a su pueblo poder, pero no un marco moral para utilizar este poder? ¿Qué clase de Dios da fuego a un niño, pero no le advierte de los peligros que conlleva? El idioma de la ciencia carece de indicadores del bien o el mal. Hay tratados científicos que enseñan a crear una reacción nuclear, pero no contienen ningún capítulo en que se pregunte si es una idea buena o mala.

»Digo esto a la ciencia y a los científicos. La Iglesia está cansada. Estamos hartos de intentar ser sus guías. Nuestros recursos se están agotando, por culpa de la publicidad que dice que ustedes son la voz del equilibrio, mientras continúan su ciega carrera en pos de chips cada vez más pequeños y beneficios cada vez más grandes. No preguntamos por qué no ejercen el más mínimo autocontrol, porque se trata de una tarea imposible. Su mundo se mueve con tal celeridad que, si se detienen siquiera un instante para meditar en las implicaciones de sus actos, alguien más eficiente les borrará de un plumazo. En consecuencia, siguen adelante. Construyen armas de destrucción masiva sin conocimiento, pero es el Papa quien viaja por el mundo para aconsejar prudencia a sus líderes. Clonan seres vivos, pero es la Iglesia quien nos recuerda que pensemos en las implicaciones morales de nuestros actos. Animan a la gente a comunicarse mediante teléfonos, pantallas de vídeo y ordenadores, pero es la Iglesia quien abre sus puertas y nos recuerda que hemos de comunicarnos en persona, como debe ser. Hasta asesinan niños nonatos en nombre de la investigación que salvará vidas. Una vez más, es la Iglesia la que denuncia la falacia de este razonamiento.

»Y mientras tanto, proclaman la ignorancia de la Iglesia. Pero ¿quién es más ignorante, el hombre incapaz de definir el relámpago, o el hombre que no respeta su asombroso poder? La Iglesia intenta tenderles la mano. A todo el mundo. Pero cuanto más nos esforzamos, más nos rechazan. Muéstrennos la prueba de que Dios existe, dicen. ¡Usen sus telescopios para explorar el universo, y explíquenme cómo es posible que Dios no exista, digo yo! —Los ojos del camarlengo se habían inundado de lágrimas—. Preguntan cuál es el aspecto de Dios. ¿De dónde sale esta pregunta, digo yo? La respuesta es la misma. ¿Es que no ven a Dios en su ciencia? ¿Cómo es posible tanta ceguera? Proclaman que hasta el más ínfimo cambio en la fuerza de la gravedad, o el peso de un átomo, bastaría para haber convertido nuestro universo en una sopa carente de vida, en lugar de nuestro magnífico mar de cuerpos celestiales, ¿y aún no ven la mano de Dios en esto? ¿En verdad es mucho más fácil creer que elegimos la carta correcta en una baraja de miles de millones? ¿La bancarrota espiritual es tan absoluta que preferimos creer en una imposibilidad matemática antes que en un poder más grande que nosotros?

»Crean o no en Dios —dijo el camarlengo con voz decidida—, tienen que creer en esto. Cuando, como especie, abandonamos nuestra confianza en un poder mayor que nosotros, abandonamos nuestro sentido de la responsabilidad. La fe, todas las fes..., son advertencias de que existe algo que no podemos comprender, algo de lo que somos responsables... Con fe, somos responsables los unos de los otros, de nosotros mismos, y de una verdad más elevada. La religión tiene sus defectos, pero sólo porque el *hombre* tiene defectos. Si el mundo exterior pudiera ver esta Iglesia como nosotros, más allá de sus rituales, vería un milagro moderno, una hermandad de almas imperfectas y sencillas que sólo aspira a ser una voz compasiva en un mundo que gira fuera de control.

El camarlengo señaló el Colegio Cardenalicio, y la cámara de la BBC le siguió instintivamente.

—¿Estamos obsoletos? —preguntó el camarlengo—. ¿Son dinosaurios estos hombres? ¿Lo soy yo? ¿De veras necesita el mundo una voz para los pobres, los débiles, los oprimidos, los niños nonatos? ¿De veras necesitamos almas como las de quienes, aunque imperfectos, dedican sus vidas a implorarnos que respetemos los principios morales, para no descarriarnos?

Mortati comprendió por fin que el camarlengo, de manera consciente o no, estaba efectuando un brillante movimiento. Al exhibir a los cardenales, estaba personalizando la Iglesia. El Vaticano ya no era un edificio, sino gente, gente como el camarlengo, que dedicaba la vida al servicio del bien.

—Esta noche, nos encontramos al borde de un precipicio —dijo el camarlengo—. No podemos permitirnos ser apáticos. Da igual que consideren esta maldad en términos de Satanás, corrupción o inmoralidad... La fuerza oscura está viva, y crece cada día. No hagan caso omiso. —El camarlengo bajó la voz hasta convertirla en un susurro, y la cámara se acercó—. La fuerza, aunque poderosa, no es invencible. El bien puede triunfar. Escuchen a sus corazones. Escuchen a Dios. Juntos podemos alejarnos del abismo.

Mortati comprendió. Éste era el motivo. El cónclave había sido violado, pero ésta era la única forma. Una petición de auxilio dramática y desesperada. El camarlengo estaba hablando al enemigo y a los amigos al mismo tiempo. Estaba desafiando a todo el mundo, amigo o enemigo, a que viera la luz y detuviera esta locura. Alguien que escuchara, caería en la cuenta de la demencia de esta conspiración y actuaría.

El camarlengo se arrodilló ante el altar.

—Rezad conmigo.

El Colegio Cardenalicio se arrodilló para rezar con él. En la plaza de San Pedro y en todo el orbe... millones de personas estupefactas se arrodillaron con ellos.

95

El hassassin depositó su presa inconsciente en la parte trasera de la furgoneta, y dedicó un momento a examinar su cuerpo. No era tan hermosa como las mujeres cuyos servicios compraba, pero poseía un vigor animal que le excitaba profundamente. Su cuerpo radiante estaba perlado de sudor. Olía a almizcle.

Mientras el hassassin saboreaba su presa, hizo caso omiso del brazo dolorido. La contusión producida por el sarcófago al caer, aunque dolorosa, era insignificante... Valía la pena por la compensación que le aguardaba. Le consolaba la certeza de que el norteamericano culpable de esto debía de estar muerto.

El hassassin contempló a su prisionera inconsciente e imaginó los placeres que le depararía. Pasó la mano por debajo de la camisa. Palpó unos pechos perfectos bajo el sujetador. *Sí,* sonrió. *Ya lo creo que vales la pena.* Reprimió el ansia de poseerla en el acto, cerró la puerta y se perdió en la noche.

No había necesidad de informar a la prensa de este asesinato... Las llamas lo harían por él.

En el CERN, Sylvie se quedó pasmada por la arenga del camarlengo. Nunca se había sentido tan orgullosa de ser católica, y tan avergonzada de trabajar para el CERN. Cuando salió del ala recreativa, el ánimo de todas las personas en los salones era sombrío. Cuando volvió al despacho de Kohler, las siete líneas telefónicas estaban sonando. Las llamadas de la prensa nunca se pasaban al despacho de Kohler, de modo que estas llamadas sólo podían significar una cosa.

Dinero. El dinero llama.

La tecnología de la antimateria ya tenía algunos aspirantes.

En el Vaticano, Gunther Glick sintió que caminaba sobre las nubes cuando siguió al camarlengo fuera de la Capilla Sixtina. Glick y Macri acababan de realizar la transmisión en directo de la década. Y menuda transmisión. El camarlengo había estado arrebatador.

Ya en el pasillo, el camarlengo se volvió hacia Glick y Macri.

—He pedido a la Guardia Suiza que haga una selección de fotos para ustedes. Fotos de los cardenales marcados, así como de Su Santidad difunta. Debo advertirles de que no son fotos agradables. Quemaduras espantosas. Lenguas ennegrecidas. No obstante, me gustaría que las mostraran al mundo.

Glick decidió que, en el Vaticano, debía reinar una Navidad perpetua. *¿Quiere que retransmita en exclusiva una foto del Papa muerto?*

—¿Está seguro? —preguntó Glick, intentando reprimir el entusiasmo de su voz.

El camarlengo asintió.

—La Guardia Suiza también les proporcionará un vídeo en directo del contenedor de antimateria, cuya cuenta atrás continúa.

Glick le miró pasmado. *¡Navidad, Navidad, Navidad!*

—Los Illuminati están a punto de descubrir que se han pasado de listos —afirmó el camarlengo.

96

Como un tema recurrente de una sinfonía demoníaca, la oscuridad asfixiante había regresado.

Sin luz. Sin aire. Sin salida.

Langdon yacía atrapado bajo el sarcófago volcado, y notaba que su razón peligraba. Intentó alejar sus pensamientos del espacio angosto que le rodeaba, y obligó a su mente a seguir algún proceso lógico... Matemáticas, música, lo que fuera. Pero no había espacio para pensamientos relajantes. *¡No me puedo mover! ¡No puedo respirar!*

La manga atrapada de su chaqueta se había liberado cuando el ataúd cayó, y Langdon podía mover ahora los dos brazos. Aun así, cuando ejerció presión sobre el techo de su diminuta celda, descubrió que no podía moverlo. Por extraño que pareciera, deseó tener atrapada todavía la manga. *Al menos, habría una rendija por la que entrara un poco de aire.*

Cuando volvió a empujar, la manga de la chaqueta descendió y vio el tenue destello de un viejo amigo. Mickey. Tuvo la impresión de que la cara del personaje se burlaba de él.

Langdon buscó otra señal de luz en la oscuridad, pero el borde del ataúd estaba a ras del suelo. Malditos perfeccionistas italianos, maldijo, pues se hallaba en peligro por culpa de la misma excelencia artística que había enseñado a sus alumnos a reverenciar... Bordes impecables, líneas paralelas perfectas y, por supuesto, la utilización del mármol de Carrara más resistente.

La precisión puede ser asfixiante.

—Levanta el maldito trasto —dijo en voz alta al tiempo que empujaba con más fuerza entre la maraña de huesos. El ataúd se movió apenas. Langdon apretó la mandíbula y volvió a empujar. La caja pesaba como un peñasco, pero esta vez se alzó un centímetro. Un tenue destello de luz le rodeó, y entonces el ataúd cayó de nuevo. Permaneció tendido en la oscuridad, casi sin aliento. Intentó utilizar las piernas para levantarlo como antes, pero el ataúd no le había dejado ni espacio para enderezar las rodillas.

Mientras el pánico a la claustrofobia se cebaba en él, le asaltaron imágenes del sarcófago encogiéndose. Combatió la fantasía con los jirones de razón que aún le quedaban.

—Sarcófago —dijo en voz alta con la mayor frialdad académica posible, pero hasta la erudición parecía ser su enemiga. *Sarcófago viene del* sarx *griego, que significa «carne», y de* phagein, *que significa «comer». Estoy atrapado en una caja pensada literalmente para «comer carne».*

Imágenes de carne devorada hasta el hueso sólo sirvieron para recordar a Langdon que estaba cubierto de restos humanos. La idea le provocó náuseas y escalofríos. Pero también le inspiró una idea.

Rebuscó alrededor del ataúd, hasta encontrar una astilla de hueso. ¿Una costilla tal vez? Daba igual. Sólo quería una cuña. Si podía levantar la caja, aunque fuera unos centímetros, y deslizar el fragmento de hueso bajo el borde, tal vez entraría aire suficiente para…

Introdujo el hueso rematado en punta entre el suelo y el ataúd, y con la otra mano empujó hacia arriba. La caja no se movió. Ni un milímetro. Probó de nuevo. Por un momento tuvo la impresión de que temblaba un poco, pero eso fue todo.

Con el hedor fétido y la falta de oxígeno que le robaban la energía del cuerpo, Langdon comprendió que sólo tenía tiempo para un último esfuerzo. También sabía que necesitaría ambos brazos.

Apoyó el fragmento de hueso contra la grieta, movió el cuerpo y encajó el hueso contra su hombro para sujetarlo. Con cuidado de que no se soltara, levantó los dos manos. Cuando el angosto espacio empezó a asfixiarle, sintió una oleada de pánico. Era la segunda vez en el día que se quedaba atrapado sin aire. Gritó con todas sus fuerzas y empujó hacia arriba. El ataúd se elevó del suelo un instante, pero lo suficiente. El fragmento de hueso que tenía apoyado contra el hombro se deslizó en la rendija. Cuando el ataúd volvió a caer, el hueso se partió, pero esta vez Langdon vio que la caja estaba apuntalada. Una diminuta rendija de luz apareció bajo el borde.

Agotado, se derrumbó. Confiado en que la extraña sensación de asfixia se desvanecería, esperó, pero la situación sólo empeoró a medida que transcurrían los segundos. El aire que se filtraba por la rendija era poco menos que imperceptible. Langdon se preguntó si sería suficiente para mantenerle con vida. Y en tal caso, ¿durante cuánto tiempo? Si se desmayaba, ¿cómo podrían averiguar su paradero?

Langdon miró el reloj de nuevo, los brazos le pesaban como plomo: las diez y doce minutos. Tentó el reloj con dedos temblorosos y jugó su última carta. Giró uno de los diminutos cuadrantes y oprimió un botón.

A medida que perdía la conciencia y la sensación de encerramiento aumentaba, Langdon sintió que los viejos temores se apoderaban de él. Intentó imaginar, como tantas otras veces, que se encontraba en un campo. Sin embargo, la imagen que conjuró no le sirvió de ninguna ayuda. Revivió la pesadilla que le atormentaba desde niño con todo lujo de detalles…

Estas flores son como pinturas, *pensó el niño, y rió mientras atravesaba corriendo el prado. Ojalá sus padres le hubieran acompañado. Pero sus padres estaban muy ocupados, montando el campamento.*

«No te alejes demasiado», le había advertido su madre.

Había fingido no oírla, mientras se internaba en el bosque.

El niño llegó ante una pila de piedras. Imaginó que debían de ser los cimientos de una antigua granja. No debía acercarse a ella. Además, otra cosa había atraído su atención, la flor más hermosa y rara de todo New Hampshire. Sólo la había visto en libros.

Contento, el niño avanzó hacia la flor. Se arrodilló. El suelo que pisaba era herboso y hueco. Reparó en que su flor había encontrado un lugar muy fértil. Estaba creciendo en un montón de madera podrida.

Emocionado por la idea de llevar a casa su presa, extendió la mano…

Nunca llegó a tocarla.

El suelo cedió bajo sus pies con un crujido aterrador.

Durante los tres segundos de horror que duró su caída, el niño supo que iba a morir. Esperó el impacto que rompería sus huesos. Cuando se produjo, no sintió dolor. Sólo algo blando bajo su cuerpo.

Y frío.

Primero entró en contacto con la superficie líquida, y luego se hundió en una negrura angosta. Dio unas cuantas vueltas de campana, desorientado, tanteó las paredes que le rodeaban por todas partes. Como por instinto, emergió a la superficie.

Luz.

Tenue. Sobre él. A kilómetros de distancia, pensó.

Sus brazos acuchillaron el agua, buscaron algo a qué aferrarse. Sólo piedra resbaladiza. Había caído en un pozo abandonado. Pidió ayuda, pero sus gritos resonaron en las paredes del pozo. Repitió la llamada, una y otra vez. En lo alto, el hueco se iba oscureciendo.

La noche cayó.

Dio la impresión de que el tiempo se retorcía en la oscuridad. Se sentía cada vez más aturdido, mientras chapoteaba en el agua y pedía auxilio. Estaba atormentado por visiones de las paredes, que se derrumbaban y le sepultaban. Le dolían los brazos a causa del cansancio. En algunos momentos, creyó oír voces. Gritó, pero su voz sonaba apagada... como en un sueño.

A medida que avanzaba la noche, el pozo se hacía más profundo. Las paredes se iban estrechando centímetro a centímetro. El niño opuso resistencia. Después, agotado, tuvo ganas de rendirse. No obstante, sintió que el agua le daba ánimos, enfriaba sus temores hasta dejarle entumecido.

Cuando llegó el equipo de rescate, encontraron al niño apenas consciente. Hacía cinco horas que flotaba en el agua. Dos días después, el Boston Globe *publicó un artículo en primera plana titulado «El pequeño nadador que venció».*

97

El hassassin sonrió cuando detuvo la furgoneta delante del enorme edificio que dominaba el río Tíber. Cargó con su presa escaleras arriba, agradecido de que estuviera inconsciente.

Llegó a la puerta.

La Iglesia de la Iluminación, se regocijó. *El antiguo lugar de encuentro de los Illuminati. ¿Quién habría imaginado poder estar aquí?*

Depositó a Vittoria sobre un mullido diván. Después, le sujetó las manos a la espalda y ató sus pies. Sabía que su deseo tendría que esperar a que hubiera finalizado su tarea. *Agua.*

De todos modos, pensó, podía permitirse un momento de placer. Se arrodilló a su lado y recorrió su muslo con la mano. Era suave. Más arriba. Sus dedos oscuros se deslizaron bajo los *shorts* de la joven. Más arriba.

Se detuvo. *Paciencia,* se dijo, muy excitado. *Nos queda trabajo por hacer.*

Salió un momento al balcón de piedra de la cámara. La brisa de la noche calmó sus ardores. Abajo, el Tíber descendía bravío. Alzó los ojos hasta la cúpula de San Pedro, a un kilómetro y medio de distancia, desnuda bajo el resplandor de centenares de focos de las televisiones.

—Vuestra hora final —dijo en voz alta, mientras imaginaba los miles de musulmanes asesinados durante las Cruzadas—. A medianoche os reuniréis con vuestro Dios.

La mujer se agitó a su espalda. El hassassin se volvió. Por un momento, sopesó la posibilidad de permitir que se despertara. Ver terror en los ojos de una mujer era el afrodisíaco supremo.

Optó por la prudencia. Sería mejor que continuara inconsciente durante su ausencia. Aunque estaba atada y no podía escapar, el hassassin no quería regresar y encontrarla agotada debido a sus esfuerzos por escapar. *Quiero que reserves tus fuerzas... para mí.*

Le alzó un poco la cabeza, colocó la palma de la mano bajo su cuello y localizó la oquedad que había en la base de su cráneo. Había utilizado aquel punto en incontables ocasiones. Hundió el pulgar con mucha fuerza en el blando cartílago y sintió que se hundía. La mujer se derrumbó al instante. *Veinte minutos,* pensó. Sería la excitante conclusión de un día perfecto. Después de que le hubiera servido y muerto en el cumplimiento de su deber, saldría al balcón y contemplaría los fuegos artificiales que estallarían en el Vaticano a medianoche.

Dejó a su presa inconsciente en el sofá y bajó a una mazmorra iluminada por antorchas. La tarea final. Se acercó a la mesa y rindió homenaje a los sagrados moldes metálicos que habían dejado a su disposición.

Agua. Era el último paso.

Con una de las antorchas de la pared, como había hecho ya en tres ocasiones, calentó la cara de uno de los moldes que mostraba unos signos en relieve. Cuando la cara del molde estuvo al rojo vivo, se dirigió la celda.

Dentro, un hombre se erguía en silencio. Viejo y solo.

—Cardenal Baggia —siseó el asesino—. ¿Ya ha rezado?

Los ojos del italiano no demostraron miedo.

—Sólo por tu alma.

98

Los seis bomberos que acudieron a sofocar al incendio de la iglesia de Santa Maria della Vittoria extinguieron la hoguera con gas halón. El agua era más barata, pero el vapor que creaba habría estropeado los frescos de la capilla, y el Vaticano pagaba un premio elevado a los *pompieri* de Roma para que trataran con prudencia y rapidez los edificios pertenecientes a la Iglesia.

Los *pompieri,* por la naturaleza de su trabajo, presenciaban tragedias casi a diario, pero ninguno olvidaría lo sucedido en esta iglesia. La escena, una mezcla de crucifixión, ahorcamiento y ejecución en la hoguera, parecía inspirada en una pesadilla de novela gótica.

Por desgracia, la prensa, como de costumbre, había llegado antes que los bomberos. Habían rodado muchos metros de cinta antes de que los *pompieri* controlaran la situación en el interior de la iglesia. Cuando bajaron por fin a la víctima y la depositaron en el suelo, no había duda de quién era el hombre.

—*Cardinale Guidera* —susurró uno—. *Di Barcellona.*

La víctima estaba desnuda. La parte inferior de su cuerpo estaba carbonizada, y manaba sangre de unas heridas abiertas en sus muslos. Las tibias estaban al descubierto. Un bombero vomitó. Otro salió a respirar aire puro.

No obstante, el verdadero horror era el símbolo marcado a fuego en el pecho del cardenal. El jefe del grupo caminó alrededor del cuerpo, aterrorizado. *Lavoro del diavolo*, se dijo. *El responsable es el mismísimo Satanás.* Se persignó por primera vez desde la infancia.

—*Un'altro corpo!* —gritó alguien. Un bombero había descubierto otro cadáver.

La segunda víctima era un hombre al que el jefe de bomberos reconoció de inmediato. El austero comandante de la Guardia Suiza era un hombre por el que pocos agentes de la ley sentían afecto. El jefe llamó al Vaticano, pero todas las líneas estaban ocupadas. Sabía que daba igual. La Guardia Suiza se enteraría por la televisión en cuestión de minutos.

Mientras el jefe inspeccionaba los daños e intentaba imaginar lo sucedido en la iglesia, vio un nicho acribillado a balazos. Un ataúd había resbalado de sus apoyos y volcado, como si alguien lo hubiera empujado. *Que se ocupen la policía y la Santa Sede*, pensó el jefe, y dio media vuelta.

Entonces, se detuvo. Oyó un sonido procedente del ataúd. Era un ruido que a ningún bombero le hacía gracia oír.

—*Bomba!* —gritó—. *Tutti fuori!*

Cuando llegaron los artificieros y apartaron el ataúd, descubrieron la fuente del pitido electrónico. Contemplaron la escena, confusos.

—*Medico!* —gritó alguien por fin—. *Medico!*

99

—¿Saben algo de Olivetti? —preguntó el camarlengo, agotado, mientras Rocher le acompañaba de vuelta de la Capilla Sixtina al despacho del Papa.

—No, signore. Temo lo peor.

Cuando llegaron al despacho del Papa, el camarlengo habló con voz grave.

—Capitán, esta noche no puedo hacer nada más. Temo que ya me he excedido. Voy al despacho a rezar. No deseo ser molestado. Lo demás está en manos de Dios.

—Sí, signore.

—Se está haciendo tarde, capitán. Que encuentren pronto el contenedor.

—Nuestro registro continúa. —Rocher vaciló—. Eso demuestra que el arma está muy bien escondida.

El camarlengo se encogió, como incapaz de pensar en ello.

—Sí. A las once y cuarto en punto, si no lo han encontrado, quiero que evacuen a los cardenales. Deposito su seguridad en sus manos. Sólo pido una cosa. Que salgan de aquí con dignidad. Que permanezcan con la multitud en la plaza de San Pedro. No quiero que la última imagen de esta Iglesia sea un grupo de viejos aterrorizados huyendo por una puerta trasera.

—Muy bien, signore. ¿Y usted? ¿Vengo a buscarle a las once y cuarto también?

—No será necesario.

—¿Signore?

—Me iré cuando lo crea conveniente.

Rocher se preguntó si el camarlengo pretendía hundirse con el barco.

El sacerdote abrió la puerta del despacho del Papa y entró.

—En realidad... —Se volvió—. Una cosa más.

—¿Signore?

—Parece que hace frío en el despacho esta noche. Estoy temblando.

—La calefacción eléctrica está desconectada. Deje que encienda la chimenea.

El camarlengo sonrió, cansado.

—Gracias. Muchísimas gracias.

Rocher salió del despacho del Papa, donde había dejado al camarlengo rezando a la luz del fuego de la chimenea, delante de una pequeña estatua de la Virgen María. La escena era escalofriante. Una sombra negra arrodillada en el resplandor oscilante. Cuando avanzó por el pasillo, apareció un guardia, que corría hacia él. Incluso a la luz de las velas, Rocher reconoció al teniente Chartrand. Joven, bisoño y entusiasta.

—Capitán —dijo Chartrand, y le acercó un móvil—, creo que el discurso del camarlengo ha obrado efecto. La persona que llama dice que posee información capaz de ayudarnos. Telefoneó desde una de las extensiones privadas del Vaticano. No tengo ni idea de cómo consiguió el número.

Rocher se detuvo.

—¿Qué?

—Sólo hablará con el oficial de mayor graduación.

—¿Sabemos algo de Olivetti?

—No, señor.

Rocher tomó el aparato.

—Soy el capitán Rocher, el oficial de mayor graduación en este momento.

—Rocher —dijo la voz—, le explicaré quién soy. Después le diré qué va a hacer a continuación.

Cuando el desconocido dejó de hablar y colgó, Rocher se quedó estupefacto. Ahora sabía de quién recibía órdenes.

En el CERN, Sylvie Baudeloque intentaba tomar nota de todas las solicitudes de patente que recibía el buzón de voz de Kohler. Cuando la línea privada del escritorio del director empezó a sonar, Sylvie pegó un bote. Nadie tenía aquel número. Contestó.

—¿Sí?

—Señorita Baudeloque, soy el director Kohler. Póngase en contacto con mi piloto. Mi avión ha de estar preparado dentro de cinco minutos.

100

Robert Langdon no tenía ni idea de dónde estaba, ni cuánto tiempo llevaba inconsciente, cuando abrió los ojos y se encontró mirando los frescos de una cúpula. El lugar estaba lleno de humo. Algo cubría su boca. Una mascarilla de oxígeno. Se la quitó. Un terrible olor invadía la habitación, como a carne quemada.

Langdon se encogió al sentir el dolor de cabeza. Intentó incorporarse. Un hombre vestido de blanco estaba arrodillado a su lado.

—*Riposati!* —dijo el hombre, al tiempo que ayudaba a Langdon a recostarse—. *Sono il paramedico.*

Langdon obedeció, mientras su cabeza daba vueltas como el humo. *¿Qué demonios ha pasado?* El pánico se apoderó de su mente.

—*Topo salvatore* —dijo el paramédico—. Ratón... salvador...

Langdon se sintió todavía más confuso. *¿Ratón salvador?*

El hombre señaló el reloj de Mickey Mouse que Langdon llevaba en la muñeca. Langdon empezó a pensar con mayor claridad. Recordó que había puesto la alarma. Mientras contemplaba con aire ausente la esfera, también se fijó en la hora: las diez y veintiocho minutos.

Se incorporó al instante.

Después lo recordó todo.

Langdon se encontraba cerca del altar principal, junto con el jefe de bomberos y algunos de sus hombres. Le habían asediado a preguntas. Él no escuchaba; también se hacía un gran número de preguntas. Le dolía todo el cuerpo, pero sabía que necesitaba actuar sin más dilación.

Un bombero se acercó a Langdon.

—He vuelto a comprobarlo, señor. Los únicos cuerpos que hemos encontrado son los del cardenal Guidera y el comandante de la Guardia Suiza. No hay rastro de ninguna mujer.

—*Grazie* —contestó Langdon, sin saber si debía sentirse aliviado o aterrorizado. Sabía que había visto a Vittoria inconsciente en el suelo. La joven había desaparecido. La única explicación que se le ocurría no le tranquilizaba. El asesino no había sido nada sutil por teléfono. *Una mujer de carácter. Estoy excitado. Tal vez antes de que termine la noche, te encontraré. Y cuando lo haga...*

Langdon paseó la vista a su alrededor.

—¿Dónde está la Guardia Suiza?

—Aún no se ha restablecido el contacto. Las líneas del Vaticano están saturadas.

Langdon se sintió abrumado y solo. Olivetti había muerto. El cardenal también. Vittoria había desaparecido. Media hora de su vida se había desvanecido en un abrir y cerrar de ojos.

Oyó que la prensa estaba rodeando la iglesia. Sospechaba que las televisiones no tardarían en retransmitir escenas de la horrible muerte del cardenal, si es que no había sucedido ya. Langdon confió en que el camarlengo hubiera aceptado la derrota y tomado las riendas de la situación. *¡Evacuad el maldito Vaticano! ¡Basta de jueguecitos! ¡Hemos perdido!*

* * *

Langdon tomó conciencia de repente de que todos los estímulos que le habían impulsado (ayudar a salvar el Vaticano, rescatar a los cuatro cardenales, plantar cara a la hermandad que había estudiado durante años) habían desaparecido de su mente. La guerra estaba perdida. Un nuevo impulso le espoleaba. Era sencillo. Primigenio.

Encontrar a Vittoria.

En su fuero interno experimentaba un vacío inesperado. Langdon había oído con frecuencia que situaciones difíciles podían unir a dos personas de una forma que no conseguirían décadas de vida en común. Ahora lo creía. En ausencia de Vittoria, sentía algo que no había experimentado en años. Soledad. El dolor le dio fuerzas.

Langdon apartó todo lo demás de su mente y empezó a concentrarse. Rezó para que el asesino se ocupara de la tarea que le habían encomendado antes que del placer. De lo contrario, sabía que era demasiado tarde. *No,* se dijo, *tienes tiempo.* Al secuestrador de Vittoria aún le quedaba trabajo por hacer. Tenía que emerger a la superficie por última vez antes de desaparecer para siempre.

El último altar de la ciencia, pensó Langdon. Al asesino le quedaba una última tarea. *Tierra. Aire. Fuego. Agua.*

Consultó su reloj. Media hora. Langdon se acercó a *El éxtasis de Santa Teresa.* Esta vez, mientras contemplaba el indicador de Bernini, Langdon no albergó la menor duda sobre lo que estaba mirando.

Que ángeles guíen tu búsqueda...

Sobre la santa recostada, con un fondo de llamas doradas, se cernía el ángel de Bernini. La mano del ángel aferraba una lanza puntiaguda de fuego. Langdon siguió con los ojos la dirección de la lanza, que se arqueaba hacia el lado derecho de la iglesia. Sus ojos se posaron en la pared. Examinó el lugar al que apuntaba la lanza. Sabía, desde luego, que apuntaba al otro lado de los muros, a algún lugar de Roma.

—¿Qué hay en esa dirección? —preguntó al jefe de bomberos con renovada determinación.

—¿En esa dirección? —El jefe miró hacia donde Langdon señalaba. Parecía confuso—. No lo sé... El oeste, supongo.

—¿Qué iglesias hay en esa dirección?

Dio la impresión de que la perplejidad del hombre aumentaba.

—Docenas. ¿Por qué?

Langdon frunció el ceño. Pues claro que había docenas.

—Necesito un plano de la ciudad. Ahora mismo.

El jefe envió a alguien en busca del plano que llevaban en el camión. Langdon se volvió hacia la estatua. *Tierra... Aire... Fuego... VITTORIA.*

El indicador final es Agua, se dijo. *El Agua de Bernini.* Estaba en alguna iglesia. Una aguja en un pajar. Repasó todas las obras de Bernini que pudo recordar. *¡Necesito un tributo al agua!*

Langdon recreó en su mente la estatua de *Tritón*, el dios griego del mar. Entonces, se dio cuenta de que estaba situada en la plaza que se extendía ante esta misma iglesia, en dirección contraria. Se obligó a pensar. *¿Qué figura habría tallado Bernini para glorificar el agua? ¿Neptuno y Apolo?* Por desgracia, la estatua se hallaba en el Victoria y Albert Museum de Londres.

—¿Signore?

Un bombero entró corriendo con el plano.

Langdon le dio las gracias y lo desplegó sobre el altar. Comprendió al instante que había elegido a la gente adecuada. El plano del cuerpo de bomberos de Roma era el más detallado que había visto en su vida.

—¿Dónde estamos ahora?

El hombre señaló.

—Al lado de la Piazza Barberini.

Langdon miró de nuevo la lanza del ángel para orientarse. El jefe había calculado bien. Según el plano, la lanza señalaba al oeste. Langdon trazó una línea desde el lugar donde se encontraba en dirección oeste. Casi al instante, sus esperanzas empezaron a desvanecerse. Daba la impresión de que, a cada centímetro que recorrían sus dedos, pasaba ante otro edificio marcado con una diminuta cruz negra. *Iglesias.* La ciudad estaba plagada de ellas. Por fin, el dedo de Langdon ya no encontró más iglesias y se internó en los suburbios de Roma. Exhaló un suspiro y retrocedió. *Maldición.*

Los ojos de Langdon se posaron en los tres lugares donde habían sido asesinados los tres primeros cardenales. *La Capilla Chigi... San Pedro... Aquí...*

Al verlos en el mapa, reparó en que su emplazamiento formaba una configuración extraña. Había imaginado que las iglesias estarían distribuidas al azar por Roma. Pero no era así. Por improbable que fuera, parecía que las iglesias estaban erigidas de una manera sistemática, formando un triángulo cuyos vértices eran San Pedro, Santa Maria del Popolo y Santa Maria della Vittoria... Langdon volvió a mirar. No estaba imaginando cosas.

—*Penna* —dijo de repente, sin alzar la vista.

Alguien le ofreció un bolígrafo.

Langdon rodeó con un círculo las tres iglesias. Su pulso se aceleró. Volvió a mirar los indicadores. *¡Un triángulo simétrico!*

Lo primero que acudió a la mente de Langdon fue el sello del billete de un dólar, el triángulo que contenía el ojo que todo lo veía. Pero era absurdo. Sólo había marcado tres puntos. En teoría, tenía que haber cuatro.

¿Dónde está el Agua? Langdon sabía que el triángulo quedaría destruido, situara donde situara el cuarto punto. La única manera de conservar la simetría era situar el cuarto indicador dentro del triángulo, en el centro. Miró el punto en el plano. Nada. De todos modos, la idea le fastidiaba. Los cuatro elementos de la ciencia se consideraban *iguales*. El agua no era especial. El agua no estaría en el *centro* de los demás.

Aun así, su instinto le decía que la disposición sistemática no podía ser accidental. *Aún no capto el conjunto.* Sólo quedaba una alternativa. Los cuatro puntos no formaban un triángulo. Adoptaban otra forma.

Langdon miró el plano. *¿Un cuadrado tal vez?* Si bien un cuadrado carecía de sentido simbólico, al menos era una figura simétrica. Langdon apoyó el dedo sobre uno de los puntos que convertirían el triángulo en cuadrado. Observó de inmediato que un cuadrado perfecto era imposible. Los ángulos del triángulo original eran oblicuos, y creaban un cuadrilátero deforme.

Mientras estudiaba los otros puntos posibles alrededor del triángulo, sucedió algo inesperado. Reparó en que la línea que había trazado antes para indicar la dirección de la lanza del ángel atravesaba uno de los destinos posibles. Langdon, estupefacto, trazó un círculo alrededor de aquel punto. Ahora estaba mirando cuatro marcas de tinta en el plano, dispuestas de manera que formaban una especie de diamante, como una cometa.

Frunció el ceño. Los diamantes no eran un símbolo de los Illuminati. Pensó. Y entonces...

Por un instante, Langdon recreó en su mente el famoso Diamante de los Illuminati. La idea era ridícula, por supuesto. La desechó. Además, este diamante era oblongo, como una cometa, y no podía ser un ejemplo de la simetría perfecta reverenciada por los Illuminati.

Cuando se inclinó para examinar el punto donde había colocado la marca final, Langdon se llevó una sorpresa al descubrir que el cuarto punto se hallaba en pleno centro de Roma, en la famosa Piazza Navona. Sabía que la plaza albergaba una iglesia importante, pero ya había atravesado con el dedo la plaza y tenido en consideración la iglesia. Por lo que él sabía, no albergaba obras de Bernini. Era la iglesia de Santa Agnes de la Agonía, llamada así en honor de Santa Agnes, una bellísima adolescente virgen condenada a una vida de esclavitud sexual por negarse a renunciar a su fe.

¡Tiene que haber algo en esa iglesia! Langdon se devanó los sesos, y recreó en su mente el interior de la iglesia. No recordó que guardara ninguna obra de Bernini, y mucho menos relacionada con el agua. La disposición del plano también le perturbaba. Un diamante. Demasiado preciso para ser una coincidencia, pero no lo bastante para tener sentido. *¿Una cometa?* Langdon se preguntó si había elegido un punto equivocado. *¿Hay algo que no acabo de ver?*

La respuesta tardó en llegar otro medio minuto, pero cuando lo hizo, Langdon experimentó un júbilo como jamás había conocido en su carrera académica.

Por lo visto, el genio de los Illuminati era inagotable.

La forma que estaba mirando no pretendía ser la de un diamante. Los cuatro puntos sólo formaban un diamante porque Langdon había unido puntos adyacentes. *¡Los Illuminati creen en los opuestos!* Los dedos de Langdon temblaron cuando unieron vértices opuestos con el bolígrafo. Una cruz gigante apareció ante él. *¡Una cruz!* Los cuatro elementos de la ciencia se desplegaron ante sus ojos... esparcidos por Roma hasta crear una enorme cruz.

Mientras contemplaba la forma, asombrado, un par de versos resonaron en su mente... como antiguos amigos con un nuevo rostro.

Cruzando Roma esos místicos
cuatro elementos se revelan.

La niebla empezó a disiparse. ¡Langdon comprendió que había tenido la respuesta delante de sus narices toda la noche! El poema de los Illuminati le había revelado cómo estaban dispuestos los altares. ¡Una cruz!

¡Cruzando Roma esos místicos / cuatro elementos se revelan!

Un juego de palabras astuto. ¡Pero era mucho más que eso! Otra pista oculta.

La cruz del plano, comprendió Langdon, significaba la dualidad definitiva de los Illuminati. Era un símbolo religioso formado por elementos de la ciencia. ¡El Sendero de la Iluminación de Galileo era un tributo tanto a la ciencia como a Dios!

Las demás piezas del rompecabezas encajaron casi de inmediato.

Piazza Navona.

En el centro de la Piazza Navona, frente a la iglesia de Santa Agnes de la Agonía, Bernini había esculpido una de sus más celebradas esculturas. Todo el mundo que visitaba Roma iba a verla.

¡La Fuente de los Cuatro Ríos!

Un tributo perfecto al agua, la Fuente de los Cuatro Ríos de Bernini glorificaba los cuatro ríos principales del Antiguo Mundo: el Nilo, el Ganges, el Danubio y el Río de la Plata.

Agua, pensó Langdon. *El indicador final.* Era perfecto.

Y aún más perfecto, pensó Langdon, la guinda del pastel, era que, sobre la fuente de Bernini, se alzaba un altísimo obelisco.

Langdon corrió hacia el cuerpo sin vida de Olivetti, dejando a los bomberos confusos.

Las diez y treinta y un minutos, pensó. *Queda aún mucho tiempo.* Era el primer instante en todo el día que Langdon pensaba llevar ventaja.

Se arrodilló al lado de Olivetti, cuyo cadáver ocultaban los bancos, y se incautó con toda discreción de la semiautomática y el *walkie-talkie* del comandante. Langdon sabía que podría pedir ayuda, pero no se hallaba en el lugar más indicado para hacerlo. Era preciso que el último altar de la ciencia continuara siendo un secreto. Las televisiones y el cuerpo de bomberos con las sirenas a todo volumen, lanzados en dirección a la Piazza Navona, no le serían de ninguna ayuda.

Sin decir palabra, salió por la puerta y esquivó a la prensa, que estaba entrando en oleadas. Cruzó la Piazza Barberini. Conectó el *walkie-talkie*. Intentó llamar al Vaticano, pero sólo obtuvo estática. O estaba fuera de alcance, o el transmisor necesitaba algún tipo de código de autorización. Langdon manipuló los cuadrantes y botones, sin resultado. Comprendió que su plan de recabar ayuda no iba a funcionar. Giró en redondo y buscó una cabina. Ninguna. En cualquier caso, las líneas del Vaticano estaban saturadas.

Estaba solo.

Sintió que su oleada de esperanza inicial se disipaba, y examinó su penoso estado: cubierto de polvo de huesos, herido, agotado y hambriento.

Se volvió hacia la iglesia. Una espiral de humo se elevaba sobre la cúpula, iluminada por los focos de las televisiones y los camiones de los bomberos. Se preguntó si debía volver y pedir ayuda. No obstante, el instinto le advirtió de que más ayuda, sobre todo ayuda inexperta, no significaría otra cosa que un engorro. *Si el hassassin nos ve venir…* Pensó en Vittoria y comprendió que era su última posibilidad de hacer frente al secuestrador.

Piazza Navona, pensó, sabiendo que podía llegar con bastante anticipación y apostarse al acecho. Miró si había un taxi en las cercanías, pero las calles estaban casi desiertas. Parecía que hasta los taxistas lo habían dejado todo para ir a ver la televisión. La Piazza Navona se encontraba a sólo un kilómetro y medio de distancia, pero Langdon no albergaba la menor intención de desperdiciar energías desplazándose a pie. Volvió a mirar hacia la iglesia, y se preguntó si podría pedir prestado un vehículo a alguien.

¿Un camión de bomberos? ¿Una furgoneta de la televisión? Seamos serios.

Langdon, consciente de que las opciones y los minutos se iban desgranando, tomó una decisión. Sacó la pistola del bolsillo y perpetró un acto tan impropio de él que pensó que su alma estaba poseída. Corrió hasta un Citroën parado en un semáforo y apuntó al conductor a través de la ventanilla bajada.

—*Fuori!* —gritó.

El hombre bajó temblando como una hoja.

Langdon saltó detrás del volante y pisó el acelerador.

101

Gunther Glick estaba sentado en un banco, de las dependencias de la Guardia Suiza. Rezaba a todos los dioses que le venían a la cabeza. *Que esto NO sea un sueño, por favor.* Había sido la exclusiva de su vida. La exclusiva que cualquiera desearía. Todos los reporteros del mundo deseaban estar en el pellejo de Glick en estos momentos. *Estás despierto,* se dijo. *Y eres una estrella. Dan Rather, el presentador más famoso de la televisión norteamericana, está llorando ahora.*

Macri estaba a su lado, con expresión algo estupefacta. Glick no la culpaba. Además de transmitir en exclusiva la alocución del camarlengo, Glick y ella habían proporcionado al mundo fotos morbosas de los cardenales y del Papa fallecido (*¡aquella lengua!*), así como imágenes en directo del contenedor de antimateria y la cuenta atrás que se desgranaba en la pantalla. *¡Increíble!*

Todo había sido a requerimiento del camarlengo, por supuesto, de modo que no existían motivos para que Glick y Macri estuvieran encerrados en una habitación de la caserna de la Guardia Suiza. Pero a los guardias no les había gustado el osado comentario añadido a su reportaje. Glick sabía que no habría debido oír la conversación sobre la que acababa de informar, pero era su momento estelar. *¡Otra primicia de Glick!*

—¿El Buen Samaritano de la Undécima Hora? —gruñó Macri a su lado, muy poco impresionada.

Glick sonrió.

—Brillante, ¿verdad?

—Brillantemente estúpido.

Sólo tiene celos, pensó Glick. Poco después del discurso del camarlengo, Glick había vuelto a encontrarse en el lugar adecuado en el momento oportuno. Había oído a Rocher dar órdenes a sus hombres. Por lo visto, el capitán había recibido una llamada telefónica de un misterioso individuo, del cual Rocher afirmaba que poseía información fundamental sobre la crisis. Rocher estaba hablando como si ese individuo pudiera ayudarlos, y aconsejaba a sus hombres que se prepararan para la llegada del invitado.

Si bien estaba claro que la información era confidencial, Glick había actuado como cualquier reportero entregado a su profesión: sin honor. Había encontrado un rincón discreto y ordenado a Macri que conectara su cámara para informar de la noticia.

—Novedades estremecedoras en la ciudad de Dios —había anunciado, mientras entornaba los ojos para añadir un toque de intriga. A continuación, había anunciado que un misterioso invitado iba a presentarse en el Vaticano para salvar la situación. *El Buen Samaritano de la Undécima Hora,* le había bautizado Glick, un nombre perfecto para el hombre anónimo que aparecía en el último momento para obrar el bien. Las demás cadenas habían aprovechado la parte sonora de la transmisión, y Glick había pasado a la posteridad otra vez.

Soy brillante, meditó. *El gran Peter Jennings acaba de tirarse de un puente.*

Glick no se había parado ahí, por supuesto. Al tiempo que retenía la atención del mundo, había añadido una pizca de su teoría conspiratoria, por si acaso.

Brillante. Brillantísimo.

—Nos has jodido —dijo Macri—. La has cagado por completo.

—¿Qué quieres decir? ¡Me lucí!

Macri le miró con incredulidad.

—¿El ex presidente Bush, un Illuminatus?

Glick sonrió. ¿Acaso no podía ser más obvio? George Bush era un masón de grado 33. Eso estaba bien documentado, y era el jefe de la CIA cuando la agencia cerró su investigación sobre los Illuminati por falta de pruebas. Y todos aquellos discursos acerca de «mil puntos de luz» y un «Nuevo Orden Mundial»... No cabía duda de que Bush era un Illuminatus.

—¿Y el rollo del CERN? —se burló Macri—. Mañana encontrarás delante de tu puerta una buena cola de abogados.

—¿El CERN? ¡Venga ya! ¡Es evidente! ¡Piénsalo! Los Illuminati desaparecen de la faz de la tierra en la década de 1950, más o menos al mismo tiempo que se *funda* el CERN. El CERN es el paraíso de las personas más esclarecidas de la tierra. Toneladas de fondos privados. Construyen un arma capaz de destruir la Iglesia... ¡y zas! ¡La *pierden*!

—¿Y por eso le cuentas al mundo que el CERN es el nuevo cuartel de los Illuminati?

—¡Claro! Las hermandades no desaparecen. Los Illuminati tuvieron que ir a algún sitio. El CERN es el escondite perfecto. No estoy diciendo que todos los miembros del CERN sean Illuminati. Debe de ser como una inmensa logia masónica, en que la mayoría de la gente es inocente, pero los escalones superiores...

—¿Has oído hablar alguna vez de difamación, Glick? ¿De responsabilidades legales?

—¿Has oído hablar alguna vez de periodismo auténtico?

—¿Periodismo? ¡Estabas sacando mierda del aire! ¡Tendría que haber desconectado esa cámara! ¿Y qué era esa tontería sobre el logotipo del CERN? ¿Simbología satánica? ¿Has perdido el juicio?

Glick sonrió. A Macri se le estaba viendo el plumero de los celos. El logotipo del CERN había sido el golpe más brillante de todos. Desde la alocución del camarlengo, todas las cadenas estaban hablando del CERN y la antimateria. Algunos canales mostraban el logotipo del CERN como fondo. El logotipo parecía de lo más normal: dos círculos que se cruzaban, representando dos aceleradores de partículas, y cinco líneas tangenciales que representaban tubos de inyección de partículas. Todo el mundo estaba viendo ese logo, pero había sido Glick, también un poco semiólogo, el primero en percibir la simbología de los Illuminati que ocultaba.

—Tú no eres semiólogo —se burló Macri—, sino un simple reportero con una estrella en el culo. Tendrías que haber dejado la simbología al tío de Harvard.

—El tío de Harvard no se dio cuenta —dijo Glick.

¡El significado de este logotipo es tan evidente!

Estaba radiante por dentro. Aunque el CERN tenía montones de aceleradores, este logotipo sólo mostraba dos. *Dos es el número de los Illuminati que representa la dualidad.* Si bien la mayoría de aceleradores sólo tenían un tubo de inyección, el logotipo mostraba cinco. *Cinco es el número de los Illuminati que representa el pentagrama.* Después, había dado el golpe, el más brillante de todos. Glick señaló que el logotipo contenía un «6» bien visible (formado por una de las líneas y círculos), y cuando se daba la vuelta al logotipo, aparecía otro seis… y luego otro. ¡El logotipo contenía tres seises! ¡666! ¡La marca del demonio! ¡El número de la bestia!

Glick era un genio.

Macri parecía a punto de abofetearle.

Glick sabía que los celos se le pasarían, y su mente se concentró en otro pensamiento. Si el CERN era el cuartel general de los Illuminati, ¿era en el CERN donde los Illuminati guardaban su infame diamante? Glick había leído al respecto en Internet: «*Un diamante sin mácula, nacido de los antiguos elementos con tal perfección que todos cuantos lo veían se quedaban maravillados*».

Glick se preguntó si el misterioso paradero del Diamante de los Illuminati iba a ser otro enigma desvelado por él en esta noche.

102

Piazza Navona. *La Fuente de los Cuatro Ríos.*

Las noches de Roma, como las del desierto, pueden ser sorprendentemente frías, incluso después de un día caluroso. Langdon estaba acurrucado en los aledaños de la Piazza Navona, con la chaqueta bien ceñida. Al igual que el lejano ruido del tráfico, una cacofonía de boletines informativos resonaba en la ciudad. Consultó su reloj. Quince minutos. Agradecía aquellos breves momentos de descanso.

La plaza estaba desierta. La maravillosa fuente de Bernini chisporroteaba ante él con temible brujería. Del estanque espumeante emanaba una neblina mágica, iluminada por focos situados bajo el agua. Langdon sintió una corriente eléctrica en el aire.

La característica más cautivadora de la fuente era su altura. Sólo el cuerpo central medía más de seis metros de alto, una montaña escarpada de mármol travertino entreverado de cuevas y grutas por las que fluía el agua. Todo el conjunto estaba sembrado de figuras paganas. Sobre la montaña se erguía un obelisco que se elevaba otros doce metros. Langdon lo recorrió con la mirada. En la punta del obelisco, una tenue sombra se recortaba como una mancha contra el cielo, una solitaria paloma posada en silencio.

Una cruz, pensó Langdon, todavía asombrado por la disposición de los indicadores a lo largo y ancho de Roma. La

Fuente de los Cuatro Ríos de Bernini era el último altar de la ciencia. Tan sólo unas horas antes, Langdon se encontraba en el Panteón, convencido de que el Sendero de la Iluminación se había truncado y nunca llegaría hasta el final. Craso error. De hecho, el sendero estaba intacto. *Tierra, Aire, Fuego, Agua.* Y Langdon lo había seguido… del principio al fin.

Aún no has llegado al final, se recordó. El sendero tenía cinco etapas, no cuatro. Este cuarto indicador señalaba al último destino (la sagrada madriguera de los Illuminati), la Iglesia de la Iluminación. Langdon se preguntó si la guarida aún existía. Se preguntó si era allí adonde el hassassin había conducido a Vittoria.

Examinó las figuras de la fuente, en busca de alguna pista que revelara la dirección de la madriguera. *Que ángeles guíen tu búsqueda.* Casi de inmediato, una inquietante certeza se apoderó de él. Esta fuente no contenía ningún ángel. Al menos, no veía ninguno desde donde estaba… Todas las tallas eran profanas, seres humanos, animales, incluso un peculiar armadillo. Sin lugar a dudas, un ángel hubiera destacado.

¿Me he equivocado de sitio? Pensó en la disposición cruciforme de los cuatro obeliscos. Apretó los puños. *Esta fuente es perfecta.*

Eran las diez y cuarenta y seis minutos de la noche, cuando una furgoneta negra surgió de una callejuela contigua a la plaza. Langdon no le habría prestado atención de no ser porque su ocupante conducía sin luces. Como un tiburón que patrullara por una bahía iluminada por la luna, el vehículo recorrió el perímetro de la plaza.

Langdon se agachó aún más, oculto en las sombras junto a la enorme escalera que subía a la iglesia de Santa Agnes de la Agonía. Miraba fijamente la plaza, con el pulso acelerado.

Después de dar dos vueltas completas, la furgoneta se dirigió hacia la fuente de Bernini y se detuvo junto a la pila, con la puerta deslizante a escasos centímetros del agua.

La neblina aumentó.

Langdon sintió una inquietante premonición. ¿Había llegado temprano el hassassin? ¿Había venido en una furgoneta? Él había imaginado que el asesino escoltaría a pie a su última víctima hasta la fuente, como en San Pedro, lo cual le habría permitido ejercitar su puntería. Pero si el asesino había llegado en la furgoneta, las reglas habían cambiado.

De pronto, la puerta lateral de la furgoneta se abrió.

Un hombre desnudo, que se retorcía en su agonía, yacía en el suelo de la furgoneta. El hombre estaba envuelto en metros de pesadas cadenas. Arremetía contra los eslabones de hierro, pero las cadenas eran demasiado pesadas. Uno de los eslabones dividía en dos la boca del hombre, como el bocado de un caballo, lo cual ahogaba sus gritos de auxilio. Fue entonces cuando Langdon vio la segunda figura, que se movía alrededor del prisionero en la oscuridad, haciendo los últimos preparativos.

Langdon sabía que sólo tenía unos segundos para actuar.

Cogió la pistola, se quitó la chaqueta y la tiró al suelo pues no quería que entorpeciera sus movimientos, ni albergaba la mínima intención de acercar al agua el *Diagramma* de Galileo. El documento se quedaría aquí, seco y a buen recaudo.

Langdon avanzó sigilosamente hacia su derecha. Rodeó el perímetro de la fuente y se apostó directamente frente a la furgoneta. La enorme pieza central de la fuente entorpecía su visión. Corrió hacia la pila. Confió en que el ruido ensordecedor del agua apagara sus pasos. Cuando llegó a la fuente, trepó sobre el borde y se dejó caer en el estanque.

El agua le llegaba hasta la cintura, fría como el hielo. Langdon apretó los dientes y avanzó con dificultad. El fondo era resbaladizo, doblemente traicionero por la capa de monedas arrojadas para tener buena suerte. Langdon presintió que necesitaría algo más que buena suerte. Mientras la neblina se elevaba a su alrededor, se preguntó si la mano que empuñaba la pistola temblaba debido al frío o al miedo.

Llegó a la mole central de la fuente y giró a su izquierda. Se sujetó a las estatuas de mármol. Escondido tras la enorme figura tallada de un caballo, asomó la cabeza. La furgoneta se encontraba sólo a unos cinco metros de distancia. El hassassin estaba acuclillado en el suelo de la furgoneta, y sujetaba con ambas manos el cuerpo envuelto en cadenas del cardenal, preparado para arrojarle por la puerta abierta a la fuente.

Robert Langdon levantó la pistola y salió de la neblina, sintiéndose como una especie de vaquero acuático.

—No se mueva.

Su voz era más firme que la mano que empuñaba el arma.

El hassassin alzó la vista. Por un momento, pareció confuso, como si hubiera visto un fantasma. Después, sus labios se curvaron en una sonrisa malvada. Levantó los brazos en señal de sumisión.

—Así sea.

—Salga de la furgoneta.

—Se ha mojado.

—Se ha adelantado.

—Estoy ansioso por volver con mi presa.

Langdon apuntó el arma.

—No vacilaré en disparar.

—Ya ha vacilado.

Langdon sintió que su dedo se tensaba sobre el gatillo. El cardenal estaba inmóvil. Parecía exhausto, moribundo.

—Libérele.

—Olvídese de él. Ha venido en busca de una mujer. No finja lo contrario.

Langdon reprimió el ansia de acabar en aquel mismo momento.

—¿Dónde está?

—A salvo, en algún lugar. Esperando mi regreso.

Está viva. Langdon vislumbró un rayo de esperanza.

—¿En la Iglesia de la Iluminación?

El asesino sonrió.

—Nunca la localizará.

Langdon no le creyó. *La guarida sigue intacta.*

—¿Dónde?

—El lugar ha permanecido secreto durante siglos. Sólo me han revelado su emplazamiento en fecha reciente. Moriría antes que traicionar esa confianza.

—Puedo encontrarla sin usted.

—Una idea arrogante.

Langdon señaló la fuente.

— He llegado hasta aquí.

—Igual que muchos. El paso final es el más arduo.

Langdon avanzó con cautela. El hassassin parecía notablemente tranquilo, acuclillado en la parte trasera de la furgoneta con los brazos levantados sobre la cabeza. Langdon le apuntaba al pecho, mientras se preguntaba si debía disparar y acabar de una vez por todas. *No. Él sabe dónde está Vittoria. Sabe dónde está la antimateria. ¡Necesito esa información!*

• • •

Dentro de la furgoneta a oscuras, el hassassin miraba a su contrincante, sin poder evitar una sensación de compasión divertida. El norteamericano era valiente, lo había demostrado. Pero también inexperto. También lo había demostrado. El valor sin experiencia equivalía a suicidio. Existían reglas de supervivencia. Reglas antiguas. Y el norteamericano las estaba quebrantando todas.

Tenías ventaja: el factor sorpresa. La has desperdiciado.

El norteamericano estaba indeciso... Lo más probable era que esperara apoyo... o tal vez un desliz verbal que revelara información decisiva.

Nunca interrogues antes de inutilizar a tu presa. Un enemigo acorralado es un enemigo mortal.

El norteamericano estaba hablando de nuevo. Sondeando. Maniobrando.

El asesino reprimió una carcajada. *Esto no es una película de Hollywood... No habrá largas discusiones a punta de pistola antes del duelo final. Esto es el final. Ya.*

Sin quitarle la vista de encima, el asesino tanteo con las manos centímetro a centímetro el techo de la furgoneta, hasta encontrar lo que buscaba. Lo sujetó, con la mirada clavada en Langdon.

Entonces, efectuó su jugada.

El movimiento fue inesperado por completo. Por un instante, Langdon pensó que las leyes de la física habían dejado de existir. Dio la impresión de que el asesino colgaba en el aire, al tiempo que extendía las piernas, sus botas golpeaban el costado del cardenal y expulsaban por la puerta el cuerpo encadenado. El cardenal cayó al agua y levantó una nube de espuma.

Langdon comprendió demasiado tarde lo que había pasado. El asesino había aferrado una barra antivuelco de la furgoneta, utilizándola para proyectarse hacia fuera. Ahora, volaba hacia él con los pies por delante.

Langdon apretó el gatillo. La bala atravesó el pie izquierdo del hassassin. Al instante sintió que las botas del asesino entraban en contacto con su pecho, y salió disparado hacia atrás.

Ambos hombres se sumergieron en el estanque ensangrentado.

Cuando el agua fría recubrió todo el cuerpo de Langdon, lo primero que sintió fue dolor. A continuación, el instinto de supervivencia cobró vida. Se dio cuenta de que ya no sostenía el arma. La había soltado en el momento del impacto. Tanteó en el fondo resbaladizo. Su mano tocó metal. Un puñado de monedas. Las dejó caer. Abrió los ojos y escudriñó el fondo luminoso. El agua se agitaba a su alrededor como en un gélido jacuzzi.

Pese al instinto de respirar, el miedo le tenía clavado al fondo. Siempre en movimiento. No sabía de dónde llegaría el siguiente ataque. ¡Tenía que encontrar la pistola! Tanteó con desesperación delante de él.

Tienes ventaja, se dijo. *Estás en tu elemento.* Aún con el jersey empapado, Langdon era un ágil nadador. *El agua es tu elemento.*

Cuando los dedos de Langdon tocaron metal por segunda vez, estuvo seguro de que su suerte había cambiado. El objeto que tenía en la mano no era un puñado de monedas. Lo agarró e intentó atraerlo hacia él, pero al hacerlo, notó que su cuerpo se deslizaba en el agua. El objeto no se movía.

Langdon comprendió, aún antes de pasar por encima del cuerpo retorcido del cardenal, que había agarrado parte de la cadena metálica que inmovilizaba al hombre y que servía de lastre. Se quedó paralizado por la visión de la cara aterrorizada que le miraba desde el fondo de la fuente.

Espoleado por la vida que alumbraba en los ojos del hombre, Langdon asió las cadenas e intentó izarle hacia la superficie. El cuerpo ascendió poco a poco… como un ancla. Langdon tiró con más fuerza. Cuando la cabeza del cardenal rompió la superficie, el anciano aspiró varias bocanadas de aire con desesperación. Después, su cuerpo rodó con violencia, lo cual provocó que Langdon soltara las cadenas resbaladizas. Baggia se hundió de nuevo como una piedra y desapareció bajo el agua espumeante.

Langdon se volvió a zambullir con los ojos abiertos. Localizó al cardenal. Esta vez, cuando lo sujetó, las cadenas que cubrían el cuerpo de Baggia se movieron… y revelaron una nueva maldad, una palabra estampada a fuego en el pecho…

Un instante después, dos botas aparecieron ante su vista. De una de ellas manaba abundante sangre.

103

Como jugador de waterpolo, Robert Langdon se había visto envuelto en cantidad de batallas submarinas. El salvajismo competitivo que tenía lugar bajo la superficie de una piscina de waterpolo, lejos de los ojos de los árbitros, podía rivalizar con los más feroces combates de lucha libre. Langdon había sido pateado, arañado, inmovilizado e incluso mordido en una ocasión por un defensor rival, al que había superado sin cesar.

Luchando en el agua helada de la fuente de Bernini, Langdon sabía que esto no tenía nada que ver con la piscina de Harvard. No estaba compitiendo por ganar un partido, sino por su vida. Ésta era la segunda vez que se enfrentaban. Aquí no había árbitros. Ni partidos de vuelta. Los brazos que le empujaban la cabeza hacia el fondo de la fuente lo hacían con una fuerza que no dejaba la menor duda acerca de sus intenciones.

Langdon giró instintivamente como un torpedo. *¡Suéltate!* Pero la fuerza de su atacante le vencía, pues éste disfrutaba de una ventaja que ningún defensor de waterpolo había tenido nunca: los pies bien asentados sobre el fondo. Langdon se retorció, intentó erguirse. Daba la impresión de que el hassassin ejercía más fuerza con un brazo que con el otro, pero no cedía ni un ápice.

Fue entonces cuando Langdon comprendió que no podría alzarse. Hizo lo único que podía. Dejó de forcejear. *Si no puedes ir al norte, ve al este.* Lanzó el cuerpo hacia adelante.

El súbito cambio de dirección pareció pillar desprevenido al hassassin. El movimiento lateral de Langdon arrastró a su captor y lo desequilibró. La presión del hombre disminuyó, y Langdon movió los pies de nuevo. Fue como si un cable se hubiera partido. De pronto, se sintió libre. Expulsó el aire estancado de sus pulmones y ascendió a la superficie como un poseso. Sólo pudo aspirar una bocanada de aire. El hassassin le empujó hacia abajo de nuevo, con las manos sobre sus hombros. Langdon pugnó por encontrar apoyo para los pies, pero su enemigo se lo impidió.

Se hundió otra vez bajo el agua.

Le dolían los músculos de tanto luchar. Esta vez, sus maniobras fueron en vano. Exploró el fondo en busca de la pistola. Todo era borroso. Las burbujas eran más densas. Una luz cegadora le deslumbró cuando el asesino le hundió más aún, hacia un foco sumergido sujeto al suelo de la fuente. Langdon agarró el foco. Estaba caliente. Intentó liberarse de un tirón, pero el artilugio estaba montado sobre unos goznes, y giró en su mano. Perdió al instante su punto de apoyo.

El hassassin le hundió más.

En ese momento Langdon lo vio. Asomaba entre las monedas, justo delante de su cara. Un cilindro negro y estrecho. *¡El silenciador de la pistola de Olivetti!* Extendió la mano, pero cuando sus dedos se cerraron en torno al cilindro, no palpó metal, sino plástico. Al tirar, la manguera flexible flotó hacia él como una serpiente. Mediría unos sesenta centímetros de largo, y un chorro de burbujas surgía de un extremo. Langdon no había encontrado la pistola. Era uno de los numerosos e inofensivos *spumanti* de la fuente, pequeños aparatos que producían burbujas.

• • •

A escasa distancia, el cardenal Baggia sentía que su alma estaba abandonando el cuerpo. Si bien se había preparado para este momento durante toda su vida, nunca había imaginado que el final sería así. Su envoltorio físico agonizaba... Quemado, golpeado, retenido bajo el agua por un peso inamovible. Se recordó que sus sufrimientos no eran nada comparados con lo que había soportado Jesús.

Murió por mis pecados...

Baggia oía el ruido de la batalla que tenía lugar muy cerca. La idea se le antojaba insoportable. Su secuestrador estaba a punto de acabar con otra vida... El hombre de ojos bondadosos, el hombre que había intentado ayudarle.

Mientras el dolor aumentaba, Baggia clavó la vista en el cielo negro, a través del agua. Por un momento, creyó ver estrellas.

Había llegado el momento.

Baggia se liberó de todo miedo y dudas, abrió la boca y exhaló el que sabía iba a ser su último suspiro. Vio que su espíritu se elevaba hacia el cielo en un estallido de burbujas transparentes. Después lanzó una exclamación ahogada. El agua penetró como cuchillos de hielo clavados en sus costados. El dolor sólo duró unos pocos segundos.

Después... paz.

El hassassin ignoró el dolor que torturaba su pie y se concentró en el norteamericano, al que estaba asfixiando bajo el agua. *Acaba con él de una vez.* Empujó con más fuerza, convencido de que *esta* vez Robert Langdon no sobreviviría. Tal como había anticipado, los movimientos de su víctima se fueron haciendo cada vez más débiles.

De pronto, el cuerpo de Langdon se inmovilizó. Fue presa de violentos temblores.

Sí, pensó el hassassin. *Los estertores. Cuando el agua empieza a entrar en los pulmones.* Sabía que los estertores duraban unos cinco segundos.

Duraron seis.

Después, tal como el hassassin había esperado, su víctima se quedó flácida, como un globo deshinchado. Todo había terminado. El hassassin le retuvo bajo el agua otro medio minuto, con el fin de que el líquido invadiera sus tejidos pulmonares. Poco a poco, notó que el cuerpo de Langdon se hundía hasta el fondo, sin necesidad de ayudarle. Por fin, el hassassin le soltó. Las televisiones descubrirían una sorpresa doble en la Fuente de los Cuatro Ríos.

—*Tabban!* —juró el hassassin, al salir de la fuente y examinar su pie ensangrentado. La punta de la bota estaba hecha trizas, y el extremo del dedo gordo del pie había desaparecido. Enfurecido por su descuido, desgarró el dobladillo de la pernera y se vendó el dedo. Un dolor agudo recorrió su pierna.

—*Ibn al-kalb!*

Apretó los puños y anudó con más fuerza el vendaje improvisado. Poco a poco, la hemorragia fue disminuyendo.

El hassassin subió a la furgoneta, mientras sus pensamientos transitaban del dolor al placer. Su trabajo en Roma había terminado. Sabía muy bien qué calmaría su desazón. Vittoria Vetra estaba inmovilizada, esperando. El hassassin, pese a estar helado y mojado, experimentó una potente erección.

Me he ganado mi recompensa.

En otra zona de la ciudad, Vittoria despertó, dolorida. Estaba tendida de espaldas. Sentía todos los músculos entumecidos. Le dolían los brazos. Cuando intentó moverse, sintió espasmos en los hombros. Tardó un momento en darse cuenta de que tenía las manos atadas a la espalda. Su primera reacción fue de confusión. *¿Estoy soñando?* Pero cuando intentó levantar la cabeza, el dolor que estalló en su nuca le confirmó que estaba muy despierta.

La confusión se transformó en miedo. Paseó la vista en derredor. Se hallaba en una habitación de piedra, grande y bien amueblada, iluminada por antorchas. Una especie de sala de reuniones antigua. Cerca, vio un círculo de bancos anticuados.

Vittoria sintió que una brisa fresca acariciaba su piel. A pocos metros, una puerta doble abierta daba acceso a un balcón. A través de las rendijas de la balaustrada, Vittoria habría podido jurar que veía el Vaticano.

104

Robert Langdon yacía sobre un lecho de monedas en el fondo de la Fuente de los Cuatro Ríos. Aún tenía en la boca la manguera de plástico. Le quemaba la garganta, pero no se quejaba. Estaba vivo.

Ignoraba si había imitado bien la agonía de un hombre que se ahogaba, pero como estaba acostumbrado al agua desde niño, Langdon había oído ciertos relatos. Se había esforzado al máximo. Cerca del final, había expulsado todo el aire de sus pulmones y dejado de respirar, para que su masa muscular le hundiera hasta el fondo.

Por suerte, el hassassin se había tragado el anzuelo.

Langdon ya había esperado lo máximo posible. Estaba a punto de empezar a ahogarse. Se preguntó si el hassassin seguiría vigilando. Respiró por el tubo y sin salir a la superficie nadó hasta que encontró el cuerpo central de la fuente. Emergió al amparo de las sombras que arrojaban las enormes figuras de mármol.

La furgoneta había desaparecido.

Eso era todo cuanto Langdon necesitaba ver. Aspiró una larga bocanada de aire fresco y volvió hacia el punto en que se había hundido el cardenal Baggia. Langdon sabía que el hombre estaría inconsciente, y que existían pocas posibilidades de reanimarle, pero tenía que intentarlo. Cuando localizó el cuerpo, plantó los pies a cada lado y asió las cadenas que rodeaban al cardenal. Entonces, tiró de él. Cuando el cardenal emergió, Langdon vio que tenía los ojos saltones. No era una buena señal. No percibió respiración ni pulso.

Consciente de que le era imposible sacar el cuerpo del estanque, tiró del cardenal Baggia hasta la oquedad esculpida en la base del montículo central de mármol, donde había un saliente inclinado. Langdon apoyó el cuerpo desnudo sobre el saliente.

Después puso manos a la obra. Ejerció presión sobre el pecho del cardenal para expulsar el agua de los pulmones. A continuación, le aplicó el boca a boca. Lenta y deliberadamente. Resistiendo la tentación de soplar con demasiada fuerza y rapidez. Durante tres minutos, intentó revivir al anciano. Al cabo de cinco minutos, desistió.

Il preferito. Uno de los cuatro hombres que más posibilidades tenían de ser Papa yacía muerto delante de él.

Incluso ahora, tendido a la sombra del saliente semisumergido, el cardenal Baggia conservaba un aire de serena dignidad. El agua ondulaba sobre su pecho, casi con remordimiento, como si pidiera perdón por haber contribuido al asesinato del hombre, como si intentara purificar la herida que llevaba su nombre...

Langdon pasó una mano sobre el rostro del cardenal y le cerró los ojos. En ese momento sintió que las lágrimas se agolpaban en sus ojos. Eso le sorprendió. Después, por primera vez desde hacía años, Langdon lloró.

105

Las emociones que le embargaban, como una neblina, se disiparon poco a poco mientras se alejaba del cardenal. Agotado, casi esperaba derrumbarse, pero sintió que un nuevo impulso se apoderaba de él. Innegable. Frenético. Notó que una energía inesperada fortalecía sus músculos. Su mente, como indiferente al dolor de su corazón, expulsó el pasado y se concentró en la tarea desesperada que exigía su atención.

Encontrar la guarida de los Illuminati. Ayudar a Vittoria.

Se volvió hacia el cuerpo central de la fuente de Bernini y se puso a buscar el último indicador de los Illuminati. Sabía que en algún lugar de esta masa escultórica había una pista que señalaba a la guarida. No obstante, mientras examinaba las diversas figuras de la fuente, sus esperanzas se desvanecieron. Tuvo la impresión de que las palabras del *segno* se burlaban de él. *Que ángeles guíen tu búsqueda.* Langdon contempló las formas talladas. *¡Las figuras de la fuente son profanas! ¡No tiene ángeles!*

Una vez terminado su inútil examen de la masa escultórica, su mirada ascendió por la columna de piedra. *Cuatro indicadores,* pensó, *diseminados por Roma hasta formar una cruz gigantesca.*

Cuando escudriñó los jeroglíficos del obelisco, se preguntó si habría una pista escondida en la simbología egipcia.

Desechó al instante la idea. Los jeroglíficos eran muy anteriores a Bernini, y no se habían descifrado hasta el descubrimiento de la Piedra de Rosetta. De todos modos, aventuró Langdon, cabía la posibilidad de que Bernini hubiera tallado un símbolo adicional, que hubiera pasado inadvertido entre todos los jeroglíficos.

Langdon entrevió un destello de esperanza, dio la vuelta a la fuente una vez más y estudió los cuatro lados del obelisco. Tardó dos minutos, y cuando llegó al final de la última cara, perdió toda esperanza. No había advertido nada peculiar en los jeroglíficos. Ningún ángel.

Langdon consultó su reloj. Eran las once en punto. No sabía si el tiempo volaba o se arrastraba. Imágenes de Vittoria y el hassassin empezaron a remolinear en su mente, mientras rodeaba la fuente, cada vez más frustrado. Cansado hasta lo indecible, Langdon nuevamente pensó que iba a derrumbarse. Echó la cabeza hacia atrás y se dispuso a lanzar un grito.

El sonido murió en su garganta.

Langdon estaba mirando el extremo del obelisco. Antes había visto, y descartado, el objeto posado sobre él. Ahora, no obstante, le dejó paralizado. No era un ángel. Ni mucho menos. En realidad, no lo había asimilado como parte de la fuente de Bernini. Pensaba que era un ser vivo, un carroñero más de la ciudad, posado sobre una torre alta.

Un pichón.

Langdon contempló el objeto, con la visión borrosa debido a la niebla. Era un pichón, ¿verdad? Veía con claridad la cabeza y el pico silueteados contra un trozo de cielo estrellado. Sin embargo, el ave no se había movido desde la llegada de Langdon, pese al ruido de la lucha. Su postura era exactamente la misma de antes. Posada en la punta del obelisco, estaba encarada hacia el oeste.

Langdon hundió la mano en el agua y sacó un puñado de monedas. Las lanzó hacia donde estaba el pichón. Rebotaron cerca de la punta del obelisco de granito. El ave no se movió. Langdon probó de nuevo. Esta vez, una de las monedas alcanzó la señal. Un débil sonido metálico resonó en la plaza.

El maldito pichón era de bronce.

Estás buscando un ángel, no un pichón, le recordó una voz. Pero era demasiado tarde. Langdon había establecido la relación. Comprendió que el ave no era un pichón.

Era una paloma.

Apenas consciente de sus actos, se dirigió chapoteando hacia el centro de la fuente y empezó a escalar el monumento. A mitad de la base del obelisco, emergió de la niebla y vio con claridad la cabeza del ave.

No cabía duda. Era una paloma. El color engañosamente oscuro del ave era el resultado de la contaminación de Roma, que había ensuciado el bronce original. Entonces, captó el significado. Antes había visto un par de palomas en el Panteón. Un par de palomas carecían de significado. Sin embargo, esta paloma estaba sola.

La paloma solitaria es el símbolo pagano del Ángel de la Paz.

La verdad casi impulsó a Langdon hasta la punta del obelisco. Bernini había elegido el símbolo *pagano* del ángel para poder disimularlo en una fuente pagana. *Que ángeles guíen tu búsqueda. ¡La paloma es un ángel!* A Langdon no se le ocurrió una base más elevada para el indicador final de los Illuminati que la punta de este obelisco.

El ave estaba mirando al oeste. Langdon intentó seguir su mirada, pero no podía ver por encima de los edificios. Subió un poco más. De repente, una cita de san Gregorio Nicianceno, doctor de la Iglesia y patriarca de Constantinopla, le vino a la mente. *Cuando el alma se esclarece… adopta la hermosa forma de una paloma.*

Langdon continuó trepando. Hacia la paloma. Llegó a la plataforma sobre la cual se alzaba el obelisco, y ya no pudo subir más. En cuanto miró a su alrededor, se dio cuenta de que no era necesario. Toda Roma se extendía ante él. La panorámica era sorprendente.

A su izquierda, los focos caóticos de las televisiones rodeaban la plaza de San Pedro. A su derecha, la cúpula humeante de Santa Maria della Vittoria. Delante de él, a lo lejos, la Piazza del Popolo. A su espaldas, el cuarto y último punto. Una cruz de obeliscos gigantesca.

Langdon, tembloroso, miró hacia la paloma. Se volvió de cara a la dirección adecuada, y después dirigió la vista hacia el horizonte.

Lo vio al instante.

Tan evidente. Tan claro. Tan engañosamente sencillo.

Langdon no podía creer que la guarida de los Illuminati hubiera permanecido oculta durante tantos años. Tuvo la impresión de que toda la ciudad se desvanecía al mirar el monstruoso edificio de piedra que se alzaba al otro lado del río. Era uno de los más famosos de Roma. Se erguía a orillas del Tíber, contiguo en diagonal al Vaticano. La geometría del edificio era austera, un castillo circular en el interior de una fortaleza cuadrada, y al otro lado de los muros, rodeando toda la estructura, un parque pentagonal.

Las antiguas murallas estaban iluminadas por suaves focos. En lo alto del castillo se veía un gigantesco ángel de bronce. El ángel señalaba con su espada el centro exacto del castillo. Como si no fuera suficiente, en dirección a la entrada principal del castillo, destacaba el famoso puente Sant'Angelo…. una vía de acceso adornada con doce ángeles altísimos tallados por el mismísimo Bernini.

Langdon se dio cuenta de que la cruz de obeliscos de Bernini indicaba la fortaleza con el estilo típico de los Illuminati: el brazo central de la cruz pasaba por el centro del puente del castillo, al cual dividía en dos mitades iguales.

Langdon recuperó su chaqueta, manteniéndola alejada de su cuerpo mojado. Después, subió al coche robado, pisó el acelerador y se alejó en la noche.

106

El coche de Langdon atravesaba Roma a toda velocidad. Eran las once y siete minutos de la noche. Al acelerar en Lungotevere di Tor Di Nona, paralelo al río, Langdon vio que su destino se alzaba como una montaña a su derecha.

Castel Sant'Angelo. El Castillo del Ángel.

Sin previo aviso, apareció la desviación hacia el estrecho puente de Sant'Angelo. Langdon pisó el freno y dio un volantazo. Lo hizo a tiempo, pero el puente estaba cerrado al tráfico. Patinó tres metros y chocó contra una serie de pilares de cemento que bloqueaban el camino. Había olvidado que, con el fin de conservarlo, el puente era ahora zona peatonal.

Langdon, tembloroso, salió del coche abollado, arrepentido de no haber elegido otra ruta. Estaba helado, debido a su inmersión en la fuente. Se puso la chaqueta sobre la camisa empapada, agradecido por el forro doble. El folio del *Diagramma* se conservaría seco. Cansado y dolorido, se dirigió corriendo a la fortaleza.

A ambos lados del puente, como una escolta, le custodiaban ángeles de Bernini, los cuales le guiaban hacia su destino final. *Que ángeles guíen tu búsqueda.* Daba la impresión de que el castillo aumentaba de altura a medida que avanzaba, un pico inexpugnable, más aterrador que el de San Pedro. Mientras se acercaba a la fortaleza se desplegaba ante su vista la cumbre circular del castillo, donde se elevaba un ángel gigantesco que blandía una espada.

El castillo parecía desierto.

Langdon sabía que, a lo largo de los siglos, el Vaticano había utilizado el edificio como tumba, fortaleza, escondrijo papal, prisión para los enemigos de la Iglesia y museo. Por lo visto, el castillo albergaba también a otros inquilinos: los Illuminati. Lo cual tenía un siniestro sentido. Aunque el castillo era propiedad del Vaticano, sólo se utilizaba de vez en cuando, y Bernini se había encargado de dirigir numerosas obras de restauración. Se rumoreaba que el edificio estaba plagado de entradas disimuladas, pasadizos y cámaras secretas. Langdon no dudaba de que el ángel y el parque pentagonal también eran obra de Bernini.

Cuando llegó ante las gigantescas puertas dobles del castillo, las empujó con fuerza. No cedieron, como cabía esperar. Dos aldabas de hierro colgaban a la altura de los ojos. Langdon retrocedió, y su mirada ascendió por la muralla exterior. Estos baluartes habían resistido los asedios de bereberes, paganos y moros. Presintió que sus probabilidades de penetrar en la fortaleza eran escasas.

Vittoria, pensó Langdon. *¿Estás ahí?*

Langdon corrió alrededor del muro exterior. *¡Tiene que haber otra entrada!*

Después de rodear el segundo baluarte en dirección oeste, llegó sin aliento a un pequeño aparcamiento situado frente a Lungotevere di Angelo. Encontró en este muro una segunda entrada, una especie de puente levadizo subido y cerrado. Langdon miró hacia arriba.

Las únicas luces del castillo eran los focos que iluminaban la fachada. Todas las ventanas diminutas estaban a oscuras. La mirada de Langdon ascendió un poco más. En el punto más alto de la torre central, a treinta metros de altura, justo debajo de la espada del ángel, sobresalía un balcón. Daba la impresión de que el parapeto brillaba un poco, como si la habitación estuviera iluminada con antorchas. Langdon tembló de repente. ¿Una sombra? Esperó. Después, volvió a verla. Un escalofrío recorrió su espina dorsal. *¡Hay alguien ahí arriba!*

—¡Vittoria! —gritó, incapaz de contenerse, pero el fragor del Tíber ahogó su voz. Caminó en círculo, mientras se preguntaba dónde estaba la Guardia Suiza. ¿Acaso no habían oído su mensaje?

Un camión de una televisión estaba estacionado al otro lado del aparcamiento. Langdon corrió hacia él. Un hombre barrigudo con auriculares estaba sentado en la cabina, manipulando palancas. Langdon llamó con los nudillos en el costado de la camioneta. El hombre pegó un bote, vio las ropas mojadas de Langdon y se quitó los auriculares.

—¿Qué pasa, tío? —preguntó con acento australiano.

—Necesito que me prestes tu teléfono.

Langdon estaba fuera de sí.

El hombre se encogió de hombros.

—No hay tono de marcar. He estado probando toda la noche. Las líneas están saturadas.

Langdon maldijo en voz alta.

—¿Has visto entrar a alguien?

Señaló hacia el puente levadizo.

—Ya lo creo. Una furgoneta negra ha estado entrando y saliendo toda la noche.

A Langdon se le hizo un nudo en la boca del estómago.

—Bastardo afortunado —dijo el australiano, echando un vistazo a lo alto de la torre. Después frunció el ceño en dirección al Vaticano, parcialmente tapado desde donde estaban—. Apuesto a que la vista desde allí arriba es perfecta. No pude abrirme paso entre el tráfico que iba a San Pedro, de modo que estoy rodando desde aquí.

Langdon no estaba escuchando, sino barajando alternativas.

—¿Crees que este Buen Samaritano de la Undécima Hora es real? —preguntó el australiano.

Langdon se volvió.

—¿Cómo?

—¿No te has enterado? El capitán de la Guardia Suiza recibió una llamada de alguien que afirma poseer información de primera mano. El tipo está a punto de llegar en avión. Sólo sé que si salva la situación… ¡los índices de audiencia subirán como la espuma!

El hombre rió.

Langdon se sintió confuso de repente. ¿Un buen samaritano que venía a prestar su ayuda? ¿Sabía esa persona dónde estaba la antimateria? En tal caso, ¿por qué no se lo decía a la Guardia Suiza? ¿Por qué venía en persona? Se le antojó extraño, pero no tenía tiempo para pensar en ello.

—Eh —dijo el australiano, al tiempo que examinaba a Langdon con más detenimiento—, ¿no eres tú el tío que vi en la tele? ¿El que intentó salvar al cardenal en la plaza de San Pedro?

Langdon no contestó. Sus ojos se habían clavado de repente en un aparato que destacaba sobre el techo del camión: una antena para emisión y recepción vía satélite fijada al extremo de un brazo telescópico. Langdon miró el castillo de nuevo. La muralla exterior medía unos quince metros de altura. La fortaleza interior era todavía más alta. Una disposición defensiva en capas. Desde aquí, la cúspide era imposiblemente alta, pero si podía salvar la primera muralla…

Langdon se volvió hacia el periodista y señaló el brazo telescópico de la antena.

—¿Cuánta altura alcanza eso?

—¿Eh? —El hombre parecía confuso—. Unos quince metros. ¿Por qué?

—Mueve el camión. Apárcalo al lado de la muralla. Necesito ayuda.

—¿De qué estás hablando?

Langdon se lo explicó.

El australiano no se lo podía creer.

—¿Estás loco? Ese brazo telescópico cuesta doscientos mil dólares. ¡No es una escalerilla!

—¿Quieres índices de audiencia? Tengo una información que te alegrará el día.

Langdon estaba desesperado.

—¿Una información valorada en doscientos de los grandes?

Langdon le dijo lo que le revelaría a cambio del favor.

Un minuto y medio después, Robert Langdon colgaba del extremo del brazo telescópico, agitado por la brisa a quince metros del suelo. Se abrazó al primer baluarte, se izó sobre la muralla y saltó sobre el bastión inferior del castillo.

—¡Cumple tu trato! —gritó el australiano—. ¿Dónde está ese tipo?

Langdon se sintió culpable por revelar aquella información, pero un trato era un trato. Además, era muy probable que el hassassin llamara a la prensa.

—Piazza Navona —gritó Langdon—. En la fuente.

El australiano bajó la antena y salió a toda mecha tras la exclusiva de su vida.

En una cámara de piedra que dominaba la ciudad, el hassassin se quitó las botas empapadas y se vendó el dedo herido. Sentía dolor, pero no tanto como para no poder gozar.

Se volvió hacia su presa.

Estaba en un rincón de la estancia, tendida sobre un rudimentario diván, con las manos atadas a la espalda y amordazada. El hassassin avanzó hacia ella. Ya se había despertado. Esto le complació. Ante su sorpresa, en lugar de miedo, vio fuego en sus ojos.

Ya vendrá el miedo.

107

Robert Langdon rodeó el baluarte exterior del castillo, agradecido por la luz de los focos. Mientras corría junto a la muralla, vio el patio, que se le antojó un museo de antiguas guerras: catapultas, pilas de balas de cañón de mármol y un arsenal de temibles artilugios. Algunas secciones del castillo estaban abiertas a los turistas durante el día, y el patio había sido restaurado hasta recuperar parte de su aspecto original.

La mirada de Langdon atravesó el patio y se detuvo en el núcleo central de la fortaleza, que se elevaba treinta y dos metros hasta el ángel de bronce. El balcón de lo alto estaba iluminado desde dentro. Langdon quiso gritar, pero se contuvo. Tendría que encontrar una manera de entrar.

Consultó su reloj.

Las once y doce minutos.

Bajó al patio por la rampa de piedra pegada a la pared. Corrió entre las sombras, dando la vuelta a la fortaleza en el sentido de las agujas del reloj. Pasó junto a tres pórticos, pero todos estaban cerrados. *¿Cómo había entrado el hassassin?* Langdon continuó. Dejó atrás dos entradas modernas, pero ambas estaban cerradas desde fuera. *Aquí no es.* Siguió corriendo.

Langdon había dado la vuelta a casi todo el edificio, cuando vio un sendero de grava que cruzaba el patio delante de él. En un extremo, en el muro exterior del castillo, vio la parte posterior del puente levadizo subido que conducía fuera. En el otro extremo, el sendero desaparecía en el interior de la fortaleza. Daba la impresión de que entraba en una especie de túnel que conducía al núcleo central. *Il traforo!* Langdon había leído acerca de este *traforo* del castillo, una gigantesca rampa de caracol que ascendía hasta lo alto de la torre, utilizada por los jefes militares para bajar a caballo con rapidez. *¡El hassassin había subido en coche!* La puerta que permitía el acceso al túnel estaba abierta, lo cual le permitió entrar. Se sintió casi jubiloso cuando corrió hacia el túnel, pero al llegar a la abertura, su alegría se desvaneció.

El túnel descendía.

Por lo visto, esta sección del *traforo* bajaba a las mazmorras.

Langdon vaciló, y miró de nuevo el balcón. Habría podido jurar que había percibido movimiento. *¡Decídete!* Sin más opciones, se internó en el túnel.

En lo alto, el hassassin estaba junto a su presa. Pasó una mano sobre su brazo. Su piel era como crema. La impaciencia por explorar sus tesoros corporales era embriagadora. ¿De cuántas formas podría violarla?

El hassassin sabía que se merecía esta mujer. Había servido bien a Jano. Era botín de guerra, y cuando hubiera terminado con ella, la bajaría del diván y la obligaría a ponerse de rodillas. Le serviría de nuevo. *La sumisión definitiva.* Después, en el momento del orgasmo, le rebanaría el pescuezo.

Ghayat assa'adah, lo llamaban. *El placer supremo.*

A continuación, vanagloriándose, saldría al balcón y saborearía la culminación del triunfo de los Illuminati... Una venganza deseada durante muchísimo tiempo.

• • •

El túnel se iba oscureciendo. Langdon descendió.

Después de una vuelta completa, la luz casi había desaparecido. El túnel se niveló, y Langdon aminoró el paso, pues juzgó por el eco de sus pisadas que había entrado en una cámara más grande. Ante él, vio destellos de luz, reflejos confusos en el resplandor ambiental. Avanzó con la mano extendida. Encontró superficies lisas. Cromo y vidrio. Era un vehículo. Palpó la superficie, encontró una puerta y la abrió.

La luz del interior se encendió. Retrocedió y reconoció la furgoneta negra al instante. Experimentó una oleada de odio, miró un momento, entró y buscó en el suelo, con la esperanza de localizar un arma que sustituyera a la que había perdido en la fuente. No vio ninguna. Sí que encontró, en cambio, el móvil de Vittoria. Estaba roto e inutilizado. Su visión le embargó de temor. Rezó para que no fuera demasiado tarde.

Encendió los faros de la furgoneta. Sombras ásperas se materializaron a su alrededor. Langdon supuso que la estancia había sido utilizada en otro tiempo como caballerizas y depósito de munición. También era un callejón sin salida.

¡Me he equivocado de camino!

Desesperado, bajó de la furgoneta y examinó las paredes que le rodeaban. No había puertas. Ni cancelas. Pensó en el ángel apostado sobre la entrada del túnel, y se preguntó si era una coincidencia. *¡No!* Pensó en las palabras del asesino en la fuente. *Ella está en la Iglesia de la Iluminación... aguardando mi retorno.* Langdon había llegado demasiado lejos para flaquear ahora. Su corazón latía con fuerza. La frustración y el odio empezaban a hacer mella en sus sentidos.

Cuando vio la sangre en el suelo, su primer pensamiento fue para Vittoria, pero al examinar las manchas, se dio cuenta de que eran pisadas mezcladas con sangre. Las zancadas eran largas. La sangre sólo aparecía en el pie izquierdo. *¡El hassassin!*

Langdon siguió las huellas hasta una esquina de la estancia, mientras su sombra alargada se iba haciendo más tenue. A cada paso que daba se sentía más desconcertado. Daba la impresión de que las huellas de sangre se internaban en la esquina de la sala, para luego desaparecer.

Cuando Langdon llegó a la esquina, no dio crédito a sus ojos. El bloque de granito del suelo no era un cuadrado como los demás. Estaba mirando otro indicador. El bloque estaba tallado en forma de pentágono perfecto, con una punta señalando la esquina. Oculta ingeniosamente por paredes superpuestas, una estrecha rendija practicada en la piedra servía de salida. Langdon pasó. Se encontró en un pasadizo. Delante de él vio los restos de una barrera de madera, que en otros tiempos había bloqueado este túnel.

Más allá, había luz.

Langdon echó a correr. Saltó sobre la madera y se dirigió hacia la luz. El pasadizo se abría a una cámara más amplia. La luz de una solitaria antorcha adosada a la pared parpadeaba. Langdon se hallaba en una parte del castillo que carecía de electricidad, una parte que no veían los turistas. La estancia debía de ser aterradora a plena luz del día, pero la antorcha conseguía acentuar aún más su aspecto siniestro.

La prigione.

Había una docena de diminutas celdas. La humedad había dado buena cuenta de la mayoría de barrotes de hierro. Sin embargo, una de las celdas más grandes seguía intacta, y Langdon vio en el suelo algo que estuvo a punto de paralizar su corazón. Sotanas negras y fajines rojos. *¡Aquí era donde había retenido a los cardenales!*

Cerca de la celda había una puerta de hierro en la pared. La puerta estaba entreabierta, y Langdon vio al otro lado una especie de pasadizo. Corrió hacia él, pero se detuvo antes de llegar. El rastro de sangre no se internaba en el pasadizo. Cuando Langdon vio las palabras talladas sobre la arcada, comprendió por qué.

Il Passetto.

Se quedó de una pieza. Había oído hablar de este túnel muchas veces, pero nunca había sabido dónde estaba la entrada. Il Passetto (el Pequeño Pasadizo) era un pequeño túnel de un kilómetro y medio de largo construido entre el castillo de Sant' Angelo y el Vaticano. Había sido utilizado por más de un Papa para escapar durante los asedios sufridos por el Vaticano, así como por varios otros papas menos devotos para visitar en secreto a sus amantes o presenciar la tortura de sus enemigos. En la actualidad, se suponía que ambas entradas estaban selladas con cerraduras inexpugnables, cuyas llaves se guardaban en alguna cripta del Vaticano. De pronto, Langdon temió saber cómo habían entrado y salido del Vaticano los Illuminati. Se preguntó quién de dentro había traicionado a la Iglesia y facilitado las llaves a los Illuminati. *¿Olivetti? ¿Un miembro de la Guardia Suiza?* De todas formas, ya no importaba.

Las manchas de sangre del suelo conducían al extremo opuesto de la prisión. Langdon siguió el rastro. Una puerta oxidada estaba cubierta de cadenas. Habían quitado el cerrojo, y la puerta se hallaba entreabierta. Al otro lado había una escalera de caracol que ascendía. En el suelo había también un bloque en forma de pentágono. Langdon contempló el bloque, y se preguntó si el propio Bernini había sujetado el cincel que le había dado forma. La arcada estaba adornada con un diminuto querubín tallado. Aquí era.

El rastro de sangre subía por la escalera.

Antes de empezar el ascenso, Langdon pensó que necesitaba un arma, lo que fuera. Encontró un fragmento de barrote de hierro que mediría un metro en una de las celdas. El extremo estaba afilado y astillado. Aunque absurdamente pesado, era lo único que tenía a mano. Confió en que el elemento sorpresa, combinado con la herida del hassassin, bastaría para concederle ventaja. Sobre todo, confiaba en no llegar demasiado tarde.

La escalera era muy empinada. Langdon subió, atento a cualquier sonido. No oyó nada. A medida que ascendía, la oscuridad aumentaba. Por fin, se encontró en una negrura total, con una mano apoyada en la pared. Imaginó el fantasma de Galileo subiendo esta misma escalera, ansioso por compartir sus visiones celestiales con otros hombres de ciencia y fe.

Langdon aún estaba sorprendido por el emplazamiento de la guarida. La sala de reuniones de los Illuminati se hallaba en un edificio perteneciente al Vaticano. No cabía duda de que, mientras los guardias del Vaticano registraban sótanos y casas de científicos conocidos, los Illuminati se reunían aquí... ante las mismísimas narices del Vaticano. De repente, se le antojó perfecto. Bernini, como arquitecto encargado de las reformas de este lugar, gozaría de acceso ilimitado al edificio, lo remodelaría siguiendo su propio dictado, sin que nadie hiciera preguntas. ¿Cuántas entradas secretas habría añadido? ¿Cuántos sutiles adornos señalarían el camino?

La Iglesia de la Iluminación. Langdon sabía que estaba cerca.

Cuando la escalera empezó a estrecharse, sintió que el pasaje se cerraba a su alrededor. Las sombras de la historia susurraban en la oscuridad, pero siguió adelante. Cuando vio el rayo de luz horizontal ante él, reparó en que estaba a pocos peldaños de un rellano, donde la luz de una antorcha se filtraba por debajo de una puerta. Subió en silencio.

No tenía ni idea de en qué parte del castillo se encontraba, pero sabía que había subido lo bastante para estar cerca de la cumbre. Recreó en su mente el gigantesco ángel que coronaba el castillo, con la sospecha de que se erguía sobre su cabeza.

Cuida de mí, ángel, pensó, y aferró el barrote con más fuerza. Después, con sigilo, tanteó en busca de la puerta.

A Vittoria le dolían los brazos. Cuando había despertado por primera vez, y los descubrió atados a la espalda, pensó que podría relajarse y soltarse, pero el tiempo se había agotado. La bestia había regresado. Estaba de pie a su lado, el pecho desnudo y poderoso, cubierto de cicatrices que hablaban de otras tantas batallas. Sus ojos parecían dos rendijas negras cuando examinaron su cuerpo. Vittoria presintió que estaba imaginando lo que iba a hacer. Poco a poco, como para burlarse de ella, el hassassin se quitó el cinturón mojado y lo dejó caer al suelo.

Vittoria experimentó una oleada de horror y de odio. Cerró los ojos. Cuando los abrió de nuevo, el hassassin empuñaba una navaja de muelle. La abrió con un chasquido delante de su cara.

La joven vio su reflejo en la hoja de acero.

El hassassin dio vuelta a la navaja y la pasó sobre el estómago de la joven. El metal helado le produjo escalofríos. Con una mirada desdeñosa, el hassassin deslizó la hoja bajo la cintura de los *shorts*. Vittoria respiró hondo. La hoja iba bajando, lenta, peligrosamente… Después, el hombre se inclinó hacia adelante, y su aliento cálido susurró en el oído de Vittoria.

—Esta hoja arrancó el ojo de tu padre.

Vittoria supo en aquel momento que era capaz de matar.

El hassassin dio vuelta a la navaja de nuevo y empezó a cortar la tela de los *shorts* hacia arriba. De pronto, paró y levantó la vista. Había alguien en la habitación.

—Aléjese de ella —gruñó una voz profunda desde la puerta.

Vittoria no podía ver quién había hablado, pero reconoció la voz. *¡Robert! ¡Está vivo!*

El hassassin le miró como si hubiera visto un fantasma.

—Señor Langdon, debe de tener un ángel de la guarda.

108

Langdon tardó una fracción de segundo en darse cuenta de que estaba pisando terreno sagrado. Los adornos de la habitación oblonga, aunque viejos y descoloridos, contenían toda clase de simbología. Baldosas en forma de pentágono. Frescos de planetas. Palomas. Pirámides.

La Iglesia de la Iluminación. Sencilla y pura. Había llegado.

Delante de él, de espaldas al balcón, se erguía el hassassin. Tenía el pecho desnudo y se cernía como un buitre sobre Vittoria, que pese a estar atada, se encontraba con vida. Langdon sintió que una oleada de alivio le invadía. Por un instante, sus ojos se encontraron, y un torrente de emociones fluyó: gratitud, desesperación y pesar.

—Así que volvemos a encontrarnos —dijo el hassassin. Miró el barrote de hierro que sostenía Langdon y lanzó una carcajada—. ¿Y ahora viene a buscarme con eso?

—Desátela.

El hassassin acercó la navaja a la garganta de Vittoria.

—La mataré.

Langdon no albergaba la menor duda de que era capaz de hacerlo. Se obligó a hablar con calma.

—Imagino que ella lo aceptaría con gusto... teniendo en cuenta la alternativa.

El hassassin respondió al insulto con una sonrisa.

—Tiene usted razón. Ella tiene mucho que ofrecer. Sería un desperdicio.

Langdon avanzó y apuntó el extremo astillado del barrote hacia el hassassin. El corte de la mano le dolía bastante.

—Suéltela.

Por un momento, dio la impresión de que el hassassin consideraba la posibilidad. Exhaló un suspiro y dejó caer los hombros. Era un claro movimiento de rendición, pero en el mismo instante su brazo hizo un movimiento rápido e inesperado, y un cuchillo cruzó el aire en dirección al pecho de Langdon.

Ya fuera por instinto o agotamiento, las rodillas de Langdon se doblaron en aquel momento, de forma que el cuchillo pasó rozándole la oreja izquierda y cayó al suelo con un ruido metálico. Esto no pareció preocupar al hassassin. Sonrió a Langdon, que estaba de rodillas, sujetando el barrote metálico. El asesino se alejó de Vittoria y avanzó hacia Langdon como un león al acecho.

Cuando éste se puso en pie y alzó el barrote, sintió que el jersey y los pantalones mojados se convertían de repente en un engorro. El hassassin, semidesnudo, parecía moverse con mucha más rapidez, y por lo visto la herida del pie no le molestaba. Langdon presintió que este hombre estaba acostumbrado al dolor. Por primera vez en su vida, conoció el deseo de empuñar una pistola muy grande.

El hassassin se movía despacio, como si disfrutara, en dirección al cuchillo caído en el suelo. Langdon le cortó el paso. Entonces, el asesino intentó regresar adonde estaba Vittoria. De nuevo Langdon se interpuso en su camino.

—Aún hay tiempo —improvisó Langdon—. Dígame dónde está el contenedor. El Vaticano pagará más de lo que los Illuminati podrían reunir jamás.

—Qué ingenuo es usted.

Langdon atacó con el barrote. El hassassin lo esquivó. Langdon rodeó un banco, con el arma sujeta ante él, empeñado en acorralar al hassassin en una habitación oval. *¡Esta maldita habitación no tiene esquinas!* Cosa rara, el hassassin no parecía interesado en atacar o huir. Estaba siguiéndole la corriente a Langdon. Esperando.

¿Esperando qué? El hombre seguía desplazándose, un maestro en adoptar la posición más conveniente. Era como una partida de ajedrez interminable. El arma empezaba a pesarle a Langdon, y de repente supo qué estaba esperando el hassassin. *Me está cansando.* La táctica estaba funcionando. Una oleada de cansancio se apoderó de él. La adrenalina sola no bastaba para mantenerle vigilante. Sabía que debía moverse.

Como si leyera la mente de Langdon, el hassassin cambió de posición una vez más. Dio la impresión de que estaba conduciéndole hacia una mesa situada en el centro de la habitación. Langdon sabía que había algo sobre la mesa. Algo brillaba a la luz de la antorcha. *¿Un arma?* Mantuvo los ojos clavados en el hassassin, y se acercó a la mesa. Cuando el asesino dirigió una larga y cándida mirada a la mesa, Langdon intentó no morder el evidente anzuelo, pero el instinto se impuso. Lanzó una mirada. El daño ya estaba hecho.

No era un arma. Lo que vio le fascinó.

Sobre la mesa descansaba un cofre de cobre rudimentario, recubierto de una antigua pátina. El cofre era pentagonal. La tapa estaba abierta. Había cinco hierros de marcar dentro de cinco compartimientos acolchados, cinco largas herramientas repujadas con robustos mangos de madera. A Langdon no le cupo ninguna duda de lo que decían.

ILLUMINATI, EARTH, AIR, FIRE, WATER.

Langdon echó la cabeza hacia atrás, temeroso de que el hassassin se precipitara sobre él. No lo hizo. El hombre estaba esperando, deleitado con el juego. Langdon luchó por recuperar su concentración, clavó los ojos en su enemigo y le amenazó con la barra. Pero la imagen del cofre seguía clavada en su mente. Aunque las marcas en sí ya eran fascinantes (objetos en cuya existencia creían pocos estudiosos de los Illuminati), Langdon reparó de repente en que había algo más en el cofre que le intrigaba. Cuando el hassassin se movió de nuevo, Langdon lanzó otra mirada hacia la mesa.

¡Dios mío!

En el cofre, los cinco hierros estaban guardados en compartimientos que seguían el contorno del borde exterior, pero en el *centro* había otro compartimiento. Estaba vacío, pero no cabía duda de que su función era albergar otro hierro, un hierro mucho más grande que los demás, perfectamente cuadrado.

El ataque fue rapidísimo.

El hassassin se lanzó hacia él como un ave de presa. Langdon, cuya concentración había sido hábilmente desviada, intentó defenderse, pero el barrote pesaba como un tronco de árbol en sus manos. Golpeó con excesiva lentitud. El asesino esquivó el envite. Cuando Langdon intentó echar hacia atrás el barrote, el hassassin se apoderó de él. Los dos hombres lucharon. Langdon sintió que le arrebataban el barrote, y un dolor lacerante quemó su palma. Un instante después, estaba mirando el extremo astillado del barrote. El cazador cazado.

Tenía la sensación de haber sido arrollado por un ciclón. El hassassin, sonriente, estaba acorralando a Langdon contra la pared.

—¿Cómo dice el dicho? —se burló—. ¿Algo acerca de la curiosidad y el gato?

Langdon apenas podía concentrarse. Maldijo su descuido cuando el hassassin avanzó. Nada tenía lógica. *¿Una sexta marca de los Illuminati?*

—¡Nunca he leído nada sobre una *sexta* marca de los Illuminati! —soltó, frustrado.

—Yo creo que sí.

El asesino lanzó una risita, sin dejar de acosar a Langdon.

Éste estaba desorientado. No había leído nada. Había cinco marcas de los Illuminati. Retrocedió, mientras examinaba la habitación en busca de un arma.

—Una unión perfecta de los elementos antiguos —dijo el hassassin—. La marca final es la más brillante de todas. Temo que nunca la verá, sin embargo.

Langdon presintió que, dentro de un momento, ya no vería nada. Siguió reculando.

—¿Y usted sí ha visto esa marca final? —preguntó Langdon con el fin de ganar tiempo.

—Tal vez algún día me concedan el honor. Cuando demuestre que lo merezco.

Atacó de nuevo, como si disfrutara del juego.

Langdon se echó hacia atrás. Tenía la sensación de que el hassassin le estaba dirigiendo hacia un destino invisible. *¿Dónde?* Langdon no podía permitirse el lujo de mirar hacia atrás.

—La marca —dijo—. ¿Dónde está?

—Aquí no. Por lo visto Jano es quien la custodia.

—¿Jano?

Langdon no reconoció el nombre.

—El líder de los Illuminati. Llegará dentro de poco.

—¿El líder de los Illuminati va a venir *aquí*?

—Para realizar la última marca con un hierro candente.

Langdon dirigió una mirada aterrada a Vittoria. Aparentaba una serenidad extraña, con los ojos cerrados al mundo que la rodeaba. Respiraba con lentitud, profundamente. ¿Era ella la víctima final? ¿Era él?

—Cuánta presunción —dijo con desdén el hassassin, mirando a los ojos de Langdon—. Ustedes dos no son nada. Morirán, por supuesto, no le quepa duda. Pero la víctima final de la que hablo es un enemigo muy peligroso.

Langdon intentó descifrar las palabras del hassassin. ¿Un enemigo peligroso? Los cuatro cardenales más importantes habían muerto. El Papa había muerto. Los Illuminati habían acabado con todos. Langdon encontró la respuesta en el vacío de los ojos del hassassin.

El camarlengo.

El camarlengo Ventresca era la única persona que se había convertido en un faro de esperanza para el mundo en esta difícil situación. Él había hecho más por condenar a los Illuminati esta noche que décadas de teóricos de las conspiraciones. Al parecer, pagaría el precio. Era el último objetivo de los Illuminati.

—Nunca conseguirá matarle —le retó Langdon.

—No seré yo —contestó el hassassin, al tiempo que obligaba a Langdon a retroceder más—. Jano se ha reservado el honor.

—¿El líder de los Illuminati pretende marcar al camarlengo?

—El poder tiene sus privilegios.

—¡Nadie podría entrar ahora en el Vaticano!

El hassassin le miró con expresión jactanciosa.

—No, a menos que tuviera una cita.

Langdon se quedó perplejo. La única visita a la que se esperaba en el Vaticano ahora era la persona a quien la prensa llamaba el Buen Samaritano de la Undécima Hora, la persona que, según Rocher, poseía información capaz de salvar...

Langdon dejó de pensar. *¡Santo Dios!*

El hassassin sonrió, complacido por el descubrimiento que acababa de realizar Langdon.

—Yo también me preguntaba cómo conseguiría entrar Jano. Después, en la furgoneta, escuché la radio, un informe sobre el Buen Samaritano de la Undécima Hora. —Sonrió—. El Vaticano recibirá a Jano con los brazos abiertos.

Langdon casi tropezó. ¡Jano es el Samaritano! *Era un engaño impensable.* Una escolta real acompañaría al líder de los Illuminati a los aposentos del camarlengo. *Pero ¿cómo engañaría Jano a Rocher? ¿O Rocher también estaba implicado?* Langdon sintió un escalofrío. Desde que había estado a punto de perecer por asfixia en los Archivos Secretos, Langdon no había confiado por completo en Rocher.

El hassassin atacó de repente, y rozó el costado de Langdon.

Éste saltó hacia atrás, furioso.

—¡Jano nunca saldrá vivo!

El hassassin se encogió de hombros.

—Vale la pena morir por algunas causas.

Langdon intuyó que el asesino hablaba en serio. ¿Jano acudía al Vaticano en una misión suicida? ¿Una cuestión de honor? Por un instante, la mente de Langdon abarcó todo el aterrador ciclo. El complot de los Illuminati había trazado un círculo. El sacerdote a quien los Illuminati habían aupado sin querer al poder cuando asesinaron al Papa se había revelado un formidable adversario. En un acto final de desafío, el líder de los Illuminati le destruiría.

De repente, Langdon sintió que la pared que tenía detrás desaparecía. Notó una ráfaga de aire frío, y se tambaleó hacia atrás. ¡El balcón! Comprendió ahora las intenciones del hassassin.

Intuyó al instante el precipicio que había detrás, una caída de treinta metros hasta el patio. Lo había visto al entrar. El hassassin no perdió el tiempo. Se lanzó hacia él. La lanza improvisada apuntaba al abdomen de Langdon. Éste saltó hacia atrás, y la punta del barrote sólo le rasgó la camisa. De nuevo la vio volar hacia él. Retrocedió un poco más, y notó la balaustrada justo detrás. Convencido de que la siguiente embestida le mataría, intentó algo absurdo. Extendió la mano y agarró el barrote. Sintió una llamarada de dolor en la palma, pero no se arredró.

Lucharon un momento cara a cara, y Langdon notó el aliento fétido del hassassin. El barrote empezó a resbalar. El hombre era demasiado fuerte. En un acto final de desesperación, Langdon estiró una pierna, con la intención de pisotear el pie herido de su enemigo, pero éste era un profesional y se movió para evitarlo.

Langdon había jugado su última carta. Y sabía que había perdido la mano.

El hassassin lanzó los brazos hacia adelante con violencia, y Langdon salió proyectado contra la barandilla. Luego sujetó el barrote en horizontal y lo apretó contra el pecho del historiador. La espalda de éste se arqueó sobre el abismo.

—*Ma'assalamah* —se burló el asesino—. Adiós.

Con una mirada de crueldad, el hassassin dio un empujón final. El centro de gravedad de Langdon se desplazó, y sus pies perdieron el contacto con el suelo. Con una única esperanza de sobrevivir, se agarró a la barandilla al volar por encima. Su mano izquierda resbaló, pero la derecha se cerró sobre el metal. Terminó colgando cabeza abajo por las piernas y una mano...

El hassassin alzó el barrote sobre su cabeza, dispuesto a descargarlo. Cuando estaba a punto de propinarle el golpe, Langdon vio una visión. Tal vez era la inminencia de la muerte, o simple terror ciego, pero en aquel momento creyó distinguir un aura luminosa alrededor del hassassin, un resplandor que parecía surgido de la nada detrás de él... como una bola de fuego que se acercara a toda velocidad.

El hassassin dejó caer el barrote y lanzó un grito de dolor.

El barrote cayó al abismo. El hassassin dio media vuelta, y Langdon vio una enorme quemadura en la espalda de su contrincante. Langdon se izó y vio a Vittoria, que plantaba cara al hassassin con ojos fieros.

La joven movía una antorcha delante de ella, la venganza pintada en su cara iluminada por las llamas. Langdon ignoraba cómo se había desatado, pero tampoco le importaba. Empezó a trepar por encima de la barandilla.

La batalla se anunciaba breve. El hassassin era un rival mortífero. Se precipitó hacia Vittoria con un grito de rabia. La joven intentó esquivarle, pero el hombre se apoderó de la antorcha y forcejeó para arrebatársela. Langdon no esperó. Saltó de la balaustrada y propinó un fuerte puñetazo en la quemadura de la espalda.

Dio la impresión de que el chillido resonó en todo el Vaticano.

El hassassin se quedó petrificado un momento, con la espalda arqueada de dolor. Soltó la antorcha, y Vittoria la clavó en su cara. Se oyó un siseo de carne quemada cuando su ojo izquierdo chisporroteó. El hombre volvió a chillar y se llevó las manos a la cara.

—Ojo por ojo —siseó Vittoria.

Esta vez, hizo girar la antorcha como un bate, y cuando golpeó, el hombre fue a parar contra la barandilla. Langdon y

Vittoria se abalanzaron sobre él al mismo tiempo y lo empujaron. El hassassin se precipitó a la noche. No chilló. Sólo se oyó el impacto del cuerpo cuando aterrizó sobre una pila de balas de cañón.

Langdon se volvió y miró a Vittoria, perplejo. De su abdomen y hombros colgaban cuerdas. Sus ojos ardían como el infierno.

—Houdini sabía yoga.

109

En el ínterin, en la plaza de San Pedro, la muralla de Guardias Suizos gritaba órdenes y se desplegaba, con la intención de contener a la multitud a una distancia prudente. Era inútil. La muchedumbre era demasiado densa, y parecía mucho más interesada en el inminente fin del Vaticano que en su propia seguridad. Las gigantescas pantallas de las televisiones estaban transmitiendo la cuenta atrás en directo del contenedor de antimateria, desde el monitor de seguridad de la Guardia Suiza, cortesía del camarlengo. Por desgracia, dicha imagen no ayudaba a dispersar a las masas. Por lo visto, la gente que estaba congregada en la plaza contemplaba la diminuta gota de líquido suspendida en el contenedor, convencida de que no era tan amenazadora como vaticinaban. Además, veían la cuenta atrás. Ahora faltaban algo menos de cuarenta y cinco minutos para la explosión. Había mucho tiempo para seguir mirando.

No obstante, los Guardias Suizos se mostraban de acuerdo en que la valiente decisión del camarlengo de contar al mundo la verdad, para luego proporcionar a la prensa pruebas gráficas de la traición de los Illuminati, había sido una sabia maniobra. Los Illuminati debían de haber supuesto que el Vaticano actuaría con su habitual reticencia a admitir la adversidad. Esta noche no. El camarlengo Carlo Ventresca había demostrado ser un enemigo a tener en cuenta.

* * *

En la Capilla Sixtina, el cardenal Mortati se estaba impacientando. Pasaban de las once y cuarto. Muchos cardenales continuaban rezando, pero otros se habían apretujado alrededor de la salida, claramente inquietos por la hora. Algunos empezaron a golpear la puerta con los puños.

En el pasillo, el teniente Chartrand oyó los golpes, sin saber qué hacer. Consultó su reloj. Era la hora. El capitán Rocher le había dado órdenes estrictas de no dejar salir a los cardenales hasta que él lo dijera. Los golpes aumentaron de intensidad, y Chartrand experimentó una oleada de inquietud. Se preguntó si el capitán habría olvidado las circunstancias de los cardenales. El comportamiento del capitán había sido muy errático desde la misteriosa llamada telefónica.

Chartrand sacó el *walkie-talkie*.

—¿Capitán? Soy Chartrand. Pasa de la hora. ¿Abro las puertas de la Capilla Sixtina?

—Las puertas han de seguir cerradas. Creo que ya le di esa orden.

—Sí, señor, pero es que…

—Nuestro invitado no tardará en llegar. Llévese unos cuantos hombres y vigile la puerta del despacho del Papa. El camarlengo no ha de salir.

—¿Perdón, señor?

—¿Qué es lo que no ha comprendido, teniente?

—Nada, señor. Ya voy.

En el despacho del Papa, el camarlengo contemplaba el fuego mientras meditaba. *Dame fuerzas, Señor. Haz un milagro.* Removió las brasas, y se preguntó si sobreviviría a esta noche.

110

Las once y veintitrés minutos.

Vittoria contemplaba temblorosa Roma desde el balcón del castillo de Sant'Angelo, con los ojos anegados en lágrimas. Ardía en deseos de abrazar a Robert Langdon, pero no podía. Tenía el cuerpo como anestesiado. Se estaba readaptando. El hombre que había matado a su padre yacía muerto en el patio, y ella también había estado a punto de morir.

Cuando la mano de Langdon tocó su hombro, su calor pareció romper el hielo como por arte de magia. Su cuerpo volvió a la vida con un estremecimiento. La niebla se levantó, y la joven se volvió. Robert tenía un aspecto deplorable, estaba mojado y sucio, y era evidente que había padecido un purgatorio por salvarla.

—Gracias... —susurró.

Langdon le dedicó una mirada agotada y le recordó que era ella quien merecía las gracias. Su habilidad para casi dislocarse los hombros les había salvado a los dos. Vittoria se secó los ojos. Podría haberse quedado con él hasta el fin de los tiempos, pero el descanso fue breve.

—Hemos de salir de aquí —dijo Langdon.

La mente de Vittoria estaba en otra parte. Miraba el Vaticano. El país más pequeño del mundo parecía inquietantemente cerca, iluminado por los focos de las televisiones. Ante su sorpresa, comprobó que la plaza de San Pedro estaba atestada de gente. Por lo visto, la Guardia Suiza sólo había conseguido despejar la zona situada justo delante de la basílica, menos de un tercio de la plaza. *¡Están demasiado cerca!*, pensó Vittoria. *¡Demasiado!*

—Voy a volver —dijo Langdon.

Vittoria giró en redondo, incrédula, no daba crédito a lo que oía.

—¿Al *Vaticano*?

Langdon le habló del Samaritano y también de su complot. El líder de los Illuminati, un hombre llamado Jano, se disponía a marcar al camarlengo. Un acto final de dominación.

—Nadie en el Vaticano lo sabe —dijo Langdon—. No tengo forma de ponerme en contacto con ellos, y este tipo va a llegar de un momento a otro. He de advertir a los guardias de que por ningún motivo le dejen entrar.

—¡Pero nunca lograrás abrirte paso entre esa muchedumbre!

—Hay una manera —dijo Langdon, seguro de sí mismo—. Confía en mí.

Vittoria intuyó una vez más que el historiador sabía algo que ella desconocía.

—Voy contigo.

—No. ¿Por qué arriesgar…?

—¡He de encontrar una manera de desalojar a esa gente! Corren un peligro inc…

En aquel momento, la barandilla del balcón empezó a vibrar. Un ruido ensordecedor se oía en el exterior. A continuación, una luz blanca procedente de San Pedro les cegó. Vittoria sólo pudo pensar en una cosa. *¡Oh, Dios mío! ¡La antimateria explotó antes de lo previsto!*

Pero en lugar de una explosión, la multitud prorrumpió en vítores. Vittoria miró, con los ojos entornados. Era una batería de focos de las televisiones, ¡y apuntados hacia ellos! El estruendo aumentó de intensidad. Daba la impresión de que reinaba un ambiente festivo en la plaza.

—¿Qué demonios...? —dijo Langdon, estupefacto.

El cielo atronó.

Sin previo aviso, el helicóptero papal salió de detrás de la torre. Estaba a unos quince metros por encima de ellos, y se dirigía al Vaticano. El ruido de los rotores resonó en la habitación donde estaban cuando el aparato sobrevoló el inmenso edificio. Los focos siguieron el recorrido del helicóptero, y luego Vittoria y Langdon se quedaron a oscuras de nuevo.

Ella sospechó que llegaban demasiado tarde cuando el gigantesco aparato aminoró la velocidad para posarse sobre la plaza de San Pedro, en la parte despejada que separaba la multitud de la basílica.

—Menuda entrada triunfal —dijo Vittoria. Recortada contra el mármol blanco, vio que una figura diminuta se acercaba al helicóptero. Nunca habría reconocido a la figura de no ser por la boina roja con que se tocaba—. Recibimiento de primera clase. Ése es Rocher.

Langdon dio un puñetazo sobre la barandilla.

—¡Alguien ha de avisarles!

Dio media vuelta para irse.

Vittoria le agarró del brazo.

—¡Espera!

Acababa de ver a alguien más, pero no daba crédito a sus ojos. Con los dedos temblorosos, señaló el helicóptero. Pese a la distancia, era imposible equivocarse. Otra figura era ayudada a descender del helicóptero, una figura cuyos movimientos sólo podían pertenecer a un hombre. Si bien iba sentado, aceleró sin el menor esfuerzo.

Un rey en un trono móvil plagado de artilugios electrónicos.

Era Maximilian Kohler.

111

Kohler sintió asco al pensar en la opulencia del Vestíbulo del Belvedere. El pan de oro del techo habría bastado para financiar investigaciones sobre el cáncer durante un año. Rocher guió a Kohler hasta una rampa para discapacitados instalada en el Palacio Apostólico.

—¿No hay ascensor? —preguntó Kohler.

—Hemos cortado la energía eléctrica. —Rocher indicó las velas que ardían en el edificio sumido en la penumbra—. Debido a la táctica empleada en nuestro registro.

—Táctica que sin duda ha fracasado.

Rocher asintió.

Kohler sufrió un acceso de tos, consciente de que tal vez podía ser el último. No fue un pensamiento del todo desagradable.

Cuando llegaron al último piso y se dirigieron hacia el despacho papal, cuatro Guardias Suizos corrieron hacia ellos, con aspecto preocupado.

—Capitán, ¿qué está haciendo aquí? —preguntó uno de los guardias—. Pensaba que este hombre era portador de información que...

—Sólo hablará con el camarlengo.

Los guardias retrocedieron, con expresión suspicaz.

—Avisen al camarlengo de que el director del CERN, Maximilian Kohler, ha venido a verle —ordenó Rocher—. De inmediato.

—¡Sí, señor!

Uno de los guardias se dirigió corriendo a avisar al camarlengo. Los demás permanecieron inmóviles. Estudiaron a Rocher, inquietos.

—Un momento, capitán. Ahora anunciaremos a su invitado.

Sin embargo, Kohler no se detuvo. Maniobró su silla y dejó atrás a los centinelas.

Los guardias giraron en redondo y corrieron tras él.

—*Fermati!* ¡Señor! ¡Alto!

Su comportamiento asqueó a Kohler. Ni siquiera la fuerza de seguridad de élite más importante del mundo era inmune a la compasión que todo el mundo sentía por los minusválidos. De haber sido Kohler un hombre sano, los guardias le habrían detenido. *Los minusválidos son inofensivos,* pensó Kohler. *Al menos, eso cree el mundo.*

Kohler sabía que tenía muy poco tiempo para cumplir su misión. También sabía que moriría esta noche. Le sorprendió lo poco que le importaba. La muerte era un precio que estaba dispuesto a pagar. Había sufrido demasiado en esta vida para que alguien como el camarlengo Ventresca destruyera su obra.

—*Signore!* —gritaron los guardias, al tiempo que le adelantaban y formaban una barrera en el pasillo—. ¡Ha de detenerse!

Uno de ellos empuñó una pistola y apuntó directamente a Kohler.

Éste se detuvo.

Rocher intervino con expresión contrita.

—Por favor, señor Kohler. Solamente será un breve momento. Nadie entra en el despacho papal sin que sea anunciado.

Kohler leyó en los ojos de Rocher que no le quedaba otra alternativa que esperar. *Bien*, pensó Kohler. *Entonces esperaremos.*

Los guardias, quizá con crueldad, habían detenido a Kohler ante un espejo de cuerpo entero. Contemplar su figura tullida le asqueó. La antigua rabia afloró de nuevo a la superficie. Le dio fuerzas. Ahora se había infiltrado en las filas enemigas. *Éstas* eran las personas que le habían robado la dignidad. Por culpa de *esta* gente no había gozado jamás de la caricia de una mujer, nunca se había puesto en pie para recibir un premio... *¿Qué verdad posee esta gente? ¿Un libro de fábulas antiguas? ¿Promesas de milagros venideros? ¡La ciencia crea milagros cada día!*

Kohler clavó la vista un momento en el reflejo de sus ojos fríos. *Esta noche moriré a manos de la religión*, pensó. *Pero no será la primera vez.*

Por un momento, tuvo once años otra vez, acostado en su cama, en la magnífica mansión de sus padres en Frankfurt. Las sábanas eran del mejor lino de Europa, pero estaban completamente empapadas de sudor. El joven Max se sentía al rojo vivo, un dolor inimaginable se cebaba en su cuerpo. Arrodillados junto a su cama, de la que no se habían separado desde hacía dos días, estaban su madre y su padre. Continuaban rezando.

Refugiados en las sombras, aguardaban tres de los mejores médicos de Frankfurt.

—¡Les conmino a reconsiderar su postura! —dijo uno de los médicos—. ¡Fíjense en el niño! La fiebre está aumentando. Sufre terribles dolores. ¡Su vida corre peligro!

Pero Max supo la respuesta de su madre antes de que hablara.

—*Gott wird ihn beschützen.*

Sí, pensó Max. *Dios me protegerá.* La convicción que percibió en la voz de su madre le dio fuerzas. *Dios me protegerá.*

Una hora después, Max experimentó la sensación de que un coche aplastaba todo su cuerpo. Ni siquiera podía respirar o llorar.

—Su hijo padece terribles sufrimientos —dijo otro médico—. Déjenme al menos aliviar sus dolores. Tengo en mi maletín una simple inyección de...

—*Ruhe, bitte!*

El padre de Max acalló al médico sin abrir los ojos. Siguió rezando.

«¡Por favor, padre! —quiso gritar Max—. ¡Deja que aplaquen el dolor!» Pero sus palabras se perdieron en un espasmo de tos.

Una hora más tarde el dolor había empeorado.

—Su hijo podría quedarse paralítico —advirtió un médico—. ¡Incluso morir! ¡Tenemos medicinas que le ayudarán!

Frau y Herr Kohler no lo permitieron. No creían en la medicina. ¿Quiénes eran ellos para entrometerse en el plan maestro de Dios? Rezaron con más devoción. Al fin y al cabo, Dios les había bendecido con este niño. ¿Por qué iba a llevárselo? Su madre susurró a Max que fuera fuerte. Explicó que Dios le estaba poniendo a prueba, como en la historia bíblica de Abraham, ponía a prueba su fe.

Max intentó tener fe, pero el dolor era insufrible.

—¡No puedo ver esto! —dijo un médico por fin, y salió corriendo de la habitación.

Al amanecer, Max apenas estaba consciente. Todos los músculos de su cuerpo sufrían espasmos de dolor. *¿Dónde está Jesús?*, se preguntó. *¿Es que no me ama?* Max sintió que la vida escapaba de su cuerpo.

Su madre se había dormido junto a la cama, con las manos todavía enlazadas sobre él. El padre de Max estaba de pie ante la ventana, contemplando la aurora. Daba la impresión de estar en trance. Max oyó el murmullo incesante de sus plegarias.

Fue entonces cuando tomó conciencia de la figura que se cernía sobre él. *¿Un ángel?* Apenas podía verla. Tenía los ojos cerrados, de tan hinchados que estaban. La figura susurró en su oído, pero no era la voz de un ángel. Max recordó que era la de un médico, el que llevaba sentado dos días en un rincón, sin abandonarle en ningún momento, suplicando a los padres de Max que permitieran administrarle un nuevo medicamento procedente de Inglaterra.

—Nunca me perdonaría si no hiciera esto —susurró el médico. Después, levantó el frágil brazo de Max—. Ojalá lo hubiera hecho antes.

El niño sintió un pinchazo en el brazo, apenas discernible debido al dolor.

Después el doctor guardó sus cosas en silencio. Antes de marcharse, apoyó una mano sobre la frente de Max.

—Esto te salvará la vida. Tengo una gran fe en el poder de la medicina.

Al cabo de unos minutos, Max experimentó la sensación de que un espíritu mágico transitaba por sus venas. El calor se expandió por todo su cuerpo y calmó el dolor. Al fin, por primera vez desde hacía días, Max se durmió.

Cuando la fiebre se calmó, sus padres proclamaron que era un milagro de Dios. Pero cuando resultó evidente que su hijo había quedado tullido, fueron presa de un gran desaliento. Llevaron a su hijo a la iglesia y pidieron consejo al sacerdote.

—Este chico ha sobrevivido merced a la gracia de Dios —les dijo el sacerdote.

Max escuchó sin decir nada.

—¡Pero nuestro hijo no puede andar!

Frau Kohler se echó a llorar.

El cura asintió con tristeza.

—Sí. Parece que Dios le ha castigado por no tener bastante fe.

—¿Señor Kohler? —Era el Guardia Suizo que se había adelantado—. El camarlengo dice que le concederá audiencia.

Kohler gruñó, y aceleró pasillo adelante.

—Está sorprendido por su visita —dijo el guardia.

—Estoy seguro —replicó Kohler sin parar—. Me gustaría verle a solas.

—Imposible —dijo el guardia—. Nadie…

—Teniente —rugió Rocher—, la visita tendrá lugar tal como desea el señor Kohler.

El guardia le miró con incredulidad.

Ante la puerta del despacho papal, Rocher permitió a sus hombres tomar las medidas de precaución habituales antes de hacer pasar a Kohler.

Los detectores de metal quedaron inutilizados por el sinnúmero de artilugios electrónicos que formaban parte de la silla de Kohler. Los guardias le cachearon, pero era obvio que estaban demasiado cohibidos ante su minusvalía para hacerlo debidamente. Fueron incapaces de encontrar la pistola que llevaba fijada debajo del asiento de la silla. Tampoco le confiscaron el objeto… con el que Kohler cerraría con broche de oro la cadena de acontecimientos de esta noche. Cuando Kohler penetró en el despacho papal, el camarlengo Ventresca estaba solo y se encontraba arrodillado en oración junto a un fuego moribundo. No abrió los ojos.

—Señor Kohler —dijo el camarlengo—. ¿Ha venido a convertirme en mártir?

112

El angosto túnel llamado *Il Passetto* se extendía ante Langdon y Vittoria como un pasadizo sin fin. La antorcha que sujetaba Langdon sólo permitía ver unos metros más adelante. Las paredes se cerraban sobre ellos, y el techo era bajo. El aire olía a humedad. Langdon corría en la oscuridad, seguido por Vittoria.

El túnel se inclinó en una pendiente pronunciada al dejar atrás el castillo Sant'Angelo, y luego ascendió por la parte inferior de un bastión de piedra que parecía un acueducto romano. En ese punto, el túnel se niveló e inició su ruta secreta hacia el Vaticano.

Mientras Langdon corría, sus pensamientos no cesaban de dar vueltas en imágenes caleidoscópicas: Kohler, Jano, el hassassin, Rocher... ¿Una sexta marca? *Estoy seguro de que ha oído hablar de la sexta marca,* había dicho el asesino. *La más brillante de todas.* Langdon estaba muy seguro de que no. Ni siquiera repasando las teorías conspiratorias encontraba una alusión a una sexta marca. Real o imaginaria. Corrían rumores sobre lingotes de oro y el Diamante sin mácula de los Illuminati, pero nadie había hablado de una sexta marca.

—¡Maximilian Kohler no puede ser Jano! —exclamó Vittoria—. ¡Es imposible!

Imposible era una palabra que Langdon había dejado de utilizar esta noche.

—No lo sé —gritó—. Kohler es un resentido, y además es una persona con muchos medios a su disposición.

—¡Esta crisis ha conseguido presentar al CERN como un cubil de monstruos! ¡Max nunca haría nada que pusiera en peligro la reputación del CERN!

Por una parte, Langdon sabía que el CERN había recibido un severo correctivo esta noche, y todo por culpa de los Illuminati, que habían insistido en convertir la crisis en un espectáculo público. No obstante, se preguntó hasta qué punto había salido perjudicado el CERN. De hecho, cuanto más lo pensaba Langdon, más se preguntaba si esta crisis beneficiaría al CERN. Si la publicidad era el objetivo, la antimateria era el ganador del bote de esta noche. Todo el planeta estaba hablando de ella.

—Ya sabes lo que dijo el promotor P. T. Barnum —gritó Langdon sin volverse—. «No me importa lo que digas de mí, pero deletrea bien mi nombre.» Apuesto a que hay cola con el fin de conseguir permiso para utilizar la tecnología derivada de la antimateria. Y después de que comprueben su verdadero poder a medianoche...

—Es absurdo —dijo Vittoria—. ¡Hacer publicidad de los avances tecnológicos está reñido con la exhibición de poder destructivo! ¡Esto es *terrible* para la antimateria, créeme!

La antorcha de Langdon se estaba apagando.

—En tal caso, puede que todo sea más sencillo de lo que pensamos. Tal vez Kohler creyó que el Vaticano no revelaría la existencia de la antimateria, se negaría a conferir poder a los Illuminati confirmando la existencia del arma. Kohler esperaba que el Vaticano silenciara la amenaza, pero el camarlengo rompió las normas.

Vittoria guardó silencio.

De pronto, todo empezaba a ser más claro para Langdon.

—¡Sí! Kohler no contaba con la reacción del camarlengo. Ventresca rompió la tradición de secretismo del Vaticano y aireó la crisis. Fue totalmente sincero. Exhibió la antimateria en la televisión, por el amor de Dios. Fue una reacción brillante que Kohler no esperaba. La ironía de todo esto es que a los Illuminati les ha salido el tiro por la culata. Han creado un nuevo líder de la Iglesia, en la persona del camarlengo. ¡Y ahora Kohler ha venido a matarle!

—Max es un bastardo —dijo Vittoria—, pero no es un asesino. Nunca habría intervenido en el asesinato de mi padre.

En la mente de Langdon, fue la voz de Kohler la que contestó. *Leonardo era considerado un hombre peligroso por muchos puristas del CERN. Fusionar ciencia y religión es la máxima blasfemia científica.*

—Tal vez Kohler descubrió el proyecto de la antimateria hace unas semanas, y no le gustaron las implicaciones religiosas.

—¿Y *mató* a mi padre por eso? ¡Ridículo! Además, es imposible que Max Kohler se *enterara* de la existencia del proyecto.

—Durante tu ausencia, quizá tu padre se fue de la lengua y consultó a Kohler, en busca de consejo. Tú misma dijiste que tu padre estaba preocupado por las implicaciones morales de crear una sustancia tan mortífera.

—¿Pedir guía moral a Maximilian Kohler? —resopló Vittoria—. ¡No lo creo!

El túnel se desvió un poco hacia el oeste. Cuanto más corrían, más se iba consumiendo la antorcha. Langdon empezó a temer la negrura en que quedarían sumidos si la luz se apagaba del todo.

—Además —arguyó Vittoria—, ¿para qué se habría molestado Kohler en llamarte esta mañana y pedir tu ayuda si está detrás de la conspiración?

Langdon ya lo había pensado.

—Al llamarme, se protegía. De esta forma, nadie le acusaría de no haber tomado medidas ante la crisis. No debía de creer que llegaríamos tan lejos.

La idea de que Kohler le había *manipulado* enfurecía a Langdon. El hecho de que hubiera colaborado con él había proporcionado a los Illuminati cierto nivel de credibilidad. Las televisiones habían citado toda la noche sus credenciales y publicaciones, y por ridículo que pareciera, la presencia de un profesor de Harvard en el Vaticano había convertido la situación en algo más que una fantasía paranoica, y convencido a los escépticos de todo el mundo de que la hermandad de los Illuminati no era tan sólo un dato histórico, sino una fuerza a tener en cuenta.

—El reportero de la BBC cree que el CERN es la nueva madriguera de los Illuminati —dijo Langdon.

—¿Cómo? —Vittoria tropezó con él. Se enderezó y siguió corriendo—. ¿Eso ha *dicho*?

—En directo. Comparó el CERN con las logias masónicas, una organización inocente que, sin saberlo, acoge a la hermandad de los Illuminati.

—Dios mío, esto va a destruir el CERN.

Langdon no estaba tan seguro. Fuera como fuera, la teoría se le antojó de repente menos peregrina. El CERN era el paraíso científico. Albergaba a investigadores de más de una docena de países. Al parecer, gozaban de financiación privada sin restricciones. Y Maximilian Kohler era el director.

Kohler es Jano.

—Si Kohler no está implicado —dijo Langdon—, ¿qué está haciendo aquí?

—Tratar de detener esta locura, supongo. Dar apoyo. ¡A lo mejor sí que está haciendo el papel de samaritano! Tal vez descubrió quién conocía el proyecto de la antimateria y ha venido para revelar la información.

—El asesino dijo que venía para marcar al camarlengo.

—¡Piensa en lo que acabas de decir! Eso sería una misión suicida. Max no saldría vivo.

Langdon meditó. *Tal vez ésa era la cuestión.*

El contorno de una puerta de acero se dibujó ante ellos, cortándoles el paso. El corazón de Langdon estuvo a punto de paralizarse. Cuando se acercaron, sin embargo, descubrieron que los cerrojos estaban rotos. La puerta se abrió sin problemas.

Langdon exhaló un suspiro de alivio, cuando comprendió que, tal como había sospechado, el túnel seguía utilizándose. En fecha tan reciente como hoy. Ya no albergaba dudas de que los cuatro aterrorizados cardenales habían pasado por allí horas antes.

Siguieron corriendo. Langdon oyó el ruido del tumulto a su izquierda. Era la plaza de San Pedro. Se estaban acercando.

Encontraron otra puerta, más pesada. Tampoco estaba cerrada con llave. Los sonidos de la plaza de San Pedro quedaron atrás, y Langdon supuso que habían atravesado la muralla exterior del Vaticano. Se preguntó dónde terminaría este pasadizo. *¿En los jardines? ¿En la basílica? ¿En la residencia papal?*

Entonces, sin previo aviso, llegaron al final del túnel.

La puerta que les impedía el paso era un grueso muro de hierro forjado. Pese a que la antorcha estaba agonizando, Langdon vio que era perfectamente lisa. Nada de pomos, tiradores, cerraduras o goznes. No se podía pasar.

Sintió una oleada de pánico. En la jerga de los arquitectos, este tipo de puerta se llamaba *senza chiave*, un tipo de puerta utilizado por motivos de seguridad y que sólo se podía abrir por un lado: el opuesto. Las esperanzas de Langdon se desvanecieron... al mismo tiempo que la luz de la antorcha.

Consultó su reloj. Mickey destellaba.

Las once y veintinueve minutos.

Langdon lanzó un grito de frustración, arrojó la antorcha y empezó a golpear la puerta.

113

Algo no iba bien.

El teniente Chartrand se detuvo ante el despacho papal, y la actitud nerviosa del soldado parado a su lado le indujo a pensar que compartían la misma angustia. La reunión privada que se estaba celebrando, había dicho Rocher, podía salvar al Vaticano de la destrucción. Chartrand se preguntó por qué su instinto protector se había disparado. Además, ¿por qué se comportaba Rocher de una manera tan rara?

Algo extraño estaba ocurriendo.

El capitán Rocher se hallaba a la derecha de Chartrand, con la vista clavada en el frente y expresión distante. El teniente apenas reconocía a su capitán. Rocher no había sido el mismo durante la última hora. Sus decisiones eran absurdas.

¡Alguien debería estar presente en esta reunión!, pensó Chartrand. Había oído que Maximilian Kohler echaba el cerrojo a la puerta después de entrar. ¿Por qué lo había permitido Rocher?

Pero otras cosas perturbaban también a Chartrand. *Los cardenales.* Seguían bajo llave en la Capilla Sixtina. Era una locura absoluta. ¡El camarlengo había ordenado que los evacuaran quince minutos antes! Rocher había desestimado la decisión sin informar al camarlengo. Chartrand había expresado su preocupación, y el capitán casi le había cortado la cabeza. La cadena de mando nunca se cuestionaba en la Guardia

Suiza, y Rocher era ahora la autoridad suprema. *Media hora,* pensó Rocher, y consultó con discreción su cronómetro suizo a la tenue luz de los candelabros que iluminaban el vestíbulo. *Dense prisa, por favor.*

Chartrand se moría de ganas por oír lo que estaba pasando al otro lado de las puertas. De todos modos, sabía que nadie más que el camarlengo podía tomar las riendas de esta crisis. El hombre había sido puesto a prueba esta noche, y no se había achicado. Había afrontado los problemas sin vacilar, con sinceridad, con ejemplaridad. Chartrand se sentía orgulloso de ser católico. Los Illuminati habían cometido un error cuando desafiaron al camarlengo Ventresca.

Sin embargo, en aquel momento, un sonido inesperado interrumpió los pensamientos de Chartrand. Unos golpes. Procedían del fondo del pasillo. Los golpes sonaban lejanos y apagados, pero continuados. Rocher alzó la vista. El capitán se volvió hacia Chartrand y señaló en aquella dirección. Chartrand comprendió. Encendió la linterna y se fue a investigar.

Los golpes eran más desesperados ahora. Chartrand corrió treinta metros hasta llegar a un cruce del pasillo. Daba la impresión de que el ruido procedía de la esquina, al otro lado de la Sala Clementina. Se sintió perplejo. Allí sólo había una habitación: la biblioteca privada del Papa. La biblioteca privada de Su Santidad estaba cerrada con llave desde la muerte del Papa. ¡Nadie podía estar dentro!

Corrió por el segundo pasillo, dobló otra esquina y se precipitó hacia la puerta de la biblioteca. El pórtico de madera era diminuto, pero se cernía en la oscuridad como un hosco centinela. Los golpes sonaban en el interior. Vaciló. Nunca había entrado en la biblioteca privada. Pocos lo habían hecho. Nadie tenía permiso, salvo que entrara acompañado del Papa.

Chartrand giró el pomo. Tal como había imaginado, la puerta estaba cerrada con llave. Aplicó el oído a la hoja de madera. Los golpes resonaron con más fuerza. Entonces oyó otra cosa. *¡Voces! ¡Alguien gritaba!*

No pudo distinguir las palabras, pero percibió pánico en los gritos. ¿Había alguien atrapado en la biblioteca? ¿La Guardia Suiza no había evacuado el edificio como era debido? Chartrand titubeó, y se preguntó si debía volver y consultar a Rocher. Al infierno. Había sido entrenado para tomar decisiones, y ahora lo haría. Sacó su pistola y disparó un solo tiro al pestillo de la puerta. La madera estalló, y la puerta se abrió.

Cuando cruzó el umbral, Chartrand sólo vio negrura. Movió su linterna. La habitación era rectangular: alfombras orientales, estanterías de roble llenas de libros, un sofá de cuero, una chimenea de mármol. Chartrand había oído historias sobre este lugar. Tres mil volúmenes antiguos, junto con revistas y periódicos actuales, todo cuanto solicitara Su Santidad. La mesita auxiliar rebosaba de revistas científicas y políticas.

Los golpes se oían con más claridad ahora. Chartrand apuntó la linterna hacia el sonido. En la pared del fondo, al otro lado de la zona de estar, había una enorme puerta de hierro. Parecía tan impenetrable como una cámara acorazada. Tenía cuatro cerraduras gigantescas. Las diminutas letras grabadas en el centro de la puerta dejaron sin respiración a Chartrand.

IL PASSETTO

Chartrand contempló la inscripción. *¡La ruta de escape secreta del Papa!* Había oído hablar de *Il Passetto*, incluso conocía los rumores de que había existido una entrada en esta biblioteca, pero hacía siglos que no se utilizaba el túnel. *¿Quién podía estar dando golpes al otro lado?*

Chartrand golpeó la puerta con la linterna. Se oyeron gritos exaltados. Los golpes pararon, y las voces chillaron con más fuerza. Apenas podía distinguir las palabras.

—Kohler… mentira… camarlengo…

—¿Quién es? —preguntó Chartrand.

—… ert Langdon… Vittoria Ve…

Chartrand entendió lo bastante para quedarse confuso. *¡Pensaba que estaban muertos!*

—… la puerta —chillaron las voces—. ¡Abran…!

El teniente miró la barrera de hierro y supo que necesitaría dinamita para abrirse paso.

—¡Imposible! —gritó—. ¡Demasiado gruesa!

—… reunión… detener… arlengo… peligro…

Pese a que había sido entrenado para dominar el pánico, Chartrand experimentó una repentina oleada de miedo al oír las últimas palabras. ¿Lo había entendido bien? Dio media vuelta para salir corriendo. No obstante, vaciló. Su mirada se había posado en algo de la puerta, algo aún más sorprendente que el mensaje recibido. De cada cerradura colgaban llaves. Chartrand no podía creerlo. ¿Las llaves estaban ahí? Parpadeó, sin dar crédito a sus ojos. Se suponía que las llaves debían estar en alguna cámara secreta. Hacía siglos que no se utilizaba este pasaje.

Chartrand dejó la linterna en el suelo. Asió la primera llave y giró. El mecanismo estaba oxidado y se resistió a sus esfuerzos, pero todavía funcionaba. Alguien lo había abierto hacía poco. Se dedicó a la siguiente cerradura. Y luego a la otra. Cuando el último pestillo se deslizó a un lado, Chartrand tiró. La hoja de hierro se abrió con un chirrido. Agarró la linterna e iluminó el pasadizo.

Robert Langdon y Vittoria Vetra entraron tambaleantes en la biblioteca, como un par de apariciones. Ambos estaban harapientos y cansados, pero muy vivos.

—¿Qué significa esto? ¿Qué pasa aquí? —preguntó Chartrand—. ¿De dónde salen?

—¿Dónde está Kohler? —preguntó a su vez Langdon.

Chartrand señaló.

—En una reunión privada con el camar…

Langdon y Vittoria se pusieron a correr por el pasillo a oscuras. Chartrand se volvió y, guiado por su instinto, apuntó la pistola a sus espaldas. La bajó enseguida y se lanzó en pos de la pareja. Por lo visto, Rocher los oyó acercarse, porque los estaba apuntando con su arma delante de la puerta del despacho.

—*Alt!*

—¡El camarlengo está en peligro! —gritó Langdon, al tiempo que alzaba los brazos en señal de rendición—. ¡Abra la puerta! ¡Kohler va a matar al camarlengo!

Rocher parecía furioso.

—¡Abra la puerta! —gritó Vittoria—. ¡Deprisa!

Pero ya era demasiado tarde.

Un chillido estremecedor se oyó en el despacho papal. Era el camarlengo.

114

El enfrentamiento duró pocos segundos.

El camarlengo aún seguía chillando cuando Chartrand pasó junto a Rocher y voló la cerradura del despacho. Los guardias se precipitaron al interior. Langdon y Vittoria los siguieron.

La escena que presenciaron era escalofriante.

La habitación sólo estaba iluminada por velas y el fuego agonizante de la chimenea. Kohler estaba cerca de la chimenea, en precario equilibrio delante de su silla. Esgrimía una pistola, apuntada al camarlengo, que yacía en el suelo a sus pies, retorciéndose de dolor. La sotana del sacerdote estaba rasgada, y su pecho desnudo ennegrecido. Langdon no pudo distinguir el símbolo desde donde estaba, pero había un hierro de marcar grande y cuadrado en el suelo, cerca de Kohler. El metal todavía estaba al rojo vivo.

Dos guardias actuaron sin la menor vacilación. Abrieron fuego. Las balas se estrellaron en el pecho de Kohler, y le empujaron hacia atrás. El director del CERN se derrumbó en su silla de ruedas. Manaba sangre de su pecho. Su pistola cayó al suelo.

Langdon estaba paralizado en la puerta.

—Max... —susurró Vittoria.

El camarlengo, que todavía se retorcía en el suelo, rodó hacia Rocher, y con el ademán aterrorizado de las primitivas cazas de brujas, señaló al capitán con el dedo índice y gritó una sola palabra.

—¡ILLUMINATUS!

—Bastardo —dijo Rocher al tiempo que corría hacia él—. Inmundo bast…

Esta vez fue Chartrand quien reaccionó por puro instinto, y alojó tres balas en la espalda de Rocher. El capitán se desplomó de bruces en el suelo de baldosas y resbaló sin vida sobre su propia sangre. Chartrand y los guardias se precipitaron al instante hacia el camarlengo, que continuaba retorciéndose de dolor.

Ambos guardias lanzaron exclamaciones de horror cuando vieron el símbolo grabado a fuego en el pecho del camarlengo. El segundo guardia vio la marca al revés y retrocedió al instante con miedo en los ojos. Chartrand, que parecía igualmente impresionado por el símbolo, cubrió la marca con la sotana rota del camarlengo.

Langdon cruzó la habitación como si fuera presa de un delirio. Intentó comprender lo que estaba viendo. Un científico tullido, en un acto final de dominación simbólica, había volado al Vaticano y marcado a fuego a la autoridad que debía velar por el proceso de elección del nuevo Papa. *Vale la pena morir por algunas cosas,* había dicho el hassassin. Langdon se preguntó cómo era posible que un hombre discapacitado se hubiera impuesto al camarlengo. Claro que Kohler tenía una pistola. *¡Da igual cómo lo hizo! ¡Kohler cumplió su misión!*

Langdon avanzó hacia la horripilante escena. Estaban atendiendo al camarlengo, y él se sintió atraído hacia el hierro de marcar humeante caído cerca de la silla de ruedas de Kohler. *¿La sexta marca?* Cuanto más se acercaba, más confuso se sentía. Daba la impresión de que la marca era un cuadrado perfecto, y era evidente que procedía del compartimiento central del cofre que había visto en la guarida de los Illuminati. *Una sexta y última marca,* había dicho el hassassin. *La más brillante de todas.*

Langdon se arrodilló al lado de Kohler y extendió la mano hacia el objeto. El metal todavía desprendía calor. Asió el mango de madera y lo alzó. No estaba seguro de lo que esperaba ver, pero no era esto, desde luego.

Langdon miró durante un momento, confuso. Nada de aquello tenía sentido. ¿Por qué los guardias habían gritado horrorizados cuando vieron la marca? Era un cuadrado compuesto por garabatos sin sentido. *¿La más brillante de todas?* Era simétrica, comprobó cuando la giró, pero también un galimatías.

Sintió una mano sobre su hombro y levantó la vista, esperando ver a Vittoria. Sin embargo, la mano estaba cubierta de sangre. Pertenecía a Maximilian Kohler.

Langdon dejó caer el hierro y se puso en pie, tambaleante. *¡Kohler seguía con vida!*

Derrumbado en su silla de ruedas, el director agonizante todavía respiraba, aunque con dificultad. Los ojos de Kohler se encontraron con los de Langdon, y fue la misma mirada inflexible que le había recibido en el CERN por la mañana. Los ojos parecían más inflexibles todavía a las puertas de la muerte. El odio y la enemistad eran patentes en la mirada.

El cuerpo del científico se estremeció, y Langdon intuyó que intentaba moverse. Todos los demás estaban concentrados en el camarlengo. Langdon quiso gritar, pero era incapaz de reaccionar. Estaba hechizado por la intensidad que proyectaba Kohler en los últimos segundos que le quedaban de vida. El director, con un esfuerzo tembloroso, levantó el brazo y extrajo un pequeño aparato del brazo de la silla. Era del tamaño de una caja de cerillas. Lo extendió. Por un instante, Langdon temió que fuera un arma. Pero era otra cosa.

—Déselo… —Las últimas palabras de Kohler fueron un susurro borboteante—. Dé… esto… a ...a ...todas las tele… visiones.

Kohler se derrumbó inmóvil, y el objeto cayó sobre su regazo.

Langdon, estremecido, contempló el objeto. Era electrónico. Las palabras SONY RUVI estaban impresas delante. Se dio cuenta de que era una videocámara de última generación, que cabía en la palma de la mano. *¡Qué valor el de este tío!*, pensó. Por lo visto, Kohler había grabado una especie de mensaje final suicida y quería que las televisiones lo transmitieran… Sin duda algún sermón sobre la importancia de la ciencia y los males de la religión. Langdon decidió que ya había hecho bastante por la causa de este hombre. Antes de que Chartrand viera la videocámara, la guardó en el bolsillo más profundo de la chaqueta. *¡El último mensaje de Kohler puede irse al infierno!*

Fue la voz del camarlengo la que rompió el silencio. Estaba intentando incorporarse.

—Los cardenales —dijo con voz estrangulada a Chartrand.

—¡Aún siguen en la Capilla Sixtina! —exclamó el teniente—. El capitán Rocher ordenó…

—Evacuen a todo el mundo… Ya.

Chartrand envió un guardia a comunicar la orden.

El camarlengo hizo una mueca de dolor.

—Helicóptero… En la puerta… Llévenme a un hospital.

115

En la plaza de San Pedro, el piloto de la Guardia Suiza estaba sentado en la cabina del helicóptero aparcado y se masajeaba las sienes. El fragor del caos que le rodeaba era tan tremendo que ahogaba el sonido de los rotores. Esto no era la solemne vigilia iluminada por velas. Le asombraba que aún no se hubieran producido disturbios.

Ahora que faltaban menos de veinte minutos para la medianoche, la multitud seguía apretujándose. Algunos rezaban, otros lloraban, muchos chillaban obscenidades y proclamaban que esto era lo que se merecía la Iglesia, y no faltaban los que recitaban versículos del Apocalipsis.

Al piloto le dolió la cabeza cuando los focos de las televisiones se reflejaron en el parabrisas del helicóptero. Escudriñó la muchedumbre vociferante. Ondeaban banderas sobre el gentío.

¡LA ANTIMATERIA ES EL ANTICRISTO!

CIENTÍFICO = SATANISTA

¿DÓNDE ESTÁ VUESTRO DIOS AHORA?

El piloto gruñó. Su dolor de cabeza estaba aumentando por momentos. Casi consideró la posibilidad de colocar sobre el parabrisas la cubierta protectora de vinilo, con tal de no tener que mirar, pero sabía que despegaría en cuestión de minutos. El teniente Chartrand le había informado por radio de noticias terribles. El camarlengo había sido atacado por Maximilian Kohler, y se hallaba gravemente herido. Chartrand, el norteamericano y la mujer estaban sacando al camarlengo para conducirlo a un hospital.

El piloto se sentía responsable del ataque. Se reprendió por no haber obedecido a su intuición. Antes, cuando había recogido a Kohler en el aeropuerto, había presentido algo en los ojos muertos del científico. No pudo identificarlo, pero no le gustó. Tampoco importaba. Rocher dirigía el espectáculo, y Rocher había insistido en que aquél era el tipo. Por lo visto, Rocher se había equivocado.

Un nuevo clamor se elevó de la multitud, y el piloto vio una fila de cardenales que abandonaban con solemnidad el Vaticano. El alivio de los cardenales por abandonar la zona cero dejó paso de inmediato a miradas de perplejidad por la escena que los esperaba en la plaza.

El estruendo de la muchedumbre se intensificó de nuevo. El piloto necesitaba una aspirina. Tal vez tres. No le gustaba volar bajo el efecto de medicamentos, pero unas cuantas aspirinas serían mucho menos debilitantes que el feroz dolor de cabeza. Decidió buscar el botiquín de primeros auxilios, guardado con diversos planos y manuales en una caja sujeta entre los dos asientos delanteros. Cuando intentó abrir la caja, no obstante, la encontró cerrada con llave. Buscó la llave, pero al final desistió. Estaba claro que no era su noche de suerte. Volvió a masajearse las sienes.

En el interior de la basílica en tinieblas, Langdon, Vittoria y los dos guardias corrían hacia la salida principal. Incapaces de encontrar algo más adecuado, los cuatro transportaban al camarlengo herido sobre una mesa estrecha, a modo de camilla. Oyeron el lejano fragor del caos humano que aguardaba en el exterior. El camarlengo estaba al borde de la inconsciencia.

El tiempo se estaba agotando.

116

Eran las once y treinta y nueve minutos cuando Langdon salió con los demás de la basílica de San Pedro. El resplandor que hirió sus ojos era cegador. Los focos de las televisiones se reflejaban en el mármol blanco como los rayos del sol en una tundra nevada. Langdon entornó los ojos, mientras intentaba refugiarse detrás de las enormes columnas de la fachada, pero la luz llegaba desde todas direcciones. Delante de él, una muralla de enormes pantallas de vídeo se alzaba sobre la muchedumbre.

Parado en lo alto de la magnífica escalinata que descendía hasta la plaza, se sintió como un jugador reticente en el mayor estadio del mundo. Al otro lado de los focos, oyó el rítmico sonido de un helicóptero y el rugido de cien mil voces. A su izquierda, una hilera de cardenales estaba saliendo a la plaza. Todos se pararon, al parecer disgustados, cuando vieron la escena que tenía lugar en la escalinata.

—Procedan con cuidado —urgió Chartrand, mientras el grupo bajaba por la escalera en dirección al helicóptero.

Langdon experimentó la extraña sensación de que se estaban moviendo bajo el agua. Le dolían los brazos debido al peso del camarlengo y la mesa. Se preguntó si la escena podía alcanzar mayores abismos de indignidad. Entonces, vio la respuesta. Por lo visto, los dos reporteros de la BBC habían cruzado la plaza en dirección a la zona de prensa. Pero ahora, debido al clamor de la exaltada multitud, se volvieron. Glick y Macri estaban corriendo hacia ellos. Macri estaba rodando con su cámara. *Aquí vienen los buitres*, pensó Langdon.

—*Alt!* —chilló Chartrand—. ¡Retrocedan!

Pero los reporteros no le hicieron caso. Langdon supuso que las demás cadenas tardarían unos seis segundos en reproducir estas imágenes en vivo de la BBC. Estaba equivocado. Tardaron dos. Como conectados por una especie de conciencia universal, todas las pantallas de las televisiones interrumpieron sus emisiones, y sus corresponsales en el Vaticano empezaron a transmitir la misma imagen, una toma de la escalinata... Dondequiera que mirara Langdon, veía el cuerpo derrumbado del camarlengo en technicolor y primer plano.

¡Esto está mal!, pensó. Tuvo ganas de bajar corriendo por la escalera y cortarles el paso, pero no pudo. Tampoco habría servido de ayuda. Tal vez debido al rugido de la multitud, o al aire fresco de la noche, en aquel momento ocurrió lo inconcebible.

Como un hombre que despertara de una pesadilla, los ojos del camarlengo se abrieron de repente, y el hombre se incorporó. Sorprendidos, Langdon y los demás intentaron mantener el equilibrio. La parte delantera de la mesa se inclinó. El camarlengo empezó a resbalar. Intentaron depositar la mesa en el suelo, pero era demasiado tarde. El camarlengo siguió resbalando, pero por increíble que pareciera, no cayó. Sus pies se apoyaron sobre el mármol, y se quedó de pie. Miró a su alrededor, como desorientado, y entonces, antes de que nadie pudiera impedirlo, se precipitó hacia adelante, tambaleándose, en dirección a Macri.

—¡No! —chilló Langdon.

Chartrand intentó detener al camarlengo, pero éste se revolvió contra él, con ojos enloquecidos.

—¡Déjenme!

Chartrand saltó hacia atrás.

La escena fue de mal en peor. La sotana desgarrada del camarlengo empezó a resbalar hacia abajo. Por un momento, Langdon pensó que la prenda continuaría pegada al cuerpo, pero ese momento pasó. La sotana resbaló sobre sus hombros y quedó colgando alrededor de su cintura.

La exclamación que se elevó de la multitud pareció dar la vuelta al mundo y regresar en un solo instante. Las cámaras filmaron, los flashes destellaron. En las pantallas de las televisiones, la imagen del pecho marcado del camarlengo apareció proyectada con todo detalle. Algunas pantallas congelaron la imagen y le imprimieron un giro de ciento ochenta grados.

La victoria definitiva de los Illuminati.

Langdon contempló la marca en las pantallas. Si bien ya la había visto antes, ahora el símbolo adquirió sentido para él. Un sentido perfecto. El maligno poder de la marca arrolló a Langdon como un tren.

Orientación. Langdon había olvidado la primera regla de la simbología. *¿Cuándo un cuadrado no es un cuadrado?* También había olvidado que los hierros de marcar, al igual que los sellos de goma, nunca tenían el mismo aspecto que sus improntas. Estaban al revés. ¡Langdon había estado mirando el negativo de la marca!

A medida que aumentaba el caos, una antigua cita de los Illuminati resonó en su mente, con un significado nuevo: «Un diamante sin mácula, nacido de los antiguos elementos con tal perfección que todos cuantos lo veían sólo podían mirar embelesados».

Langdon sabía ahora que el mito era cierto.

Tierra, Aire, Fuego, Agua.

El Diamante de los Illuminati.

117

Robert Langdon albergaba pocas dudas acerca de que el caos y la histeria que se habían apoderado de la plaza de San Pedro en aquel instante excedían cualquier cosa que la colina del Vaticano hubiera presenciado en toda su historia. Ni batallas, ni crucifixiones, ni peregrinajes, ni visiones místicas... Nada podía compararse con la magnitud y dramatismo de este momento.

Mientras la tragedia se desarrollaba, Langdon se sentía extrañamente distante, como si flotara sobre la escalera al lado de Vittoria. Experimentó la sensación de que la acción se expandía, como en un repliegue temporal, y de que la locura se enlentecía...

El camarlengo marcado, ansioso de que el mundo lo viera...

El Diamante de los Illuminati, desvelado en todo su diabólico genio...

La cuenta atrás que documentaba los últimos veinte minutos de la historia del Vaticano...

Sin embargo, el drama no había hecho más que empezar.

El camarlengo, como en trance, parecía poseído por demonios. Empezó a balbucear, susurrando a espíritus invisibles, miró al cielo y levantó los brazos hacia Dios.

—¡Habla! —gritó el camarlengo al firmamento—. ¡Sí, te escucho!

En aquel momento, Langdon comprendió. Su corazón dio un vuelco.

Al parecer, Vittoria también lo había comprendido.

—Se encuentra en estado de shock —dijo—. Está alucinando. ¡Cree que está hablando con Dios!

Alguien ha de detener esto, pensó Langdon. Era un final lamentable y vergonzoso. *¡Lleven a este hombre al hospital!*

En la escalera, unos peldaños más abajo, Chinita Macri estaba filmando, como si hubiera localizado el lugar ideal para ello. Las imágenes que rodaba aparecían al instante en las pantallas gigantescas de la plaza, como en un cine al aire libre, donde todas las pantallas reprodujeran la misma espantosa tragedia.

La escena poseía un aliento épico. El camarlengo, con la sotana desgarrada, la marca impresa a fuego en su pecho, parecía una especie de campeón apaleado que hubiera dejado atrás los círculos del infierno para acceder a este momento de revelación. Clamó a los cielos.

—*Ti sento, Dio!*

Chartrand retrocedió, estupefacto.

Se hizo un silencio absoluto e instantáneo en la plaza. Por un momento, fue como si todo el planeta hubiera enmudecido... Todos sentados ante los televisores, conteniendo el aliento.

El camarlengo se irguió ante el mundo y extendió los brazos. Casi recordaba a Cristo, desnudo y herido ante la humanidad. Alzó los brazos al cielo y exclamó:

—*Grazie! Grazie, Dio!*

El silencio de la muchedumbre no se interrumpió.

—*Grazie, Dio!* —volvió a gritar el camarlengo. Al igual que el sol abriéndose paso en un cielo de tormenta, una expresión de gozo apareció en su rostro—. *Grazie, Dio!*

¿Gracias, Dios?, se preguntó Langdon, asombrado.

El camarlengo estaba radiante, una vez finalizada su extraña transformación. Miró al cielo, sin dejar de cabecear furiosamente. Clamó a los cielos.

—¡Sobre esta roca construiré mi Iglesia!

Langdon conocía las palabras, pero no tenía ni idea de por qué el camarlengo las gritaba en este momento.

Ventresca se volvió hacia la muchedumbre en la plaza y vociferó de nuevo.

—¡Sobre esta roca construiré mi Iglesia! —Después elevó las manos al cielo y soltó una carcajada—. *Grazie, Dio! Grazie!*

El hombre se había vuelto loco.

El mundo miraba, fascinado.

Pero nadie se esperaba la culminación.

Con un arrebato final de júbilo, el camarlengo dio media vuelta y entró corriendo en la basílica de San Pedro.

118

Las once y cuarenta y dos minutos.

Langdon jamás hubiera imaginado formar parte de la frenética comitiva, y mucho menos guiarla, que se precipitó hacia la basílica para detener al camarlengo. Pero era el más cercano a la puerta y había actuado instintivamente.

Morirá aquí, pensó Langdon, mientras se internaba en la negrura.

—¡Alto, carmarlengo!

La muralla de negrura con que se topó Langdon era total. Tenía las pupilas contraídas por el resplandor del exterior, y ahora apenas veía a unos pocos metros de su cara. Se detuvo. Oyó crujir la sotana del camarlengo.

Vittoria y los guardias llegaron de inmediato. Las luces de las linternas no eran suficientes para penetrar en las profundidades de la basílica. Sólo revelaban columnas y suelos desnudos. El camarlengo había desaparecido.

—¡Camarlengo! —chilló Chartrand con miedo en la voz—. ¡Espere, signore!

Un tumulto en la puerta de entrada provocó que todo el mundo se volviera. El cuerpo robusto de Chinita Macri se recortó en el umbral. Llevaba la cámara al hombro, y la luz roja revelaba que seguía transmitiendo. Glick corría detrás de ella, micrófono en mano, y pedía a gritos que no corriera tanto.

Langdon no dio crédito a sus ojos. *¡Vaya par! ¡Éste no es el momento!*

—¡Fuera! —gritó Chartrand—. ¡Aquí no pueden entrar!

Pero Macri y Glick no le hicieron caso.

—¡Chinita! —La voz de Glick traslucía miedo—. ¡Esto es un suicidio! ¡Yo no voy!

Macri, impertérrita, manipuló un mando. El foco de la cámara cobró vida y cegó a todo el mundo.

Langdon se protegió la cara y dio media vuelta. *¡Maldita sea!* Cuando levantó la vista, la iglesia estaba iluminada en treinta metros a la redonda.

En aquel momento, la voz del camarlengo resonó a lo lejos.

—¡Sobre esta roca construiré mi Iglesia!

Macri giró la cámara hacia el lugar de donde procedía la voz. En la distancia, al final del alcance del foco, ondulaba una tela negra, la cual reveló que una forma familiar corría por el pasillo principal de la basílica.

Todo el mundo vaciló un momento al ver la extraña imagen. Después el dique se desbordó. Chartrand corrió en pos del camarlengo. Langdon le siguió. Y tras ellos fueron los guardias y Vittoria.

Macri, desde la retaguardia, iluminaba el camino y transmitía la persecución al mundo entero. Un Glick reticente maldecía en voz alta, mientras tartamudeaba un comentario aterrorizado.

El teniente Chartrand había calculado en una ocasión que el pasillo principal de la basílica de San Pedro era más largo que un campo de fútbol. Esta noche, sin embargo, se le antojó el doble. Mientras corría tras el camarlengo, se preguntó adónde se dirigía el hombre. El camarlengo se hallaba en estado de shock, y deliraba sin duda, debido al trauma físico y a su participación involuntaria en la terrible masacre acontecida en el despacho del Papa.

Más adelante, donde no llegaba la luz del foco de la cámara, el camarlengo gritaba jubiloso.

—¡Sobre esta roca construiré mi Iglesia!

Chartrand sabía que el hombre estaba vociferando un fragmento de las Escrituras. Mateo, 16.18, si no recordaba mal. *Sobre esta roca construiré mi Iglesia.* Era una frase casi cruelmente inapropiada: la Iglesia estaba a punto de ser destruida. No cabía duda de que el camarlengo había enloquecido.

¿O no?

Por un brevísimo instante, el alma de Chartrand palpitó. Siempre había pensado que las visiones sagradas y los mensajes divinos eran fantasías, el producto de mentes fanáticas que oían lo que querían oír. ¡Dios no actuaba directamente!

Un momento después, no obstante, como si el Espíritu Santo hubiera descendido para convencer a Chartrand de Su poder, tuvo una visión.

A cincuenta metros de donde estaba, en el centro de la iglesia, apareció un fantasma, una silueta diáfana, resplandeciente. La pálida forma era el camarlengo semidesnudo. El espectro parecía transparente, como si irradiara luz. Chartrand se detuvo y notó un nudo en el estómago. *¡El camarlengo está brillando!* Daba la impresión de que su cuerpo refulgía más ahora. Después, empezó a encogerse, cada vez más, hasta que desapareció como por arte de magia en la negrura del suelo.

• • •

Langdon también había visto el fantasma. Por un momento, creyó que había sido testigo de una visión mágica, pero cuando pasó ante el estupefacto Chartrand y corrió hacia el punto donde había desaparecido el camarlengo, comprendió lo que acababa de ocurrir. Ventresca había llegado al Nicho de los Palios, la cámara subterránea iluminada por noventa y nueve lámparas de aceite. Las lámparas del nicho alumbraban desde abajo, y le iluminaban como un fantasma. Después, cuando el camarlengo bajó por la escalera, dio la impresión de que desaparecía bajo el suelo.

Langdon llegó sin aliento al borde de la cámara subterránea. Al final de la escalera, iluminado por el resplandor dorado de las lámparas de aceite, el camarlengo corría hacia las puertas de cristal que daban acceso a la cripta que contenía el famoso cofre dorado.

¿Qué está haciendo?, se preguntó Langdon. *No pensará que el cofre dorado...*

El camarlengo abrió las puertas y entró. Hizo caso omiso del cofre dorado, y unos dos metros más allá cayó de rodillas y pugnó por levantar una rejilla de hierro empotrada en el suelo.

Langdon miraba horrorizado, y comprendió ahora adónde se dirigía el camarlengo. *¡Santo Dios, no!* Bajó corriendo por las escaleras.

—¡No, padre!

Cuando Langdon abrió las puertas de cristal y corrió hacia el camarlengo, vio que el hombre tiraba de la rejilla, la cual se desprendió con un ruido ensordecedor, revelando un pozo estrecho y una escalera empinada que desaparecía en la nada. Cuando el camarlengo avanzó hacia el hueco, Langdon aferró sus hombros desnudos y tiró de él. La piel del hombre estaba resbaladiza de sudor, pero Langdon no lo soltó.

El camarlengo giró en redondo, sobresaltado.

—¿Qué está haciendo?

Langdon se sorprendió cuando sus ojos se encontraron. La mirada del camarlengo ya no era la de un hombre en trance. Sus ojos eran penetrantes, y brillaban con una lúcida determinación. La marca de su pecho tenía un aspecto atroz.

—Padre —dijo Langdon con la mayor calma posible—, no puede bajar ahí. Hemos de evacuar el Vaticano.

—Hijo mío —contestó el camarlengo con voz siniestramente cuerda—, acabo de recibir un mensaje. Sé...

—¡Camarlengo!

Eran Chartrand y los demás. Bajaron corriendo por la escalera, iluminados por el foco de Macri.

Cuando Chartrand vio el boquete del suelo, sus ojos se llenaron de temor. Se persignó y dirigió una mirada de agradecimiento a Langdon por haber detenido al camarlengo. Langdon comprendió. Había leído lo suficiente sobre arquitectura del Vaticano para saber lo que había debajo de aquella rejilla. Era el lugar más sagrado de toda la cristiandad. *Terra Santa.* Algunos lo llamaban la Necrópolis. Otros las Catacumbas. Según los relatos de los pocos sacerdotes que habían bajado, la Necrópolis era un oscuro laberinto de criptas subterráneas, capaces de tragarse a un visitante si se extraviaba. No era el lugar más adecuado para perseguir al camarlengo.

—Signore —suplicó Chartrand—, se encuentra en estado de shock. Hemos de abandonar este lugar. No puede bajar ahí. Sería un suicidio.

De pronto, el camarlengo adoptó una expresión estoica. Apoyó una mano serena sobre el hombro de Chartrand.

—Gracias por su preocupación y lealtad. No sabe cuánto se lo agradezco. Pero he tenido una revelación. Sé dónde está la antimateria.

Todo el mundo le miró.

El camarlengo se volvió hacia el grupo.

—Sobre esta roca construiré mi Iglesia. Ése era el mensaje. El significado es claro.

Langdon aún no conseguía comprender por qué el camarlengo estaba tan convencido de que Dios le había hablado, y mucho menos de que había descifrado el mensaje. *¿Sobre esta roca construiré mi Iglesia?* Eran las palabras pronunciadas por Jesús cuando eligió a Pedro como primer apóstol. ¿Qué relación tenían con la situación?

Macri se acercó para tomar un primer plano. Glick estaba mudo, como paralizado.

El camarlengo habló más deprisa.

—Los Illuminati han colocado su arma de destrucción en la mismísima piedra angular de esta Iglesia. En sus cimientos. —Señaló la escalera—. En la mismísima roca sobre la que fue construida esta Iglesia. Y yo sé dónde está esa roca.

Langdon estaba seguro de que había llegado el momento de reducir al camarlengo y llevárselo a rastras. Por más lucidez que aparentara, el sacerdote estaba profiriendo necedades. *¿Una roca? ¿La piedra angular en los cimientos?* La escalera que tenían ante ellos no conducía a los cimientos, sino a la necrópolis.

—¡La cita es una metáfora, padre! ¡No existe esa *roca*!

Una extraña tristeza invadió al camarlengo.

—Sí que existe la roca, hijo mío. —Señaló el agujero—. *Pietro è la pietra.*

Langdon se quedó de una pieza. Al instante, lo comprendió todo.

La austera sencillez de la situación le produjo escalofríos. Mientras miraba la larga escalera, cayó en la cuenta de que sí había una roca sepultada en la oscuridad.

Pietro è la pietra.

La fe de Pedro en Dios era tan férrea que Jesús llamaba a Pedro «la Roca», el discípulo inconmovible sobre cuyos hombros Jesús construiría su Iglesia. En este mismo lugar, comprendió Langdon (la colina del Vaticano), Pedro había sido crucificado y sepultado. Los primitivos cristianos edificaron un pequeño altar sobre su tumba. Cuando la cristiandad se expandió, el altar aumentó de tamaño, capa tras capa, hasta culminar en esta colosal basílica. Toda la fe católica había sido construida, literalmente, sobre la tumba de san Pedro. La roca.

—La antimateria está en la tumba de san Pedro —dijo el camarlengo con voz cristalina.

Pese al aparente origen sobrenatural de la información, Langdon intuyó una lógica impecable en la situación. Colocar la antimateria sobre la tumba de san Pedro parecía dolorosamente obvio. Los Illuminati, en un acto de desafío simbólico, habían plantado la antimateria en el corazón de la cristiandad, en un sentido literal y simbólico al mismo tiempo. *La infiltración suprema.*

—Y si hacen falta pruebas profanas —dijo el camarlengo en tono impaciente—, acabo de encontrar la rejilla abierta. —Señaló el boquete del suelo—. Nunca ha estado abierta. Alguien ha estado ahí abajo... hace poco.

Todo el mundo miró la abertura.

Un instante después, con engañosa agilidad, el camarlengo agarró una lámpara de aceite y se encaminó hacia el hueco.

119

Los escalones de piedra descendían a las entrañas de la tierra.

Voy a morir aquí, pensó Vittoria, al tiempo que aferraba el pasamanos y seguía a los demás por el estrecho pasadizo. Aunque Langdon había pretendido detener al camarlengo, Chartrand había sujetado a Langdon para impedírselo. Por lo visto, el joven guardia estaba convencido de que el sacerdote sabía lo que hacía.

Tras una breve refriega, Langdon se soltó y persiguió al camarlengo, con Chartrand pisándole los talones. Vittoria había corrido tras ellos.

La pendiente era tan empinada que cualquier paso en falso podía significar una caída mortal. Muy abajo distinguió el resplandor dorado de la lámpara de aceite del camarlengo. Detrás de ella, Vittoria oyó los apresurados movimientos de los reporteros de la BBC. El foco de la cámara proyectaba sombras monstruosas en el pasadizo, además de iluminar a Langdon y Chartrand. Vittoria apenas podía creer que el mundo estuviera siendo testigo de esta locura. *¡Deja de filmar!* De todos modos, sabía que gracias al foco veían los escalones que pisaban.

Mientras la persecución continuaba, los pensamientos de Vittoria se agitaban como una tempestad. ¿Qué estaba haciendo el camarlengo ahí abajo, aunque pudiera encontrar la antimateria? ¡No quedaba tiempo!

Vittoria se sorprendió al caer en la cuenta de que su intuición le estaba diciendo que el camarlengo tal vez estaba en lo cierto. Ocultar la antimateria tres pisos bajo tierra casi parecía una elección noble y piadosa. A una buena profundidad, como en el almacén de materias peligrosas del CERN, la explosión de la antimateria quedaría restringida en parte. No habría onda de calor, ni metralla voladora que hiriera a la gente congregada en la plaza de San Pedro, tan sólo un cráter bíblico en la tierra y una enorme basílica que se hundiría en él.

¿Había sido éste el único acto decente de Kohler? ¿Salvar vidas? Vittoria aún no podía creer que el director hubiera estado implicado. Podía aceptar su odio a la religión, pero esta espantosa conspiración parecía superarle. ¿Era tan profundo el odio de Kohler? ¿Lo bastante para destruir el Vaticano, contratar a un asesino, asesinar a su padre, al Papa y a cuatro cardenales? Se le antojaba impensable. ¿Cómo había podido urdir Kohler esta traición dentro de los propios muros del Vaticano? *Rocher era el infiltrado de Kohler,* pensó Vittoria. *Rocher era un Illuminatus.* No cabía duda de que el capitán Rocher tenía llaves de todo: los aposentos del Papa, *Il Passetto,* la Necrópolis, la tumba de san Pedro... Podría haber ocultado la antimateria en la tumba del santo, un lugar de acceso muy restringido, y luego ordenado a sus guardias que no perdieran tiempo registrando las zonas prohibidas del Vaticano. Rocher sabía que nadie encontraría jamás el contenedor.

Pero el capitán no podía imaginarse que el camarlengo recibiría un mensaje del cielo.

El mensaje. Éste era el acto de fe que Vittoria aún luchaba por aceptar. ¿Se había *comunicado* Dios con el camarlengo? Su instinto le decía que no, pero ella misma, por su profesión, había estudiado interrelaciones muy peculiares: huevos de la misma puesta de tortugas marinas, llevados a laboratorios separados por miles de kilómetros, que se abrían en el mismo instante, extensiones tan grandes como hectáreas de medusas que palpitaban con un ritmo perfecto, como si formaran una sola mente... *Existen líneas de comunicación invisibles en todas partes,* pensó.

Pero ¿entre Dios y el hombre?

Ojalá su padre le hubiera transmitido su fe. En una ocasión, le había explicado la comunicación divina en términos científicos, y la había convencido. Aún recordaba el día en que le había visto rezando y le preguntó:

—Padre, ¿por qué te molestas en rezar? Dios no puede contestarte.

Leonardo Vetra había alzado la vista con una sonrisa paternal.

—Mi hija la escéptica. ¿Así que no crees que Dios habla al hombre? Déjame traducirlo a tu lenguaje. —Bajó un modelo de un cerebro humano de un estante y lo dejó delante de ella—. Como imagino que sabrás, Vittoria, los seres humanos utilizan un porcentaje muy pequeño de su capacidad cerebral. Sin embargo, si los colocas en situaciones cargadas de emotividad, como traumas físicos, extrema alegría o miedo, profunda meditación, de repente sus neuronas empiezan a dispararse como locas, lo cual da como resultado una clarividencia mental mucho mayor.

—¿Y qué? —repuso Vittoria—. El que tú pienses con lucidez no significa que hables con Dios.

—¡Ajá! —exclamó Vetra—. Y no obstante, soluciones notables a problemas en apariencia insolubles suelen aparecer en estos momentos de clarividencia. Es lo que los gurús llaman conciencia superior; los biólogos, estados alterados, y los psicólogos hipersensibilidad. —Hizo una pausa—. Y los cristianos lo llaman respuesta a una oración. —Sonrió—. A veces, la revelación divina sólo significa adaptar tu cerebro para escuchar lo que tu corazón ya sabe.

Mientras corría en la oscuridad, Vittoria pensó que tal vez su padre tenía razón. ¿Costaba tanto creer que el traumatismo del camarlengo había inducido en su mente un estado en el que había «descubierto» el emplazamiento de la antimateria?

Cada uno de nosotros es Dios, había dicho Buda. *Cada uno de nosotros lo sabe todo. Sólo necesitamos abrir nuestras mentes para escuchar nuestra propia sabiduría.*

Fue en ese momento de clarividencia, mientras Vittoria continuaba descendiendo, cuando sintió que su mente se abría, que su sabiduría ascendía a la superficie... Supo sin el menor asomo de duda cuáles eran las intenciones del camarlengo. Sintió más miedo que nunca.

—¡No, camarlengo! —gritó—. ¡Usted no lo entiende! —Vittoria imaginó la multitud congregada en la plaza de San Pedro y la sangre se le heló en las venas—. Si desplaza la antimateria a la superficie... ¡todo el mundo *morirá*!

Langdon avanzaba a grandes zancadas. El pasadizo era angosto, pero ya no sentía claustrofobia. Aquel miedo debilitador de otros tiempos había dado paso a un temor mucho más profundo.

—¡Camarlengo! —Langdon se dio cuenta de que estaba acercándose al resplandor de la lámpara—. ¡Deje la antimateria donde está! ¡No podemos hacer otra cosa!

Nada más pronunciar las palabras, no dio crédito a sus oídos. No sólo había aceptado la divina revelación del emplazamiento de la antimateria, sino que estaba abogando por la destrucción de la basílica de San Pedro, una de las grandes obras arquitectónicas de la tierra, así como de las obras de arte que contenía.

Pero la gente que hay afuera... Es la única solución.

Parecía una cruel ironía que la única manera de salvar a la gente consistiera en destruir San Pedro. Langdon imaginó que el simbolismo divertiría a los Illuminati.

El aire procedente del fondo del túnel era frío y húmedo. En algún lugar de aquellas profundidades se hallaba la sagrada necrópolis, la sepultura de san Pedro y de incontables cristianos de los primeros tiempos. Langdon sintió un escalofrío, y confió en que no estuvieran empeñados en una misión suicida.

De repente, la lámpara del camarlengo pareció detenerse. Langdon no tardó en darle alcance.

El final de la escalera se materializó en la oscuridad. Una puerta de hierro forjado con tres calaveras talladas bloqueaba el paso. El camarlengo estaba abriendo la puerta. Langdon dio un salto y la cerró. Los demás bajaron en tropel por la escalera, pálidos como fantasmas a la luz del foco, sobre todo Glick, cuya lividez se acentuaba a cada paso que daba.

Chartrand agarró a Langdon.

—¡Deje pasar al camarlengo!

—¡No! —gritó Vittoria desde arriba, sin aliento—. ¡Hemos de salir ahora mismo! ¡*No podemos* sacar la antimateria de aquí! ¡Si la trasladamos arriba, toda la gente congregada en la plaza *morirá*!

El camarlengo habló con voz muy serena.

—Hemos de tener fe. Nos queda poco tiempo.

—Usted no lo entiende —dijo Vittoria—. ¡Una explosión en la superficie será mucho peor que aquí abajo!

El camarlengo la miró, con un brillo de cordura en los ojos.

—¿Quién ha hablado de una explosión en la superficie?

Vittoria le miró fijamente.

—¿La va a *dejar* aquí?

La seguridad del camarlengo era hipnótica.

—Esta noche no habrá más muertes.

—Pero, padre...

—Por favor... Un poco de *fe*. —La voz del camarlengo se convirtió en un susurro—. No les pido que se queden conmigo. Son libres de marcharse. Sólo pido que no se entrometan en Sus designios. Déjenme hacer lo que se me ha ordenado. Voy a salvar a esta Iglesia. Estoy en condiciones de hacerlo. Lo juro por mi vida.

El silencio que siguió fue atronador.

120

Las once y cincuenta y un minutos.

Necrópolis significa literalmente *ciudad de los muertos.*

Lo que había leído Robert Langdon acerca de este lugar no le había preparado para el momento de verlo. El colosal subterráneo estaba lleno de mausoleos semiderruidos, como casitas construidas sobre el suelo de la caverna. El aire olía a muerte. Un laberinto de angostos pasillos serpenteaba entre los monumentos funerarios, en su mayoría construidos de ladrillo con revestimientos de mármol. Al igual que columnas de polvo, incontables pilares de tierra se alzaban, los cuales sostenían un techo de tierra, que colgaba a baja altura sobre el siniestro villorrio.

La ciudad de los muertos, pensó Langdon, que se sentía atrapado entre el pasmo del erudito y el miedo. Los demás y él se internaron más en los pasadizos. *¿He tomado la decisión equivocada?*

Chartrand había sido el primero en rendirse al hechizo del camarlengo. Glick y Macri, a instancias del sacerdote, habían accedido a facilitar luz para la búsqueda, si bien teniendo en cuenta los aplausos que recibirían si salían de allí con vida, sus motivos eran dudosos. Vittoria había sido la menos entusiasta de todos, y Langdon había visto en sus ojos una cautela que cualquiera habría calificado de intuición femenina.

Ahora es demasiado tarde, pensó, mientras Vittoria y él seguían a los demás. *No podemos volver atrás.*

La joven guardaba silencio, pero Langdon sabía que estaban pensando lo mismo. *Nueve minutos no bastan para alejarse del Vaticano si el camarlengo se ha equivocado.*

Mientras corrían entre los mausoleos, Langdon notó las piernas cansadas, y reparó con sorpresa en que el grupo estaba ascendiendo una pendiente empinada. Cuando comprendió por qué, la explicación le provocó escalofríos. La topografía que pisaba era la misma de los tiempos de Cristo. ¡Estaba corriendo sobre la colina del Vaticano original! Langdon había oído afirmar a estudiosos del Vaticano que la tumba de san Pedro estaba cerca de la cumbre de dicha colina, y siempre se había preguntado cómo lo sabían. Ahora, lo entendió. *¡La maldita colina sigue en su sitio!*

Langdon experimentó la sensación de que estaba atravesando páginas de la historia. Delante, no lejos de él, se hallaba la tumba de san Pedro, *la* reliquia cristiana. Costaba imaginar que un modesto altar había señalado el emplazamiento de la tumba original. Ya no era así. A medida que aumentaba la preeminencia de san Pedro, se construyeron nuevos altares sobre el antiguo, y ahora, el homenaje se alzaba a más de ciento treinta metros sobre el suelo, hasta la cúspide de la cúpula de Miguel Ángel, que se hallaba en línea recta sobre la tumba original.

Siguieron ascendiendo por los pasadizos sinuosos. Langdon consultó su reloj. *Ocho minutos.* Empezó a preguntarse si Vittoria y él se reunirían con los cadáveres enterrados en este lugar hasta el fin de los tiempos.

—¡Cuidado! —gritó Glick desde atrás—. ¡Nidos de serpientes!

Langdon los vio a tiempo. Una serie de pequeños huecos aparecían en el sendero. Saltó sobre ellos.

Vittoria le imitó, con semblante inquieto.

—¿Nidos de serpientes?

—En realidad, servían para alimentar a los muertos, pero dejémoslo aquí.

Acababa de darse cuenta de que los huecos eran tubos de libaciones. Los cristianos primitivos creían en la resurrección de la carne, y utilizaban los agujeros para «dar de comer a los muertos» literalmente, vertiendo leche y miel en las criptas subterráneas.

El camarlengo se sentía débil.

Extraía fuerzas de la responsabilidad que sentía para con Dios y los hombres. *Casi hemos llegado.* Sufría dolores increíbles. *La mente puede causar mucho más dolor que el cuerpo.* Aún se sentía cansado. Sabía que le quedaba muy poco tiempo, pero era precioso.

—Yo salvaré tu Iglesia, Padre. Te lo juro.

Pese al foco de la cámara, por el cual se sentía agradecido, el camarlengo sostenía en alto la lámpara de aceite. *Soy un faro en la oscuridad. Yo soy la luz.* El líquido inflamable de la lámpara se agitaba mientras corría, y temió que se derramara y le quemara. Ya había sufrido bastantes quemaduras por una noche.

Cuando se acercó a la cumbre de la colina, estaba bañado en sudor y apenas podía respirar, pero al coronar la cima se sintió renacer. Se tambaleó sobre la extensión lisa de tierra que tantas veces había pisado. El sendero terminaba aquí. La necrópolis moría con brusquedad en un muro de tierra. Un diminuto letrero rezaba *Mausoleum S.*

La tomba di San Pietro.

Ante él, a la altura de la cintura, había una abertura en la pared. No la anunciaban ni fanfarrias ni placas doradas. Era un simple agujero en el muro, tras el cual había una pequeña gruta y un humilde sarcófago en estado deplorable. El camarlengo escudriñó el hueco y sonrió, agotado. Oyó que los demás se acercaban. Dejó en el suelo la lámpara de aceite y se arrodilló para rezar.

Gracias, Dios mío. Casi hemos terminado.

En la plaza, rodeado de príncipes de la Iglesia pasmados, el cardenal Mortati contemplaba las pantallas de las televisiones y seguía el drama que tenía lugar en el subsuelo. Ya no sabía qué creer. ¿Todo el mundo había presenciado lo que él había visto? ¿Era cierto que Dios había hablado al camarlengo? ¿Iba la antimateria a aparecer en la tumba de san Pedro?

—¡Mirad!

Una exclamación ahogada se elevó de la multitud.

—¡Allí! —Todo el mundo señaló la cripta—. ¡Es un milagro!

Mortati levantó la vista. La cámara se hallaba en un ángulo inestable, pero la imagen era clara. E inolvidable.

Filmado desde atrás, el camarlengo se había arrodillado para rezar sobre el suelo de tierra. Delante de él había un agujero en la pared. Dentro del hueco, entre los cascotes de piedras antiguas, había un ataúd de terracota. Aunque Mortati sólo había visto una vez en su vida el ataúd, sabía sin la menor duda lo que contenía.

San Pietro.

Mortati no era tan ingenuo como para suponer que los gritos de alegría y asombro que surgían de las masas expresaban su júbilo por haber podido ver la reliquia más sagrada de la cristiandad. La tumba de san Pedro no era lo que había impulsado a la gente a postrarse de hinojos y rezar. Era el objeto que descansaba sobre la tumba.

El contenedor de antimateria. Estaba allí, donde había estado todo el día, oculto en la oscuridad de la Necrópolis. Bruñido. Inexorable. Mortífero. La revelación del camarlengo era correcta.

Mortati contempló maravillado el cilindro transparente. La gota de líquido todavía flotaba en su centro. La gruta se teñía de rojo mientras la pantalla del contenedor desgranaba sus últimos cinco minutos de vida.

En la tumba, a pocos centímetros del contenedor, también se hallaba la cámara de seguridad inalámbrica de la Guardia Suiza, que apuntaba al contenedor y no dejaba de transmitir.

Mortati se persignó, convencido de que era la imagen más aterradora que había visto en su vida. Un momento después, no obstante, comprendió que la situación iba a empeorar.

El camarlengo se irguió de repente. Agarró la antimateria y se volvió hacia los demás. Su expresión mostraba una concentración absoluta. Pasó entre sus acompañantes y empezó a bajar la colina.

La cámara captó a Vittoria Vetra, paralizada de horror.

—¿Adónde va? ¡Camarlengo! ¿No había dicho que...?

—¡Tengan fe! —exclamó el sacerdote mientras se alejaba corriendo.

Vittoria se volvió hacia Langdon.

—¿Qué hacemos?

Langdon intentó detener al camarlengo, pero Chartrand se lo impidió una vez más, como si confiara en la convicción del sacerdote.

La imagen que transmitía la BBC era como un paseo en una montaña rusa. Tomas fugaces que revelaban terror y confusión, mientras el caótico cortejo corría entre las sombras hacia la entrada de la Necrópolis.

En la plaza, Mortati lanzó una exclamación ahogada; estaba aterrorizado.

—¿Va a subirla *aquí*?

Las televisiones de todo el mundo mostraron cómo el sacerdote salió corriendo de la Necrópolis con la antimateria en las manos.

—¡Esta noche no habrá más muertes!

Pero el camarlengo se equivocaba.

121

El camarlengo salió como una exhalación por las puertas de la basílica de San Pedro a las once y cincuenta y seis minutos. Se tambaleó a la luz de los focos, con la antimateria extendida ante él como una especie de ofrenda luminosa. Con sus ojos ardientes vio su propia figura, semidesnuda y herida, alta como un gigante, en las pantallas que rodeaban la plaza. Jamás había oído nada comparable al rugido que se elevó de la muchedumbre, una mezcla de llanto, chillido, cántico, oración, veneración y terror.

Líbranos del mal, susurró.

Se sentía agotado después de su carrera. Casi había culminado en un desastre. Robert Langdon y Vittoria Vetra habían querido interceptarle, devolver el contenedor a su escondite subterráneo, huir en busca de protección. *¡Ciegos idiotas!*

El camarlengo comprendió con aterradora claridad que, en cualquier otra ocasión, no habría ganado la carrera. Esta noche, sin embargo, Dios había estado de su parte una vez más. Chartrand había sujetado a Robert Langdon cuando estaba a punto de alcanzar al camarlengo. Los reporteros estaban fascinados e iban demasiado cargados con su equipo para intervenir.

Los caminos del Señor son inescrutables.

El camarlengo oía a los demás que se acercaban por detrás, los veía en la pantalla. Con un postrer esfuerzo, alzó la antimateria sobre su cabeza. Después, echó hacia atrás los hombros desnudos, en un acto de desafío a la marca de los Illuminati grabada en su pecho, y bajó a toda prisa la escalera.

Aún quedaba un último acto.

Buena suerte, pensó. *Buena suerte.*

Cuatro minutos…

Langdon se quedó casi ciego cuando salió de la basílica. Una vez más, los focos de las televisiones quemaron sus retinas. Sólo pudo distinguir el contorno borroso del camarlengo, que bajaba a toda prisa por la escalera. Por un instante, rodeado por el halo de los focos, adquirió un aspecto celestial, como una especie de deidad moderna. Su sotana le colgaba de la cintura como una mortaja. Su cuerpo, marcado a fuego y herido por sus enemigos, aún aguantaba. El camarlengo corría, erguido en toda su estatura, gritando al mundo que tuviera fe, en dirección a la muchedumbre, cargado con un arma de destrucción masiva.

Langdon salió en su persecución. *¿Qué está haciendo? ¡Los matará a todos!*

—¡La obra de Satanás no tiene cabida en la Casa de Dios! —gritó el camarlengo. Se precipitó hacia la multitud aterrorizada.

—¡Padre! —gritó Langdon—. ¡No hay escapatoria!

—¡Miren al cielo! ¡Nos hemos olvidado de mirar al cielo!

En aquel momento, Robert Langdon vio adónde se dirigía el camarlengo, y comprendió la verdad en toda su gloria. Aunque no podía verlo por culpa de los focos, sabía que la salvación aguardaba más adelante.

Un cielo italiano tachonado de estrellas. *La ruta de escape.*

El helicóptero que el camarlengo había pedido para conducirle al hospital esperaba, con el piloto sentado en la cabina, los rotores zumbando. Cuando el camarlengo corrió hacia él, Langdon experimentó una oleada de júbilo.

Sus pensamientos se desbocaron...

Lo que primero le vino a la mente fue el Mediterráneo en toda su extensión. ¿A qué distancia se hallaba? ¿Diez kilómetros? ¿Quince? Sabía que la playa de Fiumicino estaba a sólo siete minutos en tren. Pero en helicóptero, a trescientos kilómetros por hora, sin paradas... Si podían llegar hasta el mar y arrojar el contenedor... Cayó en la cuenta de que había otras opciones, y se sintió casi ingrávido mientras corría. *¡La Cava Romana!* Las canteras de mármol situadas al norte de la ciudad se hallaban a menos de cinco kilómetros de distancia. ¿Cuánto terreno abarcaban? ¿Tres kilómetros cuadrados? ¡Tenían que estar desiertas a estas horas! Arrojar el contenedor allí...

—¡Todo el mundo atrás! —gritó el camarlengo mientras corría—. ¡Aléjense inmediatamente!

Los Guardias Suizos que rodeaban el helicóptero miraron boquiabiertos al sacerdote cuando le vieron llegar.

—¡Atrás! —chilló.

Los guardias retrocedieron.

Mientras el mundo entero miraba asombrado, el camarlengo corrió hacia la puerta del piloto y la abrió de un tirón.

—¡Fuera, hijo! ¡Ya!

El guardia saltó.

El camarlengo miró el asiento elevado de la cabina y comprendió que, en su estado de agotamiento actual, necesitaría ambas manos para izarse. Se volvió hacia el piloto, que temblaba a su lado, y le confió el contenedor.

—Sujeta esto. Devuélvemelo cuando esté sentado.

Cuando el camarlengo subió, oyó los gritos de Robert Langdon, que corría hacia el aparato. *Ahora comprendes,* pensó el sacerdote. *¡Ahora tienes fe!*

Ventresca se acomodó en la cabina, movió unos cuantos mandos y se volvió hacia la ventanilla para recuperar el contenedor.

Pero el guardia al que había entregado el contenedor tenía las manos vacías.

—¡Él lo ha cogido! —gritó el guardia.

El corazón del camarlengo dio un vuelco.

—¿Quién?

El guardia señaló.

—¡Él!

Robert Langdon se quedó sorprendido por el peso del contenedor. Corrió hacia el otro lado del helicóptero y saltó al compartimiento trasero, donde Vittoria y él habían ido sentados tan sólo unas horas antes. Dejó la puerta abierta y se ciñó el cinturón de seguridad. Después, gritó al sacerdote:

—¡Despegue, padre!

El camarlengo torció el cuello en dirección a Langdon, muerto de miedo.

—¿Qué está haciendo?

—¡Usted pilote! ¡Yo la tiraré! —gritó Langdon—. ¡No queda tiempo! ¡Eleve este maldito aparato!

Por un breve momento, el camarlengo pareció paralizado, mientras los focos de las televisiones se reflejaban contra el parabrisas de la cabina y oscurecían las arrugas de su rostro.

—Puedo hacerlo solo —susurró—. Tengo que hacerlo solo.

Langdon no estaba escuchando. *¡Arriba!*, se oyó gritar. *¡Ya! ¡He venido a ayudarle!* Langdon miró el contenedor y se quedó sin respiración cuando vio las cifras que parpadeaban en la pantalla del contenedor.

—¡*Tres* minutos, padre! ¡*Tres*!

La cifra devolvió la cordura al camarlengo. Sin vacilar, se volvió hacia los controles. El helicóptero se elevó con un rugido.

Langdon, a través de una nube de polvo, vio que Vittoria corría hacia el helicóptero. Sus ojos se encontraron, y después ella se derrumbó como un saco.

122

En el interior del helicóptero, el gemido de los rotores y el estruendo del viento que se colaba por la puerta abierta asaltaron los sentidos de Langdon como un caos ensordecedor. Resistió el tirón de la gravedad cuando el aparato ascendió aceleradamente. El resplandor de la plaza de San Pedro disminuyó bajo ellos, hasta convertirse en una elipse luminosa amorfa que brillaba en un mar de luces.

El contenedor de antimateria pesaba como un muerto en las manos de Langdon. Lo sujetaba con firmeza, con las palmas resbaladizas a causa del sudor y la sangre. La gota de antimateria flotaba con calma dentro del contenedor, mientras el contador lanzaba destellos rojos.

—¡Dos minutos! —gritó Langdon, y se preguntó dónde pensaba tirar el camarlengo la antimateria.

Las luces de la ciudad se extendían en todas direcciones. Hacia el oeste, a lo lejos, Langdon distinguió el contorno parpadeante de la costa mediterránea, una frontera mellada de luminiscencia que lindaba con una nada infinita. El mar parecía estar más lejano de lo que Langdon había imaginado. Además, la concentración de luces en la costa era un crudo recordatorio de que, incluso mar adentro, una explosión tendría efectos devastadores. Langdon ni siquiera se había parado a pensar en las consecuencias de una marejada de diez kilotones que alcanzara la costa.

Cuando se volvió y clavó la vista en el frente, sus esperanzas aumentaron. Frente a ellos, las sombras onduladas de las colinas de Roma se cernían en la noche. Las colinas estaban sembradas de luces (las villas de los muy ricos), pero a un kilómetro al norte, la oscuridad reinaba en ellas. No había luces, sino una inmensa bolsa de negrura. Nada.

¡Las canteras!, pensó Langdon. *¡La Cava Romana!*

Examinó con sumo detenimiento la extensión de tierra desnuda y calculó que era lo bastante grande. Parecía cercana, además. Mucho más cercana que el mar. Una oleada de júbilo le invadió. ¡Aquí era donde el camarlengo pensaba arrojar la antimateria! ¡El helicóptero seguía esa dirección! ¡Las canteras! No obstante, pese a que el ruido de los motores había aumentado y el helicóptero volaba a gran velocidad, no parecía que estuvieran más cerca de las canteras. Perplejo, miró por la puerta lateral para orientarse. Lo que vio transformó su alegría en una oleada de pánico. Bajo ellos, a cientos de metros, brillaban los focos de las televisiones apostadas en la plaza de San Pedro.

¡Aún estamos sobre el Vaticano!

—¡Camarlengo! —exclamó Langdon—. ¡Siga adelante! ¡Hemos alcanzado la altitud *suficiente*, pero ha de avanzar! ¡No podemos arrojar el contenedor sobre el Vaticano!

El sacerdote no contestó. Al parecer, estaba concentrado en pilotar el aparato.

—¡Nos quedan menos de dos minutos! —gritó Langdon, con el contenedor en alto—. ¡*La Cava Romana* ya se ve! ¡Está a unos dos kilómetros al norte! No hemos de...

—No —contestó el camarlengo—. Es demasiado peligroso. Lo siento. —Mientras el helicóptero seguía elevándose, el camarlengo se volvió hacia Langdon y le dedicó una sonrisa contrita—. Ojalá no hubiera venido, amigo mío. No hay otro sacrificio mayor.

Langdon miró a los ojos agotados del camarlengo y comprendió. Se le heló la sangre en las venas.

—Pero... ¡tiene que haber algún sitio al que podamos ir!

—*Arriba* —replicó el camarlengo con voz resignada—. Es la única garantía.

Langdon apenas pudo pensar. Había malinterpretado el plan del camarlengo. *¡Miren al cielo!*

Y al *cielo* se dirigían, literalmente. El sacerdote no había albergado en ningún momento la intención de arrojar la antimateria. Estaba alejándose del Vaticano lo máximo posible, nada más.

Era un viaje sin retorno.

123

En la plaza de San Pedro, Vittoria Vetra escudriñaba el cielo. El helicóptero no era más que un punto luminoso, que los focos de las televisiones ya no alcanzaban. Incluso el rugido de los motores se había convertido en un zumbido lejano. Tuvo la sensación, en aquel instante, de que todo el mundo se concentraba en el cielo, sumido en un silencio impaciente, todos los pueblos, todas las confesiones religiosas, todos los corazones latiendo al unísono...

Las emociones de Vittoria eran como un ciclón de agonías diversas. Cuando el helicóptero desapareció de su vista, imaginó la cara de Robert. *¿En qué había estado pensando? ¿Es que no lo comprendía?*

Las cámaras de televisión taladraban la oscuridad, a la espera. Un mar de rostros escrutaba el cielo, unidos en una silenciosa cuenta atrás. Todas las pantallas transmitían la misma escena serena, un cielo romano tachonado de estrellas brillantes. Vittoria sintió que las lágrimas empezaban a agolparse en sus ojos.

Detrás de ella, ciento sesenta y un cardenales miraban hacia arriba, imbuidos de un temor reverencial. Algunos tenían las manos enlazadas y rezaban. La mayoría estaban inmóviles, como transfigurados. Algunos lloraban. Los segundos iban transcurriendo.

En casas, bares, tiendas, aeropuertos, hospitales del mundo entero, las almas se unían en una vigilia universal. Hombres y mujeres se tomaban de las manos. Otros abrazaban a sus hijos. Daba la impresión de que el tiempo se había detenido.

Después, cruelmente, las campanas de San Pedro empezaron a doblar.

Vittoria dejó escapar las lágrimas.

Después, mientras todo el mundo miraba, el tiempo se agotó...

El silencio de muerte fue lo más aterrador de todo.

Un punto de luz apareció en el cielo, sobre el Vaticano. Por un instante, nació un nuevo cuerpo celeste, un punto de luz tan pura y blanca como nadie había visto jamás.

Entonces ocurrió.

Un destello. El punto aumentó de tamaño, como si se alimentara de sí mismo, se expandió por el cielo en un radio dilatado de blancura cegadora. Estalló en todas direcciones, aceleró con velocidad incomprensible, devoró la oscuridad. Cuando la esfera de luz creció, aumentó su intensidad, como un monstruo dispuesto a consumir todo el firmamento. Se precipitó hacia el suelo, a una velocidad cada vez mayor.

La multitud de rostros humanos cegados lanzó una exclamación al unísono, se protegió los ojos y gritó aterrorizada.

Cuando la luz se esparció en todas direcciones, ocurrió lo inimaginable. Como impulsada por la voluntad de Dios, la onda de choque pareció colisionar contra un muro. Fue como si la explosión tuviera lugar en el interior de una gigantesca esfera de cristal. La luz rebotó hacia dentro, se hizo más intensa, onduló sobre sí misma. Dio la impresión de que la onda alcanzaba un diámetro predeterminado y se inmovilizaba. Por un instante, una perfecta esfera de luz silenciosa brilló sobre Roma. La noche dio paso al día.

Entonces estalló.

La detonación fue profunda y hueca, una onda de choque atronadora. Descendió sobre la multitud congregada como la ira del infierno, sacudió los cimientos de granito del Vaticano, dejó a muchos sin respiración, mientras otros retrocedían dando tumbos. La reverberación dio la vuelta a la columnata y fue seguida por un súbito torrente de aire caliente. El viento azotó la plaza, emitió un gemido sepulcral cuando silbó entre las columnas y azotó las paredes. Luego remolineó mientras la gente se encogía... Se habían convertido en los testigos del Apocalipsis.

Después, tan veloz como había aparecido, la esfera implosionó, hasta transformarse en el diminuto punto de luz del que había surgido.

124

Nunca tantos habían guardado semejante silencio.

Todos los rostros presentes en la plaza de San Pedro apartaron los ojos del cielo oscurecido y agacharon la cabeza, asombrados. Los focos de las televisiones los imitaron, como en honor de la negrura que se estaba posando sobre ellos. Por un momento, dio la impresión de que el mundo entero había inclinado la cabeza al mismo tiempo.

El cardenal Mortati se arrodilló para rezar, y los demás cardenales se unieron a él. Los miembros de la Guardia Suiza rindieron sus largas alabardas y permanecieron aturdidos. Nadie habló. Nadie se movió. En todas partes, los corazones se estremecieron de emoción. Duelo. Miedo. Asombro. Fe. Y respeto mezclado con temor por el nuevo y terrorífico poder que acababan de presenciar.

Vittoria Vetra estaba temblando al pie de la escalinata de la basílica de San Pedro. Cerró los ojos. Entre la tempestad de emociones que hervía en su sangre, una sola palabra doblaba como una campana lejana. Prístina. Cruel. La expulsó. Pero la palabra siguió resonando en su cerebro. Volvió a rechazarla. El dolor era demasiado grande. Intentó perderse en las imágenes que brillaban en las mentes de los demás… El camarlengo… Proezas de valentía… Milagros… Generosidad… Pero la palabra seguía resonando… en el caos con punzante soledad.

Robert.

Había ido a rescatarla al castillo de Sant'Angelo.

La había salvado.

Y ahora su creación le había destruido.

Mientras el cardenal Mortati rezaba, se preguntó si él también oiría la voz de Dios, como el camarlengo. *¿Es preciso creer en milagros para experimentarlos?* Mortati era un hombre moderno que vivía en el seno de una fe antigua. Los milagros nunca habían formado parte de sus creencias. Cierto, su fe hablaba de milagros, palmas sangrantes, resurrecciones, rostros impresos en sudarios... y no obstante, la mente racional de Mortati siempre había justificado estas narraciones como parte del mito. No eran más que el resultado de la mayor flaqueza del hombre, su *necesidad* de pruebas. Los milagros no eran más que cuentos, a los que todos nos aferrábamos porque *deseábamos* que fueran realidad.

Y no obstante...

¿Soy tan moderno que no puedo aceptar lo que mis ojos acaban de presenciar? Era un milagro, ¿verdad? ¡Sí! Dios, susurrando unas palabras en el oído del camarlengo, había intervenido para salvar a esta Iglesia. ¿Por qué costaba tanto creerlo? ¿Qué podríamos decir de Dios si no hubiera hecho nada? ¿Que el Todopoderoso no se preocupaba de los hombres? ¿Que era incapaz de impedir la tragedia? *¡La única respuesta posible era un milagro!*

Rezó por el alma del camarlengo. Dio gracias al joven sacerdote, quien, pese a su juventud, había abierto los ojos de este anciano a los milagros de la fe ciega.

Por increíble que pareciera, Mortati no sospechaba hasta qué punto iba a ser puesta a prueba su fe...

Al principio, unas pocas voces rompieron el silencio de la plaza. Después se elevó un murmullo. Y luego, de repente, un rugido. Sin previo aviso, la multitud gritó al unísono.

—¡Mirad! ¡Mirad!

Mortati abrió los ojos y se volvió hacia la muchedumbre. Todo el mundo estaba señalando detrás de él, hacia la fachada de la basílica. Los rostros estaban pálidos. Algunas personas se arrodillaron. Otras se desmayaron. Muchas estallaron en sollozos incontenibles.

—¡Mirad! ¡Mirad!

Mortati se volvió, perplejo, hacia donde apuntaban las manos extendidas. Señalaban el nivel superior de la basílica, el tejado, donde enormes estatuas de Cristo y sus apóstoles vigilaban a la muchedumbre.

Allí, a la derecha de Jesús, con los brazos extendidos al mundo, se erguía el camarlengo Carlo Ventresca.

125

Robert Langdon ya no estaba cayendo.

El terror se había desvanecido. Tampoco sentía dolor. No oía el sonido del viento huracanado, sólo el rumor del agua, como si estuviera adormecido en una playa.

Langdon intuyó que eso era la muerte. Se sintió contento. No se opuso a que el aturdimiento se apoderara de él por completo. Dejó que le condujera adonde debiera ir. Su miedo y dolor estaban anestesiados, y no deseaba sentirlos de nuevo bajo ningún concepto. Su último recuerdo era uno de esos que sólo habría podido conjurar en el infierno.

Llévame. Por favor...

Pero el rumor que le estaba arrullando con una lejana sensación de paz también tiraba de él. Intentaba despertarle del sueño. *¡No! ¡Déjame en paz!* No quería despertar. Presentía que su arrobo estaba expuesto al ataque de demonios agazapados, ansiosos por arrancarle de su embeleso. Imágenes borrosas remolineaban. Gritaban voces. Aullaba el viento. *¡No, por favor!* Cuanto más se resistía, más se filtraba la furia.

De pronto, volvió a revivir todo...

El helicóptero ascendía a una velocidad mareante. Langdon estaba atrapado dentro. Las luces de Roma se alejaban más cada segundo que pasaba. Su instinto de supervivencia le aconsejaba arrojar el contenedor en ese mismo instante. Langdon sabía que tardaría menos de veinte segundos en descender un kilómetro. Pero caería sobre una ciudad populosa.

¡Más arriba! ¡Más arriba!

Langdon se preguntó a qué altitud estarían. Sabía que los aviones pequeños alcanzaban altitudes de unos seis mil metros. El helicóptero ya había subido bastante. *¿Tres mil metros? ¿Cuatro mil quinientos?* Aún existía una oportunidad. Si calculaban bien, el contenedor estallaría a una distancia prudencial, tanto del suelo como del helicóptero. Langdon contempló la ciudad que se extendía bajo ellos.

—¿Y si calcula mal? —preguntó el camarlengo.

Langdon se volvió, sobresaltado. El sacerdote ni siquiera le estaba mirando, pero al parecer había leído sus pensamientos en el fantasmal reflejo del parabrisas. Carlo Ventresca ya no estaba concentrado en los controles del helicoptero. Era como si el aparato volara con el piloto automático, siempre ascendiendo. El camarlengo alzó la mano, buscó detrás de una caja protectora de cables y extrajo una llave escondida.

Langdon vio perplejo que abría con la llave la caja metálica fija entre los asientos. Sacó un paquete grande y negro de nailon provisto de correas y un cinturón. Lo dejó en el asiento del copiloto. Langdon se devanó los sesos. Los movimientos del camarlengo parecían serenos, como si hubiera encontrado una solución.

—Déme el contenedor —dijo con calma.

Langdon ya no sabía qué pensar. Entregó el contenedor al camarlengo.

—¡Noventa segundos!

Lo que el camarlengo hizo con la antimateria sorprendió sobremanera a Langdon. La sostuvo con cuidado en las manos y la depositó dentro de la caja. Después, bajó la pesada tapa y la cerró con llave.

—¿Qué está haciendo? —preguntó Langdon.

—Alejarnos de la tentación.

El camarlengo tiró la llave por la ventanilla abierta.

Mientras la llave caía en la noche, Langdon sintió que su alma se desplomaba con ella.

A continuación, el camarlengo tomó el paquete de nailon y pasó los brazos por las correas como si fuera una mochila. Se abrochó un cinturón alrededor del estómago y luego se volvió hacia un estupefacto Langdon.

—Lo siento —dijo el camarlengo—. No debía suceder así.

Abrió la puerta de la carlinga y se arrojó a la noche.

La imagen estaba grabada a fuego en la mente inconsciente de Langdon, y con ella llegó el dolor. Dolor de verdad. Dolor físico. Suplicó que terminara de una vez, pero mientras el agua chapaleaba en sus oídos con más intensidad, nuevas imágenes empezaron a destellar. Su infierno no había hecho más que empezar. El pánico se manifestaba como instantáneas fragmentadas. Se encontraba a medio camino entre la muerte y la pesadilla, y suplicaba que le liberaran, pero las imágenes que desfilaban por su mente eran cada vez más aterradoras.

El contenedor de antimateria estaba dentro de la caja cerrada con llave. La cuenta atrás seguía su curso mientras el helicóptero continuaba ascendiendo. *Cincuenta segundos.* Más arriba. Más arriba. Langdon se volvió de un lado a otro en la cabina, intentando comprender lo que acababa de ver. *Cuarenta y cinco segundos.* Buscó debajo de los asientos otro paracaídas. *Cuarenta segundos.* ¡No había ninguno! ¡Tenía que encontrar una alternativa. *Treinta y cinco segundos.* Se asomó por la puerta abierta del helicóptero y contempló las luces de Roma. *Treinta y dos segundos.*

Y entonces, tomó la decisión.

La increíble decisión...

Sin paracaídas, Robert Langdon había saltado por la puerta. Mientras la noche engullía su cuerpo, tuvo la impresión de que el helicóptero se alejaba de él, y la aceleración de su caída libre ahogó el sonido de los rotores.

Mientras descendía como un cohete, Robert Langdon sintió algo que no había experimentado desde sus años de buceador, el inexorable tirón de la gravedad en caída libre. Cuanto más rápido caía, más brutal parecía el tirón de la tierra. Esta vez, sin embargo, no se estaba arrojando a una piscina desde quince metros de altura. La caída era de miles de metros sobre una ciudad con calles pavimentadas y edificios.

Las palabras que Kohler había pronunciado esa mañana en el CERN ante el tubo de caída libre resonaron en la mente de Langdon. *Un metro cuadrado de resistencia aerodinámica disminuirá la velocidad de caída de un cuerpo en casi un veinte por ciento.* Langdon era consciente de que un veinte por ciento era insuficiente para sobrevivir a una caída como ésta. No obstante, sin albergar grandes esperanzas, sujetó con ambas manos el único objeto que había cogido del helicóptero en el último momento. Era un objeto peculiar, pero le había inducido a pensar que no todo estaba perdido durante un fugaz instante.

La cubierta protectora de vinilo del parabrisas cuando el helicóptero estaba fuera de servicio estaba tirada en la parte posterior de la carlinga. Era un rectángulo cóncavo, de cuatro metros por dos aproximadamente, como una enorme sábana de cuatro picos, lo más parecido a un paracaídas que pudo encontrar. Sólo tenía anillas de plástico en cada extremo para facilitar la sujeción al parabrisas curvo. Langdon sujetó las anillas y saltó al vacío.

No albergaba la menor ilusión de sobrevivir.

Caía como una roca. Con los pies por delante. Los brazos levantados. Sus manos aferraban las anillas. La cubierta se hinchó como un gigantesco hongo sobre su cabeza. El viento le azotaba con violencia.

Mientras se precipitaba hacia tierra, se produjo una fuerte explosión en lo alto. Se le antojó más lejana de lo que sospechaba. Casi al instante, la onda de choque le alcanzó. Sintió que se quedaba sin aire. La temperatura del aire que le rodeaba aumentó de repente. Luchó por no soltar la tela. Una muralla de calor se desplomó desde el cielo. La superficie de la cubierta empezó a chamuscarse, pero aguantó.

Langdon siguió cayendo, en el borde de una mortaja de luz, como un surfista que intentara escapar de un maremoto. De repente el calor aminoró.

Se precipitó de nuevo en la fría oscuridad.

Por un instante, un rayo de esperanza alumbró en su interior. Sin embargo, un momento después, sus esperanzas se desvanecieron. Si bien la tirantez de sus brazos estirados le aseguraba que la cubierta estaba disminuyendo la velocidad de su caída, el viento azotaba su cuerpo con velocidad ensordecedora. No le cabía duda de que tal velocidad era excesiva para sobrevivir a la caída. Moriría aplastado contra el suelo.

Cálculos matemáticos desfilaron por su cerebro, pero estaba demasiado aturdido para extraer un sentido preciso de ellos... *un metro cuadrado de resistencia aerodinámica... reducción de la velocidad en un veinte por ciento...* Sólo podía calcular que la cubierta era lo bastante grande para que ese tanto por ciento fuera superior al veinte. Por desgracia, a juzgar por la fuerza del viento, el efecto de la cubierta no sería suficiente. Aún estaba descendiendo con demasiada rapidez... No sobreviviría al impacto contra el mar de cemento.

Las luces de Roma se extendían en todas direcciones. La ciudad semejaba un enorme cielo estrellado, hacia el que Langdon se precipitaba. Sólo alteraba el perfecto océano de estrellas una franja oscura que dividía la ciudad en dos, una cinta ancha sin iluminar que serpenteaba entre los puntos de luz. Langdon contempló la mancha sinuosa negra.

De pronto, como la cresta de una ola inesperada, la esperanza le embargó de nuevo.

Con una energía casi maníaca, Langdon tiró con la mano derecha de la cubierta. La tela batió con más fragor, y escoró para encontrar el sendero que ofreciera menos resistencia. Langdon notó que derivaba lateralmente. Tiró de nuevo con más fuerza, sin hacer caso del dolor de la palma de la mano. La cubierta se ensanchó. Al menos, se estaba desplazando un poco. Miró de nuevo la sinuosa serpiente negra. Estaba a la derecha, pero Langdon aún se encontraba a considerable altura. ¿Habría esperado demasiado? Tiró con todas sus fuerzas y aceptó que estaba a merced de Dios. Se concentró en la parte más amplia de la serpiente y, por primera vez en su vida, rezó para que ocurriera un milagro.

El resto fue rapidísimo.

La oscuridad que le envolvía... Sus instintos de buceador recuperados... El acto reflejo de inmovilizar la columna y apuntar los pies... Llenarse los pulmones de aire para proteger los órganos vitales... Flexionar las piernas hasta convertirlas en un ariete... Y por fin, la suerte de que el río Tíber bajara embravecido, de manera que el agua estuviera llena de una proporción mayor de aire y espuma, tres veces más blanda que el agua calma.

Después se produjo el impacto… y llegó la negrura.

Fue el sonido atronador del paracaídas improvisado lo que apartó los ojos del grupo de personas de la bola de fuego que llenaba el cielo. Muchas cosas se habían visto en el cielo de Roma esta noche: un helicóptero, una explosión enorme, y ahora, un objeto extraño que se había hundido en las aguas rabiosas del Tíber, junto a la orilla de la diminuta isla del río, Isola Tiberina.

Desde que la isla había sido utilizada para poner en cuarentena a los afectados por la peste de 1656, se pensaba que poseía propiedades curativas. Por este motivo, había albergado más tarde el hospital Tiberina de Roma.

El cuerpo estaba maltrecho cuando lo sacaron a la orilla. El hombre aún tenía pulso, aunque débil, lo cual era asombroso, en opinión de todo el mundo. Se preguntaron si se debía a la mítica reputación curativa de la Isola Tiberina que el corazón del hombre aún bombeara. Minutos después, cuando el desconocido empezó a toser y recuperó poco a poco la conciencia, el grupo decidió que la isla era mágica, sin la menor duda.

126

El cardenal Mortati sabía que ningún idioma tenía palabras para explicar el misterio de este momento. El silencio de la visión aparecida sobre la plaza de San Pedro cantaba con más potencia que cualquier coro de ángeles.

Mientras miraba al camarlengo Ventresca, Mortati se sentía paralizado de mente y corazón. La visión parecía real, tangible. Y no obstante... ¿Cómo era posible? Todo el mundo había visto al camarlengo subir al helicóptero. Todos habían visto la bola de fuego en el cielo. Y ahora, sin embargo, el sacerdote se erguía en la terraza del tejado. ¿Transportado por ángeles? ¿Reencarnado por la mano de Dios?

Esto es imposible...

El corazón de Mortati no deseaba nada más que creer, pero su mente apelaba a la razón. Sin embargo, a su alrededor, los cardenales miraban hacia lo alto, viendo aquella aparición, paralizados de asombro.

Era el camarlengo. No cabía duda. Pero parecía diferente. Divino. Como si estuviera purificado. ¿Un espíritu? ¿Un hombre? Su piel blanca brillaba a la luz de los focos con una ingravidez incorpórea.

En la plaza se oían gritos, vítores, aplausos espontáneos. Un grupo de monjas se postró de rodillas y entonó cánticos. De pronto, toda la plaza se puso a corear el nombre del camarlengo. Los cardenales, algunos con lágrimas en las mejillas, se sumaron. Mortati miró a su alrededor y trató de comprender. *¿Es esto cierto?*

El camarlengo Ventresca, de pie en la terraza del techo de la basílica, contemplaba a la multitud congregada en la plaza. ¿Estaba despierto o soñando? Se sentía transformado, desapegado del mundo. Se preguntó si era su cuerpo o sólo su espíritu lo que había descendido flotando del cielo a los jardines del Vaticano, posándose como un angel silente en el cesped desierto, su paracaídas negro protegido de la locura por la alta sombra de la basílica de San Pedro. Se preguntó si era su cuerpo o su espíritu lo que había poseído la energía de subir por la antigua Escalera de los Medallones hasta el tejado donde se encontraba ahora.

Se sentía ligero como un fantasma.

Aunque la gente de la plaza coreaba su nombre, sabía que no era a él a quien vitoreaban. Estaban gritando de pura alegría, la misma alegría que sentía cada día cuando pensaba en el Todopoderoso. Estaban experimentando lo que cada uno de ellos había anhelado siempre, tener la seguridad de que el más allá existía, una justificación del poder del Creador.

El camarlengo Ventresca había rezado toda su vida para que llegara este momento, y aun así, era incapaz de imaginar que Dios había encontrado una forma de hacerlo realidad. Quería llorar por ellos. *¡Tu Dios es un Dios vivo! ¡Contempla los milagros que te rodean!*

Siguió inmóvil un rato, aturdido, pero sintiéndose mejor que nunca. Cuando su espíritu le animó a moverse por fin, agachó la cabeza y se alejó del borde.

Solo, se arrodilló en el tejado y rezó.

127

Las imágenes eran borrosas. Los ojos de Langdon empezaron a enfocarse poco a poco. Le dolían las piernas, y tenía la impresión de que le había atropellado un camión. Estaba tendido de costado en el suelo. Percibió un olor hediondo, como a bilis. Aún oía el sonido incesante del agua que chapaleaba. Ya no le parecía plácido. También distinguió otros sonidos, gente que hablaba cerca. Vio formas blancas borrosas. ¿Iban todas vestidas de blanco? Langdon decidió que debía de estar en un manicomio, o bien en el cielo. A juzgar por el dolor de garganta, llegó a la conclusión de que no podía ser el cielo.

—Ya ha terminado de vomitar —dijo un hombre en italiano—. Déle la vuelta.

La voz era firme y profesional.

Langdon sintió que unas manos le daban la vuelta con delicadeza. Intentó sentarse, pero las manos le obligaron a seguir tumbado. Su cuerpo se sometió. Entonces sintió que alguien registraba sus bolsillos y los vaciaba.

Después perdió el conocimiento.

El doctor Jacobus no era un hombre religioso. Hacía mucho tiempo que la ciencia de la medicina le había disuadido de eso. No obstante, los acontecimientos de esta noche habían puesto a prueba su sentido de la lógica. *¿Cuerpos cayendo del cielo?*

Tomó el pulso del hombre al que acababan de sacar del Tíber. El doctor decidió que Dios había salvado en persona a este individuo. El impacto contra el agua lo había dejado inconsciente. De no ser porque Jacobus y su equipo estaban en la orilla contemplando el espectáculo celestial, esta alma habría pasado desapercibida y perecido.

—*È americano* —dijo una enfermera, que estaba registrando el billetero del hombre.

¿Norteamericano? Los romanos solían decir en broma que los norteamericanos abundaban tanto en Roma que las hamburguesas iban a convertirse en el plato oficial de Italia. *¿Norteamericanos cayendo del cielo?* Jacobus apuntó una linterna a los ojos de su paciente para comprobar la dilatación de las pupilas.

—¿Puede oírme, señor? ¿Sabe dónde estamos?

El hombre había perdido otra vez el conocimiento. A Jacobus no le sorprendió. El desconocido había vomitado cantidad de agua, después de que él le hubiera aplicado el boca a boca.

—*Si chiama Robert Langdon* —dijo la enfermera, que estaba inspeccionando el permiso de conducir de la víctima.

El grupo congregado en el muelle se quedó de una pieza.

—*Impossibile!* —exclamó Jacobus.

Robert Langdon era el hombre de la televisión, el profesor norteamericano que había estado colaborando con el Vaticano. Jacobus había visto al señor Langdon minutos antes, cuando subió al helicóptero en la plaza de San Pedro y se elevó en el aire. Él y los demás habían corrido al muelle para presenciar la explosión de antimateria, una tremenda esfera de luz como ninguno de ellos había visto jamás. *¿Cómo puede ser el mismo hombre?*

—¡Es él! —exclamó la enfermera, al tiempo que apartaba de su frente el pelo empapado—. ¡Reconozco su chaqueta de *tweed*!

De repente, alguien gritó desde la entrada del hospital. Era una paciente. Chillaba como una loca, con el transistor pegado al oído y dando gracias a Dios. Por lo visto, el camarlengo Ventresca había aparecido milagrosamente en el tejado del Vaticano.

El doctor Jacobus decidió que, cuando terminara su turno a las ocho de la mañana, iría directo a la iglesia.

Las luces que brillaban ahora sobre la cabeza de Robert Langdon eran más brillantes, estériles. Estaba tendido sobre una especie de mesa de examen. Olía a astringentes y productos químicos raros. Alguien acababa de ponerle una inyección, y le habían quitado la ropa.

No son gitanos, decidió en su delirio, semiinconsciente. *¿Alienígenas tal vez?* Sí, había oído cosas semejantes. Por suerte, estos seres no le harían daño. Sólo querían su...

—¡Ni hablar!

Langdon se sentó muy tieso, con los ojos abiertos como platos.

—*Attento!* —gritó uno de los seres, al tiempo que le sujetaba. Su placa rezaba: «Dr. Jacobus». Parecía muy humano.

—Pensaba... —farfulló Langdon.

—Tranquilo, señor Langdon. Está en un hospital.

La niebla empezó a despejarse. Langdon experimentó una oleada de alivio. Odiaba los hospitales, pero no albergaban alienígenas que examinaran sus testículos.

—Soy el doctor Jacobus —dijo el hombre. Explicó lo que acababa de pasar—. Tiene mucha suerte de estar vivo.

Langdon no se sentía tan afortunado. Apenas podía recordar lo sucedido... El helicóptero... El camarlengo. Le dolía hasta el último rincón del cuerpo. Le dieron un poco de agua y se enjuagó la boca. Le aplicaron una nueva gasa en la palma de la mano.

—¿Dónde está mi ropa? —preguntó. Llevaba una bata de papel.

Una enfermera señaló un amasijo empapado sobre la mesa.

—Estaba muy mojada. Tuvimos que cortarla para sacársela.

Langdon miró su querida chaqueta de *tweed* y frunció el ceño.

—Tenía unos pañuelos de papel en el bolsillo —informó la enfermera.

Fue entonces cuando Langdon vio los restos del pergamino pegados al forro de la chaqueta. El folio del *Diagramma* de Galileo. La última copia existente se había destruido. Estaba demasiado atontado para reaccionar. Se limitó a contemplarla.

—Hemos rescatado sus objetos personales. —La mujer le tendió una caja de plástico—. Billetero, videocámara y pluma. Sequé la videocámara lo mejor que pude.

—Yo no tengo videocámara.

La enfermera frunció el ceño y extendió la caja. Langdon examinó el contenido. Junto con el billetero y la pluma había una minicámara Sony RUVI. Ahora la recordó. Kohler se la había dado con la petición de que la entregara a las televisiones.

—La encontramos en su bolsillo. Creo que va a necesitar una nueva. —La enfermera abrió la pantalla de cinco centímetros por la parte de atrás—. El visor está roto. —Sonrió—. Pero el sonido todavía funciona. Un poco. —Se llevó el aparato al oído—. No para de reproducir lo mismo. —Escuchó un momento, frunció el ceño y luego se la entregó a Robert Langdon—. Creo que son dos hombres discutiendo.

Él, perplejo, sujetó la cámara y la acercó al oído. Las voces eran agudas y metálicas, pero se oían. Una cerca. La otra lejana. Langdon reconoció las dos.

Sentado con su bata de papel, el historiador escuchó asombrado la conversación. Aunque no podía presenciar lo que estaba pasando, cuando oyó el sobrecogedor final, se alegró de no haber visto las imágenes.

¡Dios mío!

Cuando reprodujo la conversación de nuevo desde el principio, Langdon alejó la videocámara de su oído y se quedó estupefacto. La antimateria... El helicóptero... La mente de Langdon se puso en funcionamiento.

Pero eso significa...

Tuvo ganas de volver a vomitar. Langdon saltó de la mesa y se irguió sobre sus piernas temblorosas, furioso y desorientado.

—¡Señor Langdon! —exclamó el médico al tiempo que intentaba detenerle.

—Necesito algo de ropa —pidió Langdon, que sentía frío en la espalda desnuda.

—Ha de descansar.

—He de comprobar unas cosas. Necesito algo de ropa.

—Pero, señor, usted...

—¡Ya!

Todos intercambiaron miradas de perplejidad.

—No tenemos ropa —dijo el médico—. A lo mejor mañana un amigo podrá traerle algo.

Langdon respiró hondo y miró fijamente al médico.

—Doctor Jacobus, voy a salir de aquí ahora mismo. Necesito ropa. Me marcho al Vaticano. No se puede entrar en el Vaticano con el culo al aire. ¿Me he expresado con bastante claridad?

El doctor Jacobus tragó saliva.

—Traigan ropa a este hombre.

Cuando Langdon salió cojeando del hospital Tiberina, se sintió como un *boy scout* crecido. Iba cubierto con un mono de paramédico azul, cerrado con cremallera por la parte delantera y adornado con distintivos de tela que, al parecer, pregonaban sus numerosas cualificaciones.

La mujer que le acompañaba era corpulenta y llevaba una vestimenta similar. El médico había asegurado a Langdon que le conduciría al Vaticano en un tiempo récord.

—*Molto traffico* —dijo Langdon, para recordar a la mujer que la zona limítrofe con el Vaticano estaba atestada de coches y gente.

La mujer aparentaba la indiferencia más absoluta. Señaló con orgullo uno de sus distintivos.

—*Sono conducente di ambulanza.*

—*Ambulanza?*

Eso lo explicaba todo. Langdon pensó que no le iría nada mal un paseo en ambulancia.

La mujer le guió hasta el otro lado del edificio. Su vehículo los estaba esperando sobre un muelle de cemento. Cuando Langdon vio el vehículo, paró en seco. Era un antiguo helicóptero de urgencias médicas. En el fuselaje se leía *Aero-Ambulanza.*

Inclinó la cabeza.

La mujer sonrió.

—Volaremos al Vaticano. Llegaremos enseguida.

128

Los miembros del Colegio Cardenalicio volvieron a la Capilla Sixtina entusiasmados. Pero Mortati, por su parte, era presa de una confusión cada vez mayor. Creía en los antiguos milagros de las Escrituras, pero no comprendía del todo lo que acababa de presenciar. Después de toda una vida de devoción, setenta y nueve años, sabía que estos acontecimientos deberían inspirar en él una devota euforia, una fe viva y ferviente... No obstante, sólo experimentaba una inquietud creciente. Había algo que no encajaba.

—¡Signore Mortati! —gritó un Guardia Suizo, que corría por el pasillo hacia él—. Hemos subido al tejado, tal como nos pidió. Es el camarlengo... ¡En carne y hueso! ¡Es un hombre de verdad! ¡No es un espíritu! ¡Está tal como le conocíamos!

—¿Habló con usted?

—¡Está rezando de rodillas! ¡Tuvimos miedo de tocarle!

Mortati estaba perplejo.

—Dígale que... los cardenales están esperando.

—Signore, como es un hombre...

El guardia vaciló.

—¿Qué?

—Tiene una marca en el pecho. ¿Hemos de vendar sus heridas? Deben dolerle mucho.

Mortati meditó. Nada le había preparado en toda su vida de servicio para esta situación.

—Es un hombre, de modo que trátenle como a un hombre. Báñenle. Venden sus heridas. Vístanle con ropas limpias. Esperamos su llegada a la Capilla Sixtina.

El guardia se fue corriendo.

Mortati se encaminó a la capilla. Los demás cardenales ya habían entrado. Mientras atravesaba el pasillo que conducía a la capilla vio a Vittoria Vetra derrumbada en un banco. Intuyó su dolor y soledad por la pérdida de su padre y de Langdon, y quiso acercarse a consolarla, pero sabía que tendría que esperar. Le aguardaba trabajo, aunque no tenía ni idea de qué clase.

Mortati entró en la capilla. Reinaba un gran júbilo. Cerró la puerta. *Que Dios me ayude.*

La *Aero-Ambulanza* del hospital Tiberina describió un círculo detrás del Vaticano, y Langdon apretó los dientes. Juró por Dios que éste era su último viaje en helicóptero.

Después de convencer a la piloto de que las normas que regían el espacio aéreo del Vaticano eran en este momento la última preocupación de la Santa Sede, la guió sin que los vieran hacia la muralla posterior, y aterrizaron en el helipuerto.

—*Grazie* —dijo mientras bajaba con un penoso esfuerzo. Ella le envió un beso con los dedos, despegó a toda prisa y desapareció en la noche.

Langdon exhaló un suspiro, intentó aclarar sus ideas, confiado en que iba a hacer lo que debía. Con la minicámara en la mano, subió al mismo carrito de golf en el que se había desplazado horas antes. No habían recargado la batería y el indicador de la misma indicaba que estaba casi descargada. Langdon condujo sin luces para ahorrar energía.

También prefería que nadie le viera llegar.

El cardenal Mortati contempló con asombro el tumulto que tenía lugar en el interior de la Capilla Sixtina.

—¡Fue un milagro! —gritó un cardenal—. ¡Obra de Dios!

—¡Sí! —exclamaron otros al unísono—. ¡Dios ha manifestado Su voluntad!

—¡El camarlengo será nuestro Papa! —gritó otro—. ¡No es cardenal, pero Dios nos ha enviado una señal milagrosa!

—¡Sí! —coreó un tercero—. Las leyes del cónclave son leyes humanas. ¡Dios ha manifestado su voluntad! ¡Solicito que se celebre una votación de inmediato!

—¿Una votación? —preguntó Mortati, y avanzó hacia ellos—. Creo que ése es *mi* trabajo.

Todo el mundo se volvió.

Los cardenales estudiaron a Mortati. Parecían confusos, ofendidos por su serenidad. Él anhelaba que su corazón se regocijara con la milagrosa exaltación que veía en las caras que le rodeaban. Pero no era así. Sentía un dolor inexplicable en el alma, una tristeza que no podía argumentar. Había jurado guiar este procedimiento con pureza de corazón, pero no podía negar esta vacilación.

—Amigos míos —dijo Mortati, mientras caminaba en dirección al altar. No reconoció su voz—. Sospecho que me esforzaré el resto de mis días por comprender el significado de lo que he presenciado esta noche. No obstante, lo que estáis sugiriendo en relación con el camarlengo... no puede ser la voluntad de Dios.

Se hizo el silencio en la sala.

—¿Cómo puedes decir eso? —preguntó por fin un cardenal—. El camarlengo salvó a la Iglesia. ¡Dios le habló sin intermediarios! ¡Ese hombre ha sobrevivido a la muerte! ¿Qué más señales necesitamos?

—El camarlengo vendrá dentro de unos minutos —dijo Mortati—. Esperemos. Oigámosle antes de votar. Tiene que haber una explicación.

—¿Una explicación?

—Como Gran Elector, he jurado defender las leyes del cónclave. Sabéis sin duda que por la Sagrada Ley el camarlengo no puede ser elegido para el papado. No es cardenal. Es un sacerdote. Además, no tiene la edad reglamentaria. —Mortati vio que las miradas se endurecían—. Si permitiera la votación, os pediría que dierais vuestro apoyo a un hombre que la ley vaticana proclama no elegible. Os pediría a todos que rompierais un juramento sagrado.

—¡Pero lo sucedido esta noche trasciende nuestras leyes! —tartamudeó alguien.

—¿Ah, sí? —tronó Mortati, sin saber siquiera de dónde salían sus palabras—. ¿Es la voluntad de Dios que prescindamos de las leyes de la Iglesia? ¿Es la voluntad de Dios que abandonemos la razón y nos entreguemos a la histeria?

—Pero ¿no has visto lo que vimos nosotros? —le retó otro, enfurecido—. ¿Cómo osas poner en duda esa clase de poder?

La voz de Mortati bramó con una potencia desconocida para él.

—¡No estoy poniendo en duda el poder de Dios! ¡Fue *Dios* quien nos dio razón y circunspección! ¡Servimos a Dios ejerciendo la prudencia!

129

En el pasillo que conducía a la Capilla Sixtina, Vittoria seguía sentada en el banco. Cuando vio la figura que se perfilaba al final del pasillo, se preguntó si estaba viendo un espíritu. Cojeaba y vestía una especie de uniforme de hospital.

Se puso en pie, incapaz de dar crédito a sus ojos.

—¿Ro… bert?

Él no contestó. Se precipitó hacia ella y la estrechó entre sus brazos. Cuando apretó los labios contra los de Vittoria, fue un beso largo e impulsivo, lleno de gratitud.

Vittoria sintió que las lágrimas resbalaban sobre sus mejillas.

—Oh, Dios… Gracias, Dios mío…

Él la besó de nuevo, esta vez con más pasión, y Vittoria se apretó contra su pecho. Sus cuerpos se entrelazaron, como si hiciera años que se conocieran. Ella olvidó el dolor y el miedo. Cerró los ojos, ingrávida, por un momento.

—¡Es la voluntad de Dios! —estaba chillando alguien, y su voz resonó en las paredes de la Capilla Sixtina—. ¿Quién sino *el elegido* habría sobrevivido a esa explosión diabólica?

—¡Yo!

Una voz retumbó en la capilla.

Mortati y los demás se volvieron estupefactos hacia la figura desaliñada que avanzaba por el pasillo principal.

—¿Señor… Langdon?

Sin decir palabra, Langdon caminó hasta la parte delantera de la capilla. Vittoria Vetra también entró. Después, lo hicieron dos guardias, que empujaban un carrito sobre el que descansaba un televisor de gran tamaño. Langdon esperó a que lo enchufaran, de cara a los cardenales. Después indicó con un gesto a los guardias que salieran. Cerraron la puerta a su espalda.

Sólo quedaron Langdon, Vittoria y los cardenales. Langdon enchufó la videocámara a la televisión. Después apretó el botón de reproducción.

La pantalla del televisor cobró vida.

La escena que se materializó ante los cardenales reveló el despacho del Papa. El vídeo había sido filmado con torpeza, como si la cámara estuviera oculta. El camarlengo se erguía en el centro de la pantalla, frente al fuego. Si bien daba la impresión de hablar a la cámara, pronto fue evidente que estaba hablando a alguien, la persona que estaba rodando el vídeo. Langdon les dijo que la cinta la había grabado Maximilian Kohler, director del CERN. Tan sólo una hora antes, Kohler había grabado en secreto esta reunión con el camarlengo gracias a esta minicámara montada bajo el brazo de su silla de ruedas.

Mortati y los cardenales miraban perplejos. Aunque la conversación ya había empezado, Robert Langdon no se molestó en rebobinar. Por lo visto, lo que deseaba que vieran los cardenales venía a continuación…

«¿Leonardo Vetra llevaba un diario? —estaba diciendo el camarlengo—. Supongo que es una buena noticia para el CERN. Si el diario contiene el proceso de creación de la antimateria…»

«No —dijo Kohler—. Le tranquilizará saber que ese procedimiento murió con Leonardo. Sin embargo, ese diario hablaba de otra cosa. De usted.»

El camarlengo dio muestras de perplejidad.

«No le entiendo.»

«Describía una reunión que Leonardo celebró el mes pasado. Con *usted*.»

El camarlengo vaciló, y luego miró hacia la puerta.

«Rocher no tendría que haberle dejado pasar sin consultar antes conmigo. ¿Cómo ha entrado aquí?»

«Rocher sabe la verdad. Le llamé antes y le conté lo que usted había hecho.»

«¿Qué he hecho? No sé qué historias le contó, pero Rocher es un Guardia Suizo y fiel a esta Iglesia para creer a un científico amargado antes que a su camarlengo.»

«De hecho, es demasiado fiel para *no* creer. Es tan fiel que, pese a las pruebas de que uno de sus leales guardias traicionó a la Iglesia, se negó a aceptarlo. Durante todo el día ha estado buscando otra explicación.»

«Y usted le proporcionó una.»

«La verdad. Por estremecedora que fuera.»

«Si Rocher le hubiera creído me habría detenido.»

«No. Yo no se lo permití. Le ofrecí mi silencio a cambio de este encuentro.»

El camarlengo soltó una extraña carcajada.

«¿Piensa *chantajear* a la Iglesia con una historia que nadie creerá?»

«No tengo necesidad de chantajearla. Sólo quiero oír la verdad de sus labios. Leonardo Vetra era amigo mío.»

El camarlengo no dijo nada. Se limitó a mirar a Kohler.

«A ver qué le parece esto —dijo el director del CERN con brusquedad—. Hará cosa de un mes, Leonardo Vetra se puso en contacto con usted para solicitar una audiencia urgente con el Papa, audiencia que usted le concedió, porque el Papa era un admirador del trabajo de Leonardo y porque Leonardo dijo que se trataba de un asunto urgentísimo.»

El camarlengo se volvió hacia el fuego. No dijo nada.

«Leonardo vino al Vaticano con gran secreto. Estaba traicionando la confianza de su hija al hacerlo, un hecho que le preocupaba profundamente, pero pensaba que no tenía otra alternativa. Sus investigaciones le habían provocado un gran conflicto interior y necesitaba la guía espiritual de la Iglesia. En una reunión privada, les dijo a usted y al Papa que había hecho un descubrimiento científico de profundas implicaciones religiosas. Había *demostrado* que el Génesis era posible desde un punto de vista físico, y que intensas fuentes de energía, lo que Vetra llamaba *Dios*, podían repetir el momento de la Creación.»

Silencio.

«El Papa se quedó estupefacto —continuó Kohler—. Quería que Leonardo hiciera pública la noticia. Su Santidad opinaba que ese descubrimiento quizá podría salvar el abismo que separaba la ciencia de la religión, uno de los sueños del Papa. Después, Leonardo les explicó la parte negativa del descubrimiento, el motivo que le impulsaba a pedir la guía de la Iglesia. Al parecer, su experimento de la Creación, tal como predice la Biblia, lo producía todo a pares. Opuestos. Luz *y* oscuridad. Vetra descubrió que, aparte de crear materia, creaba también *antimateria*. ¿Sigo?»

El camarlengo guardó silencio. Se inclinó y removió las brasas.

«Después de la visita de Leonardo —dijo Kohler—, *usted* fue al CERN a ver su trabajo. El diario de Leonardo revela que usted visitó en persona su laboratorio.»

El camarlengo alzó la vista.

Kohler prosiguió.

«El Papa no podía desplazarse sin llamar la atención de los medios de comunicación, de modo que le envió a usted. Leonardo le ofreció una visita secreta a su laboratorio. Le mostró la destrucción de antimateria, el Big Bang, el poder de la Creación. También le enseñó una muestra grande que guardaba bajo llave, como prueba de que este nuevo proceso podía producir antimateria a gran escala. Usted se quedó sorprendido. Volvió al Vaticano e informó al Papa de lo que había presenciado.»

El camarlengo suspiró.

«¿Y qué es lo que le parece mal? ¿Acaso cree que debería haber respetado la confianza de Leonardo y haber fingido ante el mundo entero esta noche que no sabía nada de la antimateria?»

«¡No! ¡Lo que me me parece mal es que Leonardo Vetra *demostró* en la práctica la existencia de su Dios, y usted ordenó asesinarle!»

El camarlengo se volvió, con semblante inexpresivo.

El único sonido que se oyó fue el crepitar del fuego.

De repente, la cámara se agitó, y el brazo de Kohler apareció en pantalla. Se inclinó hacia adelante, como si se debatiera con algo sujeto bajo la silla de ruedas. Cuando volvió a reclinarse, sostenía una pistola. El ángulo de la cámara era escalofriante, enfocaba desde atrás... siguiendo la pistola que apuntaba... al camarlengo.

«Confiese sus pecados, padre —dijo Kohler—. Ahora.»

El sacerdote parecía sorprendido.

«Nunca saldrá vivo de aquí.»

«La muerte será un alivio bienvenido de la desdicha en que su fe me ha sumido desde la infancia. —Kohler sostenía la pistola con ambas manos—. Le dejaré elegir. Confiese sus pecados... o dispóngase a morir ahora mismo.»

El camarlengo miró hacia la puerta.

«Rocher está fuera —le desafió Kohler—. Él también está dispuesto a matarle.»

«Rocher ha jurado proteger a la...»

«Rocher me ha dejado entrar. *Armado*. Sus mentiras le dan asco. Tiene una sola opción. Confiese. He de oírlo de sus propios labios.»

El camarlengo titubeó.

Kohler amartilló la pistola.

«¿De veras duda de que voy a matarle?»

«Diga lo que diga —contestó el camarlengo—, un hombre como usted nunca lo entenderá.»

«Pruebe.»

El sacerdote permaneció inmóvil un momento, una silueta dominante a la tenue luz del fuego. Cuando habló, sus palabras resonaron con una dignidad más adecuada a una declaración de altruismo que a una confesión.

«Desde el principio de los tiempos —dijo—, esta Iglesia ha combatido contra los enemigos de Dios. A veces con palabras. Otras con espadas. Y siempre hemos sobrevivido.»

El camarlengo irradiaba convicción.

«Pero los demonios del pasado —continuó— eran demonios de fuego y abominación... Eran enemigos a los que podíamos hacer frente, enemigos que inspiraban miedo. Pero Satanás es taimado. A medida que transcurría el tiempo, cambió su faz diabólica por un nuevo rostro, el rostro de la razón pura. Transparente e insidioso, pero carente de alma al mismo tiempo. —La voz del camarlengo se tiñó de ira, una transición casi demoníaca—. Dígame, señor Kohler, ¿cómo puede la Iglesia condenar lo que nuestras mentes consideran lógico? ¿Cómo podemos censurar lo que constituye los mismísimos cimientos de nuestra sociedad? Cada vez que la Iglesia alza su voz para advertir a la humanidad, *ustedes* nos llaman ignorantes. Paranoicos. ¡Controladores! Así se esparce su maldad. Cubierta por un velo de intelectualismo justiciero. ¡Se multiplica como un cáncer! Santificado por los milagros de su tecnología. ¡Deificándose! Hasta que ya sólo se puede sospechar de ustedes que son la bondad personificada. La ciencia ha venido a salvarnos de nuestras enfermedades, del hambre y el dolor. Contemplad la Ciencia: el nuevo Dios de incesantes milagros, omnipotente y benevolente. Haced caso omiso de las armas y el caos. Olvidad la soledad fracturada, el peligro incesante. ¡La ciencia está aquí! —El camarlengo avanzó hacia la pistola—. Pero yo he visto el rostro de Satanás al acecho... Yo he visto el peligro...»

«¿De qué está hablando? ¡La ciencia de Vetra demostró en la práctica la existencia de su Dios! ¡Era su aliado!»

«¿Aliado? ¡La ciencia y la religión no están juntas en esto! ¡Usted y yo no buscamos al mismo Dios! ¿Quién es su Dios? ¿Uno formado por protones, masas y cargas de partículas? ¿Cómo inspira su Dios? ¿Cómo se infiltra en el corazón del hombre y le recuerda que responde ante un poder más grande, que es responsable ante sus semejantes? Vetra se había desviado del camino. ¡Su trabajo no era religioso, era *sacrílego*! El hombre no puede poner la Creación en un tubo de ensayo y mostrarlo al mundo entero. ¡Esto no glorifica a Dios, lo *degrada*!»

El camarlengo había extendido las manos como garras, y en su voz se revelaba un punto de locura.

«¡Por eso ordenó que asesinaran a Leonardo Vetra!»

«¡Por la Iglesia! ¡Por toda la humanidad! ¡Por la locura de todo ello! El hombre no está preparado para disponer del poder de la Creación. ¿Dios en un tubo de ensayo? ¿Una gota de líquido capaz de desintegrar una ciudad entera? ¡Era preciso detenerle!»

El camarlengo enmudeció de repente. Desvió la vista hacia el fuego. Daba la impresión de estar repasando sus alternativas.

Las manos de Kohler sujetaron con firmeza la pistola.

«Ha confesado. No tiene escapatoria.»

El camarlengo lanzó una carcajada triste.

«No lo entiende, señor Kohler. Confesar los pecados *es* la escapatoria. —Miró hacia la puerta—. Cuando Dios te apoya, cuentas con opciones que ningún otro hombre comprendería.»

Apenas había terminado de hablar, el camarlengo asió el cuello de la sotana y lo desgarró con violencia, dejando al descubierto el pecho desnudo.

«¿Qué está haciendo? —preguntó Kohler, sorprendido.»

El camarlengo no contestó. Retrocedió hacia la chimenea y extrajo un objeto de las brasas.

«¡Alto! —ordenó Kohler, apuntando el arma—. ¿Qué está haciendo?»

Cuando el camarlengo se volvió, sostenía un hierro al rojo vivo. El Diamante de los Illuminati. Los ojos del hombre enloquecieron de repente.

«Tenía la intención de hacerlo sin ayuda. —Su voz transmitía una feroz intensidad—. Pero ahora... Veo que Dios quería que usted me acompañara. Usted es mi salvación.»

Antes de que Kohler pudiera reaccionar, el camarlengo cerró los ojos, arqueó la espalda y hundió el hierro al rojo vivo en el centro de su pecho. Su carne siseó.

«¡Santa María! Madre de Dios... ¡Mira a tu hijo!»

Lanzó un grito de dolor.

Kohler apareció en pantalla... Se puso de pie con movimientos torpes, agitando la pistola ante él.

El camarlengo chilló con más fuerza. Arrojó el hierro a los pies del director del CERN. Después, el sacerdote cayó al suelo, retorciéndose de dolor.

Los acontecimientos se precipitaron.

La Guardia Suiza irrumpió en la habitación. Se oyeron disparos sucesivos. Kohler se aferró el pecho, saltó hacia atrás cubierto de sangre y se desplomó en la silla de ruedas.

«¡No!» —gritó Rocher, al tiempo que intentaba impedir que sus guardias dispararan contra Kohler.

El camarlengo, que seguía retorciéndose en el suelo, rodó y le señaló frenéticamente.

«*¡Illuminatus!*»

«Bastardo —gritó Rocher al tiempo que se precipitaba hacia él—. Inmundo bast...»

Chartrand le abatió de tres balazos. El capitán cayó muerto al suelo.

Después los guardias corrieron hacia el camarlengo herido. Cuando se agacharon, la cámara captó a un aturdido Robert Langdon, arrodillado junto a la silla de ruedas, examinando el hierro. Luego, la imagen se movió violentamente. Kohler había recuperado el sentido y estaba soltando la minicámara del brazo de la silla. Intentaba entregársela a Langdon.

«Déselo... —jadeó Kohler—. Dé esto a las tele... visiones.»

Después la pantalla quedó en blanco.

130

El camarlengo empezó a sentir que el asombro y la adrenalina que le embargaban se disipaban. Cuando los Guardias Suizos le ayudaron a bajar por la Escalera Real para dirigirse a la Capilla Sixtina, Carlo Ventresca oyó cánticos en la plaza de San Pedro y supo que las montañas se habían movido.

Grazie, Dio.

Había rezado para tener fuerzas, y Dios se las había concedido. En algunos momentos de duda, Dios le había hablado. *La tuya es una misión santa,* había dicho Dios. *Yo te infundiré energía.* Incluso con la energía de Dios, el camarlengo había sentido miedo, y se había cuestionado la rectitud de su misión.

Si no eres tú, le había retado Dios, *¿quién si no?*

Si ahora no, ¿cuándo?

Si así no, ¿cómo?

Jesús, le recordó, había salvado a todos los hombres, los había salvado de su propia apatía. Con dos actos, Jesús les había abierto los ojos. Horror y Esperanza. La crucifixión y la resurrección. Había cambiado el mundo.

Pero eso sucedió milenios antes. El tiempo había erosionado el milagro. La gente había olvidado. Se habían entregado a ídolos falsos, tecnodeidades y milagros de la mente. *¿Y los milagros del corazón?*

El camarlengo había rezado con frecuencia a Dios que le enseñara a devolver la fe a la gente. Pero Dios había guardado silencio. No fue hasta el momento de mayor oscuridad del camarlengo que Dios se le apareció. ¡Oh, el horror de aquella noche!

El camarlengo aún recordaba que yacía en el suelo, con el camisón desgarrado, arañándose la carne, intentando purgar su alma del dolor provocado por una vil verdad que acababa de saber. *¡No puede ser!*, había chillado. Pero sabía que era cierto. El engaño le atormentaba como el fuego del infierno. El obispo que le había adoptado, el hombre que había sido como un padre para él, el sacerdote junto al cual se había erguido el camarlengo cuando fue proclamado Papa... era un falsario. Un vulgar pecador. Había mentido al mundo acerca de un hecho tan traicionero en su esencia que el camarlengo dudaba de que Dios pudiera perdonarle.

«¡El *juramento*! —había chillado el camarlengo al Papa—. ¡Ha quebrantado el juramento que hizo a Dios! ¡*Usted*, de entre todos los hombres!»

El Papa había intentado explicarse, pero el camarlengo no le escuchó. Había salido huyendo por los pasillos, vomitando, arañándose, hasta que se descubrió solo y cubierto de sangre, tendido ante la tumba de san Pedro, sobre el suelo de tierra. *Virgen María, ¿qué debo hacer?* Fue en aquel momento de dolor y traición, cuando el camarlengo yacía destrozado en la Necrópolis, rezando a Dios para que le sacara de este mundo descreído, cuando Dios acudió a él.

La voz resonó en su cabeza como el fragor de un trueno.

«*¿Juraste servir a tu Dios?*»

«¡Sí!» —gritó el camarlengo.

«*¿Morirías por tu Dios?*»

«¡Sí! ¡Acéptame ahora!»

«*¿Morirías por tu Iglesia?*»

«¡Sí! ¡Ponme a prueba!»

«Pero ¿morirías por... la humanidad?»

En el silencio que siguió, el camarlengo Ventresca tuvo la sensación de precipitarse a un abismo. Pero sabía la respuesta. Siempre la había sabido.

«¡Sí! —gritó como un poseso—. ¡Moriría por la humanidad! ¡Al igual que Tu hijo, moriría por ella!»

Horas más tarde, el camarlengo seguía tendido en el suelo, tembloroso. Vio el rostro de su madre. *Dios tiene planes para ti,* estaba diciendo. El camarlengo se hundió todavía más en la locura. Fue entonces cuando Dios volvió a hablarle. Esta vez en silencio. Pero él comprendió. *Devuélveles la fe.*

Si yo no, ¿quién?

Si ahora no, ¿cuándo?

Cuando los guardias abrieron las puertas de la Capilla Sixtina, el camarlengo sintió que el poder hervía en sus venas, igual que cuando era niño. Dios le había elegido. Hacía mucho tiempo.

Se hará Su voluntad.

El camarlengo experimentaba la sensación de haber renacido. Los Guardias Suizos le habían vendado el pecho, le habían bañado y vestido con una sotana de hilo blanco. También le habían dado una inyección de morfina para la quemadura. El camarlengo se arrepintió de que le hubieran administrado sedantes. *¡Jesús soportó su dolor durante tres días en la cruz!* Sentía ya que la droga embotaba sus sentidos, una resaca mareante.

Cuando entró en la capilla, no le sorprendió ver que los cardenales le miraban con estupefacción. *Sienten el temor de Dios,* se recordó. *No de mí, pero de cómo Dios se manifiesta a través de mí.* Cuando se dirigió hacia el pasillo central, vio perplejidad en todas las caras. No obstante, a medida que iba pasando delante de cada cara, percibió algo más en sus ojos. ¿Qué era? El camarlengo había intentado imaginar cómo le recibirían esta noche. ¿Con regocijo? ¿Con reverencia? Intentó leer en sus ojos y no vio ninguna de ambas emociones.

Fue entonces cuando el camarlengo desvió la vista hacia el altar y vio a Robert Langdon.

131

El camarlengo Carlo Ventresca se detuvo en el pasillo de la Capilla Sixtina. Los cardenales se hallaban cerca de la parte delantera de la iglesia, mirándole. Robert Langdon estaba en el altar, al lado de un televisor que reproducía una escena familiar para el camarlengo, pero que no podía imaginar cómo se había grabado. Vittoria Vetra le miraba también, con el rostro desencajado.

El camarlengo cerró los ojos un momento, con la esperanza de que la morfina le estuviera produciendo alucinaciones y de que, cuando abriera los ojos, la escena sería diferente. Pero no fue así.

Lo sabían.

No sintió miedo. *Enséñame el camino, Padre. Dame las palabras necesarias para comunicarles Tu visión.*

Pero el camarlengo no oyó ninguna respuesta.

Padre, hemos llegado demasiado lejos para flaquear ahora.

Silencio.

No entienden lo que hemos hecho.

El camarlengo ignoraba qué voz había oído en su mente, pero el mensaje era claro.

La verdad os hará libres...

* * *

Y así, el camarlengo Ventresca caminó con la cabeza bien alta hasta la parte delantera de la Capilla Sixtina. Cuando avanzó hacia los cardenales, ni siquiera la luz difusa de las velas pudo suavizar las miradas que le taladraban. *Explícate,* decían los rostros. *Explica esta locura. ¡Dinos que nuestros temores son injustificados!*

La verdad, se dijo el camarlengo. *Sólo la verdad.* Había demasiados secretos entre estas paredes... y uno tan oscuro que le había empujado a la locura. *Pero de la locura había surgido la luz.*

—Si pudierais entregar vuestra alma para salvar millones —dijo el camarlengo mientras caminaba por el pasillo—, ¿lo haríais?

Las caras le siguieron mirando. Nadie se movió ni habló. Al otro lado de las paredes, se oían cánticos jubilosos en la plaza.

El camarlengo se dirigió hacia ellos.

—¿Cuál es el mayor pecado, matar al enemigo o permanecer ocioso mientras estrangulan a tu verdadero amor?

¡Están cantando en la plaza de San Pedro! El camarlengo se detuvo un momento y miró el techo de la capilla. El Dios de Miguel Ángel le estaba mirando desde la bóveda... y parecía complacido.

—Ya no podía soportarlo —dijo el camarlengo. No obstante, cuando se acercó más, no vio comprensión en los ojos de nadie. ¿No veían acaso la radiante simplicidad de sus acciones? ¿No se daban cuenta de la absoluta necesidad?

Había sido tan puro.

Los Illuminati. Ciencia y Satanás a la vez.

Resucitar el antiguo miedo. Para luego aplastarlo.

Horror y Esperanza. Haz que vuelvan a creer.

Esta noche, el poder de los Illuminati se había desatado de nuevo... y con gloriosas consecuencias. La apatía se había evaporado. El miedo había recorrido el mundo como un rayo, uniendo a la gente. Y después, la majestad de Dios había conquistado la oscuridad.

¡Ya no podía seguir siendo un espectador pasivo!

La inspiración había provenido de Dios, aparecido como un faro en la noche de agonía del camarlengo. *¡Oh, este mundo descreído! Alguien ha de liberarlos. Tú. Si no tú, ¿quién? Has sido salvado por un motivo. Enséñales los viejos demonios. Recuérdales su miedo. La apatía es la muerte. Sin oscuridad no hay luz. Sin mal no hay bien. Oblígales a elegir. Oscuridad o luz. ¿Dónde está el miedo? ¿Dónde están los héroes? Si ahora no, ¿cuándo?*

El camarlengo iba al encuentro de los cardenales. Se sintió como Moisés cuando el mar de fajines y bonetes rojos se dividió para dejarle pasar. Robert Langdon apagó el televisor, tomó la mano de Vittoria y abandonó el altar. El camarlengo sabía que el hecho de que Robert Langdon hubiera sobrevivido solamente podía ser voluntad de Dios. Dios había salvado a Robert Langdon. El sacerdote se preguntó por qué.

La voz que rompió el silencio fue la voz de la única mujer que había en la Capilla Sixtina.

—¿Usted *asesinó* a mi padre? —preguntó al tiempo que daba un paso adelante.

Cuando el camarlengo se volvió hacia Vittoria Vetra, no pudo comprender la mirada que dibujaba su rostro. Dolor, sí, pero *¿ira?* Tenía que entenderlo. El genio de su padre era mortífero. Había sido preciso detenerle. Por el bien de la humanidad.

—Estaba haciendo el trabajo de Dios —dijo Vittoria.

—El trabajo de Dios no se hace en un laboratorio. Se hace en el corazón.

—¡El corazón de mi padre era puro! Y su investigación demostraba...

—¡Su investigación demostraba una vez más que la mente del hombre progresa con más rapidez que su alma! —La voz del camarlengo era más aguda de lo que había esperado. Bajó la voz—. Si un hombre tan espiritual como su padre fue capaz de crear un arma como la que hemos visto esta noche, imagine lo que un hombre corriente hará con esta tecnología.

—¿Un hombre como *usted*?

El camarlengo respiró hondo. ¿Es que no se daba cuenta? La moral del hombre no avanzaba tan rápido como su ciencia. La humanidad no estaba tan avanzada espiritualmente para los poderes que poseía. *¡Nunca hemos creado un arma que no hayamos utilizado!* Y sin embargo, la antimateria no era nada, un arma más en el ya repleto arsenal del hombre. El hombre ya podía destruir. Hacía mucho tiempo que había aprendido a matar. *Y la sangre de su madre se derramó*. El genio de Leonardo Vetra era peligroso por otro motivo.

—Durante siglos —explicó el camarlengo—, la Iglesia ha resistido, mientras la ciencia desmenuzaba la religión poco a poco. Milagros desprestigiadores. Entrenar a la mente para imponerse al corazón. Condenar la religión como opio del pueblo. Denuncian que Dios es una alucinación, una muleta ilusoria para los que son demasiado débiles para aceptar que la vida carece de sentido. No podía quedarme cruzado de brazos mientras la ciencia presumía de dominar el poder del propio Dios. ¿*Pruebas,* dice? ¡Sí, pruebas de la ignorancia de la ciencia! ¿Qué tiene de malo admitir que existe algo más allá de nuestra comprensión? ¡El día que la ciencia sustancie a Dios en un laboratorio, la gente dejará de necesitar la fe!

—Quiere decir que dejará de necesitar a la *Iglesia* —corrigió Vittoria, y avanzó hacia él—. En la duda residen sus últimos jirones de control. La *duda* es lo que les proporciona almas. Nuestra necesidad de saber que la vida posee un sentido. La inseguridad del hombre y la necesidad de un alma esclarecida, capaz de asegurarle que todo forma parte de un plan maestro. ¡Pero la Iglesia no es la única alma esclarecida del planeta! Todos buscamos a Dios de diferentes maneras. ¿De qué tiene miedo? ¿De que Dios se revelará en *otra parte* que no sea entre estas paredes? ¿De que la gente lo encuentre en su vida y abandone sus anticuados rituales? ¡Las religiones evolucionan! La mente encuentra respuestas, verdades nuevas florecen en el corazón. ¡Mi padre buscaba lo mismo que *ustedes*! ¡Un sendero paralelo! ¿Por qué no lo entienden? Dios no es una autoridad omnipotente que observa desde arriba, amenazando con arrojarnos a un pozo de fuego si desobedecemos. ¡Dios es la energía que fluye por las sinapsis de nuestro sistema nervioso y las cavidades de nuestros corazones! ¡Dios está en todas las cosas!

—*Excepto* en la ciencia —replicó el camarlengo con una mirada compasiva—. La ciencia, por definición, carece de alma. Está divorciada del corazón. Los milagros intelectuales como la antimateria llegan a este mundo sin instrucciones éticas. ¡Eso es peligroso en sí mismo! Pero ¿qué sucede cuando la ciencia proclama que sus investigaciones ateas constituyen el sendero del esclarecimiento? ¿Cuando promete respuestas a preguntas cuya belleza radica en que no hay respuestas? —Meneó la cabeza—. No.

Se hizo un momento de silencio. De repente, el camarlengo se sintió cansado, y sostuvo la mirada desafiante de Vittoria. Éste no era el desenlace que esperaba. *¿Era la prueba final de Dios?*

Fue Mortati quien rompió el silencio.

—Los *preferiti* —dijo en un susurro—. Baggia y los demás. Dígame que no...

El camarlengo se volvió hacia él, sorprendido por el dolor de su voz. Mortati debía comprender. Los titulares anunciaban milagros científicos cada día. ¿Cuánto tiempo había pasado sin ellos la religión? ¿Siglos? ¡La religión necesitaba un milagro! Algo que despertara a un mundo adormilado. Que lo devolviera a la senda del bien. Que restaurara la fe. Los *preferiti* no eran líderes, sino transformadores, liberales dispuestos a aceptar el nuevo mundo y abandonar las viejas costumbres. Éste era el único camino. Un nuevo líder. Joven. Poderoso. Vibrante. Milagroso. Los *preferiti* servían a la Iglesia con mucha más eficacia muertos que vivos. Horror y Esperanza. *Ofrecer cuatro almas para salvar millones.* El mundo los recordaría siempre como mártires. La Iglesia rendiría un tributo glorioso a sus nombres. *¿Cuántos miles han muerto por la gloria de Dios? Ellos sólo son cuatro.*

—Los *preferiti* —repitió Mortati.

—Compartí su dolor —se defendió el camarlengo, indicando su pecho—. Yo también moriría por Dios, pero mi trabajo no ha hecho más que empezar. ¡Están cantando en la plaza de San Pedro!

El camarlengo vio horror en los ojos de Mortati, y una vez más se sintió confuso. ¿Era la morfina? Mortati le estaba mirando como si él hubiera asesinado a esos hombres con las manos desnudas. *Hasta eso haría por Dios,* pensó el camarlengo, pero no lo había hecho. El agente causante había sido el hassassin, un alma pagana inducida mediante engaños a pensar que estaba sirviendo a los Illuminati. *Yo soy Jano,* le dijo el camarlengo. *Demostraré mi poder.* Y lo había hecho. El odio del hassassin le convirtió en un peón de Dios.

—Escuche los cánticos —sonrió el camarlengo, con regocijo en el corazón—. Nada une tanto a los corazones como la presencia del mal. Quemen una iglesia y la comunidad se indigna, enlaza las manos, canta himnos de desafío mientras la reconstruye. Mire cómo acuden en bandadas esta noche. El miedo los ha devuelto a casa. Hay que forjar demonios modernos para el hombre moderno. La apatía es la muerte. Enséñeles el rostro del mal, satanistas agazapados entre nosotros, dirigiendo nuestros gobiernos, nuestros bancos, nuestras escuelas, amenazando con destruir la Casa de Dios con su ciencia descarriada. La depravación es profunda. El hombre ha de permanecer vigilante. Buscar el bien. ¡Convertirse en el bien!

Cuando se hizo el silencio, el camarlengo confió en que ahora comprenderían. Los Illuminati no habían resucitado. Hacía mucho tiempo que los Illuminati habían muerto. Sólo su mito vivía. El camarlengo había resucitado los Illuminati a modo de recordatorio. Los que conocían la historia de los Illuminati revivían su maldad. Los que no, habían descubierto su existencia y se asombraban de lo ciegos que habían sido. Los antiguos demonios habían resucitado para despertar a un mundo indiferente.

—Pero... ¿y las marcas?

La voz de Mortati temblaba de indignación.

El camarlengo no contestó. Mortati no podía saberlo, pero los hierros de marcar habían sido confiscados por el Vaticano más de un siglo antes. Los habían encerrado a cal y canto, olvidados y cubiertos de polvo, en la Cámara Papal, el relicario privado del Papa, en los Aposentos Borgia. La Cámara Papal contenía aquellos objetos que la Iglesia consideraba demasiado peligrosos para que alguien los viera, excepto el Papa.

¿Por qué escondieron lo que inspiraba miedo? ¡El miedo devuelve a las personas a Dios!

La llave de la Cámara pasaba de Papa a Papa. El camarlengo Carlo Ventresca se había apoderado de la llave y entrado. El mito de los contenidos de la Cámara era fascinante: el manuscrito original de los catorce libros inéditos de la Biblia, conocidos como los *Apocrypha*, la tercera profecía de Fátima. Las dos primeras se habían realizado y la tercera era tan aterradora que la Iglesia nunca la revelaría. Además, el camarlengo había encontrado la Colección de los Illuminati, todos los secretos que la Iglesia había descubierto después de expulsar al grupo de Roma: su despreciable Sendero de la Iluminación, el astuto engaño del principal artista del Vaticano, Bernini... Los mejores científicos de Europa se burlaban de la religión cuando se reunían en secreto en el castillo de Sant' Angelo del Vaticano. La colección incluía una caja pentagonal que contenía hierros de marcar, uno de ellos el mítico Diamante de los Illuminati. Constituían una parte de la historia del Vaticano que los antiguos prefirieron sepultar en el olvido. El camarlengo no había estado de acuerdo.

—Pero la antimateria... —preguntó Vittoria—. ¡Se arriesgó a destruir el Vaticano!

—No existe el peligro cuando Dios está de tu parte —replicó el camarlengo—. Era Su causa.

—¡Usted está loco! —exclamó con odio la joven.

—Se salvaron millones.

—¡Han asesinado a gente!

—Se salvaron almas.

—¡Dígaselo a mi padre y a Max Kohler!

—Había que revelar la arrogancia del CERN. ¿Una gota de líquido capaz de desintegrar un kilómetro cuadrado? ¿Y usted me llama loco? —El camarlengo sintió que la ira se apoderaba de él. ¿Creían que su carga era sencilla?—. ¡Dios pone a prueba a los creyentes! Dios pidió a Abraham que sacrificara a su hijo. ¡Dios pidió a Jesús que padeciera la crucifixión! Por eso colgamos el símbolo del crucifijo delante de nuestros ojos, ensangrentado, doloroso, agonizante, para recordar el poder del mal. ¡Para mantener vigilantes nuestros corazones! ¡Las cicatrices del cuerpo de Cristo son un recordatorio viviente de los poderes de la oscuridad! ¡Mis cicatrices son un recordatorio viviente! ¡El mal vive, pero el poder de Dios vencerá!

Sus gritos resonaron en la pared posterior de la Capilla Sixtina, y después se hizo un profundo silencio. Dio la impresión de que el tiempo se detenía. El *Juicio final* de Miguel Ángel se alzaba de manera ominosa detrás de él... Jesús arrojando a los pecadores al infierno. Brillaron lágrimas en los ojos de Mortati.

—¿Qué has hecho, Carlo? —preguntó en un susurro. Cerró los ojos, y una lágrima resbaló sobre su mejilla—. ¿Su Santidad?

Se elevó un suspiro de dolor colectivo, como si todos los presentes lo hubieran olvidado hasta este momento. El Papa. Envenenado.

—Un vil mentiroso —dijo el camarlengo.

Mortati parecía destrozado.

—¿Qué quieres decir? ¡Era sincero! Te... quería.

—Y yo a él.

¡Oh, cuánto le quería! ¡Pero el engaño! ¡Los juramentos a Dios quebrantados!

El camarlengo sabía que no comprendían aún, pero lo *harían*. ¡Cuando se lo dijera, comprenderían! Su Santidad era el más nefasto farsante que la Iglesia había conocido. El camarlengo aún recordaba aquella noche terrible. Había regresado de su viaje al CERN con la noticia del *Génesis* de Vetra y el horripilante poder de la antimateria. El camarlengo estaba seguro de que el Papa se daría cuenta de los peligros, pero el Santo Padre sólo confiaba en el éxito de Vetra. Hasta sugirió que el Vaticano financiara el trabajo del físico, como un gesto de buena voluntad hacia la investigación científica con base espiritual.

¡Qué locura! ¡Que la Iglesia invirtiera en una investigación que amenazaba con destruirla! Una investigación que resultaría en armas de destrucción masiva. La bomba que había matado a su madre...

—Pero... ¡no puede hacer eso! —había exclamado el camarlengo Ventresca.

—Estoy en deuda con la ciencia —había contestado el pontífice—. Es algo que he ocultado durante toda mi vida. La ciencia me hizo un regalo cuando era joven. Un regalo que nunca he olvidado.

—No lo entiendo. ¿Qué puede ofrecer la ciencia a un hombre de Dios?

—Es complicado —había dicho el Papa—. Necesitaré tiempo para conseguir que lo comprendas. Pero antes, has de conocer un dato sobre mí. Lo he ocultado todos estos años. Creo que ya es hora de que te lo cuente.

Entonces el Papa le reveló la sorprendente verdad.

132

El camarlengo yacía en posición fetal sobre el suelo de tierra de la tumba de san Pedro. Hacía frío en la Necrópolis, pero contribuía a coagular la sangre de las heridas que se había hecho al desgarrar su propia carne. Su Santidad no le encontraría aquí. Nadie le encontraría aquí...

«Es complicado —resonó en su mente la voz del Papa—. Necesitaré tiempo para conseguir que lo comprendas bien...» Pero el camarlengo sabía que el tiempo no le ayudaría a comprender.

¡Mentiroso! ¡Yo creía en ti! ¡DIOS creía en ti!

Con una sola frase, el Papa había destrozado el mundo del camarlengo. Todo lo que siempre había creído sobre su mentor había saltado en pedazos ante sus ojos. La verdad asaeteó el corazón del sacerdote con tal fuerza que salió tambaleante del despacho del Papa y vomitó en el pasillo.

—¡Espera! —había gritado el Papa, corriendo tras él—. ¡Déjame que te explique!

Pero el camarlengo huyó. ¿Cómo podía esperar Su Santidad que aguantara más? ¡Oh, qué retorcida depravación! ¿Y si alguien más lo descubría? ¡Qué profanación para la Iglesia! ¿Los votos sagrados del Papa no significaban nada?

La locura se apoderó de él al instante, chilló en sus oídos, hasta que despertó ante la tumba de san Pedro. Fue entonces cuando Dios acudió a él con ferocidad aterradora.

¡TU DIOS ES VENGATIVO!

Hicieron planes juntos. Juntos protegerían a la Iglesia. Juntos devolverían la fe a este mundo incrédulo. El mal estaba en todas partes. ¡No obstante, el mundo se había inmunizado! Juntos ahuyentarían la oscuridad para que el mundo viera la terrible verdad… ¡y Dios vencería! Horror y Esperanza. ¡Entonces el mundo creería!

La primera prueba de Dios había sido menos horrible de lo que el camarlengo imaginaba. Introducirse en los aposentos papales, llenar la jeringa, tapar la boca del farsante cuando los espasmos le condujeron a la muerte… A la luz de la luna, el camarlengo vio en los ojos desorbitados del Papa que quería decir algo.

Pero era demasiado tarde.

El Papa ya había hablado bastante.

133

—El Papa tenía un hijo.

El camarlengo habló sin pestañear. Cinco solitarias y asombrosas palabras. Dio la impresión de que los reunidos se encogían al unísono. Las expresiones acusadoras dieron paso a miradas de estupor, como si todas las almas presentes en la estancia se encontraran rogando a Dios que el camarlengo estuviera equivocado.

El Papa tenía un hijo.

Langdon sintió que la onda de choque también le alcanzaba a él. La mano de Vittoria, que apretaba la suya, se agitó, mientras su mente, ya aturdida por las numerosas preguntas sin respuesta, se esforzaba por encontrar un centro de gravedad.

Era como si la afirmación del camarlengo fuera a flotar eternamente en el aire. Langdon distinguió en los ojos alucinados del sacerdote la convicción más absoluta. Langdon quiso zafarse, decirse que estaba perdido en una grotesca pesadilla, despertar cuanto antes en un mundo lógico.

—¡Eso es mentira! —gritó un cardenal.

—¡No lo creo! —protestó otro—. ¡Su Santidad era el hombre más devoto del mundo!

Fue Mortati quien habló a continuación con voz devastada.

—Amigos míos, lo que dice el camarlengo es cierto. —Todos los cardenales giraron en redondo hacia Mortati, como si acabara de gritar una obscenidad—. El Papa tenía un hijo.

Los cardenales palidecieron de horror.

El camarlengo parecía estupefacto.

—¿Usted lo sabía? Pero... ¿cómo?

Mortati suspiró.

—Cuando Su Santidad fue elegido, yo fui el Abogado del Diablo.

Se oyó una exclamación ahogada colectiva.

Langdon comprendió. Esto significaba que la información debía ser cierta. El infame «Abogado del Diablo» era la autoridad en lo referente a información escandalosa en el Vaticano. Los secretos de familia de un Papa eran peligrosos, y antes de las elecciones se llevaban a cabo investigaciones minuciosas sobre el pasado del candidato, y el responsable era un solo cardenal, que hacía las veces de «Abogado del Diablo», el individuo responsable de desenterrar razones suficientes para *impedir* que un cardenal llegara a Papa. El Papa gobernante elegía al Abogado del Diablo antes de su muerte. El Abogado del Diablo nunca revelaba su identidad. *Nunca.*

—Yo era el Abogado del Diablo —repitió Mortati—. Así fue cómo lo descubrí.

Los cardenales se quedaron boquiabiertos. Por lo visto, ésta era la noche en que todas las reglas quedaban hechas añicos.

El camarlengo Carlo Ventresca sintió que su corazón se henchía de rabia.

—Y usted... ¿no se lo dijo a *nadie*?

—Interrogué a Su Santidad —dijo Mortati—. Y confesó. Explicó toda la historia y sólo pidió que me dejara guiar por mi conciencia cuando decidiera si debía revelar o no su secreto.

—¿Su corazón le aconsejó *callar* la información?

—Era el candidato favorito. La gente le quería. El escándalo habría perjudicado muchísimo a la Iglesia.

—¡Pero tenía un *hijo*! ¡Quebrantó el sagrado voto de celibato! —El camarlengo estaba chillando. Oía la voz de su madre. *Una promesa a Dios es la promesa más importante de todas. Nunca quebrantes una promesa hecha a Dios*—. ¡El Papa rompió su juramento!

Mortati parecía delirante de angustia.

—Carlo, su amor... fue casto. No había quebrantado sus votos. ¿No te lo explicó?

—¿Explicar qué?

El camarlengo recordó que había salido corriendo del despacho del Papa, mientras éste le llamaba. *¡Déjame que te explique!*

Poco a poco, con tristeza, Mortati contó la historia. Muchos años antes, el Papa, cuando era un simple sacerdote, se había enamorado de una joven monja. Los dos habían tomado el voto de castidad, y ni siquiera habían considerado la posibilidad de romper su compromiso con Dios. Aun así, cuando su amor aumentó, si bien eran capaces de resistir las tentaciones de la carne, se descubrieron deseando algo que no esperaban, participar en el supremo milagro de la Creación de Dios: un hijo. El hijo de ambos. El anhelo, sobre todo por parte de ella, era abrumador. Pese a todo, Dios estaba antes que nada. Un año después, cuando la frustración había alcanzado proporciones casi insufribles, ella fue a verle, muy entusiasmada. Había leído un artículo acerca de un nuevo milagro de la ciencia, un proceso mediante el cual dos personas, sin mantener relaciones sexuales, podían tener un hijo. Presentía que era una señal de Dios. El sacerdote vio la felicidad en sus ojos y asintió. Un año después, ella tuvo un hijo mediante el milagro de la inseminación artificial.

—Esto no puede... ser verdad —dijo el camarlengo, presa del pánico, con la esperanza de que la morfina estuviera nublando sus sentidos. Estaba oyendo cosas, de eso no cabía duda.

Había lágrimas en los ojos de Mortati.

—Carlo, ésa es la explicación de que Su Santidad siempre tuviera afecto por la ciencia. Pensaba que estaba en deuda con la ciencia. La ciencia le permitía disfrutar de las alegrías de la paternidad sin romper el voto de castidad. Su Santidad me dijo que no lamentaba nada, excepto una cosa: que su elevado rango en la Iglesia le prohibiera estar con la mujer a la que amaba y ver crecer a su hijo.

El camarlengo Carlo Ventresca sintió que la locura se adueñaba de él una vez más. Tuvo ganas de desgarrarse la carne. *¿Cómo iba a saberlo?*

—El Papa no cometió ningún pecado, Carlo. Era casto.

—Pero... —El camarlengo buscó algo de racionalidad en su mente angustiada—. Piense en el peligro... de sus actos. —Su voz era débil—. ¿Y si su puta revelara el secreto? ¿O su hijo, Dios no lo permita? Imagine la vergüenza que recaería sobre la Iglesia.

—El hijo ya ha revelado la información —dijo Mortati con voz temblorosa.

Todo el mundo contuvo la respiración.

—¿Carlo...? —Mortati se derrumbó—. El hijo de Su Santidad... eres *tú*.

En aquel momento, el camarlengo sintió que el fuego de la fe se apagaba en su corazón. Se mantuvo inmóvil y tembloroso en el altar, enmarcado por el *Juicio final* de Miguel Ángel. Supo que había vislumbrado el infierno. Abrió la boca para hablar, pero sus labios se agitaron sin emitir sonidos.

—¿No lo entiendes? —preguntó Mortati con voz estrangulada—. Por eso Su Santidad fue a verte al hospital de Palermo cuando eras pequeño. Por eso te adoptó y educó. La monja a la que amaba era Maria, tu madre. Abandonó el convento para educarte, pero nunca renunció a su estricta devoción a Dios. Cuando el Papa se enteró de que había muerto en una explosión, y de que tú, su hijo, habías sobrevivido milagrosamente, juró a Dios que nunca volvería a dejarte solo. Tus dos padres eran vírgenes, Carlo. Fueron fieles a sus votos. Aun así, encontraron una forma de traerte al mundo. Tú fuiste su hijo milagroso.

El camarlengo se tapó los oídos para no tener que escuchar las palabras. Estaba paralizado en el altar. Después, desposeído de su mundo, cayó de rodillas y emitió un aullido de angustia.

Segundos. Minutos. Horas.

Daba la impresión de que el tiempo había perdido todo significado en el interior de la capilla. Vittoria Vetra sintió entonces que se iba liberando poco a poco de la parálisis que parecía inmovilizarlos a todos. Soltó la mano de Langdon y empezó a moverse entre los cardenales. Pensó que la puerta de la capilla se hallaba a kilómetros de distancia, y tuvo la sensación de que se estaba moviendo bajo el agua, a cámara lenta.

Su movimiento sacó a otros del trance. Algunos cardenales se pusieron a rezar. Otros lloraron. Algunos se volvieron hacia ella. Cuando casi había llegado a la puerta, una mano aferró su brazo, sin apretar pero con decisión. Se volvió y vio a un cardenal enjuto. Su rostro estaba nublado de terror.

—No —susurró el hombre—. No puedes.

Vittoria le miró con incredulidad.

Otro cardenal se materializó a su lado.

—Hemos de pensar antes de actuar.

Y otro.

—El dolor que esto podría causar...

Vittoria estaba rodeada. Los miró a todos, estupefacta.

—Pero los acontecimientos de esta noche... El mundo debería saber la verdad.

—Mi corazón está de acuerdo —dijo el cardenal enjuto, sin soltar su brazo—, pero éste es un camino sin retorno. Hemos de pensar en las esperanzas destrozadas. En el cinismo. ¿Cómo podría la gente volver a confiar en la Iglesia?

De repente, más cardenales le cortaron el paso. Había una muralla de sotanas negras ante ella.

—Escuche a la gente de la plaza —dijo uno—. ¿Cómo afectará esto a sus corazones? Hemos de proceder con prudencia.

—Necesitamos tiempo para pensar y rezar —dijo otro—. Hemos de actuar pensando en el futuro. Las repercusiones de esto...

—¡Asesinó a mi padre! —gritó Vittoria—. ¡Asesinó a su propio padre!

—No le quepa duda de que pagará por sus pecados —dijo con tristeza el cardenal que sujetaba su brazo.

Vittoria también estaba segura, y tenía la intención de encargarse de ello. Intentó abrirse paso hacia la puerta, pero los cardenales se lo impidieron con expresión aterrada.

—¿Qué van a hacer? —preguntó—. ¿Matarme?

Los ancianos palidecieron, y Vittoria se arrepintió al instante de sus palabras. Saltaba a la vista que aquellos hombres eran almas bondadosas. Ya habían visto suficiente violencia por esta noche. No significaban la menor amenaza. Sólo estaban acorralados. Asustados. Intentaban orientarse.

—Quiero... —dijo el cardenal enjuto— hacer lo que sea justo.

—Pues déjenla marchar —dijo una voz profunda detrás de ella. Las palabras eran serenas, pero contundentes. Robert

Langdon llegó a su lado, y ella sintió que le cogía la mano—. La señorita Vetra y yo vamos a salir de esta capilla. Ahora mismo.

Los cardenales, vacilantes, empezaron a apartarse.

—¡Esperen!

Era Mortati. Avanzó hacia ellos por el pasillo central, dejando al camarlengo solo y derrotado en el altar. De repente Mortati parecía tener más años de los que aparentaba. Llegó, apoyó una mano en el hombro de Langdon y otra en el de Vittoria. La joven sintió sinceridad en su tacto. Los ojos del hombre estaban llenos de lágrimas.

—*Pues claro* que pueden marcharse —dijo Mortati—. Por supuesto. —El hombre hizo una pausa. Su dolor era casi tangible—. Sólo pido... —Contempló sus pies un largo momento, y luego miró a Langdon y Vittoria—. Dejen que lo haga yo. Saldré a la plaza ahora mismo y encontraré una solución. Yo se lo diré. No sé cómo, pero encontraré una manera. La confesión de la Iglesia debería llegar desde dentro. Deberíamos ser nosotros quienes aireáramos nuestros fracasos.

Mortati se volvió con tristeza hacia el altar.

—Carlo, has conducido a la Iglesia a esta desastrosa encrucijada.

Miró a su alrededor. El altar estaba desierto.

Se oyó un crujido de tela en el pasillo lateral, y la puerta se cerró.

El camarlengo se había ido.

134

La sotana blanca del camarlengo Ventresca onduló mientras se alejaba de la Capilla Sixtina por el pasillo. Los Guardias Suizos le habían mirado con perplejidad cuando salió solo de la capilla y les dijo que necesitaba un momento de soledad. Pero habían obedecido y le habían permitido continuar.

Ahora, cuando dobló la esquina y los perdió de vista, el camarlengo experimentó una oleada de emociones como no creía posible en la experiencia humana. Había envenenado al hombre al que llamaban «Santo Padre», el hombre que le llamaba «hijo mío». El camarlengo siempre había creído que las palabras «padre» e «hijo» eran una tradición religiosa, pero ahora sabía la diabólica verdad: las palabras eran absolutamente literales.

Como aquella infausta noche de hacía semanas, el camarlengo sintió que la locura le invadía en la oscuridad.

Llovía la mañana que llamaron a la puerta del camarlengo y le despertaron de un sueño inquieto. Dijeron que el Papa no contestaba a la puerta ni al teléfono. El clero estaba asustado. Él era la única persona que podía entrar en los aposentos del Papa sin ser anunciado.

El camarlengo entró solo y encontró al Papa tal como le había dejado, retorcido y muerto en su lecho. El rostro de Su

Santidad parecía el de Satanás. Su lengua era negra como la muerte. El propio Diablo había dormido en la cama del Papa.

El camarlengo no sentía remordimientos. Dios había hablado.

Nadie se enteraría de la traición, todavía no... Eso vendría más tarde.

Anunció la terrible nueva: Su Santidad había muerto a causa de un ataque. Después preparó el cónclave.

La voz de la Virgen María estaba susurrando en su oído.

—Nunca rompas una promesa hecha a Dios.

—Te oigo, Madre —contestó—. Es un mundo sin fe. Es necesario devolverles al camino del bien. Horror y Esperanza. Es la única manera.

—Sí —dijo ella—. Si tú no, ¿quién? ¿Quién sacará a la Iglesia de la oscuridad?

Ninguno de los *preferiti*, desde luego. Eran viejos, cadáveres vivientes, liberales que seguirían los pasos del Papa, respaldando a la ciencia en memoria del fallecido, buscando seguidores modernos a base de abandonar la tradición. Ancianos desesperadamente anticuados, que fingían ser lo que no eran. Fracasarían, por supuesto. La fuerza de la Iglesia residía en su tradición, no en su transitoriedad. El mundo entero era transitorio. La Iglesia no necesitaba cambiar, sólo necesitaba recordar al mundo que era importante. ¡El mal vive! ¡Dios vencerá!

La Iglesia necesitaba un líder. ¡Los viejos no inspiran! ¡Jesús inspiraba! Joven, vibrante, poderoso... MILAGROSO.

* * *

—Disfruten de su té —dijo el camarlengo a los cuatro *preferiti*, dejándoles en la biblioteca privada del Papa antes del cónclave—. Su guía no tardará en llegar.

Los *preferiti* le dieron las gracias, contentos de que les hubieran concedido la oportunidad de visitar el famoso *Passetto*. ¡Qué cosa más rara! El camarlengo, antes de dejarlos, había abierto la puerta del *Passetto*, y a la hora en punto apareció por ella un sacerdote de aspecto extranjero provisto de una antorcha que había guiado a los emocionados *favoriti*.

No habían vuelto a salir.

Ellos serán el Horror. Yo seré la Esperanza.

No... Yo soy el horror.

El camarlengo Carlo Ventresca atravesó la basílica de San Pedro en la oscuridad. De alguna forma, pese a la locura y la culpa, pese a las imágenes de su padre, pese al dolor y la revelación, pese incluso al efecto de la morfina, había encontrado una claridad brillante. La sensación de tener un destino. *Conozco mi propósito*, pensó, asombrado de su lucidez.

Desde el principio, nada en esta noche había salido como lo había planeado. Se habían presentado obstáculos imprevistos, pero él se había adaptado y efectuado audaces ajustes. De todos modos, nunca pudo imaginar que esta noche acabaría así, pero ahora conocía la majestad predeterminada del desenlace.

No podía terminar de otra forma.

¡Oh, qué terror había experimentado en la Capilla Sixtina, cuando se preguntó si Dios le había abandonado! *¡Oh, qué obras había ordenado Dios!* Había caído de rodillas, asaltado por las dudas, mientras se esforzaba por oír la voz de Dios, pero sólo oyó silencio. Había suplicado una señal. Guía. Directrices. ¿Era ésta la voluntad de Dios? ¿La Iglesia destruida por el escándalo y la abominación? ¡No! ¡Era Dios quien había espoleado al camarlengo a actuar! ¿Verdad?

Entonces la había visto. Posada sobre el altar. Una señal. Comunicación divina. Algo corriente visto a una luz extraordinaria. El crucifijo. Humilde, de madera. Jesús en la cruz. En aquel momento, lo había visto todo claro... El camarlengo no estaba solo. Nunca estaría solo.

Ésta era Su voluntad... Su Significado.

Dios siempre había pedido grandes sacrificios a los que más amaba. ¿Por qué había sido tan lento en comprender? ¿Era demasiado timorato? ¿Demasiado humilde? Daba igual. Dios había encontrado una forma. El camarlengo comprendía ahora por qué Robert Langdon se había salvado. Era para traer la verdad. Para forzar este final imprevisto.

¡Era la única forma de salvar a la Iglesia!

El camarlengo experimentó la sensación de que flotaba cuando descendió al Nicho de los Palios. La oleada de morfina parecía implacable, pero sabía que Dios le guiaba.

A lo lejos, oyó que los cardenales salían en tropel de la capilla y gritaban órdenes a la Guardia Suiza.

Pero nunca le encontrarían. A tiempo no.

Se sentía atraído... Más deprisa... Bajando a la zona subterránea donde brillaban las noventa y nueve lámparas de aceite. Dios le estaba devolviendo al suelo sagrado. El camarlengo avanzó hacia la rejilla que cubría la abertura de acceso a la Necrópolis. En la Necrópolis concluiría la noche. En la sagrada oscuridad del subsuelo. Levantó una lámpara de aceite y se preparó a bajar.

Pero se detuvo un momento. Había algo que no acababa de encajar. ¿Cómo servía esto a Dios? ¿Un final solitario y silencioso? Jesús había sufrido ante los ojos de todo el mundo. ¡Esto no podía ser la voluntad de Dios! El camarlengo escuchó, por si podía oír la voz de Dios, pero sólo captó el zumbido confuso producto de la morfina.

—*Carlo*. —Era su madre—. *Dios tiene planes para ti.*

El camarlengo, perplejo, siguió caminando.

Entonces, sin previo aviso, Dios llegó.

El sacerdote paró en seco y miró. La luz de las noventa y nueve lámparas de aceite había proyectado la sombra del camarlengo sobre la pared de mármol que tenía al lado. Gigantesca y temible. Una forma neblinosa rodeada de luz dorada. Con llamas que oscilaban a su alrededor, el camarlengo parecía un ángel que ascendiera a los cielos. Permaneció inmóvil un momento, se llevó las manos a los costados y contempló su propia imagen. Después se volvió y miró hacia lo alto de la escalera.

El mensaje de Dios era diáfano.

Transcurrieron tres minutos en los caóticos pasillos que conducían a la Capilla Sixtina, pero nadie podía localizar al camarlengo. Era como si la noche se hubiera tragado al hombre. Mortati estaba a punto de ordenar un registro a gran escala del Vaticano, cuando un rugido de júbilo estalló en la plaza de San Pedro. La celebración espontánea de la multitud fue tumultuosa. Todos los cardenales intercambiaron miradas de sorpresa.

Mortati cerró los ojos.

—Que Dios nos asista.

Por segunda vez aquella noche, el Colegio Cardenalicio salió a la plaza de San Pedro. Langdon y Vittoria fueron arrastrados por la multitud de cardenales, y también salieron a la noche. Todos los focos y cámaras de las televisiones estaban dirigidos hacia la basílica. El camarlengo Carlo Ventresca había salido al balcón papal, situado en el centro exacto de la fachada, y tenía los brazos levantados al aire. Incluso desde lejos, parecía la encarnación de la pureza. Una estatuilla. Vestida de blanco. Bañada en luz.

Daba la impresión de que la energía concentrada en la plaza crecía como una ola gigante, y al instante la barrera de Guardias Suizos cedió. La muchedumbre se precipitó hacia la basílica en un eufórico torrente de humanidad. La gente lloraba, cantaba, las cámaras destellaban. Un pandemónium. El caos fue en aumento, y parecía que nada podía detenerlo.

Y entonces, algo lo hizo.

En el balcón, el camarlengo hizo un ademán mínimo. Enlazó las manos ante él. Después inclinó la cabeza en una oración silenciosa. Una a una, docenas a docenas, cientos a cientos, la gente agachó la cabeza con él.

La plaza quedó en silencio... como si le hubieran arrojado un hechizo.

En su mente, remolineante y distante, las oraciones del camarlengo eran un torrente de esperanzas y pesares... *Perdóname, Padre... Madre... llena de gracia... tú eres la Iglesia... ojalá puedas comprender el sacrificio de tu único hijo.*

Oh, Jesús mío... sálvanos de los fuegos del infierno... guía nuestras almas al cielo, sobre todo las de los más necesitados de misericordia...

El camarlengo no abrió los ojos para ver la muchedumbre amontonada, las cámaras de televisión, el mundo que miraba. Lo sentía en su alma. Pese a la angustia que le embargaba, la unidad del momento era embriagadora. Era como si una red conectora hubiera partido en todas las direcciones del globo. Delante de los televisores, en casa, en los coches, el mundo rezaba como un solo hombre. Como sinapsis de un corazón gigantesco que trabajaran al unísono, la gente buscó a Dios en docenas de idiomas, en cientos de países. Las palabras que susurraban eran nuevas, pero tan familiares para ellos como sus propias voces, verdades antiguas... impresas en el alma.

La armonía parecía eterna.

Los cánticos empezaron de nuevo.

Sabía que el momento había llegado.

Santísima Trinidad, Te ofrezco el más precioso Cuerpo, Sangre, Alma... en reparación por los ultrajes, sacrilegios e indiferencias...

El camarlengo ya sentía la punzada del dolor físico. Se estaba esparciendo sobre su piel como una plaga, y le daban ganas de arañar su cuerpo como semanas antes, cuando Dios había acudido a él por primera vez. *No olvides el dolor que Jesús soportó.* Podía notar en su garganta el sabor de las emanaciones. Ni siquiera la morfina podía evitarlo.

Mi trabajo aquí ha terminado.

En el Nicho de los Palios, el camarlengo había obedecido la voluntad de Dios y untado su cuerpo. Su pelo. Su cara. Su sotana de hilo. Su carne. Estaba empapado en los aceites sagrados y viscosos de las lámparas. Su olor era dulce, como el de su madre, pero quemaba. La suya sería una ascensión misericordiosa. Misericordiosa y veloz. Y se iría sin dejar atrás ningún escándalo; al contrario, dejaría tras de sí una fuerza y un prodigio nuevos.

Hundió la mano en el bolsillo de la sotana y acarició el pequeño encendedor de oro que había traído con él del *incendiario* del Palio.

Susurró un verso del libro de los Jueces. *Y cuando la llama ascendió hacia el Cielo, el Ángel del Señor ascendió con la llama.*

Apoyó el pulgar.

Estaban cantando en la plaza de San Pedro...

Nadie podría olvidar la visión que el mundo presenció.

En el balcón, como un alma que se liberara de su envoltura corporal, una pira de fuego luminosa brotó de la cintura del camarlengo. El fuego salió disparado hacia arriba y envolvió todo su cuerpo al instante. No chilló. Alzó los brazos sobre la cabeza y miró al cielo. La conflagración rugió a su alrededor, envolvió su cuerpo en una columna de luz. Quemó durante lo que pareció una eternidad al mundo. La luz era cada vez más brillante. Después, poco a poco, las llamas se desvanecieron. El camarlengo había desaparecido. Fue imposible deducir si se había derrumbado tras la balaustrada o evaporado en el aire. Sólo quedó una nube de humo que se elevó hacia el cielo.

135

La aurora llegó tarde a Roma.

Una tormenta matutina había expulsado a la muchedumbre de la plaza de San Pedro. Los reporteros de las televisiones resistieron, acurrucados bajo paraguas y en sus camionetas, comentando los acontecimientos de la noche. En todo el mundo, los templos estaban atestadas de gente. Era un momento de reflexión y discusión... en todas las religiones. Las preguntas se multiplicaban, pero las preguntas sólo parecían generar preguntas más profundas. Hasta el momento, el Vaticano había guardado silencio, sin hacer la menor declaración.

En la Sagrada Gruta Vaticana, el cardenal Mortati estaba arrodillado solo ante el sarcófago abierto. Cerró la boca ennegrecida del hombre. Su Santidad parecía en paz ahora. En tranquilo reposo durante toda la eternidad.

A los pies de Mortati había una urna dorada, llena de cenizas. Mortati había recogido en persona las cenizas, para luego traerlas aquí.

—Una oportunidad para perdonar —dijo a Su Santidad, al tiempo que depositaba la urna al lado del Papa—. Ningún amor es más grande que el de un padre por su hijo.

Mortati ocultó la urna bajo la indumentaria papal. Sabía que la sagrada gruta estaba reservada exclusivamente a las reliquias de los papas, pero creía que esto era lo apropiado.

—¿Signore? —dijo alguien que entraba en las grutas. Era el teniente Chartrand. Iba acompañado de tres Guardias Suizos—. Le están esperando en el cónclave.

Mortati asintió.

—Enseguida voy. —Miró por última vez el contenido del sarcófago, y después se levantó. Se volvió hacia los guardias—. Ya es hora de que Su Santidad disfrute de la paz que se ha ganado.

Los guardias se adelantaron y con un enorme esfuerzo bajaron la tapa del sarcófago papal. Se cerró con un fragor definitivo.

Mortati iba solo cuando cruzó el patio Borgia en dirección a la Capilla Sixtina. Una brisa húmeda agitó su sotana. Un cardenal salió del Palacio Apostólico y se dirigió hacia él.

—¿Me concede el honor de acompañarle al cónclave, signore?

—El honor es mío.

—Signore —dijo el cardenal, con aspecto turbado—, el Colegio le debe una disculpa por lo de anoche. Estábamos cegados por...

—Por favor —contestó Mortati—. A veces, nuestras mentes ven cosas que nuestros corazones desean.

El cardenal guardó silencio durante largo rato. Por fin, habló.

—¿Le han dicho que ya no es el Gran Elector?

Mortati sonrió.

—Sí. Doy gracias a Dios por estas pequeñas bendiciones.

—El Colegio insistió en que usted era elegible.

—Parece que la caridad no ha muerto en la Iglesia.

—Es usted un hombre sabio. Nos guiaría bien.

—Soy un anciano. Los guiaría poco tiempo.

Ambos rieron.

Cuando llegaron al final del patio Borgia, el cardenal vaciló. Se volvió hacia Mortati con perplejidad, como si el precario prodigio de la noche se hubiera sepultado en su corazón.

—¿Ha visto que no encontramos restos en el balcón? —susurró.

Mortati sonrió.

—Tal vez se los llevó la lluvia.

El hombre alzó la vista hacia el cielo tormentoso.

—Sí, tal vez...

136

A media mañana, el cielo aún continuaba nublado, cuando la chimenea de la Capilla Sixtina empezó a expulsar las primeras bocanadas de humo blanco. Se elevaron hacia el firmamento y desaparecieron.

En la plaza de San Pedro, el reportero Gunther Glick miraba en silencio. El capítulo final…

Chinita Macri se le acercó por detrás y se colgó la cámara al hombro.

—Ya es hora —dijo.

Glick asintió. Se volvió hacia ella, se alisó el pelo y respiró hondo. *Mi última transmisión,* pensó. Una pequeña multitud se había congregado a su alrededor para mirar.

—En directo dentro de sesenta segundos —anunció Macri.

Glick miró hacia el tejado de la Capilla Sixtina.

—¿Puedes filmar el humo?

Macri asintió con paciencia.

—Conozco mi trabajo, Gunther.

Glick se sintió estúpido. Por supuesto. Era muy probable que Macri ganara un Pulitzer por su trabajo de esta noche. Su propia actuación, por otra parte… No quería pensar en ello. Estaba seguro de que la BBC le despediría. No cabía duda de que tendría problemas legales con numerosas y poderosas entidades; el CERN y George Bush, entre otros.

—Tienes buen aspecto —le halagó Chinita, asomándose por detrás de la cámara con aire preocupado—. Me pregunto si podría ofrecerte...

Se contuvo.

—¿Algún consejo?

Macri suspiró.

—Sólo iba a decir que no hace falta concluir con un final espectacular.

—Lo sé. Quieres una conclusión honesta.

—La más honesta de la historia. Confío en ti.

Glick sonrió. *¿Una conclusión honesta? ¿Está loca?* Una historia como la de anoche merecía mucho más. Un giro. Un bombazo final. Una revelación imprevista estremecedora.

Por suerte, Glick tenía algo en reserva...

—¿Preparado? Cinco... cuatro... tres...

Cuando Chinita Macri miró por su cámara, creyó percibir un brillo astuto en los ojos de Glick. *Ha sido una locura dejarle hacer esto,* pensó. *¿En que estaría pensando?*

Pero el momento de arrepentirse había pasado. Estaban emitiendo.

—En directo desde la Ciudad del Vaticano —anunció Glick—, Gunther Glick. —Dedicó a la cámara una mirada solemne, mientras el humo blanco de la Capilla Sixtina se elevaba detrás de él—. Damas y caballeros, ya es *oficial.* El cardenal Saverio Mortati, un progresista de setenta y nueve años, acaba de ser elegido Papa. Pese a ser un candidato improbable, Mortati fue elegido por *unanimidad,* algo que no tiene precedentes.

Mientras Macri miraba, empezó a respirar con más facilidad. Glick parecía sorprendentemente profesional. Incluso austero. Por primera vez en su vida, actuaba como un reportero.

—Tal como informamos antes —añadió Glick—, el Vaticano aún no ha hecho ninguna declaración sobre los acontecimientos milagrosos de esta noche.

Bien. El nerviosismo de Chinita se atenuó un poco más. *Hasta el momento, todo va bien.*

Glick compuso una expresión apenada.

—Y si bien ha sido una noche de prodigios, también lo ha sido de tragedia. Cuatro cardenales perecieron ayer, junto con el comandante Olivetti y el capitán Rocher, ambos de la Guardia Suiza. Otras víctimas incluyen a Leonardo Vetra, el famoso físico del CERN y pionero de la tecnología de la antimateria, así como Maximilian Kohler, el director del CERN, que por lo visto acudió al Vaticano en un esfuerzo por colaborar, pero falleció en el proceso. Aún no existe ningún informe oficial sobre la muerte del señor Kohler, pero parece que se debió a complicaciones de una larga enfermedad que padecía.

Macri asintió. El reportaje funcionaba a la perfección. Tal como habían pactado.

—Tras la explosión ocurrida en el cielo del Vaticano anoche, la tecnología de la antimateria del CERN se ha convertido en el tema del día entre los científicos, tema que suscita entusiasmo y controversia. Una declaración leída por la ayudante del señor Kohler en Ginebra, Sylvie Baudeloque, anunció esta mañana que la junta directiva del CERN, si bien entusiasmada por las posibilidades de la antimateria, ha suspendido todas las investigaciones y las concesiones de licencias hasta que no se haya demostrado que se trata de una energía segura.

Excelente, pensó Macri. *La recta final.*

—El rostro de Robert Langdon —informó Glick—, el profesor de Harvard que vino al Vaticano ayer para ofrecer su experiencia durante esta crisis, ha estado ausente de nuestras pantallas esta noche. Aunque al principio se pensó que había perecido en la explosión del contenedor de antimateria, nos han llegado informes de que Langdon fue visto en la plaza de San Pedro después de la explosión. Sólo existen especulaciones sobre cómo pudo llegar hasta aquí, aunque un portavoz del hospital Tiberina afirma que el señor Langdon cayó desde el cielo al río Tíber poco después de medianoche, recibió tratamiento y se fue. —Glick enarcó las cejas—. Y si eso es cierto... podemos afirmar que fue una noche de milagros.

¡Un final perfecto! Macri se permitió una amplia sonrisa. *¡Una conclusión impecable! ¡Termina de una vez!*

Pero Glick no lo hizo. Avanzó hacia la cámara tras un momento de silencio. Exhibía una sonrisa misteriosa.

—Pero antes de terminar...

¡No!

—... quisiera que un invitado se reuniera con nosotros.

Las manos de Chinita se paralizaron sobre la cámara. *¿Un invitado? ¿Qué diablos está haciendo? ¿Qué invitado?* Pero sabía que era demasiado tarde. Glick se había comprometido.

—El hombre que voy a presentarles es un norteamericano —dijo Glick—, un famoso erudito.

Chinita vaciló. Contuvo el aliento cuando Glick se volvió hacia la pequeña multitud congregada a su alrededor e indicó con un ademán a su invitado que se adelantara. Macri rezó en silencio. *Por favor, dime que has localizado a Robert Langdon, y no a un chiflado adepto de las teorías conspiratorias.*

Cuando el invitado avanzó, el corazón de Macri dio un vuelco. No era Robert Langdon. Era un hombre calvo, vestido con tejanos y camisa de franela. Llevaba un bastón y gafas gruesas. Macri sintió terror. *¡Un chiflado!*

—Les presento al famoso estudioso del Vaticano —anunció Glick—, procedente de la Universidad De Paul de Chicago, el doctor Joseph Vanek.

Macri vaciló cuando el hombre acompañó a Glick ante la cámara. No era un chiflado. Había oído hablar de este individuo.

—Doctor Vanek —dijo Glick—, usted posee información bastante sorprendente en relación con el cónclave de esta noche.

—En efecto —contestó Vanek—. Después de una noche con tantas sorpresas, es difícil imaginar que todavía queden más por descubrir… Y no obstante…

Hizo una pausa.

Glick sonrió.

—Y sin embargo, se ha producido un nuevo giro en los acontecimientos.

Vanek asintió.

—Sí. Por sorprendente que pueda parecer, creo que el Colegio Cardenalicio ha elegido sin saberlo a *dos* papas este fin de semana.

Macri casi dejó caer la cámara.

Glick sonrió taimadamente.

—¿Ha dicho dos papas?

El estudioso asintió.

—Sí. Antes debería explicar que he dedicado mi vida a estudiar las leyes de la elección papal. La legislación del cónclave es extremadamente compleja, y gran parte está olvidada u obsoleta. Es probable que ni el Gran Elector sepa lo que voy a revelar. No obstante, según las antiguas leyes olvidadas aplicadas en el *Romano Pontifici Eligendo, Numero sesenta y tres*, la votación no es el único método mediante el cual puede elegirse un Papa. Existe otro método, más divino. Se llama «Elección por Adoración». —Hizo una pausa—. Y anoche ocurrió.

Glick clavó la vista en su invitado.

—Continúe, por favor.

—Como tal vez recuerde —continuó el estudioso—, anoche, cuando el camarlengo Carlo Ventresca apareció en el tejado de la basílica, todos los cardenales empezaron a gritar su nombre al unísono.

—Sí, me acuerdo.

—Con aquella imagen en mente, permítame que lea las antiguas leyes electorales. —El hombre sacó unos papeles del bolsillo, carraspeó y empezó a leer—. «La Elección por Adoración tiene lugar cuando… todos los cardenales, como por inspiración del Espíritu Santo, libre y espontáneamente, con unanimidad y en voz alta, proclaman el nombre de un individuo.»

Glick sonrió.

—¿Está diciendo que anoche, cuando los cardenales corearon al unísono el nombre de Carlo Ventresca, le eligieron Papa?

—En efecto. Más aún, la ley dicta que la Elección por Adoración anula los requerimientos para que un cardenal sea elegido y permite que cualquier clérigo, sacerdote, obispo o cardenal, sea elegido. Como ven, el camarlengo estaba perfectamente cualificado para la elección papal mediante este procedimiento. —El doctor Vanek miró a la cámara—. Los hechos son éstos… Carlo Ventresca fue elegido Papa anoche. Reinó algo menos de diecisiete minutos. Y de no haber ascendido milagrosamente en una columna de fuego, ahora estaría enterrado en la Sagrada Gruta Vaticana junto con los demás papas.

—Gracias, doctor. —Glick se volvió hacia Macri con un guiño travieso—. Muy esclarecedor…

137

Desde lo alto de las escaleras del Coliseo, Vittoria rió y le llamó.

—¡Sube, Robert! ¡Sabía que tendría que haberme casado con un hombre más joven!

Su sonrisa era mágica.

Langdon se esforzó por alcanzarla, pero le pesaban las piernas como si fueran de piedra.

—Espera —suplicó—. Por favor...

Notó unos golpes en su cabeza.

Robert Langdon despertó sobresaltado.

Oscuridad.

Permaneció inmóvil un largo momento en la suavidad de la cama, incapaz de imaginar dónde estaba. Las almohadas eran mullidas, gigantescas y maravillosas. El aire olía a perfume. Al otro lado de la habitación, dos puertas de cristal abiertas daban a un balcón, donde una leve brisa soplaba bajo una luna reluciente. Langdon intentó recordar cómo había llegado aquí... y dónde estaba.

Recuerdos dispersos cobraron vida de nuevo.

Una pira de fuego místico... Un ángel materializándose en medio de la muchedumbre... La mano suave de ella que tomaba la suya y le guiaba al corazón de la noche... Guiaba su cuerpo agotado y apalizado por las calles... hasta aquí... hasta su suite... Le metía medio dormido bajo una ducha ca-

liente... le conducía hasta esta cama... y le cuidaba hasta que se dormía como un niño.

En la oscuridad, Langdon distinguió una segunda cama. Las sábanas estaban revueltas, pero no había nadie en ella. Oyó el chorro de una ducha en una de las habitaciones contiguas.

Cuando miró hacia la cama de Vittoria, vio un sello bordado en la funda de la almohada. Rezaba: HOTEL BERNINI. Langdon se vio forzado a sonreír. Vittoria había elegido bien. El lujo de la Vieja Europa con vistas a la Fuente del Tritón de Bernini... No había hotel más adecuado en toda Roma.

Oyó unos golpes, y comprendió que era eso lo que le había despertado. Alguien estaba llamando a la puerta. Con fuerza.

Confuso, Langdon se levantó. *Nadie sabe que estamos aquí*, pensó, algo inquieto. Se puso una bata obsequio del hotel y salió al vestíbulo de la habitación. Se detuvo ante la pesada puerta de roble, y luego la abrió.

Un hombre corpulento vestido con uniforme de gala púrpura y amarillo le miró.

—Soy el teniente Chartrand —se presentó—. Guardia Suizo del Vaticano.

Langdon sabía muy bien quién era.

—¿Cómo..., cómo nos ha encontrado?

—Los vi marchar de la plaza anoche. Los seguí. Menos mal que aún no se han ido.

Langdon experimentó una repentina angustia, y se preguntó si los cardenales habían ordenado a Chartrand que los condujera de vuelta al Vaticano. Al fin y al cabo, ellos dos eran las únicas personas, además del Colegio Cardenalicio, que sabían la verdad. Eran un estorbo.

—Su Santidad me pidió que les diera esto —dijo Chartrand, y le entregó un sobre cerrado con el sello de lacre del Vaticano. Langdon abrió el sobre y leyó la nota escrita a mano:

Señor Langdon y señorita Vetra:

Aunque mi profundo deseo es solicitar su discreción sobre los asuntos ocurridos durante las últimas veinticuatro horas, no puedo pedirles más de lo que ya han dado. Por lo tanto, me retracto con humildad, con la esperanza de que el corazón los guíe en este asunto. Hoy el mundo parece un lugar mejor... Tal vez las preguntas son más poderosas que las respuestas.

Mi puerta siempre estará abierta.

Su Santidad, Saverio Mortati

Langdon leyó el mensaje dos veces. El Colegio Cardenalicio había elegido a un líder noble y munificente.

Antes de que Langdon pudiera decir nada, Chartrand sacó un paquete de pequeño tamaño.

—Una muestra de gratitud de Su Santidad.

Langdon cogió el paquete. Era pesado, estaba envuelto en papel marrón.

—En virtud de su decisión —dijo Chartrand—, este objeto salido de la Cámara Papal queda en sus manos como préstamo indefinido. Su Santidad sólo pide que en su testamento asegure que vuelva a casa.

Langdon abrió el paquete y se quedó sin habla. Era la marca. *El Diamante de los Illuminati.*

Chartrand sonrió.

—La paz sea con usted.

Se volvió para marchar.

—Gracias —consiguió decir Langdon, con las manos temblando alrededor del preciado obsequio.

El guardia vaciló en el pasillo.

—Señor Langdon, ¿puedo hacerle una pregunta?

—Por supuesto.

—Mis compañeros de la guardia y yo sentimos curiosidad. Aquellos últimos minutos… ¿qué sucedió en el helicóptero?

Langdon experimentó una oleada de angustia. Sabía que este momento se avecinaba: el momento de la verdad. Vittoria y él habían hablado de ello cuando se fueron de la plaza de San Pedro. Y habían tomado una decisión. Antes incluso de la nota del Papa.

El padre de Vittoria había anhelado que el descubrimiento de la antimateria trajera consigo un despertar espiritual. Sin duda, jamás habría deseado que se produjeran los acontecimientos de anoche, pero la realidad era innegable: en este momento, en todo el mundo, la gente estaba pensando en Dios de formas inéditas hasta ahora. Langdon y Vittoria ignoraban cuánto tiempo duraría la magia, pero sabían que no podían romper el hechizo con el escándalo y la duda. *Los caminos del Señor son inescrutables*, se dijo Langdon, y se preguntó con ironía si tal vez, sólo tal vez, lo sucedido ayer había sido la voluntad de Dios, al fin y al cabo.

—¿Señor Langdon? —repitió Chartrand—. Le preguntaba sobre el helicóptero.

Langdon le dedicó una sonrisa triste.

—Sí, lo sé… —Sintió que las palabras no salían de su mente, sino de su corazón—. Tal vez fue el shock de la caída, pero mi memoria…. Parece que… todo está borroso.

Chartrand mostró su consternación.

—¿No se acuerda de nada?

Langdon suspiró.

—Creo que siempre será un misterio para mí.

• • •

Cuando Robert Langdon volvió al dormitorio, la visión que le esperaba paralizó sus pies. Vittoria estaba en el balcón, con la espalda apoyada en la barandilla, mirándole con sus ojos penetrantes. Parecía una aparición celestial, una silueta radiante con la luna detrás. Podría haber sido una diosa romana, envuelta en su albornoz blanco, con el cinturón ceñido de forma que acentuaba sus esbeltas curvas. Detrás de ella, una niebla pálida colgaba como un halo sobre la fuente del Tritón de Bernini.

Langdon se sintió ferozmente atraído hacia ella… más que por ninguna otra mujer de su vida. En silencio, dejó el Diamante de los Illuminati y la carta del Papa sobre la mesita de noche. Ya habría tiempo para explicar todo eso más tarde. Se acercó a ella.

Vittoria pareció feliz de verle.

—Estás despierto —dijo en un susurro—. Por fin.

Langdon sonrió.

—El día ha sido largo.

Ella se pasó una mano por su pelo frondoso, y el cuello de la bata se abrió un poco.

—Y ahora… Supongo que quieres tu recompensa.

El comentario tomó desprevenido a Langdon.

—¿Perdón?

—Somos adultos, Robert. Puedes admitirlo. Sientes un deseo. Lo veo en tus ojos. Un ansia carnal profunda. —Sonrió—. Yo también la siento. Y ese anhelo está a punto de ser satisfecho.

—¿De veras?

Se sintió envalentonado y avanzó un paso hacia ella.

—Por completo. —La joven alzó la carta del servicio de habitaciones—. He pedido todo lo que tienen.

* * *

El festín fue suntuoso. Cenaron juntos a la luz de la luna, sentados en su balcón... saboreando *frisée*, trufas y risotto. Bebieron vino *Dolcetto* y hablaron hasta muy avanzada la noche.

No era preciso ser un experto en símbolos como Langdon para leer las señales que Vittoria le estaba enviando. Durante el postre de crema de moras con *savoiardi* y *romcaffé* humeante, Vittoria apretó sus piernas desnudas contra las de él por debajo de la mesa, mientras le asaeteaba con miradas lujuriosas. Daba la impresión de desear que dejara el cuchillo y el tenedor y la levantara en brazos.

Pero Langdon no hizo nada. Siguió comportándose como un perfecto caballero. *Dos pueden jugar a este juego*, pensó, y disimuló una sonrisa traviesa.

Cuando acabaron con todo, Langdon se retiró al borde de su cama, donde se sentó solo, dando vueltas al Diamante de los Illuminati en sus manos, y haciendo repetidos comentarios sobre el milagro de su simetría. Vittoria le miraba, cada vez más confusa y frustrada.

—Encuentras ese ambigrama terriblemente interesante, ¿verdad? —preguntó.

Langdon asintió.

—Fascinante.

—¿Dirías que es la cosa más interesante de esta habitación?

Langdon se rascó la cabeza, mientras fingía reflexionar.

—Bien, hay una cosa que me interesa más.

Ella sonrió y avanzó un paso hacia él.

—¿Cuál es?

—Cómo te cargaste una teoría de Einstein utilizando atunes.

Vittoria levantó las manos.

—*Dio mio!* ¡Basta ya de atunes! No juegues conmigo, te lo advierto.

Langdon sonrió.

—Tal vez en tu siguiente experimento podrías estudiar los lenguados y demostrar que la Tierra es plana.

Vittoria echaba chispas, pero las primeras insinuaciones de una sonrisa exasperada aparecieron en sus labios.

—Para tu información, profesor, mi siguiente experimento hará historia en la ciencia. Pienso demostrar que los neutrinos tienen masa.

—¿Los neutrinos tienen *misa*?* —Langdon la miró estupefacto—. ¡Ni siquiera sabía que eran católicos!

Ella se lanzó sobre él con un ágil movimiento, y le inmovilizó sobre la cama.

—Espero que creas en la vida después de la muerte, Robert Langdon.

Vittoria le miró con ojos que despedían un fuego travieso.

—De hecho —dijo él, riendo a carcajadas—, siempre me ha costado imaginar que haya algo después de este mundo.

—¿De veras? ¿Nunca has gozado de una experiencia religiosa? ¿Un momento perfecto de éxtasis glorioso?

Langdon negó con la cabeza.

—No, y dudo muy en serio ser la clase de hombre capaz de tener una experiencia religiosa.

Vittoria se quitó la bata.

—Nunca te has acostado con una maestra de yoga, ¿verdad?

Otros títulos publicados en
books4pocket narrativa

Elizabeth Kostova
La historiadora

Jeff Lindsay
El oscuro pasajero
Querido Dexter

James Patterson
Luna de miel
El tercer grado
Perseguidos

Alan Furst
Reino de sombras
La sangre de la victoria

David Benioff
Descalza sobre el trébol y otros relatos

Jane Jensen
El despertar del milenio

Eric Bogosian
En el punto de mira

Jennifer Weiner
Bueno en la cama

Robyn Sisman
Solamente amigos

Jessica Barksdale Inclán
La niña de sus ojos

Carol Higgins Clark
Los ojos de diamante

Santa Montefiore
La sonata de nomeolvides

Próximas publicaciones en
books4pocket narrativa

Andreu Martín
Con los muertos no se juega

James Patterson
El cuatro de julio

John Harwood
La dama del velo

Catherine Guennec
La modista de la reina

Sébastien Japrisot
Largo domingo de noviazgo

Jennifer Weiner
En sus zapatos